Anne Jacobs

Appuntamento all'Atelier Rosen

Traduzione di
Gaia Bartolesi

GIUNTI

Titolo originale:
Mode-Atelier Rosen. Träume einer neuen Zeit

Realizzazione editoriale: La Matita Rossa

www.giunti.it

Via Bolognese 165 – 50139 Firenze – Italia
Via G. B. Pirelli 30 – 20124 Milano – Italia

Prima edizione: settembre 2023

1

Marzo 1834

La primavera si faceva attendere. Il giorno prima a Kassel aveva nevicato, nella notte il gelo aveva reso le strade scivolose e l'acqua della fontana della città si era coperta di un sottile strato di ghiaccio. In Marktgasse c'era stata confusione già di prima mattina perché una domestica che era andata a prendere l'acqua alla fontana in Wildemannsgasse aveva perso l'equilibrio ed era caduta sul lastrico ghiacciato. Aveva battuto le ginocchia, bagnato la gonna e il contenuto dei due secchi di legno era finito nel canale di scolo. Risate maliziose ed energici rimproveri avevano accompagnato il capitombolo, i cani avevano abbaiato e la moglie dell'orefice si era affacciata alla finestra con indosso una cuffietta da notte per vedere cosa fosse successo, ma siccome i lampioni erano già spenti, non era riuscita a distinguere quasi nulla nel crepuscolo del mattino.

All'Atelier Rosen Charlotte, dopo aver un po' esitato, si era decisa ad accendere la stufa. Il legno era caro, ma con le dita irrigidite dal freddo le donne non potevano cucire e anche le clienti erano più felici di fare acquisti se le attendeva un piacevole tepore.

«Non capisco» disse la proprietaria dell'atelier, agitandosi. «Da qualche settimana la nostra catasta di legna ha una strana malattia, sembra quasi che i ciocchi si volatilizzino nell'aria.»

«A me pare piuttosto che abbiano messo le gambe e se ne vadano uno dopo l'altro qui davanti, alla bottega di vini» affermò Babette avvicinandosi la candela.

«Che cosa vorresti dire?» indagò Charlotte.

Sapeva che la sua fedele sarta Babette era sempre pronta a sparare sentenze. Tuttavia, le sue massime avevano quasi sempre un fondo di verità.

«Oh, niente...» rispose con tono innocente. «È solo che qui di fronte al negozio di vini di Liebermann la stufa è accesa tutto il giorno.»

Elise, la figlia di Charlotte Rosen, aveva preso una delle cuffiette con le gale per cucirci qualche altro fiore di stoffa, in quel momento molto in voga. Si chinò in avanti per guardare fuori dalla finestra, ma nel negozio di vini, che si trovava proprio di fronte, accanto alla sartoria Holzapfel, ancora non si vedeva una luce. Tre settimane prima Moritz, suo fratello acquisito, aveva realizzato il sogno che custodiva da tempo e aveva affittato una bottega dove ora vendeva vini e liquori. I soldi necessari li aveva avuti in prestito da Sybilla von Haynau, l'amica aristocratica di Elise. La sorella non aveva un buon presentimento e aveva sconsigliato a Sybilla di farlo, ma lei non si era affatto limitata, non si era trattato di una piccola somma, poiché credeva che Moritz avesse contribuito alla felicità del suo matrimonio e che per questo dovesse essergli debitrice.

«A quanto ne so, Moritz si è comprato da solo la legna» disse Elise a sua madre. «In questo momento fa una vita da signore e non ha certo bisogno di rubare la nostra.»

Charlotte non aggiunse altro, ma Babette alzò le spalle e disse che dal caro Moritz ci si dovevano sempre aspettare sorprese. Non aveva torto.

Nonna Anna aprì la porta della cucina e si affacciò in atelier risentita. «È successo di nuovo!» gridò. «Lo speck non c'è più e la trappola è vuota. Ma il prosciutto l'hanno rosicchiato e hanno bucato il sacco della farina. Un branco di topi così scaltro non l'avevamo ancora mai avuto. Ci mangeranno anche i capelli che abbiamo in testa!»

«Per favore, mamma!» disse Charlotte sottovoce. «Non parlare a voce alta di topi e sacchi di farina bucati in atelier. Che impressione farebbe se entrassero dei clienti!»

«Ci serve un gatto!» constatò Elise.

«La ragazza ha ragione» disse la nonna. «La bottegaia di fronte ha dei gattini da dare via. La gatta grigia tigrata ne ha partoriti quattro dentro al suo armadio.»

«Che carini!» gridò Elise con entusiasmo. «Un gattino tigrato farebbe proprio al caso nostro.»

«Nessun gatto entrerà mai in casa mia!» disse Charlotte decisa.

«Allora stanotte puoi metterti tu nella dispensa e catturare quelle canaglie di ladruncoli» tuonò nonna Anna richiudendo la porta della cucina.

Nel frattempo, fuori si era fatto giorno, così poterono spegnere le candele maleodoranti. Elise si alzò per aprire un momento la porta e far entrare aria fresca nel negozio.

Era arrabbiata. Erano settimane che ripeteva a sua madre che doveva prendere un gattino. Ma no, a Charlotte non piacevano i gatti, ai suoi occhi erano subdoli e avidi vagabondi che rubavano le salsicce dalla cucina e spargevano peli dappertutto.

In Marktgasse in quel momento c'erano moltissime persone. Ragazzi che si dirigevano più o meno volentieri a scuola, maggiordomi che portavano fuori i cani dei padroni, domestiche che si affrettavano con i cestini verso il mercato in Königsplatz e funzionari, nei loro cappotti scuri, che si recavano al lavoro misurando il passo. Due giovani ufficiali del reggimento del principe elettore passarono lì davanti guardando con benevolenza in direzione della graziosa modista Elise che era uscita fuori per controllare la vetrina dell'atelier. Accidenti, i vetri erano già di nuovo sporchi per via della strada, avrebbe dovuto ripulirli. Anche l'allestimento doveva essere rinnovato; la bella cuffietta di seta color lilla non sembrava piacere a nessuna cliente. Ci avrebbe cucito qualche gala, sebbene le trovasse orrende. In quel momento, però, le donne di Kassel erano come impazzite per i fiocchi, i fiori e le strisce di tessuto, non ne avevano mai abbastanza.

«Dov'è finita Therese?» sentì dire a sua madre in tono risentito. «Sono praticamente le dieci. La mattinata è quasi finita!»

Therese era impiegata all'Atelier Rosen come sarta ma, siccome il suo amatissimo e unico figlio Moritz aveva aperto un negozio di vini, andava spesso da lui per aiutare.

«Dove sarà?» disse Babette maliziosa. «Sta seduta nella cantina del negozio di vini ad attaccare le etichette sulle bottiglie, perché il suo adorato Moritz non ha voglia di fare i lavori monotoni.»

«Non si può continuare così» brontolò Charlotte, indignata. «Non pago una sarta perché lavori nel negozio di vini di fronte. La devozione di Therese per il suo figlioletto deve placarsi...»

«Piano, mamma» disse Elise, rientrata in fretta in negozio. «Di fronte, alla Sonnenapotheke, c'è la moglie del consigliere von Ochs con la sua domestica, di sicuro stanno per entrare in atelier.»

«La moglie del consigliere?» gridò Charlotte spaventata. «Therese ha finito di cucire la cuffietta?»

«Quando avrebbe dovuto farlo?» osservò Babette. «Se ieri ha spazzolato bottiglie per ore?»

Charlotte non poté più lasciar spazio alla collera perché dalla vetrina si intravedeva già la signora von Ochs, la quale doveva essere accolta in maniera gentile.

«Un eccellente buongiorno, signora!»

«Mia cara signora Rosen» gemette la signora von Ochs accomodandosi sulla sedia che le avevano portato in fretta e furia. «Sono come un filo d'erba in balìa del vento da quando quel brutto raffreddore mi ha costretta a letto la settimana scorsa. Neanche dieci passi e riesco a malapena a tenermi in piedi. Il farmacista Wild mi ha preparato una tisana per la tosse e mi ha consigliato degli impacchi da mettere sul petto. Ah, questo inverno non vuole proprio saperne di mollare...»

Elise si chiese perché la gentildonna girasse per la città se davvero era così sofferente ma, si sapeva, la moglie del consigliere era incline all'esagerazione. Stava per chiedere della cuffietta che aveva ordinato quando Charlotte lanciò un'occhiata alla figlia, in cerca di aiuto.

«Ha già provato con il vino caldo speziato, signora?» chiese Elise in tono compassionevole. «Soprattutto il rosso, sembra che in questi casi faccia miracoli.»

La signora von Ochs si mostrò interessata. Non era certo una bevitrice, solo qualche volta un bicchierino di acquavite, per aiutare la digestione, e nei giorni di festa ovviamente si metteva il vino in tavola, in special modo quando si invitavano degli ospiti.

«Ha ragione, signorina Rosen» disse sorridendo. «Il vino speziato è un rimedio antico. Me ne procurerò subito una bottiglia qui di fronte al negozio di vini. Devo pur pensare alla salute, non è vero?»

«È la prima cosa, signora» osservò Elise, felice di aver procurato una cliente a Moritz.

«Spero che suo marito stia bene» si affrettò a informarsi Charlotte, vedendo lo sguardo della cliente posarsi sulle cuffiette esposte.

«Il mio caro marito per fortuna è perfettamente in salute» spettegolò la signora von Ochs. «Però si lamenta spesso delle lunghe discussioni alla rappresentanza cittadina; del tutto inutili, non portano a nessun risultato. Crede che non abbia alcun senso che i borghesi e gli artigiani vogliano immischiarsi nelle faccende del governo. In fondo, è da ottobre che il nostro massimo rappresentante, il principe ereditario Friedrich Wilhelm, si è insediato a Kassel come reggente, a che scopo avremmo bisogno di una rappresentanza cittadina? Il nostro amato principe governerà il principato d'Assia come si conviene, tenendo sempre presente il bene dei sudditi...»

Elise dovette mordersi le labbra per non dare risposte sconsiderate. Gli abitanti di Kassel avevano dovuto lottare con le unghie e con i denti con il principe elettore, padre dell'attuale reggente, per la costituzione e la rappresentanza cittadina e per fortuna erano riusciti a ottenerle entrambe quattro anni prima. Il giovane reggente, il principe ereditario Friedrich Wilhelm, che nel frattempo aveva preso il potere nel principato d'Assia, sembrava però nutrire come suo padre poca simpatia per la rappresentanza cittadina. Per questo c'era molto rammarico negli ambienti progressisti della città, dal momento che si erano riposte grandi speranze nel principe ereditario. Quello che più faceva arrabbiare era che parecchi funzionari della corte di Kassel consideravano la rappresentanza cittadina superflua e sarebbero tornati volentieri alla sovranità assoluta del principe.

«Certo, signora» confermò Charlotte alla signora von Ochs, annuendo. «Non so neanche se questa rappresentanza cittadina sia una fortuna o una disgrazia per noi. Si sente dire che verrà costruita perfino una sede dove avranno luogo gli incontri.»

Le sue parole trovarono terreno fertile, infatti la signora von Ochs si scaldò e, ansimante per l'indignazione, chiese perché mai i soldi della città dovessero essere sperperati per inutili edifici.

«Così possono starsene lì seduti giorno e notte a litigare, invece di dedicarsi al proprio lavoro come si conviene a dei cittadini responsabili? Ah, queste sciocchezze moderne che piombano sulla nostra bella Kassel! Ha sentito, cara signora Rosen, che vogliono fondare una società ferroviaria? Pensi, vogliono costruire una ferrovia dalla Turingia alla Vestfalia passando per Kassel. Grazie a Dio il nostro buon consigliere di Stato Scheffer è fermamente contrario; il principato d'Assia è una provincia agricola e non ha bisogno di nessuna ferrovia...»

Allora anche Charlotte si infervorò per via di quell'orribile scoperta: la locomotiva a vapore portava solo rumore e sporcizia e recava danno ai polmoni. «È noto da tempo che viaggiare ad alta velocità è terribilmente malsano» affermò. «Fa venire la tachicardia, confonde gli occhi, procura svenimenti e giramenti di testa.»

«È così, cara signora Rosen. La salute è un bene prezioso con cui le persone ragionevoli non dovrebbero giocare. A proposito, il suo consiglio del vino speziato mi piace. Dörte, aiutami ad alzarmi dalla sedia, andiamo qui di fronte al negozio di vini... Cos'altro volevo chiedere? Già, la cuffietta che avevo ordinato dev'essere pronta, non è vero?»

«La prossima settimana lo sarà di certo, signora» disse Charlotte angosciata, poiché ormai l'aveva scoperto. «Purtroppo sono riuscita ad acquistare i nastri di seta del colore giusto solo ieri.»

Una bugia nel momento del bisogno si poteva anche dire e oltretutto la signora von Ochs possedeva un armadio pieno di cuffiette, non avrebbe certo dovuto andare in giro a capo scoperto.

«Non prima della settimana prossima?» ribatté la cliente. «Che rabbia, oggi riceverò la cara visita di mio nipote con la moglie e la figlia. Avrei indossato volentieri la nuova cuffietta e consigliato l'Atelier Rosen, il posto ideale per farsi cucire accessori per il capo tanto deliziosi. Vabbè... allora niente. Stia bene, signora Rosen. Oddio, alla chiesa di San Martino suonano già le undici, come corre il tempo...»

Elise si alzò di scatto per tenere aperta la porta alla signora von Ochs, la domestica Dörte, che era rimasta in silenzio ad aspettare accanto alla stufa, seguì la padrona con un cesto pieno di acquisti. Il vento alzò i cappotti delle due donne e fece volar via i loro cappelli, ma almeno adesso era uscito il sole. Il ghiaccio sul selciato della strada si era sciolto, dai tetti la neve si disfaceva e gocciolava sui cappelli e i cappotti dei passanti. Di fronte, al negozio di vini, c'era una bella clientela; Elise vide Moritz riempire il cesto di un garzone di bottiglie di vino. Ne fu contenta, poiché sperava tanto che avesse successo con il suo negozio e potesse ripagare il prestito. In quel momento anche la signora von Ochs entrò nel negozio con la sua domestica e Moritz, che teneva loro la porta aperta, colse l'occasione per mandare un bacio con la mano a Elise dall'altra parte della strada.

«Che fa Therese?» gli gridò lei. «La mamma è già arrabbiata.»

Moritz fece un gesto per dire che Charlotte non doveva comportarsi a quel modo e sparì nel suo negozio per servire la signora von Ochs. Subito dopo apparve Therese, avvolta in un caldo scialle e, con la gonna svolazzante, si affrettò ad attraversare la strada per entrare nell'Atelier Rosen.

«Il tempo mi è volato» sospirò. «Etichettare trenta bottiglie di borgogna. È stato un lavoro duro perché giù in quella cantina umida la colla non vuole proprio attaccarsi...»

In atelier Charlotte, adirata, coprì la sarta di rimproveri. A farla risentire era soprattutto il fatto che la moglie del consigliere avrebbe potuto presentar loro una nuova cliente se la cuffietta fosse stata pronta in tempo.

«Non si può andare avanti così, Therese! Nessuno può servire due padroni. Se vuoi mantenere il tuo posto qui da me, allora voglio vederti in atelier a lavorare!»

Mortificata, Therese scivolò al suo posto, vicino alla finestra, prese una sciarpa e l'ago da ricamo e la sua espressione, che era sempre burbera, si fece ancora più triste.

«Ha ragione» disse Babette, dopo che Charlotte ebbe finito la predica e se ne andò in cucina.

«Su, infierisci!» piagnucolò Therese.

«È perché non mi piace stare a guardare come ti fai sfruttare da quel fannullone.»

«Il mio Moritz non è un fannullone, Babette!» disse lei agitandosi e si mise a rovistare nel contenitore in cui tenevano il filo da ricamo. «Il mio Moritz se ne sta in piedi dalla mattina presto fino alla sera tardi... Hai visto il filo da ricamo lilla, Elise? Non lo trovo più.»

«Serve a me, Therese» ribatté Elise. «Devi anche finire a tutti i costi la cuffietta della signora von Ochs; sai, è stata qui poco fa e l'ha richiesta.»

«Ma per quella ho bisogno del nastro di seta celeste» si lamentò Therese. «E non ce n'è quasi più...»

In effetti, Elise aveva usato quasi tutto il rocchetto per farne fiocchi e piccole roselline.

«Allora dovrò andare dal bottegaio» disse mettendo da parte il lavoro. «Anche i merletti stanno per finire.»

Charlotte, nel frattempo, aveva esaminato i danni dei topi nella dispensa, cosa che non aveva affatto migliorato il suo umore. Sospirò arrabbiata quando Elise le chiese i soldi per gli acquisti e inveì contro la nuova moda.

«Prima cucivamo al massimo tre fiocchetti su una cuffia, semmai un piccolo volant di merletto. Oggi le cuffie sono cariche come se qualcuno ci avesse rovesciato sopra un cesto pieno di gale e fiocchi. E più brutta è chi la porta, più sfarzosa dev'essere la cuffietta…»

«Con l'occasione potrei andare a fare una breve visita a Sybilla, mamma. Voleva un colletto in pizzo per il vestito blu e una cuffietta coordinata.»

La prospettiva di un nuovo ordine riconciliò Charlotte all'istante. Sybilla von Haynau era una buona cliente e soprattutto pagava subito. Purtroppo, non si poteva dire lo stesso di tutte le clienti dell'Atelier Rosen.

«Va bene… ma non ti trattenere troppo da lei, abbiamo urgente bisogno di nastri e fili.»

«Lo so, mamma.»

Elise indossò un cappello e si avvolse in un caldo scialle, afferrò un cestino e uscì in Marktgasse. Non le dispiaceva poter fare un giro per la città, invece di starsene seduta in atelier ad annoiarsi cucendo. Di fronte al bottegaio Weiss passò oltre; i nastri che vendeva erano vecchissimi ed erano già scoloriti, che se li cucisse sua moglie sulla cuffietta. Proprio accanto alla chiesa di San Martino c'era la bottega della signora Hartwig che aveva un'eccellente scelta di nastri e merletti, che tuttavia avevano il loro prezzo. Elise comprò tre rocchetti di nastro di seta in blu, verde e giallo con i relativi fili da ricamo e fili di seta oltre a diversi metri di un meraviglioso merletto che la bottegaia aveva acquistato appena la settimana prima alla fiera.

Con il cesto pieno e il borsellino alleggerito si rincamminò sulla strada: andando da Sybilla, sarebbe passata dall'ufficio postale in Königsplatz per chiedere se fosse arrivata una lettera per lei.

Il giovane impiegato delle poste aveva i capelli lisci e unti e un foruncolo rosso sulla fronte.

«Ah, la signorina Rosen» disse con un sorriso ambiguo. «La lettera da Francoforte è qui già da due giorni, pronta per lei.»

La modista di Marktgasse era ormai conosciuta a Kassel. Non molto tempo prima era stata bandita dalla città dal principe elettore con l'accusa di prostituzione; ingiustamente, come si era poi dimostrato, ma la faccenda dava ancora adito a pettegolezzi, così alcuni abitanti di Kassel pensavano che la graziosa modista fosse di facili costumi. Elise sapeva bene che doveva stare attenta. Ringraziò in maniera cordiale, mise la lettera nel cesto e se ne andò con un rapido saluto.

La lettera era di suo padre, l'avrebbe letta da Sybilla, era più semplice che aprirla a casa, dal momento che sua madre avrebbe subito alzato gli occhi al cielo, non appena avesse riconosciuto la calligrafia. Purtroppo, tra i suoi genitori ancora non correva buon sangue, poiché sua madre non era riuscita a perdonare Charles François de LaTour per averla lasciata a suo tempo in maniera ignobile dopo la loro breve storia d'amore. Era stata Elise a rintracciare il padre che aveva perduto e, nonostante tutto, alla fine si era affezionata a lui. Adesso era costantemente impegnata a far riconciliare i suoi. Non era un compito facile, poiché né Charlotte Rosen né Charles François de LaTour erano interessati a un riavvicinamento.

Aveva fretta di raggiungere la casa della famiglia aristocratica dei von Schönhoff, dove Sybilla viveva con suo marito e i suoi genitori. Con che timidezza si era avvicinata a quella nobile proprietà all'inizio, quando le avevano richiesto di abbigliare la giovane Sybilla per un ricevimento! Ora la accoglievano a braccia aperte come ospite gradita oltre che cognata, dal momento che Sybilla aveva sposato il fratellastro di Elise, Johann Georg von Haynau. Il matrimonio si era tenuto nell'estate dell'anno precedente e da qualche mese Sybilla sapeva di aspettare un bambino.

«I miei saluti, cara signorina Rosen» disse l'anziano maggiordomo Baptiste quando entrò. «La mia padroncina si è già lamentata perché viene a trovarla troppo di rado. Lo sa, talvolta è indisposta e necessita dell'incoraggiamento della sua migliore amica...»

Baptiste era da anni al servizio dei von Schönhoff e aveva visto crescere Sybilla, provava per lei grande devozione e aveva trasferito quell'affetto anche su Elise.

«C'è molto da fare in atelier» si scusò Elise mentre Baptiste la accompagnava su per le scale verso le stanze padronali.

Baptiste scosse la testa afflitto. «È un peccato che una giovane amabile come lei debba guadagnarsi da vivere rimboccandosi le maniche» disse. «Ma sono sicuro che un giorno si sistemerà con un matrimonio nobile per vivere la vita che le si conviene.»

Elise sapeva che lo diceva a fin di bene. Era molto soddisfatta della sua professione di modista e non si augurava per niente al mondo di vivere da dama aristocratica, vincolata e costretta in limiti convenzionali.

Sybilla si trovava come al solito nello studio pieno di libri occupato in precedenza dal suo defunto fratello. La poltrona era stata imbottita con un morbido cuscino di piuma, poiché nelle ultime settimane era tormentata da forti dolori alla schiena. Elise trovò l'amica molto pallida e quasi più magra di prima, non c'era da meravigliarsi, poiché nei primi mesi di gravidanza Sybilla non era riuscita a mangiare quasi niente.

«Elise!» gridò allungando le braccia. «Quanto mi sei mancata, amica cara! Volevo mandare oggi Baptiste in atelier per pregarti di venirmi a far visita! Ma siediti accanto a me e racconta...»

Elise non si lasciò pregare a lungo e, felice, si mise a parlare del più e del meno impegnandosi a descrivere tutto sotto una luce tenera e serena, poiché Sybilla tendeva alla malinconia. Il volto di lei si rischiarò, mentre ascoltava i suoi occhi divennero più luminosi e alla fine sulle sue guance si poté intravedere un dolce riflesso roseo.

«Un gatto nella vostra dispensa sarebbe certo un buon aiuto contro quei topolini impertinenti» disse sorridendo alla fine. «Che peccato che a tua madre non piacciano i gatti. A Johann Georg piacciono tutti gli animali, sta pensando di procurarsi due cani da caccia e mio padre lo sosterrà in questo progetto...»

Elise scoprì in quel momento che a Johann Georg da qualche tempo piaceva andare a caccia insieme a due suoi commilitoni. La cosa non le piacque. Come tenente della *Garde du Corps* del principe ereditario Johann Georg doveva prestare servizio regolarmente; se impiegava il tempo libero nelle battute di caccia, quando si sarebbe occupato della sua giovane moglie?

Sybilla però non disse di sentirsi trascurata, al contrario, dichiarò quanto fosse felice che suo marito avesse scoperto una nuova passione.

«Gli fa bene. Tanto più che io in questo momento non posso prendere molto parte alla sua vita e non sono nemmeno una compagnia particolarmente allegra. Non immaginavo che la gravidanza fosse così faticosa.» Occupava il suo tempo soprattutto con la lettura, come le era sempre piaciuto fare. Qualche volta aveva provato a fare lavoretti manuali, ma le erano riusciti così male che non voleva mostrarli a Elise. Sua madre vegliava su di lei con severità, definiva i pasti e i tempi di riposo a letto e la domenica la accompagnava in chiesa.

«Visto che presto tornerà la primavera, dovresti uscire all'aria aperta» osservò Elise. «Johann Georg può scendere con te al parco Karlsaue o a Wilhelmshöhe. Una piccola passeggiata nella natura ti farebbe bene.»

«Se il suo lavoro lo permette, di sicuro.»

Elise si ripromise di parlare a quattr'occhi con il suo fratellastro. Sybilla era troppo altruista e pensava solo al bene dell'amato marito ma in quello specifico momento aveva bisogno del suo affetto e della sua vicinanza.

«Se viene un po' più caldo, domenica dopo la messa andiamo tutte e due a passeggiare in città» propose. «Le rive del Fulda sono meravigliose in primavera.»

Vide che all'amica la proposta piaceva molto, subito però abbassò lo sguardo e sussurrò: «Temo che mia madre non acconsentirà. È dell'idea che una donna incinta dovrebbe mostrarsi in pubblico il meno possibile».

«Non è la prima volta che lo dico: tua madre è difficile almeno quanto la mia» affermò arrabbiata. «Vorrà pur dire qualcosa!»

Sybilla non poté trattenersi dal ridere, le faceva bene parlare di quelle cose con l'amica. I genitori conducevano vita ritirata poiché il colonnello von Schönhoff era ammalato e neanche il matrimonio con Johann Georg aveva portato nuove amicizie.

«Lasciami fare» disse Elise con decisione. «Parlerò con tuo padre, sarà d'accordo con me.»

«Oh, questo sì che è un buon piano» si rallegrò lei. «Potrebbe funzionare.»

Il colonnello von Schönhoff era una persona stravagante, affrontava gli ospiti con maniere brusche ma la graziosa modista aveva conquistato il suo cuore fin dall'inizio, specialmente perché aveva dimostrato di essere un'amica fedele e sincera per sua figlia.

«Se me lo permetti, vorrei aprire una lettera» continuò Elise arrivando alla sua richiesta. «È di mio padre, da Francoforte.»

Sybilla capì subito. «Ma certo. Devo andare, così ti lascio tranquilla?»

«Ma no! Lo sai che con te non ho segreti, mia cara.»

Mentre Elise tirava fuori la lettera e rompeva il sigillo, Sybilla si rivolse di nuovo al libro e aspettò paziente per poi essere pronta ad assistere l'amica con consigli e parole rassicuranti.

Mia cara, testarda e infedele figlia,
purtroppo, devo cominciare anche questa lettera con un rimprovero paterno ed è ancor più dura per me, perché non è la prima volta che ti richiamo all'ordine. Sono mesi che manchi alla tua promessa di farmi visita a Francoforte, più volte ti ho sollecitato, ma mi sono sempre dovuto accontentare di una misera scusa. Tanto lavoro, l'inverno rigido, il viaggio caro, l'amica incinta, la lista si allunga all'infinito! Siccome mi sono affezionato a te, bambina mia, ci riprovo di nuovo con questa lettera: sali sulla diligenza per Francoforte, la casa del mio amico Christian Daniel van Leuwen è sempre aperta per te, e anche sua moglie Annette ti manda a dire che le manchi molto.

Incredibile, pensò Elise interrompendo la lettura. *Non gli ho sempre scritto che lo aspetto qui a Kassel? Ha mai una volta soddisfatto il mio desiderio nelle sue lettere? No! Oh, so molto bene perché non vuole venire. Perché è troppo vigliacco per affrontare mia madre.*

Continuò a leggere.

Tra l'altro, i giorni scorsi, a Francoforte avresti potuto vivere un'esperienza esaltante e istruttiva. Abbiamo avuto un giovane ospite, estremamente interessante, uno studente di Göttingen, che ha compiuto un esperimento fisico qui alla tenuta, durante il quale Daniel e io, nel mio piccolo, gli siamo stati a fianco per aiutarlo.

Uno studente di Göttingen? Come ha fatto papà a conoscerlo? Ah, c'era scritto:

Hans Christian Thiedemann è il figlio di un vecchio amico presso cui sono stato a Göttingen, quando a gennaio ho accompagnato la nostra Rieke dal famoso dottor Langenbeck per un'operazione agli occhi...

A Göttingen allora c'era stato. Elise si arrabbiò. *Avrebbe potuto senz'altro fare una sosta a Kassel.* Il fatto che la domestica Rieke finalmente fosse stata operata era una buona notizia. Purtroppo, non scriveva se l'operazione era andata bene oppure no. In compenso, descriveva in modo dettagliato come i tre, nel parco della tenuta di Francoforte, avevano teso tra gli edifici, fino al padiglione, lunghi fili di rame attraverso cui, con l'aiuto di un'asta magnetica e una bobina, avevano mandato la corrente, che alla fine era arrivata all'altro capo del filo. *Che sciocca monelleria!* Due uomini adulti in età matura e uno studente si arrampicavano su tetti e alberi per fissare un filo. Annette, la moglie di Christian Daniel, doveva aver creduto che avessero perduto la ragione.

Il giovane Thiedemann ha copiato l'esperimento dal suo professore, il dottor Gauss, che a Göttingen ha compiuto un tentativo con sorprendente successo e lo ha descritto in maniera scientifica. Thiedemann è dell'idea che in questo modo sia possibile trasmettere messaggi a una grande distanza sviluppando un alfabeto fatto di impulsi di corrente lunghi e corti.

Che idea!, pensò Elise. Finché non fossero riusciti a tirare un filo da Francoforte a Kassel, le sembrò però una sciocchezza.

Frattanto mi è rimasto abbastanza tempo per portare avanti la redazione delle mie memorie, che adesso sono a un passo dall'essere completate. Thiedemann, che inoltre sta pianificando di fondare una casa editrice, si è dimostrato molto interessato alla mia opera e mi ha pregato di affidargliela per la pubblicazione. Io ho dovuto rifiutare per diversi motivi, che non sto qui a enumerare.
Siccome ho intenzione di accompagnare il giovane nel suo viaggio di ritorno a Göttingen per procurarmi alcuni libri, sarebbe possibile farti visita a Kassel. Ciò, tuttavia, solo a condizione che il tempo lo permetta.
Intanto, con grande attaccamento e affezione, rimango
Il tuo dolce padre,
Charles François de LaTour

Elise dovette rileggere due volte l'ultima parte perché stentava a crederci.

«Viene a Kassel!» gridò così forte che Sybilla, spaventata, fece cadere il libro.

«Che bello!» disse Sybilla contenta. «È quello che hai sempre desiderato, non è vero?»

«Sì! Credevo che non sarebbe mai venuto perché non vuole affrontare mia madre.»

«Sai, Elise» disse Sybilla ed esitò un momento prima di continuare a parlare. «Posso immaginare che tuo padre abbia anche altri motivi per evitare la nostra bella Kassel. Motivi che risiedono nel passato, ma che non hanno a che fare con tua madre.»

Elise la guardò esterrefatta. A questo non aveva ancora mai pensato. Kassel all'epoca era la capitale del regno di Vestfalia, costituito dall'imperatore francese Napoleone a seguito del nuovo ordinamento dei territori vinti. Per sette anni il fratello più giovane di Napoleone, Jérôme, aveva governato su Kassel, poi la fortuna militare del grande imperatore era crollata e, a seguito delle trattative del Congresso di Vienna, Kassel era diventata di nuovo la capitale del principato di Assia-Kassel.

Durante il regno del giovane re Jérôme, durato sette anni, la corte aveva goduto di grande vivacità e il padre di Elise, in quanto favorito del re, aveva potuto osservare gli intrighi dei cortigiani. Questo alla fine gli era stato fatale, poiché proprio a causa di uno di quegli intrighi era dovuto fuggire nella notte.

«Si parla di più di vent'anni fa» disse insicura. «E inoltre è successo alla corte del re francese, il quale ha dovuto lasciare Kassel già nel 1813.»

«Ma parecchi abitanti di Kassel che hanno vissuto quell'epoca sono ancora tra noi» obiettò Sybilla.

«Ah, stupidaggini» esclamò Elise. «Qualunque cosa sia successa, il passato è passato!»

«Avrai certo ragione, Elise» disse Sybilla con un sorriso pentito. «Sono proprio una Cassandra, che vede ovunque pericoli e sventure. E senza alcuna ragione.»

2

Elise si era decisa ad annunciare a sua madre l'imminente visita. Era meglio che Charlotte fosse preparata, altrimenti sarebbe stato ben possibile che svenisse vedendo Charles François de LaTour apparire all'improvviso in atelier e salutarla con un «bonjour, Madame». Andò quindi a bussare alla porta della camera da letto di sua madre la mattina presto, ancor prima che si fosse alzata.

«Sei già sveglia, mamma? Vorrei scambiare due parole con te...»

Charlotte riuscì a nascondere lo spavento per la notizia alla perfezione. Seduta sul letto, guardò sua figlia fissa negli occhi, deglutì due volte e disse: «E va bene, se non si può evitare. Potresti incontrarti con lui a casa della tua amica Sybilla von Haynau».

Non era un buon consiglio e Charlotte lo sapeva.

«Stento a credere che lì parlerebbe, mamma. Lo sai bene che suo marito Johann Georg non vuole avere niente a che fare con il suo padre naturale.»

«E a ragione» osservò Charlotte pungente.

«Non credo. È comunque suo padre, la sua stessa carne, il suo stesso sangue.»

Charlotte scoppiò in una risata finta. «Se ho capito bene, de LaTour a suo tempo ha venduto la sua paternità per una somma considerevole. Non è andata così?»

«È successo solo per riguardo alla madre di Johann Georg e le ha permesso un matrimonio felice con Ernst Theodor von Haynau.»

Charlotte fece un gesto sprezzante con la mano. «Comunque sia, tuo padre ha alle spalle una vita sconsiderata e ora che è vecchio deve pagarne le conseguenze. In casa mia non ci entra!»

Elise se lo aspettava ma, se le cose stavano così, era decisa a battersi.

«Tu non vivi qui da sola, mamma. E, inoltre, la casa non appartiene a te, ma alla nonna.»

Era un buon argomento, poiché nonna Anna si era già schierata più volte dalla parte di Elise.

«Perché sei così intransigente?» aveva detto a Charlotte. «In fondo ha fatto tanto per la ragazza, non puoi negarlo. E già che ci sono, ti dico la verità: tu stessa all'epoca non sei stata del tutto innocente in questa faccenda. Hai ascoltato i miei ammonimenti? No, dovevi per forza avere a che fare con il bel Chevalier du Croix Blanc e poi...»

A quel punto Charlotte, adirata, aveva sbattuto la mano sul tavolo e la nonna si era zittita.

«Bene, non voglio tirar fuori vecchie storie» aveva detto a mezza voce.

Elise aveva quella conversazione ancora fresca nella mente, perciò sapeva che il divieto di sua madre era precario.

«Ora non ho tempo per queste sciocchezze» disse Charlotte, vedendo che non ne sarebbe uscita. Tirò via la coperta e si alzò, armeggiò con i nastri della cuffietta da notte e prese dall'armadio una camicia pulita e delle calze lunghe.

«Muoviti» gridò alla figlia. «Dopo colazione ho una questione di cui parlarvi.»

Soddisfatta, Elise andò nella sua stanza, che una volta era il "salotto buono" di sua madre e che, da più di due anni, era solo sua. Charlotte avrebbe riflettuto sulla questione, sperava che avrebbe abbandonato il suo rigido atteggiamento. Ovviamente non ci si poteva aspettare che i due si chiarissero e si riconciliassero già al primo incontro, ma un cordiale "buongiorno" doveva pur essere possibile!

Di sotto, nella cucina riscaldata, Babette e Therese avevano preso posto a tavola; anche Moritz si era presentato, come ogni mattina, e nonna Anna versava il caffè nelle tazze. Il pane era fresco e il profumo allettante; in via eccezionale Moritz si era alzato presto ed era andato a fare acquisti dal panettiere Wirt.

«Buongiorno, Lisetta» la salutò rallegrandosi. «Sei bianca come un cencio, hai letto di nuovo fino a tardi?»

La passione di Elise per la bella letteratura era nota a tutti e Moritz, che non aveva mai preso in mano un libro in vita sua, spesso e volentieri la prendeva in giro per questo. Charlotte entrò in cucina con una faccia che non prometteva niente di buono, ed Elise si risparmiò la risposta, augurò il buongiorno in maniera concisa, si sedette al suo posto e bevve un grosso sorso di caffè. Ignorò il pane fresco e la faccia soddisfatta di Moritz.

«Non si può andare avanti così» disse, appoggiando la tazza e guardando minacciosa prima Therese e poi Moritz. «Il lavoro in atelier è fermo e le clienti si lamentano, Therese. Mi aspetto che tu decida se vuoi lavorare da Moritz o da me.»

Therese inorridì e le cadde di mano la fetta di pane cui aveva già dato un morso. Invece di dare una risposta, cominciò a singhiozzare amaramente e poi si tirò su il grembiule per asciugarsi le lacrime.

«Che ti prende oggi, Charlotte?» chiese la nonna meravigliata.

«Non ti intromettere, mamma» ribatté lei sgarbata girandosi verso Moritz che assisteva alla scena con aria angosciata. «E ora tocca a te» continuò con il suo processo. «Hai aperto un negozio, servi i clienti e incassi. Ciò nonostante, devi far trascurare alla tua povera madre il suo lavoro per ottenere servizi gratuiti. E oltretutto ti siedi tre volte al giorno all'ora dei pasti a questo tavolo e mangi a spese nostre...»

«Questo non è vero!» si difese Moritz. «Ho comprato il pane per colazione!»

«È la prima volta da settimane» osservò Charlotte impassibile. «E per la camera che occupi al piano di sopra non hai ancora pagato neanche un misero scellino!»

Elise lottava con il senso di colpa. Di sicuro sua madre era così severa con quei due perché si era arrabbiata per la conversazione di poco prima.

«Moritz ha aperto il negozio solo da un paio di settimane» obiettò con prudenza. «All'inizio è sempre difficile, mamma. In futuro potrà pagare una piccola somma per la camera e per quel che riguarda il cibo...»

«È proprio quello che stavo per dire» la interruppe Moritz. «Il mio negozio ormai va molto bene e, siccome si sta avvicinando la primavera, non ho neanche più bisogno della legna...»

«Legna?» proruppe Charlotte lanciando un'occhiata a Babette, che subito distolse lo sguardo per l'imbarazzo. «Pensavo ti fossi comprato la legna da solo, Moritz!»

«Ovviamente...» disse Moritz imbarazzato. «Ma quella miserabile stufa del mio negozio ingurgita legna a cataste e, siccome so che sei una donna generosa e devota...»

«... ti sei servito alla nostra catasta» disse nonna Anna per completare la frase. «Avrei dovuto immaginarlo, la legna non poteva sparire così in fretta.»

«Non è stato lui!» singhiozzò Therese. «Sono io che ogni tanto ho messo un paio di ciocchi sotto il grembiule per portarli di là. Il mio Moritz non si deve mica ammalare quando sta tutto il santo giorno in negozio.»

«Ora basta!» gridò Charlotte e sbatté la mano sul tavolo facendo tremare le tazze di caffè. «Non abbiamo tempo per tanti discorsi, bisogna aprire l'atelier e i lavori di cucito non si fanno da soli. Quindi ascoltate quello che ho deciso.»

Disse a Therese che le avrebbe diminuito il salario, ma che voleva tenerla e le concedeva di lavorare qualche ora al giorno per Moritz. Il ragazzo avrebbe dovuto pagare due albus a settimana per la camera e per i tre pasti giornalieri.

«Mi pare troppo» obiettò Moritz dubbioso. «Preferirei portare tutte le settimane una bottiglia di buon vino sulla vostra tavola.»

«Bene. Allora un albus solo, ma solo se è un vino decente che non fa venire il mal di testa.»

«Tratto solo vini di ottima qualità!» disse Moritz in tono autocelebrativo, soddisfatto delle condizioni. Anche Therese sembrò molto sollevata, le dispiaceva soltanto per i soldi, che in ogni caso non avrebbe utilizzato per sé, ma avrebbe dato al suo Moritz.

«Inoltre, ho intenzione di prendere una giovane in atelier, che voglia imparare il mestiere» concluse Charlotte, prendendosi una fetta di pane per mettere in fretta qualcosa nello stomaco prima che l'atelier aprisse alle clienti.

«Puoi già scrivere un foglietto da appendere alla porta, Elise. Deve essere diligente e perbene e non deve controbattere. Deve avere occhi buoni e dita abili.»

«Volentieri, mamma» si affrettò ad assicurarle Elise. «È una buona decisione. Una giovincella può imparare molto e sarà presto di grande aiuto.»

«Deve avere buone maniere e un volto carino male non fa. Senza essere troppo graziosa, però, è un rischio per i ragazzi più giovani. Deve comportarsi con gentilezza con le clienti...»

«Non c'entra tutto sul foglietto, mamma.»

«Deve essere soprattutto intelligente e ubbidiente, il resto va da sé» disse Charlotte per riassumere le condizioni.

Dopo poco sulla porta d'ingresso dell'atelier venne affisso un foglio con l'annuncio per un'apprendista. Il successo del comunicato non si fece attendere a lungo. La mattina stessa due donne entrarono in negozio per chiedere dell'impiego. Una era una giovane vedova con due figli a cui dare da mangiare, l'altra era vecchia e sola e aveva già lavorato diversi anni per il mastro sarto Poppe, ma era insoddisfatta del salario.

«Spiacente» disse Charlotte. «Cerchiamo qualcuno di giovane a cui insegnare. Non sarà pagato per imparare, il primo anno riceverà vitto e alloggio e il secondo un salario, ma solo se farà bene.»

Non era quello che avevano in mente le interessate. La vedova se ne andò delusa, l'altra cercò con ostinazione di offrire i propri servizi di sarta esperta, ma Charlotte rimase irremovibile.

«Il mastro sarto Poppe l'avrà licenziata» disse quando finalmente se ne fu andata. «E di sicuro non senza motivo. Ha la disonestà stampata in faccia!»

Siccome le modiste non potevano creare nessuna corporazione, in quanto il loro mestiere era completamente al femminile, non c'era nessun regolamento sulle condizioni di lavoro delle apprendiste. Ogni atelier stabiliva le proprie regole. Nel pomeriggio diverse giovani ragazze chiesero del posto, ma nessuna di loro trovò pietà di fronte agli occhi severi della proprietaria dell'atelier.

«Quella è abituata a controbattere, lo vedo già dal naso appuntito» spiegò. «E l'altra ha sporcizia sotto le unghie delle mani. *Pfui!* La terza mi sembra una persona astuta, si vede dallo sguardo avido e dalle labbra prominenti. Ci mancherebbe una così.»

Secondo Elise almeno due delle ragazze avevano dato l'impressione di essere molto carine e abili, ma lasciò fare sua madre. Babette con il suo giudizio era sempre dalla parte di Charlotte e Therese si preoccupava che una delle giovincelle potesse sedurre il suo povero Moritz e gravare su di lui con un figlio illegittimo.

«Sono cose che succedono più in fretta di quello che si pensa» le assicurò con zelo.

«Tu dovresti saperlo bene» osservò Babette pungente, facendo riferimento al fatto che anche Moritz era venuto al mondo in maniera illegittima.

La sera, quando si sedettero tutte in cucina, a lavoro finito, nonna Anna volle sapere se fosse stata trovata un'apprendista adatta.

«Nemmeno una» dichiarò Charlotte insoddisfatta. «O vogliono un salario o sono bugiarde e pigre, hanno un modo di parlare impertinente e dita grasse come salsicce.»

Nonna Anna alzò gli occhi al cielo arrabbiata e cominciò a inveire: «Sì, e che tipo cerchi? Una devota educanda, mite come una colomba, muta come un pesce e che in più deve avere dita sottili capaci di tessere la paglia con l'oro? Una così puoi cercarla per tutta la vita, non la troverai da nessuna parte!».

«Io avrei una proposta» prese la parola Babette.

«Sentiamo.»

«Ho una giovane parente che forse...»

«Una parente?» la interruppe Charlotte. «Non hai sempre detto di essere sola al mondo?»

«Be'» disse Babette allontanando la ciotola di purè ormai

vuota. «È la figlia di una cugina della prima moglie del mio defunto fratello.»

«Ah, ecco...» disse Charlotte aggrottando la fronte.

«Proprio una brava ragazzina, e intelligente.»

«Non sarà mica ancora bambina?»

«L'ultima volta che l'ho vista andava a scuola. La poveretta ha perso i genitori molto presto, una famiglia di contadini l'ha presa con sé e l'ha cresciuta.»

Charlotte scosse la testa in segno di rifiuto e disse che in atelier non se ne faceva niente di una contadinella.

«Non è una contadinella, signora Rosen» la contraddisse Babette. «Alla scuola del paese superava di gran lunga tutti gli altri. All'epoca l'insegnante mi ha detto che la piccola Grete era sprecata nei campi. Tanto più che ha un'anca storta e non è adatta per nessun lavoro pesante.»

«Quindi ha un'anca storta. Forse è anche mezza cieca e ha le dita rigide?»

«Oh no, signora Rosen! Ha occhi buoni ed è straordinariamente abile in tutto.»

«Dunque, dunque... E quanti anni avrebbe ora?»

Babette alzò le spalle e ci pensò un attimo. «Potrebbe essere sulla ventina...»

«È troppo vecchia!»

«Ma è intelligente, diligente e di sicuro non ha pretese. Sarà felice di lasciare quei contadini tirchi. Potremmo mandarle un messaggero al paese...»

«Un messaggero!» gridò Charlotte inorridita. «Non dovrò mica pagarlo, se comunque non me ne faccio niente della ragazza?»

Babette dichiarò di voler pagare il messaggero di tasca sua e di voler coprire anche le spese del viaggio per Grete.

«Può dormire in camera mia. E se poi proprio non vorrà assumere la ragazzina, com'è venuta, la rimanderemo al suo paese.»

Charlotte non era d'accordo ma, siccome Babette rimaneva irremovibile nella sua intenzione e voleva accollarsi i costi, alla fine si dichiarò favorevole.

I giorni successivi Elise stette sui carboni ardenti, poiché perseverava nella speranza che la visita a Kassel che suo padre aveva preannunciato diventasse realtà. Cosa che purtroppo non era per niente certa, comunque voleva essere preparata. Dopo un duro scontro verbale era riuscita a strappare alla madre il permesso di ricevere Charles François de LaTour di sopra nella sua stanza; Charlotte, tuttavia, non voleva incontrarlo di persona, in caso fosse arrivato se ne sarebbe stata in cucina e sarebbe ricomparsa in atelier solo dopo che fosse andato via. Per nessuna ragione avrebbe dovuto alloggiare in casa Rosen, poteva affittarsi una stanza in una pensione. Elise per il momento lasciò perdere e pensò che talvolta le persone adulte sanno comportarsi in maniera terribilmente ridicola.

«Che ti aspettavi, Lisetta?» disse Moritz, incontrandola davanti alla sua bottega mentre tornava da una cliente. «In fondo, se l'è svignata prima che tu nascessi senza neanche dire addio. Sono cose che, del resto, una donna prende male.»

«Lui, però, non se n'è andato di propria volontà da Kassel» lo contraddisse lei. «Se non ci fosse stata quella sfortunata faccenda del veleno, non avrebbe di certo lasciato mia madre in una maniera così ignobile.»

«Può essere andata così come no» disse lui dondolando la testa. «In ogni caso, per tutti questi anni non si è più fatto vedere.»

Elise non poteva negarlo. Tuttavia, sperava in una tarda riconciliazione dei genitori poiché amava molto entrambi.

L'inverno non voleva lasciar spazio alla primavera neanche a fine marzo. La neve cadeva a grossi fiocchi dal cielo grigio, dai comignoli delle case salivano colonne di fumo e in Königsplatz la carrozza del presidente della Corte d'appello Wiederhold era finita su un cumulo di neve e si era ribaltata. A fatica avevano fermato i cavalli spaventati ed erano riusciti a calmarli, poi avevano aiutato gli sfortunati passeggeri a uscire dalla diligenza incidentata. La moglie del presidente della Corte d'appello aveva riportato un graffio sulla tempia e la domestica si era rotta il braccio, il consigliere Völkel, che si trovava anche lui sulla carrozza, ne era uscito con un paio di lividi bluastri.

Verso l'ora di pranzo di una fredda giornata, davanti all'Atelier Rosen si presentò una figura tutta imbacuccata, con una borsa da viaggio in mano. Restò un momento di fronte alla vetrina, sembrava osservare i cappelli e le cuffiette esposte, poi tornò indietro, guardò fin sopra la casa e squadrò la sottile fessura nel cielo coperto e carico di neve. Infine, andò all'entrata e aprì le porte della bottega.

«Desidera?» chiese Charlotte alzando le sopracciglia, poiché era difficile che fosse una cliente.

«Buongiorno, signora Rosen» disse la persona imbacuccata togliendosi lo scialle di lana dalla testa. «Vengo per un impiego. Mi hanno detto che cerca una ragazza che voglia imparare il mestiere di modista.»

«Sei tu, Grete?» gridò Babette mettendo da parte il ricamo. «Che bello che tu sia venuta a Kassel. Cos'è, non mi riconosci più? Sono tua zia Babette.»

Allora era venuta davvero dal suo paesello fino a Kassel. Charlotte guardò sprezzante il volto poco grazioso della giovane che, con il naso bitorzoluto, le labbra fini e piccole e gli occhi chiari era tutt'altro che una bellezza. Anche i fini capelli rossicci e il collo corto non erano piacevoli, tuttavia aveva una voce gradevole e sapeva esprimersi bene.

«Zia Babette!» disse sorridendo felice alla sarta, che si alzò per salutarla. «Mi ricordo che una volta sei stata da noi al paese. Era estate e mi hai regalato una moneta. L'ho conservata e la possiedo ancora oggi.»

«Hai conservato il tallero?» si stupì Babette. «Hai fatto bene, poiché lo avevo destinato per la tua dote. Vede, signora Rosen, com'è giudiziosa con il denaro la ragazza?»

Anche Elise studiò con attenzione la nipote di Babette e trovò che i suoi tratti guadagnassero molto quando sorrideva.

«Te la cavi con ago e filo, Grete?» volle dunque sapere Charlotte critica.

«Non sono una sarta esperta» disse la nipote di Babette con franchezza. «Ma ho cucito vestiti e grembiuli, e ho anche fatto camicie di lana e calze a maglia. So filare la lana e il lino e talvolta ho anche sistemato qualche semplice ricamo. Di lavori raffinati come le graziose cuffiette o i delicati colletti di pizzo esposti nella sua vetrina, però, non ne ho mai fatti.»

La risposta piacque a Charlotte, poiché suonava onesta. La ragazza non si pavoneggiava con presunte capacità o talenti che poi si sarebbero dimostrati tutto fumo e niente arrosto. Tuttavia, la proprietaria dell'atelier fu poco entusiasta della pupilla di Babette, soprattutto quando si tolse lo scialle di lana di dosso e scoprì i vestiti, cuciti a partire da un grande telo, come usava tra i contadini.

«Siccome hai fatto un lungo viaggio, non voglio mandarti via subito» disse. «Per me puoi rimanere qualche giorno in prova, poi vedremo se sei adatta come apprendista per il mio atelier. Tuttavia, non con questo vestito e di certo non con gli zoccoli. Non hai niente di meglio da metterti?»

«Purtroppo no, signora Rosen» ammise Grete angosciata. «Per il viaggio mi sono messa le cose migliori che avevo.»

Charlotte sospirò arrabbiata e guardò Babette con aria di rimprovero. Allora intervenne Elise, dispiaciuta che la povera ragazza non possedesse neanche un vestito decente.

«Potrebbe starle uno dei miei vestiti, mamma» propose. «Vieni di sopra con me, Grete, vediamo se riusciamo a trovare qualcosa di grazioso per te.»

Grete la seguì su per le scale producendo un gran rumore, che non dipendeva tanto dagli zoccoli, ma dalla sua andatura affaticata e irregolare. A causa dell'anca storta, appoggiava il piede sinistro in maniera più stabile del destro e spostava il peso del corpo da una parte all'altra in modo bizzarro.

«Madre santa!» disse stupita, quando Elise aprì la porta della sua stanza. «Che bellezza! Che raffinatezza! È proprio come in un castello!»

Elise si rallegrò per il suo entusiasmo infantile. Dopo che il re francese Jérôme ebbe lasciato Kassel, più nessuno voleva sapere niente del dominio francese e sua madre aveva acquistato a un prezzo conveniente quei mobili fuori moda ma belli. Tre anni prima aveva regalato alla figlia il mobilio, di cui faceva parte anche un grande letto munito di tende di stoffa dove ora poteva dormire Elise.

«Entra e non fare complimenti, Grete» disse per incoraggiare la ragazza. «Fatti un po' vedere, credo tu sia molto magra in vita.»

Aprì il suo armadio e scelse un vestito rattoppato sull'orlo poiché, col tempo, la stoffa in quel punto era diventata delicata. Aveva fatto la rattoppatura con tale abilità che quasi non si notava ma, siccome Sybilla le aveva regalato diversi dei suoi vestiti dismessi, quello era rimasto nell'armadio.

«Provalo un po'» disse. «E qui ci sono un paio di scarpe che a me non servono più.»

Il vestito andava molto bene, era solo un po' troppo lungo, ma il problema poteva essere risolto facilmente. Di fronte alle sottogonne di Grete cucite a partire da un grosso telo e per niente adatte alla città, Elise poté soltanto scuotere la testa. Le scarpe purtroppo erano davvero molto strette. Grete aveva piedi larghi e corti, il sinistro un po' più grosso del destro. Per il momento avrebbe continuato a camminare con i suoi zoccoli.

«Già molto meglio» disse tuttavia Elise complimentandosi. «Ora mettiamo anche una cuffietta carina... Sembri già una cittadina di Kassel.»

Grete si guardò a lungo e con grande stupore allo specchio attaccato al muro sopra il comò. «Alla fattoria non c'era niente del genere» confessò imbarazzata. «Per vedermi il viso dovevo guardare nella fontana alla luce del sole, oppure nello stagno, ma l'immagine oscillava.»

«Quando ci si guarda troppo allo specchio, si diventa vanitose e presuntuose» disse Elise serena. «Almeno questo è quello che mi ha sempre detto mia madre.»

«Per quel che mi riguarda di certo non c'è pericolo» ribatté Grete rattristata, avvicinandosi di un passo allo specchio per osservare bene il suo naso. «Sono proprio brutta.»

A Elise dispiacque, poiché anche con la cuffietta merlettata il suo viso appariva indelicato e poco attraente.

«Ognuna ha i suoi lati positivi e negativi» la consolò. «Una è graziosa, l'altra ha dita abili, una terza è intelligente e la quarta ha un carattere solare. Inoltre, devo dirti anche che non è sempre un bene avere un viso grazioso. Soprattutto per una modista.»

«Perché mai proprio per una modista?» si meravigliò Grete.

«Perché nel nostro mestiere è meglio rimanere nubili» le

insegnò Elise. «Da moglie non puoi gestire un negozio, dal momento che saresti in tutto e per tutto sottoposta a tuo marito. Ma una donna nubile, soprattutto se è graziosa, è facile che abbia la reputazione di cadere nel vizio. In particolar modo qui in città, dove sono di stanza soldati e ufficiali del reggimento del principe elettore.»

Grete prese atto dell'insegnamento con attenzione, poi chiese se poteva tenere il vestito e la cuffietta, voleva anche pagarli.

«Ho ancora un tallero...»

«Risparmialo per momenti più importanti» disse Elise commossa. «Se queste cose ti piacciono, te le regalo. Ora vieni giù con me, mia madre si sarà già spazientita.»

Grete si mise all'opera, zelante ma cauta. Da brava, si sedette vicino a Babette alla finestra, china sulla prova di cucito che le aveva preparato Charlotte. Aveva ricevuto un vecchio pezzo di stoffa e doveva eseguire più punti a mano. Tutto doveva essere fatto in maniera graziosa, lavorato in maniera proporzionata, i fili dovevano essere tenuti separati e la stoffa non doveva incresparsi. Grete capì in fretta e fece una prova non splendida, ma soddisfacente. Di bizzarro c'era solo che spesso si interrompeva nel lavoro per fare strane proposte.

«Sarebbe molto più veloce, se facessi la cucitura prima da una parte a punti semplici e poi la girassi ricucendola con gli stessi identici punti...»

«Per l'amor del cielo, Grete, non cercare di insegnarci a cucire» affermò Babette arrabbiata.

«Ma così è più veloce e tiene bene lo stesso...»

«Fai quello che ti viene chiesto!»

Charlotte osservò il lavoro di prova nel dettaglio, da entrambi i lati e, per essere il primo, ne rimase soddisfatta. Un punto a favore era che Babette si dava molto da fare per istruire la nipote e controllava di continuo il suo lavoro. Grete non faceva errori, le tornava solo difficile fare punti piccoli e proporzionati, ma col tempo sarebbe migliorata, come assicurava Babette zelante. Nel taglio delle nuove cuffiette dimostrò addirittura di avere buon occhio, quasi non cadeva neanche un pezzettino di quella stoffa costosa.

«Per questo puoi prendere esempio, Therese» disse Charlotte. «Abbiamo risparmiato quasi mezzo braccio di stoffa.»

Therese non era molto contenta della nuova apprendista; non scambiava nemmeno una parola con Grete e si sentiva offesa a dover spostare la sedia di lato, visto che adesso erano in quattro a sedersi alla finestra. Quando le capitava l'occasione, appoggiava le forbici e i rocchetti di filo in modo che la ragazza non ci arrivasse, ma siccome spesso veniva sorpresa da Babette, si prendeva una sgridata, poiché su quelle cose non si scherzava.

«Se vuoi avere delle forbici solo per te, allora compratele!» brontolò Babette.

«Ero sovrappensiero...»

«Pensavi al tuo Moritz e alle sue botti di vino, eh?»

«Proprio così» si difese Therese, che amava pavoneggiarsi del suo virtuoso figlio in presenza di Grete. «Il vino francese che è stato consegnato ieri al mio Moritz è eccellente, perfino il mastro bottaio del principe ereditario ne ha ordinate dieci bottiglie.»

«Alla salute» disse Babette imperterrita. «Di recente con il vitigno del principato d'Assia ci è venuta a tutti la cacarella. Non ci resta che sperare che quello francese sia di qualità migliore.»

Therese non si degnò di una risposta, guardava la strada dalla finestra. Moritz brandiva una scopa per scacciare un gruppo di bricconi che aveva fatto una pista sulla neve fresca davanti al negozio di vini. L'inverno teneva ancora la terra in una morsa dura e gelida.

Papà starà di sicuro aspettando che il tempo migliori, pensò Elise afflitta. Con questo freddo viaggiare non è per niente un piacere.

Dentro di sé, però, temeva che Charles François de LaTour non sarebbe mai venuto a Kassel. *Se il tempo lo permette*, aveva scritto. In questo modo si era lasciato aperta una splendida via d'uscita.

3

Anche il giorno seguente si presentarono in atelier diverse ragazze intenzionate a imparare il mestiere di modista e Babette seguì i colloqui con sguardo preoccupato, ma Charlotte fu critica come lo era sempre stata: pregò due delle ragazze di presentarsi un paio di giorni dopo, tutte le altre le mandò via subito.

«Vedi che fortuna hai avuto» sussurrò Babette alla sua pupilla, che stava a testa bassa sul suo lavoro di cucito. «Quindi impegnati e non farmi vergognare.»

«Sì, zia Babette» disse Grete strofinandosi le dita irrigidite dal freddo.

Nel frattempo, la catasta di legna si era ridotta finché non ne restò soltanto qualche rimasuglio, che serviva per la cucina e, siccome Charlotte non era disposta a comprarne ulteriormente, visto il rincaro, in atelier faceva alquanto freddo.

«La Pasqua si avvicina» disse speranzosa. «E quando avremo festeggiato la risurrezione del Signore, tornerà anche la primavera.»

«Dio ascolti le tue parole» disse Elise, che si era messa addosso uno scialle di lana. «La signora von Ochs, però, si è provata il cappello poco fa e ha starnutito tre volte mentre era qui.»

«Se la signora si decidesse a pagare i conti che mancano, potrei anche comprare la legna per la stufa» affermò Charlotte arrabbiata.

L'affidabilità di alcune clienti nei pagamenti negli ultimi tempi era andata peggiorando. Con l'annessione del principato d'Assia al sistema doganale prussiano molte merci si potevano avere a buon mercato e in maggiori quantità, i bottegai offrivano ogni sorta di cianfrusaglie e al mercato si commerciavano pesci di mare, frutta di paesi meridionali, verdura e tessuti inglesi. Così alcune borghesi compravano più di quello che il loro portafoglio poteva sopportare e la conseguenza era che all'Atelier Rosen si acquistava a credito.

La conversazione s'interruppe quando la porta del negozio si aprì ed entrò la domestica della signorina von Eschen.

«Vi porgo i cari saluti della mia padrona» disse inchinandosi davanti a Charlotte. «Vi prega di farle visita verso le tre per farsi ridecorare un cappello. Ha bisogno anche di un colletto e guanti di pizzo raffinato.»

Pronunciò il discorso come una scolara che lo aveva imparato a memoria. Forse la signora von Eschen le aveva fatto ripetere l'ordine diverse volte prima di mandarla via.

«Di' alla tua padrona che mia figlia sarà da lei alle tre con quello che desidera» ribatté Charlotte rallegrata.

La domestica aveva fissato con occhi bramosi le cuffiette con le gale esposte, i guanti di merletto e i cappelli decorati per la primavera, si inchinò di nuovo, e prima di andarsene lanciò un'occhiata meravigliata a Grete, che non aveva ancora mai visto in atelier, poi uscì sulla strada.

«Guarda che paghi subito» avvertì Charlotte sua figlia. «E portati i colletti e i guanti, di quelli cari. Alla signorina von Eschen si deve offrire la migliore qualità, è esigente.»

Certo, a Elise piaceva andare a casa delle clienti, dove modificava vestiti e cappelli secondo la moda più recente abbinandovi nuovi accessori con abilità. Però, da quando aveva saputo quali intrighi aveva intessuto la signorina von Eschen all'epoca della corte del re francese Jérôme, non andava a casa della gentildonna che malvolentieri. Gli affari erano affari, ad ogni modo, non poteva scegliersi la clientela e la signorina von Eschen era una di quelle clienti che pagavano il pattuito subito e senza sconti.

Un tiepido venticello primaverile soffiava in Marktgasse mentre si avviava a far visita alla cliente. In effetti, la cappa grigia del cielo si era aperta e penetrava qualche raggio di sole. Non era ancora abbastanza alto per far arrivare il suo calore nei vicoli stretti della città vecchia, ma i vetri delle finestre dei piani più alti delle case già luccicavano. In Königsstrasse le signore borghesi passeggiavano con le figlie, due bambini spingevano una ruota sul selciato con un frustino e un gruppo di soldati del principe elettore nelle loro eleganti uniformi bianco-blu marciava verso la caserma di Hohentor.

Tutto sembra subito più allegro quando la luce del sole fa brillare i colori, pensò Elise divertita. Si fermò in Königsplatz alla vetrina della libreria e del negozio d'arte di Appel perché aveva intravisto un'edizione delle *Fiabe del focolare* che Jacob e Wilhelm Grimm avevano raccolto e pubblicato qualche anno prima. Fino a quel momento era uscito solo il primo volume, ma i fratelli Grimm, che purtroppo ormai non operavano più a Kassel ma a Göttingen, volevano portare avanti la raccolta di fiabe della tradizione popolare tedesca. L'esemplare esposto presentava segni di utilizzo, perciò il prezzo era abbordabile: solo dodici kreuzer. Elise pensò di entrare nel negozio per farsi mettere da parte il libro. Se la signorina von Eschen avesse comprato un colletto e un paio di guanti, al ritorno sarebbe passata di nuovo dalla libreria e avrebbe acquistato il libro. Voleva regalarlo a Sybilla, che si era già lamentata più volte del fatto che suo padre non fosse disposto a procurarsi le fiabe dei Grimm per la biblioteca di casa. Era dell'idea che la raccolta fosse stata messa insieme in maniera disordinata e senza criterio, dentro poi c'era anche tanto francese, poiché la narratrice di molti dei racconti apparteneva a una famiglia di ugonotti.

Mentre Elise rifletteva ancora su come poter spiegare l'acquisto a sua madre, all'improvviso apparve una mano nella vetrina, afferrò l'oggetto dei suoi desideri e lo portò via.

Delusa, cercò di guardare all'interno, attraverso il vetro: il magro signor Appel si avvicinava come un marabù grigio a un cliente per porgergli il libro. Elise sgranò gli occhi per cercare di vedere meglio la persona che stava per soffiarle il regalo da sotto il naso. Sembrava ancora giovane, poiché sotto al cappello sbucavano boccoli biondi. Sfogliò il libro, ne saggiò la tenuta e porse il libro aperto al libraio con aria di rimprovero. *Ah, una macchia d'inchiostro*. Il libraio alzò le spalle afflitto e disse qualcosa che dall'esterno non si riusciva a capire. Forse stava spiegando che si trattava di un libro usato, era possibile che ci fossero piccole sciupature. Elise, speranzosa, spiaccicò il naso contro la vetrina: il cliente si sarebbe astenuto dal comprare il libro? Per un attimo poté vederlo in faccia; era senza barba, aveva gli occhi scuri, la fronte corrugata nel fervore delle trattative.

Tratta per farsi abbassare il prezzo, quel taccagno, pensò afflitta. E per come conosco Appel, gli concederà qualcosa e gli venderà il libro. Che rabbia! Se fossi arrivata qui solo un paio di minuti prima, le fiabe dei Grimm adesso sarebbero mie. In effetti i due parevano essersi accordati, il cliente tirò fuori il borsellino dalla tasca della sua finanziera verde scuro e contò i kreuzer sul bancone del negozio. Erano otto. Era riuscito a farsi scontare il libro di quattro kreuzer! Si allontanò dalla vetrina sospirando, in quel momento si aprì la porta del negozio e il giovane uscì così in fretta che quasi si scontrarono.

«Oh, scusi, signorina» disse facendo un passo indietro. «Ero talmente sovrappensiero che non ho guardato. Spero di non averla spaventata.»

«Per niente, signore» ribatté con freddezza. «Non mi spavento facilmente.»

Le sorrise, sembrava piacergli. Elise, però, non aveva tanta voglia di mettersi a chiacchierare e, con un breve saluto, fece per allontanarsi.

«Ma la prego, aspetti un momento, signorina» disse lui in fretta togliendosi il cappello. «Non vorrei sembrare inopportuno, non conosco Kassel e mi hanno detto che qui si trova un osservatorio.»

Si era già allontanata di un paio di passi, ma siccome la domanda era stata posta con cortesia e in modo serio, si fermò per dare una risposta.

«Le hanno detto bene, signore. Scenda per questa strada sulla sinistra, vedrà subito la cupola dell'osservatorio. Tuttavia, non è accessibile a chiunque; per visitarlo ha bisogno di un permesso ufficiale.»

«E dove posso procurarmelo?»

«Chieda al museo, le daranno informazioni. Adesso mi voglia scusare, mi aspettano. Una piacevole giornata, signore.»

«La ringrazio di cuore, signorina. Una buona e serena giornata anche a lei!»

Ora se ne va con il mio libro, pensò Elise con invidia mentre continuava per la sua strada. Forse non sarebbe stato neanche un buon acquisto, se all'interno c'erano macchie d'inchiostro. Forse, mancavano anche alcune pagine alla fine e il dorso era rotto. No, un regalo così non l'avrebbe comunque potuto offrire a Sybilla.

Davanti alla casa della signorina von Eschen si sistemò di nuovo il cappello e scosse la polvere della strada dalla gonna prima di suonare la campanella.

«La signorina von Eschen la sta già aspettando» disse la domestica aprendole. «È molto impaziente.»

Ci voleva solo questa. Al massimo era in ritardo di dieci minuti.

«Eccola finalmente» disse la cliente, quando Elise entrò in salotto. Sembrava davvero essere di cattivo umore, poiché non era seduta come al solito sulla poltrona, ma era in piedi alla finestra a guardare la strada di sotto.

«Metta la scatola qui sulla sedia. Marie porterà subito qui il vestito che deve essere modificato. E anche i due cappelli. Ma le dico subito che non sopporto questa nuova moda ridicola. Quindi niente gale, fiorellini o fiocchetti, alcune donne ora ci si riempiono talmente che sembrano torte di matrimonio.»

La signorina von Eschen si vestiva sempre di un nero sobrio, anche la cuffietta era senza fronzoli, ma comunque della migliore stoffa, e di taglio eccellente.

«Mi trova d'accordo, signorina von Eschen» disse Elise mentre spostava e apriva la cappelliera come richiesto. «Anche mia madre e io siamo poco entusiaste di questa esagerata avidità di gale e fiocchetti. Troviamo che non donino e che spesso siano addirittura goffi. Purtroppo la maggior parte delle clienti non ascolta i nostri consigli...»

La signorina von Eschen quasi non prestava attenzione a quello che diceva. Con aria critica, si fece mostrare colletti e guanti, ne scartò tanti, scosse la testa e non riuscì a prendere una decisione. Non le andarono bene neanche le proposte che Elise le fece a proposito del vestito scuro che portò la domestica e abbandonò il suo atteggiamento negativo solo quando Elise abbozzò su un foglio di carta due disegni per le nuove decorazioni dei cappelli.

«Questo qui non è male» disse indicando uno dei disegni. «I nastri non troppo lunghi, ma il piccolo velo e la piuma scura ci stanno bene.»

Elise fu sollevata di essere finalmente riuscita a soddisfare quella cliente difficile e le propose di modificare anche il vestito con nastri viola e un largo colletto di taffetà per coordinarlo con il cappello. Una proposta che la signorina von Eschen, dopo un po' di esitazione, alla fine accolse.

Anche due paia di guanti ottennero la pietà degli occhi severi della signorina, oltre a confermarle il compito di modificare le decorazioni del cappello e del vestito; ne era valsa la pena andare fin lì. La signorina von Eschen pagò i guanti, il resto lo avrebbe pagato solo se fosse stata soddisfatta della riuscita.

«Penso che la settimana prossima sarà tutto pronto, signora» disse Elise con un sorriso gentile. «Le va bene venerdì? Alla stessa ora?»

«Per me sì. Aspetti, ho ancora qualcosa per lei, signorina Rosen.»

La signorina von Eschen si alzò dalla poltrona e andò al comò per aprire il cassetto più in alto. Ne tirò fuori una letterina, il cui sigillo era già stato aperto.

«Questa lettera è stata consegnata qui oggi.»

Stupita, Elise accettò la lettera, ringraziò e se la infilò nella larga manica.

«La aspetto venerdì della settimana prossima verso le tre!» disse la signorina von Eschen concisa e si girò per indicare che ora la modista doveva lasciare la casa. Elise chiuse la cappelliera e si congedò.

Era troppo curiosa per portare a casa l'infausta lettera senza leggerla. Arrivata in Königsplatz, si fermò e la tirò fuori dalla manica, la spiegò e riconobbe esterrefatta la calligrafia di suo padre.

Gentilissima, cara amica,
ieri il caso mi ha portato a Kassel, dove mi sono sistemato al Re di Prussia in compagnia di un giovane amico. In ricordo dei felici vecchi tempi mi permetto di disturbarla così all'improvviso con una richiesta. Mi farebbe piacere, se lei trovasse l'occasione per mettere mia figlia Elise Rosen a conoscenza del mio arrivo in modo discreto. Siccome conosco la sua capacità di inventiva, so che non farà molta fatica a esaudire questo mio desiderio.
Nella speranza di non aver troppo abusato della sua generosità, mi congedo come
Suo devotissimo,
Charles François de LaTour

Era a Kassel! Non ci poteva credere. Perché non era venuto in Marktgasse invece di cominciare quello stupido nascondino? Allora, a quanto pareva, temeva l'incontro tanto quanto Charlotte. Era un buono o un cattivo segno per i sentimenti che i genitori nutrivano l'uno per l'altra? In ogni caso, era stato meno timido con Sophie Wilhelmine von Eschen, la cortigiana e tessitrice d'intrighi di una volta, visto che le aveva chiesto un favore con assoluta disinvoltura. E lei aveva esaudito il suo desiderio.

Be', in queste situazioni una come lei ci sa fare, pensò Elise confusa.

La pensione Re di Prussia si trovava proprio lì di fronte, in Königsplatz, forse in quel momento suo padre era alla finestra della sua camera e la osservava. Avrebbe potuto farlo. Arrabbiata, si rinfilò la lettera nella manica, prese la cappelliera e attraversò la piazza per andare alla pensione.

Non che viaggiasse modestamente. Chi alloggiava al Re di Prussia disponeva di soldi e stima. Chi diamine finanziava quel viaggio dispendioso? Il suo amico Christian Daniel van Leuwen? Suo padre era un poveraccio e viveva a Francoforte lavorando come bibliotecario per la famiglia van Leuwen.

Non era mai entrata prima al Re di Prussia, per cui salì le scale con un po' di titubanza. Le venne incontro un cameriere in livrea, che la squadrò con sufficienza e le chiese se fosse stata convocata da una delle gentildonne che alloggiavano nella pensione. Ovviamente, l'aveva identificata subito come modista per via della grossa cappelliera che portava con sé.

«Vorrei andare dal signor de LaTour» disse gentile ma decisa. «È arrivato ieri da Francoforte e mi sta aspettando.»

Il cameriere in livrea era giovane e aveva il viso sbarbato. La sua espressione mostrava in maniera inequivocabile cosa pensava di lei.

«Spiacente. Il signor de LaTour non alloggia qui» dichiarò girandosi per salire le scale.

Mentiva, lo vedeva chiaramente dalla sua espressione arrogante.

«Ci pensi bene» gli consigliò lei. «Il signor de LaTour potrebbe arrabbiarsi molto, se non mi fate andare da lui.»

«Smettila, ragazzina» disse lui voltandosi appena «puoi incontrarti con quell'uomo quando e dove vuoi, ma non in questa pensione, abbiamo una reputazione e severi princìpi. Hai capito?»

Era rimasta interdetta, non sapeva come rispondere a quella sfacciataggine, quando di sopra qualcuno aprì la porta d'ingresso della sala da pranzo e la figura imponente di suo padre apparve sulla soglia.

«Mia piccola Elise!» esclamò con fare teatrale aprendo le braccia. «Come sono contento di rivederti, bambina mia. Vieni qui da tuo padre!»

Che scene! Il cameriere strabuzzò gli occhi quando gli fu messa in mano la cappelliera mentre de LaTour abbracciava in pubblico la ragazzina, con dolcezza.

«È già un'ora suonata che ti aspetto con grande impazienza» disse suo padre accompagnandola nella sala da pranzo arredata in maniera principesca. «Certo, avevo mandato un biglietto a Sophie Wilhelmine, ma non sapevo come avesse preso la richiesta. Allora, nonostante tutto, la mia vecchia amica ha un cuore buono. Dicevi che è diventata molto devota...»

Nella sala c'erano tre gentildonne di una certa età che si deliziavano con vino e pasticcini, le quali accolsero il cortese inchino dell'uomo dai capelli bianchi con raffinata gentilezza. La cameriera si affrettò verso il signor de LaTour e chiese lusinghiera se fosse soddisfatto dell'alloggio e se avesse altri desideri.

«Un bello spuntino in camera per tre persone e un vino, un borgogna se possibile, signora cara» ordinò lui *en passant*. «E se dovesse presentarsi il signor Thiedemann, la prego di mandarlo da me.»

«Con grande piacere, signor de LaTour. Arrosto freddo e pesce affumicato andrebbero bene? Abbiamo anche frutta candita e pollo lesso...»

«Un po' di tutto...»

Il cameriere in livrea li seguì con la cappelliera mentre salivano le scale. Arrivati di sopra, si affrettò ad aprire la porta agli ospiti e appoggiò la cappelliera sotto la finestra facendo molta attenzione. Né Elise né de LaTour si accorsero di quello che faceva e lui si ritirò con un inchino servile, senza chiedere la mancia.

«Mi dispiace tanto» disse suo padre. «Ma queste situazioni spiacevoli si presentano solo perché vai in giro per la città con la cappelliera, Elise!»

Si accomodò su una sedia e la guardò con un'espressione insoddisfatta. Sembrarono non piacergli neanche il vestito e lo scialle di lana.

«È per lavoro, papà» replicò lei. «Sono pur sempre una modista come mia madre.»

«Non voglio essere invadente» continuò lui impassibile. «Ma non mi piace che mia figlia faccia questo mestiere. Se vivessi da me a Francoforte, non avresti di questi problemi e potresti invece studiare la letteratura e le scienze sotto la mia guida. Anche se sei una ragazza, so che possiedi una mente brillante e una propensione per le belle arti.»

«Anche cucire una bella cuffietta o decorare un cappello in modo grazioso è un'arte, papà» affermò lei prendendo posto accanto a lui. «Con questo mestiere la mia amata madre si è guadagnata da vivere e mi ha cresciuta. Oh, papà, sono così felice di poterti finalmente mostrare il nostro bell'atelier in...»

Proprio nel momento in cui si stava avvicinando al suo obiettivo, fu interrotta in maniera irritante da qualcuno che bussava alla porta.

«Entra!» gridò suo padre. «Abbiamo la visita di una gentildonna, amico mio, è arrivata mia figlia!»

Entrò un giovane ragazzo biondo con un libro stretto sotto il braccio ed Elise lo fissò, colma di sorpresa.

«Posso presentarti?» disse de LaTour con un ampio movimento delle braccia verso la porta. «Il qui presente mio giovane amico Hans Christian Thiedemann, studente alla Georgia Augusta di Göttingen e futuro dottore in fisica.»

Thiedemann era imbarazzato per quella presentazione impegnativa, guardò Elise con un sorriso insicuro, si tolse il cappellino da studente e fece un inchino.

«Che piacere rivederla» disse Elise rallegrata. «Ha potuto visitare l'osservatorio, signore?»

«Certo» raccontò lui serio. «Ho portato con me una raccomandazione di mio padre che mi permetteva l'ingresso. Se, tuttavia, avessi immaginato che avrei rivisto così presto la gentile ragazza che mi ha indicato la strada...»

«Voi due vi conoscete già?» si meravigliò de LaTour. «Ma guarda, i giovani sono più veloci di quello che ho sempre creduto finora.»

«È un caso, papà. Mi ha soffiato un libro da sotto il naso da Appel e poi ha rischiato di venirmi addosso perché aveva una gran fretta di andare a osservare le stelle.»

L'imbarazzo che il racconto di Elise scatenò in Hans Christian Thiedemann divertì un mondo de LaTour. Il ragazzo si scusò mille volte, dichiarò di essere un goffo maldestro e infine chiese a Elise il permesso di regalarle le fiabe dei Grimm.

«La prego di cuore di accettare questo piccolo volume come riparazione per il mio comportamento inopportuno, signorina Rosen. Vorrei poterle offrire qualcosa di meglio, purtroppo all'interno ci sono parecchie macchie d'inchiostro e in più il precedente possessore ha scritto ovunque i suoi commenti.»

«Accidenti» disse lei ridendo. «Allora se lo può tenere questo libretto, in questo stato non posso certo regalarlo alla mia amica.»

«Sono desolato» disse lui. Sembrava così afflitto che d'un tratto a Elise piacque molto di più che al loro primo incontro. Sembrava essere davvero una persona adorabile, anche se si comportava in modo un po' impacciato.

«Allora, giovane amico» si intromise de LaTour. «Penso che nei prossimi giorni avrai ancora occasione per riparare al tuo passo falso. Visiteremo la bella Kassel e i suoi dintorni e mia figlia ci accompagnerà facendoci da guida e indicandoci il percorso. Non è vero, bambina mia?»

Quindi se l'era immaginata così. Un paio di belle uscite per vedere i luoghi d'interesse della città, una gita a Wilhelmshöhe, per il resto si sarebbero incontrati alla pensione, avrebbero mangiato e chiacchierato insieme.

«Per quanto mi permetterà il mio tempo, resto volentieri a vostra disposizione» ribatté lei. «Aspetto lorsignori all'Atelier Rosen in Marktgasse domani verso le dieci. Dopo una piccola sosta, andremo a fare un giro nella vecchia Kassel e ci incammineremo verso le rive del Fulda.»

Si vedeva chiaramente che la proposta piaceva poco a suo padre, Hans Christian Thiedemann, però, era impaziente e raggiante di gioia ed espresse la sua felicità per la possibilità di conoscere la città in compagnia di una ragazza così preparata e affascinante.

Elise rifiutò lo spuntino frugale che due camerieri stavano portando in camera. «Non prendertela con me, papà, ma mia madre mi aspetta e si preoccuperà se sto via così a lungo. A domani, quindi. Non vedo l'ora!»

Senza curarsi dell'espressione seccata di suo padre, lo abbracciò e lo baciò con veemenza per poi congedarsi. A Hans Christian Thiedemann porse cortesemente la mano offrendogli un sorriso che lui ricambiò di cuore.

4

«Domani, allora» disse Charlotte.

Non si espresse oltre. Elise l'aveva informata con tutta la cautela possibile dell'arrivo di suo padre e le aveva annunciato che lui e il suo giovane accompagnatore si sarebbero presentati in atelier verso le dieci.

Durante la cena in cucina l'argomento fu evitato; neppure Therese fece osservazioni in proposito. Parlarono invece del vino francese di cui erano state consegnate diverse botti e che ora Therese stava travasando nelle bottiglie, su cui attaccava l'etichetta. Moritz non aveva fatto lo spilorcio, le etichette erano state progettate per lui dal pittore e scultore Henschel e la stamperia Lederer le aveva fabbricate.

«Sarà stato di sicuro molto caro» disse Charlotte.

«Bisogna permettersi cose di questo tipo, se si servono clienti esigenti» si difese Moritz.

«La stamperia ha voluto solo cinque talleri per cento etichette» raccontò Therese che, come al solito, era d'accordo con suo figlio in merito a tutto. «E il signor Henschel ci ha fatto un prezzo di favore, dieci talleri.»

«E quanto hai pagato per il vino?» volle sapere Elise.

Moritz raccontò di aver comprato il vino tramite un buon amico a prezzo stracciato.

«Dieci talleri a botte, praticamente regalato. Con una botte ci si fanno venti bottiglie. Per ogni bottiglia guadagno almeno mezzo tallero, fanno cinquanta talleri di guadagno netto.»

«E le bottiglie?» si intromise Grete. «Devi comprare anche quelle, no?»

«Costano solo due spiccioli…»

«Poi dobbiamo calcolarci anche l'affitto della bottega, quattro albus al mese per vitto e alloggio, la legna per la stufa e poi ogni settimana porti una bottiglia di vino a noi, che non viene venduta. Inoltre, fai assaggiare il vino a molti clienti, quindi altre due bottiglie in meno…»

Tutti guardarono Grete allibiti, di colpo si interessava ai guadagni di Moritz e stilava una lista precisa delle sue spese.

«E se teniamo conto anche dell'arredamento del negozio che hai dovuto pagare e delle tasse alla città, allora, secondo i miei calcoli, per ogni bottiglia guadagni solo sette albus.»

Moritz la fissò attonito, poi scoppiò in una sonora risata. «Mi fai ridere, Grete! Occupati piuttosto del tuo lavoro di cucito e lascia gli affari a uno che se ne intende.»

«Tutti i torti non ce li ha» osservò Charlotte. «Tenendo conto dei costi, non ti rimangono cinquanta talleri di profitto.»

«Non si può fare il conto così» si alterò Moritz. «Fa una gran confusione! L'affitto della bottega, l'arredamento, le tasse e le altre cavolate non c'entrano niente.»

«Allora conto in maniera diversa» disse Grete imperterrita. «Per cento bottiglie vuote hai pagato, diciamo, dieci albus. Poi le etichette cinque talleri, poi l'artista dieci talleri. Ma invece di cento bottiglie di vino ne vendi solo novanta, quindi hai guadagnato ventiquattro talleri e novanta albus.»

«Giusto» disse Charlotte. «A quanto pare abbiamo assunto una sarta che sa fare di conto. Da Grete puoi imparare qualcosa, Moritz.»

A Moritz quella conversazione non piacque per niente. Finì di bere il bicchiere e con un colpo fermo lo riappoggiò sul tavolo.

«Lasciati dire due parole, zia Charlotte» disse arrabbiato. «Se sei un meschino spilorcio e conti ogni kreuzer, non arrivi a niente. Negli affari bisogna pensare in grande. Buoni vini portano buoni clienti. E chi ha buoni clienti, fa buoni profitti. Quindi non bisogna lesinare, ma non badare a spese.»

«Hai detto bene, Moritz» si affrettò a dire Therese per venire in aiuto a suo figlio. «Abbiamo già avuto molti clienti nobili in negozio, e anche il principe ereditario beve il nostro vino.»

«Lui dovrà pur capirne qualcosa» osservò Babette. «Del resto, si è sposato con la figlia di un commerciante di vini.»

Purtroppo, il principe ereditario Friedrich Wilhelm si era lasciato coinvolgere in una *mésalliance* proprio come suo padre e ciò preoccupava molto la madre, la principessa Auguste, tanto stimata a Kassel. Era già passato qualche anno da quando aveva sposato a Bonn con matrimonio morganatico una donna che si era separata da un ulano prussiano. La donna ora poteva chiamarsi Gertrude von Falckenstein, ma in verità era sempre la figlia di un commerciante di vini di Bonn.

«Funziona così con i signoroni» disse nonna Anna ridendo. «Che peccato tu non abbia figlie, Moritz, potresti diventare presto il suocero di un principe.»

«Se Lisetta si decidesse finalmente a diventare mia moglie» ribatté Moritz guardando Elise con insistenza. «Potremmo provvedere a una graziosa figliola, eh?»

«Toglitelo dalla testa, Moritz» lo avvertì. «Non ho intenzione di sposarmi. Sono una donna d'affari indipendente e tale voglio rimanere.»

«Vedremo chi avrà l'ultima parola in questa faccenda» ribatté lui sogghignando soddisfatto.

Poi si congedò, stanco dopo la giornata di duro lavoro, e salì in camera sua. Anche Therese era distrutta e andò a letto. Più strano fu che anche Charlotte, che di solito la sera era sempre bella sveglia, dichiarò di voler andare a dormire presto.

Vuole riflettere su come dovrà comportarsi domani, pensò Elise. *Riuscirò a farla uscire dalla cucina per venire in atelier a salutare papà. Una volta che si saranno rivisti, prima o poi dovrà pur arrivare la riconciliazione.*

Siccome Babette e Grete continuavano a insistere, giocarono con la nonna all'adorato gioco dell'oca, che Grete ancora non conosceva. Quella sera imparò anche il filetto, che le piacque in maniera particolare, e vinse con Babette e la nonna già alla prima volta. Solo con Elise fece fatica, poiché era una giocatrice esperta e si accorgeva subito di quello che Grete aveva in testa.

«Sei proprio furba!» disse Elise ridendo.

«È solo un'impressione» disse Grete con modestia. «Mi limito a spostare le pedine da una parte all'altra.»

«Oggi pomeriggio la signora Rosen ha tolto il foglietto dalla porta» annunciò Babette piena di orgoglio. «Grete è ufficialmente la nostra apprendista!»

La notte fu tempestosa, si sentivano il vento fischiare negli angoli della casa e le imposte delle finestre sbattere. Elise si preoccupò che anche il giorno dopo potesse fare quel tempo tremendo per tutta la giornata, ma quando la mattina si alzò e aprì le imposte, il sole di marzo illuminò la finestra. Di buon umore, si vestì e scese in cucina, si rallegrò che Moritz avesse comprato un cesto pieno di panini e augurò a Charlotte, che stava seduta in silenzio di fronte al suo bicchiere di caffè, una «splendida giornata».

«Perché tu non abbia a meravigliarti» disse Charlotte con sguardo severo. «Alle dieci sono richiesta dalla moglie del capo cantiere Günste, vuole provare il nuovo cappello.»

Questa visita dalla cliente era di sicuro una trovata; Elise non sapeva niente di un cappello per la signora Günste. Babette e Therese si scambiarono qualche occhiata, ma non si intromisero. Anche Grete tacque con intelligenza. Solo nonna Anna aggrottò la fronte perché sapeva che era un pretesto per non dover incontrare il Chevalier du Croix Blanc.

«Lo sai che papà verrà in atelier alle dieci» disse Elise arrabbiata.

«Che peccato» rispose Charlotte con indifferenza. «Ma gli affari sono sempre affari.»

«Ci potresti andare un po' più tardi» ci provò Elise. «Così potresti conoscere quel giovane studente di Göttingen tanto carino.»

«Non voglio certo far aspettare la signora Günste. Lo sai che è difficile e che se la prende per i ritardi.»

Non c'era niente da fare, il piano non funzionava. Appena dopo che l'orologio della chiesa di San Martino ebbe suonato le nove, Charlotte si mise lo scialle addosso e il cappello in testa. Nella cappelliera che prese con sé, però, c'erano solo guanti, nastri e colletti di pizzo, Elise lo sapeva benissimo. La signora Günste non aveva affatto ordinato un cappello.

«Ho anche qualche acquisto da sbrigare» annunciò Charlotte. «Spero di essere di ritorno poco prima di mezzogiorno.»

Con ciò lasciò l'atelier e percorse Marktgasse così in fretta che si sarebbe potuto pensare fosse inseguita.

«È così che funziona con l'amore» mormorò nonna Anna che aveva preso posto sulla sua poltrona in atelier. «Prima quasi non riusciva neanche ad aspettare che il bel Chevalier fosse entrato dalla porta sul retro e ora scappa come una lepre dal cacciatore. Io non mi spavento così facilmente, voglio vederlo per bene, il signore.»

Poco dopo le dieci, quando Elise aveva già servito tre clienti e preso diversi ordini, la porta dell'atelier si spalancò con un tale impeto che la campanella del negozio suonò a stormo. Era Hans Christian Thiedemann, che entrava in atelier portando un sottile pacchetto sotto al braccio.

«Una piacevole giornata, signore» disse con un inchino cortese. «Signorina Rosen, sono estremamente felice di poter passare la giornata in sua compagnia. Mi sono permesso di portare un piccolo regalo, dato che le sono ancora debitore di una riparazione.»

«È venuto da solo?» domandò Elise aggrottando la fronte, senza fare attenzione al pacchetto che le stava porgendo. «Dov'è mio padre?»

«Suo padre ci aspetta alla libreria Appel dove, su incarico del suo amico van Leuwen, vorrebbe chiedere di alcune opere che mancano nella sua biblioteca.»

Elise sentì la nonna ridacchiare, ma lei non aveva alcuna voglia di ridere. Quindi anche il papà si era sottratto all'incontro come sua madre, con altrettanta vigliaccheria. Quei due erano una croce, ci si poteva dar da fare quanto si voleva per metterli insieme, non volevano e basta.

«Be', allora possiamo incamminarci» disse rassegnata, prendendogli dalle mani il pacchetto. «La ringrazio di cuore per il regalo. Posso aprirlo qui subito?»

«La prego, signorina Rosen!»

Era un'edizione nuova di pacca delle fiabe dei Grimm, che di sicuro gli era costata abbastanza. Elise era commossa.

«Su consiglio di suo padre, sono andato stamattina presto

alla libreria e sono stato molto felice di poter comprare questa bella edizione per lei.»

Sembrò molto soddisfatto che a Elise piacesse il regalo e, mentre passeggiavano in Marktgasse in direzione di Königsplatz, raccontò con grande entusiasmo che conosceva Jacob Grimm, poiché era bibliotecario e professore di filologia a Göttingen.

«È un po' noioso e non parla molto» disse sorridendo. «Ma ritengo che le sue ricerche a proposito della lingua tedesca antica siano fondamentali. Al momento sta lavorando a un vocabolario tedesco, insieme a suo fratello Wilhelm. Sono inseparabili, abitano e lavorano insieme...»

«Com'è che si interessa alle ricerche linguistiche dei Grimm, signor Thiedemann?» volle sapere Elise. «Mio padre mi ha raccontato che lei è uno studente di fisica.»

«Oh, i miei interessi sono molto ampi, signorina Rosen» disse lui compiendo un grande gesto con il braccio, con cui per un pelo non tolse il cappello dalla testa a una signora che passava di lì. «Mi piacciono tutte le scienze, ho seguito lezioni di chimica, anatomia, diritto e botanica. In più visito spesso l'Istituto archeologico dove mi intrattengo a parlare delle antiche città greche. Il mondo è pieno di meraviglie, signorina Rosen. Ci vorrebbero diverse vite per studiarle e documentarle tutte.»

Che testa matta, pensò Elise. A quanto pare, salta da una cosa all'altra come gli va in base al momento. Almeno condurrà i suoi studi di fisica con serietà e li porterà a termine?

«Finora credevo che uno studente potesse iscriversi a un'unica materia e dovesse superarla con un esame finale» replicò lei.

«Di solito infatti è così» convenne lui. «Ma io ho la dubbia fortuna di essere figlio di un professore emerito di matematica, il che mi apre la possibilità di seguire anche le lezioni di altre facoltà come ospite. Tollerano la mia presenza perché mio padre è molto stimato in università.»

«E perché questa fortuna sarebbe dubbia?» volle sapere lei.

Avevano raggiunto la vecchia chiesa di San Martino ed Elise si fermò per dare la possibilità al suo accompagnatore di osservare l'impressionante costruzione del quattordicesimo secolo.

«Potrei sembrarle ingrato a esprimermi in questo modo» disse sospirando. «Ma mi sento oppresso, perché mio padre vede in me un futuro dottore in fisica in via esclusiva e liquida tutte le altre inclinazioni come distrazioni superflue.»

Allargò le braccia per chiarire il dilemma in cui era costretto a vivere e che evidentemente sentiva come un peso. Elise dovette trattenere un sorriso. Era chiaro che il giovane ancora non sapesse bene cosa volesse e dove volesse arrivare, ma le piaceva che parlasse con lei in modo tanto aperto e serio, invece di chiacchierare del più e del meno per fare lo smorfioso con lei come faceva la maggior parte dei giovani.

«Ho sentito che ha intenzione di fondare una casa editrice, è vero?» indagò lei.

Il ragazzo si esaltò entusiasta. Sì, una casa editrice tutta sua dove pubblicare opere scientifiche di diversi ambiti; era il suo sogno più grande.

«Ma non vorrei tralasciare neanche la storia e la bella letteratura» aggiunse. «Mi sta a cuore soprattutto la letteratura, ambito in cui suo padre e il signor van Leuwen mi hanno incoraggiato molto. Anche per questo motivo aver fatto la conoscenza di suo padre per me è di grande importanza. È un uomo di mondo, di grande cultura, mi ha colpito molto.»

Elise fu felice degli elogi ma in quel momento era arrabbiata con suo padre e rispose con il silenzio; invitò Hans Christian Thiedemann a osservare la chiesa all'interno.

«Lo farei molto volentieri» disse lui con esitazione. «Ma non dovremmo far aspettare suo padre troppo a lungo.»

«Siccome non è stato disposto ad accompagnarla all'Atelier Rosen, dovrà attendere.»

«Non sarà arrabbiata con suo padre?» si informò lui sorpreso.

«Niente affatto!»

Stavano entrando nell'ampia navata della chiesa e il discorso si interruppe. All'interno i traffici della città arrivavano ovattati, una luce soffusa li avvolgeva, i passi riecheggiavano sul pavimento di pietra. Leggendo sotto voce gli epitaffi sulle tombe dei principi assiani con i loro volti devoti di marmo, spiegò che guardavano in faccia la risurrezione. Gli raccontò anche che cento anni prima un grande maestro dell'arte musicale, il signor Johann Sebastian Bach di Lipsia, aveva suonato all'organo in quella chiesa una delle sue opere. Ma lo studente di Göttingen non conosceva quel nome, non aveva ancora mai sentito parlare neanche del famoso maestro Hans Scherer, il costruttore dell'organo della chiesa. Tuttavia, dichiarò di essere un grande appassionato di musica e dell'arte della composizione.

«Suo padre parla molto spesso di lei» disse Hans Christian Thiedemann appena tornati in strada. «La ama con tutto il cuore e sarebbe molto felice se vivesse a Francoforte da lui e non a Kassel.»

Lei indugiò, poi però decise di parlare con lui apertamente.

«Sì, gli piacerebbe. Così non correrebbe neanche il rischio di incontrare mia madre.»

«Oh!» disse lui angosciato. «I suoi genitori non sono in buoni rapporti?»

«A dire il vero, non sono proprio in nessun rapporto. Mio padre ha lasciato mia madre ancor prima della mia nascita.»

Gli raccontò la storia di quando aveva rintracciato il padre, perduto a Francoforte, e lui la ascoltò con grande partecipazione.

«Capisco bene che vorrebbe far riconciliare i suoi genitori, signorina Rosen» disse lui pensieroso. «Ma temo che una questione di questo tipo non si possa forzare.»

«Può essere, ma non mi arrendo così in fretta!»

Si girò verso di lei e la guardò sorridendo, d'un tratto lei sentì che c'era qualcosa in quel sorriso e nella maniera in cui parlava con lei che la toccava. *Non mi starò mica innamorando?*, pensò preoccupata. *Non di uno studente indeciso che, se non un grande entusiasmo per qualunque cosa, non ha niente di concreto da mostrare!*

«La ammiro molto per la sua tenacia, signorina Rosen» le disse lui, «è una qualità che purtroppo mi manca.»

Suo padre stava già aspettando di fronte alla libreria di Appel con il cappello calato sulla fronte e un'espressione rabbuiata.

«Ti avevo pregato di andare a prendere mia figlia, non di andare a passeggio con lei per ore» osservò seccato rivolgendosi a Thiedemann.

«È colpa mia, papà» disse Elise. «Siccome tu hai evitato di presentarti al nostro punto di incontro, ho approfittato per mostrare al signor Thiedemann la chiesa, cosa che di sicuro ti avrebbe annoiato.»

Accolse l'osservazione in silenzio, disse soltanto che bisognava muoversi, il vento era freddo e del sole non vi era traccia. Così, i tre passeggiarono per Königsstrasse, osservando l'albergo Corte dei principi fino a raggiungere l'ampia distesa di Friedrichsplatz. Qui suo padre elogiò il museo Fridericianum, cui era annessa un'eccellente biblioteca e Hans Christian Thiedemann osservò che Kassel era una città assai imponente, piena di belle piazze e di edifici degni di nota.

«In realtà non è molto cambiata da quando il re Jérôme abitava qui» disse de LaTour. «Solo l'illuminazione delle strade è migliorata, le donne sono meno graziose e vestite senza gusto. Esclusi i presenti, è ovvio.»

«Lo penso anch'io!» gridò Thiedemann. «La signorina Rosen mi ha stregato fin dal primo sguardo con la sua grazia e la sua eleganza.»

De LaTour lanciò allo studente Thiedemann uno sguardo divertito e poi indicò un gruppo di gentildonne che parlavano tra loro, vicino a un banco.

«La mia osservazione valeva piuttosto per quelle ragazze, che non vanno in giro vestite né in modo eccessivamente colorato, né a quella triste maniera tedesca antica. Da questo si vede che Kassel, con tutte le sue smancerie principesche, in fondo è rimasta una provincia.»

Elise guardò nella direzione che aveva indicato. La signora von Ochs parlava in confidenza alla moglie del capo cantiere Ruhl, affiancata dalla signora Wiederhold e, se i suoi occhi non la tradivano, c'era anche sua madre. Si intratteneva con la signora Ruhl e, al contempo, li fissava intensamente. Era un caso? Oppure Charlotte, tormentata dalla curiosità, aveva deciso di osservare da lontano il Chevalier du Croix Blanc? In ogni caso aveva distolto in fretta lo sguardo quando si era accorta che sua figlia l'aveva scoperta e aveva continuato a parlare animatamente con la signora Ruhl.

Proprio in quel momento cominciò a piovere, accorciarono la passeggiata e tornarono indietro riparandosi sotto gli ingressi delle case per recarsi al Re di Prussia, dove de LaTour la invitò per un pranzo abbondante che si trasformò in un incontro molto piacevole. Elise scoprì che Hans Christian Thiedemann voleva redigere la tesi sull'esperimento fisico che aveva compiuto a Francoforte e che, a quel proposito, suo padre gli aveva dato stimoli e consigli. Soprattutto, però, si parlò della casa editrice da fondare, per la quale anche de LaTour dimostrava grande interesse.

«Come ti ho già detto, giovane amico» disse prendendo un sorso dal bicchiere di vino «dovresti cominciare con un'opera che attiri grande attenzione in generale, in modo che tu possa aprirti subito all'inizio un giro di amici e acquirenti. Dovresti anche pubblicare una rivista, in cui scienziati rinomati e letterati possano pubblicare i loro articoli. Per renderti l'inizio più facile, io sarei disposto, nel mio piccolo, a redigere alcuni brevi scritti su temi diversi e mia figlia potrebbe contribuire con disegni e caricature.»

«Io?» si meravigliò Elise.

«Nelle tue lettere c'erano spesso rappresentazioni grafiche ben riuscite» disse. «Anche questo è un talento che non dovresti sprecare.»

«Anch'io sono di questa opinione, signorina Rosen» gridò Thiedemann esaltato. «È un peccato che suo padre e io già domani lasceremo Kassel. Perciò sarei oltremodo felice se potessimo rimanere in qualche modo in stretto contatto. Lei e sua madre siete sempre le benvenute nella nostra casa di Göttingen e io, con grande gioia, sono a vostra disposizione come guida e ospite.»

La guardava con insistenza mentre pronunciava quelle parole, sembrava tenere a quel nuovo incontro più di quanto non volesse ammettere in quel momento di fronte a suo padre. Elise sentì il cuore battere più veloce, ma si guardò bene dal compiacerlo.

«La ringrazio» disse cordiale. «Il nostro negozio purtroppo ci lascia poco tempo per viaggi e visite. Tuttavia, trovo la sua intenzione di fondare una casa editrice molto bella e coraggiosa, se in questo posso supportarla, lo farò volentieri.»

Era già pomeriggio quando tornò in atelier agitata e con la testa piena di novità che la turbavano. Sua madre quasi non si accorse del suo arrivo, poiché stava servendo due signore che volevano farsi ricamare una nuova decorazione sul cappello per le feste pasquali. Therese stava ricamando un borsellino senza staccare gli occhi dal lavoro, Babette infilava con aria impegnata il filo nell'ago, solo Grete accolse Elise con un sorriso.

Più tardi, quando le clienti lasciarono la bottega, Charlotte alzò la testa e inspirò in maniera rumorosa.

«C'è odore di locanda» affermò con aria di rimprovero senza guardare Elise. «Apri la finestra, Babette. Non facciamo buona impressione se c'è puzza di vino, tabacco e cipolle al forno!»

Elise, che già da un po' era tornata a sedersi al suo posto e stava cucendo un fiore di stoffa per un cappello, si alzò senza dire una parola e andò in camera sua a cambiarsi. Certo, sua madre aveva ragione, il suo vestito aveva preso l'odore della locanda che era mal ventilata, ma avrebbe potuto farlo notare in modo più discreto e gentile.

La nonna era in cucina, seduta a rimestare il quark salato per la cena. Quando Elise le passò davanti per andare in atelier, disse: «Non prendertela, ragazzina. È di cattivo umore. È tornata dalla città all'ora di pranzo bagnata fradicia e su di giri. La povera Therese è stata la prima a saggiare il suo malumore, e anche le altre non hanno avuto un pomeriggio piacevole».

«L'ha visto, nonna. Era in Friedrichsplatz e ci ha osservato da lontano.»

«Me lo ero immaginato» mormorò nonna Anna smettendo di rimestare per fare un sospiro profondo. «Non è facile per lei, Elise. All'inizio le era apparso come un angelo, poi è diventato un seduttore diabolico e adesso deve riconoscere che è semplicemente un uomo.»

«È un uomo straordinario e amabilissimo, nonna!»

«Dato che è un buon padre, forse il Signore gli concederà un paio di giorni di purgatorio» disse l'anziana donna, un po' scettica. «Ora vai di là e sii gentile con tua madre.»

Elise, in realtà, si era ripromessa di chiedere arcigna a sua madre della sua visita dalla signora Günste, se le fosse piaciuto il cappello e se la prova non avesse forse avuto luogo in Friedrichsplatz. Poi però ripensò alle parole di sua nonna e decise di tenere la bocca chiusa e di dimostrarsi gentile.

5

Il consiglio della nonna si rivelò intelligente, poiché Charlotte si calmò nel corso del pomeriggio e la sera si sedettero tutti in cucina in gioiosa compagnia. Soprattutto Moritz si mostrò di buon umore, spettegolò dei nobili che quel giorno avevano mandato i domestici a comprare il vino francese. Aveva già ordinato nuova merce che sarebbe stata consegnata i giorni successivi: non l'avrebbe data via a buon mercato come il vino rosso, l'avrebbe venduta al giusto prezzo.

«Quando tieni i clienti in pugno, poi sono tutti ai tuoi piedi» disse fiducioso voltandosi verso Elise con aria di sufficienza. «Se domani vai a salutare il tuo stimatissimo papà alla stazione della diligenza, puoi regalargli una bottiglia. Anche se non mi conosce, portagli un caro saluto da Moritz Liebermann, il proprietario del delizioso negozio di vini in Marktgasse.»

«Se proprio vuoi…»

«Sento proprio il bisogno di farlo» disse lui inchinandosi da seduto come se salutasse un cliente nobile.

In seguito, si abbassò a giocare a filetto con Grete e questo gli valse tre sconfitte, una dopo l'altra.

«Non può essere!» si meravigliò. «Tu imbrogli, Grete!»

Siccome tutti li avevano visti giocare, ottenne solo risate sprezzanti.

«Mi dispiace tanto, Moritz» disse lei sentendosi in colpa. «L'ultima volta volevo anche lasciarla vincere, ma per quanto mi sia impegnata, non ha funzionato.»

Nel frattempo, Grete aveva imparato altrettanto in fretta il gioco della dama, e lo padroneggiava con sicurezza, come il filetto.

«Impara velocemente, la mia Grete» disse Babette fiera. «Solo al gioco dell'oca le manca fortuna con i dadi, perché del resto la fortuna è sempre dalla parte degli stolti.»

Quella sera scherzarono e risero molto, Moritz non si lasciò rovinare l'umore e anche Charlotte sembrò essersi ripresa. Solo Therese era stranamente silenziosa, tanto che Elise temette ne avesse già abbastanza del faticoso lavoro al negozio di vini. Osservava molto spesso il suo Moritz con un'espressione piena di preoccupazione, tormentata da una certa apprensione materna.

Quando Elise si mise nel letto, dopo una giornata così ricca di avvenimenti si aspettava di addormentarsi in fretta, ma non fu così. Invece di sprofondare nel mondo dei sogni, continuava ad apparirle davanti agli occhi la figura del giovane Thiedemann: i suoi gesti vivi e impetuosi, i capelli biondi riccioluti che si scostava dalla fronte spazientito, gli occhi castano scuro. Sì, le era piaciuto. Appariva riservato e cortese, ma quando parlava di qualcosa che lo entusiasmava, era focoso e trascinava chi lo ascoltava. E quanto a lungo e spesso l'aveva guardata con rispetto, meravigliato, ma anche pieno di curiosità e – su questo lei non si sbagliava mai – nei suoi sguardi c'era anche desiderio. Si era innamorato di lei? Era possibile, poiché congedandosi le aveva tenuto stretta la mano così a lungo che suo padre aveva osservato sprezzante: «Per ottenere il benvolere di una gentildonna, non è necessario stritolarle la mano, ragazzo!».

Lei non aveva potuto trattenersi dal ridere, ma Thiedemann si era molto imbarazzato e si era scusato per non essere un uomo di mondo, ma solo un abitante di Göttingen, indelicato e con poca esperienza nelle relazioni con il gentil sesso. Quest'ultima considerazione, tuttavia, Elise la ritenne inverosimile. In fondo, si sapeva che gli studenti non facevano vita di clausura, bevevano e fumavano a volontà e che le figlie dei locandieri, le domestiche e altre ragazzine viziose servivano da distrazione nella quotidianità di ogni studente. Si addormentò molto tardi ma, nonostante il breve riposo notturno, la mattina presto fu bella sveglia, scelse con cura il vestito che voleva mettersi quel giorno e scese in cucina.

«Ti sei fatta carina perché vuoi andare a salutare tuo padre e lo studente di ritorno a Göttingen?» osservò Charlotte di sfuggita.

Il giorno prima suo padre le aveva fatto sapere che sarebbero saliti sulla diligenza verso le dieci e che avrebbe stretto volentieri sua figlia tra le braccia un'ultima volta prima della partenza.

«Certo» ribatté lei con gentilezza. «Del resto, non devono pensare che siamo gente da poco che se ne va in giro con lo stesso vestito d'estate come d'inverno.»

Era una mattina fredda e nebbiosa, poco invitante per un giro in città. Tuttavia, non fecero in tempo ad aprire il negozio che apparve la domestica della moglie del consigliere finanziario Engelbrecht per portare indietro un paio di guanti in merletto che – così aveva affermato la sua padrona – si erano strappati appena dopo l'acquisto.

La situazione aveva fatto arrabbiare Charlotte, dal momento che più volte aveva consigliato alla signora Engelbrecht di scegliere dei guanti più grandi, ma il modello non era piaciuto alla cliente, che aveva costretto le sue dita grassocce in guanti troppo stretti causando lo strappo.

«Posso ricucire lo strappo, ma non ritirare la merce» disse decisa. «Riferiscilo alla tua padrona.»

La domestica, però, aveva il compito di cambiare i guanti con un altro paio e piagnucolò che la padrona l'avrebbe presa a schiaffi se fosse tornata senza i guanti nuovi. Elise seguì il discorso solo per metà, poiché con la testa era già in Königsplatz, da dove sarebbe partita la diligenza. Poi la sua attenzione fu attratta da una figura indistinta di fronte alla vetrina, nella luce nebbiosa del mattino. Era un uomo anziano con un cappello scuro calato sulla fronte e sembrava osservare con grande curiosità i cappelli e le cuffiette di pizzo esposti. Fu percorsa da un felice spavento; suo padre era rinsavito ed era venuto per salutare Charlotte. Doveva corrergli incontro, aprire la porta e farlo entrare in atelier? No, era meglio lasciarlo agire da solo. Forse aspettava che la domestica lasciasse la bottega, poiché guardava con attenzione attraverso i vetri l'interno dell'atelier, dove erano ancora accese le candele.

«Mi dispiace, la tua padrona deve capire che non prendo indietro merce sciupata» disse Charlotte decisa; la povera domestica lasciò l'atelier singhiozzando.

Elise guardò tesa in direzione della porta, ma non si vedeva più nessuno, di fronte alla vetrina aleggiava soltanto la nebbia del mattino. Mise da parte il lavoro e andò alla porta. Sulla strada si vedeva solo a un paio di metri di distanza, la casa del mastro sarto Holzapfel si riusciva ancora a scorgere, il negozio di vini Liebermann a fianco spariva quasi del tutto nel vapore della nebbia. Un servitore le passò accanto di fretta; due donne che spingevano un carro pieno di sacchi in direzione Marktplatz erano soltanto grigi profili.

Non aveva avuto nessuna intenzione di entrare in atelier. Voleva osservare Charlotte di nascosto attraverso la vetrina per poi andarsene senza essere riconosciuto. Chi aveva come genitori? Perché si rendevano entrambi così ridicoli?

Quando poco dopo arrivò in Königsplatz, la nebbia cominciò ad alzarsi e i primi tiepidi raggi di sole attraversarono la coltre di nuvole. De LaTour e Hans Christian Thiedemann erano già pronti al punto di partenza; proprio in quel momento il cameriere in livrea della pensione stava portando i bagagli ai signori e ottenne una mancia da Thiedemann. Alla comparsa di Elise, fece davanti a lei un inchino profondo e si ritrasse velocemente.

«Spero che ci rivedremo presto a Francoforte» disse suo padre abbracciandola con grande affetto. «Dai questa gioia al tuo vecchio, bambina mia. Non sai per quanto ancora onorerò questo mondo della mia presenza.»

Promise di pensarci su e gli porse il regalo di Moritz. Non menzionò di averlo visto poco prima spiare di nascosto l'interno dell'atelier. Avrebbe comunque contestato l'affermazione dicendo che lo aveva scambiato per qualcun altro. Thiedemann questa volta non osò porgerle la mano, le rinnovò però il suo invito a Göttingen annunciando perfino la possibilità di un suo passaggio a Kassel dopo Pasqua, poiché sarebbe stato in fase di redazione della tesi ed era possibile che dovesse recarsi all'eccellente biblioteca del museo Fridericianum.

«Sul tema delle tue ricerche non troverai granché di nuovo in biblioteca qui» osservò de LaTour scettico, poiché aveva capito il vero motivo del viaggio.

La diligenza lasciò Kassel puntuale e percorse tutta la Königsstrasse inferiore fino a Wesertor, in direzione Göttingen. Elise si sentì stranamente triste quando tornò in atelier; l'accoglienza che le riservò sua madre ebbe ben poco effetto per migliorare il suo umore.

«Ti pare l'ora di tornare?!» disse risentita. «Come facciamo a sbrigare il lavoro, se te ne vai sempre in giro per la città? Neanche Therese è al suo posto!»

Therese le aveva fatto sapere che per quel giorno e il successivo avrebbe avuto da fare al negozio di vini, poiché avrebbero consegnato le nuove botti e il vino doveva ancora essere travasato nelle bottiglie prima delle feste pasquali per essere venduto.

Elise si sedette in silenzio al suo posto e finì di cucire due cuffiette per Sybilla volando con l'ago, poiché aveva previsto di andare a trovare l'amica nel pomeriggio. Dato che Sybilla pagava sempre e subito gli ordini, sua madre non avrebbe avuto niente da ridire su quell'uscita. Charlotte aveva trovato di nuovo la calma nel pomeriggio. Elogiò Grete, che si dimostrava già d'aiuto in atelier e disse a Elise di portare i suoi saluti all'amica aristocratica.

Il tempo tiepido e primaverile quel giorno sembrava volersi prendere una pausa, Elise però aveva deciso di mettercela tutta per permettere a Sybilla una breve passeggiata sulle rive del Fulda. Si rivelò più facile di quello che temeva, poiché la madre di Sybilla era fuori per una visita e suo padre le diede il permesso senza fare storie.

«È davvero ora che la ragazza faccia un po' di movimento» aveva detto borbottando. «Se ne sta tutto il santo giorno a sedere sulla poltrona imbottita a leggere libri, mio nipote alla fine diventerà un pantofolaio.»

Il colonnello era malaticcio e usciva solo in rare occasioni. A suo tempo la precoce morte dell'amato figlio, il fratello minore di Sybilla, lo aveva scosso duramente e il fatto che il principe lo avesse mandato in pensione con disonore aveva fatto il resto. Ora riponeva tutte le speranze nell'atteso nipotino, che doveva essere un maschio, si capisce.

Sybilla si dimostrò estremamente felice per quel permesso in cui non aveva davvero sperato sul serio. No, Johann Georg fino a quel momento non aveva ancora trovato il tempo per portarla a fare una gita in carrozza a Karlsaue, suo marito era ligio al dovere della *Garde du Corps* del principe ereditario, a breve si aspettava una nomina a capitano di cavalleria.

«Ah, Elise, oggi mi hai dato una gioia tripla» disse ridendo felice. «La prima è questa passeggiata, poi il libro meraviglioso dei fratelli Grimm, oltretutto adesso mi racconterai tutte le esaltanti novità che ti sono accadute nel frattempo.»

«Oh, niente di che» disse Elise facendo cenno di no.

«Be', a quanto pare, hai fatto conquiste» osservò Sybilla sorridendo. «Non hai detto che è stato uno studente a regalarti questo libro?»

Si fecero portare in carrozza da Baptiste fino a Friedrichsplatz; una volta arrivate, Sybilla pregò il fedele dipendente di attendere lì il loro ritorno. Passando per Auetor, scesero con calma verso Karlsaue, passeggiarono lungo il piccolo Fulda e si rallegrarono alla vista dei piè di gallo color limone e dei crochi viola, le prime fioriture primaverili che brillavano nei prati. Gli alberi erano ancora spogli, ma i rami erano già di un lucente marrone rossastro che annunciava che presto sarebbero sbocciate le prime gemme.

«Che bello vedere di nuovo questo complesso splendido» disse Sybilla indicando la limonaia decorata di colonne e gli edifici chiari adiacenti di Karlsaue. «Credo di essere stata qui l'ultima volta più di quattro anni fa, quando accompagnai la principessa in un'uscita insieme ai miei genitori. Ora, però, sono ansiosa di sentire in che modo sei arrivata al mio regalo.»

Elise descrisse le sue esperienze con toni accesi. Sybilla trovò il suo primo incontro con Hans Christian Thiedemann davanti alla libreria molto curioso e divertente. Per lo strano comportamento dei genitori di Elise, che non volevano incontrarsi a vicenda, ma che, curiosi, si erano osservati da lontano, Sybilla non poté trattenersi dal ridere.

«C'è speranza, Elise» disse in tono serio. «A quanto pare non sono per niente indifferenti l'uno all'altra. Questo enorme ritegno dimostra che ancora ci sono sentimenti tra loro.»

«Certo» disse Elise rassegnata. «Papà ha i sensi di colpa e mamma è arrabbiata con lui, ora come prima. Ecco i sentimenti che nutrono l'uno per l'altra.»

«Ma no, Elise» la contraddisse Sybilla. «Di un grande amore resta sempre qualcosa che sopravvive agli anni e alle epoche.»

La passeggiata aveva reso Sybilla fiduciosa, tanto che infuse coraggio all'amica e la esortò a continuare a incentivare la riconciliazione dei genitori. Elise si rallegrò, poiché a quel punto si vedeva palesemente quanto quell'uscita avesse fatto bene a Sybilla. Le guance pallide si erano velate in superficie di un colore rosato, gli occhi luccicavano pieni di desiderio quando guardava verso le foreste e le colline e la sua andatura, che all'inizio era lenta e attenta, si era stabilizzata.

«A casa mi muovo poco più che dal letto alla poltrona» confessò. «E quando scendo le scale per andare in sala da pranzo a mezzogiorno, mia madre mi sostiene come fossi un'ammalata che potrebbe cadere da un momento all'altro a causa della debolezza.»

Si fermarono sulle rive del Fulda per guardar passare le barche dei pescatori e le chiatte. Il sole primaverile faceva scintillare gioioso le onde sul fiume, sulla riva compariva la prima erba fresca e alcune anatre brune stavano accovacciate a covare sotto gli arbusti spogli. Presto sarebbero nati soffici anatroccoli.

«Tutto è colmo di un'attesa gaia» disse Sybilla prendendo la mano di Elise. «Dovresti viaggiare, Elise. Andare a Francoforte, ma anche a Göttingen. Ti accompagnerei volentieri, come avevamo progettato in passato, ma fino all'inizio dell'estate, quando il mio bambino verrà al mondo, e probabilmente anche in seguito, almeno per un po', non potrò lasciare Kassel. Tu, però, Elise, sei libera e indipendente. Dovresti approfittarne finché ti è possibile!»

Elise non la contraddisse, pensò tra sé e sé. Una dama aristocratica avrebbe potuto viaggiare seguendo i propri desideri, andare a far visita a parenti e amici, organizzare un soggiorno di cura alle terme. Le sarebbe bastato sedersi su una carrozza e lasciarsi trasportare, ma una modista doveva guadagnarsi da vivere, per cui restava poco tempo per i viaggi costosi. Perfino quella passeggiata le avrebbe valso un'ulteriore predica da parte di sua madre. In fin dei conti Charlotte aveva ragione, l'atelier era il fondamento delle loro vite: soltanto il lavoro quotidiano e la costanza assicuravano loro un guadagno.

Lasciarono le pittoresche rive del Fulda e passarono di fronte al castello del principe elettore per tornare verso Friedrichsplatz, dove probabilmente Baptiste, spazientito, aspettava già da un po' la sua padroncina. Si fermarono un momento in Marställer Platz per guardare i soldati del principe elettore durante un'esercitazione e, con grande gioia di Sybilla, vi scorsero anche Johann Georg von Haynau che andava verso il palazzo sul suo cavallo seguito da un gruppo di corazzieri. Aveva fermato il cavallo per salutare le signore, e, aggrottando la fronte, aveva fatto un'osservazione a Sybilla chiedendole se non fosse ancora troppo freddo per una passeggiata.

«Nel tuo stato sarebbe meglio che rimanessi a casa» disse preoccupato, guardando Elise con aria di rimprovero, poiché sapeva perfettamente che era stata lei a indurre sua moglie a una simile imprudenza.

«Certo, puoi anche avvolgerla nell'ovatta e chiuderla in un baule» disse Elise. «Una futura madre, però, dovrebbe vedere cose belle e godere della natura. Altrimenti il suo bambino diventerà un pantofolaio bisbetico.»

«Mio figlio non diventerà di certo un pantofolaio» rise Johann Georg. «Vi saluto, signore!» concluse, facendo ripartire il cavallo e se ne andò con gli altri commilitoni. Dopo quell'incontro l'umore gioioso di Sybilla se n'era andato; aveva fretta di tornare alla carrozza e ora affermava di essere esausta.

«Grazie di cuore, carissima Elise» disse prima di salire sulla carrozza con l'aiuto di Baptiste. «Oggi siamo state in giro un po' troppo a lungo, ma per il resto la passeggiata con te mi ha dato una grande gioia. Ah, mi è venuta in mente un'altra piccolezza, riguarda il tuo fratello acquisito Moritz.»

«Moritz?» si meravigliò Elise. «Cos'ha combinato?»

«Oh, niente...» disse Sybilla, che era già seduta sulla carrozza e si appoggiava una coperta di lana sulle ginocchia. «Può essere un caso, Elise. Mio padre di recente ha aperto una bottiglia di vino rosso che la domestica aveva comprato al negozio di vini Liebermann.»

«Fammi indovinare» la interruppe Elise. «Il vino non è stato di suo gradimento, vero?»

«Purtroppo.» ammise Sybilla. «Mio padre sosteneva che fosse annacquato. È possibile che Moritz sia stato ingannato all'acquisto e per questo ti prego di avvisarlo in tutta riservatezza.»

Elise restò sulla piazza a guardare da dietro la carrozza che partiva con mille pensieri in testa. Moritz aveva forse comprato del vino annacquato? Era possibile, in effetti aveva affermato di averlo acquistato a prezzo stracciato, ma c'era una possibilità che Elise riteneva verosimile, soprattutto pensando all'espressione preoccupata di Therese. Se era così, allora quel furbacchione di Moritz presto si sarebbe trovato in grandi difficoltà.

Qualche giorno dopo il bel tempo primaverile se n'era andato, un vento freddo dal nord turbinava nei vicoli della città vecchia spingendo piccoli fiocchi di neve umidi che non facevano in tempo a raggiungere il suolo che diventavano acqua. I cappelli costosi delle dame di Kassel rimasero negli armadi, con quel tempo si portavano semplici berretti, chi possedeva uno scialle con cappuccio ne era felice. Qua e là i passanti lottavano con il vento e l'ombrello, un oggetto molto costoso che capitava si rovesciasse o venisse strappato via dalle mani del proprietario.

Elise si strinse lo scialle sulla testa e le spalle; invece della cappelliera, sensibile all'umidità, prese una borsa di stoffa resistente e si incamminò per andare dalla signorina von Eschen a consegnare cappello e colletto. I vicoli della città vecchia erano vuoti, c'erano solo due domestiche che si affrettavano verso la fontana con le gonne svolazzanti e un contadino che, impassibile, trascinava il carretto del mercato mezzo vuoto sul selciato, fregandosene del vento e della pioggia.

La domestica della signorina von Eschen la accolse imbronciata; a quanto pareva, la padrona l'aveva sgridata.

«È di pessimo umore» sussurrò a Elise. «Sarà il cambio di stagione che le dà fastidio.»

Sì, certo. La gentildonna doveva pur avere un pretesto, se era di cattivo umore. La domestica era già la terza che Elise incontrava dalla signorina von Eschen; a quanto pareva, nessuna resisteva a lungo con una padrona così.

«È la modista?» disse una voce dal salone. «Deve togliersi le scarpe bagnate e mettersi le pantofole. Prendi un telo e asciugale l'orlo della gonna, almeno non mi rovinerà il tappeto con il fango della strada.»

Elise si sottomise alla procedura ed entrò nel salone con enormi pantofole di feltro grigio che verosimilmente appartenevano alla cuoca.

«Porta con sé un tempo tremendo, signorina Rosen» la accolse la signorina von Eschen. «Se continua così, il giorno di Pasqua non potrò portare il cappello per andare in chiesa. Vabbè, mi faccia vedere...»

Ovviamente aveva avuto da ridire sul cappello: i nastri erano troppo lunghi, il velo troppo pomposo, le piume non avevano la lucentezza tipica della seta che lei sperava di vedere.

«Forse le è mancato il tempo per fare un lavoro come si deve» osservò togliendo gli spilli dal cappello per provarselo di nuovo. «La visita di suo padre l'ha tenuta occupata, è ovvio.»

«Sono stata molto felice di averlo rivisto» replicò Elise. «Tuttavia, il mio lavoro non ne ha risentito, poiché avevo ultimato il cappello e il colletto già prima del suo arrivo.»

«Mmm...»

La signorina von Eschen osservò il colletto di taffetà scuro con grande attenzione.

«Purtroppo, non ha ritenuto necessario farmi una visita di cortesia» disse con tono pungente. «Molto spiacevole. Mi sarebbe piaciuto conoscere più da vicino il suo giovane accompagnatore. Il signor Appel, che gestisce la libreria, non ha fatto altro che elogiarlo. Il giovane pare sia stato un cliente giudizioso e con un grande amore per i libri.»

Kassel era proprio come un villaggio: niente rimaneva taciuto. Soprattutto i commercianti nelle loro botteghe contribuivano affinché le voci si spargessero in fretta. Hans Christian

Thiedemann era stato da Appel solo per poco, il tempo di acquistare le fiabe dei Grimm, e già lo sapeva mezza Kassel.

«Sì, ama i libri e vuole fondare una casa editrice» disse Elise. «Ma a breve dovrà affrontare l'esame finale per concludere gli studi in fisica.»

«Che peccato» sospirò la signorina con teatralità. «Un giovane così grazioso si dedica a questi studi noiosi e si rinchiude in aridi libri. Dovrebbe invece studiare la vita nella sua molteplicità e bellezza, poiché il fiore della giovinezza svanisce in fretta.»

Guarda, pensò Elise divertita. *Ha un debole per gli studenti giovani e graziosi. Lo sapevo che il suo comportamento devoto era solo una maschera. Dove diamine ha visto Hans Christian? In Friedrichsplatz? Era forse tra le gentildonne con cui si stava intrattenendo mia madre?*

«Nel caso in cui suo padre dovesse scrivere, la prego di riferirgli che aspetto a tutti i costi una sua visita, se dovesse fermarsi un'altra volta a Kassel.»

«Lo farò volentieri, signorina von Eschen. Desidera che accorci ancora un po' i nastri e tiri un po' indietro il velo? Altrimenti ho già portato il conto…»

La cliente alzò di nuovo il cappello dal tavolo, lo osservò con occhio critico e fece scivolare i nastri tra le dita.

«Per me lo lasciamo così. Mi faccia vedere un po' il conto… È di nuovo più caro dell'ultima volta.»

Prese la cassetta del denaro dal comò e contò le monete sul tavolo. Tirò fuori tre kreuzer, ma Elise non volle trattare, mise il denaro nel suo portamonete e ringraziò con la solita cortesia.

«Le auguro una piacevole giornata, signora. Speriamo in un tempo migliore per Pasqua.»

«Addio!»

Nel corridoio Elise si infilò le scarpe bagnate, si avvolse nello scialle umido e si sbrigò il più veloce possibile sotto la tempesta e il nevischio per tornare in atelier al caldo.

La settimana di Pasqua arrivò e, siccome ogni tanto usciva un po' di sole, il negozio di Marktgasse era pieno di clienti. Acquistarono cappelli nuovi, fecero ridecorare quelli più vecchi, presero i colletti di pizzo, le sciarpe e i guanti, ma anche i piccoli portamonete ricamati e le borsette. Charlotte era estremamente soddisfatta, soprattutto perché Therese si faceva di nuovo vedere in atelier e ricamava con diligenza e perché Grete aveva cucito la sua prima cuffietta. Certo, il disegno l'aveva fatto Elise, ma il taglio e tutti i lavori di cucito Grete li aveva sbrigati senza alcun aiuto.

«Come ricompensa per tutte voi, per Pasqua lasceremo perdere il lavoro, terremo un bel pranzo pasquale e, se il tempo lo permetterà, affitteremo una carrozza per salire a Wilhelmshöhe» annunciò Charlotte rallegrandosi.

Il Giovedì Santo verso mezzogiorno apparve davanti all'atelier un fattorino a cavallo che portava una lettera da Francoforte.

«Bontà divina» disse Charlotte. «Affittare un fattorino non è proprio economico. Tuo padre sembra buttare dalla finestra i soldi del suo generoso amico a mani piene!»

Elise era stupita, poiché di solito suo padre le faceva recapitare le lettere tramite la posta e chiese alla madre il permesso di andare nella sua stanza per leggere il messaggio.

«D'accordo, ma non indugiare troppo, la moglie del maestro di cappella farà ritirare il suo berretto oggi stesso!»

Mia adorata bambina,
appena di ritorno da Göttingen devo chiedere il tuo aiuto per un'urgente faccenda di eccezionale importanza. Non appena ho

aperto lo scrittoio in cui avevo chiuso a chiave il mio manoscritto, l'ho trovato vuoto. Le mie memorie, che ho messo su carta in anni di faticoso lavoro, sono state sottratte dalla perfida mano di un ladro!!!
Siccome la serratura e lo scrittoio sono intatti, il ladro deve aver scoperto il nascondiglio della chiave, che tengo sempre dietro i Saggi di Michel de Montaigne. Purtroppo, il mio sospetto principale ricade su quel giovane che ho accolto a Francoforte come amico e protetto, cui ho mostrato il manoscritto e perfino rivelato il nascondiglio della chiave con imperdonabile ingenuità. Sono amareggiato perché da uomo saggio quale sono non ho tratto insegnamenti migliori dalle delusioni passate e mi sono fatto abbindolare da un novellino.
Thiedemann deve aver trafugato il manoscritto ancor prima della nostra partenza da Francoforte e averlo conservato in valigia. Cosa ne farà è facile da indovinare, poiché io stesso gli ho consigliato di avviare la casa editrice con un'importante opera, di interesse generale.
Non posso denunciare il fatto alla polizia per motivi di discrezione e temo che da solo non possa ottenere molto, perciò ti prego, bambina mia, di andare a Göttingen a indagare sulla faccenda. Non mi è sfuggito che il giovane ha un debole per te; ecco il tallone d'Achille dove possiamo colpirlo.
Per il pagamento delle spese di viaggio ti mando un vaglia bancario del mio amico Christian Daniel, indignato per questo furto sfrontato tanto quanto me.
Ripongo in te, mia adorata figlia, la mia unica speranza di riavere tra le mani il preziosissimo manoscritto!
Il tuo disperato padre,
Charles François de La Tour

6

E adesso? Elise lesse la lettera una seconda volta e scosse la testa. Si presumeva che qualcuno avesse rubato il manoscritto. Le memorie che conservava nello scrittoio in biblioteca e che lei una volta aveva letto di nascosto. Almeno durante il suo soggiorno a Francoforte, avvenuto più di un anno prima, suo padre non aveva mai chiuso lo scrittoio. Ma ora sì, era partito per un viaggio e per lui era importante sapere che la sua preziosissima opera fosse al sicuro. Cosa che poi si era rivelata comunque falsa.

Di sotto, in atelier, c'era già una cliente che spettegolava starnazzando concitata; sua madre l'avrebbe chiamata a breve. Nervosa, scorse la lettera una terza volta senza sapere ancora bene cosa farne. Come mai sospettava proprio di Hans Christian Thiedemann? Soltanto perché aveva mostrato interesse per la pubblicazione del manoscritto? Era assurdo! Thiedemann era una persona per bene, perché avrebbe dovuto procurarsi il manoscritto in tal modo? E soprattutto, Elise era dell'idea che il padre sopravvalutasse ampiamente il valore pubblico dei suoi scritti. Va bene, aveva frequentato diverse corti di re e di principi, ma ciò oramai faceva parte del passato. Le storielle piccanti e le avventure amorose che raccontava nei dettagli, Elise le trovava alquanto penose. Chi avrebbe voluto leggere quei racconti?

«Eliiise!» sentì gridare dal piano di sotto. «Dove sei finita? La signora Engelbrecht desidera una decorazione primaverile sul suo cappello blu.»

Sbuffò arrabbiata e piegò i fogli per riporli nel cassetto della sua scrivania. Era già la quarta volta che la signora Engelbrecht portava quel cappello per farlo ridecorare. Aveva sufficienti disponibilità per acquistare un cappello nuovo, ma quell'avara risparmiava ogni volta che poteva. Elise scese e, senza fermarsi, passò dalla cucina, dove la nonna affettava le cipolle per la zuppa, per poi presentarsi in atelier con un sorriso gentile.

«Ah, certo, il cappello blu. C'è da meravigliarsi a vedere quanto possa durare un oggetto di feltro come questo... Aveva pensato a dei fiorellini rosati, signora? Le consiglierei queste roselline raffinate...»

Ci volle più di un'ora perché la cliente alla fine si decidesse per una decorazione e per trattare il prezzo. Poi Elise prese fiato e si mise al lavoro per cucire in fretta gli ultimi punti, perché la moglie del maestro di cappella potesse ricevere in tempo il suo nuovo cappello.

«Quindi che scrive?» chiese Charlotte con apparente indifferenza. Camminava su e giù per l'atelier per rimettere in ordine negli scaffali tutte le scatole con i fiori, i nastri e i fiocchi che erano state tirate fuori per la cliente.

«Intendi papà?»

«Chi sennò?» ribatté sua madre pungente.

Il fatto che Charlotte si interessasse della posta del padre era insolito ed Elise lo prese come un buon segno. Solo che, purtroppo, quel messaggio non era adatto a migliorare la sua opinione su Charles François de LaTour.

«Oh... È ripartito da Göttingen ed è tornato di nuovo a Francoforte...»

«E per questo ti manda subito un fattorino?» le chiese sua madre incredula.

«Ma no, non per questo» confessò Elise. «È preoccupato perché il suo manoscritto è scomparso.»

«Che manoscritto?»

Sua madre era davvero insistente. Perché non entrava una cliente in atelier? Per tutto il giorno non avevano fatto altro che aprire e chiudere la porta e ora che aveva bisogno di un po' di clientela per distrarre sua madre ovviamente non arrivava nessuno.

«Non ti ho raccontato che scrive le sue memorie?»

Charlotte spinse una scatola di nastri di seta al suo posto e alzò le spalle. «Non mi ricordo...»

Ci fu un attimo di silenzio. Grete fece cadere le forbici a terra, il che dette a Therese l'opportunità di osservare che quell'apprendista era terribilmente impacciata. Babette rispose brontolando: «Se mettessi le forbici al loro posto, non cadrebbero!».

Charlotte si mise a sedere vicino alle sarte e prese una cuffietta che doveva essere decorata con dei merletti. Ma Elise vide che sua madre rimuginava ancora e attese impaurita la domanda che stava per arrivare.

«Memorie, dici?» chiese Charlotte alzando gli occhi dal lavoro. «Non ci saranno mica anche le storie di Kassel?»

«È possibile... Ne ho letti soltanto alcuni estratti» rispose Elise con prudenza. «Credo che abbia soltanto cambiato di posto i fogli e che li ritroverà.»

«Con l'età diventa sbadato» affermò Charlotte continuando a cucire. Dopo un po' scosse la testa e aggiunse: «Memorie! Che idea scrivere una cosa del genere. Chi si crede di essere? Il re di Francia? Be', ancora si sopravvaluta tantissimo».

«Può essere, mamma...» affermò Elise con gentilezza tenendo in alto il cappello decorato per controllare che i nastri fossero attaccati al posto giusto come desiderato.

«Di sicuro ha scritto anche ciò che il Chevalier du Croix Blanc ha combinato a Kassel tanti anni fa» osservò Babette non riuscendo più a tenere la bocca chiusa.

Gli occhi di Charlotte si rivolsero a Elise, erano sgranati e pieni di orrore. «Se l'ha fatto, gli tiro il collo. Quant'è vero che sono seduta qui!» disse con un leggero tremolio della voce.

Eccoci. Se solo avesse taciuto. Ora sua madre era infuriata con de LaTour.

«Se così fosse, allora non avrà scritto di certo nulla di indiscreto, mamma» la rassicurò Elise, consapevole della sua ipocrisia, poi continuò: «Inoltre, vuole lasciarmi il manoscritto dopo la sua morte».

«Bene» disse Charlotte soddisfatta. «Così lo bruciamo nel focolare della cucina.»

Elise non aggiunse neanche una parola. Perché doveva mettersi a discutere? Se suo padre non si era sbagliato, il manoscritto era scomparso e non si sapeva se sarebbe rispuntato.

Charlotte cambiò in fretta discorso in favore di un argomento che aveva creato agitazione già di prima mattina: il topo era stato di nuovo nella dispensa e questa volta non era da solo, la nonna ne aveva visti due sgusciare via entrando nella dispensa.

«Dove ci sono due topi, presto ce ne saranno anche quattro o cinque e poi diventeranno centinaia» piagnucolò Therese. «Un'intera cucciolata. Ci attaccheranno la peste, il colera e la dissenteria...»

«Ora non esagerare, Therese» la sgridò Charlotte. «Bisogna mettere le trappole per topi, questo è. E tu, Elise, per favore non ricominciare con il gatto.»

Elise però non aveva proprio ascoltato, era assorta nei pensieri. Il viaggio a Göttingen che le chiedeva il padre era ovvio fosse un'iniziativa del tutto insensata, poiché per lei era escluso che Hans Christian Thiedemann si fosse impossessato del manoscritto. Tuttavia, avrebbe rivisto volentieri quel giovane e il generoso vaglia bancario che era allegato alla lettera le avrebbe permesso un viaggio gratuito e un soggiorno confortevole a Göttingen. Forse avrebbe dovuto riconsiderare la faccenda dopo le feste pasquali, poiché in atelier ci sarebbe stato meno lavoro, visto che la maggior parte delle dame si faceva preparare nuovi cappelli per andare in chiesa il giorno di Pasqua. Avrebbe spiegato a sua madre che suo padre l'aveva invitata a Göttingen per mostrarle la città e l'università. A sua madre di certo non sarebbe piaciuto, ma alla fine avrebbe accettato. In ogni caso, le avrebbe tenuto nascosto ciò che davvero aveva spinto de LaTour a mandarla a Göttingen. Altrimenti Charlotte avrebbe creduto che de LaTour fosse diventato completamente pazzo.

Una condizione da cui in quel momento non era neanche così lontano. Elise era un po' preoccupata per suo padre, in quanto era evidente che la perdita dell'opera lo aveva colpito duramente ma era probabile che la sparizione avesse una soluzione semplicissima. Chi avrebbe voluto rubare un mucchio di fogli scritti? Nessuno che fosse in sé.

«... E perciò un gatto non entrerà in casa mia!» disse Charlotte con decisione per chiudere una discussione che Elise si era persa per intero.

«Sì, mamma» disse Elise con gentilezza, impegnandosi a non far scoppiare un litigio.

«Sono contenta che alla fine tu abbia capito!»

Il pomeriggio portò nuova agitazione. La domestica della moglie del maestro di cappella aveva appena ritirato il cappello pronto e – miracolo! – anche lasciato il denaro, quando all'improvviso Therese fece cadere il ricamo e saltò dalla sedia con un grido di orrore. Un crepitio accompagnò il suo movimento; aveva gettato a terra il barattolo con le perline e il contenuto si stava sparpagliando in uno scroscio colorato sul pavimento.

«Hai perso il lume della ragione, Therese?» gridò Charlotte adirata. «Adesso dovremo metterci per terra a raccogliere le perline!»

Ma Therese era andata alla vetrina presa da una grande disperazione e fissava il negozio di vini Liebermann da sopra le cuffiette esposte.

«Madre santa!» mormorò con le labbra tremolanti. «Lo sapevo. Gli ho detto centinaia di volte che non avremmo dovuto...»

«Che succede?» tuonò Charlotte.

«Due poliziotti sono entrati nella bottega di Moritz» segnalò Babette, guardando fuori.

«Forse vogliono comprare una bottiglia di vino» ipotizzò Elise speranzosa. «Del resto, se ne parla dappertutto.»

Tutte però sapevano che i due uomini in uniforme blu scuro non erano entrati nella bottega in qualità di clienti, ma per un incarico ufficiale.

«Cos'ha combinato questa volta?» indagò Charlotte fulminando Therese con lo sguardo.

«Niente... niente...» sussurrò Therese. «Proprio niente... È un ragazzo per bene, scrupoloso, il mio Moritz... Ah, è così scrupoloso il mio ragazzo...»

Due signore che volevano comprare il vino uscirono in fretta dal negozio, diversi bambini di strada si ammassarono curiosi davanti all'entrata e, a fianco, l'orafo Weigel uscì dal laboratorio per vedere cosa fosse successo. Therese, tutta tremante, rimase dietro la vetrina a fissare il negozio di vini di fronte borbottando cose senza senso tra sé e sé.

«Santa Maria, madre di Dio, aiuta il mio bambino innocente, proteggilo dalla sciagura, salvalo dalla miseria e dal disonore...»

Si interruppe, poiché in quel momento i due poliziotti uscirono di nuovo sulla strada, con Moritz in mezzo. Parlava senza mai fermarsi ai suoi accompagnatori, ma loro gli prestavano poca attenzione. Alla fine, uno dei poliziotti gli fece chiaro segno di chiudere il negozio. Moritz ubbidì, dovette consegnare la chiave agli agenti in uniforme, poi il terzetto si incamminò in direzione di Fürstenstrasse, dove si trovava l'edificio della polizia.

«Ma guarda un po'» disse Babette che non riusciva a tenere chiusa la bocca neanche in quel momento. «Non avrei mai creduto che si potesse essere arrestati dalla polizia per troppa scrupolosità.»

A quel punto Therese scoppiò a piangere e Charlotte dovette portarla via dalla vetrina, altrimenti avrebbe inzuppato di lacrime le graziose cuffiette di seta esposte sui supporti di legno.

«Lo sapevo che sarebbe andata così» tuonò Charlotte. «Si è invischiato di nuovo in affari loschi, quel degenerato di tuo figlio. Non ha imparato niente da quando era in combutta con i contrabbandieri ed è sfuggito per un pelo alla forca...»

«Non è poi così cattivo, mamma» proruppe Elise. «Avrà allungato il vino con l'acqua. Sì, è vietato, ma non è un crimine.»

«Allungato il vino con l'acqua?» gridò Charlotte adirata. «Come può essere così stupido? Vende il vino ai nobili, ne ha spedito un po' perfino al principe ereditario, e crede che persone abituate a bere i migliori vini non si accorgano se ci mette dentro l'acqua? Non me ne capacito, Therese. E tu eri d'accordo? Allora presto ti troverai con il tuo Moritz nella stessa cella...»

L'eccesso d'ira fece crollare Therese una volta per tutte: finì sul pavimento singhiozzante.

«Lascia perdere, mamma» disse Elise. «Ormai è successo, non possiamo più farci nulla.»

«Se almeno non nuocesse all'atelier» piagnucolò Charlotte. «Finiranno per sospettare anche di noi!»

Nel frattempo, nonna Anna era uscita dalla cucina e, siccome era una donna dal pensiero pratico e aveva già resistito a diverse tempeste, non si fece intimorire.

«Non ti servirà a nulla» disse. «Alzati, Therese, e smettila di piagnucolare. E tu, Charlotte, sarà meglio che chiuda la porta, non abbiamo bisogno di visitatori curiosi.»

Aveva detto la cosa giusta al momento giusto, visto che sulla strada c'erano già diverse persone che si confrontavano sull'accaduto con entusiasmo e già si stavano avviando verso l'Atelier Rosen, poiché si sapeva che Moritz Liebermann era figlio di Therese, la sarta. Charlotte appese il cartello «chiuso» alla porta in tutta fretta e girò la chiave dall'interno.

Si recarono tutte in cucina e, siccome si era comunque fatta ora di pranzo, la nonna mise la pentola di zuppa sul tavolo. Therese continuava a singhiozzare, si asciugò gli occhi gonfi con il fazzoletto e disse di non poter buttar giù neanche un cucchiaio di zuppa.

«Mangia!» ordinò la nonna arrabbiata. «Avrai bisogno di forze, Therese!»

Si sentì bussare da fuori alla porta della bottega, ma nessuno si alzò per vedere chi desiderasse entrare.

«Se è la polizia...» sussurrò Charlotte e a quelle parole Therese fece ricadere il cucchiaio che aveva appena inzuppato.

«Accidenti» disse Elise. «Sono solo due vicini curiosi. Se ne rivanno via subito.»

«La colpa di tutto è di Grete» disse Therese con voce soffocata.

«Io?» esclamò Grete spaventata. «Cosa c'entro io?»

«Perché tu con i tuoi calcoli hai confuso le idee al mio povero ragazzo» affermò Therese tirando su col naso. «È stato seduto tutta la sera a scrivere numeri su un foglio con la matita. E poi ha... ha... rovesciato una caraffa d'acqua nella mezza botte che doveva essere ancora imbottigliata...»

«E la colpa di tutto ciò dovrebbe essere di Grete?» si agitò Babette. «Ci stai ancora con la testa, Therese? Faresti meglio a pensare al tuo Moritz, ché la scemenza gli esce dalle orecchie!»

«Volevo fermarlo» sospirò Therese. «Ma ha detto che non se ne sarebbe accorto nessuno. In un vino così buono un paio di goccioline d'acqua non si notano...»

«Ora non voglio più sentirne parlare» tuonò Charlotte appoggiando il cestino del pane sul tavolo con veemenza, tanto che le fette saltarono in aria. «Quando si sarà calmato il tumulto in strada, raccogli tutte le perline, Therese. Poi andremo avanti con il nostro lavoro, come sempre.»

La sera Moritz bussò alla porta della cucina. Aveva evitato l'affollata Marktgasse ed era arrivato in giardino passando attraverso stretti passaggi tra le case. Therese gli saltò al collo dalla contentezza, poiché aveva temuto fosse già recluso in una prigione di sicurezza.

«Non ti agitare, mamma» disse lui, impegnandosi per apparire rilassato. «È stato solo un malinteso. Dopo Pasqua posso riaprire il negozio.»

«È vero? Ah, Moritz, che sollievo!»

«Non c'è motivo di preoccuparsi» disse lui sogghignando. «C'è ancora qualcosa da mangiare?»

Affamato, spazzolò gli avanzi della zuppa, mangiò tre fette

di pane e dichiarò di essere parecchio stanco dopo quella giornata agitata.

«Fatti una bella dormita, ragazzo mio!»

Le altre ascoltarono lo schiamazzio di Therese; ma certo, lo aveva capito subito che era stato tutto un errore e adesso era di nuovo tutto a posto. Tacquero. Neanche Babette ebbe il coraggio di accennare al fatto che la voce che nel negozio di vini Liebermann si trovasse del vino annacquato era diffusa già da tempo a Kassel e da lui non avrebbe più comprato neanche un cliente. Ammettendo che il negozio avesse riaperto dopo Pasqua, cosa che soprattutto Charlotte riteneva inverosimile.

Intanto, Moritz attirò su di sé altri guai. Il Venerdì Santo, dopo la messa, rimasero un po' in compagnia in Martinsplatz e Johann Georg von Haynau prese sua sorella Elise da parte.

«Be', è andata come avevo previsto» disse adirato. «Avevo messo in guardia Sybilla dal prestare denaro a quello sconsiderato, ma non si è lasciata dissuadere!»

«Ti prego, Johann Georg» disse Elise. «Non rimproverare Sybilla. Penserà da sola ad affliggersi e nel suo stato non dovrebbe agitarsi.»

Guardò preoccupata in direzione di Sybilla che si stava sedendo sulla carrozza accanto a suo padre e agitava la mano per salutarla.

«Come puoi pensarlo, Elise!» disse Johann Georg, che nel frattempo si era già calmato. «Ovviamente non le ho accennato in nessun modo la faccenda. Conosco il suo buon cuore e non voglio turbarla. Ma Moritz lo sistemerei volentieri per le feste e gli richiederei il denaro indietro.»

Elise si trattenne appena dal ridere della sua ingenuità. «Dove diamine dovrebbe procurarselo? Non puoi pretendere nulla da un uomo che non ha un soldo in tasca.»

«Credi che abbia già speso tutto?» chiese Johann Georg inorridito.

«Non sarà rimasto molto, temo. È meglio lasciargli portare avanti il negozio, prima o poi dovrà pur pagare.»

La guardò incupito e alla fine disse furibondo: «Nel giorno del poi, nel mese del mai. È irritante, perché adesso ne avremmo avuto bisogno. In quanto capitano di cavalleria, devo farmi confezionare diverse uniformi su misura, poi ci sono lo sciaccò, le sciarpe, le spalline intrecciate e le scarpe. Dal punto di vista finanziario, ha il suo peso.»

«Riuscirai a pagare tutto lo stesso» osservò lei, poiché sapeva che la dote con cui Sybilla aveva contribuito al matrimonio non era misera. «E in caso di bisogno potresti sempre chiedere ai tuoi genitori a Wetzlar.»

«A questo non vorrei mai arrivare» disse lui. «Che figura farei se chiedessi i soldi ai miei genitori? Vabbè, in qualche modo la risolveremo. Ma la faccenda mi fa arrabbiare lo stesso!»

Elise non ebbe compassione, soprattutto perché sapeva che la sua passione per la caccia l'aveva portato a spendere una buona parte della dote.

«Non ti ci fasciare la testa, caro fratello» disse sorridendo. «Ci sono cose più importanti nella vita che il denaro.»

«Hai ragione» disse lui, riuscendo di nuovo a sorridere. «Ho una moglie meravigliosa e presto la nostra felicità sarà coronata dalla nascita di un erede.»

Perché credevano tutti che il bambino sarebbe stato un maschio? Sybilla avrebbe potuto benissimo mettere al mondo una bambina.

La Pasqua all'Atelier Rosen fu festeggiata in allegria come da programma. Il pranzo fu squisito, la gita a Wilhelmshöhe bagnata da un forte acquazzone, ma ciò non compromise la serenità, soprattutto perché non erano stati gli unici a inzupparsi di pioggia.

«Si saranno rovinati almeno venti cappelli» si rallegrò Charlotte. «Penso che riceveremo parecchi nuovi ordini.»

«*Mors tua, vita mea*» scherzò Babette che aveva comprato un nuovo scialle per Grete, perché potesse agghindarsi un po' in occasione del giorno di festa.

Moritz non aveva preso parte alla gita pasquale, aveva lasciato trapelare di voler rimanere al negozio per fare qualche calcolo in occasione della riapertura. L'offerta di aiuto di Grete l'aveva declinata. Già il giorno successivo alla Pasqua aveva riavuto indietro la chiave della bottega e per tutta la mattina lo avevano visto lavorare con diligenza al negozio. Elise non vide però alcun cliente, solo un esile ragazzino entrò nella bottega e la lasciò verso l'ora di pranzo.

«Da ora in poi non hai più bisogno di lavorare da me, mamma» dichiarò Moritz durante il pranzo con una certa presunzione. «Ho assunto un apprendista.»

Therese era un po' dispiaciuta, ma Moritz sosteneva che un apprendista avrebbe fatto buona impressione sulla clientela e non costava niente, poiché il bambino viveva dai genitori, che gli fornivano anche il vitto.

«Allora potrei tornare a lavorare tutta la settimana come sarta» disse Therese con esitazione, guardando Charlotte con aria interrogativa.

Charlotte si fece un po' pregare, poiché l'assenza di Therese l'aveva fatta arrabbiare. Aggiunse anche che Grete cuciva cuffiette decenti, sapeva tagliare la stoffa in maniera eccellente e aveva anche creato dei fiorellini molto graziosi grazie alle indicazioni di Elise. «Dopo tutti questi anni, in ogni caso, non vorrei mai mandarti in mezzo a una strada, Therese» concluse. «Se mi prometti d'ora in poi di lavorare con diligenza per l'atelier e di non aiutare al negozio di vini di fronte, allora non sarò maleducata e ti riassumerò alle vecchie condizioni.»

Therese ringraziò e ne furono tutti sollevati; Grete disse che i ricami che faceva Therese erano tanto raffinati ed eleganti che avrebbe dovuto esercitarsi per almeno dieci anni per farne di belli anche soltanto la metà dei suoi.

Adesso erano tutti soddisfatti, Therese era tornata a sedere al proprio posto dalla mattina presto alla sera tardi ed Elise vide arrivare la sua occasione. Quella sera bussò alla camera da letto di sua madre e avanzò la richiesta.

«A Göttingen?» gridò Charlotte risentita. «E perché? Per rivedere il grazioso studente? È per questo? Immaginavo già da tempo che tuo padre volesse accoppiarti con quel tipo!»

«Ma no, mamma! Papà vorrebbe mostrarmi la città e l'università...»

«Che pensi di trovarci all'università? Solo studenti ribelli che fanno baccano nelle locande e si feriscono con le spade. Due anni fa a Göttingen c'è stata addirittura una rivolta...»

C'era stato davvero un consiglio rivoluzionario formato da docenti e studenti che per qualche settimana aveva il magistrato della città di Göttingen. La rivolta alla fine era stata repressa dai soldati del regno di Hannover e i capi ribelli puniti.

«È acqua passata, mamma. Ora Göttingen è calma e pacifica, tutte le associazioni studentesche sono vietate.»

«Non vedo comunque perché dovresti andarci, invece di aiutarci!»

«Ora che Therese lavora di nuovo tutta la settimana per noi, l'atelier potrebbe cavarsela anche un paio di giorni senza di me.

A Göttingen papà mi presenterà diverse persone importanti, sono contatti che potrebbero essere utili anche per l'atelier.»

«Cosa dovremmo farci con contatti importanti a Göttingen?» disse Charlotte seccata. «Per l'atelier è sufficiente avere buone clienti qui a Kassel.»

Tuttavia, la sua resistenza presto si sgretolò. No, non voleva negare il viaggio alla figlia, sebbene le sembrasse insensato e superfluo. Era pur sempre un'occasione per conoscere il mondo e lei voleva concedergliela, in special modo perché non costava niente.

Elise fece un sospiro di sollievo. Aveva ottenuto la prima concessione. Ora arrivava la seconda richiesta, che alla madre sarebbe piaciuta ancora meno.

«C'è ancora una cosa, mamma» disse con tono innocente. «Ovviamente non posso viaggiare da sola.»

Ovviamente no. Sarebbe stato inopportuno. Una giovane donna non sposata di buon ceto non viaggiava mai senza una compagnia, lo facevano solo domestiche e persone di minore condizione.

«Pensavo che sarebbe intelligente portare Grete.»

«Grete?!»

Ora che l'aveva detto sua madre si innervosì come Elise aveva previsto. In atelier, oltre che di Elise avrebbe dovuto fare a meno anche di Grete? Tanto valeva chiudere subito e mandare le clienti dalla concorrenza. Elise aveva forse intenzione di rovinare gli affari dell'atelier?

«Solo un paio di giorni, mamma… Ti prego con tutto il mio cuore…»

Charlotte infierì accesa di collera, dichiarò di non aver avuto altro che fastidi da quando Elise aveva rintracciato quella «persona» a Francoforte, non vedeva da sola che stava facendo di tutto per portarle via sua figlia? Ma alla fine cedette, poiché ormai aveva dato la sua approvazione per il viaggio.

«Però non farla diventare un'abitudine, bighellonare per il mondo con tuo padre mentre io impazzisco con il lavoro!»

Elise abbracciò sua madre con tenerezza e le assicurò che non sarebbe stata via a lungo. Poi andò in camera sua con addosso un gran senso di colpa, era stata un'egoista, poiché in fondo con quel viaggio non avrebbe fatto un piacere né a suo padre né a sua madre. Ancora peggio, aveva risvegliato la rabbia di sua madre nei confronti di de LaTour. Ne valeva davvero la pena di andare a Göttingen a quelle condizioni solo per rivedere Hans Christian Thiedemann?

Avrebbe forse dovuto spiegare a sua madre che aveva deciso diversamente e voleva rimanere a casa?

La mattina dopo davanti all'atelier c'era di nuovo un fattorino. La lettera che consegnò per la signorina Elise Rosen non era di suo padre, riportava la calligrafia di Christian Daniel van Leuwen.

Gentilissima signorina Elise,
anche se temo di spingerla a un viaggio forse inutile, la prego lo stesso di prendere immediatamente la diligenza per Göttingen e di comunicarlo a suo padre. Purtroppo, la perdita dei suoi scritti lo ha costretto a letto malato, siamo molto preoccupati per lui e crediamo che potrebbe migliorare un po' se la sapesse in missione segreta a Göttingen.
Con sincero affetto,
Christian Daniel van Leuwen

Elise si spaventò. Lo sapeva: si era ammalato dalla preoccupazione. Non poteva più tornare sui suoi passi. Diede un messaggio al fattorino in cui diceva che sarebbe partita quanto prima.

7

Due giorni dopo Elise e Grete erano alla stazione della diligenza in Königsplatz pronte a partire e munite dei documenti necessari. Era mattina presto, il sole sorgeva fendendo le nuvole con una luce abbagliante, le prime botteghe aprivano e un cameriere spazzava il selciato della strada di fronte al Re di Prussia, facendo sollevare molta polvere. Elise aveva preso due posti in una delle diligenze gialle che andavano a Göttingen passando per Witzenhausen e Friedland.

Il viaggio non sarebbe stato confortevole nella cabina stretta e senza molle che sballottava i passeggeri e che, soprattutto in primavera, rimaneva spesso impantanata nel fango. Mentre aspettava di fronte all'edificio a graticcio della posta, guardava meravigliata e con invidia le carrozze espresse di colore rosa, munite di molle d'acciaio per il massimo comfort dei dodici passeggeri che avevano la fortuna di viaggiarvi. Purtroppo, percorrevano soltanto il tragitto verso Francoforte, inoltre i prezzi erano maledettamente alti mentre lei aveva deciso di essere il più parsimoniosa possibile con il denaro che aveva ritirato il giorno precedente alla banca di Kassel, appena fondata.

«Viaggeremo per tutto il giorno?» chiese Grete angosciata. «Non sopporto molto bene i viaggi in carrozza.»

«Credo che non raggiungeremo Göttingen prima di sera» spiegò Elise spazientita, poiché era già la terza volta che Grete poneva quella domanda. «Ma durante il viaggio ci fermiamo a più poste, possiamo scendere e sgranchirci le gambe.»

«A essere sincera, sarei rimasta più volentieri a Kassel» affermò Grete sospirando.

«Göttingen ti piacerà di sicuro, Grete! Eccola! Quella è la nostra carrozza, la terza della fila. Non dimenticare la borsa, Grete. E sbrigati, altrimenti partono senza di noi.»

«C'è di peggio...» mormorò Grete; afferrò la borsa e saltellò seguendo Elise.

Con grande sorpresa di Elise, non era stato facile convincere Grete. Certo, all'inizio si era sentita lusingata che Elise avesse scelto proprio lei per accompagnarla, poi però aveva ammesso di non essere abituata a viaggiare e che di sicuro si sarebbe sentita persa nell'ignota città di Göttingen.

«Sono pur sempre una campagnola, signorina Rosen, e fino al mio ventesimo anno di età non sono neanche uscita dal mio paesino. Il viaggio per Kassel è stato già abbastanza burrascoso, tanto che quando sono arrivata qui ero del tutto sfinita e confusa.»

«Passa, Grete» disse Elise. «Più spesso viaggi, più ti ci abitui. Respirare l'aria fresca e vedere un pezzo del grande mondo è una cosa grandiosa.»

«Se lo dice lei, signorina Rosen...»

Elise era stata felice che poi avesse acconsentito, altrimenti sua madre le avrebbe vietato il viaggio. La diligenza per Göttingen era tutta piena. Seduto accanto a Elise c'era un religioso con mantello scuro e l'orlo lacerato, di fronte a lei un uomo d'affari corpulento con moglie e servitore a seguito.

Si salutarono a vicenda ed espressero la speranza che il viaggio potesse essere piacevole e senza interruzioni fastidiose, poi ognuno si sistemò al proprio posto. Il povero servitore, un giovane con il naso schiacciato e i capelli rossi, dovette stringersi in un angolo, poiché il padrone aveva bisogno di più di un posto per la sua stazza. La moglie allungò le gambe con disinvoltura, tanto che Grete non aveva quasi più spazio per appoggiare i piedi. Il religioso fece benevolo un cenno con la testa ai presenti e tirò fuori dal cappotto un libretto nero rilegato per dedicarsi alla lettura.

I primi raggi di sole si rivelarono presto ingannevoli; il cielo si coprì di nuvoloni neri e non fecero in tempo a passare Wesertor che le prime gocce d'acqua cominciarono a cadere. I piccoli vetri applicati ai due sportelli della carrozza in brevissimo tempo diventarono ciechi per la pioggia fitta, si sentivano il crepitio e lo scrosciare della pioggia sul tetto della carrozza dov'erano sistemati i bagagli e l'umore dei viaggiatori sprofondò. Il religioso, rassegnato, infilò il libriccino nella tasca del cappotto, dal momento che la luce non era quasi più sufficiente per leggere.

«Solo un breve scroscio» disse il corpulento uomo d'affari a sua moglie. «Di sicuro passa subito, amore mio.»

«Se mi avessi ascoltato e avessi portato la mia borsa da viaggio ricamata in carrozza, le mie cuffiette e gli scialli adesso non sarebbero rovinati» tuonò lei colpendo il ginocchio di Grete con il piede.

«Ho detto che la pioggia smette subito, cuore mio!»

«Ci credi solo tu» ribatté lei pungente. «La mia borsa da viaggio dovevo darla come bagaglio per metterla sul tetto, ma la tua borsa portadocumenti l'hai portata sulla carrozza!»

«Contiene carte importanti, piccioncina mia.»

La piccioncina si appoggiò alla dura parete posteriore con un'espressione gelida e incrociò le braccia sul petto. Il servitore scambiò qualche sguardo d'intesa con Grete, che si strofinava il ginocchio. Il religioso fece un sospiro profondo, rassegnato al volere di Dio, e chiuse gli occhi per cercare di fare un sonnellino. Presto la carrozza cominciò a sobbalzare e traballare, poiché solo pochi chilometri dopo Wesertor il selciato della strada finiva e la strada era piena di pietre e di buche. D'un tratto la carrozza si inclinò, il servitore fu scaraventato contro il padrone e tutti e due scivolarono sulla moglie, che fu schiacciata contro la parete di legno e sbatté la testa. Il religioso urtò contro Elise che, a sua volta, quasi schiacciò la povera Grete. Poi si rimisero tutti a posto e cercarono di rimanere tranquilli.

«Mi scusi infinitamente, signorina.»

«Nessun problema, signore.»

«Sei pesante come un sacco di farina. Mi verrà il mal di testa!»

«Perdonami, gioiellino. È colpa di Anton, mi è caduto addosso.»

«Mi sento male» si fece scappare Grete.

La moglie, che stava seduta di fronte a Grete, sgranò gli occhi. Tirò in fretta indietro le gambe e afferrò la gonna lunga.

«Spero che non debba rimettere!»

«Non posso garantirlo, signora.»

«Ernst August!» disse la moglie. «Vorrei che ci scambiassimo i posti.»

«Ma non durante la corsa, angelo mio!» si difese lui.

«All'istante. O chiamo il cocchiere e lo faccio fermare!»

Che teatro, pensò Elise quando il grosso uomo d'affari si alzò traballante dal suo posto, annaspò con le mani e cercò appoggio sulla parete di fronte, mentre sua moglie scivolava al suo posto. Ovviamente, alla buca successiva fu scaraventato in avanti contro Elise, cosa che lo imbarazzò molto, poi con un tonfo cadde all'indietro in braccio a sua moglie.

«Ma fai attenzione!» tuonò lei. «Mi schiacci la gonna!»

«Per l'amor di Dio, smettetela di spostarvi aggrappandovi da tutte le parti» si lamentò il religioso. «Altrimenti alla fine si rovescerà la carrozza.»

È spaventoso, pensò Elise. Forse è anche meglio che i miei genitori non vivano insieme. Un matrimonio in cui si litiga di continuo è l'anticamera dell'inferno. Nel mentre, osservava preoccupata il volto di Grete che aveva assunto un colore pallido e malaticcio.

«Sotto la seduta c'è un secchio» le disse piano. «Dimmi per tempo quando ne hai bisogno.»

«Sto bene...» sussurrò Grete. «Da dove dovrebbe venire? Non sono neanche riuscita a mangiare niente stamattina...»

Il viaggio fino a Witzenhausen fu tremendo. Nonostante la strada brutta e la pioggia continua, il cocchiere non ebbe nessuna intenzione di ridurre il ritmo; spingeva in avanti i cavalli con ostinazione, si sentivano sbuffare, le briglie sferragliavano, le ruote della vettura scricchiolavano e cigolavano. L'aria dentro la carrozza stretta si tagliava con il coltello, non si riusciva quasi a respirare. Spruzzi di fango marroni schizzavano da fuori sui finestrini, per ben due volte i viaggiatori credettero che la vettura si sarebbe ribaltata, si aggrapparono tutti l'uno all'altro e temettero il peggio. Ma la carrozza, dopo un traballamento sospetto, ritrovò i solchi delle ruote sulla strada.

Il volto di Grete, nel frattempo, aveva assunto un'espressione quasi cerea, ma si trattenne con coraggio e solo quando si fermarono alla stazione di posta a Witzenhausen e scesero dalla carrozza buttò fuori il contenuto del suo stomaco in un angolo accanto all'edificio.

«Il peggio ce lo siamo lasciato alle spalle» ardì sostenere Elise. «Vieni, Grete, andiamo qui di fronte alla locanda e ordiniamo una camomilla.»

«Niente camomilla, per favore» sussurrò Grete. «Più volentieri un buon caffè.»

«Come vuoi...»

Witzenhausen nella pioggia scrosciante sembrò essere solo un ammasso di case contadine basse, la stazione di posta, tuttavia, era in un'apprezzabile casa a graticcio, dal cui tetto scorreva acqua a fiotti sui viaggiatori. I cavalli furono cambiati più in fretta del previsto, Elise e Grete fecero appena in tempo a finire di bere il caffè che già il suono del corno segnalava la ripartenza. Grete seguì Elise con una faccia come se andasse al patibolo.

«Coraggio, Grete! Da ora in poi andrà meglio.»

In effetti, qualcosa si era risolto per il meglio. L'uomo d'affari, la moglie e il servitore non si trovavano più sulla carrozza, al loro posto era salita una grassa signora borghese con enormi piume di airone sul cappello accompagnata dalle sue due figlie.

Si salutarono tutti a vicenda, si lamentarono del brutto tempo, il religioso descrisse le avversità che avevano dovuto sopportare fin lì e aggiunse: «Ma ora che entriamo in un territorio più piano, spero in un viaggio meno faticoso, signora».

«Lo speriamo anche noi, padre» disse lei, annuendo e facendo ondeggiare le piume da una parte all'altra. «Le mie figlie soffrono molto questi viaggi in carrozza, soprattutto Luise.»

Luise sembrava essere la più grande delle due, era molto magra, aveva il volto lungo e l'incarnato pallido, al quale non riuscivano a conferire vitalità neanche i boccoli biondi che scendevano ai lati. Elise giudicò che avesse quasi trent'anni. L'altra figlia era più graziosa, però aveva l'abitudine di tenere la mano davanti alla bocca mentre parlava. Forse non voleva che si notasse che aveva i denti brutti. Madre e figlie avevano dei cappotti grigi da viaggio sopra ai vestiti; per proteggere le scarpe e le calze dal bagnato e dallo sporco portavano delle ghette.

«Vede, signora cara» disse il religioso quando la carrozza attraversò il ponte sulla Werra. «Il cielo ha ascoltato le nostre preghiere.»

La pioggia aveva smesso di cadere, si potevano scorgere perfino un paio di macchie azzurre tra le nuvole che continuavano a sparire, ma che, secondo il religioso, annunciavano una giornata di sole. Adesso era possibile osservare il paesaggio durante la corsa. Colline boscose, campi e prati si estendevano a destra e a sinistra della strada e dopo aver avvistato le rovine del castello Arnstein, la carrozza svoltò sulla Göttinger Strasse.

«Ora non è più tanto lontano, no?» chiese Grete speranzosa.

«Assolutamente no» le assicurò Elise, sebbene sapesse che avevano davanti a loro la parte più lunga del percorso.

La signora con il cappello piumato era loquace. Si presentò come la moglie di Sanftleben, direttore giudiziario di Göttingen, riferì che era stata a far visita a parenti a Witzenhausen e che ora tornava da suo marito, il quale stava già aspettando con ansia lei e le figlie. Poi volle sapere se il pastore andasse a Göttingen oppure se non volesse continuare per Hannover.

«Solo fino a Göttingen, signora. Lì ho un caro confratello cui vorrei rendere visita.»

«È forse il pastore Müller della chiesa dell'università?» indagò lei.

«No, spiacente. Il mio conoscente è già in pensione e vedovo da poco.»

Il religioso si dedicò di nuovo alla lettura e la signora Sanftleben rivolse lo sguardo a Elise, ma prima che potesse aprire bocca per indagare sulla sua graziosa compagna di viaggio, il cocchiere fermò i cavalli con un richiamo. La carrozza rallentò la corsa, traballò e avanzò un po' a scatti, per poi tornare finalmente in posizione.

«Oh cielo!» sospirò la signora Sanftleben. «Queste pesanti formalità doganali ci hanno richiesto un bel po' di pazienza già all'andata.»

Il cocchiere era sceso dalla sua postazione e aveva spalancato uno dei due sportelli della diligenza.

«Scendere, signori. Tenete pronti passaporti e documenti, così si fa più veloce. E rimanete sempre cordiali, anche se è difficile.»

Che fortuna che non piovesse più! Una barriera a righe bianche e gialle era stata messa di traverso sulla strada, accanto si trovava un piccolo edifico con una stalla per i cavalli; l'ufficio doganale era tutto lì. All'entrata del casotto della dogana era appesa un'insegna di legno sulla quale spiccava lo stemma del re di Hannover, che era anche re d'Inghilterra: un leone e un unicorno tenevano la corona e il mantello di sua maestà.

Due doganieri, con i pantaloni dell'uniforme leggermente sporchi, effettuarono il loro lavoro con particolare scrupolosità. I passaporti vennero ispezionati, i dati controllati e le descrizioni delle persone al loro interno confrontate con i proprietari dei passaporti.

«Qui c'è scritto che lei ha gli occhi azzurri, signorina» disse il doganiere fissando Elise con insistenza. «Tuttavia, constato che i suoi occhi sono castani.»

«Certo che sono castani, ispettore. Ho sempre avuto gli occhi castani. L'impiegato a Kassel non deve aver guardato con attenzione quando ha preparato il passaporto.»

Il suo sorriso spontaneo e gioioso mitigò l'espressione severa dell'interlocutore, il quale piegò il passaporto e disse: «In via eccezionale lascerò correre, signorina. La prossima volta la prego di controllare il passaporto dopo averlo ricevuto e faccia notare eventuali errori all'impiegato».

Le allungò la mano con il documento e aggiunse con un sorriso compiaciuto: «Può succedere solo a uno di quei testoni di Kassel di non guardare bene una fanciulla così graziosa».

Elise prese il suo passaporto e sorrise per ringraziare, ma non le sfuggì che la signora Sanftleben la stava osservando con espressione sprezzante.

«Nei confronti di una vera gentildonna non si sarebbe permesso un'osservazione tanto irrispettosa» sussurrò a sua figlia Luise.

Il cerimoniale alla dogana non era finito con il controllo dei passaporti. Adesso era il turno delle merci trasportate che dovevano essere dichiarate. Elise e Grete dichiararono, conformemente a verità, che nei loro bagagli non si trovava niente di particolare. Anche la signora Sanftleben rispose negativamente. Tuttavia, il cocchiere dovette prendere le valigie dal portabagagli sul tetto e i doganieri ispezionarono borse e valigie. Nella borsa del religioso trovarono due bottiglie di vino rosso francese che non erano state dichiarate.

«Vino consacrato, con cui vorrei sostenere la comunità del mio caro confratello a Göttingen» cercò di giustificarsi il pastore.

«Tre albus a bottiglia più un tallero di multa per tentativo di contrabbando!»

«Questo è un furto ai beni della Chiesa!»

«Se non paga, le bottiglie rimangono qui!»

Nella valigia della signora Sanftleben le dita esperte dei doganieri trovarono un piccolo oggetto avvolto in una camicetta merlettata: un busto di gesso del grande Napoleone Bonaparte destinato a fare da decorazione per mensole, comò o scrivanie.

«Una vergogna, mostrare in pubblico l'intimo di mia figlia!» tuonò la signora Sanftleben. «Avevo questa statuetta con me già all'andata. Viene da Göttingen.»

Non le credettero perché sulla base c'era ancora scritto il prezzo. Siccome né il pastore né la signora Sanftleben volevano rinunciare ai loro ricordini, dovettero pagare. Alla fine, i doganieri zelanti gettarono ancora uno sguardo all'interno della carrozza, però non trovarono nient'altro da contestare e concedettero a tutti l'entrata nel regno di Hannover.

«Vedi, mamma» osservò sua figlia con aria di rimprovero quando i bagagli furono di nuovo stipati e si furono riseduti nella vettura. «Te lo avevo detto che sarebbe andata male.»

«Taci, Henriette!» bisbigliò lei infuriata facendo tremare il cappello piumato.

Luise singhiozzava in silenzio, si era terribilmente vergognata davanti a tutta la compagnia e i doganieri quando era stata tirata fuori dalla valigia la sua sottoveste.

«Non facciamoci rovinare la gioia del viaggio» disse il religioso. «Gesù ha perdonato i doganieri e anche noi dovremmo seguire il suo esempio.»

La corsa sulle strade fangose ora procedeva più lentamente, i cavalli erano stanchi di trainare la carrozza, si sentivano lo sbattere del frustino e i richiami incoraggianti del cocchiere. Nei campi i contadini con gli animali facevano solchi con l'aratro, mucche marroni, pecore e capre popolavano i pascoli e nei ruscelli si vedevano anatre con minuscoli pulcini scuri nuotare nell'acqua.

«Ah, che carini» disse Grete. «Vorrei tanto scendere e andare giù al ruscello.»

Era il caffè o il bel tempo? Grete sembrava aver superato il malessere, guardava fuori dal finestrino della carrozza piena di interesse e si rallegrava di ciò che vedeva. Anche la signora Sanftleben dopo un po' si era ripresa e, purtroppo, ora rivolgeva la sua attenzione su Elise.

«Anche lei va a Göttingen per fare visita a qualcuno, signorina?»

«Sì, signora» ribatté Elise concisa, poiché non aveva alcuna voglia di farsi interrogare.

«Allora ha conoscenti o parenti a Göttingen?»

Era davvero invadente.

«No, signora. Mi incontro lì con mio padre che vorrebbe mostrarmi la città.»

La signora Sanftleben pensò un attimo alla risposta, poi continuò a indagare. «Allora suo padre conosce la bella Göttingen. Forse vi ha studiato un tempo?»

«No, signora.»

Finalmente si era zittita? La signora Sanftleben rivolse gli occhi al soffitto della carrozza impensierita e allungò le labbra per porre la domanda successiva. Elise, però, la fermò con un'altra domanda. «È da tanto che vive a Göttingen, signora?»

Così aveva aperto le cateratte. La signora Sanftleben si profuse in descrizioni sulla vita sociale di Göttingen, nominò un certo numero di cognomi di «famiglie influenti» con cui intratteneva rapporti e fece notare che lei stessa aveva dato vita a un salotto letterario, dove ogni primo giovedì del mese ci si incontrava semplicemente per stare in compagnia con letterati, musicisti e altri artisti.

«Vi si ritrovano anche studenti di diverse facoltà» spettegolò. «Ovviamente solo i giovani per bene e assennati, non quei confusionisti che si ribellano contro l'autorità. Quelli in casa mia non ci entrano, in fondo ho due figlie minorenni di cui sono responsabile per educazione e morale.»

Povere ragazze, pensò Elise con compassione. Forse la madre sperava in quel modo di trovare marito alle figlie che venivano presentate agli incontri come a un mercato del matrimonio.

Nel tardo pomeriggio, con Friedland alle spalle, quando Göttingen non era più tanto lontana, ricominciò a piovere. Nel frattempo, la conversazione si era interrotta, erano tutti sfiniti e speravano nella fine del viaggio. Grete si era accucciata in un angolino e si era addormentata. Quando la carrozza si fermò perché il cocchiere accendesse le lanterne, si svegliò di soprassalto e volle sapere se fossero già a Göttingen.

«Non manca più molto...»

Anche il religioso si era assopito, ma Elise dovette colpirlo con il gomito a più riprese, poiché nel sonno gli cadeva la testa sulla sua spalla. Erano già passate le nove quando la diligenza raggiunse la porta della città di Göttingen. Anche lì si fermarono, i passaporti vennero controllati un'ultima volta, ma per il sollievo di tutti le guardie della città non furono troppo scrupolose, si limitarono soltanto a illuminare l'interno della carrozza per vedere quante persone ci fossero sedute dentro, poi invitarono il cocchiere a continuare. Elise guardò curiosa dal finestrino della carrozza e constatò che, rispetto a Kassel, a Göttingen l'illuminazione delle strade era lacunosa e debole. Case a graticcio, porte carraie e finestre illuminate si succedevano secondo uno schema, da una pensione uscì un gruppo di giovani, poi la carrozza girò su una piazza buia e si fermò davanti alla stazione di posta.

Scesero con esitazione, poiché la pioggia cadeva fitta sul selciato. Le ossa e le articolazioni dolevano, alla signora Sanftleben si erano addormentate tutte e due le gambe, tanto che le figlie dovettero tirarla fuori dalla vettura con l'aiuto del cocchiere. Poi si dovette aspettare finché i bagagli non furono scaricati e messi tutti insieme, il cocchiere tese la mano per la mancia e cominciò a slegare i cavalli con indifferenza.

«Può consigliarci una pensione nelle vicinanze, signora?» domandò Elise alla signora Sanftleben.

«Oddio, non avete annunciato il vostro arrivo da nessuna parte?» disse la gentildonna, che ancora traballava sulle gambe e aveva bisogno del supporto del braccio della figlia maggiore. «Be', provate al Sole, qui proprio dietro l'angolo in Burgstrasse. Le auguro buona fortuna e una notte tranquilla, signorina. Cosa fai lì impalata, Henriette! Apri l'ombrello. Vuoi che arriviamo a casa zuppe fino all'osso?»

Il religioso sollevò il cappello e si congedò con un «Dio sia con voi, signore», poi scomparve nell'oscurità dei vicoli.

Elise e Grete, con borse e valigie, si fecero strada sul selciato bagnato dalla pioggia, le scarpe si impregnarono d'acqua in una maniera impietosa.

«Ora non si vede granché del bel mondo» osservò Grete che sembrava un pulcino bagnato. «Intendo solo dire che è troppo buio.»

«Tieniti stretta dietro di me» le consigliò Elise. «E stai attenta a non mettere i piedi nello scolo.»

Lo scolo si trovava al centro della strada, con la pioggia si riempiva d'acqua e diventava un ruscello impetuoso che si portava dietro qualunque schifezza: sterco di cavallo, topi morti, rifiuti di ogni sorta ed escrementi umani. Quando ebbero raggiunto Burgstrasse, scorsero due lanterne e qualche finestra illuminata; doveva essere la pensione. Non si vedeva anima viva, sembrava che tutta Göttingen fosse fuggita dalla pioggia per rintanarsi in stanze calde e asciutte.

La pensione non era paragonabile al Re di Prussia di Kassel, gli ospiti sembravano essere piuttosto semplici, per lo più venditori ambulanti. Le due donne si fermarono davanti all'ingresso poiché l'interno sembrava essere molto animato, si sentivano risate e il tintinnio delle caraffe di birra, qualcuno intonava una canzone cui per un po' si univano anche gli altri cantando a squarciagola.

In altre circostanze Elise non sarebbe entrata, ma erano entrambe bagnate fradice, era freddo e buio e non sapevano nulla della città.

«Proviamoci» disse Elise. «Tutto è meglio che rimanere per strada sotto la pioggia.»

«Sono totalmente d'accordo» disse Grete starnutendo. «Per oggi ho respirato anche troppa aria fresca.»

Al loro ingresso la confusione degli allegri bevitori diminuì un po', nuvole di fumo di tabacco si riversarono addosso a loro, gli uomini fissarono le due donne curiosi, mormorarono e sussurrarono. Una locandiera si girò verso di loro con due caraffe di birra in mano, ridacchiando.

L'oste era in piedi al bancone e aveva di fronte a sé diversi boccali in cui versava birra da una caraffa. Era lungo e secco, in testa portava un cappello rosso scuro decorato con un nastro ricamato.

«Rimane solo una stanza libera» disse lui alla domanda di Elise. «Ma la sua domestica può dormire in corridoio.»

Elise, sollevata, dichiarò di voler affittare la stanza. Se possibile, voleva ricevere anche la cena in camera.

«Ci sarebbero ancora formaggio, salsicce e del pane. Un boccale di birra?»

«Volentieri.»

L'oste si girò di spalle e gridò qualcosa verso la cucina, che si trovava dietro il bancone. Quando la porta si aprì, si videro il focolare in mattoni e il camino fuligginoso, a un tavolo stava seduta una domestica, mangiava qualcosa con il cucchiaio da un piatto, la cena che aveva il permesso di consumare dopo aver lavorato.

La locandiera, al contrario di suo marito, era bassa e tarchiata, i boccoli biondi fuoriuscivano dalla cuffietta e, quando parlava, muoveva il naso.

«La stanza è ben ventilata e comoda, signorina. Ci siamo procurati nuovi materassi solo cinque anni fa. Se vuole il riscaldamento, dovrà pagare di più. Dalle finestre si ha un'eccellente vista sulla città, si vede la chiesa di San Giacomo, il campanile della chiesa di San Francesco di Paola e anche il municipio...»

La stanza, che alla fine raggiunsero dopo tante scale e passaggi, era minuscola e si trovava nel sottotetto. C'erano un letto, le cui tende non facevano una bella impressione, un armadio senza sportello, due sedie e un tavolino. La biancheria era su uno sgabello accanto alla stufa, tre ciocchi di legno interi erano pronti per essere accesi.

«La cena arriva subito» annunciò la locandiera zelante. «Non apra la finestra, altrimenti entra l'acqua.»

Era la camera più brutta che avesse mai visto, ma in quel momento a Elise andava bene tutto. Voleva solo entrare in un letto e distendersi.

«Posso portarmi una coperta, se dormo in corridoio?» volle sapere Grete, quando la locandiera se ne fu andata.

«Stupidaggini! Dividiamo il letto» replicò Elise.

Si tolsero i vestiti bagnati, cercarono le camicie da notte nel bagaglio e si rallegrarono che qualcosa in valigia fosse comunque rimasto asciutto. Consumarono la cena che la locandiera portò in camera puntuale ed entrambe bevvero un boccale di birra intero.

«Una salsiccia così buona non l'avevo mai mangiata» sospirò Grete riempiendosi con piacere lo stomaco e svuotando con gran velocità il boccale.

«Le salsicce di Göttingen sono famose, Grete.»

«Davvero? Ora capisco che ci sono anche dei vantaggi a conoscere il grande mondo.»

«Domani avrai di più da vedere. Vuoi anche questo pezzettino di salsiccia? Io sono sazia, non riesco a buttare giù più niente.»

«Me lo dia. Ne beve ancora di birra, signorina Rosen?»

«Puoi finire di bere quello che ne rimane, Grete.»

Erano troppo stanche per chiacchierare oltre. Elise spense la candela e si misero ad ascoltare la danza selvaggia delle gocce di pioggia che battevano sul tetto. Poi l'insolita bevuta serale sortì il proprio effetto, le fece cadere in un sonno profondo e pesante.

8

Elise si svegliò con il rumore di qualcosa che sbatteva, balzò sul letto e spalancò gli occhi. I raggi di sole inondavano la mansarda, Grete era seduta accanto a lei nel letto e guardava la sua mano aperta.

«Lo sapevo!» mormorò. «Avevamo compagnia stanotte.»

«Una pulce? Che schifo!»

«Una? Un'intera orda, ho punture e morsi dappertutto.»

Elise scese in fretta dal letto, si tolse la camicia da notte e la scosse. Niente. Nessuna pulce, nemmeno una puntura.

«Temo di non essergli piaciuta» disse rallegrandosi.

«Io purtroppo invece sì!» brontolò Grete arrabbiata. «Non resterò una notte di più in questa stanza. Preferisco dormire in corridoio.»

«Troviamo qualcos'altro, Grete. Ma solo dopo colazione.»

«La colazione mi sta bene, signorina Rosen!»

Si lavarono, si vestirono e mentre Grete ispezionava a fondo valigie e borse alla ricerca di altri ospiti indesiderati, Elise salì sullo sgabello per godere della vista sulla città e i dintorni. In effetti, almeno su quel punto la locandiera non aveva mentito: era possibile vedere oltre i tetti e i vicoli fino in fondo ai bastioni della città dove c'erano prati e edifici più isolati. Proprio come a Kassel, anche a Göttingen le mura erano state demolite da tempo, era però ancora possibile intuire il loro antico percorso grazie al viale che era stato costruito sulle fondamenta delle mura, il Wall. In quel momento, con la luce chiara del sole, Göttingen sembrava molto graziosa e accogliente, i campanili salutavano da ogni lato, nei vicoli c'era molta vita, le carrozze procedevano sul selciato, un tiro di buoi trainava un carro pieno di botti di birra.

«Sarebbe meglio che facessimo colazione di sotto nella sala» propose Grete grattandosi.

Elise era d'accordo. Portarono giù i bagagli ed entrarono nella sala vuota che odorava di birra stantia e del fumo di tabacco accumulatosi nell'ambiente. L'oste non c'era, in cucina la locandiera sbraitava con la domestica, ma quando vide che c'erano ospiti, apparve nella sala con un sorriso zelante.

«Volete già ripartire?» esclamò vedendo valigie e borse. «Alle signore non è piaciuta la stanza?»

«Avevamo troppi coinquilini!»

La locandiera sbatté le mani inorridita e spiegò che nella sua locanda non c'erano mai stati scarafaggi, dovevano venire da qualche avventore che vi aveva passato la notte precedente.

«Rifaccio il letto e spargo la polvere! Gli animaletti schiatteranno in pochi minuti.»

«No, grazie. Faremmo però volentieri una buona colazione.»

Portò caffellatte, pane, burro e una rimanenza di salsiccia che Elise lasciò a Grete con generosità. Mentre si riempivano lo stomaco, rifletté sui passi successivi. Per prima cosa era necessario trovare un'altra sistemazione, poi voleva spedire una raccomandata a suo padre in cui gli comunicava che era arrivata a Göttingen, dove si sarebbe occupata della faccenda. Sperava che si calmasse, gli avrebbe dato l'indirizzo della pensione e avrebbe atteso una risposta.

Per il resto, aveva intenzione di godersi il viaggio, vedere la città, ammirare i famosi edifici dell'università e ovviamente fare una visita a Hans Christian Thiedemann. Tuttavia, in merito a quest'ultimo punto, avrebbe dovuto fare attenzione a mantenere la riservatezza necessaria. Non voleva apparire invadente per alcun motivo, altrimenti lui avrebbe creduto che lei gli corresse dietro, che mirasse a una relazione o addirittura a un matrimonio. Doveva sembrare un caso, perciò gli avrebbe raccontato che era a Göttingen per conto di suo padre, cosa che del resto corrispondeva a verità: aveva stilato una lista di libri che lei avrebbe dovuto acquistare per la biblioteca del suo amico van Leuwen. Siccome non aveva idea di quali opere poter citare, si era riproposta – scaltra com'era – di recarsi in qualche libreria di Göttingen e mettere insieme una lista dei volumi disponibili. L'avrebbe poi mostrata a Hans Christian Thiedemann e chissà se lui alla fine l'avrebbe accompagnata per le sue compere.

Finì di bere, guardò Grete incoraggiante e fece per pagare la locandiera, quando la porta d'ingresso della sala fu spalancata con una violenza tale che i cardini scricchiolarono ed entrò un giovane.

«Perdoni la mia impazienza, signorina Rosen!» esclamò Hans Christian Thiedemann. «Ho appena scoperto che si trovava qui a Göttingen al Sole e sono dovuto partire subito per venirla a salutare!»

Andò verso di lei, si inchinò educatamente esprimendo una gioia di rivederla tanto sincera che Elise non seppe come avrebbe dovuto reagire. Da un lato, le piaceva il suo modo di fare irruento e il suo essere impacciato e aperto, dall'altro, apparendo così all'improvviso, aveva distrutto tutto il suo brillante piano.

«Che bello essere accolta da un caro conoscente proprio durante il mio primo giorno a Göttingen» disse sorridendogli. «Stavamo per andarcene, ma si sieda lo stesso, ci vorrà ancora un po' prima che mi trovi d'accordo sul conto con la locandiera...»

«Spero tanto di non averla messa in imbarazzo con il mio arrivo imprevisto» disse lui, poiché non gli era sfuggita l'iniziale confusione di Elise.

«Proprio per niente» disse lei sottovoce, perché non voleva che la locandiera ascoltasse. «Arriva proprio al momento giusto per venirci in aiuto. Di sicuro potrà consigliarci una pensione in cui saremo trattate meglio che qui.»

La sua espressione si rischiarò; essere utile gli piacque molto. «Cara signorina Rosen, se solo avesse mandato un messaggio, si sarebbe facilmente risparmiata questi disagi. Nella casa di mio padre ci sono diverse stanze libere, la prego di cuore di accettare il mio invito e venire ad alloggiare da noi!»

Un'offerta allettante, trovò Elise, ma ovviamente la buona educazione vietava di accettarla. Se fosse stata lì in compagnia di sua madre, forse avrebbe potuto, ma siccome viaggiava solo con Grete, doveva considerare la sua reputazione.

«La prego, non mi fraintenda» disse lui in fretta, prima che lei potesse rispondere. «Le stanze si trovano nella mansarda di casa nostra, le affittiamo agli studenti che vi accedono da una scala secondaria, senza entrare nelle nostre stanze private. Siccome ora siamo in periodo di vacanze, attualmente non ci abita nessuno. Inoltre, due dei nostri affittuari hanno conseguito di recente l'esame finale e hanno lasciato libera la stanza. È quasi come una pensione, signorina Rosen. Nessuno penserà male di lei se accetterà la mia offerta.»

Elise esitò. Non guardò l'opportunità proprio senza pregiudizi. Era probabile che sua madre l'avrebbe subito dissuasa, ma suo padre sarebbe stato entusiasta se lei gli avesse comunicato l'indirizzo per raccomandata. Era il migliore punto di partenza per portare a termine il suo incarico che, se osservato a mente lucida, era del tutto privo di senso.

«Be', in effetti ha ragione» disse lentamente e guardò Grete che annuiva zelante. «Comunque, sarebbe solo per un paio di giorni.»

«Per quanto volete» esclamò lui sollevato. «Mio padre è felice di conoscere la figlia del suo vecchio amico de LaTour. Siamo stati molto sorpresi quando abbiamo scoperto del suo arrivo a Göttingen stamattina presto...»

«Fino a oggi pensavo davvero che le novità non si diffondessero da nessun'altra parte più in fretta che a Kassel» disse Elise meravigliata. «Ma a Göttingen sembra andare tutto persino più veloce.»

«Oh, è stato l'imperatore Napoleone Bonaparte ad annunciarlo stamattina presto a mio padre...»

«Come, scusi?»

«Be'» disse lui con un sorriso compiaciuto. «Non in persona, è stato il suo busto di gesso.»

«Un... busto di gesso?» domandò Elise e le venne un'illuminazione. «Proveniva forse da Kassel? Un regalo di un caro conoscente? Mi faccia indovinare: la signora Sanftleben.»

«Sbagliato» disse lui. «Sono state le sue figlie a fare una visita di cortesia a mio padre e gli hanno portato il regalo della loro madre. E con l'occasione hanno raccontato...»

«Del viaggio sfiancante e della pesante compagnia a cui bene o male si è sempre destinati in diligenza...»

«Henriette ha avuto solo parole di elogio per lei, signorina Rosen» le assicurò lui trovandosi in imbarazzo. Forse l'altra sorella, Luise, non aveva parlato di lei con altrettanta gentilezza?

Perché mai la signora Sanftleben aveva mandato le sue figlie, invece di far visita lei stessa? C'era forse dietro un secondo fine?

«Allora ho avuto fortuna!» rise. «Ora mi occupo del conto e spero che possa prendere le nostre valigie, signor Thiedemann.»

«Certo, signorina Rosen. Sarà un piacere per me.»

Buchstrasse numero diciassette non era lontano: si attraversa un vicolo, si passa davanti a San Giacomo e da lì – sosteneva il loro nuovo compagno di viaggio – mancavano solo pochi passi per arrivare a casa del professore emerito Jacob Friederich Thiedemann. Hans Christian andò avanti, con una valigia sotto il braccio e l'altra portata per la maniglia, si muoveva svelto; il carico sembrava appesantirlo poco. Pareva che fosse molto conosciuto a Göttingen, poiché di continuo si fermavano persone per augurargli il buongiorno o perché portasse i saluti al padre. Lui rispondeva gentilmente, ma non si fermava mai e disse a Elise scusandosi: «Qui ormai funziona così, mio padre è conosciuto dappertutto e un po' del suo lustro ricade anche su di me».

Si fermò davanti a un alto edificio di pietra, appoggiò le valigie e dichiarò che erano arrivati a destinazione. Elise era impressionata. La casa sovrastava gli edifici a graticcio a destra e sinistra di un piano intero, era anche parecchio estesa e, al contrario delle altre, possedeva due entrate precedute da diversi scalini. La mansarda, dove si trovavano le stanze degli studenti, era dotata di quattro finestre; sopra sembrava esserci anche una soffitta.

«Questa è l'entrata principale» spiegò Hans Christian indicando la porta di destra incorniciata da due colonne sottili. «I nostri affittuari usano l'entrata di sinistra che, con una lunga scala, porta direttamente al piano più alto. Se me lo permette, signorina Rosen, per prima cosa vorrei farla conoscere a mio padre. Nel frattempo, la domestica di casa può già portare i bagagli di sopra nella sua stanza.»

«Non ho niente in contrario…»

Azionò il battente, si spostò con impazienza da un piede all'altro, poi finalmente la porta si aprì e la domestica apparve sulla soglia. Non era né giovane né graziosa, aveva un viso tondo e benevolo e guance lucide.

«Mi perdoni, signore. Ero in cucina e, siccome la pentola bolliva tanto, non ho proprio sentito bussare…»

«Ho portato ospiti, Trude» disse Hans Christian, mentre entravano nell'ingresso. «Va di sopra da mio padre e annunciagli che la signorina Rosen e la sua cameriera sono arrivate.»

«Mi perdoni» si intromise Elise. «Grete non è la mia cameriera, è una dipendente del nostro atelier e la mia accompagnatrice in viaggio.»

«Mi scusi tanto» esclamò lui sorridendo a Grete. «Non volevo sminuirla o offenderla, signorina Grete. Allora annuncia la signorina Rosen con accompagnatrice, Trude. Puoi occupartene?»

«Certo, signore. Riferirò.»

Mentre Trude saliva le scale di pietra, accanto a loro si aprì la porta della cucina e apparve un'altra dipendente. Era robusta e aveva un grembiule legato in vita, la donna che lo portava doveva avere a che fare in qualche modo con la cucina. Quando vide Elise e Grete sbatté insieme le mani e gridò con aria di rimprovero: «Quante volte le ho detto, signore, che mi deve annunciare gli ospiti che rimangono a mangiare. Ora non so più come mettere insieme il pranzo!».

Hans Christian mostrò disagio di fronte a quella scenata, fece un gesto per calmarla e spiegò alla domestica risentita che si sarebbe sistemato tutto.

«Sia buona, signora Knüll, e prenda i cappotti e gli scialli alle signore. Per il cibo mi fido delle sue capacità, che non ci hanno ancora mai abbandonato.»

La signora Knüll fece un respiro profondo e si decise a prendere il cappotto da viaggio di Elise e lo scialle di Grete, poi lanciò un'occhiata alle scarpe delle ospiti con aria critica, ma non disse niente.

«Mi permetta di precederla» disse Hans Christian a Elise salendo le scale per andare al primo piano. Ai lati del corridoio, tre porte aprivano su stanze abitabili, mentre una scala più stretta saliva al secondo piano.

«Non se la prenda con la signora Knüll, signorina Rosen» disse lui sottovoce quando furono nel corridoio. «Lavora da noi da molto tempo e mi ha visto crescere. Si è occupata con tanto affetto della mia povera madre al suo capezzale.»

Elise cercò di ricordare se suo padre avesse mai menzionato la madre di Hans Christian, ma non le venne in mente.

«Sua madre non è più in vita?» chiese lei angosciata.

«È morta cinque anni fa.»

«Mi dispiace tanto» rispose con compassione. «Dev'essere stato difficile per lei perderla. Devo ammettere che non sono sempre d'accordo con la mia, ma non saprei da che parte rifarmi senza di lei.»

La sua partecipazione sembrò fargli del bene, poiché la sua espressione, che si era fatta seria, si rilassò.

«Ha ragione, signorina Rosen, è stata dura per me e anche per mio padre. Ma per fortuna lui si impegna con tutte le sue forze per farmi sia da padre che da madre, per questo gli sono molto grato.»

Bussò a una delle porte, ne aprì uno spiraglio e guardò dentro la stanza.

«Padre? Ti porto la signorina Rosen di Kassel e la sua accompagnatrice. Come sai, è la figlia del tuo amico de LaTour che ci ha fatto visita prima di Pasqua.»

«La signorina Rosen? La figlia di Charles François? Ha senso» disse una voce confusa. «Mi era stata annunciata una signorina Grete con una Rose di un certo atelier.»

Buon Dio, pensò Elise. Quella domestica ha il cervello di una formica.

«Oh, cielo» disse Hans Christian ridendo. «Trude deve aver confuso un po' di cose.»

La stanza in cui entrarono un tempo era stata un salotto, ora quasi tutto il mobilio era coperto di libri e carte, sul tavolo erano impilate delle riviste, dell'inchiostro, l'occorrente per scrivere e diversi strumenti di misurazione di cui Elise non conosceva l'utilizzo. Sulle pareti erano affissi carte e disegni, i davanzali delle finestre erano pieni di schedari, in un angolo si trovava un grande mappamondo appoggiato su quattro supporti di legno intarsiato.

Il professor Thiedemann era in piedi alla finestra a rovistare in uno schedario. Aveva ancora tra le mani uno dei fogli quando andò loro incontro. Era un bel pezzo più basso di suo figlio, portava una vestaglia logora di un colore grigiastro e procedeva un po' gobbo. I tratti erano emaciati e rugosi, il naso pendente e le labbra sottili. Vedendolo Elise non poté impedirsi di pensare a una vecchia cornacchia.

«Benvenuta nella mia umile casa, signorina» disse il professore facendo un gesto d'accoglienza con la mano in cui teneva ancora il foglio. «Hans Christian, togli i libri dalle poltrone, così le signore possono accomodarsi. Quale delle due è la figlia di Charles François?»

«Sono io» disse Elise. «Elise Rosen da Kassel, e questa è la mia accompagnatrice Grete. La ringraziamo di cuore per la gentile accoglienza, professor Thiedemann...»

«Tu guarda» disse lui, alzò la testa e la squadrò con attenzione. «Ha messo al mondo una graziosa figliola. Mi deve perdonare, signorina Rosen, da quando sono vedovo siamo poco abituati agli ospiti. Io stesso esco di rado e sono impegnato soprattutto con i miei studi...»

«Sì, si vede...» le sfuggì. «Per nessuna ragione vorremmo distoglierla dal lavoro, signor professore. Io sono qui per conto di mio padre, per alcuni libri...»

Voleva finalmente esprimere il pretesto che si era inventata per il viaggio, ma non le riuscì, poiché il professor Thiedemann riprese parola per parlare di suo padre, che aveva conosciuto molti anni prima a Berlino, capitale prussiana.

«Sono stati momenti deliziosi» disse annuendo triste. «Negli anni successivi non mi sono mai più abbandonato in quel modo alla vita e alle avventure del caso. Suo padre era un maestro dell'*art de vivre*, il suo spirito era sempre sveglio e attivo, amava la scienza, la letteratura, viaggiare e tutto ciò che impreziosisce quest'esistenza, non per ultime le donne, con le quali aveva un successo eccezionale...»

«Davvero?» disse Elise ironica.

L'inno di lode a suo padre le parve esagerato, non era certa che il professore parlasse seriamente; forse, dietro a quelle parole aleggiava uno spirito beffardo. In ogni caso i due sembravano condividere bei ricordi di gioventù. Era inconcepibile che suo padre fosse arrivato a pensare che il figlio di un vecchio amico potesse averlo derubato!

Hans Christian decise di interrompere il monologo di suo padre per mostrare l'alloggio alle ospiti, così le signore avrebbero potuto sistemarsi prima di uscire per un giro della città.

«Sì, vedo che il mio racconto è parso di nuovo troppo dettagliato» disse il professor Thiedemann con un po' di livore. «Ma ora vai, Hans Christian, occupati delle nostre ospiti. E non dimenticare di dedicare qualche ora al giorno alla tua tesi per l'esame finale!»

«Certo, padre!»

Elise dovette letteralmente strattonare Grete via dalla poltrona poiché era rimasta tutto il tempo seduta incantata a fissare la grande quantità di libri e di carte. Soprattutto il grande mappamondo sembrava averla affascinata, poiché vi ritornava sempre con lo sguardo.

Nel corridoio Hans Christian aprì una stretta porta di collegamento che portava alla scala che andava in mansarda. L'ingresso alle stanze della mansarda non era quindi così indipendente, si poteva eccome arrivare alla scala, passando dall'abitazione principale. Forse in origine era stata una scala per la servitù a disposizione dei domestici che avevano le camere al piano di sopra, in mansarda.

Le due stanze in cui furono accompagnate erano semplici ma funzionali, c'erano letto e armadio, divano e tavolo, una scrivania e alcune mensole a muro. Il pavimento era tirato a lucido, i letti rifatti di fresco e accanto alla stufa era stata messa una catasta di legna, affinché non avessero freddo. Cappotto e bagaglio erano già stati portati nelle camere.

«Tra mezz'ora?» chiese Hans Christian speranzoso. «Sono infinitamente felice della sua visita, signorina Rosen, e sono impaziente di mostrarle la mia amata Göttingen.»

«D'accordo. Tra mezz'ora saremo pronte!»

Quando se ne fu andato, Elise ebbe la strana sensazione che i piedi le si alzassero da terra per salire fino alle nuvole. *È pericoloso*, pensò guardando sognante dalla finestra dell'abbaino.

Prati e campi circondavano la città come uno scialle primaverile a quadretti e in lontananza le colline si fondevano l'una con l'altra. Davanti a lei fluttuavano un paio di occhi e una bocca sorridente e credette di sentire la sua voce. «Sono impaziente...»

«Era un mappamondo, non è vero, signorina Rosen?» disse Grete, entrata in camera sua.

«Come dici?»

«Quello nella stanza del professore... il grande globo.»

«Ah... sì, era un mappamondo.»

Distolse lo sguardo dalla finestra e cominciò a mettere in ordine i capelli.

«Ma perché ci hanno dipinto sopra quelle cose così curiose? Animali e facce e punti e linee...»

«Non ne ho idea» disse Elise. «È di sicuro un vecchio mappamondo, ci hanno dipinto sopra quegli animali fantastici.»

«Pensavo...» lasciò trapelare Grete con esitazione «... che forse potrebbe essere il cielo stellato.»

«Anche questo sarebbe possibile» ribatté Elise spazientita. «Ora preparati, Grete. Sta per venirci a prendere.»

«Se permette, signorina Rosen, rimarrei più volentieri qui. La mia anca non sopporta di camminare tanto e la città posso vederla anche guardando dalla finestra...»

Elise ne fu delusa. Non aveva detto di voler mostrare a Grete un pezzo di mondo? Ma quando Grete le confessò di avere ancora dolori all'anca per via del viaggio in diligenza del giorno prima, riconobbe che un po' di riposo le avrebbe fatto bene. Avrebbero avuto tempo il giorno seguente.

Hans Christian bussò puntuale alla porta della stanza e non sembrò esageratamente triste quando Elise gli spiegò che avrebbe dovuto accontentarsi della sua compagnia.

«Lei ha un legame con il dio del tempo, signorina Rosen» disse felice quando furono giù sulla strada. «Soltanto ieri pioveva che sembrava volesse venir giù il mondo. Da quando lei è a Göttingen il cielo sorride nei suoi colori più belli...»

Assomiglia un po' a suo padre, pensò Elise. *Sono entrambi inclini all'esagerazione*. Poi prese il braccio che le era stato offerto e si lasciò guidare con delicatezza tra le grandi pozzanghere rimaste sulla strada. Pochi minuti dopo raggiunsero una piazza in cui si trovavano diversi edifici imponenti disposti l'uno accanto all'altro a formare un angolo. Quello centrale aveva finestre alte e un tempo doveva essere stato una chiesa.

«Qui è dove spesso ho portato suo padre» spiegò Hans Christian indicando l'edificio della chiesa. «La biblioteca universitaria, accessibile a chiunque mostri interesse, non soltanto agli studenti...»

«Anche alle donne?» domandò Elise.

La domanda lo confuse, ma si dette un gran daffare per trovare una risposta.

«Certo... anche se le donne le vediamo solo di rado. C'erano alcune studentesse, figlie di professori. Anche parecchie donne di origini nobili si sono interessate alla biblioteca...»

«E se io volessi entrarci adesso per prendere in prestito un libro?»

Rise perché si era accorto che voleva provocarlo.

«In mia compagnia, signorina Rosen, non ci sarebbe alcun problema» disse divertito. Poi aggiunse: «Vogliamo provare?».

«Grazie. Un'altra volta...»

Procedevano lenti mentre Elise rifletteva su come poter stilare una lista di libri per spiegare la propria presenza a Göttingen. I titoli esposti nelle vetrine delle librerie e sui banchi davanti ai negozi erano complicati e difficili da tenersi a mente, così rimandò la questione a più tardi. Intanto il suo Hans Christian le descriveva la vita studentesca di Göttingen con tale vivacità che non poté fare a meno di meravigliarsi della sua dote nel raccontare.

No, non doveva credere che gli studenti dell'università trascorressero il loro tempo ai tavoli delle birrerie e nelle sale di scherma. In generale, si stava diligentemente seduti a lezione o si ripeteva per gli esami prossimi.

«Ammetto che fino a un anno fa sono stato anch'io membro del Corps Hannovera e questo per giunta su desiderio di mio padre, il quale ancora oggi è in stretto contatto con i "vecchi signori" della sua associazione studentesca...»

«Ha combattuto?»

«Certo!» ammise lui con franchezza. «È fantastico poter sfidare a duello chi non si comporta in maniera decente. È cavalleresco, sviluppa coraggio e abilità e, se il gioco dovesse davvero farsi duro, c'è sempre un medico sul posto.»

Elise tacque. Aveva avuto esperienze spiacevoli quando si trattava della passione dei giovani per il duello, ma non doveva farlo trapelare a Hans Christian.

«Siccome ormai tutte le associazioni studentesche sono state vietate, non ha bisogno di temere per me» disse Hans Christian sorridente lanciandole un'occhiata.

«Oh, ho piena fiducia nella sua abile dimestichezza con la spada e tutt'al più avrei temuto per il suo avversario!»

Forse lui aveva sperato in un'altra risposta, ma risero insieme e la ringraziò del complimento.

«Sono felice che riponga fiducia in me, signorina Rosen» disse mentre continuavano a camminare. «Soprattutto perché sono sul punto di realizzare il mio grande sogno. Ho trovato un amico e mecenate – anche grazie alla mediazione di mio padre

– che è disposto a sostenermi finanziariamente per la fondazione di una casa editrice.»

La guardò raggiante e pieno di orgoglio ed Elise non poté fare altro che rallegrarsi con lui.

«Allora fonderà davvero una casa editrice. E quando?»

«Prestissimo, signorina Rosen.»

Nel frattempo, avevano raggiunto l'entrata del giardino botanico che si trovava accanto all'edificio del "Teatro anatomico" ed era circondato da uno steccato. Il giardino era accessibile al pubblico soltanto verso sera, Hans Christian, però, aprì la cancellata senza farsi scrupoli ed entrarono. Furono accolti da alberi alti, i più ancora senza foglie; appena sulla destra si trovava una piccola serra che sul lato sud era dotata di numerosi pannelli di vetro. Siccome non vi si poteva accedere, guardarono l'interno attraverso le vetrate: si potevano scorgere piante esotiche del tutto insolite.

«Sono esemplari i cui semi sono stati portati qui da paesi lontani e che possono crescere bene soltanto al caldo e con molta umidità» spiegò Hans Christian.

Poi tornò a parlare della sua casa editrice, era dispiaciuto che per il momento la noiosa tesi per il suo esame finale gli impedisse di portare avanti il progetto a pieno regime.

«Ma prevedo di poter presentare al pubblico la prima uscita già in estate.»

«Allora ha trovato un'opera che susciterà interesse generale?» chiese curiosa.

«Oh, sì» gridò. «Ce l'ho. Un'opera del tutto inusuale che merita di essere pubblicata e che di sicuro susciterà grande scalpore. La sorprenderà, signorina Rosen.»

Lei guardò sospettosa la sua espressione entusiasta, poi gli chiese che opera fosse.

«Di questo non posso ancora parlare» rispose lui. «Purtroppo, ci sono ancora alcuni scogli da superare perché possa procedere a revisionare e infine a stampare questo meraviglioso testo. Ma le prometto che lei sarà la prima a tenerne tra le mani un esemplare.»

Molto strano. Aveva appena parlato di fiducia. Purtroppo, lui stesso lasciava molto a desiderare a tal proposito.

«E io per questo la ringrazio di cuore» rispose lei. «Solo non capisco perché ne faccia un segreto. Si preoccupa che io possa raccontarlo?»

Hans Christian si fermò e la guardò negli occhi tanto profondamente e con insistenza che in circostanze diverse il suo cuore sarebbe stato in pericolo. Dopo tutto quello che aveva appena scoperto, però, d'un tratto la sua mente si fece fredda e limpida. E se alla fine si fosse terribilmente sbagliata su quel giovane?

«Non si è mai cauti abbastanza, signorina Rosen» disse lui con voce soave e calda.

9

La visita al giardino botanico le scivolò addosso senza che si fosse resa davvero conto di ciò che aveva visto. La splendida serra che attraversarono le apparve una gran confusione di piante in vaso e alberi e l'aria umida e calda le tolse il respiro. Cosa le stava raccontando a proposito di erbari di piante e semi africani, messicani e sudamericani? Lo ascoltava appena, osservò con indifferenza i molti giardinieri che smuovevano le aiuole nel giardino, tagliavano le piante e toglievano gli involucri di paglia che avevano fatto da protezione contro il freddo dell'inverno.

Non può essere, continuava a pensare. *Devo essermi sbagliata.* Osservò i suoi gesti disinvolti, gli vide brillare l'entusiasmo negli occhi quando parlava del profumo e della bellezza dei fiori esotici. Non era stato sempre aperto e onesto con lei fino a quel momento? Non era proprio questa la caratteristica che le era piaciuta così tanto di lui?

Come faccio a sapere che diceva sul serio?, le disse la voce della diffidenza. *Forse è solo un bravo attore? Mio padre non è uno stupido, non sospetterà di lui senza motivo. Perché si ostina in questo modo a nascondermi il titolo dell'opera che vorrebbe pubblicare, mentre per il resto si dimostra così gentile e compiacente nei miei confronti? Non l'ho forse consigliato e incoraggiato fin dall'inizio a fondare questa casa editrice? Eppure, potrebbe confidarmi senza problemi e sotto il sigillo del silenzio quale opera grandiosa vorrebbe pubblicare e pregarmi di non parlarne. Tra buoni amici è naturale.*

C'era qualcosa di marcio nella faccenda. Solo a pensarci si sentiva male, ma doveva pur considerarlo: se avesse avuto davvero il manoscritto di suo padre in valigia già quand'era a Kassel? Era per questo che si era dimostrato tanto gentile? Aveva abbindolato lei e suo padre cosicché nessuno potesse pensare che un giovane tanto amabile potesse rivelarsi un subdolo ladro? Era possibile che suo padre avesse ragione e che Hans Christian Thiedemann facesse il doppio gioco.

Be', se era così, allora si sarebbe dimostrata alla sua altezza! Durante la passeggiata, si fece vedere serena e in vena di scherzi, finse di ascoltare le sue spiegazioni piena di interesse, mentre in realtà era assorta in pensieri più oscuri. Quando, verso mezzogiorno, tornarono in Buchstrasse, lo ringraziò di cuore per la bella passeggiata che aveva trovato molto istruttiva e, siccome Hans Christian pregò lei e la sua accompagnatrice di pranzare insieme, salì in camera per posare il cappello e sistemarsi i capelli.

Devo pensare a cosa fare, pensò mentre saliva le scale. *Dovrei coinvolgere Grete nella faccenda? È una ragazza assennata e potrebbe perfino essermi d'aiuto...*

Non andò oltre con le sue considerazioni poiché, quando raggiunse il corridoio dell'ultimo piano, vide davanti alla porta della sua stanza un magro animale marrone che la fissava con degli occhi color dell'ambra.

Un cane! Era del professore? Allora avrebbe dovuto rimanere al piano di sotto in salotto o in cucina, non proprio davanti alla porta della sua stanza. Si avvicinò facendo attenzione al bestione, che la guardava ancora, ma che alla fine appoggiò la sua grossa testa sulle zampe anteriori allungandole sul pavimento e chiuse gli occhi stanco. *Che strano. Aveva intenzione di fare la guardia alla sua stanza?*

«Eh!» disse lei incoraggiandolo. «Cane! Alzati. Voglio entrare!»

Il cane aprì un occhio e lo richiuse. Per il resto non si mosse di un millimetro.

La porta della stanza accanto si aprì e apparve Grete. Osservò la spiacevole sorpresa e alzò le spalle.

«Apparteneva allo studente che ha vissuto qui. Si chiama Fidibus.»

«Lo studente?»

«No. Il cane.»

Il *fidibus* era semmai una scheggia di legno o un rotolino di carta attorcigliato che si metteva nel focolare, utile per accendere una pipa o per far luce. Era un nome bizzarro per un cane.

«E perché sta qui?» volle sapere Elise.

«Aspetta il padrone» sospirò Grete. «Il ragazzo ha sostenuto il suo esame finale ed è partito, ma non ha portato con sé il suo povero cane.»

«Oh cielo! Che ragazzo senza cuore!»

Osservarono con compassione quel cane magro, poi si sentì un gran rumore sulle scale e apparve la domestica Trude con le guance rosse, il fiatone e la cuffietta fuori posto.

«Mi manda la signora Knüll. La signorina e Grete sono pregate di scendere, altrimenti la zuppa si fredda…»

«Grazie mille. Arriviamo subito» disse Elise. «Devo solo andare un attimo nella mia stanza…»

Trude guardò Grete perplessa ed Elise si accorse che le due avevano già fatto amicizia.

«Va cacciato via con la scopa» spiegò Trude. «Altrimenti non se ne va. Non vuole neanche mangiare niente. Così presto morirà di fame.»

Voleva allontanarsi per andare a prendere una scopa, ma Elise la fermò. Non le piaceva che il poveretto dovesse essere picchiato. Le botte le avrebbe meritate piuttosto lo studente che aveva abbandonato il suo cane fedele con indifferenza.

«Fidibus!» lo chiamò con voce dolce. «Da bravo. Alzati e fammi passare.»

Fidibus sbuffò piano, ma non si mosse.

«Deve essere più energica, signorina Rosen» disse Grete. «Da noi al paese c'erano molti cani. Parlandoci con gentilezza non si ottiene niente.»

Elise pensò a Lucifero e Cerbero, i due grandi cani da caccia di Christian Daniel van Leuwen. Loro le avevano obbedito.

«Fidibus, seduto!» gli ordinò. «Devo aspettare ancora molto?»

Nessuno doveva sostenere che non potesse essere energica.

Fidibus alzò le orecchie, le lanciò un'occhiata con i suoi occhi color ambra, poi alzò con fatica la testa pesante, guaì, sbuffò, allungò le zampe anteriori e si sedette sulle zampe posteriori.

«Bravo, cagnolino!»

«Be', allora» disse Grete soddisfatta. «Se vuole, sa anche ubbidire.»

Elise sgusciò nella sua stanza e si sistemò in fretta per il pranzo. Dopo l'esperienza con quel povero cane provava una profonda collera per lo studente di Göttingen presuntuoso e senza cuore e soprattutto per Hans Christian Thiedemann, perfido adulatore.

Quando fu pronta, il cane si distese di nuovo davanti alla sua porta e lei lo scavalcò. Alzò appena la testa e la guardò. Quando poi prese le scale insieme a Grete, la sua testa ritornò sulle zampe.

La domestica le guidò in una piccola stanza che serviva da sala da pranzo ed era arredata con vetrine antiquate e un lungo tavolo. L'argenteria nelle vetrine era annerita e sembrava non si usasse da tempo. Il pasto consisteva in una zuppa, un gustosissimo piatto di carne e un dolce fine pasto fatto con panna e frutta sciroppata; la governante era una cuoca eccellente. Tuttavia, Elise non riuscì a godere appieno del cibo, poiché tutto ciò di cui si parlò a tavola d'un tratto le sembrò avere un doppio senso. Perché il professore parlava con tanto entusiasmo della sua amicizia con suo padre? Perché mai si informava sulla sua salute? Era a conoscenza del furto e voleva scoprire se de LaTour l'avesse mandata per indagare sul manoscritto?

«Mio padre al momento non sta tanto bene» disse con prudenza. «I reumatismi lo fanno penare.»

«Mi dispiace» disse il professore. «Questi malanni di tanto in tanto colpiscono noi vecchi. Ma per come lo conosco, tornerà presto in forma.»

«Lo spero anch'io. Altrimenti sarebbe di certo venuto di persona a Göttingen per acquistare i libri per il suo amico van Leuwen...»

Finalmente le riuscì di tirar fuori per intero la storia che si era inventata. Pregò il professore di nominarle qualche libreria dove potersi recare.

«Di che genere?» volle sapere.

«Oh, nessuno in particolare. Il signor van Leuwen è interessato a molte cose.»

Ovviamente Hans Christian si offrì subito come guida e accompagnatore, ma lei rifiutò con gentilezza.

«Penso di poterci riuscire da sola. Siccome ha già sacrificato per me la sua mattinata, non vorrei per nessun motivo sottrarla al lavoro per la sua tesi.»

«Molto saggio, signorina» gridò il professore riconoscente. «Finalmente una giovane donna che pensa all'essenziale e non solo ai piaceri, ai balletti, ai salotti letterari e a cose superflue di tal genere. Purtroppo ce ne sono fin troppe. E hanno solo un desiderio: procurarsi un marito e spendere tutti i suoi soldi.»

Ah, pensò Elise divertita. *Allora il busto dell'imperatore Napoleone non è stato giudicato molto bene.*

«La penso come mio padre» prese parola Hans Christian. «Per questo spero che allunghi la sua permanenza a Göttingen il più possibile, così avrò la possibilità di mostrarle i dintorni.»

Perché lo diceva? Voleva sapere quando se ne sarebbe finalmente andata, così da poter revisionare in pace il manoscritto di suo padre e darlo alle stampe?

«Non vorrei essere un peso per voi» rispose cordiale.

«Un peso? Come può solo pensarlo?» esclamò Hans Christian indignato. «Bene, nel pomeriggio mi butterò sui calcoli fisici come desidera mio padre, ma domani sono con gioia a sua disposizione. Le mostrerò il maneggio e l'osservatorio in cui il professor Gauss porta avanti i suoi studi.»

«Molto volentieri. Speriamo che il tempo ce lo permetta.»

Come se le era immaginate affascinanti le uscite con l'amabile studente Hans Christian Thiedemann quando era partita per Göttingen! Ora vedeva tutto in maniera diversa. Dietro alle sue parole immaginava ogni volta retropensiero o addirittura una trappola. Di sicuro lui sapeva per quale motivo era venuta a Göttingen e si impegnava a indebolire il suo sospetto facendo con lei la parte dell'innamorato, ma lei non era così stupida come credeva. Avrebbe fatto il suo gioco e alla fine si sarebbe visto chi avrebbe vinto.

Per evitare ulteriori domande, spostò il discorso sul cane Fidibus.

«Ah, quel cagnaccio» brontolò il professore. «Julius Krähfuss non ha avuto altro che fastidi con quella bestiaccia perché gli stava sempre appresso e ringhiava a tutti i suoi amici. Gli ho detto che avrebbe dovuto spararargli, un cane così non vale niente. E lui cosa fa? Se ne va e lascia il cane a noi!»

Allora si chiamava Julius Krähfuss il ragazzo senza cuore. Per quanto il professore non fosse tanto meglio. Almeno Hans Christian diceva che il cane gli faceva pena, ma a quanto pareva anche lui non si era occupato dell'animale.

«Se la disturba, Trude lo metterà al guinzaglio e lo legherà in giardino» spiegò il professore con gentilezza.

«Non mi disturba» ribatté Elise con freddezza. «Mi piacciono i cani.»

«Trovo questa sua caratteristica molto simpatica, signorina Rosen» si affrettò a osservare Hans Christian. «Anch'io amo quegli animali.»

Ecco l'ipocrita, pensò Elise. *Allora avevo ragione con la mia supposizione.* Gli offrì un affettuoso sorriso, ben simulato, e si dedicò al suo dolce.

Ora anche Grete, che fino a quel momento era rimasta seduta in silenzio davanti al piatto, osò prendere parte alla conversazione.

«Quello è un globo celeste?» chiese al professore.

«No» disse lui indicando la ciotola che stava in mezzo al tavolo. «È un dolce alla panna con la frutta, signorina Grete.»

Parve trovare lo scherzo eccezionale e scoppiò in una sciocca risata. Grete diventò rossa per l'imbarazzo, ma quando percepì lo sguardo rincuorante di Elise, trovò di nuovo il coraggio.

«Intendevo il grande globo che sta nella stanza accanto...»

Allora il professore si abbassò con generosità a qualche spiegazione. Sì, era un globo celeste, tuttavia risaliva al secolo precedente ed era ormai superato. L'aveva tenuto lo stesso perché faceva parte dell'eredità di famiglia della sua defunta moglie.

«Ma il cielo come fa a essere una sfera?» volle sapere Grete.

«Ci si immaginava il cielo come un'astratta sfera vuota che avvolgeva la terra» disse il professore e bevve il fondo di vino dal suo bicchiere supponendo con ciò di aver dato alla giovane ragazza una risposta esauriente. Ma si sbagliava.

«Quindi noi stiamo per così dire dall'altro lato del globo celeste e guardiamo le stelle da lì, non è vero?» affermò Grete.

«Giusta osservazione, signorina!» disse il professore, alzò la caraffa e si guardò intorno per chiedere se qualcuno desiderasse ancora del vino. Tutti rifiutarono ringraziando.

«E cosa significano le immagini che ci sono sopra?» chiese ancora Grete instancabile.

Il professore riempì il suo bicchiere, prese un lungo sorso, schioccò le labbra e guardò la ragazza che gli aveva fatto la domanda come uno studente che si distingue per essere particolarmente duro di comprendonio.

«Sono i simboli delle costellazioni, signorina. L'astronomia è una scienza antichissima che per lungo tempo si è mischiata all'astrologia e alla chiaroveggenza. Già gli egizi conoscevano il significato delle mutazioni del cielo stellato, così potevano calcolare il ritorno annuale dell'alta marea nel Nilo. Ovviamente anche i greci e i romani osservavano il cielo stellato. Si davano nomi alle costellazioni, si associavano a figure mitiche e divinità, si credeva di potervi leggere il futuro e così nascevano figure fantastiche pagane che venivano dipinte su globi celesti come quello, per esigenze di decorazione. Tutto ciò è ovviamente affare da ciarlatani.»

«Ma quindi le stelle cosa sono in realtà?» volle sapere Grete. «Sono luci? C'è un fuoco che brucia?»

Elise già temeva che il professore avrebbe interrotto il discorso ma sbagliò di parecchio. Esaltato dal godimento del vino, sembrò essersi risvegliata in lui la passione per l'insegnamento, poiché a quel punto cominciò a parlare in maniera prolissa di pianeti e stelle, spiegò che le stelle brillano perché bruciano – come la signorina Grete aveva giustamente ipotizzato – mentre i pianeti sono freddi e diventerebbero visibili solo se il Sole li illuminasse. Anche la Terra era uno di quei pianeti che girano intorno al Sole su un binario fisso, il quale segue una sezione conica e ha la forma di un'ellisse…

Grete ascoltò con occhi affascinati e si dimenticò perfino di mangiare il dolce. Anche Elise lo trovò interessante, sebbene non riuscisse a comprendere tutto; soprattutto la questione della sezione conica per lei era incomprensibile. Hans Christian, invece, seguiva il discorso di suo padre con agitazione e ogni tanto lanciava sguardi preoccupati a Elise.

«Padre, ti prego» lo interruppe infine. «Non siamo nell'aula dell'istituto astronomico, ma a casa a pranzo. E abbiamo ospiti delle signore!»

«Perdonatemi» disse il professore arrabbiato, lanciando il tovagliolo sul tavolo. «Non volevo annoiare le signore.»

«Non ci ha annoiate nemmeno un po'» ribatté Grete, dispiaciuta per l'interruzione. «Non ho mai ascoltato niente di così esaltante in tutta la mia vita.»

Lui le fece un cenno cortese con il capo, ma era chiaro che non credeva a nessuna delle sue parole. Allora Hans Christian annunciò che per suo grande dispiacere doveva ritirarsi e lasciare le ospiti al proprio destino.

«Ci rivediamo per cena» disse a Elise sorridendo. «Così avremo tempo per una piacevole chiacchierata.»

Il professore non disse niente, si limitò ad alzarsi e andare nel suo studio, di fronte.

Grete non smise di chiacchierare mentre salivano le scale per andare nelle loro stanze. Domandò a Elise se sapeva che il

Sole fosse circondato da otto pianeti e disse che era una fortuna che quei corpi celesti si muovessero su binari fissi, così non potevano scontrarsi l'uno con l'altro. Parlò di cosa sarebbe successo alle stelle se avessero smesso di bruciare, se si fossero estinte e di come si potevano spiegare le inondazioni in Egitto...

Elise non poté impedirsi di pensare a Rieke, domestica da Christian Daniel van Leuwen, che all'epoca aveva scoperto la passione per la lettura. A Grete ora pareva succedere la stessa cosa con le stelle e i pianeti. Le piacque, poiché in quel modo Grete ora aveva trovato il piacere del viaggio, anche se a causa dell'anca malata non poteva intraprendere passeggiate troppo lunghe. Quando arrivarono nel corridoio dell'ultimo piano, il cane era sempre davanti alla porta della stanza, tuttavia le sembrò un po' più vivace di prima, poiché si mise seduto quando arrivarono.

«Vorresti andare giù in cucina e pregare Trude di portare una ciotola d'acqua e qualcosa da mangiare per lui?» chiese a Grete.

«Se crede, signorina Rosen... Tuttavia, penso che sarà inutile...»

Mentre Grete scendeva di nuovo le scale ansimando, Elise si avvicinò al cane e con prudenza allungò una mano verso di lui. Lui la annusò, sbuffò, annusò ancora una volta, poi le leccò le punte delle dita.

«Bravo, Fidibus...»

Si arrischiò ad accarezzarlo sulla testa, lisciò le orecchie, gli picchiettò dolcemente sulla schiena. Lui lasciò fare e le annusò a lungo la gonna. Poi lei gli passò davanti per andare nella sua stanza, ma lasciò la porta aperta. Lui rimase seduto a guardarla. Quando Grete arrivò in compagnia della domestica Trude salendo le scale con gran fracasso, lui girò la testa e brontolò piano.

«Smettila, Fidibus!»

Trude portò una pentola con l'acqua e una ciotola di latta in cui si trovavano gli avanzi del pranzo, soprattutto patate, che erano state irrorate con un cucchiaio di zuppa.

«È puro spreco, ha detto la signora Knüll» avvisò Trude mentre appoggiava le cose che aveva portato per terra davanti al cane.

«Ringrazi di cuore la signora Knüll da parte mia!» disse Elise con gentilezza.

Il cane si avventò sull'acqua assetato, il cibo lo lasciò intatto, ma dopo che ebbe bevuto a sufficienza, si alzò, si scosse e andò nella stanza di Elise. Lì si mise sullo scendiletto e seguì quel che succedeva con lo sguardo attento tipico dei cani.

«Ora ha un compagno di stanza, signorina Elise» rise Grete. «E se non fa attenzione, alla fine diventerà un compagno di letto.»

Elise non era in vena di scherzi. Mise la ciotola del cibo nella stanza e chiuse la porta.

«Devo parlare con te di una cosa, Grete» annunciò rimettendo a posto la sedia. «Sediamoci.»

«Se si tratta del giovane Thiedemann» disse Grete con un sorriso compiaciuto «non c'è bisogno di fare tanti discorsi, signorina Rosen. So bene che sta volentieri da sola con lui e anche domani resterò qui, così rimarrà con lui del tutto indisturbata...»

«Ma no!» la interruppe Elise. «Cosa pensi di me? Si tratta di altro.»

Le spiegò nel modo più semplice e chiaro possibile qual era stato il vero motivo di quel viaggio: la ricerca del manoscritto rubato di suo padre.

Grete la ascoltò in silenzio e, quando ebbe finito, disse: «Infatti mi ero meravigliata che d'un tratto avesse tutta quella fretta di andare a Göttingen. L'avevo attribuito all'amore, ma allora ero del tutto fuori strada. Tuttavia, non riesco proprio a credere che il giovane Thiedemann possa essere un ladro».

«Anche questo è difficile da credere, Grete, ma in questo momento sono quasi sicura che sia così. Purtroppo.»

Un rumore la distrasse dal discorso. Fidibus si era alzato per andare ad annusare la ciotola del cibo. Elise e Grete lo guardarono tese trattenendo il respiro. Annusò le patate, alzò la testa e scosse il naso disgustato, poi si rimise sullo scendiletto e guardò triste davanti a sé.

«Crede che il professore sappia del furto, signorina Rosen?» chiese Grete angosciata.

«È possibile» disse Elise. «Ma può anche essere che non abbia idea delle macchinazioni di suo figlio.»

«Lo spero tanto» confessò Grete. «Il professore è una persona così intelligente e colta, perché dovrebbe farsi coinvolgere in un crimine?»

«Anche le persone colte possono essere mascalzoni, Grete.»

Grete fece un respiro profondo. Il fatto che il professore che aveva tanto elogiato e che sapeva tanto di stelle e pianeti potesse essere un mascalzone non le piaceva per niente.

«Come farà a rientrare in possesso dell'oggetto rubato, signorina Elise?»

«Non ci resterà altro che cercarlo. Di sicuro è nascosto da qualche parte in questa casa.»

«Potrebbe avere ragione, signorina Rosen. Una casa non perde niente.»

«Proprio così. Per questo dobbiamo metterci all'opera in due. Mentre io mi do da fare con Hans Christian Thiedemann, tu devi cercare di entrare in camera sua. Potrebbe essere sotto il suo letto, forse sotto il materasso. Nell'armadio. Nascosto tra la biancheria. O sulla mensola dei libri dietro i volumi in-folio...»

Grete fece cenno di aver capito, il consiglio sembrò perfino piacerle. Elise vide confermarsi la sua previsione che Grete sarebbe stata di grande aiuto.

«Innanzitutto, cos'è un manoscritto?» volle sapere. «Da cosa lo riconosco?»

Oh, cielo! Non sapeva neanche che cosa dovesse cercare. Aveva sopravvalutato l'intelligente Grete.

«Un manoscritto è una spessa pila di fogli scritti.»

«Fogli di carta!» si stupì Grete. «E io che credevo fosse qualcosa di prezioso, uno scrigno o una cassetta intarsiata. Di carta uno studente di sicuro ne avrà dappertutto.»

In questo non si sbagliava.

«Di sicuro ha legato insieme i fogli con un nastro e ci ha arrotolato qualcosa intorno. Forse un telo. E poi puoi riconoscerlo dalla calligrafia. È molto piccola e regolare. Sul primo foglio c'è scritto: *Memorie di Charles François de La Tour...*»

«Mangia!»

«Come?»

«Il cane, signorina Elise. Mangia le patate!»

Fidibus si era davvero avventato sulla ciotola del cibo e masticava di gusto. Aveva cattive maniere nel mangiare; i pezzi più grandi li prendeva in bocca e se li portava sullo scendiletto per consumarli lì.

«Be', allora!» disse Elise rallegrata. «Aveva solo bisogno di un po' d'attenzione.»

«Non lo so se è una buona cosa, signorina Rosen» disse Grete dondolando la testa.

«Perché dici questo?»

«Così...» disse Grete tirandosi indietro in fretta. «E perché sembra essere un cane particolare.»

Elise scosse la testa perché non riusciva a capire e passò alla sua richiesta.

«Sarebbe bene se potessi iniziare già oggi, Grete. Non sarà difficilissimo, poiché suppongo che la stanza di Hans Christian si trovi al secondo piano. Ha salito le scale dopo essersi congedato.»

«L'ho notato anch'io, signorina Elise. Se stasera mi tiene i due signori fuori dai piedi, posso cercare con calma.»

«Molto bene. Mi impegnerò ad allungare il più possibile la "chiacchierata" con Hans Christian. E pensaci: lui non deve notare nulla, per nessun motivo. Devi rimettere tutto esattamente come l'hai trovato.»

«Si capisce, signorina Rosen. Vengo da un paese, non dal paese degli stupidi. Cosa faccio se trovo il manoscritto?»

«Lo lasci dov'è e ti tieni a mente il punto. Domani, quando sono in giro con Hans Christian, sali e lo prendi. Poi metti insieme le nostre cose e quando torno ce ne andiamo.»

Aveva abbastanza soldi per affittare una carrozza espressa che le avrebbe portate a Kassel in mezza giornata. Un piano temerario con cui rischiava molto, dal momento che era possibile che Hans Christian le seguisse a cavallo dopo essersi accorto della sparizione del bottino. Sentì il cuore battere più veloce per l'agitazione. Come sarebbe stato orgoglioso di lei suo padre, se avesse potuto annunciargli che le sue memorie, che credeva perdute, erano nelle sue mani! Allora sarebbe di sicuro guarito in fretta.

Dopo la cena, che consistette in un frugale pane imburrato con salsicce e un boccale di birra, i quattro commensali rimasero seduti in sala da pranzo, ma l'umore non sembrava essere neanche lontanamente vivace come a mezzogiorno. Il professore era povero di parole e, per grande dispiacere di Grete, non si addentrò in altri discorsi su stelle e pianeti. In compenso, si lamentò dei colleghi giovani che facevano tutto in maniera diversa, ma niente di meglio.

«Ora si infervorano per la costituzione del regno di Hannover che a loro non sembra abbastanza libertaria, se ne vanno a spasso e vogliono addirittura destituire il governo della città. Nessuno di quei professori ha fatto grandi cose nella sua materia, e come potrebbero farle se continuano a dedicarsi a questioni che non gli competono e per cui non vengono pagati...»

Hans Christian che – come Elise sapeva – era di tutt'altra opinione, si trattenne con prudenza di fronte a suo padre. Fu davvero contento che la conversazione si interrompesse, quando Grete si congedò per andare a letto.

«Perdonatemi, ma la birra mi ha messo sonno. Non ci sono abituata.»

«Per favore, non ha bisogno di scusarsi! Dorma bene, signorina Grete.»

Quando se ne fu andata, Hans Christian si mise a parlare della costituzione del principato d'Assia.

«Può essere orgogliosa, signorina Elise, poiché a Kassel l'assemblea cittadina, lottando, ha ottenuto diritti eccezionali. I deputati possono presentare leggi, controllare il bilancio pubblico e, soprattutto, gli ufficiali delle truppe del principe elettore fanno il loro giuramento anche sulla costituzione dello Stato e non solo ai prìncipi. È una cosa nuova e ne consegue che il principe non può più disporre dell'esercito in maniera autocratica...»

«Questo contraddice il principio della monarchia e si merita di essere abolito» lo contraddisse il professore. «Come può un principe difendere il suo Stato se deve farsi prima approvare l'intervento delle sue truppe dal Parlamento? Solo uno stupido può inventarsi una cosa del genere!»

Siccome ormai si era infuriato, chiese al figlio come procedesse il suo scritto per l'esame finale e gli ricordò che il termine per la consegna sarebbe scaduto entro poche settimane.

«Quando mi porterai la tua tesi perché la legga e possa correggere eventuali errori?»

«Sarà tutto pronto nei tempi, padre.»

«Lo spero tanto!»

Elise si rese conto che ora stava a lei salvare l'atmosfera affinché il discorso serale non venisse interrotto troppo presto. Allora raccontò in maniera vivace le storie del palazzo del principe di Kassel. Di recente c'era quasi stata una rivolta, poiché la principessa Auguste, tanto stimata da tutti, a teatro aveva trovato la sua loggia chiusa e tutti sapevano che era una cattiveria che aveva architettato contro di lei l'amante di suo figlio. Quella persona subdola, però, non aveva fatto i conti con i cittadini, che rimanevano fedeli alla loro principessa. I suoi sostenitori si erano ritrovati davanti al teatro e si era arrivati alle mani, per questo la povera principessa era inorridita a tal punto da svenire.

«Una donna incredibile, la principessa Auguste» osservò il professore. «Una delle figlie del re prussiano Federico Guglielmo II. L'ho vista anni fa a Berlino quando ancora non era sposata, aveva un aspetto molto aggraziato. Un peccato che si sia sposata con quel villano del principe elettore Guglielmo II di Assia-Kassel.»

Il professore si profuse allora sui rapporti nel regno di Hannover, i cui sovrani erano anche re d'Inghilterra per via della loro parentela con Maria Stuarda. In quel paese la gente era comprensibilmente insoddisfatta, poiché il castello a Herrenhausen era vuoto, il monarca governava da Londra. Dopo la morte di Giorgio IV avvenuta due anni prima era salito al trono il fratello Guglielmo IV, ma anche quel re brillava nel regno di Hannover per la sua assenza.

«Dev'essere una bestia rara, cui non piace lo sfarzo della corte, che cammina per Londra come un semplice cittadino» raccontò Hans Christian. «La gente lo chiama *Sailor Bill*. In Inghilterra deve godere di un grande affetto tra la popolazione. Purtroppo, Hannover e la nostra Göttingen gli sono del tutto indifferenti, qui si fa rappresentare da un reggente.»

«A meno che gli studenti di Göttingen non preparino una rivolta» commentò Elise sorridendo.

«Oh, sì» sospirò Hans Christian con amarezza. «Hanno fatto marciare cinquemila soldati e hanno sparato ai passeri con i cannoni.»

Verso le undici, secondo Elise, Grete aveva avuto abbastanza tempo per portare a termine il proprio compito, così augurò ai signori la buonanotte.

Grete era seduta su una sedia nella stanza di Elise con le braccia conserte sulla pancia e dormiva profondamente. Fidibus aveva deciso di scegliere il letto di Elise come cuccia.

«Via da lì, veloce!» tuonò Elise.

Tutti e due, il cane e Grete, si svegliarono all'istante. Grete fece una faccia spaventata, Fidibus si limitò a guardare Elise con aria di rimprovero prima di scendere lento ed estremamente controvoglia dal comodo giaciglio, per poi sistemarsi sullo scendiletto.

«Allora?» domandò Elise affannata.

«Niente» ribatté Grete alzando le spalle dispiaciuta. «Ho guardato dappertutto, ho perfino tastato con attenzione le assi del pavimento per controllare se non ci fosse una cavità.»

Elise nascose la sua delusione. Ringraziò Grete, la elogiò per il suo coraggio e la mandò di fronte nella sua stanza, perché potesse finalmente mettersi a letto.

Domani è un altro giorno, pensò mentre si sedeva alla scrivania e intingeva la penna. *Non mollo così in fretta.*

10

Göttingen, 7 aprile, poco prima di mezzanotte

Mio caro papà,
il messaggio che Christian Daniel van Leuwen ha mandato a Kassel mi ha molto spaventata e spero che ormai tu sia in via di miglioramento. Questa lettera contribuirà alla tua guarigione, almeno lo spero.
Nel frattempo, sono arrivata a Göttingen e insieme a Grete (una sarta dell'atelier, una ragazza intelligente e abile) ho trovato alloggio a casa del professor Thiedemann. Il tuo sospetto che – devo ammetterlo – all'inizio mi era sembrato molto inverosimile, nel frattempo si è consolidato come triste certezza. Sono quasi sicura che Hans Christian Thiedemann sia il ladro. Se suo padre sia in combutta con lui, non lo so, ma è possibile.
Non preoccuparti, caro papà, sto attenta e non faccio trapelare nulla, ma perseguo il nostro obiettivo – ritornare in possesso delle tue memorie – con grande tenacia e sono sicura che le mie iniziative presto o tardi porteranno al successo.
Sigillo questo messaggio e lo spedisco domani con la posta celere a Francoforte. Seguiranno altri messaggi.
I migliori auguri per la tua guarigione.
Tua figlia che ti ama con tutto il cuore,
Elise

P.S. Quando tornerai la prossima volta a Kassel, ti prego di entrare all'Atelier Rosen, invece di rimanere sulla strada fermo davanti alla vetrina!

La mattina seguente l'assordante abbaiare di un cane scosse Elise dal sopore. Inorridita, si alzò sul letto.

«Fidibus! Silenzio! Sei diventato matto?»

Il cane era alla porta con i peli ritti sulla nuca e abbaiava fino a strapparsi l'anima dal corpo. A Elise non restò altro da fare che alzarsi per riportare quell'esaltato alla calma.

«Seduto! E silenzio!»

Lui ubbidì controvoglia, si sedette e ridusse l'abbaiare a un ringhio minaccioso. C'era qualcuno alla porta.

«Signorina Elise? Sono io, Grete.»

«Entra.»

«Solo se tiene fermo il cane...»

Fidibus fece entrare Grete, la annusò con diffidenza e decise che non era pericolosa. Colse l'occasione per sgusciare sulle scale; forse aveva una faccenda urgente da sbrigare.

«Se l'è conquistato» disse Grete con un sorriso compiaciuto. «Non si libererà più di lui.»

«Stupidaggini. Lo faccio solo un po' rimettere in forze, è tutto.»

«Lui la vede in maniera diversa, temo.»

Nervosa, Elise cominciò a eseguire la sua toilette mattutina, ora aveva altri problemi, non poteva pensare a quel cane senza padrone.

«Non molliamo con la nostra ricerca, Grete» annunciò. «Dopo colazione porta subito questa lettera alla posta, ecco i soldi. Io farò un giro con Hans Christian e tu hai l'opportunità di cercare in altre stanze al secondo piano. Spettegola anche un po' con le domestiche, possono portare alla luce indizi importanti. Ovviamente non devono accorgersi che le stai interrogando...»

Grete fece cenno di aver capito e disse che con Trude in quel senso non c'era pericolo. La governante, tuttavia, era di un'altra pasta, con lei doveva fare attenzione.

«Ovviamente potrebbe anche averlo nascosto nello studio di suo padre o nella biblioteca retrostante» rifletté Elise. «Allora dovremo aspettare che il professore esca di casa.»

La sera prima era scomparso nel suo studio, c'era da supporre che dormisse in una camera adiacente. Non sarebbe stato facile farlo uscire dalla sua tana.

«Se i fogli sono nascosti lì, allora suo figlio non si è fatto beccare» osservò Grete, continuando a venerare il professore. «Il giovane Thiedemann è tutto un altro tipo rispetto a suo padre. Mi sembra che sia uno che parla tanto e adula le donne ma con la tesi che sta scrivendo è messo male. È piena di errori.»

Elise la fissò stupefatta e non poté trattenersi dal ridere.

«Piena di errori? E tu come fai a saperlo, Grete? Non l'avrai mica letta?»

«Questo no» confessò Grete imbarazzata. «Ma ha scritto dei calcoli su un foglio e sono sbagliati.»

«Invece di controllare i calcoli, avresti piuttosto dovuto cercare il manoscritto!» disse arrabbiata.

«Volevo essere sicura che non si trattasse dei fogli in questione» si giustificò Grete.

«Non farmi ridere!»

Forse ha preso un po' troppo sul serio la cosa, pensò Elise preoccupata. *Basta che non faccia stupidaggini e non mandi all'aria la nostra ricerca!*

Aveva finito di vestirsi, si pettinò i capelli e li raccolse, poi scese le scale con Grete ed entrò al primo piano, dove si trovava la sala da pranzo, passando per la porta di collegamento. Hans Christian Thiedemann aveva aspettato le signore; quando entrarono si alzò e augurò loro il buongiorno.

«Spero che abbiate passato una notte piacevole» disse spostando le sedie. «Mio padre si scusa, ha l'abitudine di lavorare fino a tardi la notte e non fa colazione prima delle dieci.»

Ah, ecco, il professore dormiva le prime ore della mattina. Se l'anziano signore avesse avuto un sonno profondo, allora Grete si sarebbe potuta occupare del suo studio la mattina presto.

Hans Christian era impegnato a versare il caffè, porse loro il cestino con i dolci freschi, elogiò la composta di prugne che la governante aveva preparato in autunno guardando di continuo fuori dalla finestra, poiché il cielo si era coperto.

«Spero che non piova, signorina Rosen. Sarebbe proprio un peccato. In quel caso propongo di affittare una carrozza chiusa, così potrò almeno mostrarle l'osservatorio...»

Ora anche Elise guardava fuori dubbiosa. Sembrava davvero cupo. Che peccato! Se avesse piovuto, l'uscita non sarebbe durata tanto. Grete annunciò che era indisposta e non poteva prendere parte all'uscita. Hans Christian se ne dispiacque, ma non sembrò essere triste in modo esagerato. «Non si preoccupi, signorina Rosen» consolò Elise. «Per questa mattina ho preparato un programma che le piacerà.»

Elise lo ringraziò con un sorriso e pensò tra sé e sé che anche lei aveva architettato un bel piano che, tuttavia, non sarebbe piaciuto proprio per niente a quel ladruncolo. Siccome in quel momento cominciava davvero a piovere, Hans Christian si offrì di andare a procurarsi la vettura, così Elise sarebbe potuta salire davanti alla porta di casa con i piedi asciutti.

Tutto sembrava procedere in maniera eccellente, solo il cane

Fidibus si rivelò una seccatura, poiché, quando Elise salì di sopra per andare a prendere lo scialle e il cappello, lui era davanti alla porta della sua stanza, pieno di aspettative.

«Non penso che potrai stenderti sul letto» disse, si preparò per uscire e chiuse la porta. Fidibus, tuttavia, non aveva alcuna intenzione di passare la mattina sul letto, anzi la seguì giù per le scale fino al portone e rimase fermo accanto a lei mentre aspettava la carrozza.

«Adesso credo di aver capito cosa intendeva Grete» mormorò pensando a cosa dovesse farne di quell'animale appiccicoso. Quando, subito dopo, una vettura chiusa si fermò proprio lì davanti a lei e Hans Christian scese per aprirle lo sportello, la domanda si risolse da sola, poiché Fidibus con un balzo saltò all'interno della carrozza.

«Ehi, non era concordato!» si lamentò il cocchiere. «Se il cane mi sporca le imbottiture delle sedute, pagate di più!»

Era inutile cercare di far riscendere Fidibus dalla carrozza. Nessun ordine, nessuna esortazione trovarono ascolto; quando Hans Christian cercò addirittura di prenderlo per il pelo, il cane gli ringhiò contro con una tale ira che lui abbandonò in fretta la sua intenzione.

«Purtroppo è così» disse Hans Christian rassegnato. «Julius Krähfuss ne aveva abbastanza, era contento di disfarsi dell'animale.»

«Quindi dobbiamo proprio portarlo con noi» disse Elise arrabbiata perché era preoccupata che l'uscita potesse saltare per colpa del cane.

Si strinsero in tre nella vettura, che già in due sarebbe stata parecchio stretta. Fidibus, da bravo, aveva lasciato la seduta alla sua nuova padrona e si era accoccolato per terra. Anche lì si rese antipatico, poiché non appena Hans Christian si piegava un po' in avanti durante la corsa per attirare l'attenzione di Elise su un edificio, Fidibus ringhiava a denti stretti.

«Lei è la persona più protetta di Göttingen» affermò Hans Christian rassegnato.

«È vero» ribatté lei contenta. «Chiunque volesse anche solo prendermi la mano, dovrebbe vedersela con quei denti aguzzi.»

«Io rischierei volentieri lo stesso» disse lui sorridendole. «Il cane ringhioso non può impedirmelo, ma il timore di suscitare il suo sdegno con un comportamento sconveniente, sì.»

Che adulatore, pensò lei amareggiata mentre gli offriva un finto sorriso, attraente e imbarazzato. *Che fortuna aver aperto gli occhi al momento giusto, altrimenti alla fine ci sarei cascata con questo bugiardo!*

Facendo un gran fracasso, la carrozza percorse tutta Weender Strasse, dove il selciato era già bagnato per la pioggia e si formavano le prime pozzanghere. Un giovane attraversò la strada passando talmente vicino alla carrozza che il cocchiere dovette frenare i cavalli e lanciare un'imprecazione. Fidibus abbaiò, Elise fu scaraventata via dalla seduta e si trovò di nuovo tra le braccia di Hans Christian.

«Oh, mi perdoni!»

«Spero che non si sia ferita, signorina Rosen.»

«No, tutto a posto.»

«Allora è andata bene anche stavolta.»

La tenne stretta più a lungo del necessario e, sebbene lei sapesse che era un traditore e un bugiardo, le sembrò comunque piacevole rimanere abbracciata a lui, così premuroso.

Quando si fu rimessa a sedere al suo posto, rimasero entrambi in silenzio, imbarazzati, ed Elise guardò i passanti correre dal piccolo finestrino. Alcuni sembravano studenti, si riconoscevano dai cappelli e anche dal modo in cui incedevano boriosi, chiacchieravano tra loro e si preoccupavano pochissimo della pioggia che cadeva a dirotto.

«Per prima cosa vorrei presentarle un buon amico di mio padre che conosce anche suo padre già dai vecchi tempi» Hans Christian prese di nuovo parola. «Il professor Kreuzer ha insegnato medicina al Teatro anatomico, ora però è in pensione anche lui e ha tutto il tempo per occuparsi di ricerche estremamente affascinanti.»

Un altro vecchio professore! In realtà aveva immaginato quell'uscita con Hans Christian Thiedemann più entusiasmante. Ad ogni modo, lo faceva per suo padre. Grete poteva avere tutto il tempo del mondo per la sua ricerca.

«Cosa dirà il suo conoscente, se portiamo con noi un cane?» chiese lei sorridendo.

«Di sicuro non avrà niente in contrario. A meno che Fidibus non si metta a sgranocchiare le sue vecchie ossa...»

Che risposta bizzarra. Davanti al portone di una casa a graticcio alta e stretta Hans Christian tirò la campanella e venne ad aprire una vecchia domestica, che lo salutò con grande affetto. Quindi pareva che lui andasse e venisse spesso da quell'abitazione.

«Il professore sarà molto contento. Mi dia il suo scialle, signorina. Che tempo! Questo è il cane di Julius Krähfuss? Eh, lo sapevo, mi sembrava di conoscerlo. È proprio adorabile, lo porto con me in cucina...»

In effetti, Fidibus seguì la domestica dai capelli bianchi senza pensarci e sparì con lei nelle stanze della servitù. Ecco come funzionava allora con la fedeltà! Quando lo attiravano gli odori della cucina, era finita. Anche se il cane per tutto il giorno le era sembrato un peso, ora si sentiva delusa.

Lo studio del professor Kreuzer le fece dimenticare tutto. La prima cosa su cui le cadde lo sguardo fu una grande maschera di legno scuro dipinta con colori sul bianco e sul marrone che rappresentava un essere mezzo uomo e mezza bestia. Alle pareti erano appese altre maschere, alcune adornate con capelli umani, altre con denti aguzzi da bestiame, tutte fissavano con occhi vuoti e morti i visitatori che entravano.

«Non si spaventi, giovane signorina» disse una voce squillante che sembrava appartenere a un bambino.

Solo in quel momento vide il proprietario di quella mostruosa collezione. Il professor Kreuzer si era alzato dalla poltrona per salutare i suoi ospiti e parve apprezzare l'effetto delle strane decorazioni delle pareti, poiché osservava Elise con un sorrisetto compiaciuto. Era piccolo di statura, con un ventre prominente, quasi del tutto calvo se non per una sottile corona di capelli bianchi e aveva un notevole doppio mento ben in vista. Un paio di occhiali con lenti tonde faceva apparire i suoi occhi cerulei molto grandi.

«Benvenuta, signorina Rosen e anche tu, caro Hans Christian. Accomodatevi, Alice ci servirà subito la sua famosa tisana all'ibisco.»

«Grazie tante» balbettò Elise, ancora tutta impressionata dagli insoliti oggetti che si trovavano nella stanza. A quanto pareva, Hans Christian aveva fatto annunciare la sua visita, altrimenti come avrebbe fatto il professore a conoscere il suo nome?

«È stupita della mia collezione, signorina?» disse Kreuzer divertito. «Ecco, io faccio ricerca sull'origine dell'uomo e per questo motivo ho allestito una collezione di rarità etnologiche, ma soprattutto ho messo insieme una collezione di crani umani provenienti da tutto il mondo conosciuto.»

Lei seguì il suo sguardo e scoprì un alto scaffale nei cui scomparti erano allineati innumerevoli crani, grandi e piccoli, bianchi, giallastri e marroni: giacevano l'uno accanto all'altro in armonia. Ad alcuni mancavano i denti, altri erano coperti di linee e motivi, uno presentava un grosso buco sulla fronte. Su ogni cranio era stato incollato un piccolo cartellino bianco con una scritta.

«E quelle ossa danno qualche spiegazione sull'origine dell'umanità?» chiese lei.

«Certo» confermò lui con la sua strana voce squillante. «In anni di ricerca ho fornito le prove che le quattro categorie in cui si può suddividere l'umanità hanno tutte la stessa origine. Che sia caucasica, africana, asiatica o americana, nessuna di queste categorie di umani si è sviluppata separatamente rispetto alle altre, discendono tutte da una stessa razza originaria...»

Elise annuì fingendo interesse. Nel mentre si chiese a chi mai potessero essere utili tali ricerche. La Bibbia non diceva già che tutte le persone discendevano da Adamo ed Eva?

«Deve sapere che ci sono teorie che dicono che la categoria degli africani sia sostanzialmente inferiore rispetto alle altre e per questo destinata alla schiavitù» spiegò Hans Christian.

«È così!» esclamò con rabbia il professore grassoccio. «Le mie misurazioni dei crani, tuttavia, hanno dimostrato che tutte le categorie sono intellettualmente equivalenti. Ho studiato anche gli americani, la vede la piccola mummia messicana?»

Elise guardò disgustata un oggetto in un angolo che aveva preso per una grande brocca di terracotta dalla forma strana. Una mummia, ne aveva già sentito parlare. Un morto imbalsamato che poteva durare secoli senza putrefarsi. Quel defunto era accovacciato e avvolto in teli marroni rossastri o qualcosa di simile. Il cranio mancava, forse era da qualche parte in mezzo agli altri sullo scaffale.

La domestica apparve con un vassoio sul quale c'erano un'imponente teiera a fiori verdi, tazze, cucchiaini e una ciotola con lo zucchero. La tisana non aveva un odore spiacevole, ma aveva un gusto molto aspro.

«Purtroppo non mi è stato possibile recarmi di persona in questi paesi lontani» continuò il professore, mentre girava lo zucchero nella tisana. «Come a volte succede nella vita: c'era sempre qualche impedimento di mezzo. Lo studio. Il dottorato. Il lavoro. Un matrimonio. Tre figli... Ma, per fortuna, ho potuto acquistare qualche bel pezzo alle aste, altri li ho avuti in regalo da buoni amici e colleghi...»

Mentre continuava a parlare, Elise, piena di curiosità, sorvolò con lo sguardo gli altri scaffali sui quali, in mezzo ai libri, c'era ogni tipo di oggetti. Intagli e ossa, amuleti ornati di piume, piccole statuette di pietra o di legno, pipe di terracotta, perfino una lucertola verde impagliata che fissava il vuoto con i suoi occhi gialli e vitrei. Notò che Hans Christian seguiva il suo sguardo, le sorrideva e si rallegrava del suo stupore. Be', in effetti non aveva mai visto niente del genere in vita sua. Che cosa raccapricciante! Una riunione di crani senza vita provenienti da ogni angolo del mondo. Chissà se quelle persone sarebbero state d'accordo che in seguito alla loro morte i loro crani venissero allineati su uno scaffale, fissati, tastati e misurati. Be', c'era da supporre che non fossero stati interrogati a quel proposito prima della loro dipartita.

Il professore si alzò per prendere alcuni dei suoi esemplari più suggestivi dallo scomparto dello scaffale, spiegare il loro particolare significato per poi rimetterli al loro posto. Dopodiché versò un po' di tisana in una delle piccole statuette di terracotta e quando ci soffiò dentro si sentì un uccellino cinguettare. Infine, afferrò due bastoncini su cui erano fissate strane ciocche di capelli e cordoncini colorati e, tenendoli in mano, cominciò ad agitarsi in una maniera estremamente bizzarra, muovendosi in cerchio.

«Capita qualcosa del genere quando uno stregone africano esegue una danza esorcizzante» spiegò. «In realtà avrei dovuto mettermi anche questa maschera, ma preferivo risparmiare la vista alla signora...»

«È stato molto impressionante anche così» disse Elise considerando quella dimostrazione più che stramba e domandandosi nel frattempo se nel cranio del professor Kreuzer in persona non fosse andato storto qualcosa.

Hans Christian dichiarò allora di voler andare, poiché non poteva approfittare oltre del prezioso tempo del suo ospite.

«Per me è stato un piacere, giovane amico» gli assicurò Kreuzer con un sorriso benevolo. «Soprattutto perché oggi è venuto da me con una così incantevole compagnia. Spero che avremo l'occasione di rivederci, signorina Rosen.»

«Mi tratterrò solo pochi giorni a Göttingen» disse Elise con prudenza.

«Poco è meglio di niente!» gridò lui felice, affrettandosi ad accompagnare i suoi ospiti alla porta.

Avevano rischiato di inciampare su Fidibus che si era messo nel corridoio davanti alla porta per aspettare la sua nuova padrona. Si alzò scodinzolando quando vide Elise, dava l'impressione di essere sazio e soddisfatto.

«Ma questo è il cane di Julius Krähfuss» osservò il professor Kreuzer. «Un tipo buono. Carattere per bene. Ben educato.»

«Sì, è un cane gentile...» disse Elise.

«Ma non il cane! Parlavo di Julius Krähfuss.»

Si affrettò a mettersi lo scialle e ad arrivare alla porta, poiché aveva notato che Fidibus aveva lasciato un ricordino nel corridoio. Sulla cassa di vino in legno che stava lì in un angolo vicino ad alcuni cesti erano visibili chiare tracce di pipì di cane.

«Spero che non si sia spaventata troppo» disse Hans Christian quando furono di nuovo seduti sulla carrozza. «Il professor Kreuzer è un personaggio, ma allo stesso tempo uno scienziato da prendere sul serio.»

«Oh, è stata un'esperienza che non dimenticherò tanto in fretta» disse lei contenta.

«Ora farà conoscenza con tutt'altro genere di lavoro scientifico. Andremo all'osservatorio astronomico, il cui direttore è il mio relatore, il professor Gauss.»

Quando la carrozza ebbe attraversato il Wall in corrispondenza di Geismar Tor, finirono le file di case, si estesero prati e campi ed Elise scorse nella foschia un edificio chiaro. L'osservatorio consisteva in tre ali al cui centro si trovava una torre rotonda con una cupola.

«Quello è l'alloggio del professor Gauss» spiegò Hans Christian indicando una delle ali dell'edificio. «Oltre a lui, ci sono il consigliere Harding, l'astronomo e la servitù del professore. Se permette, devo ottenere il permesso per entrare.»

Gridò al cocchiere di fermarsi davanti al muro che circondava l'edificio sul davanti e scese.

«Lo vede, signorina Rosen» chiese lui indicando verso l'alto. «Questo è il filo teso da qui alla chiesa di San Giovanni, attraversa Marktplatz fino al laboratorio di fisica del Dr. Weber in via Papendiek.»

In effetti, sopra le loro teste un filo sottile era fissato alla cupola dell'osservatorio e probabilmente andava in direzione della città. Tuttavia, il tempo cupo e piovoso faceva sì che la cordicella sparisse in fretta dalla vista.

«Il modello per il suo esperimento a Francoforte?» domandò Elise.

«Giusta osservazione, signorina!» rise lui andandosene.

Elise accarezzò la testona di Fidibus e pensò con rammarico a Grete. Che peccato che non potessero scambiarsi i ruoli! Per Grete sarebbe stata una grande gioia visitare l'osservatorio, mentre Elise avrebbe cercato più volentieri il manoscritto di suo padre. Poco dopo Hans Christian tornò raggiante di gioia e riferì che purtroppo il professor Gauss non era disponibile, ma che l'astronomo avrebbe volentieri trovato il tempo per raccontare dell'osservatorio alla nuova visitatrice.

Fidibus la seguì mentre a fianco di Hans Christian attraversava il portone e saliva i gradini verso la porta d'ingresso in legno dell'edificio. Li attendeva un omino dai capelli grigi con il busto piegato in avanti e la mano destra dietro la schiena. Probabilmente era tormentato da un brutto dolore.

«Benvenuta, signorina... Venga, entri pure...»

Dovette tirare su la testa per guardarla, ma nonostante la strana postura del corpo, li precedeva con impressionante agilità. Il cane sembrò non notarlo. Si arrivò in un ingresso adornato da due colonne e da lì lo zelante astronomo la portò in diverse altre stanze raccontandole degli strumenti di misurazione e di oggetti particolari, incluso un orologio astronomico a pendolo, un regalo del duca di Sussex. Elise trovò le forze per seguire le complicate spiegazioni zeppe di espressioni scientifiche e alla fine credette di aver capito che la Terra fosse circondata da un campo magnetico, di cui si indagavano e si definivano le dimensioni precise. A questo scopo servivano i diversi strumenti, come il magnetometro vicino al muro cui era appesa una barra magnetica di dodici chili e mezzo che doveva indicare il cambiamento d'intensità magnetica del campo terrestre.

«Sono movimenti minuscoli, quasi impercettibili per l'occhio» spiegò Harding. «E purtroppo spesso sono disturbati perché lo strumento reagisce a oggetti di ferro nelle vicinanze. Per questo l'osservatorio magnetico, che si trova alla sinistra dell'osservatorio astronomico, è stato allestito in un edificio totalmente privo di ferro...»

Elise in realtà aveva sperato di poter guardare il cielo con un telescopio, le spiegarono però che non si sarebbe visto molto con quel fitto banco di nuvole. Dopo il giro di visita ringraziarono il consigliere, diedero un'altra veloce occhiata all'osservatorio privo di ferro appena costruito, che a Elise apparve poco spettacolare, poiché era una piccola casupola con imposte graziose e una semplice porta d'ingresso. Siccome pioveva ancora, si affrettarono a risalire sulla carrozza, dove Fidibus prese di nuovo posto per primo.

Mentre tornavano in città Hans Christian parlò con grande entusiasmo del fenomeno del magnetismo, un nuovo campo della fisica che in futuro avrebbe portato a grandi scoperte e che ancora doveva crescere. Spiegò con loquacità cosa fosse un magnete, che aveva due poli tra cui si formava un campo magnetico che si poteva rendere visibile per mezzo della limatura di ferro.

«Anche la nostra Terra è una sorta di magnete con polo sud e polo nord. Per questo motivo possiede un campo magnetico...»

Elise ascoltò in silenzio e constatò non per la prima volta che Hans Christian si entusiasmava allo stesso modo per il magnetismo e per la letteratura, l'arte, la musica e qualunque altra cosa. Era una persona che si infervorava in fretta e sapeva restituire il fervore in un discorso ben costruito. Lei a volte spannava il finestrino della carrozza strofinando le dita guantate sul vetro, ma di Göttingen non si vedeva granché se non gli ingressi delle case, le porte chiuse dei negozi e gli schizzi d'acqua delle pozzanghere.

«... Perciò è possibile con l'aiuto di una barra magnetica e una bobina di rame generare corrente galvanica e condurla lungo un filo per grandi distanze verso una barra magnetica proprio come quella, che trasforma in movimento l'impulso di corrente che riceve. Questo filo è costituito da rame e argento e viene stabilizzato con uno spago... Spero di non annoiarla, signorina Rosen. L'argomento mi travolge...»

«Oh, è estremamente interessante. Il suo esperimento a Francoforte ha avuto successo? C'è stato un movimento all'altro capo della cordicella?»

La domanda affievolì la fiamma del suo entusiasmo, abbassò la testa e la guardò dal basso in alto come uno scolaro colto sul fatto.

«Be', in effetti c'è stato un movimento. Sì, sì, si vedeva chiaramente. Anche se, tuttavia, non eravamo del tutto sicuri se fosse la corrente galvanica o forse una scossa di tipo naturale...»

Elise si morse le labbra per non ridere perché un po' le fece pena. Allora l'esperimento che era stato allestito così nel dettaglio in realtà non aveva dato alcun risultato. Non c'era da stupirsi se avanzava a fatica con la tesi per l'esame finale.

«In ogni caso ci ha provato» disse lei compiacente. «E alla fine si impara anche dagli insuccessi, no?»

«La ringrazio per queste parole!» esclamò lui rallegrato. «In realtà è un principio della ricerca scientifica il fatto che tentativi erronei e insuccessi spesso portino a importanti scoperte.»

Giusto, pensò lei. Per esempio, la scoperta che: «Non giovano i tesori male acquistati».

La carrozza avanzò facendo una gran confusione sul selciato piegandosi più volte alle asperità della strada. Nel frattempo, l'interno era diventato soffocante, il pelo bagnato del cane emanava un odore spiacevole, in più Fidibus continuava ad ansimare, forse anche a lui mancava l'aria fresca. Quando alla fine il cocchiere frenò i cavalli davanti alla casa del professor Thiedemann, Hans Christian scese in fretta e tese la mano a Elise. Nonostante il cane ringhiasse, lei afferrò la sua mano, sentì la salda pressione delle dita mentre scendeva e, siccome non voleva lasciarla subito, rimasero per un momento molto vicini l'uno davanti all'altra, sul marciapiede. Elise andò in confusione nel vedere quegli occhi scuri pieni di dolcezza rivolti verso di lei. Dentro c'era una preghiera inespressa, qualcosa che non osava dire, ma che lo pervadeva completamente. Lei per un momento rimase disorientata, indecisa se rischiare una domanda prudente, a quel punto Fidibus si spinse con un salto impetuoso fuori dalla carrozza e dovette spostarsi per non essere travolta.

«La sua guardia del corpo è attenta» disse Hans Christian furibondo voltandosi verso il cocchiere per pagarlo.

In casa del professore c'era odore di cavolo stufato e salsicce arrostite, cosa che indicava che il pranzo sarebbe stato servito a breve. Trude era pronta a prendere i loro cappotti bagnati e Fidibus sparì con lei in cucina. Dopo essersi addolorato e non aver mangiato niente per giorni per il suo padrone perduto, ora il suo appetito sembrava insaziabile.

A Elise andava bene, salì in fretta per la scala secondaria per scoprire se la ricerca di Grete aveva avuto successo. Nel caso in cui la ragazza avesse trovato il manoscritto, avrebbero dovuto agire in fretta e lasciare Göttingen il giorno stesso.

Grete era seduta sul divano nella stanza di Elise e guardava verso di lei agitata.

«Allora?» domandò Elise ancora affannata.

«Se d'inverno ci si mette uno scialle di lana sui capelli e poi si ritira giù, cosa succede?»

«Cosa deve succedere?»

«I capelli si attaccano in modo strano. O diventano ritti e non si vogliono far pettinare bene.»

Elise, spazientita, si sedette sulla sedia per togliersi le scarpe bagnate dai piedi.

«È tutto ciò che hai scoperto?» le chiese arrabbiata. «Pensavo volessi cercare il manoscritto.»

«Me l'ha spiegato il professore» continuò Grete imperterrita. «Energia galvanica. La stessa che si abbatte sulla Terra quando un fulmine la colpisce in qualche punto.»

«Anche qui sta per cadere un fulmine» tuonò Elise adirata gettando le scarpe bagnate in un angolo della stanza. «Ti sei intrattenuta con il professor Thiedemann sul magnetismo invece di assolvere al compito che ti avevo dato!»

«Oh, no» la contraddisse Grete zelante. «Ho portato la lettera alla posta e poi ho guardato con scrupolosità nelle stanze di sopra, ma non sono riuscita a trovare niente. Infine, ho chiacchierato un momento con Trude e, siccome mi rimaneva ancora un po' di tempo, mi sono offerta di portare il caffè al professore. Ora, lui era seduto nel suo studio e ha riso dei miei capelli che erano un po' dritti in testa. E poi ha parlato del fenomeno del magnetismo...»

«È abbastanza!» brontolò Elise delusa. «È stato intelligente da parte tua guardare nella tana del lupo. A quanto pare, ci restano soltanto lo studio e la biblioteca del professore. E la soffitta. Forse anche la cantina.»

«Credo sia superfluo cercare lì» disse Grete. «Penso che il manoscritto di suo padre non si trovi più in questa casa.»

«E perché mai pensi questo?»

Il volto di Grete ora aveva un'espressione furba e quasi trionfante. «Perché Trude mi ha raccontato che subito dopo Pasqua è stata ritirata una cassa.»

Elise perse il coraggio e fece spazio a un'indicibile delusione. Hans Christian aveva portato via il manoscritto perché immaginava già che suo padre avrebbe sospettato di lui. Ovvio! Lo sapeva perfettamente perché era venuta. Forse aveva perfino notato che cercavano il manoscritto di nascosto e questo per lui era uno squisito divertimento. Oh, com'era crudele quell'uomo!

«E chi ha portato via la cassa? Trude ti ha raccontato anche questo?»

«Ha detto per tutto il tempo che non avrebbe dovuto parlarne perché il professore glielo aveva vietato» disse Grete con un sorriso compiaciuto. «Ma ovviamente alla fine è uscito fuori lo stesso. La cassa è andata al professor Kreuzer e, secondo l'etichetta, dentro c'erano delle bottiglie di vino. In realtà però, tra la paglia che si avvolge intorno alle bottiglie c'era un mucchio di fogli scritti. Trude l'ha visto perché ha dovuto portare al professore gli spaghi con cui ha legato insieme dei fogli.»

Allora il professor Thiedemann era in combutta con suo figlio!

Qualcuno grattò alla porta ed Elise si alzò per far entrare il cane. Fidibus odorava di salsicce e zuppa di cavolo, barcollava per via della pancia piena. Con un tonfo si accomodò sullo scendiletto.

«Bravo, Fidibus» mormorò Elise accarezzando la sua schiena infeltrita. «Lo hai trovato. E perfino segnalato.»

Grete strizzò gli occhi non riuscendo a capire.

«La cassa di vino è a casa del professor Kreuzer, nel corridoio» spiegò Elise. «L'ho vista.»

11

La conversazione durante il pranzo confermò del tutto l'ipotesi di Elise.

«Siete andati a trovare il vecchio Kreuzer?» chiese il professor Thiedemann guardando arrabbiato suo figlio. «Non ti è venuto in mente niente di meglio che presentare alla giovane signorina un tipo strambo che si circonda di crani e mummie?»

Hans Christian, turbato, abbassò lo sguardo e disse che la signorina Rosen aveva trovato la visita molto interessante e istruttiva.

«Nel suo studio si può imparare il raccapriccio» brontolò il professor Thiedemann. «Non parlo delle sue ricerche sui crani, è pur sempre il suo ambito, in quanto medico. Ma il resto dell'abracadabra che ha messo insieme! Il suo studio assomiglia a un museo degli orrori e non è degno di uno scienziato.»

«Oh, l'ho trovato molto stimolante. Quanti popoli e costumi si possono trovare sulla Terra» osservò Elise. «Per il resto, il professor Kreuzer mi è sembrato una persona molto gentile e piacevole.»

Il padre di Hans Christian si mise un pezzo di salsiccia in bocca e lo masticò lentamente prima di rispondere.

«Le ha fatto la corte?» domandò a Elise con aria beffarda. «Deve essere prudente con lui, signorina. Va dietro a ogni gonnella.»

«Ma padre!» gridò Hans Christian arrabbiato.

«Lo sai che ho ragione!»

«Tuttavia, non è necessario menzionare il fatto in presenza della signorina Rosen!» disse Hans Christian agitandosi.

«Come amico di suo padre ho il dovere di metterla in guardia da tali soggetti!»

«La signorina Rosen era in mia compagnia ed era sotto la mia protezione, padre. Il tuo avvertimento è superfluo.»

«Un avvertimento non è mai superfluo» insistette il professore lanciando a suo figlio uno sguardo tagliente. «Per il resto, aspetto ancora che la tua tesi per l'esame finale finisca sulla mia scrivania!»

Elise e Grete si scambiarono sguardi eloquenti durante il litigio. Ovviamente il professore era arrabbiato perché suo figlio aveva portato Elise proprio dal professor Kreuzer. Al giovane Thiedemann quel gioco con la sua ospite sembrava piacere in modo eccezionale, si era divertito a portarla proprio lì dove avrebbe potuto scoprirlo. *Be'*, pensò Elise furiosa. *La preoccupazione del professore è del tutto giustificata. Intanto sappiamo dove si trova il manoscritto.*

Già al dolce, che quel giorno consisteva in pasticcini e frutta sciroppata, le vennero dei dubbi. È vero, dal professor Kreuzer c'era una cassa di vino in corridoio, ma non era per niente sicura che fosse proprio la cassa di cui aveva parlato Trude. E anche se lo fosse stata, era possibile che il manoscritto non si trovasse più lì da diverso tempo. Il professor Kreuzer poteva averlo tirato fuori e averlo sistemato da qualche parte in casa sua, nel peggiore dei casi nel suo sgradevole studio.

«Per il pomeriggio ho una sorpresa particolare, signorina Rosen» annunciò Hans Christian, che nel frattempo aveva calmato suo padre con il racconto della visita all'osservatorio.

«Sono curiosa» ribatté Elise mimando grande gioia. In realtà avrebbe passato volentieri il pomeriggio con Grete nella sua stanza per riflettere in pace sulla situazione e decidere insieme il da farsi.

«È *jour fixe* dalla signora Sanftleben» spiegò lui raggiante di gioia. «Ho già annunciato lei e la sua accompagnatrice; la signora Sanftleben è straordinariamente contenta che onorerete il salotto della vostra presenza.»

«Che bello...» disse Elise, anche se le fu davvero difficile far finta di essere entusiasta. «È sempre bello approfondire una piacevole conoscenza di viaggio.»

«Posso prometterle un pomeriggio molto stimolante, cara signorina Rosen. I contributi musicali e letterari sono di qualità variegata, ma conoscerà diverse personalità assai interessanti...»

Elise lo ringraziò e chiese di potersi ritirare per riposarsi.

«Sì, si riposi per bene, signorina» disse il professore. «Avrà bisogno di un buon autocontrollo per sopravvivere al pomeriggio.»

«Padre! Ti prego!»

Mentre le due donne salivano la scala secondaria per andare nelle loro stanze, Grete continuava a lamentarsi del fatto che in tale salotto sarebbe stata del tutto fuori posto, non sapeva come comportarsi.

«Ti siedi vicino a me e parli solo se ti fanno delle domande» deliberò Elise. «In ogni caso è meglio che se rimani qui a chiacchierare con il professore di magnetismo o di globi celesti e alla fine ci fai scoprire.»

Quando Elise aprì la porta della sua camera, Fidibus saltò in fretta giù dal letto e le andò incontro scodinzolando.

«Ti avevo dato il permesso di stare sul mio letto?» tuonò Elise.

Fidibus non si impressionò, si fece accarezzare le orecchie e scomparve sulle scale.

«Un cane comodo» osservò Grete. «Si porta a spasso da solo.»

«Decidiamo in fretta come dobbiamo procedere» disse Elise accomodandosi sul divano.

«La faccenda è più complicata del previsto» constatò Grete, che evidentemente durante il pranzo aveva fatto gli stessi ragionamenti di Elise. «In sostanza siamo di nuovo punto e a capo. E se lisciassimo un po' il pelo a questo professore per scoprire cosa ne ha fatto dei fogli?»

«Lisciare... il pelo?» domandò Elise inorridita. «Spero che tu non intenda quello a cui sto pensando!»

Grete assunse un aspetto colpevole dietro cui, però, era chiaro che si nascondeva una burlona.

«Il professore non ha detto che questo Kreuzer è un amante delle donne?»

«Ha detto che va dietro a tutte le gonnelle!»

«Giusto, ha detto così. Per lei sarebbe facile...»

«No!»

«No?»

«Per nessuna ragione. Solo al pensiero di avere intorno quella persona mi sento male. Ci dev'essere un'altra via, Grete.»

«Be'» disse Grete alzando le spalle. «Ovviamente possiamo anche suonare alla porta, afferrare la cassa e portarla via...»

«Un piano sensazionale!»

«Soprattutto se la cassa è vuota» ridacchiò Grete.

«Non hai un'idea migliore?» domandò Elise arrabbiata.

«Al momento no» ammise. «Ma se oggi pomeriggio dovrò stare seduta accanto a lei e tenere la bocca chiusa, avrò tempo per pensarci.»

Elise stabilì che il vestito che portava Grete doveva essere reso un po' più carino. Ci cucì in tutta fretta un altro colletto e sistemò un pizzo fatto all'uncinetto sui polsini delle maniche. Poi cominciò a pettinarle i capelli, a intrecciarli e appuntarli in maniera graziosa, ma le riuscì così così, poiché non si poteva ottenere granché dai capelli fini e sfilacciati di Grete. Infine si sistemò anche lei, mise in ordine la pettinatura, indossò un grazioso berretto di velluto e convinse la ragazza a portare uno dei suoi cappelli.

«Questo è troppo raffinato per me» si difese Grete.

«È coordinato con il vestito che ti ho regalato. Non comportarti così, non è carino.»

Andarono a piedi, poiché aveva smesso di piovere e la casa del direttore giudiziario non era troppo lontana. Hans Christian si era armato di un grande ombrello per condurre a casa le signore con i piedi asciutti, nel caso in cui il tempo in seguito si fosse di nuovo guastato. In realtà l'espressione "piedi asciutti" non era del tutto adatta; l'unico paio di scarpe di Elise era ancora umido dalla mattina e la passeggiata per le strade inondate di pioggia non migliorava la faccenda.

Il signor Sanftleben aveva affittato un appartamento al primo piano di una casa in Weender Strasse, una posizione eccellente, come assicurò Hans Christian, poiché da lì si poteva vedere giù fino al mercato grande. Si dimostrò ancora più loquace del solito, mentre erano per strada si ripeté molte volte, rise senza motivo e mostrò tutti i segnali del nervosismo.

Cos'ha in mente?, pensò Elise. *Vuole tenere un discorso? Cantare una canzone?* Non era forse vero che ognuno poteva tentare di esibirsi nella propria vocazione?

Alla porta dell'appartamento furono accolti da Henriette Sanftleben, che era stata infilata in un vestito violetto probabilmente un tempo appartenuto a sua madre, poiché era del tutto fuori moda. A Elise parve ancora più strano l'abbigliamento della povera Luise, il cui vestito rosa pallido aveva un indecoroso décolleté ed era cosparso di fiocchi e merletti. Inoltre, con il ferro si era fatta dei boccoli laterali così scolpiti che si sarebbero tranquillamente potuti usare come cavatappi. Le sorelle salutarono gli ospiti appena arrivati nel modo più cordiale possibile – soprattutto Hans Christian – e li portarono in salotto, dove già altre persone si erano riunite intorno alla dama di casa. La signora Sanftleben brillava in una fantasia a righe gialle e verdi, le maniche avrebbero potuto aggiudicarsi a pieno diritto la definizione scherzosa di "prosciutto".

«Mio caro Hans Christian, come sono felice!» esclamò la signora Sanftleben. «Si metta comodo, là sul divano accanto a Luise c'è ancora un posto libero. Per le signore ho riservato queste due sedie qui...»

Siccome in quel momento un giovane con soprabito e giacca di colori molto accesi aveva preso posto al pianoforte e già si avventava sui tasti con veemenza, alla padrona di casa non fu possibile dare altre indicazioni. Così Hans Christian sistemò la situazione secondo i suoi desideri personali; fece accomodare Grete sul divano e prese posto accanto a Elise su una delle due sedie. Ignorò la signora Sanftleben che aggrottava la fronte e lo guardava arrabbiata.

«Uno studente di filosofia» sussurrò a Elise guardando il pianoforte. «È un grande estimatore del compositore Ludwig van Beethoven e suona ogni volta lo stesso pezzo per pianoforte.»

Ascoltarono la melodia suonata con focoso entusiasmo, ma che non sempre sembrava pulita, questo però non sembrava disturbare più di tanto il pianista. Quando ebbe finito, lo applaudirono con euforia e il giovane si alzò dal panchetto per inchinarsi in ogni direzione. La signora di casa si affrettò verso di lui, espresse un ringraziamento esagerato, ma non gli chiese il bis, dandogli un'evidente delusione. Portarono il tè e lo servirono in piccole tazze, fecero passare anche qualche pasticcino; tuttavia, era rimasta solo qualche briciola quando il piatto raggiunse Elise. Intanto, lei aveva avuto il tempo di osservare gli ospiti con più attenzione e si spaventò quando vide anche il professor Kreuzer su una delle poltroncine. Ovviamente anche lui l'aveva notata da un po' e, quando portarono il tè, si alzò con disinvoltura per andare verso di lei.

«Che idea meravigliosa, caro giovane amico» disse a Hans Christian sistemandosi gli occhiali per fissare Elise a dovere. «Spero che passi un piacevole pomeriggio, signorina Rosen.»

«Ne sono convinta» ribatté lei cordiale, bevendo un piccolo sorso dalla tazza. Il tè era molto leggero e sapeva di menta piperita.

«Ho riflettuto di nuovo a proposito dei nostri piani» continuò il professore rivolgendosi a Hans Christian. «Credo che dovremmo anticipare il mio articolo sul cranio del principe inglese, poiché potrebbe suscitare un'attenzione estrema tra gli esperti. Il calco di gesso mi è stato mandato qualche settimana fa, di modo che avessi la possibilità di misurare e studiare quest'oggetto estremamente interessante...»

Hans Christian parve trovarsi in imbarazzo per quella conversazione, poiché interruppe in fretta Kreuzer e cercò di distrarlo dall'argomento. «Certo, signor professore. Ne parleremo nell'occasione appropriata. Anche oggi ci presenterà un estratto di uno dei suoi scritti?»

«Oh, avevo intenzione di tenermi in disparte questa volta» disse Kreuzer con un sorriso eloquente per Elise. «La mia esposizione della settimana scorsa sul tema dei morti ritrovati nel

Moor non mi è sembrata entusiasmare granché le signore. Nel caso in cui, però, fosse interessata, signorina Rosen, domani sera parlerò di questo tema alla Società archeologica e potrei invitarla...»

Non poté continuare a parlare poiché dietro di lui la signora Sanftleben batté le mani per ottenere ascolto.

«Miei cari amici» disse guardandosi intorno, finché il suo sguardo non si soffermò su Hans Christian, «ho la grande gioia di dare parola a uno degli ospiti più zelanti e fedeli del mio salotto: prego, caro Hans Christian, siamo molto ansiosi di conoscere le sue nuove opere letterarie, la preghiamo di cuore di esporcene qualche estratto.»

Hans Christian la ringraziò e con le dita impacciate cercò i fogli nella tasca della giacca, lanciando un sorriso timido a Elise.

«Non sapevo che fosse attivo anche come letterato» disse lei.

«Solo a volte» ribatté lui imbarazzato. «La musa Erato è una donna volubile che viene a trovarmi solo ogni tanto.»

Erato?, rifletté Elise. Quale delle nove muse era? Evidentemente una che aveva qualcosa a che fare con l'arte poetica...

«Deve mettersi al centro della stanza, cosicché io possa sentirlo!» gridò una donna anziana con un cappello a sporta e dei ricciolini finti.

«Mi perdoni, signora Kochendorf» disse Hans Christian alla moglie del gabelliere e cominciò a sudare per l'agitazione. «Se permette, leggerei volentieri dal mio posto.»

«Allora deve parlare ad alta voce» gridò la signora Kochendorf. «Altrimenti non capisco una parola nemmeno stavolta!»

Bontà divina, pensò Elise. *Com'è spiacevole questa signora. Così fa passare subito la voglia di un bel testo.* Hans Christian, che ora stava spiegando con cura il foglio e si apprestava a cominciare, le fece quasi pena.

«Ha già detto qualcosa?» gridarono dal pubblico.

«Sst!»

«Silenzio!»

Hans Christian si decise ad alzarsi dalla sedia, anche se così avrebbe dato le spalle a Elise. Poi cominciò a recitare con voce leggermente rauca:

Più dolce di un sogno
Si allontana dal mio sguardo,
Mi adesca in paesaggi celesti
Verso il più bel lieto amore.

«Ascoltate, ascoltate!» esclamò il professor Kreuzer, approfittando di una piccola pausa nell'esposizione.

«Silenzio!» esortò la signora Sanftleben, che aveva ascoltato estasiata. «Continui, amico caro. È meraviglioso!»

Hans Christian si inchinò verso di lei e continuò a leggere.

Potessi dire con atti e parole
Cosa brama il mio cuore,
Ma delle porte del Paradiso
L'affilata spada di Cherubino è custode.

Ho letto poesie migliori, pensò Elise. *Ma perlomeno si è dato da fare. C'è forse sotto qualcosa di vero? Sentiamo come continua.*

Una falsa ambizione mi strappa
Crudele alle braccia dell'amata.
Ah, senza pietà mi costringe
La mia parola avventata.

Dal divano si sentì un sospiro profondo, vicino al fortepiano qualcuno sussurrava. La signora Sanftleben lanciò uno sguardo infuriato in direzione dei disturbatori. Elise constatò che il foglio nella mano di Hans Christian tremava. Senza farci caso, attaccò con il verso successivo:

In silenzio devo ora sopportare
Ciò che consuma il mio povero cuore.
Quel che sento, il fato
Di dirle mi ha negato.

In quel momento ripiegò il foglio e si inchinò verso la cerchia degli ascoltatori, così si suppose che lo sfogo lirico fosse giunto a conclusione. Ricevette un applauso convulso, diverse dame ebbero bisogno di un fazzoletto di pizzo e dichiararono di essere profondamente commosse, una chiese una trascrizione della poesia. La signora Sanftleben saltò al collo di Hans Christian e lo strinse al suo petto materno, mentre le imponenti maniche avvolgevano il suo corpo per intero.

«Mio caro, giovane amico» la sentì sussurrare Elise. «Che rivelazione di sentimenti sinceri in forma poetica. Si consoli, mio caro, troverà ascolto. Mia figlia è scoppiata in lacrime e io non sono da meno...»

Era forse stata una proposta?, rifletté Elise sbalordita. Ma l'espressione spaventata di Hans Christian la fece dubitare.

«È pura poesia, signora Sanftleben. Un'ispirazione che mi è venuta in una tiepida notte di luna...»

«Oh, non deve giustificarsi, caro amico. La sua lirica parla per lei...»

«La ringrazio di cuore...» mormorò lui e si liberò dalla stretta mettendosi a sedere alla svelta.

Servirono un altro giro di tè, accompagnato dai restanti pasticcini che Henriette stavolta offrì prima a Hans Christian, il quale li passò a Elise.

«Non sono un poeta» disse a bassa voce. «Ma ci sono momenti in cui l'anima straripa e le parole sgorgano dalla penna.»

«Oh, è stato molto... commovente» disse lei imbarazzata, poiché lui ora la guardava con occhi imploranti.

«L'ho scritta per lei, signorina Rosen» sussurrò. «Non potevo esimermi. Spero che non mi condannerà per questo.»

Che razza di gioco era questo? La prendeva in giro? Derubava suo padre, le mentiva, si divertiva dei suoi tentativi falliti di rientrare in possesso della refurtiva. E ora le faceva perfino dichiarazioni poetiche? Ah, ora le era tornato in mente: Erato era la musa della poesia amorosa.

«Perché dovrei farlo?» rispose lei con un sorriso falso. «Se è vero quello che dice, allora ne sono eccezionalmente onorata, signor Thiedemann.»

Accettò la sua risposta in silenzio e la delusione che ora si leggeva sul suo viso di sicuro non era finta. Non c'era da sorprendersi. Forse aveva creduto che si sarebbe sciolta dalla commozione e gli avrebbe fatto qualche dichiarazione impulsiva ma si era sbagliato di grosso.

Il pomeriggio non era ancora finito. A seguire la dama di casa annunciò un'esecuzione al pianoforte di sua figlia Luise, la quale avrebbe eseguito una sonata del compositore Wolfgang Amadeus Mozart. La ragazza ubbidì, si sedette al pianoforte e suonò la sonata a ritmo moderato, con sorprendente precisione. Certo, le mancava il fuoco che animava il giovane pianista con la giacca colorata, ma in compenso con Luise tutte le note erano giuste. Anche lei fu ricompensata con un forte applauso, anche se la grande attenzione parve esserle piuttosto scomoda, poiché tornò in fretta a sedersi al suo posto. Con grande stupore Elise osservò che Grete confabulava a bassa voce con Luise. A quanto pareva le due si capivano, dal momento che chiacchieravano in confidenza come se si fossero scambiate opinioni per tutto il pomeriggio.

Posso solo sperare che nel mentre riesca anche a riflettere un po', si disse angosciata. Lei stessa fino a quel momento non era stata in condizione di fare piani. Ora però parevano offrirsi occasioni sufficienti per farlo, poiché la signora Sanftleben annunciò il coronamento finale dell'evento.

«Il nostro stimatissimo caro amico, il consigliere segreto Stromeyer, oggi ci presenterà il secondo atto del suo dramma *Ulisse e Calipso*. Vi prego di cuore di non interrompere l'esposizione, che deve essere interpretata con enfasi drammatica. Ponete le vostre tazze di tè sul vassoio, signore, così a nessuno scivoleranno dalle mani nel fervore dell'ascolto...»

A giudicare dai volti degli spettatori, la scena avrebbe richiesto un bel po' di tempo. Due dame si alzarono per comunicare con grande dispiacere alla padrona di casa che avrebbero dovuto abbandonare quel bell'evento, anche il giovane pianista con la giacca colorata si congedò.

«Penso che ci accoderemo» disse Hans Christian a Elise a bassa voce. «Il primo atto del dramma ha richiesto più di un'ora, il secondo non sarà tanto corto.»

A Elise non dispiaceva, anzi, provava poca curiosità per quell'opera drammatica, poiché il consigliere segreto, che in quel momento stava mettendo in ordine i suoi fogli con meticolosità, non dava l'impressione di essere un interprete dotato, appariva piuttosto un arido maestro di scuola. Solo Grete assunse un'espressione affranta quando Elise le fece un cenno con la mano per dirle che se ne sarebbero andati, e anche Luise sembrò non essere contenta di perdere la sua compagna di chiacchiere.

La signora Sanftleben non rinunciò a congedare gli ospiti che se ne andavano. Mentre rivolgeva poche parole cordiali a Elise e Grete, tenne stretta la mano di Hans Christian, come se volesse schiacciargli le dita.

«Mio caro amico» disse commossa «quali che siano i tormenti che si oppongono ai desideri del suo cuore, so per certo che si dissolveranno tutti.»

«Lo spero anch'io» ribatté lui, dicendo questo, però, non guardava più la signora Sanftleben, ma Elise.

Su Göttingen scendeva già il crepuscolo, i lampioni si illuminarono e, siccome non pioveva più, c'erano parecchie persone in giro per la passeggiata serale. Hans Christian si strinse al petto l'inutile ombrello e si avvolse nel silenzio. A Elise non venne in mente niente da poter raccontare. Solo Grete continuava a parlare di quanto era stato bello al salotto, di quante nuove cose aveva scoperto e del fatto che era molto grata a Elise per averla portata con sé.

Anche quando si separarono nel corridoio della casa di Buchstrasse Hans Christian rimase parco di parole, si limitò a fare un cenno gentile col capo alle due donne e segnalò che a breve ci sarebbe stata la cena. Con ciò salì al primo piano, mentre Elise e Grete presero la scala secondaria. Fidibus era in attesa davanti alla stanza di Elise e le saltò addosso abbaiando felice. Aveva l'aria di essere di nuovo del tutto soddisfatto del suo destino, entrò nella stanza con lei e si accomodò sullo scendiletto.

«Allora?» domandò Elise alla sua accompagnatrice in tono sereno. «Hai impiegato il tempo per pensare a un buon piano?»

«No» ammise Grete. «Ho conversato. La signorina Luise

Sanftleben è una persona molto colta. Abbiamo parlato del cucito e del magnetismo.»

Elise scoprì che le sorelle Sanftleben avevano un fratello più grande che aveva studiato fisica all'università di Göttingen e adesso era docente a Marburgo.

«Mi ha raccontato che l'ha aiutato a redigere la tesi di dottorato e che addirittura ne ha scritto e ideato la maggior parte. Ora il fratello è diventato docente e punta a un posto da professore, e lei può solo sperare che arrivi qualcuno che voglia sposarla. Esercitare una professione come facciamo io e lei nella sua cerchia è del tutto impossibile.»

Elise aveva già sentito storie simili, la maggior parte delle volte avevano un finale triste per le ragazze nubili. O rimanevano vecchie zitelle sole o venivano mantenute a casa di uno dei fratelli come "zie" e dovevano sottomettersi in tutto alla padrona di casa.

«Però credo che anche lei abbia avuto poco tempo per riflettere, signorina Rosen» disse Grete astuta. «Una poesia così bella non è da tutti i giorni, non ho ragione?»

«Cosa c'è di così bello?» si difese Elise. «L'ha scritta perché voleva prendersi gioco di me.»

«Non credo, signorina Rosen. Ho osservato il suo volto mentre leggeva le parole e sono sicura che per lui è una situazione molto seria.»

Elise, spazientita, si tolse il berretto di velluto e le scarpe dai piedi per mettersi almeno delle calze asciutte prima di scendere per la cena.

«È proprio un bravo attore» osservò.

«Perché non dovrebbe essere innamorato di lei?» chiese Grete. «Forse è dispiaciuto di aver rubato il manoscritto?»

Elise scosse la testa risentita. Sì, purtroppo doveva ammettere di essere suscettibile alle sue lusinghe e il bel pensiero che lui la amasse davvero e rimpiangesse il furto le piaceva molto. Ma sapeva molto bene che non era così, poiché se lui avesse detto la verità, allora avrebbe già dovuto essere lì davanti a lei con il manoscritto di suo padre per ridarglielo. Così si sarebbe comportato un uomo che provava un amore vero e sincero per una donna. Solo…

«Lascia perdere, Grete» sospirò. «Scendiamo. Dopo mangiato ci sediamo insieme e ne parliamo…»

In quell'istante Fidibus si alzò di soprassalto dallo scendiletto come fosse stato punto da una tarantola e balzò contro la porta abbaiando con rabbia. Le due donne si guardarono stupite.

«Sarà Trude che ci viene a prendere per la cena» disse Grete.

«Fidibus, buono!» tuonò Elise. «Grazie, arriviamo, Trude!»

Siccome il cane non smetteva di abbaiare, Elise si alzò per andare a vedere chi aveva bussato.

Fuori c'era un vagabondo stanco con i vestiti strappati e le scarpe sporche, teneva il cappello in mano e aveva un fagotto appeso alla spalla.

«Che razza di mostro è questo?» chiese Moritz aggrottando la fronte. «Da quando hai un cane, Lisetta?»

12

Moritz spiegò di essere partito il giorno prima, ma siccome i soldi non erano bastati per il viaggio in carrozza fino a Göttingen, da Witzenhausen a Göttingen era andato a piedi.

«Non è divertente con questo tempo» si lamentò. «Sono zuppo fino all'osso. Per la strada mi ha raccolto un contadino, ma lo sterco di maiale sul suo carro puzzava così tanto che non ne potevo più.»

A Elise non restava altro che farlo entrare nella sua stanza, dove si liberò della giacca bagnata e delle scarpe sporche di fango. Fidibus rimase lì, ringhiava e osservava sospettoso ogni suo movimento. Ma siccome la sua nuova padrona gli aveva proibito di mordere l'intruso, si limitò a digrignare di tanto in tanto i denti per mettere in chiaro chi fosse il padrone della signorina.

«Cosa diavolo ci fai qui, Moritz?» domandò Elise arrabbiata.

«Devo dire: una gentile accoglienza» si lamentò lasciandosi cadere sulla sedia. «Cammino fino a consumarmi i piedi, mi inzuppo di pioggia, quasi muoio di fame e tutto ciò perché mi preoccupo per te, Lisetta! Dovresti essere orgogliosa di avere un amico e un aiutante tanto fedele come me.»

Amico e aiutante no di certo. La gelosia lo aveva portato fino a Göttingen. Il pensiero che potesse nascere qualcosa tra lei e il grazioso studente non gli aveva dato pace.

«Smettila di chiamarmi "Lisetta"!» tuonò lei. «E poi vorrei sapere come ti sei immaginato la faccenda. Piombi qui senza un soldo in tasca, credevi che potessi pagarti io vitto e alloggio?»

«In che senso pagare? Mi hanno raccontato che eri a casa del professor Thiedemann. E siccome io sono il tuo adorato fratello acquisito, va da sé che anch'io venga invitato e sfamato.»

Incredibile. Veniva a piedi come un vagabondo e voleva sistemarsi in casa come un re. Già questo era abbastanza imbarazzante. Ancora peggio era che non aveva idea del reale scopo del suo viaggio ed era meglio non lo scoprisse neanche.

«Innanzitutto, come fai a sapere che alloggio a casa del professor Thiedemann?» indagò lei.

Alzò le spalle e raccolse un grumetto di sterco di cavallo dall'orlo dei pantaloni. «Ho chiesto. Göttingen non è diversa da Kassel: le notizie si diffondono.»

Ci mancava anche questa. Ovviamente a Göttingen avevano notato da tempo che il giovane Thiedemann aveva portato in giro per la città la modista di Kassel e, nel frattempo, la prevalenza femminile degli ospiti del salotto avrebbe sparlato di lei.

«Se potessi procurarti per me qualcosa di asciutto da mettere» chiese Moritz imperterrito. «Ho un freddo tremendo in questo coso bagnato.»

«Ti devo prestare la mia camicia da notte?» chiese furiosa. «Vuoi forse metterti anche la mia cuffietta, come quella volta che la polizia è venuta a perquisire la casa per cercarti?»

«No, grazie» ribatté sogghignando. «Una camicia asciutta e un paio di pantaloni basterebbero.»

«E da dove dovrei tirarli fuori?»

«Potresti chiederlo al tuo amico Hans Christian Thiedemann» disse lui. «Posso non sopportare quel tipo, ma nel bisogno sarei perfino disposto a...»

«Toglitelo dalla testa, Moritz. Non hai nessun cambio nel fagotto?»

«Sì che ce l'ho» ammise. «Ma si è tutto bagnato.»

Non c'era verso, doveva fare buon viso a cattivo gioco e presentarlo al professor Thiedemann come un parente. Di certo non poteva mandar via il poveretto, sembrava sfinito e affamato, inoltre tremava dal freddo.

«Grete, vai per favore giù in cucina e di' alla governante che è appena arrivato un parente della signorina Rosen che ha bisogno urgente di vestiti asciutti perché è stato sorpreso dalla pioggia...»

Grete era poco felice del compito. Sospirando, si alzò e fece per andare verso la porta, ma in quel momento Fidibus cominciò di nuovo ad abbaiare agitato e si sentì la voce di Trude.

«La cena è servita, signorina Rosen. La signora Knüll ha detto che deve sbrigarsi perché ha cucinato la zuppa di piselli che altrimenti si fredda.»

«Zitto, Fidibus. Entra, Trude!»

La ragazza sbatté insieme le mani inorridita quando vide Moritz, lo stanco viandante.

«Oh santo cielo!» gridò. «Un giovane così carino. E in un tale stato. Le scarpe sono piene di fango. E solo i calzoni...»

Moritz percepì con sicurezza che davanti a lui c'era una benefattrice, così assunse un'espressione sofferente di grande effetto.

«Anche il soprabito ha subìto... E inoltre sto morendo di freddo. Di sicuro mi ammalo...»

Trude fu subito pronta a venire in aiuto. Nella stanza di fronte c'erano vestiti nell'armadio che appartenevano allo studente che in quel momento stava trascorrendo le vacanze dai genitori.

«È un giovane molto gentile» disse sorridendo a Moritz per incoraggiarlo. «Non avrà niente in contrario a prestarle le sue cose.»

«Ah, cara Trude» disse Moritz con affetto. «Sei la mia salvezza in un momento di estremo bisogno. Senza di te sarei congelato miseramente e per di più sarei morto di febbre...»

«Dio ce ne scampi! Venga con me, le apro la stanza.»

Quando i due se ne furono andati, Elise fissò angosciata le pozze che si erano lasciate dietro le scarpe di Moritz. Grete si grattò la testa perché quell'inabituale acconciatura le tirava terribilmente i capelli.

«Che facciamo adesso, signorina Rosen?» volle sapere. «Presto o tardi dovremo dirgli tutta la verità.»

«Tardi» disse Elise. «Il più tardi possibile. Sarebbe meglio mai.»

«Non si lascerà ingannare.»

«Lo temo anch'io.»

Moritz apparve poco dopo con un soprabito verde bottiglia, una giacca a fiori e dei calzoni grigio chiaro. Ai piedi portava stivali da equitazione; lo studente si era portato a casa tutte le scarpe e aveva lasciato lì solo gli stivali.

«Dannatamente stretti questi tubi di pelle» tuonò. «E per di più almeno un paio di centimetri troppo corti. Devo arricciare le dita.»

«Sembri un damerino» brontolò Elise. «Spero che tu sappia comportarti a tavola.»

«Ti stupirai, Lisetta!»

Fu la cena più imbarazzante a cui avesse mai partecipato. Moritz non solo si presentò in maniera presuntuosa come il proprietario di un grande negozio di vini pavoneggiandosi della sua illustre clientela, si comportò anche come fosse in stretta amicizia con la nobile famiglia von Haynau e il colonnello von Schönhoff, lasciando intendere che a breve sarebbe diventato fornitore di corte del principe ereditario.

«Quando si tratta di commerciare vino, non ce n'è per nessuno» si vantò. «Non è vero, Lisetta?»

Stava per sbottare dalla rabbia, ma siccome era seduto davanti a lei, non osò affibbiargli un calcio sotto al tavolo per paura di beccare per sbaglio il professore o Hans Christian.

«Ti riferivi forse a me con quell'appellativo?» chiese lei pungente.

«La chiamo ancora "Lisetta"» si affrettò a spiegare ai presenti. «Perché noi due siamo cresciuti insieme e ci capiamo così bene...»

Il professor Thiedemann lo aveva invitato a sistemarsi in una delle due stanze vuote degli studenti durante la sua visita e Moritz accettò ringraziando. Moritz ignorava gli sguardi divertiti del professore, che ovviamente si era accorto di che razza di personaggio fosse finito a cena alla sua tavola. Hans Christian sembrò combattuto tra la rabbia e l'allegria nei confronti di quell'ospite, tra le due alla fine la rabbia prese presto il sopravvento, poiché Moritz non si fece sfuggire l'opportunità di rivendicare il suo possesso.

«Funziona così nel mondo, caro signor professore» gridò alzando il bicchiere di vino per bere un sorso col risucchio. «Da un'amicizia d'infanzia nasce un giovane amore e quindi penso che prestissimo l'Atelier Rosen si assocerà con il negozio di vini Liebermann, nel migliore dei modi...»

«Non credo proprio» lo interruppe Elise che stava per perdere le staffe. «Vino e cuffiette di seta non stanno bene insieme.»

La chiarezza con cui lo disse fece ammutolire Moritz per un istante. Hans Christian colse l'occasione per mettere alla prova il fastidioso visitatore.

«Il grande negozio di vini non richiede la sua costante presenza a Kassel?» volle sapere.

«Ma no!» esclamò Moritz ridendo. «Quando sono in viaggio per aprire nuovi rapporti commerciali e assaggiare vini stranieri, i miei dipendenti gestiscono la bottega. Inoltre, in negozio c'è anche la mia adorata madre che tiene d'occhio gli apprendisti.»

Elise rabbrividiva ascoltando i suoi raggiri. Anche Grete sapeva che mentiva quasi su tutto, sembrò trovare però la situazione piuttosto divertente, poiché Elise notò che si stava trattenendo dal ridere.

«Che fortuna che abbia la stessa statura di Johann Rübsamen» osservò Hans Christian sorridendo. «Il suo soprabito le sta perfettamente e gli stivali da equitazione le calzano a pennello.»

Ovviamente sia il professore che Hans Christian avevano riconosciuto i vestiti dello studente. Moritz non si fece problemi, descrisse con precisione i disagi del viaggiare in diligenza e si inventò un incidente che aveva costretto lui e gli altri viaggiatori a percorrere a piedi una parte della strada. Poi si dilungò sui pregi dei vini rossi francesi, i quali erano di molto superiori agli spagnoli, ne enumerò varie qualità e spiegò che i vini greci sapevano di una particolare resina con cui trattavano le botti. Che fosse vero Elise non poteva verificarlo, ma suppose che almeno in quell'ambito possedesse conoscenze specifiche. Tuttavia, era sui carboni ardenti e bramava il momento in cui avrebbe potuto chiedere il permesso di ritirarsi.

«Sono ancora piena delle belle esperienze di cui ho potuto godere in sua compagnia» disse a Hans Christian. «Le racconterò a mia madre e a tutti i miei conoscenti a Kassel.»

«Non penserà già di ripartire?» chiese lui preoccupato. «Volevo invitarla domani per una passeggiata sul Wall e al maneggio. È un luogo davvero entusiasmante e ben adatto alle conversazioni.»

Sembrò voler aggiungere qualcosa, poi guardò suo padre con la coda dell'occhio e tacque. Voleva comunicarle qualcosa? Grete aveva forse ragione nel supporre che gli dispiacesse del furto?

«Il maneggio interesserebbe anche a me» si intromise Moritz. «Penso potremmo sostenere delle belle conversazioni anche in tre.»

«Molto volentieri. Vorrebbe forse tentare anche una cavalcata, signor Liebermann?» propose Hans Christian. «In quel caso potrei procurarle un buon cavallo. Appartiene a un conoscente e di tanto in tanto deve essere messo in movimento...»

«La ringrazio sentitamente. Mi piace andare a cavallo, ma preferisco rimanere con lei.»

«Come desidera!»

«Buonanotte, signori!» disse Elise interrompendo il duello di parole che stava prendendo piede.

«Dorma bene, signorina Elise» le disse Hans Christian con grande affetto. «Ci vediamo domani.»

Mentre saliva la scala secondaria con Grete e Moritz, Elise era decisa a dare una bella strigliata al suo fratello acquisito. Lui non riuscì a trattenersi neanche in quel momento e imitò Hans Christian con voce contraffatta: «Dorma bene, signorina Elise... Dorma bene... Ci vediamo domani... Che razza di sporco adulatore. Ti liscia così tanto il pelo che gli rimane a ciocche tra le dita...».

«È abbastanza!» sbuffò Elise quando furono arrivati di sopra nel corridoio. «Entra, ti devo parlare, Moritz!»

Ovviamente si immaginava cosa lo aspettasse e cercò di impietosirla. «Non ora, Lisetta! Sono stanco morto. Credo di avere addirittura la febbre...»

Ma Elise gli tenne la porta aperta in silenzio, affinché non osasse più trovare altre scuse. «Va bene» mormorò lui. «Ho un po' esagerato. Ma l'ho fatto solo per far fare bella figura a te e a tua madre...»

«Hai tirato fuori bugie grosse come case» tuonò lei. «Mi sono vergognata a morte. E per quel che riguarda mia madre...»

«Giusto, tua madre» gridò lui interrompendola. «Mi ha dato una letterina per te, dev'essere rimasta nella giacca. Aspetta, la vado subito a prendere...»

Voleva già scappare per sparire nella sua stanza e probabilmente non uscire più.

«Fermo lì! Non ho ancora finito.»

Ubbidì fermandosi sulla porta, si girò verso di lei e fece un respiro profondo. «Ora non fare scenate, Lisetta» disse guardandola implorante. «Non posso proprio sopportare il modo in cui quello lì ti fa le moine. Ti ha letteralmente divorata con gli occhi, quel depravato. E quel sorriso perfido che ha in faccia...»

«Domani non ci accompagnerai, per nessun motivo» pretese lei. «È chiaro, Moritz Liebermann?»

Tacque e continuò a guardarla con occhi supplichevoli.

«Altrimenti rivelerò al professore e a Hans Christian come stanno davvero le cose riguardo al negozio di vini.»

La minaccia gli fece paura, poiché sapeva che Elise era arrabbiata abbastanza per metterla in atto. Cercò in fretta di giustificarsi. «Che significa? I miei vini sono i migliori di tutta Kassel e i miei clienti...»

«Il negozio è ancora chiuso» proruppe lei. «Altrimenti non saresti qui. Non provare a prendermi per stupida.»

Lui cominciò a sbraitare agitando le mani per aria e si dilungò a spiegare che la chiusura era solo temporanea e che presto sarebbe stata revocata.

«Lo devo solo a una miserabile concorrenza» sostenne. «Il commerciante di vini Fehrenburg, quel vecchio avvoltoio, si è messo d'accordo con la bottiglieria Ritter per screditarmi con la polizia perché hanno paura che possa soffiargli i clienti migliori.»

In preda all'agitazione pestò lo scendiletto su cui stava Fidibus che già da un po' lo guardava con diffidenza. In quel momento il cane ancora vigile brontolò minaccioso e Moritz fece un balzo all'indietro. Elise vide i suoi timori confermarsi. A quanto pareva, la polizia non era disposta a liquidare come una stupidaggine il fatto di aver annacquato il vino.

«Ah, Moritz» disse afflitta. «Avevo tanto sperato che fossi finalmente diventato ragionevole. Ma no, non riesci a lasciar perdere i raggiri e gli affari loschi.»

«Non sai fare altro che trovare da ridire su di me?» si lamentò. «Invece di rimproverarmi, dovresti piuttosto essermi grata per il mio amore devoto.»

Elise fece un respiro profondo per dargli una risposta adatta, ma Grete, che era rimasta per tutto il tempo seduta sul divano in silenzio, si intromise nel discorso.

«È già tardi, signorina Rosen» disse. «Togliamoci il pensiero, non c'è altro da fare.»

Sì, Grete aveva ragione. Era solo che Moritz non la aiutava per niente. Come si poteva dare fiducia a un tale ciarlatano? Per di più in una situazione tanto delicata.

«Cosa intende?» chiese Moritz con diffidenza. «Che succede? Non ti sarai mica già fidanzata con quel tipo?»

«Siediti su questa sedia e ascoltami» gli ordinò lei. «Prima però mi devi promettere che non parlerai con anima viva di quello che ti sto per raccontare.»

Moritz sgranò gli occhi. Si accomodò piano guardando Elise con uno sguardo glaciale.

«Lo sapevo» mormorò lui angosciato. «È da prima che me lo sento.»

«Prima la promessa!»

«Sì, certo! Muto come una tomba, ma se ti ha fatto qualcosa, Lisetta, lo riempio di botte.»

Elise lanciò a Grete uno sguardo rassegnato, poi cominciò a riferire la storia del manoscritto rubato nel modo più breve e conciso possibile. Moritz seguì il racconto a bocca aperta. Se all'inizio la sua espressione era sbalordita, presto i suoi tratti si distesero in un grande sollievo e alla fine i suoi occhi brillarono di una gioia pura e maliziosa.

«Allora è così!» gridò trionfante. «Lo sapevo. Quel tipo è un mascalzone. Un ladro scaltro e un imbroglione. Che fortuna che abbia deciso di venire a Göttingen, così posso stare al tuo fianco, Lisetta. Senza di me saresti del tutto spacciata.»

«Primo, non gridare così forte» lo rimproverò lei. «Secondo, ce la caviamo molto bene anche senza di te. E terzo...»

«Questo lo pensi solo tu» la interruppe lui. «Così come stanno le cose rientrare in possesso di quelle scartoffie non è roba per una ragazza. È una faccenda per un uomo come me.»

Era proprio quello che temeva. Ovviamente lui ora non vedeva l'ora di fare la parte dell'eroe e del salvatore, soprattutto per sfidare l'odiato concorrente.

«Tu te ne tieni fuori» disse lei decisa. «È già abbastanza che tu abbia guai con la polizia a Kassel...»

«Perché proprio la polizia ora!» disse lui sbraitando sprezzante. «La cosa deve essere preparata e pianificata bene, così sarà un gioco da ragazzi. Porta aperta, fuori la cassa e fine...»

«Ho appena detto che non sappiamo neanche se il manoscritto si trovi ancora nella cassa.»

Moritz si batté il petto e scrutò Elise e Grete con un sorriso sicuro di sé.

«Sono un commerciante di vini, signore mie. Se alzo una

cassa di vino, lo so se dentro c'è del vino o qualcos'altro. Fa parte del mio mestiere.»

Elise non dette adito alla sua presuntuosa sicurezza, gli consigliò di andare a letto e lasciare il resto a lei.

«E non una parola. Con nessuno!» gli intimò un'altra volta.

«Parola d'onore, Lisetta!»

In pace con se stesso e con il mondo, augurò loro la buonanotte e sparì nella sua stanza, dove avrebbe rimuginato sul suo piano.

Elise sospirò. «Ecco, ora siamo sistemate.»

«Può essere, come no» disse Grete. «Ora vado a dormire. Buonanotte, signorina Rosen. Le auguro di fare bei sogni.»

Sapeva essere ironica l'intelligente Grete. Elise entrò nel letto arrabbiata, ma come già si aspettava le passarono mille pensieri per la testa; volteggiavano come in una giostra. Era una buona idea rubare il manoscritto di nascosto? Cosa sarebbe successo se Hans Christian si era davvero pentito di quello che aveva fatto? Non era meglio farsi avanti apertamente con lui e pretendere indietro i fogli rubati? Così avrebbe avuto la possibilità di ammettere il furto e chiederle perdono. Gli avrebbe perdonato quel che aveva fatto, se lui le avesse riportato il manoscritto? Non lo sapeva. Almeno suo padre non gli avrebbe mai perdonato quel furto subdolo. Cosa avrebbe dovuto fare, invece, se Hans Christian avesse negato il furto? Se l'avesse accusata con rabbia e avesse giocato la parte del sospettato innocente? Che prove aveva contro di lui, se non aveva il manoscritto tra le mani? Si rigirò nel letto inquieta da una parte all'altra e invidiò Fidibus che disteso sul suo scendiletto ronfava beato.

La mattina seguente si svegliò con il mal di testa e si alzò lamentandosi per bere un sorso d'acqua. Tra le fessure in mezzo alle tende penetrava nella stanza una luce torbida e lattiginosa: la città era sprofondata nella nebbia, qua e là dal fitto vapore bianco si elevava la punta di un campanile. All'interno della sua testa dolorante non andava molto meglio, si sentiva stanca e triste e avrebbe voluto non essere mai partita per Göttingen.

Dopo la colazione, che si svolse all'insegna di un'insolita armonia, la tenda lattiginosa si alzò e si fece spazio un cielo azzurro e sereno. Con il sole ritornò anche la risolutezza di Elise.

«Al maneggio? Molto volentieri. Tuttavia, non sono una cavallerizza.»

«Non dobbiamo cavalcare, signorina Rosen» disse Hans Christian sorridendo. «Possiamo anche solo stare a guardare e andare un po' a passeggiare sul Wall. È uscito il sole, promette una bella giornata.»

Moritz mostrò un comportamento esemplare, aveva messo da parte la sua ridicola spacconeria, rispondeva alle domande con gentilezza e si permetteva poche osservazioni innocue. Quando Elise fu pronta per uscire e, accompagnata da Fidibus, apparve dalla porta della sua stanza, lui era in piedi nel corridoio ad aspettarla.

«Stai attenta, Lisetta» la avvertì. «Quello è una subdola canaglia e cercherà di abbindolarti.»

«Non ti preoccupare» ribatté lei. «So quello che faccio. E per quel che ti riguarda, Moritz: non prendere per nessuna ragione iniziative sconsiderate. Mi hai capito?»

Assunse un'espressione offesa. «Ho intenzione di girare per Göttingen. Hai forse qualcosa in contrario, Lisetta?»

«Certo che no. A meno che tu non concentri il tuo interesse sulla casa del professor Kreuzer.»

«Che ti salta in mente?» disse lui roteando gli occhi. «La città è famosa per la sua università, voglio visitare quegli edifici antichi e venerabili e forse bere del vino in una locanda. Ah, già... potresti mica darmi una mano con un paio di albus? Sono straniero, non fa una bella impressione farsi fare subito credito.»

«Per me va bene. Ma solo un bicchiere, non di più.»

Rovistò nel borsellino per tirare fuori una piccola somma, gliela porse, lui la contò alla svelta e poi la fece sparire nella tasca della giacca.

«Allora ti auguro buon divertimento» disse sogghignando. «Stai all'erta, Lisetta, e fai vedere chi sei a quel tipo.»

13

Hans Christian la aspettava fuori da casa, dove era evidente avesse camminato avanti e indietro, inquieto. Quando arrivò davanti alla porta, lui si affrettò verso di lei e le offrì il braccio per condurla tra i vicoli, ma lei rifiutò.

«Non se la prenda con me» si scusò. «Ma considerando il popolo femminile di Göttingen preferirei non andare in giro per la città così in confidenza.»

Era deluso, comunque accettò la sua decisione e camminò al suo fianco. Fidibus li seguì per un po', poi svoltò in un vicolo, dove forse aveva qualcosa di importante da sbrigare, poiché non si fece più vedere.

«Temo che ieri si sia fatta un'impressione sbagliata di me» disse Hans Christian afflitto. «Quella poesia l'ho scritta in un impeto selvaggio del sentimento; esporla in pubblico è stata una stupidaggine di cui adesso mi vergogno molto.»

«Perché? L'ho trovata molto bella.»

«Davvero?» chiese lui insicuro. «O lo dice solo per consolarmi?»

Stava davvero giocando sporco? Guardò il suo volto pallido che tradiva una notte insonne.

«È un piccolo pezzo lirico davvero ben riuscito» disse lei con prudenza. «È solo che purtroppo ha sortito un effetto che non si aspettava.»

Annuì angosciato e tirò fuori un fazzoletto per asciugarsi la fronte. «Giustissima osservazione, signorina Rosen» ammise. «La signora Sanftleben si impegna con zelo per propormi la sua figlia maggiore. La prego, non creda che io abbia dato false speranze alla ragazza. Conosco Luise dall'infanzia, è una ragazza intelligente e soffre infinitamente per il comportamento privo di tatto di sua madre, che vuole in tutti i modi accasarla.»

«Allora non le farà alcuna proposta?»

«No di certo. Non stiamo bene insieme e questo Luise lo sa meglio di chiunque altro.»

Continuarono a camminare in silenzio per un po', l'uno accanto all'altra. Elise si accorse che lui la osservava di continuo con la coda dell'occhio, ma quando lo coglieva sul fatto lui spostava in fretta lo sguardo. La conversazione parve essergli piaciuta, poiché la sua espressione adesso era di nuovo speranzosa. Ah, aveva qualcosa che la attraeva enormemente. Perché proprio quel ragazzo adorabile doveva essere allo stesso tempo uno sporco imbroglione?

Subito dopo si rimproverò di essere impazzita, poiché lui le faceva capire con chiarezza che l'aveva smascherata. Quando passarono di fronte agli imponenti edifici della biblioteca universitaria e del Concilienhaus, il carcere studentesco, lui sorrise e attirò la sua attenzione su una libreria.

«Se le mancano ancora alcune opere di quelle che voleva acquistare per conto di suo padre, la libreria Dieterich è consigliatissima.»

Elise si spaventò quando le venne in mente che doveva per forza comprare dei libri per apparire credibile. Il suo sorriso era forse ironico? Lo sapeva benissimo qual era il vero motivo per cui era a Göttingen e ora si prendeva gioco di lei.

«Grazie tante, me ne occuperò oggi pomeriggio» ribatté con un'apparente allegria ringraziandolo per il consiglio.

Svoltarono a destra e camminarono lungo il fiume Leine fiancheggiato da giardini su tutte e due le rive. Era un bel vedere, poiché nelle aiuole le prime piantine già alzavano la testa uscendo dalla terra; anche gli alberi e i cespugli si erano coperti di tenere foglioline durante la notte e nei prati brillavano fioriture precoci gialle e bianche. C'erano donne nei giardini, a zappare il terreno e strappare le erbacce, bambini piccoli giocavano sui prati, un vecchio era intento a dare una riverniciata al pergolato del suo giardino. Il fiume Leine era ancora stretto in quel punto, sembrava piuttosto un grande ruscello che scorreva con la fretta della primavera. Una barca a remi che era stata legata a un pontile dondolava inquieta sulle onde e pareva aver voglia di un viaggio verso il mare.

«Quando, l'altro ieri, è arrivata a Göttingen» disse Hans Christian riprendendo la parola «ero lusingato dall'idea che fosse venuta a seguito del mio invito e ammetto di esserne stato infinitamente felice. Io stesso avevo già pensato di venire a Kassel con una scusa per rivederla, signorina Elise...»

Cosa aveva in mente? Stava per diventare una dichiarazione d'amore? Se solo non l'avesse guardata così serio, sarebbe sembrato sincero! Che razza di persona era? Derubava il padre e poi faceva dolci dichiarazioni alla figlia.

«Non mi è certo dispiaciuto che mio padre mi mandasse a Göttingen» disse. «Deve sapere che io amo e stimo molto mio padre e, se fosse necessario, andrei fino all'altro capo del mondo per fargli un piacere.»

«Le fa onore, signorina Rosen» disse lui cordiale per poi zittirsi.

Ecco!, pensò lei soddisfatta. *Ora sa che può risparmiarsi le dichiarazioni d'amore, poiché rimango irremovibile dalla parte di mio padre, che ha volgarmente ingannato.*

Due cavalieri andarono loro incontro; studenti, a giudicare dall'abbigliamento. Salutarono Hans Christian, scherzarono con lui in maniera un po' indelicata e osservarono Elise con evidente curiosità. Li salutò anche lui con gentilezza, ma non si fece coinvolgere in nessuna conversazione.

«Signori aristocratici» spiegò. «È soprattutto per loro che hanno fatto costruire diversi maneggi all'aperto e al chiuso in città. Deve sapere che qui studiano principi e membri di casate aristocratiche inglesi. Ciò porta denaro alle casse dell'università, però non piace a tutti quelli che studiano qui.»

«Be', in questo modo nascono di certo diverse relazioni d'amicizia» disse Elise. «Questi studenti sembrano conoscerla bene.»

«Talvolta ha anche dei vantaggi» ammise lui alzando le spalle. «Tuttavia, i signori dell'alta aristocrazia hanno privilegi che noialtri possiamo solo sognarci. Studiano a modo loro e non tutti si sottopongono all'esame.»

«Ah, allora è così...»

Lui alzò il braccio e indicò il Wall che correva intorno alla città ed era ornato di latifoglie come un viale. Anche lì erano già spuntate le prime gemme e gli alberi alla luce del sole erano come avvolti in delicati veli color verde chiaro.

«Vede là le mura? Dietro c'è il maneggio. Alla nostra destra si estende il giardino botanico che abbiamo visitato ieri.»

Il maneggio si rivelò essere un campo di sabbia rettangolare recintato da un muro, circondato da abeti scuri e decorato al centro con una colonna. Le stalle per i cavalli da corsa e la casa dello stalliere erano proprio a fianco, un cartello accanto alla porta mostrava i prezzi per il volteggio e la cavalcata che evidentemente era aperta a chiunque. Hans Christian la portò dietro la balaustra di legno che separava il recinto dagli spettatori e le spiegò che i cavalli si potevano affittare ed erano tutti animali calmi e buoni, tanto che avrebbe potuto azzardare un giro insieme a lui con una sella da donna. In effetti, da quello che poteva vedere non era così esaltante. A quanto pareva, venivano impartite lezioni, diversi allievi di equitazione, giovani e più maturi, cavalcavano in cerchio; al centro l'istruttore gridava loro le indicazioni e saltava di qua e di là per correggere la postura dei cavalieri.

«Questi però non sono studenti universitari» disse Elise sorridendo.

«No. Durante le vacanze è più calmo, così anche i cittadini di Göttingen hanno la possibilità di utilizzare l'impianto» spiegò Hans Christian. «Tuttavia, la maggior parte dei signori aristocratici lascia qui i cavalli che durante la loro assenza devono essere tenuti in movimento dai dipendenti. Quel castrone bruno laggiù, per esempio, appartiene al conte di Sutherland...»

Si interruppe perché il cavaliere che in quel momento stava dirigendo il cavallo nell'impianto faceva grande fatica a domare l'animale. Il castrone fece diversi salti e galoppò via, tanto che anche alcuni degli altri cavalli divennero irrequieti mettendo in difficoltà i cavalieri inesperti. Si sentì imprecare arrabbiato l'istruttore, il quale si affrettò per andare a prendere per il collo il cavallo fuggito, ma non gli riuscì, poiché il castrone si rizzò facendo cadere il cavaliere. L'animale senza cavaliere galoppò selvaggio sul campo e gli allievi fecero molta fatica a tenersi sui cavalli, poiché anche alcuni dei ronzini cominciarono a galoppare. Tante persone accorsero per aiutare, anche Hans Christian saltò la balaustra con agilità e prese parte ai tentativi di calmare i cavalli e catturare il disturbatore. Il cavaliere disarcionato era in grande difficoltà, si rialzò in fretta dal suolo sabbioso e si spostò a lato zoppicando per non farsi calpestare e ferire dalla massa agitata. Elise seguì spaventata gli eventi da dietro la staccionata di protezione e il suo cuore cominciò a battere all'impazzata quando Hans Christian si avvicinò senza timore all'animale imbizzarrito e alla fine lo afferrò e lo portò via dal campo. Com'era coraggioso! Aveva riportato alla quiete quel selvaggio con calma e intelligenza! Perché il destino dotava un imbroglione di talenti così splendidi e di tante belle qualità?

Quando tornò da lei scuotendosi la sabbia dal cappello che aveva perso sul campo durante la caccia selvaggia, era già ritornata in condizione di pensare con lucidità. «Era quello il cavallo che voleva procurare al mio fratello acquisito Moritz?» gli chiese.

Hans Christian si era aspettato un elogio; in quel momento si sentì colto sul fatto, poiché abbassò lo sguardo turbato.

«Di sicuro avrebbe dominato il castrone senza difficoltà» affermò. «Non ha detto di essere un cavaliere esperto?»

«No di certo. Ha detto solo che monta volentieri a cavallo.»

«Mi dispiace, devo aver capito male.»

Faceva il santarellino. Gli era ben chiaro che quello spaccone presuntuoso di Moritz non si era seduto su una sella nemmeno una volta.

«Meno male che alla fine non è venuto con noi» disse lei risentita. «Per questo malinteso poteva rompersi il collo.»

«Certo che no» si difese lui. «Avrei saputo evitarlo. Glielo giuro. Non lo avrei neanche lasciato salire, se avessi notato che era inesperto.»

«Ne è così sicuro?» chiese lei con impertinenza girandosi dall'altra parte.

Se ne andò senza di lui, che la raggiunse soltanto nei pressi della casa dello stalliere; per un po' camminarono in silenzio l'uno accanto all'altra. Elise era ancora adirata.

«Significa molto per lei, non è vero?» chiese infine lui a bassa voce.

«Ovviamente. Siamo cresciuti insieme e gli voglio molto bene. Anche se ogni tanto fa qualche sciocchezza, rimane un compagno caro e fedele.»

Sembrò riflettere un momento su quella risposta, senza arrivare a un risultato soddisfacente.

«A quanto ho visto ha intenzioni serie nei suoi confronti. Sembrava parlasse di matrimonio.»

Elise si fermò e notò che lui la guardava con sincera preoccupazione. Era possibile? Era geloso e temeva potesse diventare la moglie di Moritz Liebermann!

«Considerato il mio mestiere non sarebbe intelligente concedersi in matrimonio» disse sorridendo. «Nemmeno con Moritz Liebermann.»

«Quindi non vuole sposarsi per nessuna ragione?» si informò lui. «È la sua decisione definitiva?»

Che domanda precisa. E la poneva con tono innocente, come si chiede a un'amica: «Le piacciono le mandorle dolci?».

«Per ora non ho intenzione di maritarmi» disse lei con un sorriso sereno, in accordo con il suo tono di voce. «Se un giorno dovessi cambiare idea, sarebbe soltanto per un amore vero e sincero. Di fronte al dio Amore nessuno è sicuro, di certo lo sa anche lei.»

«Senza alcun dubbio» ribatté lui a bassa voce guardando fisso davanti a sé con sguardo cupo.

Senza essersi messi d'accordo, salirono insieme sul Wall e passeggiarono sotto gli alberi appena inverditi lungo il giardino botanico che si estendeva da entrambi i lati. Hans Christian era ancora avvolto nel silenzio, sembrava immerso nell'osservazione dei giardini pubblici, dove diversi giardinieri portavano i pesanti vasi con le piante esotiche fuori dalle serre, all'aria aperta. Elise camminava accanto a lui e anche lei non sapeva cosa dire. Le tornò di nuovo in mente il pensiero di aprirsi con lui. A che scopo portare avanti quel ridicolo nascondino che creava sempre nuovi fraintendimenti ed errori? Non si era lei stessa impigliata in una rete di bugie dalla quale in pratica non c'era via di scampo? E, però, non avrebbe messo tutto a rischio, se fosse venuta fuori adesso con la verità in modo del tutto inaspettato?

C'erano solo poche persone che approfittavano della bella mattinata per passeggiare un po' sul Wall. Dopo un po' andarono loro incontro due studenti che già da lontano salutarono Hans Christian con gioia e alla fine si fermarono insieme a loro.

«Eccolo, il piccolo Thiedemann. Allora, anche tu in giro con questo bel tempo?» gli gridò uno dei due.

«A quanto pare» disse Hans Christian, per il quale l'incontro non parve essere piacevole. Voleva affrettare il passo per superarli, ma l'altro, un tipo grasso e basso con riccioli neri, scoppiò in una sonora risata.

«Pensavo che il poveretto rimuginasse giorno e notte sulla tesi per l'esame finale ma mi sbagliavo di grosso. In compenso, porta la ragazza a passeggio in questo posto da coppiette. Ti rispetto, fratello. Non ci presenti la signorina?»

«Non ho tempo» disse Hans Christian arrabbiato. «Ci vediamo più tardi. Addio.»

Prese Elise per il braccio e la portò via con sé mentre i due compagni rimasero lì fermi, esterrefatti e arrabbiati.

«Lascialo perdere» sentì dire Elise per caso a uno dei due.

«A quello è entrato in testa il magnetismo e la limatura di ferro si è sparpagliata da tutte le parti.»

«O la paglia» si fece sentire l'altro.

Hans Christian si affrettò per allontanarsi; soltanto quando furono abbastanza lontani da non essere sentiti, rallentò il passo e lasciò il braccio di Elise.

«Mi dispiace infinitamente» disse. «A volte tra studenti si usano toni rudi. La prego di cuore di non prenderla sul personale.»

Elise dovette trattenersi per non scoppiare a ridere. «Allora ci troviamo in un... Come ha detto? Posto per coppiette?» chiese lei fingendo severità. «Vi porta spesso le sue ragazze? Oh, non dica niente, so bene che la vita studentesca non si svolge in convento.»

«La prego, non creda che io appartenga al genere che abbindola una povera ragazza per poi piantarla in asso. Purtroppo ce ne sono di studenti così, ma non è la regola.»

Elise pensò all'Accouchierhaus, presso Geismar Tor, dove le ragazze nubili incinte che dovevano mettere al mondo i loro bambini venivano portate in un'aula sotto gli sguardi interessati degli studenti di medicina.

«Perché dovrei crederci, signor Thiedemann?» disse. «Non sono stata tenuta sotto una campana di vetro da un padre borghese, conosco il mondo. Lo so che la maggior parte di quelle ragazze si concede volontariamente a uno studente e poi si rivolge al successivo, non appena il precedente ha superato l'esame. L'amore studentesco è passeggero, è raro che si trasformi in un matrimonio duraturo, questo dice l'esperienza.»

La sua affermazione provocò un effetto del tutto inaspettato.

«Quindi non crede che uno studente come me possa innamorarsi seriamente di una ragazza?» chiese agitato. «Fa sempre di tutta l'erba un fascio, signorina Rosen? Oppure la sua professione le ha ingannato gli occhi, tanto da non saper più fare differenza tra una persona onesta e uno studente scapestrato?»

Si era fermato e aveva parlato con tono agitato e di rimprovero, tanto che a Elise non restò altro da fare che fermarsi anche lei.

«Sono assolutamente nella condizione di distinguere una persona sincera da un bugiardo, signor Thiedemann» ribatté con freddezza guardandolo con aria di sfida.

Lui non disse niente, ma il suo volto immobile le dimostrò che l'aveva capita.

«A un bugiardo e un imbroglione non darò mai la mia fiducia» continuò lei. «Anche se...»

Si bloccò perché non sapeva se rivelargli il dettaglio che in realtà voleva tenergli nascosto.

«Anche se?» ripeté lui avvicinandosi a lei.

Il suo respiro si fece affannoso e le tremarono leggermente le labbra. Deglutì e sentì che non poteva tenere in piedi quel nascondino ancora a lungo. Era l'ora della verità.

«Anche se dovessi provare una forte simpatia per quella persona.»

«Simpatia?» chiese lui continuando a guardarla. «Solo simpatia o forse qualcosa di più?»

«Forse anche qualcosa di più.»

«Potrebbe essere amore?»

Era arrivato il momento, avrebbe puntato tutto su una carta. Vincere o perdere. Successo o disonore.

«Come potrei amare un imbroglione?» gridò lei. «Sarebbe più di una stupidaggine, sarebbe follia.»

Lui si morse le labbra e si girò di colpo da un lato. Lei poté vedere che stava lottando con se stesso, poiché agitava i pugni e fissava dritto davanti a sé in preda alla disperazione.

«E se lui scoprisse l'inganno?» chiese, infine, girandosi di nuovo verso di lei. «Se lui rimpiangesse il suo errore e rimediasse alla sua colpa?»

Parlava sul serio? Era sincero o era un nuovo espediente?

«Perché dovrebbe farlo?»

«Perché ama» disse piano.

Lei sentì qualcosa tremare dentro di sé. Eccola la dichiarazione d'amore che aveva tanto sperato quanto temuto. La dichiarazione d'amore di un imbroglione pentito. L'unica possibilità di riavere indietro il manoscritto di suo padre. Ma a quale prezzo?

Lui interpretò bene il suo silenzio e continuò agitato.

«Perché ama in modo così sincero e profondo, che per quell'amore è disposto ad attraversare le fiamme e a fare qualsiasi sacrificio, anche fosse ancora così difficile. Mi dica se riuscirebbe a perdonare quella persona, signorina Rosen. La prego. Non mi muovo da qui finché non avrò ricevuto una risposta!»

Doveva osare farlo? Le avrebbe davvero ridato il manoscritto volontariamente? Per amore? Aveva vinto? Oppure era una finta e con quella dichiarazione si era giocata tutto?

«Credo che sarebbe possibile» sussurrò lei.

«Potrebbe perdonarmi?» insistette lui.

«Non dimenticare, ma perdonare sì.»

I tratti tesi del suo volto si rilassarono, andò verso di lei, le prese la mano e la baciò con fervore.

«Allora so cosa devo fare, signorina Rosen!» gridò lui. «Permetta che ora torniamo indietro, così potrò dare corso a tutto.»

Preso dall'entusiasmo, le mise un braccio intorno e la tirò a sé, poi però si staccò in fretta, poiché stava venendo loro incontro una famiglia con dei bambini e un cane; stavano andando verso il loro giardino armati di attrezzi.

Finché non furono arrivati davanti a casa di suo padre, lui non disse una parola, ma quando ebbero salito le scale e si trovarono nel corridoio, lui le prese di nuovo la mano e la strinse forte.

«Questa sera tutto sarà chiarito, signorina Rosen. Ha la mia promessa solenne, tanto quanto io confido nella sua.»

14

Lui le sorrise e salì le scale a passi fermi come se andasse in guerra. Elise lo guardò, solo dopo notò Trude sulla porta delle stanze della servitù che la fissava con occhi spalancati.

«Volevi dirmi qualcosa, Trude?» le chiese con gentilezza.

La ragazza si scrollò.

«Oh, sì, signorina Rosen. La signora Knüll ha preparato il pranzo e il giovane è di sopra steso sul letto con terribili dolori alla schiena.»

«Il signor Liebermann?» chiese lei spaventata. «Cos'è successo alla sua schiena?»

Trude sorrise. Stranamente la disavventura dell'ospite sembrava renderla felice. «Si è bloccato, da quanto dice. Gli ho spalmato del balsamo per cavalli, è migliorato subito. All'inizio si era rifiutato, ma non ho desistito; ora si è steso e si sta riposando.»

Ma guarda, pensò Elise divertita. Si è davvero invaghita di Moritz e si è messa perfino a fare l'infermiera.

«Hai fatto bene, Trude. Dorme ora o posso andare a trovarlo?»

«Mi ha detto di riferirle che doveva salire subito, non appena fosse stata di ritorno dalla sua passeggiata con il signore, signorina Rosen.»

«Grazie, Trude. Vado solo un attimo a vedere come sta, poi veniamo a mangiare.»

Salì le scale con sentimenti contrastanti. Hans Christian le avrebbe davvero portato il manoscritto di suo padre la mattina seguente? Sarebbe stato uno straordinario successo per la sua missione. D'altro canto, si tormentava nella coscienza, poiché non avrebbe potuto perdonargli quel subdolo furto come aveva invece sostenuto. Si disse di attendere. *Chissà se sarà di parola?*

Grete la aspettava di sopra in corridoio con grande impazienza. «Eccola finalmente, signorina Rosen» sussurrò. «Veloce. Qui dentro.»

La trascinò alla porta della stanza di Moritz ed era così agitata che Elise si spaventò terribilmente. Cos'aveva combinato di nuovo quello sciagurato? Alla fine, aveva davvero provato a montare a cavallo e si era fatto male alla schiena cadendo?

Quando aprì la porta, però, Moritz era seduto su una sedia tutto contento e la guardava con espressione trionfante.

«Moritz! Cos'è successo? Che hai alla schiena?»

«Proprio niente» disse lui facendo una smorfia di dolore. «È solo che quella roba brucia come il fuoco. Mi ha massaggiato con tanta energia, come fossi un animale di fatica. Ho dovuto tirare giù i pantaloni...»

«Non mi interessa...»

«Non è nemmeno necessario, Lisetta. Alza piuttosto la coperta e guarda sotto a quel tavolo. Ti rifarai gli occhi.»

Lo studente Johann Rübsamen aveva arredato la sua stanza in maniera graziosa con quadri, cuscini e perfino un tappeto colorato. Su un tavolino davanti al divano era steso un telo rosso scuro, di una stoffa decorata e finemente intessuta, ornato di frange ai bordi che arrivava fino al pavimento. Elise lo alzò con diffidenza, e da sotto vennero fuori due zampe marroni.

«Fidibus? Cos'hai? Non sarai mica malato?»

«Devi guardare bene, Lisetta!» la incoraggiò Moritz.

Allora lo vide. Il cane non era solo sotto al tavolo, stava facendo la guardia a una cassa di legno. Secondo l'etichetta, dentro si trovava del vino rosso francese...

«È stato più semplice di quanto pensassi» si vantò Moritz pieno di orgoglio. «Ho provato ad andare alla casa, volevo propormi come fattorino per smascherare la faccenda. Mi viene incontro la domestica, mi guarda strizzando gli occhi e dice: "Eccola allora. La cassa è laggiù e i soldi per la spedizione sono lì accanto". E così mi sono messo in tasca le monete e mi sono fatto carico di quel peso. Ma mi sono preso un colpo della strega nel momento peggiore possibile.»

Tutto ciò sembrava più che incredibile, però parve essere la verità, poiché Grete confermava tutto annuendo tutta esaltata. Elise alzò la tovaglia ancora una volta e osservò l'etichetta della cassa. Era evidente che era la stessa che aveva visto il giorno prima dal professor Kreuzer.

«Maison Jacques, le Fils. St. Denis. Il professore è un intenditore» disse Moritz. «Ma dentro non c'è vino. Si capisce dal peso. Neanche bottiglie vuote, si sentirebbero sbattere. Si sente un fruscio scuotendo la cassa. Come se nella paglia ci fossero dei fogli.»

«Allora aprila» lo incoraggiò Elise agitata.

«È inchiodata. Mi serve un attrezzo.»

«Stupidaggini» si intromise Grete. «Lo fa anche quel tagliacarte lì sul tavolo.»

«Quel misero oggetto si rompe di sicuro se lo infilo nella fessura...»

«Sarà difficile procurarsi uno scalpello» disse Grete scettica.

In quel momento bussarono alla porta; Elise lasciò ricadere in fretta la tovaglia e si alzò.

Davanti alla porta c'era Trude con un vassoio con sopra due piatti pieni, un bicchiere e una caraffa. Un allettante profumo di salsicce affumicate accompagnò la sua entrata.

«Allora, signore» disse lei premurosa. «Le ho portato il cibo perché farà fatica a scendere le scale.»

Mise sul tavolo quello che aveva portato, sistemò tutto con amore e poi si inchinò di fronte a Moritz.

«Prego, signore. E le signorine dovrebbero per favore scendere adesso. La signora Knüll ha cucinato il cavolo riccio con le salsicce di Göttingen.»

«Andate pure» disse Moritz con aria di sufficienza. «Sono accudito e me la cavo. Ah, cara Trude, potresti mica portarmi un coltello più grande per le salsicce? Questi delicati attrezzi d'argento mi scivolano sempre dalle dita.»

«Con piacere, signore. Gliene vado a prendere uno in cucina.»

Trude se ne andò così in fretta che i suoi zoccoli fecero un gran baccano sulle scale. Grete ed Elise la seguirono con passo più lento scherzando su quel furbo di Moritz, che in quel modo si era procurato un attrezzo adatto.

«Talvolta è anche utile» osservò Grete con un sorriso compiaciuto.

«Oh sì, ha i suoi lati positivi...»

Elise fece per aprire la porta di passaggio per il primo piano, dove si trovava la sala da pranzo, quando la governante accorse loro incontro. A giudicare dall'espressione del volto era successo qualcosa di davvero insolito che le aveva fatto perdere il controllo.

«Perdonatemi» disse. «Devo pregarvi di risalire. Il professore mi ha dato ordine di servirvi il pasto di sopra nelle vostre stanze.»

Voci alterate giunsero fino alle scale e la governante si sbrigò a chiudere loro la porta in faccia ma Elise aveva riconosciuto chiaramente il tono adirato del professore e si era accaldata per lo spavento. A quanto pareva, Hans Christian era stato di parola, era deciso a ridarle il manoscritto rubato. Probabilmente però la decisione non dipendeva solo da lui, anche suo padre era coinvolto nella faccenda e non era disposto a esaudire il desiderio di suo figlio. Entrambi non avevano idea del fatto che quel litigio era del tutto inutile, poiché il manoscritto si trovava già nelle sue mani grazie alla sorprendente operazione di Moritz.

Che meraviglia, pensò felice. *Sta davvero lottando per me ed è perfino disposto a mettersi contro il proprio padre.* Subito dopo però si risvegliò la sua diffidenza. Kreuzer voleva far portare il manoscritto alla posta per mandarlo da qualche parte; se Hans Christian lo avesse saputo, avrebbe potuto facilmente inscenare un litigio con suo padre per impressionarla. Il manoscritto purtroppo sarebbe stato introvabile, malgrado le sue buone intenzioni. Lo avrebbero già messo al sicuro da tempo. Poteva essere stata quella la sua intenzione? O la pensava fin troppo complicata e la soluzione era semplicissima?

«Cosa potrà mai essere successo?» chiese Grete sottovoce, quando ebbero di nuovo raggiunto la mansarda.

«Te lo spiego più tardi» disse Elise confusa. «Dobbiamo prima aspettare finché non ci porta da mangiare. Poi possiamo…»

In quel momento percepirono un forte scricchiolio, accompagnato da colpi potenti ed entrambe si precipitarono immediatamente in camera di Moritz. Era in ginocchio davanti alla cassa che aveva tirato fuori da sotto al tavolo e aveva già aperto il coperchio per metà.

«Smettila di fare rumore» gli ordinò Elise affannata. «Sta per salire la governante a portarci da mangiare.»

«Che c'entra ora questo?» chiese lui non riuscendo a capire.

«Spingi la cassa sotto al tavolo e aspetta che la signora Knüll sia tornata di sotto!»

«Sì, ma...» si lamentò lui tenendosi la schiena dolorante.

Il pranzo fu servito da Trude e arrivò di sopra freddo. Anche lei era piuttosto sconvolta, sembrava addirittura vicina alle lacrime; appoggiò i piatti in modo così maldestro che una delle salsicce rotolò sul tavolo.

«La signora Knüll mi ha detto di riferirvi che si scusa mille volte... Non so nemmeno cos'è successo... Non mi era ancora mai capitato di vedere il professore così... È completamente fuori di sé... E anche il signorino lo è... Mio Dio, mio Dio, se solo non litigassero in eterno... Il povero signorino... È sempre stato così buono e gentile con me...»

Si interruppe spaventata mettendosi la mano davanti alla bocca.

«In realtà non dovrei proprio raccontarlo... Non ho detto niente, signorina... Mi perdoni...»

Si inchinò e, confusa com'era, fece per riportare subito via i piatti, poi però si fermò sulla porta, riportò tutto indietro, si inchinò di nuovo e se ne andò.

«La faccenda si sta inasprendo» osservò Grete. «Di certo avrà notato che si trattava del fattorino sbagliato, perché poco dopo dal professor Kreuzer si è presentato quello giusto. Ora dobbiamo agire in fretta.»

Certo, Elise sapeva che il litigio aveva altri motivi, ma anche l'ipotesi di Grete non era da scartare. A casa del professor Kreuzer avrebbero presto notato il furto. Lasciarono perdere il cibo e andarono di fronte da Moritz, che nel frattempo si era rimesso al lavoro e in quel momento alzava il coperchio dalla cassa.

«Fai vedere» disse Elise chinandosi accanto a lui. «Grete, rimani alla porta e stai attenta se viene qualcuno.»

Spuntò paglia ben pressata legata a fascetti.

«Con questa roba si imballano le bottiglie di vino» spiegò Moritz, quando vide la delusione sul volto di Elise. «Niente di strano. Vediamo cosa c'è sotto.»

Tra i fascetti di paglia c'era una lettera. Elise la tirò fuori in fretta e la mise da parte. Poi, finalmente, spuntarono i fogli. Un'intera pila. In mezzo c'erano anche dei disegni. Piante pressate già secche e mezze sbriciolate, incollate sulla carta e incorniciate da una calligrafia piccola e frenetica.

«Cos'è questo?» sussurrò Elise inorridita.

«Il manoscritto di tuo padre» affermò Moritz. «Cos'altro sennò?»

Gettò via l'ultimo fascetto di paglia dalla cassa e tirò fuori la pila di carte per sfogliarla, ma come già aveva temuto, erano soltanto disegni e piante pressate che qualcuno aveva descritto e numerato con grande minuziosità. Siccome era quasi tutto in latino, non capì nemmeno una parola, ma intuì che si trattava di piante esotiche che un botanico aveva raccolto durante una spedizione. A giudicare dai disegni, doveva essere in Africa o forse in America, poiché si vedevano nativi dalla pelle scura in perizoma, tra cui alcune donne con i seni scoperti.

«Se l'è proprio spassata tuo papà» disse Moritz osservando i disegni pieno di interesse.

«Questo non è il manoscritto di mio padre, Moritz» disse cupa. «Ci siamo sbagliati. Dobbiamo portare la cassa alla posta e spedirla. Altrimenti ci rendiamo colpevoli del furto.»

«Cosa?» si lamentò Moritz. «Trascino quel maledetto coso per la città, me lo carico sulle spalle fino a sciancarmi. E poi è quella sbagliata?»

«Mi dispiace terribilmente, Moritz. Ma ti avevo avvisato e vietato di prendere iniziative.»

Gettò arrabbiato un fascetto di paglia nella cassa e la sua faccia si contrasse perché il movimento non gli aveva fatto bene alla schiena.

«Se credi che porti quel coso pesante alla posta, ti sbagli di grosso, Lisetta» tuonò lui. «Sono invalido e non posso sollevare neanche una piuma.»

Grete, che era ancora in piedi sulla porta, fece un sospiro profondo e deluso.

«Sarebbe stato troppo facile» disse afflitta. «Rimettiamo tutto nella cassa e cerchiamo di rimetterci il coperchio.»

«E poi?» volle sapere Elise.

«Poi noi due la portiamo alla posta e la spediamo.»

«Probabilmente è la cosa migliore» disse Elise. «Dove diamine deve essere spedita?»

«C'è scritto sopra» si fece sentire Moritz imbronciato. «A Marburgo da un certo professor...»

«Ma c'è anche una lettera...»

Elise prese la lettera che stava tra i fascetti di paglia e ne decifrò a fatica qualche riga. Il professor Kreuzer aveva una calligrafia che dava l'impressione che una cornacchia avesse camminato sul foglio. Non poteva certo essere lui ad aver descritto quelle piante in maniera così accurata.

Stimato collega,
a giro di posta riceve, come promesso, gli erbari dall'America del Sud che mi ha lasciato un mio vecchio amico e che contengono le piante del tutto inusuali e particolari della flora di quei posti con la relativa e dettagliatissima descrizione. Purtroppo, lo stato degli erbari, a causa del lungo periodo di deposito, non è più dei migliori, tuttavia, questa collezione vale senza dubbio i due crani inglesi di bambini che ho ricevuto da parte sua in cambio di questi preziosi fogli.

Il suo umilissimo
Karl Friedrich Kreuzer, consigliere
professore di medicina, membro ordinario
della stimata facoltà di Göttingen

«Non è bello leggere la posta degli altri» osservò Moritz, poiché si era immersa così a lungo in quella lettera.

«Non ne vale neanche la pena» sospirò Elise rimettendo la lettera nella cassa. «Com'è imbarazzante per me questo furto insensato! Vediamo di liberarci il più velocemente possibile di questo coso. Ora è il momento buono, poiché di sotto è in corso un litigio e nessuno farà caso a noi.»

«Cosa sta succedendo davvero in casa Thiedemann?» volle ora sapere Moritz, e anche Grete guardò Elise con aria interrogativa.

«Se tutto va come spero» annunciò Elise non senza soddisfazione «allora Hans Christian Thiedemann mi consegnerà oggi stesso il manoscritto di mio padre e si scuserà per il furto.»

«Te lo ha promesso?» disse Moritz incredulo.

«Certo.»

Moritz non era molto perspicace, ma la gelosia gli fece subito fiutare che i suoi piani di matrimonio erano in pericolo.

«E tu ci credi?» gridò lui risentito. «Di sicuro te l'ha raccontato per adescarti. Ha anche detto che devi andare in camera sua per ritirare il manoscritto?»

«No, non l'ha fatto» replicò Elise arrabbiata. «E ora chiudi una buona volta quella bocca, Moritz, ci hai già creato abbastanza guai. Guarda piuttosto di rinchiodare la cassa, così io e Grete possiamo portarla alla posta!»

Ma Moritz, che altrimenti era sempre pronto a mettersi dalla sua parte per aiutarla, adesso era offeso.

«Sono il tuo servo?» disse imbronciato. «Inchiodatela da sola se hai tutta questa fretta.»

Con i chiodi che Moritz aveva tirato via dal legno non si poteva ottenere granché, poiché erano tutti storti e piegati. Avrebbero portato la cassa alla stazione di posta così com'era e lì avrebbero chiesto a qualcuno di inchiodarla.

«È meglio se mangiamo prima qualcosa» propose Grete. «Non mi reggo in piedi dalla fame, così non posso portare nessuna cassa.»

«Per me...»

Elise per l'agitazione non sentiva il minimo appetito; solo il pensiero del cavolo riccio freddo e delle salsicce affumicate le faceva rivoltare lo stomaco, ma quando entrarono nella stanza di Elise, dove Trude aveva appoggiato il pasto, i piatti erano vuoti.

«Quel cane maledetto» si lamentò Grete. «Mi chiedevo dove fosse finito. Eccolo lì sotto al tavolo il ladro con la pancia piena di salsicce di Göttingen!»

Fidibus guardò la sua padrona per capire cosa provasse e quando si accorse che era arrabbiata con lui, appoggiò la testa sulle zampe e assunse un'espressione profondamente colpevole.

«È stato un nostro errore» disse Elise. «Non avremmo dovuto lasciarlo da solo con le salsicce. Andiamo, è l'ora.»

«Non adesso» disse Grete. «È scoppiato un temp...»

Un forte rombo di tuono sovrastò le sue parole, poi uno schianto come se fosse stata sparata una cannonata direttamente sopra la casa. Tutte e due incassarono la testa tra le spalle impaurite. Un temporale. Proprio in quel momento.

«Forse ce la facciamo fino alla stazione di posta prima che cominci a piovere» disse Elise angosciata.

«Ma se non ci riusciamo, l'acqua entrerà nella cassa e tutto quello che c'è dentro si inzupperà» la fece riflettere Grete.

La luce del giorno si era spenta, nuvole gravide di sventura pesavano sulla città. Un fulmine balenò illuminando la stanza per qualche secondo, Elise gridò spaventata perché Fidibus cercò riparo sotto la sua gonna.

«Smettila, stupido cane!»

Il tuono successivo sembrò esplodere proprio sul tetto, Fidibus fece tre giri su se stesso e scomparve in fretta sotto al divano. Un colpo scosse la casa: qualcuno di sotto aveva sbattuto una porta. Il litigio sembrò essersi spostato nel corridoio, poiché si sentiva ogni parola.

«Tu mentecatto!» gridò la voce del professore alterata dalla collera. «È figlia di suo padre. Lui sa adescare le donne a suo piacimento e la sua figlioletta sa lavorarsi qualunque uomo!»

Lo schianto di un tuono sembrò confermare quelle parole. Elise raggelò dall'orrore. Che sfacciataggine! Due giorni prima raccontava ancora dei tempi d'oro che aveva vissuto insieme a suo padre a Berlino. E ora questo!

«Non hai nessun diritto di offenderla» rispose Hans Christian, tanto forte che risuonò in tutta la casa. «Non sono disposto a fondare la mia casa editrice su un inganno.»

Un fulmine accecante rivelò alla finestra case e campanili con una tale precisione che sembravano incisi nell'acciaio. Subito dopo ricadde tutto nelle tenebre. A Elise balenò nella testa un pensiero insensato: chissà cosa accadeva al filo di rame del signor Gauss quando il fulmine colpiva il campanile sul quale era fissato.

«Se fai questa sciocchezza» strillò il professore «allora ti puoi scordare di fondare la casa editrice!»

«Questo si vedrà, padre!»

«Allora firma la tua condanna, tu idiota accecato dall'amore!»

Il tuono successivo sembrò sbriciolare le travi del tetto sopra di loro. Si tapparono le orecchie e il cane tremava così forte che il divano traballava tutto. Facendo attenzione, si rimisero ad ascoltare se nel corridoio il litigio stesse continuando, ma non si sentiva più niente. Grete aprì con coraggio la finestra dell'abbaino e si affacciò per guardare la strada di sotto.

«Che confusione» disse. «Le persone stanno tutte scappando dal temporale. Una donna ha perso il cesto con le compere. E laggiù c'è un cilindro che rotola per la strada...»

Elise la scostò di lato e si mise anche lei a guardare fuori. Un fulmine disegnò una linea spezzata abbagliante nelle nuvole nere, subito dopo seguì il rombo di un tuono come se tra le nuvole passasse un carro pesante.

«Eccolo!» disse Grete.

Indicò con il dito il giovane che in quel momento stava attraversando Buchstrasse proprio davanti a una carrozza in corsa. Alzò la mano per scusarsi con il cocchiere arrabbiato e poi svoltò in Weender Strasse, dove scomparve in fretta dalla loro vista. Ma Elise aveva riconosciuto i capelli chiari che fuoriuscivano dal cappello di Hans Christian e lo guardò preoccupata.

Cosa aveva intenzione di fare? Dove stava andando tanto in fretta con quel temporale minaccioso? Con che energia l'aveva difesa con suo padre! E con quale franchezza rimpiangeva le sue azioni ed era pronto a rimediare! Ah, era disposto a fare sacrifici con coraggio e metteva in gioco perfino la realizzazione del suo grande sogno di fondare una casa editrice. Suo padre, invece, il professor Thiedemann, era una persona del tutto riprovevole e bugiarda. Se solo avesse avuto già il manoscritto tra le mani, non sarebbe rimasta un secondo in più in casa sua!

«Piove» disse Grete sollevata. «Dio sia lodato!»

Grosse gocce colpivano il tetto, tirarono indietro la testa e chiusero la finestra. La pioggia si trasformò in fretta in un nubifragio. Presto i vetri della finestra si coprirono di una fitta rete di rigagnoli d'acqua, si poteva sentire la pioggia scrosciare giù dal tetto sul selciato della strada.

Qualcuno bussò piano e aprì la porta. Moritz entrò nella stanza zoppicando, camminò leggermente piegato in avanti e gemette accomodandosi sul divano.

«Pensavo che venisse giù il mondo» disse. «Ascolta, Lisetta. Lo abbiamo sentito, quel tipo strano vuole davvero darti indietro le scartoffie di tuo padre. Se è così, allora lasciamo semplicemente stare la cassa sotto al tavolo e svigniamocela con il manoscritto.»

«Non sarebbe corretto» disse Elise. «No, aspettiamo che smetta di piovere e poi...»

Si interruppe perché qualcuno bussò alla porta.

«Entra, Trude» disse Elise con gentilezza. «È stato mangiato tutto fino all'ultima briciola.»

«Purtroppo non da noi» mormorò Grete seccata lanciando un'occhiata sotto al divano, dove c'era ancora Fidibus rannicchiato che tremava come un pulcino bagnato.

«Perdonatemi» disse Trude sorridendo in direzione di Moritz. «Sono arrivati ospiti e il signor professore mi ha incaricata di accompagnarli dalla signorina Rosen.»

«Ospiti?» si meravigliò Elise.

«Due signori da Francoforte...»

«Da Francoforte? O mio Dio!» esclamò Elise agitata. «Portali di sopra, Trude. Saranno mio padre e il signor van Leuwen.»

15

I nuovi arrivati non si erano presi il tempo per togliersi i cappotti e i cappelli bagnati. Apparvero nel corridoio fradici, con i cappelli in mano. Erano entrambi affannati, poiché si erano sbrigati a salire le scale in fretta e con grande impazienza.

«Voilà!» gridò de LaTour rallegrato quando vide Elise. «Spero che siamo ancora in tempo, bambina mia.»

Andò verso di lei con le braccia spalancate per stringerla a sé, ma Fidibus all'improvviso uscì da sotto al divano abbaiando furioso per proteggere la sua padrona.

«A cuccia!» gli ordinò van Leuwen con voce tonante e Fidibus si sedette esterrefatto sul didietro.

«Da quando hai un cane?» volle sapere de LaTour.

«È venuto lui da me, padre.»

«L'animale più brutto che abbia mai visto» brontolò. «Fatti abbracciare, ragazza mia. Sono partito all'istante insieme a Christian Daniel quando ho ricevuto la tua lettera. Com'è la situazione? Hai scovato il ladro? Ritrovato il mio manoscritto?»

Elise si strinse al suo cappotto bagnato dalla pioggia e d'un tratto fu indicibilmente contenta di non dover più affrontare da sola tutte quelle difficoltà.

«Lo riceverò oggi stesso» disse lei. «Hans Christian si è pentito e vuole ridarmelo.»

«Allora l'ha rubato davvero!» si stupì Christian Daniel van Leuwen spostandosi una ciocca bagnata dei suoi capelli ingrigiti dalla fronte. «Avrei scommesso che fosse innocente.»

«Ora vedi che avevo ragione» constatò il padre di Elise soddisfatto e allontanò un po' sua figlia da sé per guardarla per bene. «Una figlia splendida ho messo al mondo. Una ragazza proprio meravigliosa e intelligente. Dimmi come ci sei arrivata, Elise.»

«C'è bisogno di chiedere?» disse van Leuwen ridendo. «Per come mi ricordo il ragazzo, per tua figlia è stata una cosa facile fargli girare la testa. Non ho ragione, signorina Elise?»

Non era piacevole essere giudicata con tale freddezza e con quel fare calcolatore, in special modo perché stimava molto van Leuwen e riconosceva il merito a lui e sua moglie Annette di essere amici tanto fedeli e generosi per suo padre, ma prima che potesse aprire bocca per contraddirlo, Moritz si era già intromesso nel discorso.

«Chi ha fatto girare la testa a chi ancora non si sa, signor van Leuwen. Quel grazioso studente sa adulare come si deve la mia Lisetta e se dovesse davvero ridarle quel manoscritto, allora ha di sicuro i suoi secondi fini.»

De LaTour lo guardò dall'alto in basso aggrottando la fronte. «Il signor Liebermann, suppongo?»

«Al suo servizio, signor de LaTour. Sono il fratello acquisito di Elise da Kassel» disse Moritz.

Si inchinò in fretta, poiché aveva grande rispetto per de LaTour e voleva fare una buona impressione.

«Mi hanno raccontato che una volta portava i panini a Francoforte e che in questo modo si scambiava quotidianamente *des messages secrets* con mia figlia.»

«È... è vero, signor de LaTour» balbettò Moritz imbarazzato. «Ho badato a lei e l'ho protetta perché era venuta tutta sola a Francoforte.»

«Molto lodevole, ragazzo» disse de LaTour con aria di superiorità e si voltò verso Elise.

«Non ti sarai mica messa a promettere certe cose che potresti rimpiangere, Elise?» chiese preoccupato.

«Cosa intendi, papà?»

«Quello che ho detto, bambina mia» ribatté lui scambiandosi uno sguardo con van Leuwen, il quale aveva messo da parte le sue risate e ora aveva assunto anche lui un'espressione seria.

«Quel giovane è un ladro e un imbroglione» continuò. «Anche se gli avessi fatto promesse per motivi tattici, non ci sarebbe alcun motivo di mantenerle. Imbrogliare un imbroglione è permesso, una piccola correzione del destino che così spesso si rivela cieco e ingiusto.»

«Può essere, papà» rispose Elise. «Ma ho l'abitudine di mantenere le mie promesse.»

«Eccoci!» esclamò Moritz adirato. «L'ha abbindolata e incastrata. Esattamente come avevo immaginato!»

De LaTour ignorò gli schiamazzi di Moritz, afferrò Elise per le spalle e la guardò con insistenza.

«Qualunque cosa tu gli abbia promesso, in quanto tuo padre ho da scambiarci qualche parola! La virtù di mia figlia mi...»

«Ma cosa pensi di me?» disse lei indignata. «Gli ho promesso solo che gli perdonerò il furto se mi ridà indietro il manoscritto, nient'altro. Non dimenticare, ma perdonare.»

La teneva ancora stretta senza distogliere lo sguardo da lei. La sua espressione si era fatta un po' più preoccupata.

«*Rien de plus?*» chiese lui.

«Nient'altro, papà.»

«Allora la faccenda è più seria di quello che temevo» mormorò. «Per fortuna sono arrivato al momento giusto. Non perdiamo tempo, la faccenda deve essere risolta all'istante.»

La allontanò da sé e, mentre andava verso la porta, lanciò un'occhiata a van Leuwen per esortarlo.

«Aspetta, papà! Hans Christian non è in casa, è fuori...»

«Tanto meglio!» disse lui senza voltarsi. «Non abbiamo bisogno di lui.»

Oddio, pensò Elise rattristata mentre scendeva le scale dietro di lui. Ora rovinerà tutto e Hans Christian crederà che l'abbia ingannato. Perché non ho tenuto la bocca chiusa? Bisogna sempre dire la verità al proprio padre? Alla fine, neanche lui mi dice tutto.

De LaTour sembrava sapersi orientare al meglio in casa del suo amico Thiedemann, poiché aprì la porta che andava al primo piano e si diresse a passo deciso verso lo studio.

«Jacob Friederich!» gridò bussando. «Hai visite da Francoforte, vecchio amico.»

«Vattene all'inferno, Charles François!» fu la risposta adirata.

Sul volto di suo padre si allargò un sorriso divertito.

«Be', prima o poi ci rincontreremo comunque dall'altra parte, caro mio» disse lui sereno. «La faccenda, però, è urgente e mi piacerebbe risolverla prima. *Alors, ouvre la porte!*»

«Non ho niente da spartire con te» tuonò il professor Thiedemann.

«Ma io con te sì!»

«Trude! I signori se ne vogliono andare! Accompagnali alla porta!»

La povera Trude era arrivata per via del rumore e, perplessa, era rimasta in piedi sulle scale, senza sapere bene come avrebbe dovuto eseguire quell'ordine. De LaTour le risparmiò la scelta, poiché aprì la porta di sua iniziativa piombando nello studio. Van Leuwen ed Elise lo seguirono, anche Moritz, che si era unito a loro, non rimase indietro; per ultimo Fidibus sgusciò nella stanza.

Il professor Thiedemann sobbalzò dietro la sua scrivania come un animale strappato alla quiete e prese posto accanto al grande mappamondo con il volto contrito dalla rabbia, agitando i pugni.

«Mi oppongo a quest'aggressione» gridò. «Trude, vai alla stazione di polizia e riferisci...»

«Che in casa del professor Jacob Friederich Thiedemann si trova della refurtiva?» lo interruppe de LaTour alzando le sopracciglia ironico. «No, cara Trude, così faresti uno spregio al tuo padrone.»

«Non so davvero di che cosa parli!» disse il professore.

«Non renderti ridicolo» ribatté de LaTour, mentre si guardava intorno nella stanza alla ricerca di qualcosa. «Tuo figlio ha confessato il fatto e ha annunciato di essere disposto a dare indietro il manoscritto.»

«Mio figlio è un cretino innamorato» gracchiò Thiedemann. «Ne racconta di tutti i colori per impressionare tua figlia. Io non ho niente da spartirci!»

A quel punto Elise non poté più trattenersi. Quella persona aveva volgarmente offeso lei e suo padre e ora chiamava cretino il suo stesso figlio!

«Non ha nessun diritto di parlare così di Hans Christian» gridò lei indignata. «A lui, al contrario di suo padre, resta ancora un po' di decenza, poiché rimpiange le sue azioni.»

Si sentì la voce agitata di Trude nel corridoio, qualcuno stava salendo le scale in fretta, subito dopo la porta venne spalancata. Hans Christian era in piedi di fronte a loro. Anche lui era bagnato per la pioggia, la giacca zuppa sulle spalle, dai capelli gli scendevano gocce sul viso, ma i suoi occhi brillavano, poiché aveva sentito le parole di Elise.

«È vero, padre» disse, calmo. «Ho intenzione di riparare al torto fatto. Ti prego di cuore di non mentire più e tirare fuori i fogli.»

Il professor Thiedemann, con la rabbia sul volto, fissò il figlio apparso in un momento così inopportuno, poi alzò il mento e la sua espressione si fece gelida.

«Non so quali promesse hai fatto alla signorina Rosen, Hans Christian. E io non so di nessun manoscritto.»

«Te l'ho dato per metterlo al sicuro, padre!» gridò Hans Christian indignato. «Non puoi averlo dimenticato! Quei fogli dovevano essere la prima pubblicazione della mia nuova casa editrice.»

«Allora devi cercarli perché io non ho idea di cosa tu intenda» fu l'ignobile risposta.

Hans Christian era senza parole dallo sconcerto, fece un gesto di disperazione e poi lasciò cadere le braccia rassegnato.

«Non puoi essere serio, padre» disse cupo. «Ho dato la mia parola. Vuoi che faccia la figura del bugiardo davanti alla signorina Rosen e non mantenga la parola data?»

La risposta fu una risata beffarda. Il professor Thiedemann guardò de LaTour trionfante e incrociò le braccia sul petto. Aveva respinto l'attacco con successo.

«Signor professore» prese ora parola van Leuwen per portare quella situazione senza via d'uscita su un'altra strada. «Secondo le descrizioni del mio amico de LaTour, la ritengo un uomo colto e ragionevole. La prego, rifletta con calma se nella rabbia non abbia preso una strada sbagliata.»

«Non si disturbi, signore mio» ribatté il professore. «So esattamente cosa faccio.»

«Allora non ci resta altro che accettare la tua gentile offerta» si fece sentire de LaTour. «Siccome il mio manoscritto deve trovarsi qui in casa, guarderemo in giro in maniera scrupolosa.»

Questo il professore non se lo era aspettato. Gli uscirono gli occhi dalle orbite, alzò i pugni e sembrò deciso al peggio quando de LaTour si avvicinò per perquisire la sua scrivania.

«Non ti azzardare a toccare le mie carte» strillò. «Via dalla mia scrivania. Quello che contiene non ti riguarda!»

«Levati di mezzo, Jacob Friederich. O dovrò alzare le mani!» gridò de LaTour, poiché neanche lui era disposto a cedere.

«Padre!» gridò Elise spaventata, quando vide che i due già si fronteggiavano da vicino. «Calmati, per l'amor di Dio. Non è degno di te...»

Ma in quel momento il professore, basso com'era, alzò i pugni alla velocità della luce e colpì de LaTour allo stomaco, tanto da farlo barcollare e piegare dal dolore.

Hans Christian fece per lanciarsi per impedire al padre di continuare ad azzuffarsi, ma Moritz, che aveva già afferrato il professore per il colletto della vestaglia, fu più veloce.

«Basta adesso, vecchia cornacchia» gridò scuotendo Thiedemann con così tanta forza che le cuciture della vestaglia saltarono. «Qua le scartoffie o ti faccio vedere come si sistemano a Kassel i ladruncoli della tua sorta.»

«Mantenete la calma, signori miei» li pregò van Leuwen disperato.

La sua minaccia svanì senza essere ascoltata, poiché in quel momento nello studio si levò un trambusto selvaggio. Elise si gettò su Moritz e lo afferrò per la giacca per impedirgli di ferire l'anziano professore. Contemporaneamente Hans Christian tentò di dividere i litiganti e Fidibus, che temeva per la sua padrona, balzò furioso su Hans Christian e gli morse la giacca.

«Assassino!» strillò il professore trovandosi in estrema difficoltà. «Al ladro! Aiuto! Polizia!»

«Tienilo fermo, Liebermann» gemette de LaTour, che nel frattempo aveva ripreso fiato. «Portalo laggiù. Io comincio con la scrivania.»

«Usa la testa, Charles!» lo avvertì van Leuwen, chiamandolo con il vecchio soprannome per cercare di fermarlo.

Chissà come sarebbe finita la faccenda se in quell'istante Hans Christian non avesse cercato di liberarsi del cane che si era attaccato alla sua vestaglia. Fece una rapida torsione per cui Fidibus fu scaraventato via, lasciò andare la sua vittima e si schiantò contro il grande mappamondo. Il piedistallo barcollò, uno dei supporti di legno si spezzò e il globo celeste rotolò via. Colpì una mensola di libri e si spaccò in una mezza sfera sud e una mezza sfera nord, entrambe fatte di cartapesta e cave. Il cielo settentrionale si mosse ancora un po' sul tappeto e alla fine trovò la quiete su uno degli esseri fantastici. La sua controparte meridionale, però, rimase in bilico su un fianco accanto alla mensola di libri e dal suo interno scivolarono parecchi fogli.

«Ah!» gridò de LaTour scoprendo per primo il manoscritto. «*Voilà!* Volevi proprio fare il furbo, eh? Ma questo splendido cane ti ha stanato, Jacob Friederich!»

Il professore crollò su se stesso e Moritz, che nell'agitazione aveva momentaneamente dimenticato il dolore alla schiena, si appoggiò al muro lamentandosi.

Cadde un silenzio interrotto da respiri affannosi e rantoli. Il professor Thiedemann non era più in grado di protestare, de LaTour fissò con intensità la mezza sfera meridionale del globo celeste, Fidibus si attaccò alla gonna di Elise. Attratte dal rumore, erano apparse sulla porta Grete e Trude che ora guardavano senza parole la gran confusione che si offriva ai loro occhi. Hans Christian si mosse per primo; tolse il manoscritto dal contenitore, ordinò i fogli e li porse a Elise.

«Con ciò adempio alla mia promessa, signorina Elise» disse orgoglioso. «Come ha visto, c'erano dei malintesi da chiarire, ma lo ribadisco, la prego di perdonare anche mio padre. L'ha fatto per me.»

«La ringrazio» ribatté Elise prendendo la pila di fogli dalle sue mani. «Per aver combattuto in un modo così coraggioso per esaudire la mia preghiera, di questo voglio darle grande merito, caro signor Thiedemann.»

Le sorrise pieno di tenerezza e lei si voltò in fretta perché doveva tenere a bada il suo cuore. Con espressione trionfante si girò verso suo padre e gli porse i fogli.

«Che devo farci?» chiese de LaTour.

«È il... tuo manoscritto» balbettò lei confusa.

«Le mie memorie? Sei cieca, Elise?»

Solo in quel momento osservò i fogli con più attenzione. La calligrafia era piccola e regolare, assomigliava a quella di suo padre. Ma già le prime righe rivelavano che Charles François de LaTour non era l'autore.

In questi fogli voglio raccontare esattamente cosa è successo durante il mio viaggio nel mondo sconosciuto della lontana America, in quali luoghi sono finito, quale fauna e flora vi ho trovato e come si manifestino gli usi e i costumi dei nativi...

«Questo... l'ha scritto qualcuno che è partito per un viaggio in America!» balbettò lei perplessa. «Non è... quello che cerchiamo.»

«Che razza di stupido gioco è questo?» disse suo padre furioso sgridando Hans Christian. «Dove sono le mie memorie che hai rubato dal mio scrittoio in modo subdolo?»

Il giovane, che ancora stava di fronte a lui pieno di speranza, lo fissò palesemente inorridito.

«Non capisco...» balbettò lui.

«Mi capisci anche troppo bene» disse de LaTour risentito. «Hai sottratto il manoscritto di nascosto prima che partissimo per Göttingen e l'hai custodito per tutto il viaggio in valigia, mentre io, ignaro, ti portavo in giro per Kassel e ti presentavo mia figlia!»

Hans Christian impallidì. Il suo sguardo si spostò su Elise, che in quel momento capì che lui era innocente e che tutto si basava su un terribile errore. Lo spavento le serrò la gola.

«Ha creduto che fossi capace di un furto così subdolo, signorina Rosen?» chiese lui facendo un passo indietro. «Ed è per questo che è venuta a Göttingen?»

«Già...» balbettò lei disperata. «Tuttavia, all'inizio credevo fermamente che il sospetto di mio padre fosse sbagliato. Solo che... d'un tratto le circostanze si sono fatte così... dubbie...»

«Capisco...» disse lui incupito. «Be', signorina Rosen, per quello che cerca qui purtroppo non posso esserle utile. Sono molto dispiaciuto. Stia bene.»

Si voltò e uscì dallo studio passando tra Trude e Grete, scese le scale a passi veloci e si chiuse dietro la porta di casa. Elise era rimasta come stordita con la pila di fogli in mano. Un impulso interiore le diceva che doveva fermarlo, che doveva trovare una spiegazione a tutta quella confusione. Ma era troppo tardi.

«Era di nuovo il manoscritto sbagliato?» gemette Moritz tenendosi la schiena dolorante. «Sai cosa, Lisetta? Ora sono stufo. Cercatevele da soli le vostre scartoffie, io ne ho le scatole piene fino all'orlo.»

Si girò verso il professor Thiedemann, che era appoggiato alla scrivania con la vestaglia strappata, i capelli radi arruffati, diversi graffi sulla guancia sinistra.

«Non se ne abbia a male, professore. Non... la prenda sul personale. Mi congedo.»

Con ciò zoppicò fuori dallo studio lasciando agli altri l'incombenza di mettere in ordine quel caos. Van Leuwen fece per intraprendere un primo tentativo, ma il professor Thiedemann, che piano piano stava tornando in sé, lo interruppe sgarbato.

«Che ci fate voi qui?» gridò adirato verso la porta, dove ora accanto a Trude e Grete era apparsa anche la governante. «Sparite! Non potete stare qui.»

Spaventate, le donne indietreggiarono e chiusero la porta.

«Allora cerchi le tue memorie» disse Thiedemann rivolgendosi a de LaTour. «Hans Christian mi ha raccontato di questo scritto. Ma io, al contrario di mio figlio, non ritengo che testi di questo tipo debbano essere pubblicati.»

La sprezzante superiorità con cui parlava sembrò far arrabbiare molto de LaTour.

«*Vraiment?*» domandò.

«Le tue storielle erotiche sono adatte forse a divertire qualche lettore» sostenne il professor Thiedemann con un sorrisetto cinico «però non hanno nessun tipo di valore scientifico e darebbero un'impressione del tutto sbagliata della casa editrice.»

Elise vide una vena di rabbia gonfiarsi sulla tempia di suo padre, ma de LaTour era un maestro dell'autocontrollo e un pensatore lucido.

«*Dommage*» disse lui. «Che peccato. Ti facevo avere uno sguardo più ampio sul mondo, Jacob Friederich. Lasciamo perdere questo argomento e rivolgiamoci piuttosto a questi fogli misteriosi che credevi di dovermi nascondere all'interno del globo celeste. Di che cosa si tratta, amico mio?»

«Proprio niente» sostenne Thiedemann. «Stanno lì da vent'anni buoni, li avevo del tutto dimenticati.»

«Eppure tuo figlio li ha consegnati a mia figlia dicendo che con quelli avrebbe adempiuto alla sua promessa» disse de LaTour tirando fuori gli occhiali dalla tasca della giacca per guardare meglio lo scritto.

«Che ne so io di quello che mio figlio ha promesso a tua figlia!» si difese Thiedemann. «Purtroppo ha ereditato i modi sconsiderati e focosi di sua madre e si lascia trasportare in fretta agendo in maniera insensata.»

De LaTour, nel frattempo, aveva preso il manoscritto dalle mani di Elise, appoggiò la pila sul tavolo e cominciò a sfogliarla. Anche van Leuwen si aggiunse e, curioso, si chinò sulle carte.

«Non dovresti pensare così tanto male di tuo figlio» disse de LaTour mentre sottoponeva alcuni dei fogli a un controllo più accurato. «Sembra essere un tipo onesto, non è vero, Elise?»

Elise rimase in silenzio guardando per terra turbata.

«Faresti un piacere a tutti noi se potessi deciderti a tornare a Francoforte» disse il professor Thiedemann, diventando sempre più nervoso. «Che tu abbia smarrito le tue memorie mi dispiace, ma qui le cerchi inutilmente.»

Ad ogni modo, né il padre di Elise né van Leuwen fecero attenzione a lui. Christian Daniel van Leuwen aveva tirato fuori un foglio dalla pila e ora lo porgeva al suo amico.

«Qui c'è un nome. Carl Ludwig von Radowitz. Non era quel giovane con cui anni fa volevi intraprendere un viaggio in America?»

De LaTour prese il foglio, lo scorse con un rapido sguardo e sorrise riconoscente all'amico.

«Lo sapevo. Come sono finiti questi fogli nelle tue mani, Jacob Friederich?»

Il professore bisbigliò qualcosa di incomprensibile e si tirò la vestaglia che aveva sofferto per la presa salda di Moritz.

«Ho detto: stanno qui da vent'anni. Von Radowitz è tornato dal suo viaggio intorno al 1810, malato e senza un soldo. Io gli ho dato rifugio e mia moglie lo ha curato finché non è morto. Da quel momento i suoi scritti si trovano qui.»

«E siccome sono di interesse scientifico, hai pensato bene di farli uscire come prima pubblicazione per una casa editrice che deve essere fondata da zero?»

«No di certo» lo contraddisse Thiedemann. «È stato Kreuzer a pretendere che lo facessi. Mi sono difeso finché è stato possibile ma, siccome lui provvede alle risorse necessarie per la fondazione della casa editrice, alla fine mi sono arreso.»

«Sebbene tu sapessi che all'epoca ho pagato il viaggio e che von Radowitz a priori aveva lasciato a me tutti i documenti e i risultati della ricerca. Questi fogli mi spettano di diritto. Come mai a suo tempo non ho saputo niente del suo ritorno e della sua morte?»

Il professor Thiedemann agitò le mani per aria, arrabbiato.

«Come potevo sapere dov'eri finito? Von Radowitz mi ha raccontato che voi due eravate stati sorpresi dalle truppe napoleoniche di ritorno che nell'ottobre del 1806 avevano sconfitto i prussiani a Jena. Lui era riuscito a sfuggire, ma a te avevano dato l'uniforme ed eri dovuto andare in guerra contro i prussiani.»

La storia sembrò corrispondere a verità, poiché Elise vide suo padre arrabbiato strizzare gli occhi fino a farli diventare piccoli piccoli e van Leuwen ridere sotto i baffi di nascosto. Non aveva l'aria di essere stata una pagina gloriosa della storia della vita di suo padre.

«*Des histoires*» brontolò. «Al massimo avresti potuto raccontarmelo in occasione della mia visita a febbraio, quest'anno. Non avrà lasciato soltanto questi scritti? Dovrebbero esserci anche disegni ed erbari. Era un appassionato botanico e si intendeva di pittura.»

«Tutto il resto l'ha tenuto Kreuzer» mormorò Thiedemann, che ora si accasciava sfinito su una poltrona tenendosi la testa. «Disse che in ogni caso non erano di valore, poiché gli erbari sono in cattivo stato. Era molto infervorato di poter promuovere la casa editrice per poterci pubblicare i suoi stupidi articoli.»

«E tu?» volle sapere de LaTour.

«Anch'io ho scritto diverse cose che vale la pena di pubblicare» confessò Thiedemann.

Come sono vanitosi questi vecchi signori, pensò Elise. *Per poter pubblicare le loro meravigliose opere sono disposti a raggirare, ingannare e a prendersela l'uno con l'altro. Quel poveraccio che era tornato dal suo viaggio ammalato aveva dovuto lasciare ad altri l'opera della sua vita.*

Nel frattempo, de LaTour aveva riflettuto e sembrò non essere ancora soddisfatto della soluzione del mistero.

«In effetti non avresti potuto pubblicare questo scritto senza il mio permesso» constatò. «Ma solo questo non può spiegare tutte le scene che hai fatto qui, Jacob Friederich. Mi tormenta un sospetto che riguarda il nostro amico comune, Kreuzer. Già all'epoca era un tipo strano che non andava tanto per il sottile con l'onestà.»

Thiedemann rimase in silenzio, ma lo sguardo che si scambiò con de LaTour rivelò che i due si erano capiti.

«Kreuzer voleva pubblicare questi fogli del mio amico von Radowitz a suo nome, ho ragione?»

Il silenzio di Thiedemann fu una risposta eloquente.

«E tu ti sei dichiarato d'accordo, Jacob Friederich!» lo rimproverò de LaTour adirato. «Ora capisco il vostro gioco. Per vanità e manie di protagonismo eravate entrambi pronti a impadronirvi del lascito del defunto Carl Ludwig von Radowitz, a scavalcare me, il vero proprietario degli scritti e a rubare il riconoscimento postumo che spetta al povero von Radowitz. Vergognatevi!»

Anche van Leuwen si dimostrò sinceramente indignato, affermò che era stato uno scherzo del destino a portarli a Göttingen per scoprire quelle macchinazioni.

«Quello che non riesco a capire è perché anche suo figlio si sia immischiato in questo traffico schifoso» gridò risentito. «Lo ritenevo un giovane rispettabile.»

«Non ne sapeva niente quando è stato da lei a Francoforte» confessò il professore. «Gliel'ho rivelato solo dopo il suo ritorno e l'ho convinto che solo il supporto finanziario di Kreuzer poteva permetterci la fondazione della casa editrice.»

Allora sapeva tutto, pensò Elise delusa. *Ma alla fine era comunque disposto a evitare l'inganno. Per me. Potrei forse perdonarglielo? Alla fine, non ha rubato il manoscritto di mio padre, gli ha solo sottratto i diritti su un altro manoscritto. Vabbè, anche questo non è stato corretto…*

«Mi permetto di prendere con me questi fogli per cederli alla biblioteca del mio amico Christian Daniel» dichiarò de LaTour con audacia. «Il ricordo del mio così miseramente defunto amico von Radowitz si è meritato di essere conservato. Per il resto, pretenderò da Kreuzer la restituzione di quel che rimane del lascito.»

«Fallo, se non puoi farne a meno» ribatté il professore incupito. «Raccogli tutte le tue cose e vedi di toglierti dalla mia vista. Prima lasci Göttingen, meglio è.»

«Su questo sono proprio d'accordo con te» affermò de La-Tour accennando un inchino con ironia. «Lasciamoci alle spalle questo luogo tetro, *mes amis.*»

Mise il braccio intorno a Elise e lasciò con lei lo studio. Van Leuwen li seguì con il manoscritto e l'immancabile Fidibus non avvertì nessuna voglia di rimanere oltre neanche lui.

«Nel caso tu voglia davvero andare a parlare con Kreuzer» gli gridò dietro Thiedemann «troverai un muro. Si farebbe squartare, piuttosto che consegnare uno solo di quei foglietti che si sbriciolano solo a guardarli.»

16

«La visita dal professor Kreuzer te la puoi risparmiare, padre» disse Elise quando furono fuori casa sulla strada e de LaTour fece per andare in direzione di Weender Strasse. «Gli erbari e i disegni sono di sopra nella stanza dello studente che al momento occupo io.»

«Com'è possibile?» chiese esterrefatto.

«Te lo spiego dopo. Ora sarei molto felice di riuscire a prendere una diligenza in direzione di Kassel. Per nessuna ragione vorrei rimanere qui ancora a lungo.»

Van Leuwen trovò la proposta molto ragionevole e si offrì di andare alla stazione di posta per informarsi sull'orario delle carrozze e, se possibile, prenotare cinque posti. De LaTour intanto salì per dare un'occhiata alla cassa, mentre gli altri raccoglievano le loro cose. Provò una forte rabbia quando la lettera del professor Kreuzer finì nelle sue mani.

«Ha trafficato a sangue freddo con questi documenti preziosi per i quali il mio povero amico Carl Ludwig von Radowitz ha dovuto sopportare indicibili privazioni. Due crani di bambini dall'Inghilterra! *Incroyable!* Si dovrebbe esporre il cranio di Kreuzer nel gabinetto delle curiosità perché presenta un'anomalia di interesse scientifico. È la testa di un idiota perverso!»

Lasciarono perdere la pesante cassa di legno e avvolsero il manoscritto e tutti gli interessanti documenti annessi in uno degli scialli di Elise. Mentre erano ancora indaffarati apparve un messaggero che aveva mandato van Leuwen. Partenza della carrozza per Witzenhausen entro un quarto d'ora!

«Moritz! Dove sei finito?» gridò Elise bussando alla porta.

«È impegnato in un addio strappalacrime» disse Grete facendo l'occhiolino. «La domestica sta piangendo disperatamente perché il "signorino" vuole già andarsene.»

«*Toujours les femmes!*» brontolò de LaTour. «Se vuole venire con noi, si deve liberare al più presto.»

A parte la povera Trude, nessuno in casa Thiedemann sembrò interessarsi alla loro partenza frettolosa. A passo svelto percorsero i vicoli, passarono davanti a San Giacomo, fino alla stazione di posta, dove a van Leuwen era riuscito di prenotare una carrozza per loro.

«Per il cane pagate il sovrapprezzo!» tuonò il cocchiere.

«Quale cane?»

«Be', quello nella carrozza.»

Fidibus aveva già preso posto su uno dei sedili e, agitato, aspettava che salisse anche la sua padrona.

«Non è nostro» sostenne de LaTour. «Buttatelo fuori!»

Elise si trovò davanti a una scelta difficile, ma lo sguardo supplichevole di quegli occhi color ambra era irresistibile.

«Sì, invece, appartiene a me, papà. Me lo porto a Kassel.»

De LaTour guardò van Leuwen con aria interrogativa, poiché era lui che pagava il viaggio. Daniel van Leuwen fece un profondo respiro indeciso, e osservò che alla dogana avrebbero avuto noie, poiché il cane non era stato menzionato nei documenti all'andata.

«Non posso lasciarlo qui» lo pregò Elise triste. «Ha già perso una volta il suo padrone ed è quasi morto di fame per il dolore che gli ha provocato.»

«Va bene» sospirò van Leuwen. «Ma non nella carrozza. Può camminare accanto.»

Fidibus dovette lasciare il suo posto, cosa che gli piacque poco. Ma poi corse con evidente piacere a volte dietro, a volte davanti alla carrozza. Ogni tanto si soffermava davanti a una pietra, a un albero o in un villaggio attraversato dalla carrozza, ma sempre, dopo poco, lo sentivano abbaiare contento una volta raggiunti.

Nella carrozza si discorreva con entusiasmo. Elise raccontò degli eventi che si erano svolti a Göttingen e Moritz si intromise per mettere debitamente in mostra il proprio ruolo; anche Grete, che perlopiù seguiva il discorso in silenzio, ogni tanto faceva qualche osservazione. Era molto dispiaciuta del fatto che il professor Thiedemann si fosse rivelato un imbroglione e sottolineò che con lui aveva potuto fare «discorsi molto interessanti». De LaTour e van Leuwen non poterono far altro che scuotere la testa. Nonostante tutto i due signori si dimostrarono molto colpiti dal racconto di Elise, soprattutto suo padre non si risparmiò con gli elogi.

«Anche se la faccenda si è sviluppata in modo diverso dal previsto, devo comunque ammettere che vi siete mossi con coraggio e intelligenza» osservò. «*Mon respect*, signor Liebermann. Senza la sua azione decisa queste inestimabili carte sarebbero perse per sempre.»

Moritz, che non aveva ritenuto necessario togliersi i vestiti dello studente Rübsamen, si inchinò da seduto e dichiarò con orgoglio che la faccenda era stata un «gioco da ragazzi» e non valeva la pena parlarne.

Poi van Leuwen e de LaTour raccontarono, ancora una volta, con tutti i particolari, come, al ritorno di de LaTour da Göttingen, avevano trovato lo scrittoio chiuso e vuoto, la serratura intatta, e anche la porta della biblioteca, le finestre, la terrazza prive delle tracce di un violento scassinatore. Anche i cani non avrebbero mancato di segnalare e fermare chiunque avesse fatto irruzione.

«Può essere stato soltanto qualcuno che conosceva bene il posto e che non era estraneo ai cani» disse van Leuwen per concludere il racconto.

«Misterioso» mormorò Moritz. «Un giardiniere? Un messaggero? Va a finire che era il ragazzo dei panini.»

«È escluso. I cani non lasciano entrare nessun estraneo in casa.»

«Dev'essere stato qualcuno che sapeva cosa cercava e dove cercare» disse Grete. «Innanzitutto, chi sapeva che lei stava scrivendo le sue memorie?»

De LaTour alzò le spalle.

«Solo gli amici più stretti» disse van Leuwen. «Ma io sono sicuro che nessuno dei miei amici sarebbe capace di un'azione simile. Perché poi?»

«È una domanda importante» disse Grete facendo l'occhiolino a de LaTour con uno sguardo furbo. «Chi avrebbe un motivo per procurarsi quei fogli?»

«*Mon Dieu!*» esclamò de LaTour. «Alcuni sarebbero felici se certi fatti che tramando ai posteri nei miei scritti non venissero menzionati.»

«In effetti» confermò van Leuwen angosciato. «Se ragioniamo così, allora il numero dei sospettati cresce all'infinito e i luoghi dove cercare si distribuiscono in tutta Europa.»

«Oh cielo!» si lamentò Moritz. «È come se fosse scoppiato un sacco di pulci e si dovessero radunare di nuovo tutte le bestiole, una per una.»

«Un paragone del tutto inadatto!» disse de LaTour indignato.

«Scusi, signor de LaTour! Mi è venuto così.»

Rimasero in silenzio per un po'. Ognuno rimuginava sul furto misterioso per conto proprio.

«Va a finire che è stato lui» disse infine de LaTour incupito. «Ci hanno lanciato un'esca con gli scritti del mio defunto amico e noi l'abbiamo bevuta subito, mentre le mie memorie sono ancora nascoste da qualche parte in casa. Forse addirittura nella scrivania di Thiedemann che lui ha difeso da noi con veemenza.»

«Io non credo» esclamò Elise. «Almeno Hans Christian non è colpevole del furto. Me lo dicono i miei sentimenti.»

Lo sguardo che le lanciò suo padre la zittì.

«Lasciati dire, *ma petite*, che il dio Amore in questo genere di cose di rado è un buon consigliere» spiegò.

«Lo saprai di certo, papà!» ribatté lei ostinata.

Ora l'atmosfera si era guastata una volta per tutte e i discorsi si interruppero. Moritz scivolava da una parte all'altra sul sedile rigido, poiché gli strattoni e il barcollio della carrozza non facevano bene alla sua schiena compromessa. Van Leuwen tirò fuori un libretto dalla borsa da viaggio e cercò di leggere un po' all'affievolirsi della luce del giorno. De LaTour stava seduto con le palpebre abbassate, però non dormiva, sembrava perso nei pensieri. Grete ed Elise guardavano fuori dal finestrino della carrozza, ma all'esterno nel crepuscolo non c'era molto da vedere oltre ai campi grigi e ai prati.

Dopo un po' la carrozza si fermò e il cocchiere aprì uno dei due sportelli.

«Siamo appena prima della dogana, signori. Tenete pronti i vostri documenti di viaggio e comunicate con onestà quel che c'è da sdoganare. Non ho voglia di trascorrere mezza nottata alla barriera per una salsiccia di Göttingen!»

«Non si preoccupi» disse van Leuwen con gentilezza. «Siamo preparati.»

Tutti cercarono i passaporti nelle borse, solo Moritz rimase fermo al suo posto e seguì le azioni degli altri con espressione angosciata.

«Sono davvero così scrupolosi?» chiese con prudenza.

«Non sarai mica senza passaporto?»

Moritz si grattò la nuca e borbottò che non aveva avuto tempo di farsi rilasciare le scartoffie.

«Costa parecchi soldi quel pezzo di carta...»

Ora a Elise fu chiaro come mai avesse percorso gran parte del tragitto a piedi. Aveva aggirato la barriera doganale e aveva camminato per i boschi.

«Niente passaporto?» disse de LaTour. «*Parbleu!* Ci farà rallentare.»

«Allora continuo a piedi.»

«Ora? Al buio? Con la schiena malata?» gridò Elise risentita. «Ah, Moritz! Mia madre non ti aveva dato i soldi per il viaggio? Cosa ci hai fatto?»

Esitava a parlare, ma siccome si vedevano già le lanterne della barriera doganale, confessò la verità. «La corsa con la diligenza l'ho pagata con quelli. E dovevo anche mangiare per la strada. Inoltre, avevo anche un paio di debiti urgenti da saldare.»

«Ecco!»

«Tua madre mi ha sorpreso all'ora di pranzo dicendomi che dovevo partire subito per Göttingen» si difese lui. «Mi ha contato i soldi in un borsellino, me li ha messi sotto il naso e mi ha detto che la diligenza sarebbe partita un paio di minuti dopo. Come potevo farmi rilasciare un passaporto? Ho fatto quello che mi chiedeva per pura magnanimità... Ah, già, mi ha dato una lettera per te, te la volevo consegnare già prima, ma non l'hai voluta...»

Sfece il nodo al suo fagotto e rovistò tra le camicie e i calzini per tirare fuori la lettera. «Stavo quasi per riportarla a Kassel...»

Elise mise via la lettera, poiché in quel momento la carrozza si era fermata alla barriera e due doganieri si stavano avvicinando con passo stanco.

«Controllo di confine, signori. Lasciate il regno di Hannover ed entrate nel territorio del principato d'Assia. I passaporti... Trasportate cibo, vino, alcolici, tabacco o merci particolari soggette a tasse doganali?»

Il doganiere non sembrò essere incline a grandi sforzi, teneva in alto la lanterna per illuminare l'interno della carrozza, mentre il suo collega ritirava i documenti di viaggio ed eseguiva un controllo.

«Quattro passaporti» annunciò al suo compare.

Il doganiere allungò il collo e contò.

«Uno, due, tre, quattro, cinque... Manca un passaporto!»

De LaTour si alzò in piedi dal suo sedile e penetrò il doganiere con lo sguardo.

«Come conta?» lo sgridò. «È ubriaco? Qui ci sono quattro persone!»

Rivolgendosi a lui lo aveva intimorito, un signore aristocratico stava parlando a un membro delle classi più basse. Il doganiere divenne insicuro e cominciò a contare un'altra volta.

«Mi perdoni, signore... io vedo cinque persone...»

«Cinque? Dove li ha gli occhi? Uno, due, tre, quattro!»

«Mi scusi, signore. Ha dimenticato di contare se stesso...»

Agitato, fece un passo indietro e trasalì perché dietro di lui si avvertì un ringhio minaccioso.

«Che ci fa questo cane?» volle sapere il suo collega.

«Non ne ho idea» affermò van Leuwen. «Non possediamo nessun cane.»

Fidibus brontolò di nuovo, aspettava che gli aprissero lo sportello della carrozza, poiché nel frattempo si era stancato.

«Sarà mica un lupo?» si intromise Grete fingendo un tono impaurito. «Ci sono lupi nei boschi?»

«Un lupo non è» disse il doganiere con voce leggermente tremolante. «Perlomeno sembra più un cane…»

«Forse un lupo mannaro?» domandò Elise abbassando il tono.

Il doganiere fece cadere la lanterna, si poteva vedere che era diventato pallido. Inoltre, dall'odore fu chiaro che aveva davvero buttato giù diversi bicchierini.

«Un… lupo mannaro?» balbettò terrorizzato. «Che Dio ci protegga dal male…»

«Che succede ora?» lo interruppe de LaTour arrabbiato. «Ci ridate i nostri passaporti? Vogliamo raggiungere Witzenhausen oggi stesso.»

«Su, fallo» disse il doganiere al collega. «La bestia ha degli occhi gialli che luccicano in modo strano. Non mi piace.»

De LaTour prese in consegna i documenti in silenzio e dette al cocchiere stupito il segno di andare avanti. Fidibus abbaiò adirato perché non lo avevano fatto salire sulla carrozza dalla sua padrona e corse loro dietro. Il suo tono rivelava che era un cane del tutto normale, ma siccome ora si stavano lasciando la barriera doganale alle spalle in velocità, nessuno si preoccupava più che potesse essere un mannaro. Prima della salita successiva Elise disse a suo padre di far fermare la carrozza, cosicché Fidibus potesse saltar su.

«Puzza come se avesse trascorso la giornata su un mucchio di letame» si lamentò de LaTour. «Mi piacerebbe sapere cosa dirà tua madre di questo ricordino di viaggio.»

«Potrai facilmente scoprirlo, se verrai a trovarci in atelier» affermò Elise.

Da quel momento in poi de LaTour si avvolse nel silenzio, solo ogni tanto spingeva il muso di Fidibus via dalle sue ginocchia.

A Witzenhausen la pensione Alla posta non aveva più stanze libere; dovettero girovagare un po' nella zona per trovare un alloggio per la notte, poiché la diligenza per Kassel non sarebbe partita prima della mattina presto. Alla fine, trovarono posto in una pensione isolata chiamata Corona e affittarono due stanze, una per Grete ed Elise, l'altra per van Leuwen e de LaTour. Moritz preferì un posto caldo sulla panca accanto alla stufa nella sala da pranzo. Il pasto fu portato loro in camera.

«Se il cane fa pipì nella stanza, c'è un sovrapprezzo.»

«Il mio cane è ben educato!» protestò Elise.

«Lo dicono tutti.»

Il grande letto con le tende sporche non ispirava molta fiducia, ma Elise e Grete erano così stanche che vi si accomodarono lo stesso. Mentre consumavano una porzione di zuppa con una crosta di pane secco e ogni tanto lanciavano qualche pezzetto a Fidibus, che se ne stava lì implorante, chiacchierarono ancora un po' tra loro.

«Penso davvero che sua madre non sarà contenta di questo cane» disse Grete.

Elise sapeva che Grete aveva ragione. A Charlotte non piacevano né i gatti né i cani, non era proprio amante degli animali.

«Pensavo che forse potrebbe acchiappare i topi nella dispensa» disse insicura.

A Grete andò di traverso la zuppa perché non poté trattenersi dal ridere.

«Potrebbe andare bene!» ridacchiò. «Chiuda il cane di notte nella dispensa, così la mattina troverà un cagnaccio sazio e un topo affamato.»

Elise non trovò l'osservazione divertente. Per come conosceva sua madre, l'incontro del giorno successivo sarebbe stato poco pacifico. Allora volle almeno leggersi in fretta la lettera prima di farsi vedere da Charlotte.

«Aspetta, Grete. Non spegnere ancora la candela.»

La lettera di sua madre era sigillata, cosa che meravigliò Elise, poiché non l'aveva spedita per posta, ma l'aveva affidata a Moritz. Forse lui non doveva sapere niente del contenuto?

Cara figlia mia,
poco dopo la tua partenza mi è giunto uno strano messaggio che mi ha messa in grande agitazione. Ho ricevuto uno scritto ignobile, che per me è compromettente al massimo grado e che si presume sia redatto da tuo padre. Il contenuto voglio risparmiartelo, non corrisponde a verità, tuttavia vi si elencano dettagli che possono essere noti solo a me e a tuo padre. In una lettera d'accompagnamento tuo padre pretende da me un pagamento di cinquanta talleri. Nel caso in cui non fossi disposta a farlo, minaccia di far stampare quelle righe e di metterle in circolazione a Kassel.
Con tutto quello che rimprovero a tuo padre – e non è poco – sono comunque propensa a pensare che nel caso di questo scritto infausto si tratti di un falso e che lui non ne sia l'autore. Siccome mi hai raccontato che le memorie di tuo padre gli sono state sottratte, ti prego di metterlo al corrente di questi eventi il più velocemente possibile. Che la pubblicazione di queste falsità sarebbe la fine dell'Atelier Rosen non devo certo venirtelo a dire.
Tua madre che ti ama tanto,
Charlotte Rosen

Elise non aveva ancora finito di leggere che si alzò di soprassalto, si gettò uno scialle sulla lunga camicia da notte e uscì in fretta dalla camera per andare a bussare alla stanza accanto.

«Papà, apri! C'è una lettera...» sussurrò agitata per non attirare l'attenzione degli altri ospiti.

«*Mon Dieu*, nel mezzo della notte! Siamo già a letto. Passala sotto la porta.»

Cosa combinavano quei due vecchi? Suo padre credeva che non avesse mai visto un uomo in camicia da notte? Arrabbiata infilò il foglio nella fessura tra la porta e la soglia e subito dopo sentì un cigolio, lo scricchiolio di una vecchia rete del letto e infine il leggero rumore di piedi nudi che si avvicinavano alla porta.

«La devi leggere subito!»

Si sentì un'imprecazione francese. La pietra venne sbattuta contro l'acciarino: ovviamente avevano già spento la candela e dovevano accenderla di nuovo.

«*Qu'est-ce qui se passe?*» chiese van Leuwen assonnato.

«*Une catastrophe!*»

I due parlarono in francese tra loro ed Elise, impaziente, tenne l'orecchio alla porta. Purtroppo, capì solo una parte della discussione.

«*C'est-ce que j'ai attendu tout le temps...*»

«*La police? Mais tu es fou! On va me couper la gorge...*»

«*Ça, dans tous les cas...*»

«*Grand merci, mon ami...*»

Alla fine non ce la fece più e bussò di nuovo. «Che facciamo adesso, papà? Si tratta dell'Atelier Rosen. Di mia madre!»

Per un breve istante ci fu silenzio. Poi sentì la voce calma di suo padre. «Ora dormiamo, Elise. Domani siamo a Kassel e troveremo una soluzione al problema. Fino a lì non una parola con nessuno. *Bonne nuit, ma fille.*»

Certo che ha i nervi saldi, pensò Elise avviandosi infreddolita nella sua stanza. Grete si era già addormentata da un po' e russava come un trattore. Elise scacciò il cane dal letto e si stese accanto a lei. A dormire ovviamente non c'era neanche da pensarci.

17

Si ritrovarono molto presto al piano di sotto, nella sala da pranzo. Già a quell'ora della mattina era tutto pieno di carrettieri che fumavano la pipa e bevevano il caffè. I pochi viaggiatori che avevano pernottato nella pensione poco confortevole si accalcavano sopra ai due tavoli: avevano fretta di fare colazione. Elise constatò che sia suo padre che van Leuwen avevano un aspetto piuttosto stanco; anche lei era distrutta, poiché in pratica non aveva chiuso occhio. Grete e Moritz, che ancora non sapevano niente dell'imminente catastrofe, si godettero il caffè e il pane imburrato, mentre Fidibus gironzolava per l'edificio.

Era impossibile parlare delle tristi novità a quella tavola imbandita, in mezzo a viaggiatori sconosciuti, per cui si limitarono a parlare del più e del meno, per poi partire, il più velocemente possibile, per la stazione di posta.

Il tempo era adatto al loro umore desolato, pioveva come Dio la mandava. Una diligenza in cui poter viaggiare tutti insieme non si trovava, avrebbero dovuto dividersi su due carrozze e il povero Fidibus avrebbe dovuto correre sotto la pioggia scrosciante accanto alla diligenza.

Gli andò bene che la carrozza in cui erano seduti la sua padroncina, Moritz e Grete rimase per due volte impantanata nel fango, così poté riposarsi, almeno finché il cocchiere e i passeggeri non ebbero liberato la vettura dal pantano.

Bagnati e infreddoliti raggiunsero la città di Kassel intorno all'ora di pranzo. Lì non era caduta nemmeno una goccia, le case e i vicoli erano illuminati da un bellissimo sole, il parco Karlsaue si era inverdito per l'arrivo della primavera e in Königsplatz c'era un gran viavai davanti ai negozi e alle botteghe.

Sembra tutto così tranquillo, pensò Elise angosciata mentre aiutava Grete a scendere dalla carrozza. *Eppure, da qualche parte in questa città c'è un disgustoso ricattatore disposto a distruggere la reputazione dell'Atelier Rosen. Cosa facciamo adesso?*

Un messaggero li aspettava davanti all'ufficio postale, doveva consegnare a Elise un messaggio del padre, la cui carrozza in tutta evidenza era già arrivata a Kassel, senza fastidiose interruzioni.

Alloggiamo al Re di Prussia. Verso le due io e Christian Daniel andremo a fare due chiacchiere all'Atelier Rosen. Bon courage!
Tuo padre

«Ora si fa seria, Lisetta» disse Moritz sogghignando e indicò Fidibus che si stava scrollando ancora tutto bagnato.

Non sai quanto seria, pensò Elise, ma per il momento rimase in silenzio, incamminandosi sulla strada per andare in Marktgasse insieme ai suoi accompagnatori. Come si aspettava, il negozio di vini Liebermann era chiuso, però di fronte, all'Atelier Rosen, c'era la signora Engelbrecht pronta a provare il nuovo cappello primaverile che aveva fatto abbellire.

«Eccovi finalmente!» disse Charlotte rapida tornando subito dalle clienti. Anche Babette e Therese, che avrebbero salutato volentieri con un abbraccio i ragazzi, si trattennero.

Nessun atteggiamento confidenziale finché c'era clientela in bottega!

«Ah, i viaggiatori di ritorno da Göttingen» gridò la signora Engelbrecht osservando gli abiti bagnanti e sporchi. «Allora, signorina Rosen? Ha trascorso un piacevole soggiorno? Si dice in giro che il giovane signor Thiedemann, al quale lei ha mostrato con entusiasmo la nostra bella Kassel, l'abbia invitata a Göttingen per farle conoscere più da vicino l'università e la spensierata vita studentesca...»

Elise evitò lo sguardo di rimprovero di sua madre. Ovviamente i chiacchieroni di Kassel si erano impegnati molto a sparlare del viaggio a Göttingen.

«Grazie per l'interessamento, signora Engelbrecht» ribatté Elise nel modo più dignitoso possibile. «Göttingen è una città molto bella, anche se non c'è paragone con Kassel. Se permette, salgo subito a cambiarmi, purtroppo al ritorno abbiamo preso un bel po' di pioggia...»

Fece un cenno gentile alla signora Engelbrecht e si recò in cucina con la valigia e la borsa da viaggio per poi salire nella stanza. Grete la seguì, così fecero Moritz e Fidibus, fanalino di coda. La porta della cucina si chiuse e la nonna aprì le braccia felice per stringere a sé Elise. Poi dall'atelier risuonò un grido.

«Elise!»

«Se n'è accorta ora» sussurrò Grete.

«Sì, mamma?»

«Che animale è questo?»

«Un cane, mamma.»

«Che ci fa qui?»

Elise avrebbe potuto dare uno schiaffo a Moritz per come se la sghignazzava, beffardo.

«L'ho portato da Göttingen, mamma. Da ora in poi farà la guardia all'atelier. Saprai di certo che di notte girano spesso ladruncoli e malintenzionati.»

Non seguì nessuna risposta, si sentì soltanto la voce della signora Engelbrecht: desiderava un fiore giallo al posto di quello rosso sul cappello. Charlotte aveva forse avuto d'un tratto la sensazione che, considerata la minaccia di un ricattatore, un cane da guardia potesse essere utile? Oppure stava solo aspettando che la cliente lasciasse la bottega per pretendere che il cane venisse buttato fuori di casa?

«Ah, ragazza!» disse la nonna recuperando l'abbraccio interrotto. «Che bello che tu sia di nuovo con noi. E per la faccenda del cane fai fare a me.»

Fidibus si era accorto subito che davanti a lui c'era la signora della cucina, dispensatrice di piatti squisiti, così si sedette educato e la guardò, pieno di aspettative.

«Sembra proprio morto di fame, il poveretto. E che begli occhi che ha…»

La nonna in ogni caso era già conquistata; nell'eventualità in cui Charlotte avesse davvero voluto dar via il cane, si sarebbe imbattuta in una resistenza doppia. Sollevata, Elise si affrettò a salire le scale, si tolse i vestiti bagnati, si lavò e tornò in cucina pulita e ben pettinata. Nel frattempo, era stata apparecchiata la tavola, la zuppa era pronta, c'erano anche carne, verdure e patate. Moritz era già seduto con il cucchiaio in mano, accanto a lui Therese, che aveva portato uno scaldaschiena fatto a maglia per il suo povero tesorino. Grete e Babette stavano arrivando in quel momento in cucina dall'atelier e, infine, anche Charlotte prese posto.

«Dov'è il cane?» domandò a Elise severa.

«Sotto al tavolo, mamma.»

«Cosa pensi di fare portando qui questo grosso animale? Abbiamo già abbastanza bocche da sfamare.»

«Porgimi il piatto, Charlotte» la interruppe la nonna con forza. «E non fare tante scene. Finché ci sono io in cucina, nessuno dovrà soffrire la fame in questa casa.»

Charlotte rimase in silenzio; a quanto pareva, non era in vena di discussioni. Elise poteva ben capirlo, viste le preoccupazioni che la tormentavano.

«Che bello che siamo di nuovo tutti insieme» disse Moritz rallegrandosi mentre mangiava con fervore la zuppa. «Mi è mancato quando ero a Göttingen.»

Tutti furono d'accordo con lui, perfino Charlotte annuì soddisfatta. Elise era sui carboni ardenti. Subito dopo mangiato doveva annunciare la visita imminente. Di come avrebbe reagito Charlotte non c'era certezza, in ogni caso il messaggio l'avrebbe messa in grande agitazione.

Ma, quando Elise fece il suo annuncio con tono innocente, furono soprattutto gli altri a mettersi in ansia. Che incontro emozionante, dopo così tanti anni! Therese dovette usare il fazzoletto, Babette sorrise beffarda, come al solito, e Moritz spiegò con zelo che il signor de LaTour lo "vedeva di buon occhio". Solo nonna Anna rimase seria e annuì a Elise, sollevata. Quindi sua madre aveva mostrato anche a lei la lettera del ricattatore. Charlotte accolse la notizia in silenzio, il suo volto non mostrava né spavento né sollievo, i sentimenti contrastanti che dovevano averla assalita li tenne per sé.

Come voleva la sfortuna, proprio verso le due l'atelier si riempì di diverse clienti che volevano dare un'occhiata alle cuffiette e ai guanti di pizzo e chiacchieravano tra loro. L'arrivo di due signori anziani ben vestiti suscitò un po' di scalpore; li guardarono con curiosità e si scambiarono espressioni cariche di significato.

«*Bonjour mesdames*» disse de LaTour mentre si toglieva il cappello ed eseguiva un leggero inchino. «Che gioia per il mio cuore trovare in questo bel posto uno stuolo di affascinanti gentildonne.»

L'effetto fu sorprendente. Le signore arrossirono e ringraziarono per il complimento con educazione, mentre ognuna cercava di mettersi davanti alle altre. Elise conosceva l'effetto che suo padre ancora esercitava sul genere femminile, temeva solo che Charlotte avrebbe apprezzato poco il vecchio talento del "Chevalier du Croix Blanc".

Considerata la difficile situazione, Moritz se ne uscì con una delle sue rare trovate. Arrivò correndo dalla cucina, si inchinò e salutò i due visitatori. «Se i signori vogliono seguirmi» disse con orgoglio. «Prego, da questa parte. Di sopra possiamo discutere indisturbati dei nostri affari.»

Così le pettegole, che non avrebbero mancato di spargere la voce, per il momento erano state attratte su una pista sbagliata. Elise e sua madre servirono le clienti in tutta calma e aspettarono che tutte avessero lasciato l'atelier per poi salire insieme le scale. Di sopra Moritz andò loro incontro con una smorfia soddisfatta, forse aveva approfittato della situazione per mettersi in buona luce con colui che desiderava diventasse suo suocero.

«Non voglio essere d'intralcio a questa commovente riconciliazione» fece una smorfia e passò loro accanto per andare di sotto.

Davanti alla porta del "salotto buono" Elise prese in fretta la mano di sua madre e la strinse forte. Oddio, la mano di Charlotte era gelida. Non era il massimo, quel primo nuovo incontro avveniva sotto una così cattiva stella. Charlotte tirò via la mano con stizza e spinse giù la maniglia.

De LaTour era in piedi alla finestra e guardava la strada di sotto, mentre van Leuwen aveva preso posto su una delle piccole poltrone e annotava qualcosa nel suo libretto. Quando le due donne entrarono saltò in piedi, mentre de LaTour si girava verso di loro a fatica.

«Perdoni l'intrusione, stimata signora Rosen» disse van Leuwen con un inchino cortese. «Sono Christian Daniel van Leuwen da Francoforte e sono da molti anni amico del signor de LaTour. Non è certo mia abitudine presentarmi in modo inopportuno, come uno sconosciuto, solo che le circostanze...»

«Rimanga pure a posto» ribatté Charlotte calma. «Se non erro, ci conosciamo, signor van Leuwen. Tuttavia, è passato un bel po' di tempo da quando ci siamo incontrati qui a Kassel.»

Van Leuwen sorrise lusingato. Ovviamente, all'epoca era stato insieme a de LaTour alla corte del re Jérôme e di sicuro aveva conosciuto anche lui la modista Charlotte Rosen.

«Be', gli anni sono passati non senza lasciare traccia» disse. «Mi lusinga che mi riconosca dopo così tanto tempo.»

Charlotte annuì e volse lo sguardo verso de LaTour, che era ancora fermo alla finestra e la guardava con attenzione. Per un breve momento si scrutarono, poi fu de LaTour a distogliere lo sguardo rivolgendolo al pavimento.

«Nel caso in cui ti fosse difficile riconoscere in questo vecchio dai capelli bianchi che ti sta di fronte il Chevalier du Croix Blanc di una volta...» cominciò lui, poi dovette schiarirsi la voce.

Ma Charlotte non gli lasciò il tempo di finire la frase. «Lasciamo perdere questo e veniamo alle questioni importanti» disse con freddezza indicando una poltrona vuota. «Prendi posto. Ho portato Elise, poiché io con mia figlia non ho segreti e do molto valore ai suoi consigli.»

Era una novità per Elise. Fino a quel momento sua madre aveva coperto volentieri il passato con il mantello del silenzio e che ascoltasse i consigli di sua figlia era un'esagerazione.

De LaTour si avvicinò alla poltrona che gli era stata offerta e non fece alcuna smorfia nel mettersi a sedere, sebbene Elise sapesse che i reumatismi lo tormentavano. Tutti gli uomini erano vanitosi e suo padre non faceva eccezione.

«E per gli stessi motivi mi accompagna l'amico Daniel van Leuwen» prese parola de LaTour, dopo che si fu sistemato a sedere. «È coinvolto in tutto e per me i suoi consigli sono importanti.»

«Eccellente» disse Charlotte. «Allora per prima cosa vorrei sapere che cosa contengono queste memorie infauste.»

Aveva parlato a bassa voce, ma un tono minaccioso vibrava di sottofondo e tutti gli sguardi si rivolsero verso de LaTour.

«Be', in pratica ho messo in forma scritta gli eventi della mia vita movimentata...» cominciò lui con prudenza.

«Nei quali menzioni anche me?» lo interruppe Charlotte.

«Certo. Ti ho dedicato un intero *chapitre*, poiché tu nella mia vita hai avuto un ruolo indimenticabile, mia cara. Sono stati momenti meravigliosi, quelli che noi due...»

«Bando alle ciance!» gridò Charlotte ribollendo di rabbia. «Se hai veramente scritto i dettagli intimi che potrebbero rendermi uno zimbello per l'intera città, allora con questo dimostri per l'ennesima volta il tuo carattere, egoista e spregevole. Oh, vorrei davvero non averti mai incontrato!»

«Mamma!» proruppe Elise. «Ti prego. Non siamo qui per offenderci a vicenda. Dobbiamo trovare una soluzione, solo questo è importante.»

«Non ti intromettere, Elise!»

Charlotte, infuriata, andò alla porta per controllare se ci fosse qualcuno che ascoltava di nascosto. Si sentirono dei passi sulla scala, a chi appartenessero era impossibile stabilirlo. Charlotte richiuse la porta con un forte colpo e si rivolse a de LaTour.

«Nonostante tutto non ritengo che tu sia il mittente di questo ricatto mostruoso…»

«Ti ringrazio per il bel pensiero» replicò lui con dolcezza. «Come spiegazione posso aggiungere che il manoscritto mi è stato sottratto in modo inspiegabile due settimane fa. Più precisamente: qualcuno l'ha rubato.»

«Questo lo so. E chi è stato?»

«Piacerebbe saperlo anche a noi, signora Rosen» disse van Leuwen. «Siamo alla disperata ricerca del ladro e ci dispiace infinitamente che lei sia stata coinvolta in questa brutta storia.»

Charlotte quasi non lo aveva ascoltato, poiché stava ancora fissando de LaTour con sguardo adirato.

«È vero anche questo. Tu hai messo su carta questi miseri scarabocchi. Mi sono diventate rosse le guance dalla vergogna quando ho letto quelle descrizioni.»

A quel punto de LaTour credette nonostante tutto di doversi difendere, soprattutto perché il suo orgoglio di scrittore era stato ferito.

«Vorrei sottolineare che io ho scritto quel significativo *chapitre* con grande rispetto e utilizzando un linguaggio con pretese letterarie. La definizione di "scarabocchio" a mio parere è molto inadeguata, cara Charlotte.»

«Chiamalo come ti pare» gridò lei risentita. «Quel che ho letto mi ha disgustata. C'è mancato poco che strappassi a brandelli quell'opera rozza e la gettassi nella stufa.»

«Ha tutta la mia comprensione per la sua rabbia, signora Rosen» disse van Leuwen per cercare di calmare gli animi. «Tuttavia, la prego, prima di cacciarci in un inutile litigio, di sottoporre al mio amico Charles François lo scritto che ha ricevuto. Potrebbe anche essere che il ricattatore si sia inventato il testo.»

«Su questo ha ragione, mamma» disse Elise, che aveva avuto lo stesso pensiero.

Non sembrò essere facile per Charlotte soddisfare quel desiderio, ma alla fine prese un cassetto della scrivania, lo mise da parte e poi tirò fuori con un cordino un secondo cassetto segreto che si nascondeva dietro. Dentro c'erano due fogli, uno coperto di righe strette, scritte in piccola calligrafia, l'altro con poche frasi. Il primo lo porse a de LaTour, il secondo se lo tenne.

Adesso papà potrebbe giustificarsi splendidamente e spiegare che non ha mai scritto questa cosa o quell'altra, pensò Elise aspettando tesa per capire come si sarebbe espresso de LaTour sul testo. Aveva tirato fuori gli occhiali e si alzò per andare con il foglio in mano alla finestra, dove la luce era migliore. Gli altri aspettarono in silenzio finché non ebbe finito di leggere; si tolse gli occhiali e li guardò.

«Posso constatare che colui che ha ricopiato questo testo dal mio manoscritto ha proceduto con molta precisione: corrisponde parola per parola all'originale.»

«Peggio ancora!» disse Charlotte incupita. «Ma non mi aspettavo niente di diverso.»

De LaTour tornò alla poltrona e, arrabbiato, lanciò il foglio sul tavolo.

«Allora adesso è chiaro. Questo ricattatore disgustoso si trova davvero in possesso del manoscritto» continuò van Leuwen con i suoi sforzi per portare avanti la faccenda. «Adesso, cara signora Rosen, sarebbe disposta a consegnarmi un momento anche l'altro scritto, cosicché possa leggerlo?»

«Se lo ritiene necessario.»

Elise, che non aveva visto né l'uno né l'altro, si alzò per guardare da sopra la spalla di van Leuwen.

Spettabile signora,
il testo qui allegato lo scrissi nel tenero ricordo delle dolci ore trascorse con lei, mia amata Charlotte, e lei riconoscerà senza dubbio che corrisponde tutto a verità fino al più piccolo dettaglio. Accarezzo l'idea di far stampare queste righe aggraziate per metterle in circolazione a Kassel. Con un pagamento di 50 talleri, tuttavia, sono disposto a sottrarmi da questa intenzione. Aspetto il suo accordo nella forma di un annuncio sul Messaggero di Kassel. *Pubblicizzi guanti di merletto con le parole: «La raffinata mano della gentildonna».*
Le farò sapere in seguito come procedere.
Charles François de LaTour

«Che impertinenza!» si agitò Elise. «Come ti è arrivata questa lettera, mamma? L'ha consegnata un messaggero?»

«Era tra le lettere che ho ritirato all'ufficio postale. Ovviamente senza mittente» rispose Charlotte. «Avrei fatto meglio a buttarla via, purtroppo la curiosità mi ha portata ad aprirla.»

«Posso vederla un attimo?» chiese de LaTour.

«Prego!»

Van Leuwen passò il foglio a de LaTour, che lo scorse rapidamente e poi lo gettò sul tavolo.

«*C'est perfide! Quel imposteur!*»

«Cos'ha in mente di fare?» gli rivolse la parola Charlotte.

Aggrottò la fronte e guardò il suo amico van Leuwen con aria interrogativa.

«Mi chiedo se sia davvero disposto a mettere in atto la sua minaccia.»

«Si scoprirebbe se ci rifiutassimo di pagare» disse van Leuwen.

«Non posso tentare la sorte!» gridò Charlotte risentita. «Se questa opera rozza e disgustosa venisse davvero pubblicata, dovrei chiudere l'atelier e lasciare la città.»

«Allora resta soltanto l'alternativa di pagare la somma» constatò de LaTour.

Charlotte lo trafisse letteralmente con lo sguardo e lui questa volta sopportò in silenzio. Per un qualche motivo sembrava perfino piacergli vederla così adirata.

«Allora dovresti sborsare tu, François» pretese lei. «Io quei soldi non ce li ho.»

«Purtroppo non li ho nemmeno io, *ma chère*» ribatté lui sorridendo a Charlotte.

Si rallegrava perché Charlotte per la prima volta lo aveva chiamato per nome? Oppure sorrideva per l'imbarazzo, poiché le aveva confessato la sua completa mancanza di mezzi? In ogni caso, Charlotte prese malissimo il suo sorriso, si infuriò ancora di più.

«Allora fatti venire in mente qualcosa!» pretese. «E possibilmente prima che il ricattatore si accinga a rovinare me e l'Atelier Rosen.»

«Non ho in mente niente di diverso, Charlotte» disse lui con gentilezza. «Poiché probabilmente siamo entrambi dell'idea che sia meglio non delegare la faccenda né alla polizia né alle autorità cittadine...»

Charlotte non disse niente, ma sia lei che Elise sapevano che de LaTour aveva ragione. A Kassel poliziotti e funzionari non erano inclini alla riservatezza, il testo sarebbe passato di nascosto di mano in mano e alla fine il suo contenuto sarebbe circolato in tutta Kassel anche senza il contributo del ricattatore.

«… Allora siamo costretti a cavarcela da soli» continuò de LaTour. «Per questo propongo di pubblicare l'annuncio e aspettare di vedere cosa succede.»

«Cosa deve succedere?» chiese Charlotte alzando le spalle. «Riceveremo una lettera in cui lui ci comunica dove fargli pervenire la somma.»

«Giusto» disse van Leuwen. «E in quell'occasione lo acciufferemo.»

Charlotte lanciò un urlo in tono beffardo. «Un'idea eccezionale!» gridò. «Ma se fallisce, si infurierà e metterà in atto la sua minaccia. E chi dovrà sopportare le conseguenze? Ovviamente io.»

«Mia cara Charlotte» disse de LaTour con tono persuasivo. «Ti assicuro che anch'io ho il più grande interesse a riavere il manoscritto tra le mani. Perciò ce la metterò tutta per scombinare i piani di questo ceffo.»

Ma le sue parole, pronunciate con le migliori intenzioni, mancarono l'obiettivo.

«Ti proibisco di chiamarmi "cara Charlotte"» lo rimproverò lei adirata. «C'è in gioco la mia esistenza! Tu, invece, cosa avresti da perdere?»

«Il mio onore.»

«Il tuo onore?» gridò lei beffarda. «Non farmi ridere!»

Elise vide che ora anche il volto di de LaTour si infiammava di rabbia e guardò verso van Leuwen in cerca d'aiuto. La faccenda non aveva alcuna via d'uscita, i suoi genitori stavano per litigare una volta per tutte.

«Stimata signora Rosen» disse van Leuwen con voce pacata. «Penso che ora dovremmo terminare questa conversazione. La prego seriamente di riflettere sulla nostra proposta perché anch'io sono dell'idea che potrebbe funzionare. Va da sé che la decisione spetta solo a lei. Nel caso in cui avesse qualcosa da comunicarci, ci trova al Re di Prussia.»

Il congedo avvenne da entrambe le parti con fredda cordialità. Elise accompagnò van Leuwen e suo padre alla porta dell'atelier, si fecero l'un l'altra un cenno con la testa e i due signori presero la strada per Königsplatz.

«Allora, Lisetta?» chiese Moritz curioso, quando lei rientrò in cucina. «È durato un bel po'. Abbiamo forse un matrimonio da celebrare?»

«Se hai trovato una stupida che ti prende... Andiamo!» ribatté lei arrabbiata.

18

Per il resto del pomeriggio Charlotte rimase come al solito in atelier a servire le clienti, che quel giorno furono particolarmente numerose. Si fecero mostrare cappelli, guanti e ogni genere di cianfrusaglie, ma comprarono poco; in compenso coinvolsero Charlotte ed Elise nelle loro conversazioni. Come per caso si lasciarono sfuggire questo o quel commento, osservarono la reazione e si scambiarono sguardi consapevoli, così non fu difficile indovinare perché fossero venute. La voce della visita in atelier dei due signori si era sparsa alla velocità della luce e, a quanto pareva, una delle clienti più anziane aveva riconosciuto sia de LaTour che van Leuwen. Il periodo in cui il re Jérôme teneva corte a Kassel era passato ormai da vent'anni, ma era lontano dall'essere dimenticato.

Durante la cena al tavolo della cucina regnò un silenzio inusuale. Charlotte era sfinita, la domanda curiosa di Therese, che chiedeva di cosa si fosse parlato di sopra, fu la goccia che fece traboccare il vaso.

«Fatti gli affari tuoi, Therese!»

«Mi perdoni, signora Rosen…» sussurrò lei alzando le spalle intimorita.

Siccome la signora era palesemente di cattivo umore, nessuno osò proporre dei giochi serali e andarono a letto presto.

Anche Elise salì e aspettò che sua madre si mettesse a dormire, ma Charlotte rimase ancora un po' in cucina con la nonna. Solo Fidibus graffiava con ostinazione alla porta della stanza di Elise, tanto che alla fine lei si alzò sospirando e lo fece entrare.

«Qui sullo scendiletto è il posto per i cani» gli ordinò. «E guai a te se stanotte cerchi di salirmi sul letto!»

La guardò con i suoi occhi di cane fedeli e pieni di devozione e si accomodò dove indicato. Ma lei lo conosceva bene, sapeva che avrebbe approfittato di ogni occasione per procurarsi un giaciglio più comodo.

Quando alla fine Charlotte fu andata a letto, Elise si affrettò ad attraversare il corridoio e bussò alla porta della sua camera.

«Preferisci rimanere da sola o possiamo parlare, mamma?» chiese con prudenza.

«Entra.»

Charlotte era ancora seduta sul letto, tutta vestita; a giudicare dal suo aspetto, nel frattempo aveva preso una decisione.

«Ascolta, Elise: domani vai al Re di Prussia e dici a tuo padre che deve darmi i soldi per pagare il ricattatore.»

Oh, cielo! E ora cosa si era inventata.

«Ma mamma! Non li ha.»

«Allora dovrà procurarseli» disse Charlotte con indifferenza. «È colpa sua se sono in questa situazione spiacevole, quindi è lui che deve farsene carico.»

«Ma è povero in canna.»

«Non hai detto che il suo amico van Leuwen è benestante? Be', allora dimostrerà la sua amicizia e gli presterà cinquanta talleri.»

«Intendi gli regalerà...»

«È lo stesso» disse Charlotte testarda. «Deve procurarmi i

soldi, almeno la questione sarà risolta. E poi non voglio più rivedere quelle persone in vita mia.»

Com'era infuriata! La speranza segreta di Elise che i suoi genitori potessero riconciliarsi sprofondò in un baratro. Questa faccenda sventurata aveva rovinato tutto.

«Non so se sia giusto, mamma» disse. «Se paghi la somma, il ricattatore potrebbe avanzare altre richieste.»

«Perché dovrebbe farlo se ottiene il denaro?»

«Perché ti ha in pugno finché possiede il manoscritto.»

Charlotte, arrabbiata, passò la mano sulla coperta come se volesse cancellare il dubbio di Elise. «Pagare è l'unica soluzione ragionevole, Elise. E basta con le iniziative, lo pretendo espressamente! Per nessuna ragione mi abbandonerò alla folle idea che hanno partorito tuo padre e il suo amico. Di' anche a quei due che non devono più venire all'atelier. Avrai sentito che le clienti ora già muoiono dalla curiosità e di sicuro diffonderanno ogni genere di voce sul mio conto.»

Non era possibile parlare con lei in modo ragionevole, perciò Elise dichiarò di voler riferire tutto fedelmente al padre il giorno dopo, di prima mattina, la abbracciò con tenerezza e nonostante tutto le augurò la buonanotte.

Elise aveva creduto di non poter prendere sonno a causa delle grandi preoccupazioni, ma non fece in tempo a mettersi a letto che scivolò nel profondo dei sogni. Fu svegliata dai graffi alla porta, si sedette sul letto e constatò che cominciava a farsi giorno. Fidibus era alla porta e la guardava implorante.

«Devi proprio uscire, eh?» mormorò lei alzandosi per aprire a Fidibus. Di sotto, in cucina, la nonna era indaffarata, stava preparando il caffè; avrebbe fatto uscire lei il cane in giardino. Andò alla finestra sbadigliando, spostò un po' la tenda da parte e si mise a spiare la strada di sotto, dove già le prime donne e i servitori andavano alla fontana con i recipienti per l'acqua. Stava per prendere una camicia pulita dall'armadio, quando sobbalzò. Dalla cucina risuonò un grido.

Spaventata, uscì in fretta dalla stanza, si scontrò nel corridoio con Charlotte, dal piano di sopra arrivò Moritz correndo scalzo, in camicia da notte.

«Che succede ancora?»

In cucina c'era la nonna, esterrefatta davanti alla porta della dispensa. Dall'interno della piccola stanza si sentiva ringhiare con rabbia e sbuffare forte.

«Eccoci» gridò Charlotte. «Invece di proteggerci dai ladri, si avventa sulle nostre provviste. Il cane deve subito uscire da...»

«L'ha mangiato» disse la nonna. «Ingoiato in un sol boccone. Mi sento mancare...»

«I pezzi di lardo forse? O proprio il burro, che è così caro?» volle sapere Charlotte.

«Maledetto, le salsicce affumicate!» si lamentò Moritz.

«Via da lì, Fidibus!» ordinò Elise cercando di tirare il cane fuori dalla dispensa per la coda.

«Ma no!» gridò nonna Anna e dovette mettersi a sedere su una sedia. «Ha mangiato il topo. Sono nella dispensa per prendere la marmellata sulla mensola, mi sfreccia accanto come un fulmine, tanto che mi devo tenere al telaio della finestra. Un balzo e l'aveva preso.»

«Il topo? Ha mangiato il topo?» si stupì Charlotte.

«Che schifo» disse Moritz disgustato.

«Spero fosse già morto» disse Elise angosciata.

«Questo non lo so» dichiarò la nonna. «In ogni caso non c'era più.»

«Bravo cagnaccio!» osservò Moritz recandosi nella dispensa, dove Fidibus stava sempre ringhiando e sbuffando. Il cane cercò di infilare il muso sotto una delle mensole più basse, ma non andò molto lontano perché era troppo vicino al pavimento. Quando sopraggiunse Moritz, cominciò a guaire, agitato.

«Ecco!» esclamò Moritz inginocchiandosi sul pavimento. «Dammi la luce, nonna. Credo che abbia trovato il buco da dove è entrato il topo.»

La candela che Charlotte accese lo illuminò: una fessura nel muro aveva permesso al topo di entrare nella dispensa. Moritz cominciò a togliere le pesanti pentole di ceramica con ogni genere di conserve dalla mensola dello scaffale, ma non fece in tempo ad alzarla che Fidibus infilò il naso eccitato nella tana del topo. Elise dovette chiuderlo a forza fuori dalla stanza, cosicché Moritz potesse tappare il buco.

«Be', allora» disse Charlotte. «Finché acchiappa solo topi, per quanto mi riguarda può rimanere. Ora vestiamoci, così non dobbiamo ricevere la clientela in camicia da notte.»

Nel frattempo anche Babette, Therese e Grete erano arrivate dalle loro camere e, mentre bevevano il caffè e mangiavano pane con burro e marmellata, parlarono con entusiasmo dell'avvenimento mattutino. Fidibus collezionò lodi, Grete gli accarezzò le orecchie, Therese parlò dei suoi begli occhi e perfino Babette trovò che Fidibus fosse adatto all'Atelier Rosen. La nonna gli mise sotto al tavolo gli ossi con cui il giorno prima aveva preparato la zuppa, ma Fidibus disdegnò l'offerta e preferì elemosinare un pezzo di pane imburrato dalla padrona.

Dopo colazione Charlotte prese sua figlia da parte e le ricordò il compito che le aveva assegnato la sera prima. «Appena avrò ricevuto i soldi, per quanto mi riguarda può ripartire per Francoforte» aggiunse.

Elise tenne per sé i propri pensieri, si mise un cappello grazioso e si avvolse in uno scialle, poiché il vento primaverile soffiava freddo nei vicoli.

«E non ti trattenere troppo, c'è un mucchio di lavoro in atelier!»

«Sì, mamma.»

Elise percorse Marktgasse pensierosa fino alla chiesa di San Martino, poi si girò per essere sicura che la madre non fosse davanti all'atelier per guardarla e svoltò a sinistra in una strada secondaria. Aveva preferito non spiegare alla madre che de La-Tour a quell'ora era sempre a letto e che minimo faceva colazione verso le dieci. Così aveva abbastanza tempo per fare prima una breve visita a Sybilla, che non aveva visto per un'intera settimana.

In Carlstrasse fu accolta da Baptiste con grande gioia. «Che Dio la benedica, signorina Rosen» disse l'anziano maggiordomo. «Ma entri. La mia giovane padrona ha appena fatto colazione e con lei c'è suo marito. La annuncio subito.»

La accompagnò in sala da pranzo, dove la coppia di coniugi era ancora seduta a tavola; probabilmente stavano parlando di questioni serie, poiché la loro espressione era preoccupata quando Baptiste aprì la porta per annunciare l'ospite.

«Elise!» esclamò Sybilla tendendo le braccia verso l'amica. «Sei tornata dalla bella Göttingen. Bentornata a Kassel.»

Nonostante la gravidanza aveva un aspetto fragile che dipendeva dal pallore della sua pelle e dalle occhiaie che le circondavano gli occhi. Quando Elise abbracciò l'amica con tenerezza, Sybilla le sussurrò: «Sono così contenta che tu sia di nuovo qui, Elise!».

Oddio. Forse la salute del colonnello, il padre di Sybilla, era peggiorata? Era per questo che erano entrambi molto preoccupati?

Anche Johann Georg si rallegrò della visita. L'espressione seria scomparve dal suo volto, si alzò per salutare la sorellastra

Elise, le sistemò una sedia e incaricò Baptiste di ordinare del caffè fresco in cucina.

«Ora racconta un po' cosa ti è piaciuto di Göttingen» la incoraggiò lui. «Lo studente che tuo padre aveva portato con sé a Kassel ti ha fatto vedere la città universitaria? Purtroppo, non abbiamo avuto occasione di conoscerlo, ma da quello che se ne sente sembra essere un uomo discreto.»

«Chi ti ha parlato di lui?» domandò Elise fingendo indifferenza.

Johann Georg rise e raccontò di essere stato alla libreria di Appel con Sybilla; lì lo studente di Göttingen doveva aver intavolato conversazioni appassionate, poiché il signor Appel ne era rimasto molto impressionato.

«Hanno parlato soprattutto di Jacob Grimm che ora insegna a Göttingen all'università. Il bibliotecario Grimm, quando viveva ancora a Kassel, era un buon cliente di Appel» aggiunse Sybilla sorridendo.

«Allora accompagni tua moglie a fare passeggiate?» domandò Elise al fratellastro. «È bello da parte tua, Johann Georg.»

Le lanciò un'occhiata, poiché non gli piaceva che credesse palesemente che lo faceva solo perché glielo aveva fatto notare lei. «Siccome tu hai piantato in asso la tua amica in modo così vergognoso, Elise, non mi restava nient'altro da fare» scherzò lui accarezzando con amore Sybilla sulla spalla.

«Oh, sì, deve aver sofferto parecchio, Elise» rise Sybilla. «Ho visitato tutte le librerie di Kassel e lui ha aspettato paziente finché non ho portato a termine i miei acquisti.»

Johann Georg si unì bonariamente alla risata delle due donne. Era poco interessato ai libri e lasciava volentieri la lettura a sua moglie. Lui si dedicava anima e cuore al servizio militare, aspirava con ambizione al rango di capitano di cavalleria e allo stesso tempo coltivava la sua passione per la caccia che, tuttavia, adesso che era primavera, doveva essere sospesa.

«Per il resto, ho buone notizie per Moritz Liebermann» cambiò argomento Johann Georg.

«Buone notizie? Sentiamo.»

«Abbiamo ottenuto che la settimana prossima possa riaprire il negozio di vini» riferì Johann Georg. «Non è stato proprio facile per me intercedere per lui, ma cosa dovevo fare? È l'unica possibilità di riavere indietro almeno una parte del denaro prestato. Per favore riferiscigli che questa è stata la prima e l'ultima volta. Non metterò ancora in gioco la mia buona reputazione.»

Parlando si era fatto un po' prendere dalla rabbia e ora tratteneva il respiro; si sentì in colpa guardando il volto afflitto di Sybilla e le prese la mano. «Perdonami, cara. So che è il tuo buon cuore che ti ha spinta a questo passo incosciente e non voglio neanche rimproverartelo. Tuttavia, ce la metterò tutta per minimizzare la perdita, è mio dovere di marito.»

Con ciò si alzò e chiese scusa, doveva per forza congedarsi. «Il dovere chiama» disse sorridendo. «Penso che voi due ve la caverete anche senza di me. Ho ragione, Elise?»

«È possibile» ribatté lei con un sorriso compiaciuto.

Baciò Sybilla per salutarla, diede la mano a Elise e se ne andò.

Adesso che era sola con l'amica, Elise le domandò con compassione come andasse, se fino a quel momento la gravidanza le avesse arrecato disturbi e se suo padre fosse in forze.

«Va tutto al meglio, Elise. Solo tu mi sei terribilmente mancata. Ma perdonami, sono egoista. Spero tu sia stata bene a Göttingen.»

Sollevata, Elise cominciò a raccontarle del viaggio. Descrisse con serenità la fatica di spostarsi con la diligenza, raccontò dei monumenti della città di Göttingen e del filo che il professor Gauss aveva teso sulla città per trasmettere messaggi.

«Hai fatto esperienze di ogni tipo, mia cara» si stupì Sybilla. «Che peccato che non abbia potuto partecipare, sarei venuta molto volentieri con te a Göttingen. Sono rimasta a Kassel e ho pensato a ogni genere di belle cose per noi due. Sai quale pazza idea non sono riuscita a togliermi dalla testa?»

«Un viaggio nella lontana terra delle piramidi» suppose Elise ridendo. «O forse addirittura in America?»

«Niente di tutto ciò, amica cara» disse Sybilla sorridendo. «Ho un'immagine felice e placida davanti agli occhi: nella mia fantasia eravamo entrambe sedute sulla panchina di un giardino sotto una siepe di rose in fiore e intorno a noi giocavano i nostri bambini. Ah, mi piacerebbe tanto se anche tu ti sposassi e potessi provare la gioia di essere madre.»

Elise scosse la testa davanti a quel genere di fantasie. Non aveva alcuna voglia del calore di un matrimonio felice, tantomeno di bambini.

«Per questa bella immagine purtroppo c'è poca speranza, Sybilla, perché io non mi sposerò mai» ribatté con decisione, poi aggiunse conciliante: «Ma io so già da ora che amerò i tuoi figli come fossero miei».

Sybilla non era soddisfatta della risposta, ma per il momento rimase in silenzio. Prese la caffettiera per riempire la tazza di Elise e le avvicinò il bricchetto della panna e la ciotola con le ciambelline allo zucchero per offrirgliele.

«Hai davvero rivisto lo studente biondo a Göttingen?» volle sapere con sguardo ammiccante.

«Sì, l'ho visto» ribatté Elise. «Ma in caso tu credessi che Hans Christian Thiedemann possa essere un giusto pretendente, ti dico, non c'è molto da ricavarne.»

Mentre parlava, a Elise fu chiaro che il tono di voce distaccato che aveva usato dimostrava a Sybilla che in realtà c'era una nota stonata.

«Eppure ti piace, non è vero?» indagò l'amica senza perdere tempo.

Elise non voleva mentire. In fondo era contenta di poter aprire il suo cuore all'amica, poiché Sybilla era l'unica persona al mondo alla quale potesse confessare la sua preoccupazione. Se solo la faccenda non fosse stata così complicata!

«Sì, Sybilla, mi piace. E so che anche io gli sono piaciuta. Ma è acqua passata, mi ha raggirata e, inoltre, è ancora arrabbiato con me. Cosa dovrei farci con una persona così?»

«Forse dovresti ascoltare il tuo cuore?» chiese Sybilla sorridendo. «Un litigio non deve essere la fine se due persone si piacciono. Bisognerebbe venirsi incontro e indagare sulle cause. Forse è stato solo un malinteso che può essere risolto.»

«Oh, no, la faccenda è del tutto chiara, Sybilla, e io non vedo alcuna possibilità di cancellarla.»

Sybilla guardò Elise con compassione.

«Vorresti raccontarmi questa storia?» le chiese pacata.

Elise esitò, poiché non sarebbe stato facile raccontare una cosa e tacere l'altra. Tuttavia, annuì.

«Lo faccio volentieri, Sybilla. Ma non oggi, perché devo andare qui di fronte al Re di Prussia. Mio padre e Christian Daniel van Leuwen sono a Kassel.»

«Ah!» disse Sybilla stupita. «Tuo padre è qui? Per quanto rimarrà a Kassel? Inviterei volentieri lui e van Leuwen a farci visita a casa nostra.»

«Quanto rimarrà non lo so. Ma gli riferirò volentieri del tuo invito.»

«Ci vediamo presto, amica cara?» chiese Sybilla, poiché Elise si alzò dalla sedia dopo aver dato uno sguardo all'orologio a pendolo.

Elise rifletté un istante. «Se ti va bene, vengo a prenderti domani pomeriggio per una passeggiata sulle rive del Fulda. Così ti racconterò questa storia stupida e irritante.»

Ora anche Sybilla si era alzata, un po' a fatica a causa del peso, ma in maniera molto più spontanea della settimana precedente. La sarta aveva cucito più in alto la vita del suo vestito, in modo che potesse muoversi meglio e la gravidanza quasi non si notasse.

«D'accordo» disse abbracciando Elise per salutarla. «Domani andremo a passeggiare e parleremo. Anche io ho una cosa da raccontarti che preoccupa soprattutto Johann Georg e sulla quale mi piacerebbe sentire la tua opinione.»

Era quello di cui stavano parlando quando lei era entrata nella stanza? Cosa poteva mai angustiare Johann Georg? Forse non gli avevano più concesso l'imminente promozione a capitano di cavalleria? Sarebbe stato proprio brutto, poiché ci aveva lavorato con ambizione e più volte si era distinto nella sua unità militare per il coraggio e la prudenza.

Le disgrazie sono come le cornacchie, non vengono mai da sole, pensò Elise mentre attraversava Friedrichsplatz per andare in Königsstrasse.

Al Re di Prussia questa volta il cameriere in livrea la accolse con un inchino profondo e la accompagnò subito su per le scale alla stanza che van Leuwen e suo padre avevano affittato.

«La camera dei principi, signorina» disse. «Mi permette di annunciarla a suo padre?»

«Grazie, non è necessario, faccio da sola.»

La stanza era riccamente arredata, una camera così Elise non l'aveva mai vista in una pensione. Le pareti coperte di tappezzeria colorata con motivi a strisce, alle finestre tende di un pesante broccato, gli armadi e lo scrittoio in legno di noce lucido e un angolo conversazione le cui sedute imbottite erano rivestite di seta. Il letto non si vedeva, ma c'erano due porte che aprivano sulle stanze a fianco.

Van Leuwen e suo padre si erano fatti portare una ricca colazione, di cui si vedevano ancora i resti sul carrello di servizio. Quando entrò Elise, van Leuwen si alzò in fretta per salutarla, mentre suo padre rimase seduto sulla poltrona.

«*Pardon, ma petite.* Perdona il tuo vecchio padre acciaccato che non vuole affaticare le sue ossa reumatiche» disse ironico. «Vieni qui, ragazza mia, così ti posso abbracciare.»

Sembrava davvero provato; Elise si preoccupò che quella terribile storia potesse farlo ammalare sul serio. D'un tratto rimpianse di non essere mai andata a trovarlo a Francoforte negli anni passati. Per quanto ancora avrebbe goduto del suo amato padre che aveva trovato così tardi?

«Ti abbiamo aspettato con impazienza, Elise» disse lui indicando la poltrona accanto. «Siediti e racconta come tua madre ha preso la nostra conversazione.»

«Non ha detto molto in proposito, padre. Però mi ha incaricata di riferirti una cosa.»

«Allora spara» disse pronto per le cattive notizie.

«Desidera che tu le dia i soldi per pagare il ricattatore. Inoltre, ti proibisce qualsiasi tentativo di sorprenderlo.»

De LaTour e van Leuwen si scambiarono uno sguardo di intesa.

«Ce lo aspettavamo» disse van Leuwen sospirando. «Ho deciso con tuo padre che, vista la situazione difficile, gli darò io i soldi. Annette gestisce le nostre finanze e sarà comprensiva.»

«È molto generoso da parte sua» disse Elise colpita. «Temo

solo che il ricattatore non si accontenterà, quando constaterà di essere arrivato all'obiettivo con tale facilità.»

«Giustissimo, sei intelligente, figlia mia» osservò de LaTour. «Perciò ci serviremo di questa opportunità per metterci sulle sue tracce, checché tua madre ne dica. Ovviamente mi aspetto che ci informerai sulle condizioni della consegna del denaro.»

Quindi avevano ancora in testa il loro piano, anche contro la volontà esplicita di Charlotte. Elise non esitò a esprimere un dubbio.

«Ma se fallite e lui mette in atto la minaccia?»

«Non falliremo!» disse van Leuwen con decisione.

«Per quanto riguarda Charlotte garantisco io per tutto!» aggiunse de LaTour.

«Come credi di farlo se metteranno davvero in circolazione una stampa?» si informò Elise.

«Assicurerò pubblicamente che il contenuto è stato inventato di sana pianta» ribatté lui.

Elise vide che lui stesso faticava a credere di poter evitare uno scandalo in quel modo. Una volta che il testo si fosse diffuso tra la gente, avrebbe sortito il suo effetto, una smentita non avrebbe potuto cambiare niente.

«Per il resto, abbiamo deciso di lasciare la città oggi stesso» le confessò van Leuwen. «È da ipotizzare che il ricattatore si trovi qui a Kassel, perciò il nostro arrivo ieri non gli sarà passato inosservato e fiuterà il pericolo.»

«Perché credete che sia qui a Kassel?» volle sapere Elise.

«Perché ha preteso un annuncio sul *Messaggero di Kassel* in segno di accordo.»

«Potrebbe anche farselo spedire...»

«È possibile» disse van Leuwen. «Tuttavia, siamo dell'idea che sia meglio allontanarsi da qui e sistemarsi in un villaggio dei dintorni. Appena saremo arrivati, ti manderemo un messaggero per mantenere il contatto.»

A Elise non restò che dichiararsi d'accordo. La situazione era azzardata e poteva facilmente andare tutto a monte. Eppure, in fondo era l'unica possibilità di finire di nuovo in possesso del manoscritto e di proteggere sua madre da ulteriori pretese del ricattatore.

Van Leuwen prese un portamonete dalla valigia e lo porse a Elise. «Sono cinque doppie pistole d'oro, in totale cinquanta talleri, che consegno a lei in mani fidate, signorina Elise» disse aprendo il cordino del portamonete per mostrarne il contenuto. «Porti questi soldi a sua madre, tutto il resto lo sapremo da lei, Elise.»

Le monete d'oro luccicavano in modo attraente nel portamonete con l'interno foderato di seta. Per quei soldi, una persona era capace di rubare con perfidia e ricattare gente ignara!

«Viviamo in un brutto mondo» osservò suo padre beffardo. «E l'oro non l'ha mai reso migliore.»

19

Davanti al Re di Prussia il cameriere in livrea si era armato di ramazza per impedire al grosso cane marrone di salire i gradini ed entrare nella pensione.

«Fidibus!»

«È forse il suo cane, signorina Rosen?» chiese lui irritato lasciando cadere la scopa. Fidibus guaì eccitato quando vide la padrona e la sua coda corta e arruffata si agitava così forte che si aveva l'impressione girasse in tondo.

«Sì, è il mio cane. Grazie di essersene preso cura.»

«Al suo servizio, signorina Rosen. È stato un piacere per me...»

La fissò attonito mentre si allontanava il più disinvolta possibile. Fidibus le correva accanto, annusò qua e là un albero o il muro di una casa, alzando la zampa con zelo per rendere chiaro a tutti i cani di Kassel che da quelle strade in poi lo considerava territorio suo. Successe quello che doveva succedere. Sulla piazza davanti alla chiesa di San Martino c'era un poliziotto in uniforme e la fermò.

«È lei la proprietaria di questo cane, signorina?»

«È venuto lui da me, signor agente» cercò di giustificarsi.

«Questo animale vagabonda già da un po' per la città» le comunicò con tono severo. «La signora Ruhl si è lamentata; il suo maggiordomo portando fuori il carlino è stato aggredito da un cane estraneo.»

«Non può certo essere stato Fidibus» disse lei spalancando gli occhi con sincera convinzione. «Il mio cane non aggredisce mai le persone.»

Il poliziotto era sensibile allo charme di Elise e il suo tono si mitigò, guardò Fidibus, che da bravo si era seduto sul selciato accanto alla padrona, e disse che era una bella bestia.

«I cani in città devono essere portati al guinzaglio, signorina» la informò lui. «Quindi lo leghi e lascerò perdere.»

«Grazie tante, signor agente.»

Adesso sarebbe finalmente andato per la sua strada? Certo che no, rimase fermo e aspettò che lei seguisse il suo ordine. Purtroppo, Fidibus non portava collare e lei non possedeva neanche un guinzaglio. Quindi slegò la sua sciarpa di seta e ne annodò un'estremità al collo di Fidibus, che rimase esterrefatto.

«Vieni, Fidibus. Da bravo. Vieni... Ora non fare tante scene!»

Evidentemente non era abituato al guinzaglio e si rifiutò con testardaggine di fare anche un solo passo. Ovviamente i passanti si fermarono divertiti, i bambini la indicavano, due operai che passavano con scala e secchio si misero a ridere a crepapelle quando videro quella ragazza che si tirava dietro un cane riluttante attaccato a una sciarpa di seta. Fidibus trovava quell'insolita stoffa legata intorno al collo molto fastidiosa e cercò di sfilarsi il corpo estraneo con le zampe.

«È un cagnaccio signorile, ha un collare di seta» gridò un simpaticone.

«Non tirare così forte, ragazza. Sennò ti butta per terra!» ridacchiò un altro. Una signora borghese si fermò con la sua domestica e disse ridendo: «Chi sta portando chi al guinzaglio?».

Non c'era niente da fare, se avesse continuato così sarebbe diventata lo zimbello di tutta la città. Furiosa, lasciò un'estremità della sciarpa e se ne andò, allora Fidibus la seguì in fretta tirandosi dietro la stoffa. Quando fu in Marktgasse gli sfilò l'odiato laccio e dovette constatare che la bella sciarpa di seta ricamata si era rovinata molto.

«Con te nient'altro che noie!» tuonò. «Da ora in poi si cambia musica. Basta vagabondare, ti compro collare e guinzaglio.»

In atelier la madre la aspettava con impazienza e, siccome in quel momento non c'erano clienti in negozio, Elise si beccò il suo malumore.

«Dove sei stata tutto questo tempo? E cos'hai combinato con quella bella sciarpa? Tutta stracciata e sporca! L'hai buttata sotto un carro?»

Fidibus, che la mattina era stato elogiato da tutti, ora si sentiva dire che non poteva stare in atelier.

«Si stanno già appiccicando peli di cane sulle cuffiette di pizzo bianche» tuonò Charlotte. «Lo voglio fuori di qui.»

Fidibus non aveva alcuna intenzione di piantare le tende in atelier; si diresse dritto alla porta della cucina, dove la nonna stava arrostendo lo speck per la zuppa del pranzo.

«Ora siamo caduti proprio in basso, signora Rosen» si fece sentire Therese beffarda. «Di certo ha anche le pulci.»

«In compenso è un buon cacciatore di topi e d'inverno gli piace stare sotto al tavolo da lavoro per scaldarci i piedi» osservò Grete, a cui Fidibus piaceva molto.

«Se hai i piedi freddi, Grete, puoi andare al pozzo a prendere l'acqua, così ti scalderai» affermò Charlotte seccata.

Elise si tolse lo scialle di dosso e si sedette alla sua postazione di lavoro per non far irritare ancora di più sua madre. Finché la nonna non chiamò per il pranzo, cucì con diligenza un colletto a punto a mano che doveva essere foderato di taffetà scuro. Ogni tanto alzava la testa per guardare fuori dalla finestra e con gioia vide Moritz rifornire la vetrina del suo negozio di vini. Quindi gli avevano già comunicato che avrebbe avuto il permesso di riaprire il negozio la settimana successiva. Era così occupato che non si fece vedere nemmeno per pranzo, ed era tutto dire, dato che era sempre affamato.

Quindi le donne si sedettero in cucina senza Moritz e mangiarono la zuppa con lo speck, mentre Fidibus aspettava paziente sotto al tavolo l'eventualità che un pezzettino di speck cadesse per lui. L'atmosfera era tutt'altro che allegra, poiché Therese tra una cucchiaiata e l'altra doveva sempre usare il fazzoletto per asciugarsi le lacrime.

«Smettila di piangere una buona volta» disse Babette arrabbiata. «Non è affar tuo, se l'è cercata da solo.»

«È tutta colpa di Grete» singhiozzò Therese. «Il mio Moritz era sulla buona strada e lei ha dovuto confondergli la testa con i suoi stupidi conteggi.»

Grete, che non era la prima volta che sentiva quell'accusa ingiusta, si limitò a scuotere la testa in silenzio, ma Babette, adirata, disse che un uomo d'affari che paga il vino più caro di come lo rivende farebbe meglio a chiudere subito bottega.

«Comunque sia da me non avrà nemmeno un misero scellino, lasciatelo dire, Therese» aggiunse grattando il piatto con il cucchiaio per pulirlo.

«Nemmeno da me» disse Charlotte con decisione. «Anche se volessi, non ho più soldi da prestare.»

Elise capì. Moritz aveva bisogno di soldi per comprare nuova merce ma, siccome il suo negozio di vini era stato chiuso per settimane, non aveva guadagnato niente e il poco che gli era rimasto lo aveva speso da tempo.

«Il vino spagnolo, ne ha comprate due botti, ma è andato a male» piagnucolò Therese. «Lo hanno ingannato, il mio povero ragazzo. E il vino rosso francese i poliziotti se lo sono portato via perché volevano verificare che anche quello non fosse annacquato...»

Babette scoppiò a ridere; anche Grete si aggregò. «È stato di certo un duro lavoro per i poliziotti, non devono aver mollato finché non hanno controllato tutta la botte!»

«Ridete, ridete!» piagnucolò Therese. «Oltre al danno, la beffa. Ora il mio povero ragazzo è rimasto all'asciutto e lunedì non avrà quasi niente da offrire ai clienti.»

«Cavoli suoi» disse Charlotte senza compassione. «Devo ancora ricevere i soldi per vitto e alloggio del mese passato!»

Dopo questa Therese non disse più nulla, sprofondò in pensieri pieni di preoccupazione. Le piccole tortine di mele che la nonna aveva cucinato come dolce lei non le toccò, ne mise due sul piatto per serbarle per Moritz.

Dopo mangiato Charlotte prese sua figlia da parte e le chiese sottovoce se avesse recapitato il messaggio e ricevuto una risposta.

«Saliamo in camera mia, mamma» la pregò Elise.

«È così complicato da raccontare?» disse Charlotte spazientita. «Sta per arrivare la signora von Ochs per farsi misurare una cuffietta da notte.»

Di sopra, nella stanza di Elise, sgranò gli occhi quando prese tra le mani il portamonete con i soldi.

«Te li ha dati davvero» disse stupita. «Avrei giurato che cercasse scuse. Be', almeno è corretto.»

«Inoltre, partiranno a breve.»

«Eccellente» disse Charlotte. «Oggi stesso andrò alla stamperia Hotop per lasciare l'annuncio, così ci togliamo dai piedi questa terribile faccenda.»

Guardò ancora una volta dispiaciuta nel portamonete e osservò: «Peccato per questi bei soldi! Monete d'oro così non si vedono tutti i giorni perché stanno nelle tasche dei ricchi. Qui in atelier pagano soltanto in albus e kreuzer».

Poi chiuse i cordini e nascose il portamonete nello scomparto segreto della scrivania.

Con sentimenti contrastanti, Elise tornò al suo lavoro di cucito. Non era giusto nascondere a sua madre le intenzioni di de LaTour e van Leuwen, ma se le avesse rivelato il piano Charlotte non avrebbe esitato un secondo a impedirglielo.

Moritz si presentò in atelier soltanto verso sera e, per lo stupore di tutti, sembrò molto soddisfatto. A cena divorò tali quantità di pane, formaggio fresco e salsicce affumicate che Charlotte aggrottò la fronte e Therese si preoccupò che nella notte potesse essere tormentato dal mal di pancia.

Più tardi, quando Elise, prima di andare a letto, fece uscire Fidibus in giardino, Moritz si unì a lei e le disse con una smorfia compiaciuta: «Un uomo eccezionale, il mio futuro suocero. Figurati che mi ha tolto dagli impicci».

«Di chi parli?» volle sapere lei esterrefatta.

«Del signor de LaTour, ovviamente» spiegò lui con aria di superiorità. «Ha capito subito che i suoi soldi erano ben investiti con me...»

«Sei andato al Re di Prussia per spillare soldi a mio padre?» gridò lei inorridita. «Come osi, Moritz!»

«Non urlare così, Lisetta» la pregò lui spaventato. «Non lo devono sapere tutti nel vicinato. Certo che gliel'ho chiesto, alla fine a Göttingen gli ho fatto un piacere e visti i futuri rapporti di parentela...»

«Toglitelo dalla testa, Moritz!»

Non si curò dell'obiezione, continuò semplicemente a parlare. «Visti i nostri futuri rapporti di parentela, ha ritenuto corretto tendermi la mano.»

Oh santo cielo, che imbarazzo! Il suo fratello acquisito aveva chiesto soldi a suo padre. Era chiaro chi avesse pagato la somma. Di certo non suo padre. In che situazione l'aveva messo Moritz!

«Mi ha inoltre annunciato che a breve dovrà ricorrere al mio aiuto per una certa faccenda» raccontò con orgoglio. «È possibile che voglia propormi un affare. Forse dovrò consegnargli del vino a Francoforte...»

Di quale faccenda si trattasse, Elise poteva immaginarlo. Di sicuro aveva a che fare con l'imminente piano.

«Avrà bisogno di qualcuno che porti il suo bagaglio alla stazione di posta» disse Elise ridimensionando le sue aspettative. «Spero che nel frattempo la tua schiena si sia ripresa.»

«Pensa quel che ti pare, Lisetta» disse lui rammaricato. «E per quanto riguarda la mia schiena, va di nuovo tutto a meraviglia.»

Fidibus abbaiò infuriato e saltò il muro. Qualcosa di scuro sgusciò via dai cespugli, forse un gatto. Elise dovette chiamarlo tre volte, finché il cane finalmente entrò in casa.

La mattina seguente Charlotte si recò presto in città e tornò con una pila di guanti di merletto che aveva comprato da diversi bottegai.

«Ho messo un annuncio pubblicitario sul *Messaggero di Kassel*» spiegò alle sarte stupite. «Lasciate stare tutti gli altri lavori, a questi guanti devono essere attaccati all'uncinetto bordure con punte e gale. Con il filo fine da uncinetto bianco, rosato o verde pastello. Va bene anche violetto.»

«Ne vale la pena?» volle sapere Grete. «Quanto costano i guanti a comprarli? E il filo da uncinetto? Più le ore di lavoro e gli altri ordini...»

«Non ti impicciare, Grete» la rimproverò Charlotte. «Fai quello che ti viene detto e basta!»

Charlotte pensava davvero a tutto. Ovviamente le clienti avrebbero chiesto dei guanti se avessero letto l'annuncio e nella scatola ce n'erano appena tre paia. Ai bottegai non piaceva quando le modiste compravano merce per poi rivenderla in atelier. Ma se sui guanti si facevano ricami e si attaccavano gale all'uncinetto, non avrebbero avuto motivo di lamentarsi.

Ovviamente Charlotte dentro era arrabbiata per quell'affare, che di norma non avrebbe mai concluso, poiché non ne valeva davvero la pena. Proprio in quel momento Elise dovette confessare alla madre che per il pomeriggio si era messa d'accordo con Sybilla per andare a fare una passeggiata e che in quell'occasione avrebbe dovuto acquistare un collare e un guinzaglio per Fidibus.

«Un collare? Magari di pelle buona? E per di più anche un guinzaglio? Non puoi semplicemente prendere una corda?»

«Forse andrebbe bene» disse Elise. «Ma un collare deve comunque portarlo. Altrimenti avremo noie con la polizia.»

«Non si fa altro che spendere!» tuonò la madre. «Dato che vai a passeggiare per tutto il pomeriggio, invece di cucire gale all'uncinetto, allora passa almeno dal Re di Prussia a vedere se quei due sono davvero partiti.»

«Lo farò volentieri, mamma.»

Dopo pranzo Elise pregò la nonna di tenere il cane in cucina e di non farlo andare per nessuna ragione in giardino o sulla strada. Poi si preparò per uscire, dubbiosa rivolse ancora gli occhi al cielo, che si era coperto di nuvole grigie, e indirizzò i propri passi in direzione Königsplatz.

«Il signor de LaTour e il signor van Leuwen hanno preso la diligenza per Francoforte stamattina presto» le comunicarono al Re di Prussia. Suo padre le aveva lasciato un messaggio scritto.

Ma chère fille,
siamo partiti senza dire addio e speriamo di rivederti très tôt.
Saluta da parte mia tua madre, che in tutti questi anni non ha perso niente del suo fascino e il suo essere attraente si rivela proprio quando è adirata.
Le Chevalier du Croix Blanc,
Tuo padre

Che ironia! Elise decise che era meglio non far leggere il messaggio a sua madre, poiché sarebbe scoppiata in un attacco di rabbia. Infilò il foglio piegato nel taschino e si avviò in Carlstrasse.

Lì fu accolta con grande preoccupazione dalla madre di Sybilla, poiché temeva potesse piovere e immancabilmente si sarebbe portata dietro un raffreddore, che per una donna incinta era molto pericoloso. Elise parlò con parole persuasive, promise di non lasciare la città, cosicché in caso di necessità si sarebbero potute rifugiare all'ingresso di una casa, e di portare un ombrello. Alla fine, Henriette Elisabeth von Schönhoff sospirò e concesse una passeggiata di mezz'ora al massimo, ordinando a Sybilla di prendere uno scialle caldo che di solito usava d'inverno.

«Un miracolo che non ci abbia fatto portare dietro Baptiste» disse Sybilla ridendo, quando finalmente avanzò a braccetto con l'amica. «Scendiamo a Karlsaue attraversando Auetor; sono desiderosa di vedere il fiume, il fogliame fresco sugli alberi, le piccole anatre che di certo saranno sgusciate nello stagno. Sai che sono salita di nascosto in soffitta per guardare dalla finestra? Da lì si possono vedere la limonaia e il parco di Karlsaue.»

«Se l'avesse saputo tua madre» disse Elise rallegrata «sarebbe svenuta, la scala che porta in soffitta sarà stretta e ripida.»

Karlsaue era un giardino pubblico che il langravio Karl aveva fatto costruire all'inizio del diciottesimo secolo tra il Fulda e il suo affluente. Ai piedi della limonaia e di diversi edifici secondari si estendevano aiuole circolari nello stile del secolo precedente. Chi passava di lì si ritrovava in un paesaggio ameno coperto di alberi e cespugli che d'estate invitava a passeggiare all'ombra.

Ad Auetor Sybilla si fermò e si appoggiò la mano sulla pancia, sorridendo. «Con che vivacità si muove» disse piano a Elise. «È una sensazione meravigliosa sentire questo piccolo essere crescere dentro di me. Un giorno lo scoprirai anche tu, Elise.»

Era impossibile distoglierla dall'idea, le descrisse con tono luminoso la felicità di una moglie e di una madre. Elise ascoltò per un po', poi decise di distrarre l'amica da quella fissazione con la storiella di Fidibus e del "guinzaglio" di seta.

«Accidenti!» esclamò Sybilla. «Hai rovinato quella bella sciarpa. Ma non dovrai comprare né collare né guinzaglio per il tuo cane. Mio padre aveva dei cani, possiede un'intera collezione di questi oggetti che ora non gli servono più.»

Avevano appena attraversato il ponte sul piccolo Fulda e si stavano avvicinando all'edificio chiaro della limonaia, quando caddero le prime gocce di pioggia.

«Che peccato» disse Sybilla mentre Elise apriva l'ombrello che si era portata dietro. «Mettiamoci sotto al portone d'ingresso, smetterà subito.»

Si affrettarono verso le alte finestre vetrate della limonaia e raggiunsero la costruzione centrale rotonda dove si trovava il portone d'ingresso. Riuscirono ad arrivarci in tempo per ripararsi dal forte acquazzone che si rovesciò su Karlsaue. Il portone era chiuso, all'interno dell'edificio si trovavano lunghe sale in cui svernavano gli alberelli d'arancio. Non si vedeva nessuno, poiché i giardinieri e le persone a passeggio erano fuggiti dalla pioggia; il giardino barocco rimase abbandonato, alberi e cespugli in lontananza scomparvero nella nebbia. Elise teneva l'ombrello di lato per proteggere Sybilla dall'umidità che il vento spingeva verso di loro e le due donne si strinsero l'una all'altra.

«Allora la mamma aveva ragione» sospirò Sybilla. «Che peccato. Ma forse questa è l'atmosfera giusta per ascoltare la tua storia triste. Raccontami com'è successo che ora tu e Hans Christian Thiedemann non vi parlate più.»

Elise aveva deciso di menzionare il furto del manoscritto nel suo racconto, ma di non raccontare per nessun motivo del ricatto che riguardava sua madre. Sybilla ascoltò con attenzione, si limitò ad appoggiare ogni tanto la mano sulla pancia quando il bambino si muoveva e, quando lo faceva, le spuntava un tenero sorriso sulle labbra.

«Che furto subdolo» disse alla fine afflitta. «E che sviluppo disgraziato. No, Elise, non la penso come te. Certo, ha coperto le macchinazioni di suo padre, ma non per questo è un ladro e un imbroglione. Pensa anche che era in obbligo nei confronti di suo padre e, inoltre, era in gioco la riuscita del suo speranzoso piano di fondare una casa editrice.»

«Forse è così» ribatté Elise. «Però...»

«No» la interruppe Sybilla con zelo. «Il suo comportamento ti ha dimostrato che provava rimorso e che era perfino disposto a litigare con suo padre per te.»

«Può essere» disse Elise. «Comunque sia, lui ora è arrabbiato con me perché l'ho creduto un ladro. Ma neanche un bugiardo è un uomo che potrebbe piacermi.»

«L'amore sana tutte le ferite, Elise. E credimi, trovare un uomo che sia perfetto sarebbe un'impresa. Non sono proprio i piccoli difetti che rendono una persona attraente e simpatica?»

Elise pensò al suo fratellastro Johann Georg, i difetti che Sybilla doveva perdonargli non erano pochi, ma si era rivelato un marito amorevole. Rimase in silenzio a guardare pensierosa in direzione del parco, sul quale la pioggia primaverile stendeva un velo grigio.

«Forse potresti scrivergli qualche riga in cui gli esponi la tua visione delle cose e allo stesso tempo gli dai la possibilità di rispondere» propose Sybilla.

Elise non riuscì a replicare, poiché una folata di vento le strappò quasi di mano l'ombrello e si dette parecchio da fare perché quell'affare ingombrante non si rompesse.

«No, non credo che lo farò» disse poi. «Darebbe l'impressione che dopo tutto quello che è successo io gli corra ancora dietro.»

«Che peccato» disse l'amica con un sorriso triste. «Ammesso che pensi questo anche lui, allora è possibile che vi facciate sfuggire la felicità.»

«Comunque sia, non si arriverebbe a niente, poiché io non ho intenzione di sposarmi» aggiunse Elise. «Guarda, là oltre gli alberi si intravede già una striscia di cielo azzurro. Questa stupida pioggia finirà presto.»

Le gocce, in effetti, cadevano già meno fitte, anche il vento si calmò, solo dal tetto dell'ingresso l'acqua cadeva con forza e dovettero stare attente che le scarpe e le gonne non si bagnassero.

«Ora lascia che anche io alleggerisca il mio cuore» disse Sybilla. «Purtroppo, è una faccenda molto brutta e subdola che dà grandi preoccupazioni a Johann Georg. Renditi conto, Elise: lo hanno minacciato di rendere pubblica la sua origine illegittima. Se succedesse davvero, ciò potrebbe impedire la sua promozione a capitano di cavalleria.»

A Elise scivolò l'ombrello dalle mani per l'orrore. Il mostro nero fluttuò giù per i gradini, trascinato per un tratto sulla piazza dal vento, e rimase lì per terra rovesciato con il bastone dall'impugnatura incisa rivolto al cielo.

«Chi ha minacciato Johann Georg? Forse un ricattatore?» chiese impaurita.

Sybilla annuì preoccupata. Era arrivata loro una lettera che forniva dettagli molto precisi.

«Da quel momento cerchiamo di capire chi potrebbe avere quelle informazioni» continuò. «Dev'essere qualcuno che ha conosciuto molto bene sia sua madre che il suo padre adottivo von Haynau e per cui neanche il suo padre naturale fosse uno sconosciuto. Ti prego, non spaventarti, amica cara. Questa perfida lettera anonima era firmata con il nome di tuo padre...»

Elise fissò l'ombrello perduto che il vento muoveva da una parte all'altra e il cui interno piano piano si riempiva d'acqua. Come mai avevano pensato che il ricattatore si sarebbe rivolto soltanto a Charlotte? Possedeva un manoscritto che poteva mettere in difficoltà diverse persone a Kassel.

«Ho dissuaso Johann Georg dal ridicolo sospetto che nutriva all'inizio» disse Sybilla. «Ovviamente Charles François de LaTour non è l'autore di quella brutta lettera. Ma siccome mi hai appena raccontato che hanno rubato le memorie di tuo padre, ora mi viene in mente che forse questo potrebbe averci qualcosa a che fare...»

20

Elise era sul punto di strapparsi i capelli! Per precauzione non aveva raccontato a Sybilla che anche Charlotte Rosen era stata ricattata. Dopo che ebbe riaccompagnato a casa l'amica e ascoltato i rimproveri della madre preoccupata, con espressione mortificata si avviò verso casa. Mentre camminava per la città vecchia, la sua mente era piena di paure e supposizioni. Anche la lettera indirizzata a Johann Georg era tra la posta che Baptiste aveva ritirato all'ufficio postale. Johann Georg aveva incaricato il maggiordomo di chiedere chi avesse consegnato quella lettera, ma nessuno alla posta era stato in grado di fornirgli informazioni. Dopo un po' d'esitazione Sybilla aveva menzionato la somma che il ricattatore pretendeva per il suo silenzio. Erano cinquecento talleri, dieci volte tanto quello che aveva chiesto a Charlotte. *Questo significa che conosce bene la situazione finanziaria delle sue vittime*, pensò Elise. *Papà ha ragione, deve essere a Kassel, forse addirittura da moltissimo tempo.*

Era inquietante pensare che quella persona fosse a piede libero per la città, che l'avesse incontrata più volte per la strada, forse si sedeva perfino in chiesa insieme a loro la domenica o si piazzava con fare del tutto innocuo davanti alla vetrina dell'atelier e le spiava. Chi altro voleva ancora ricattare? Per prima cosa le venne in mente la signorina von Eschen, sulla quale suo padre di certo aveva scritto parecchie righe. E se avesse cercato di scoprirlo? Ah, se suo padre fosse stato ancora a Kassel, in modo da potergli raccontare quello sviluppo estremamente preoccupante! Ora doveva aspettare il messaggero e stare anche attenta che non portasse il messaggio a sua madre, ma a lei.

All'atelier fu accolta in modo sgarbato. Tutte e tre le sarte erano impegnate nel raffinato lavoro all'uncinetto, che non riusciva sempre a soddisfare la proprietaria dell'atelier. Soprattutto Grete, che non era abituata a lavorare con il filo sottile, si beccava i malumori di Charlotte.

«Questo è sghembo, e storto, non posso vendere i guanti così. Riaprilo e ricomincia dall'inizio!»

In cucina c'erano altre noie ad attendere Elise. La nonna aveva lasciato andare Fidibus in giardino perché aveva continuato a graffiare la porta. Lui però era saltato oltre il muro ed era scomparso per tornare a un certo punto con una salsiccia affumicata in bocca.

«Di certo l'ha rubata da qualche parte» piagnucolò nonna Anna. «Ci metterà nei guai quel vagabondo!»

Fidibus non si sentiva per niente in colpa. Salutò Elise scodinzolando e quando lei si chinò per parlargli a quattr'occhi, lui la guardò innocente con i suoi occhi color ambra. Emanava davvero un odore intenso di salsiccia affumicata.

Lavorarono e aspettarono fino a sera. Aveva di nuovo cominciato a piovere, Marktgasse era vuota, solo lo straccivendolo trainava il carretto con indifferenza e una domestica attraversava la strada con un incarico dei suoi padroni, con lo scialle sulla testa, afferrandosi la gonna. Con quel tempo le clienti non si fecero vedere in atelier. Verso sera si presentò una figura vestita di scuro sotto un ombrello aperto, si fermò davanti alla porta e bussò. Charlotte impietrì, ma il visitatore si rivelò essere il maggiordomo Baptiste, mandato dal colonnello von Schönhoff per consegnare un collare e un guinzaglio. In più un barattolo di miele come regalo per la signora Rosen e un libriccino uscito di recente per Elise che Sybilla aveva acquistato solo poco tempo prima: un ciclo di poesie di un certo Adalbert von Chamisso, *Amore e vita di donna*.

Quel giorno in atelier non arrivarono altri messaggi. Dopo cena Therese pretese a tutti i costi che si giocasse perché aveva le dita tutte storte dal tanto lavorare con il filo sottile. Allora Elise scovò in un cassetto il gioco dell'oca cui stavolta prese parte anche Moritz. Era di buon umore, poiché l'indomani avrebbe riaperto il negozio, per questo aveva fatto stampare volantini e incaricato due ragazzini di distribuirli per la città.

«Domani la clientela mi assalirà il negozio» disse fiducioso e profetico. «Spero che basti il vino che ho comprato alla cantina Fehrenburg.»

Il fatto che quella sera portò ben due volte la sua oca al traguardo da vincitore lo prese come un buon segno, poco dopo si congedò perché voleva svegliarsi presto. Anche Charlotte si ritirò ed Elise colse l'occasione per scambiare ancora qualche parola da sola con sua madre.

«Quando uscirà il *Messaggero di Kassel*, mamma?»

«Nei prossimi giorni, mi hanno detto. Sono degli strozzini, quei giornalisti. Ho dovuto pagare cinque albus per l'annuncio. Poi le spese per i guanti, che porteranno soltanto pochi soldi. Sarò felice se questa maledetta faccenda si risolverà.»

«Sì, mamma» confermò Elise, sebbene temesse che Charlotte covasse false speranze. «Penso che in questi giorni andrò a parlare con la signorina von Eschen» continuò. «È già da un po' che non ordina niente, avrà forse bisogno di un paio di guanti?»

Charlotte era d'accordo, tuttavia era consigliabile proporle guanti neri senza gale, con un sottile bordo dentellato al polso, fatto all'uncinetto.

«Sono contenta che tu abbia ricominciato a mettere un po' più di dedizione nel nostro lavoro durante il giorno, Elise» aggiunse. «Ultimamente il tuo impegno lascia parecchio a desiderare.»

«Sistemo tutto, mamma! Dormi bene e fai bei sogni.»

Si abbracciarono; Elise era già alla porta quando Charlotte la richiamò.

«Lo sai, ragazza, cosa mi passa di continuo per la testa?» chiese sottovoce. «Mi chiedo sempre: perché questo personaggio ripugnante ha firmato le lettere minatorie con il nome di tuo padre?»

Anche Elise ci aveva riflettuto. Il ricattatore avrebbe potuto benissimo scrivere «Uno sconosciuto» o qualcosa di simile. Avrebbe anche potuto lasciar perdere la firma ma aveva messo in calce alla lettera il nome Charles François de LaTour.

«Forse conosce mio padre?» rifletté Elise. «È possibile che si siano incontrati quando papà frequentava la corte del re Jérôme? Potrebbe essere che si sia fatto dei nemici?»

Charlotte rise. «Questo è certo. Un uomo come lui che sa piacere alle donne si è messo contro concorrenti e mariti. E, se non mi sbaglio, era anche coinvolto in certi intrighi di corte, come ce n'erano tanti all'epoca. Tuttavia, queste cose le so solo per sentito dire, poiché con la viziosa corte del re francese io non avevo niente a che fare.»

Almeno era un buon indizio. Doveva scriverlo a suo padre, solo lui e van Leuwen potevano sapere quali persone potevano essere coinvolte.

«Ora» disse Charlotte sistemando il cuscino «chiunque sia

non mi riguarda e non voglio neanche saperlo. Vai a letto, ragazza mia. E dormi bene.»

Elise fece entrare Fidibus nella sua stanza e il cane si sistemò da bravo sullo scendiletto e la osservò con attenzione mentre si sedeva alla scrivania per redigere un messaggio per suo padre. Se solo il messaggero fosse arrivato una buona volta, avrebbe potuto dargli la lettera!

La mattina seguente la salutò con un cielo limpido e azzurro, attraversato soltanto da un paio di velature, come morbidi scialli di seta. Moritz si prese appena il tempo per la colazione e andò subito di fronte per aprire il negozio, mentre Elise si sedette con le sarte per decorare i guanti neri di merletto con graziosi bordini dentellati.

«Sono settimane che nessuna cliente ha più chiesto dei guanti» criticò Babette, che ne aveva abbastanza dell'uncinetto e sarebbe tornata volentieri a cucire una cuffietta. «Se solo non dovessimo rimanere ferme su queste cianfrusaglie di merletto!»

Grete, intanto, si impegnava a insegnare un metodo a Therese per poter eseguire il complicato motivo all'uncinetto in modo più facile e veloce. Ma Therese non capiva e inveiva contro di lei dicendole che era troppo pigra per fare un orlo all'uncinetto in maniera decente e tradizionale. Charlotte, invece, rideva e definì Grete una «volpe», in segno di approvazione.

Verso le dieci Elise sistemò diversi pezzi in una cappelliera e si preparò a uscire per andare a far visita alla signorina von Eschen. Fidibus annusò eccitato il nuovo collare, che aveva ancora l'odore di un suo predecessore, ma se lo lasciò mettere volentieri e addirittura camminò da bravo al guinzaglio a fianco della sua padrona.

«Vuoi portarti il cane dalla cliente?» le gridò Moritz, che era davanti al suo negozio con gli occhi socchiusi per via del sole. «Ti accoglieranno con meno entusiasmo.»

Elise non ci fece caso e andò avanti con il cane e la cappelliera. Fino a quel momento la grande ressa al "Negozio di vini Liebermann" doveva essere rimasta fuori, altrimenti Moritz non avrebbe trovato il tempo di stare davanti al negozio a osservare le persone per la strada.

A parte qualche breve fermata agli alberi e agli angoli della strada, procedette bene con la sua guardia del corpo, solo quando spuntavano altri cani Fidibus cambiava umore, gli si rizzavano i peli della schiena e ringhiava minaccioso. Davanti a casa della signorina von Eschen lo legò stretto allo stipite della porta e gli ordinò di aspettarla.

«Ah, è lei, signorina Rosen!» disse la domestica aggrottando la fronte con gli occhi rivolti al grosso cane. «La mia padrona l'aveva richiesta?»

«No» replicò Elise contenta. «Ma siccome avevo da fare proprio da queste parti, volevo venire a parlare con la signorina von Eschen e chiederle se avesse bisogno di qualcosa.»

«È appena tornata dalla chiesa. Vado a chiedere…»

Era andata a messa durante la settimana? A quanto sapeva Elise, di solito non lo faceva. Aveva qualcosa da confessare? O cercava supporto e aiuto nella fede? Tale dettaglio poteva suggerire che si trovava in una situazione difficile.

«Deve aspettare» le annunciò la domestica facendola entrare in una stanza destinata agli ospiti. «La signorina vuole prima cambiarsi.»

Elise non ne fu infastidita. Era piacevole starsene lì seduta e abbandonarsi ai pensieri, invece di eseguire inutili lavori all'uncinetto in atelier. Solo Fidibus, che abbaiava spazientito fuori dalla porta, la preoccupava. Per fortuna fu fatta entrare quasi subito dalla padrona di casa che, come suo solito, la ricevette in salotto tutta vestita di nero.

«Da quando possiede un cane?» chiese la signorina von Eschen con aria severa senza salutarla.

Se la signora era tormentata dalle preoccupazioni, allora non lo dava per niente a vedere. Si sedette come al solito sulla poltrona, appoggiò i piedi su un panchetto basso e guardò Elise dritta negli occhi.

«Le auguro un buongiorno, signorina von Eschen. Sì, in effetti mi sono presa un cane. A Kassel succedono di continuo cose strane, perciò mi sento più sicura con un'importante guardia del corpo.»

La signorina von Eschen contrasse il volto con un sorriso sprezzante. «Che genere di cose strane intende, signorina Rosen? Qualcuno l'ha forse aggredita e derubata qui a Kassel?»

«Per fortuna no» ribatté Elise. «Ma nell'ultimo periodo sembrano esserci state aggressioni, minacce, e addirittura ricatti. Il mondo è brutto, signorina. Bisogna sempre stare all'erta.»

«Chi ha la coscienza pulita non ha niente da temere» affermò la signorina von Eschen. «Comunque, lasciamo perdere! Mi faccia vedere cos'ha da offrire, visto che ormai è qui.»

Elise aprì la cappelliera e ne sparse il contenuto sul divano. Guanti, colletti di pizzo, sciarpe di seta ricamate, piccole composizioni di nastri, piume e fiori finti da infilare tra i capelli. Portamonete, piccole scatoline con perline colorate incollate sopra e ogni genere di altre cianfrusaglie. La signorina von Eschen prendeva l'uno e l'altro oggetto tra le mani, lo ruotava e lo rigirava per poi rimetterlo da parte.

«No» disse alla fine. «Non c'è niente che mi piaccia tra queste cose.»

«Neanche un paio di guanti? Ne abbiamo presi di nuovi.»

La signorina osservò sprezzante i bordini di pizzo fatti all'uncinetto e scosse la testa.

«Ridicoli, esagerati. Merletti e gale sono per signore vanitose che si imbellettano, loro e le figlie in età da marito, in modo grottesco. Inoltre, ho casse piene di guanti neri nei miei armadi.»

Oggi è particolarmente pungente, osservò Elise. *Di sicuro è successo qualcosa che l'ha messa di cattivo umore.* Mentre rifletteva ancora su come avrebbe dovuto procedere, la signorina von Eschen senza volerlo le venne in aiuto.

«Mi hanno detto che suo padre è ritornato a Kassel di recente» osservò acuta. «Come al solito non ha ritenuto necessario venirmi a trovare. In caso dovesse scrivergli, sarebbe gentile se menzionasse il mio stupore a tal proposito.»

«Oh» esclamò subito Elise. «È stato davvero molto negligente. Tuttavia, si è trattenuto soltanto per poco, è ripartito già ieri per Francoforte. Deve sapere, signorina von Eschen, che non sta benissimo di salute.»

La sua interlocutrice sembrò poco colpita, si limitò a sollevare le sopracciglia.

«Ha fatto una vita sconsiderata, con l'età se ne pagano le conseguenze» osservò impietosa. «Ma, a quanto pare, la sua salute debole non gli impedisce di dedicarsi ai viaggi.»

Elise risistemò con cura la merce nella cappelliera e dentro di sé augurò alla signorina von Eschen tutto il male possibile per aver parlato con tale cattiveria di suo padre.

«Non viaggia di sua iniziativa, signorina von Eschen» le spiegò. «È terribilmente disperato perché gli hanno rubato un manoscritto e fa tutto il possibile per riottenerlo.»

Adesso la donna l'ascoltava, allungò il collo, le labbra si schiusero.

«Rubato? Un manoscritto?» le sfuggì.

«Le sue memorie, a cui ha lavorato per anni, sono state sottratte dal suo scrittoio. È una perdita terribile per lui.»

Elise aveva chiuso la cappelliera e ci avvolse intorno un nastro perché non si aprisse per strada. La signorina von Eschen sembrava riflettere su quello che aveva sentito, poiché si guardava intensamente i piedi, infilati nelle pantofole di seta.

«Mio Dio» disse dopo un po' alzando le spalle. «L'avrà messo chissà dove, i vecchi lo fanno di continuo. Chi diamine avrebbe dovuto rubare un manoscritto?»

«Ce lo siamo chiesto anche noi, signorina von Eschen. A chi mai potrebbero interessare gli eventi passati da tanto tempo che ha messo per iscritto così nel dettaglio? Tutt'al più qualcuno con cattive intenzioni.»

«Ridicolo!» disse la signorina von Eschen muovendosi come se dovesse scuotersi qualcosa di dosso. «Lei legge troppe storie di briganti, mia cara.»

Spazientita, fece cenno con la mano che non voleva più continuare con quell'argomento.

«Riferisca a sua madre che le farò portare tre cappelli da ridecorare per la primavera. Alla solita maniera: sobri, ma non noiosi, decenti, di gusto e senza le chincaglierie che vanno di moda. Lo sa già.»

«Molto volentieri, signorina von Eschen» disse Elise delusa. «Quando posso venire a prendere i cappelli?»

«La mia domestica li porterà in atelier. Ora può andare, signorina Rosen. In caso avessi bisogno di lei in futuro, glielo farò sapere.»

«Grazie infinite, signorina von Eschen. Le auguro una piacevole giornata.»

L'aveva proprio buttata fuori. Era davvero arrabbiata solo

perché de LaTour anche questa volta non l'aveva onorata della sua visita? O c'era qualcos'altro dietro?

Fidibus, nel frattempo, aveva tentato di mordere il guinzaglio ma, siccome era di pelle dura e intrecciata, non era riuscito a ottenere la libertà che sperava. Elise gli mise sotto il naso il punto rosicchiato con aria di rimprovero ma, sebbene abbassasse le orecchie e avesse uno sguardo colpevole, non era convinta che avesse compreso a pieno la sua ramanzina.

Qualche passante stupito e divertito la seguì con gli occhi mentre attraversava Friedrichsplatz in direzione Marktgasse con il cane e la cappelliera. Davanti al negozio di vini di Moritz si erano riuniti diversi bambini che probabilmente erano appena usciti da scuola; poteva sentire già da lontano la voce furiosa del suo fratello acquisito.

«Andatevene o vengo con la scopa!»

Alla minaccia seguirono delle risate.

«Vogliamo solo chiedere se qui c'è del vino battezzato!» gridò un piccolo straccione.

«Ora ve lo do io il battesimo!»

«Io vorrei una caraffa di vino del pozzo» gridò una ragazzina nascondendosi per precauzione dietro un compagno robusto.

Poi vide Moritz con il viso rosso di rabbia agitare la scopa davanti a sé e buttarsi in mezzo ai bambini che si dispersero gridando a squarciagola; alcuni dei più grandi si fermarono a distanza di sicurezza e strillarono forte: «Liebermann il vino lo prende alla fonte, è l'acqua del Fulda che viene dal monte...».

Solo quando Elise si avvicinò con Fidibus che abbaiava furioso, i rompiscatole presero paura e sparirono in fretta negli ingressi delle case e nei vicoli secondari.

«Allora, Lisetta» la interpellò Moritz brontolando. «Com'è andata? Hai venduto tante cuffiette e guanti?»

«Nemmeno uno» confessò lei. «E da te come va?»

Lui scosse la testa e guardò arrabbiato verso la strada, dove nel frattempo l'arrotino aveva preso posto con il suo carretto.

«Normale» disse incupito. «Forse deve prima spargersi la voce che la bottega è di nuovo aperta.»

«Sì, ci vuole tempo» disse Elise trattenendosi.

Non voleva portargli subito via tutto il coraggio. Ma c'era da immaginarsi che dopo quello scandalo nessuno dei suoi vecchi clienti sarebbe andato a fare compere da lui. Sarebbe durato per un bel po', finché la faccenda non fosse stata dimenticata.

«Vieni un attimo in negozio, Lisetta» la invitò. «Ho qualcosa per te. Ma lega il cane fuori, nella mia bottega non ci può stare.»

Il negozio di vini Liebermann era stretto e cupo; a Elise entrò nel naso un odore acre di vino, unito all'odore della candela economica che bruciava sul bancone. C'erano diverse botti allineate al muro, su una mensola di legno alcune bottiglie polverose, su un'altra recipienti di terracotta grigia che contenevano alcolici e acquavite. Moritz prese qualcosa da un armadietto sotto il bancone che si era costruito da solo e porse una lettera a Elise. Da suo padre! Molto intelligente da parte sua spedire il messaggio a Moritz, perché non finisse nelle mani di Charlotte.

De LaTour aveva scritto anche una breve lettera a Moritz in cui lo pregava di passare la sua posta a Elise.

«Inoltre mi devo tener pronto perché avrà bisogno di me a breve» dichiarò Moritz con orgoglio. «Sembra essere una faccenda importante, poiché non ha ancora voluto sputare del tutto il rospo.»

«Così mi incuriosisci» disse Elise sentendosi in colpa, poiché immaginava in quale occasione Moritz avrebbe dovuto prestare aiuto a suo padre. «In ogni caso ti ringrazio, Moritz. E fatti forza!»

«Lo farò, Lisetta. Ne ho tanta da bastare a un esercito.»

Arrivata in atelier, Elise lasciò il cane in cucina e ne approfittò per salire rapidamente nella sua stanza a leggere la lettera di suo padre.

Mia cara figlia,
ci siamo sistemati nella pensione Alla posta in un luogo chiamato Niederzwehren e qui stiamo abbastanza comodi, per quanto sia possibile in una pensione di provincia. Nel frattempo, Charlotte avrà pubblicato l'annuncio. Appena sarà uscito il giornale, il furfante si farà vivo con lei e detterà le sue condizioni. È possibile che tua madre non si fidi di te, per cui devi scoprire come e dove deve consegnare i soldi. Confido completamente nella tua intelligenza, ma fille. *Appena lo sai, mandami Moritz con il messaggio. Siccome il villaggio di Niederzwehren non offre granché oltre alle pecore, le mucche e i polli, mi farebbe piacere se potessi dare al tuo fratello acquisito un libriccino che valga la pena di leggere, se possibile gli eminenti versi di François Villon, che ammiro sopra ogni cosa.*
Nell'impazienza e in felice attesa, tuo padre,
Charles François de LaTour

Aveva ancora pretese! Avrebbe dovuto chiedere a Sybilla se nella sua biblioteca si trovassero i versi di François Villon e se avesse il permesso di prestarli.

Due giorni dopo in Marktgasse ci fu un'insolita ressa di clienti, dalla mattina presto fino al tardo pomeriggio. Per il dolore di Moritz, però, l'obiettivo dell'assalto non era il "Negozio di vini Liebermann", ma l'Atelier Rosen. Era uscito il *Messaggero di Kassel* e, con grande sorpresa di Charlotte, i guanti di merletto, che erano stati pubblicizzati tanto bene con le parole:

«La raffinata mano della gentildonna», andarono a ruba. Elogiarono i colori tenui e primaverili delle gale all'uncinetto, due clienti ordinarono perfino cuffiette coordinate, la signora von Ochs ne comprò tre paia insieme per regalarli alle sue amiche, e la signora Engelbrecht ne acquistò un paio in nero per andare in chiesa. La sera ne era rimasto un unico paio, perciò avevano preso cinque ordini per guanti bianchi e color crema con gale lilla e verde pastello, inoltre c'erano parecchie richieste di portamonete in merletto dello stesso stile e la signora Günste aveva bisogno per sua figlia di una cuffietta da notte con volant di pizzo all'uncinetto celesti.

«È in dolce attesa, signora Rosen» sussurrò a Charlotte. «E suo marito si augura che sia un bambino. Per cui forse il celeste sulla cuffietta da notte sarà d'aiuto, non è vero?»

La sera Charlotte contò le entrate e si consultò con Grete per calcolare quale prezzo avrebbero dovuto chiedere da allora in avanti per i guanti con le gale, in modo che la vendita portasse un guadagno sufficiente. Certo, Charlotte era brava a fare di conto anche da sola, ma Grete aveva dimostrato non solo di essere prudente e di considerare tutti i costi con esattezza, ma anche di essere molto più rapida e affidabile con i numeri. Charlotte dovette ammettere che la sua apprendista le era di grande aiuto.

«Quei cinque albus erano ben investiti» annunciò a cena. «Penso che in futuro pubblicheremo più spesso simili annunci. La pubblicità è un mezzo utile.»

Elise era esausta per l'agitato viavai in atelier, fece uscire in fretta Fidibus in giardino e poi andò a letto.

Domani devo andare a trovare Sybilla e chiederle dei versi di quel francese, pensò. *Cosa le dico del libro di Chamisso che mi ha regalato? Purtroppo, la sua poesia non mi è piaciuta per niente.*

Egli è il più superbo di tutti…

Che strano, pensò. *Sybilla mi ha appena spiegato che un uomo perfetto non si trova da nessuna parte al mondo e mi consiglia di esercitarmi nel perdono e nella tolleranza. E poi mi manda questo libriccino in cui il marito viene rappresentato come l'essere più superbo sulla Terra. Vuole forse dirmi che l'amore sa sanare tutte le nostre mancanze? Grazie tante, allora preferisco affidarmi alla mia mente lucida.*

Tuttavia, questa decisione non fu in grado di impedirle di pensare all'improvviso a Hans Christian. Si chiese cosa diamine stesse facendo in quel momento. Be', certo, lavorava alla tesi per l'esame finale, cos'altro? E nel caso in cui avesse davvero dovuto sprecare qua e là un pensiero per lei, allora sarebbe stato tutt'al più per essere adirato a causa di un sospetto verosimilmente immotivato.

In quel momento il sonno la prese tra le sue braccia e le impedì di elaborare altre congetture. Quando, all'improvviso, Fidibus saltò alla finestra abbaiando furioso, ebbe bisogno di un momento per raccapezzarsi.

«Vuoi strapparmi le tende?» tuonò scendendo dal letto per trascinare il cane via dalla finestra.

Fidibus continuava ad abbaiare furioso, così alla fine Elise spostò le tende da parte per vedere se fosse successo qualcosa di sotto sulla strada. Ma tutto quello che riuscì a scorgere alla debole luce dei lampioni fu una donna con un secchio in mano che passava in Wildemannsgasse per andare al pozzo.

Deve aver bisogno molto urgente d'acqua per andare alla fonte nel mezzo della notte, pensò, e fece per rimettersi a letto. Poi guardò gli occhi color ambra del cane e la attraversò un pensiero. Si mise le scarpe in fretta, accese una lanterna e scese le scale per andare in atelier.

Sulla soglia dell'ingresso c'era un foglio di carta piegato che qualcuno aveva fatto scivolare sotto la porta.

Spettabile signora,
domenica, all'ora della messa, sotto il ponte sul Fulda dal lato della città vecchia, ci sarà un carretto con dei rami secchi. Metta il portamonete sotto i rami e si allontani.
La ringrazio in anticipo,
Charles François de LaTour

21

I giochi erano aperti. Ora poteva solo sperare che andasse come sperava e che non finisse in catastrofe.

Quando fece per risalire nella sua stanza, Charlotte era di sopra nel corridoio con un lumino da notte in mano. Ovviamente Fidibus aveva svegliato anche lei.

«Che succede?» chiese.

«Qualcuno ha fatto scivolare qualcosa sotto la porta, mamma.»

Charlotte si affrettò a scendere e scorse il foglio alla luce della lampada, poi annuì alla figlia e si infilò il messaggio del ricattatore nella lunga manica della camicia da notte.

«Va bene, Elise» disse piano. «Ora vai a dormire e non ti preoccupare più di questo. Farò tutto il necessario.»

«Buonanotte, mamma.»

Un consiglio che finì nel niente. Elise rimase nel letto con gli occhi aperti e, disperata, rimuginò sull'accaduto. Sarebbe successo a giorno inoltrato. Sotto il ponte sul Fulda, che portava dalla città vecchia a Unterneustadt. Durante la settimana c'era molta vita, i carrettieri si fermavano sulla riva, le barche ormeggiavano e scaricavano merci varie, c'erano in giro commercianti e negozianti, anche i bambini giocavano sul sentiero della riva. La domenica, all'ora della messa, tuttavia, lì sembrava tutto morto. Solo pochi abitanti di Kassel non andavano alla funzione, la parola di Dio «il settimo giorno ti riposerai» veniva presa con molta serietà, non si esercitava alcun commercio e nessuna merce veniva consegnata. Fin lì tutto bene. Ma come potevano nascondersi? I pochi alberi non offrivano quasi per niente protezione dagli sguardi, tutt'al più si poteva sperare che qualcuno avesse legato una barca sotto il ponte per mettercisi dentro. Se tuttavia si voleva catturare un furfante, una barca era un nascondiglio molto poco adatto, poiché prima di essere risaliti dalla barchetta ondeggiante, il sospettato si sarebbe dato alla macchia già da un pezzo. Forse in uno dei tanti capannoni? Ma appartenevano a commercianti e negozianti ed erano chiusi per proteggere dai ladri la merce immagazzinata. Siccome a Elise non venne in mente nessuna buona soluzione, decise di lasciare la faccenda a suo padre: alla fine era stata una sua idea sorprendere il ricattatore alla consegna dei soldi. Le venne invece di nuovo in mente la donna bizzarra che aveva visto dalla finestra. Chi mai usciva di notte con un secchio per andare al pozzo a prendere l'acqua? Nessuna persona normale lo faceva, l'acqua si prendeva la sera o la mattina presto, non al buio! Per questo era assai verosimile che fosse stata lei a far scivolare il foglietto sotto la porta dell'atelier. Doveva aver fatto fatica, poiché la fessura tra la porta e la soglia era molto sottile. Perciò Fidibus aveva abbaiato con rabbia, aveva notato che di sotto qualcuno si dava da fare alla porta.

Una donna? Poteva essere una donna a inscenare quei ricatti? Non era impossibile, suo padre all'epoca aveva reso infelici diverse giovani; sua madre era una di queste, di sicuro non l'unica. Eppure… poteva anche essere che il ricattatore avesse incaricato una domestica o una dipendente di far scivolare di nascosto un messaggio sotto la porta dell'Atelier Rosen.

Domande, misteri, supposizioni, forse quella domenica si

sarebbe davvero risolto tutto e lo spettro sarebbe sparito. L'indomani era giovedì, avevano abbastanza tempo per prepararsi. Stanca morta, si girò su un fianco nel letto e sprofondò in un sonno agitato che durò soltanto fino all'alba. Poi si trascinò dal letto alla scrivania e scrisse in fretta un messaggio a suo padre, che Moritz doveva portargli il giorno stesso.

A colazione le sarte erano di buon umore, si rallegrarono della ressa del giorno prima in atelier e fecero battute sulle clienti come amavano tanto fare.

«La signora von Ochs può portare sui guanti tutte le gale che vuole, tanto le sue dita sembrano comunque salsicce bollite» spettegolò l'instancabile Babette.

«Avete mai sentito che una cuffietta da notte celeste possa aiutare una donna incinta ad avere un maschio?» si meravigliò Therese.

«Ma certo che sì. Allo stesso modo, partorirà una femmina se si metterà una cuffietta di colore rosa» rise la nonna.

«E cosa potrebbe partorire se portasse una cuffietta viola?» volle sapere Grete pignola.

«Gemelli, è ovvio» gridò Babette. «Una femmina e un maschio. Lo sanno tutti, Grete.»

«Forse ci si potrebbe fare un bell'affare, signora Rosen» disse ridacchiando a Charlotte.

Charlotte, proprio come Elise, quella mattina era molto silenziosa; quella notte quasi non avevano trovato riposo e speravano che il caffè della mattina allontanasse la stanchezza. Purtroppo, non fu così. Al contrario, più spesso la nonna riempiva loro le tazze, più erano assonnate. Anche Moritz quel giorno non era incline alla chiacchiera, stava rannicchiato davanti alla sua tazza di caffè con espressione malinconica a masticare pane imburrato e composta di prugne.

«Ah, ho dimenticato lo scialle di sopra nella mia stanza» disse Elise poco prima che aprissero l'atelier, lanciando un'occhiata a Moritz per esortarlo.

«E io la chiave del mio negozio» disse lui facendo una smorfia, poiché l'aveva capita.

«Dove diavolo avete la testa?» disse Charlotte scuotendo il capo e andò ad aprire l'atelier e le imposte.

Di sopra, in camera sua, Elise tirò fuori la lettera per suo padre da sotto al cuscino.

«Devi andare oggi stesso a Niederzwehren e portare questa lettera alla pensione Alla posta, Moritz. Mio padre ti aspetta lì.»

Moritz sbatté gli occhi esterrefatto. «Non è andato a Francoforte, ma si nasconde a Niederzwehren? Come mai, Lisetta?»

«Te lo spiegherà lui quando sarai lì.»

Moritz non si reputò soddisfatto, squadrò arrabbiato la sua sorella acquisita, che evidentemente sapeva più di quanto non volesse confidargli. «Allora c'è qualcosa che bolle in pentola!» valutò lui. «E di sicuro ha a che fare con le carte rubate. Come mai nessuno mi dice niente? Non è corretto, dal momento che io a Göttingen ho tirato fuori dai guai tuo padre in una maniera così formidabile. Per non parlare della cassa che…»

«Fai quello che ti dico e basta» lo interruppe lei spazientita. «Mio padre ha molta stima per te, e per questo assumerai un ruolo molto importante all'interno del suo piano. Di più io non so, tutto il resto te lo spiegherà lui.»

Le lusinghe suonavano molto più dolci alle orecchie di Moritz. Era molto felice del fatto che de LaTour contasse su di lui.

«Tuttavia, potrò partire solo nel tardo pomeriggio, quando avrò chiuso il negozio» spiegò. «Fino a Niederzwehren ci vuole quasi un'ora a piedi, potrebbe essere già quasi buio quando arriverò. Di certo, il mio futuro suocero terrà pronta una buona cena e un giaciglio per me.»

Non sarebbe stato di ritorno prima della mattina seguente. In ogni caso era venerdì e c'era ancora abbastanza tempo. Gli diede la lettera che non aveva sigillato e ovviamente lui vi dette un'occhiata.

«Che vorrebbe significare? Sotto il ponte sul Fulda? Che soldi?» volle sapere.

«Lo saprai da lui. Metti via il foglio e non farlo vedere a nessuno.»

«Sembra una questione di Stato segreta» mormorò. «Non preoccuparti, Lisetta. Con me è al sicuro.»

Scese con aria soddisfatta, mentre Elise prese in fretta uno scialle di seta dal cassetto del comò e se lo mise addosso. Fin lì era tutto sistemato, ora le mancava solo di procurarsi quello stupido libro per darlo a Moritz. Be', almeno così aveva un motivo per andare a trovare Sybilla, il che per lei era sempre una gioia.

Fino a mezzogiorno lavorò diligentemente in atelier, tagliava le cuffiette in maniera ordinata e le consegnava a Babette che le cuciva. Alcune clienti chiesero guanti di merletto e fu chiesto loro di pazientare fino alla settimana successiva, ma nel complesso la situazione in atelier era rimasta tranquilla. A pranzo propose alla madre di andare a trovare vari bottegai in Königsplatz per comprare nuovi guanti, nastri e il filo sottile da uncinetto. Charlotte era d'accordo. In realtà aveva intenzione di fare lei stessa quegli acquisti, ma quel giorno era troppo stanca e lasciò volentieri il compito alla figlia. Elise fu incaricata di comprare solo prodotti della migliore qualità e di contrattare per un prezzo conveniente.

«Si capisce, mamma» disse rallegrata. «Sulla strada del ritorno passerò rapidamente da Sybilla von Schönhoff per chiedere se anche lei e sua madre hanno bisogno di guanti.»

Charlotte sospirò piano e alzò gli occhi al cielo. Ovviamente conosceva sua figlia: inventava sempre un pretesto per poter andare a trovare la sua amica adorata. Non che questo prezioso legame con la signorina aristocratica la disturbasse, al contrario. Era solo che Elise trascorreva davvero troppo tempo a casa dei von Schönhoff invece di servire la clientela in atelier.

«Per me va bene. Ma non ti trattenere troppo, Elise!»

«Sì, mamma.»

Con la somma contata nel borsello e armata di cestino, Elise uscì con l'immancabile Fidibus al guinzaglio. Fece un cenno d'incoraggiamento a Moritz, che era in piedi davanti al negozio di vini con la testa appesantita dai pensieri, e diresse i suoi passi verso la chiesa di San Martino per poi svoltare a sinistra in Königsplatz. Già poco dopo la piazza della chiesa si fermò davanti alla piccola vetrina della modista Katharina Blumenfeld, poiché vi aveva intravisto un paio di guanti di pizzo con gale all'uncinetto. L'esecuzione non era tanto riuscita come quella realizzata dalle sarte dell'Atelier Rosen, ma le gale non erano fatte male. Che rabbia, la concorrenza non si fermava mai, aveva rubato loro l'idea e voleva guadagnare dall'affare. Purtroppo, non ci si poteva fare nulla, non potevano vietare a Katharina Blumenfeld tale iniziativa.

Anche l'acquisto dal bottegaio si rivelò più difficile del previsto. La gente aveva letto l'annuncio, in più alcune clienti dell'Atelier Rosen avevano mostrato in pubblico i nuovi guanti; del resto, nessuna novità rimaneva nascosta a Kassel. Così i bottegai avevano alzato i prezzi e, per quanto Elise contrattasse con testardaggine, dovette pagare più di quanto sperava. Dunque, i soldi bastarono appena per dieci paia di guanti di pizzo, poiché anche il filo e i nastri non erano certo economici.

L'unica consolazione era Fidibus, che ormai camminava da bravo al guinzaglio e che tirò un'unica volta la corda perché un bassotto impertinente gli aveva abbaiato; doveva far vedere al piccoletto chi comandava. Davanti ai negozi si faceva legare da bravo e non mordeva il guinzaglio né abbaiava alle persone che passavano o ai cani.

«Piano piano diventerai un bravo cagnaccio» disse per elogiarlo mentre attraversavano Friedrichsplatz per andare in Carlstrasse.

«La mia padroncina si è ritirata per un sonnellino» disse il vecchio Baptiste accogliendola. «Eppure non mi perdonerebbe mai se non la svegliassi per annunciarle la sua visita.»

Prese Fidibus con sé per farlo uscire nel giardino sul retro della casa. Accanto a un'area pavimentata c'era anche una pergola su cui erano cresciute delle rose. Forse Sybilla aveva pensato a quel posto quando le aveva raccontato della graziosa immagine che aveva sognato.

Mentre saliva le scale dietro Baptiste, sul corridoio dell'ultimo piano si aprì una porta e apparve Johann Georg.

«Elise!» gridò sorpreso. «Mi sembrava di aver sentito la tua voce. Benvenuta. Sybilla dorme un po', ma scambierei molto volentieri qualche parola con te.»

Disse a Baptiste di aspettare a svegliare sua moglie e accompagnò Elise nello studio che lei conosceva da anni, poiché lì aveva incontrato per la prima volta la già signorina Sybilla von Schönhoff. Johann Georg la pregò di prendere posto sulla poltrona preferita di Sybilla, lui si sedette di fronte a lei.

«Si tratta di quella spiacevole faccenda di cui Sybilla ti ha parlato con grande franchezza» cominciò. «Ammetto di non essere stato felice quando mi ha confessato di avertelo raccontato.»

«Perché? Siamo parenti stretti e non dovremmo avere segreti l'uno per l'altra, non trovi?»

Sorrise. Eppure, c'erano stati tempi in cui aveva provato ben altro che sentimenti di parentela, per fortuna tali sentimenti si erano trasformati. Ormai si comportavano come fratello e sorella.

«Volevo che si facesse meno rumore possibile in merito» disse. «A parte tu e Sybilla non lo sa nessuno.»

«Capisco...»

«La questione è molto seria, Elise. Se le mie origini illegittime verranno alla luce, con la nomina a capitano di cavalleria avrò chiuso. Per non parlare dell'imbarazzo nei confronti dei miei suoceri; anche Sybilla e i futuri bambini ne soffrirebbero.»

«Quindi pagherai la somma richiesta?»

Sbuffò e sul suo volto si disegnò una rabbia inerme.

«Che altro mi resta da fare? Ci sono in gioco troppe cose, Elise.»

Non gli chiese neanche se avesse pensato a denunciare il ricatto alla polizia. Anche lui sapeva che ci si poteva aspettare ben poca discrezione.

«E cosa farai se arrivassero altri ricatti?» volle sapere lei.

Annuì incupito. Anche a quello aveva pensato.

«Mi ha in pugno, Elise» confessò. «Ma non sono disposto a comprare per tutta la vita il suo silenzio. Mi sono imposto di cedere una sola volta al ricatto. In caso si ripetesse, prenderò provvedimenti.»

«E quali potrebbero essere questi provvedimenti?»

Si appoggiò sullo schienale, le dita si muovevano agitate sul bracciolo intagliato.

«Ci sono diverse possibilità di liberarsi di un ricattatore» disse piano. «Potrei assumere una spia che segua le sue tracce. Si potrebbe anche sorprendere mentre va a prendersi i soldi. L'ultima soluzione prevede che io debba lasciare Kassel con la famiglia per sfuggire a questa minaccia.»

Elise si spaventò. Sarebbe stato terribile perdere due persone così care come Sybilla e Johann Georg. No, non dovevano arrivare a quel punto.

«Ascolta, Johann Georg» disse piano. «Quello che finora ho taciuto a Sybilla è che anche mia madre è stata ricattata dalla stessa persona.»

Lui sgranò gli occhi mentre lei continuava a parlare. Quando gli raccontò del piano di suo padre, sotto il sigillo del più rigido silenzio, i suoi occhi si illuminarono di grinta.

«Meno male che non l'hai raccontato a Sybilla, Elise. Nel suo stato si agiterebbe per nulla. Sono colpito molto positivamente dal piano di tuo padre…»

«… Che è anche *tuo* padre…»

Non era riuscita a risparmiarsi quell'osservazione e si guadagnò un'occhiata storta e furiosa.

«… di *tuo* padre» ripeté lui con testardaggine. «Io e i miei amici siamo a disposizione per attuarlo.»

Non era sicura che fosse un'offerta felice. Soprattutto perché fino a quel momento non le era chiaro dove e come avrebbero potuto aspettare il ricattatore sul ponte del Fulda. Ma la successiva proposta di Johann Georg non le sembrò male.

«Il padre di Sybilla possiede una casa sulla riva, molto vicina al ponte. È affittata a un commerciante che vi immagazzina la propria merce, ma potrei procurarmi una chiave. Da lì non è difficile osservare la riva e anche il fiume. Se i soldi devono essere messi sotto al ponte, è verosimile che userà una barca per prendersi il bottino.»

«Su questo hai ragione» disse Elise in segno di approvazione. «Moritz va oggi stesso a Niederzwehren per portare un messaggio a mio padre, aggiungerò la tua proposta alla lettera.»

«Eccellente! Allora siamo d'accordo, sono felice di avere un ruolo in quest'impresa» disse ed esitò, poiché evidentemente aveva qualcos'altro da dichiarare.

«Sono disposto a sottopormi ai desideri di tuo padre in questa faccenda, visto che lui ha pianificato la cosa e la gestisce. Questo, però, non è in nessun modo un riconoscimento né addirittura un avvicinamento. Lo dico solo perché non ci siano fraintendimenti, Elise.»

In che modo sciocco sapevano comportarsi gli uomini! Per quella volta Elise rinunciò a rispondere e promise di fare tutto il necessario.

«Se vuoi ancora fare un po' di compagnia a Sybilla» disse con tono gentile «ne sarebbe molto contenta. Detto tra noi: la preoccupazione esagerata con cui sua madre l'assilla di continuo non le fa per niente bene.»

«Vado subito a rasserenarla!»

Sybilla accolse Elise in salotto, seduta sul divano e avvolta in una coperta. Sul tavolo c'era una bella tazza di cioccolata calda, in più una ciotola con pasticcini, dolci e frutta essiccata. La signora von Schönhoff, che si era seduta accanto alla figlia, salutò Elise cordialmente e poi dichiarò di doversi occupare di suo marito, che purtroppo era a letto, poiché era di nuovo tormentato da forti dolori alla schiena.

«È una persona tanto impaziente» sospirò. «Riesce a sopportare a fatica la malattia cronica che l'ha colpito. Speriamo che la stagione calda renderà i dolori più sopportabili.»

Rifiutò la proposta di Elise di rasserenare un po' il colonnello con una sua breve visita.

«È vanitoso come tutti gli uomini, mia cara» disse sorridendo. «Farsi vedere in quello stato da una giovane donna per lui è spiacevole. Quando starà meglio, sarà certo felice della sua visita.»

La madre non fece in tempo a lasciare la stanza, che Sybilla si tolse la coperta dalle spalle e porse la tazza con la cioccolata calda a Elise.

«Vuoi berne un po'?» chiese. «Mia madre in questo periodo mi sta facendo ingrassare con tutte queste cose. È dell'idea che io debba mangiare per due e continua a far portare di tutto dalla cucina.»

Elise era disposta ben volentieri a venire in aiuto all'amica, poiché in atelier la cioccolata calda tutt'al più la bevevano nei giorni di festa.

«Non ti capisco» rise e sorseggiò con piacere la dolce bevanda. «Ha un sapore paradisiaco.»

«Finiscila e basta» disse Sybilla con fare astuto. «Subito dopo asciugati i baffi di cioccolato dalle labbra, però. Ti stanno bene, eh, ma potrebbero far pensare male mia madre.»

Era piacevole stare con la sua amica seduta in quel grazioso salotto a bere cioccolata e dimenticare per un momento le paure e le preoccupazioni. La felice attesa della futura madre sembrava riempire tutto lo spazio, l'orologio del camino ticchettava piano e contava le ore e i giorni che mancavano al sopraggiungere del felice evento. Elise, però, ora invidiava un po' l'amica per quella sicurezza, per le cure amorevoli e la bella speranza che la occupava completamente.

«So benissimo cosa dirai delle poesie di Chamisso» disse Sybilla sorridendo. «Ammettilo: non ti sono piaciute.»

Elise lo confessò con franchezza. «Mi sono sembrate molto esagerate, Sybilla. "… Tu, stella di gloriosa altezza, non devi conoscere me, umile ancella…" Ti prego, ma questa non può essere la ricetta per un buon matrimonio.»

Sybilla si fece una bella risata, poi affermò che in effetti era un po' esagerato. «È una rappresentazione ideale attribuita a una giovane donna innamorata nel suo primo momento di felicità, Elise. Se ti dedichi del tutto all'amore per una persona...»

«Mi sembra essere piuttosto una rappresentazione ideale che vaga come un fantasma nella testa del signor Adalbert von Chamisso» replicò Elise. «Che trovi una donna che lo consideri come "stella di gloriosa altezza" ci credo poco. Ma mio malgrado hai ragione. La poesia è scritta bene, a tratti anche molto commovente e piena di slancio. Se una giovane donna si dipinge l'amore, il matrimonio e la maternità in questo modo, però, forse in seguito verrà parecchio delusa.»

«Ma non è infinitamente pregevole la felice ebbrezza di un amore devotissimo, Elise? Questi momenti sono disseminati in modo così rado nella nostra vita, perché dovremmo privarcene per semplice buonsenso?»

«Una bella illusione è davvero felicità, Sybilla?»

L'amica sorrise e rispose con una domanda: «Quello che chiamiamo felicità non è sempre una bella illusione?».

Non raggiunsero alcun risultato, poiché nessuna delle due era in grado di rispondere a quella domanda. In compenso, Elise domandò all'amica il permesso di prendere in prestito una raccolta di poesie dell'autore francese François Villon.

Sybilla aggrottò la fronte e volle sapere come Elise era arrivata proprio a quell'autore.

«Me l'ha consigliato mio padre. Lo ammira molto.»

«Va bene» disse l'amica muovendosi lentamente. «Possiedo un volumetto con quelle poesie. Tuttavia, sono scritte in francese e non sono facili da leggere. Avrai bisogno di un dizionario e anche in quel caso non riuscirai a trovare parecchie espressioni.»

«Vorrei provare lo stesso, Sybilla. Solo per far piacere a mio padre» mentì Elise senza sentirsi in colpa.

«Te lo presto volentieri» disse lei, anche se si capiva chiaramente che lo faceva soltanto per cortesia, non con convinzione. «Tuttavia, vorrei avvertirti. Questo autore deve aver condotto una vita viziosa, ha avuto rapporti con ladri, bevitori e donnacce. Così sono anche le sue poesie. Non rinunciano a una certa qualità letteraria, ma non sono comunque consigliabili per una giovane donna.»

Si alzò per prendere il libriccino ed Elise approfittò di quel tempo per finire il contenuto della tazza e assaggiare uno dei fichi secchi, che ormai si potevano trovare anche a Kassel. Aveva un sapore sorprendentemente dolce e risvegliava il desiderio per le terre lontane in cui il sole faceva crescere quei frutti paradisiaci.

La raccolta di poesie era molto esile, Monsieur Villon non sembrava aver scritto molto. Tuttavia, l'avvertimento di Sybilla l'aveva incuriosita; del resto, sono i frutti proibiti a risvegliare una particolare bramosia. Cosa c'era di tanto brutto in quelle poesie? Be', se avessero parlato d'amore, l'avrebbero fatto di certo in maniera diversa rispetto ai versi di Chamisso.

«Vuoi già andartene?» chiese Sybilla delusa, quando Elise si alzò e si sistemò il vestito.

«Lo sai, mia madre mi aspetta» ribatté Elise sospirando.

«È un peccato, ma capisco bene» disse lei sorridendo. «Hai ricevuto posta da Göttingen?»

«Da Göttingen? Chi dovrebbe inviarmi qualcosa?»

«Forse un certo Hans Christian Thiedemann?» chiese a sua volta Sybilla con un sorriso compiaciuto. «Sai, Elise, credo fermamente che ti scriverà.»

«Non voglio toglierti la convinzione» disse Elise scostante. «Io non mi aspetto niente, Sybilla. E sto molto bene così.»

«Sono contenta per te, amica cara» disse Sybilla abbracciando Elise. «Mi auguro tanto di vederti felice.»

Durante l'abbraccio Elise sentì per un momento che qualcosa si muoveva nella pancia dell'amica e fu allo stesso tempo spaventata e incantata da quel piccolo essere vivente che scalciava tanto forte.

Nel negozio di vini di Moritz si trovavano due clienti che, però, per il momento non compravano, volevano assaggiare il vino. Elise pregò Moritz di darle un foglio di carta e completò il messaggio, lo mise nel libriccino e incaricò Moritz di portare tutto a suo padre.

«Beva un bicchiere con noi, signorina!» le gridò uno dei due uomini quando fece per uscire. «Oggi non costa niente!»

Erano due musicisti dell'orchestra del principe elettore, conosciuti come dei veri ubriaconi. Quello che aveva parlato dovette zittirsi subito perché fu preso dal singhiozzo.

22

La mattina seguente, sul presto, Moritz, scalzo, salì le scale di soppiatto ma, per quanto si sforzasse di non fare rumore, Fidibus ovviamente se n'era accorto e abbaiò. Elise calmò la sua guardia del corpo e sperò che sua madre credesse che il cane avesse sentito qualcosa sulla strada e avesse abbaiato per quel motivo. A colazione la speranza fu annientata, poiché Charlotte lanciò un'occhiata a Moritz, dal cui sguardo era palese che avesse passato la notte insonne.

«Da quando passi la notte fuori casa?» volle sapere.

Anche a Therese non era sfuggita l'assenza di Moritz durante la notte. Fece un sospiro profondo e guardò suo figlio con occhi preoccupati.

«Per l'amor di Dio, stai attento, Moritz» lo rimproverò. «Quelle donne facili hanno già portato sfortuna ad alcuni bravi ragazzi.»

Moritz recitò la sua parte in maniera eccellente. Si limitò ad abbassare la testa e disse: «Non ti preoccupare, mamma. Sono adulto e so badare a me stesso».

Ad ogni modo non se ne parlò oltre e la giornata si svolse come al solito. Elise moriva di curiosità rispetto alle conversazioni intercorse a Niederzwehren, ma fino a quel momento non si era presentata nessuna occasione di parlare da sola con Moritz. Quindi fece in fretta gale e volant di pizzo all'uncinetto guardando di continuo dalla finestra il negozio di vini di Moritz, dove quella mattina si era fatto vedere solo qualche bevitore zelante che approfittava volentieri dell'offerta di assaggio, ma che non comprava nemmeno una bottiglia. In compenso, in atelier c'erano sempre più signore felici di fare acquisti: chiedevano guanti, portamonete e cuffiette, si facevano mostrare ogni genere di merce e lodavano il bel tempo primaverile che quel giorno offriva un cielo limpido e un tiepido sole di maggio. La signora Günste colse l'occasione per mettere Charlotte a conoscenza del fatto che gli stessi guanti di merletto venivano venduti da Katharina Blumenfeld a un prezzo più economico.

«La qualità ha pur sempre il suo prezzo» ribatté Charlotte con gentilezza. «Noi usiamo solo il filo migliore e motivi all'uncinetto molto complicati per le gale. Se do via i guanti a un prezzo più conveniente, ci rimetto, cara signora Günste.»

Dopo pranzo Elise pregò Moritz di darle una mano in giardino, dove c'erano cespugli da potare e le prime erbacce si diffondevano sulle aiuole.

«Allora?» gli chiese piano, mentre si avventava sull'oleandro con le forbici da pota. «Mio padre ti ha dato un messaggio per me?»

«Per te? No» fu la breve risposta.

Era delusa e continuò a indagare.

«E cosa avete concordato?»

Moritz fece un'espressione eloquente e le lanciò i rami tagliati, che lei legò così che potessero farli seccare e poi usarli come legna da ardere.

«Segreto di Stato, Lisetta» disse.

«Cosa c'entra il "segreto di Stato"?» tuonò lei adirata. «Voglio sapere come vuole iniziare la cosa. Alla fine, si tratta di mia madre!»

«Questo lo sappiamo» disse. «Tuo padre e io abbiamo pensato a tutto nei dettagli, potete fidarvi di noi.»

Avrebbe voluto prenderlo per la camicia e scuoterlo con forza.

«Ora mi dici subito di cosa avete parlato!» gli disse bisbigliando.

«Mi dispiace, Lisetta» rispose e fece due passi indietro per controllare il cespuglio potato. «È pur sempre una cosa da uomini, tu non ci combini niente.»

Se in quel momento non fosse apparsa la nonna con una zappa da giardino per liberare l'erba cipollina e il prezzemolo dalle erbacce, avrebbe mollato un ceffone al suo fratello acquisito come ai vecchi tempi quando erano ancora bambini. Si limitò quindi a guardarlo con rabbia e mormorò: «Lo vedremo, presuntuosa testa di rapa!».

C'era da diventare matti, volevano davvero tenerla fuori da tutto! Moritz rimase ostinato, in silenzio, la sua curiosità e la sua scarsa pazienza sembravano perfino divertirlo, tanto che alla fine lei, arrabbiata, smise di fargli altre domande. Ma neanche con Johann Georg era possibile parlare. Quando si presentò in Carlstrasse per una visita a Sybilla, la salutò cordiale e dichiarò di dover entrare in fretta in servizio. Era sicura che Moritz fosse stato da lui la mattina presto per portargli un messaggio di suo padre. Cose da uomini, *puah*! Chi aveva dato il via a tutto? Se non fosse stata lei a mostrare al padre la lettera in cui Charlotte le scriveva del ricatto, lui sarebbe ripartito ignaro per Francoforte insieme a van Leuwen.

Quindi la domenica mattina cominciò senza che lei sapesse come quegli astuti signori volessero acciuffare il ricattatore. Il tempo non era dalla loro parte, poiché prometteva di nuovo una splendida giornata di primavera. Il fiume e la riva sarebbero stati in pieno sole; non era per niente facile nascondersi.

Charlotte aveva tirato fuori il portamonete con i soldi dallo scomparto segreto della scrivania già la sera prima. A colazione dichiarò di dover andare a trovare una cliente prima della messa per consegnare i guanti che aveva ordinato e che voleva mettersi per andare in chiesa. Certo, le sarte la guardarono stupite, poiché non sapevano niente di quella vendita, ma nessuna ritenne necessario chiederle qualcosa. Così Charlotte si incamminò mezz'ora prima dell'inizio della messa e poi si presentò puntuale in chiesa, dove Elise aveva tenuto un posto libero accanto a sé per la madre.

«Dov'è finito ancora Moritz?» sussurrò Charlotte mentre faceva cenno con la testa ad alcune conoscenti che si voltavano verso di loro dalle altre panche.

«Se ne va in giro per la città a cercare moglie» osservò Babette. «Se solo non ci si consumasse i piedi.»

Therese non disse nulla, ma il suo volto magro si fece ancora più imbronciato. Poi l'organo annunciò l'inizio della funzione e Babette fu costretta a tacere.

Di rado Elise era stata tanto agitata durante la messa della domenica come quel giorno. Mentre salmodiava insieme alla comunità il bel canto *Affida la tua strada*, dentro di sé vide il carretto sotto il ponte sul Fulda con il portamonete nascosto sotto i rami secchi. Ora, siccome la messa era iniziata, gli uomini dovevano già essere nel loro nascondiglio con la tensione al massimo a fissare il fiume e la riva del Fulda. Ogni movimento avrebbe attirato la loro attenzione, le anatre starnazzanti sulla riva, una barca che passava sul fiume, una folata di vento che muoveva i rami.

«Cari membri di questa comunità» il pastore cominciò la sua predica domenicale «che vi siete riuniti qui in chiesa questa domenica per fare a Dio l'onnipotente...»

Perché doveva stare lì seduta in chiesa, mentre giù, sulla riva del fiume, succedevano cose eccitanti? Nel frattempo, il ricattatore si era fatto vedere? O si faceva attendere? Forse era addirittura seduto in chiesa insieme a loro e poi sarebbe sceso con calma, dopo la fine della messa, fino al ponte sul Fulda per raccogliere il portamonete da sotto i rami secchi come se niente fosse. Cosa diamine avrebbero fatto quegli uomini coraggiosi se alla fine si fosse presentata una donna e avesse trainato dietro di sé il carretto con apparente disinvoltura? La stessa che era passata durante la notte per Marktgasse con un secchio dell'acqua?

Il pastore approfittò del testo della Bibbia per affrontare il suo tema preferito: il diavolo, che percorreva la Terra come un leone ruggente, per indurre le persone ad azioni peccaminose e che, purtroppo, anche a Kassel aveva messo sulla cattiva strada parecchi cristiani. Stava per infierire sugli ipocriti, i superbi e gli usurai, per poi arrivare ai bevitori e ai giocatori d'azzardo. Un'occhiata dimostrò a Elise che quel giorno neanche sua madre era molto coinvolta. Charlotte non guardava il pulpito interessata, osservava con espressione cupa le finestre colorate della chiesa su cui il sole della mattina disegnava alcuni giochi di luce. Forse proprio in quel momento si stava immaginando il ricattatore tirare fuori i soldi dai rami secchi per farli sparire sotto la giacca.

La predica non voleva proprio finire? Per fortuna il pastore era già arrivato alla grazia di Dio che bastava a preservare i poveri peccatori nel giorno del giudizio dal terrore dell'eterna dannazione. Di solito a quel punto finiva, poi seguivano le intercessioni e infine il padrenostro. Oh cielo, prima furono cantate anche tutte le strofe della corale *Forte rocca è il nostro Dio*. In realtà a Elise piaceva molto quella canzone e la cantava sempre con intenzione, ma quel giorno era così nervosa che la sua voce usciva tutta tremolante.

Era successo? Lo avevano preso? Di sicuro era finita in una zuffa. Cosa sarebbe accaduto, se avesse avuto con sé un'arma? Per Johann Georg, che aveva esperienza in battaglia, si preoccupava meno, anche Moritz sapeva difendersi. Ma suo padre, che non era più tanto giovane, poteva essere ferito dal ricattatore o essere addirittura spinto nel Fulda.

L'organo attaccò il brano di chiusura, i primi partecipanti alla messa si alzarono dai loro posti per andare piano verso l'uscita. Parlavano tra loro, si scambiavano osservazioni sulla predica, il bel tempo e l'imminente apertura dei giochi d'acqua a Wilhelmshöhe. Anche Elise si alzò lentamente, sentì le ginocchia tremare e seguì nella navata centrale della chiesa la madre, che si inseriva nel flusso delle persone verso il portone. Ancora non era possibile camminare in fretta verso casa; le tante conoscenti che dovevano salutare se la sarebbero presa molto a male. Dovevano fermarsi qua e là, scambiare qualche parola di circostanza e augurarsi una felice domenica. Del resto, la maggior parte delle conoscenti erano clienti dell'atelier e non si dovevano indisporre, altrimenti sarebbero andate a comprare dalla concorrenza.

Quando Charlotte e le sue compagne infine tornarono in Marktgasse, constatarono che Moritz ancora non c'era. In cucina andò loro incontro solo Fidibus, che la nonna aveva chiuso dentro, la camera era vuota e Moritz non si trovava neanche al negozio di fronte.

«E tutto ciò la mattina del giorno del Signore» sospirò Therese. «Dev'essere proprio una ragazzetta miscredente ad aver fatto girare la testa al mio povero ragazzo.»

«Se non è finito di nuovo con i contrabbandieri» disse Babette impietosa. «Allora potresti andarlo a trovare oggi stesso in prigione.»

«Zitta, Babette!» gridò Therese irritata. «Il pastore non ha appena predicato sulle maldicenze, che sono un brutto peccato?»

«Chissà» osservò Grete guardando in direzione di Elise. «Forse c'è sotto anche qualcos'altro.»

L'astuta Grete aveva forse notato che stava accadendo qualcosa di strano? Elise, per non sbagliare, fece un'espressione innocente e disse: «Da Moritz bisogna aspettarsi di tutto».

Cosa avrebbero fatto se avessero beccato il ricattatore? Lo avrebbero portato alla polizia? No, questo probabilmente no. C'era da supporre che suo padre lo avrebbe costretto a tirar fuori il manoscritto rubato. Ma cosa sarebbe successo se si fosse rifiutato?

Nel frattempo, la nonna aveva di nuovo acceso il focolare per scaldare il pranzo, che preparava sempre il sabato sera, affinché la domenica potesse andare anche lei in chiesa. C'erano zuppa riscaldata, patate con salsa allo speck e, come dolce, gli anelli di mela che avevano fatto essiccare l'anno precedente. Quando quasi tutti gli anelli furono finiti, Fidibus uscì all'improvviso da sotto al tavolo abbaiando forte. Aveva sentito Moritz arrivare alla porta della cucina dal giardino.

«Chi tardi arriva, male alloggia» disse Babette indicando le ciotole vuote.

Moritz fece una smorfia da sciocco e si mise lo stesso a tavola, poiché sapeva che la nonna non lo avrebbe lasciato morire di fame.

«Il mio povero ragazzo» disse Therese accarezzandogli la guancia ispida. «Hai l'aria stanca e sfinita.»

«Ah, smettila, mamma.»

Moritz scansò la mano che lo accarezzava e si avventò affamato sulla zuppa che la nonna gli mise davanti. Non guardò Elise nemmeno una volta, sebbene lei quasi lo divorasse con gli occhi dalla curiosità. Niente nella sua espressione faceva capire se il colpo fosse andato bene o male, si limitò a mangiare in fretta la zuppa, poi ingurgitò anche gli anelli di mela avanzati.

«Ho pensato che oggi pomeriggio potremmo andare tutti insieme al parco di Wilhelmshöhe a vedere l'apertura dei giochi d'acqua» annunciò Charlotte di buon umore.

«Dobbiamo andarci a piedi?» si informò Babette. «In quel caso io preferirei rimanere a casa e anche per Grete il lungo percorso sarebbe troppo faticoso.»

«Ma no. Affitteremo una carrozza.»

«Allora dobbiamo sbrigarci» disse Therese. «Temo che oggi mezza Kassel si sposterà per andare lì.»

Siccome anche Moritz voleva andarci, a Elise non rimase altro che aggregarsi all'uscita. La stava evitando? Avevano già visto tante volte insieme l'apertura dei giochi d'acqua, che si svolgeva tutti gli anni a maggio, quasi non avrebbe dato nell'occhio se fossero rimasti entrambi in atelier con una scusa. Moritz fu quindi spedito ad affittare un carro, mentre le donne si preparavano in tutta fretta per uscire. Il viaggio ovviamente era una buona occasione per esibire i nuovi cappelli primaverili, poiché tra gli spettatori ci sarebbero state parecchie clienti dell'atelier.

In Königsplatz c'era un'enorme ressa di carri e carrozze che portavano a Wilhelmshöhe famiglie borghesi vestite a festa. Erano venuti perfino i contadini dai dintorni con carro e cavallo per arrotondare, ma la gente non andava volentieri con loro, poiché sui carri dei contadini si stava davvero scomodi e ci si sporcavano i vestiti. Moritz si era aggiudicato una carrozza a noleggio che sembrava più che accettabile e – come gli assicurò il cocchiere – poteva portare anche sette persone. Perciò pretese un prezzo salato su cui rimase irremovibile, sebbene Charlotte mise sul tavolo che lo affittavano anche per il ritorno e per questo motivo avrebbe dovuto fare un po' di sconto.

«La strada è la stessa, perciò i miei cavalli non mangiano meno» disse con indifferenza tendendo la mano testardo.

Salirono sulla carrozza ridendo molto, poiché lì dentro era davvero stretto per sette persone, così Babette espresse subito la massima: «I grassi in tre su una panca, i magri in quattro di fronte!».

Quindi Babette, la nonna e Grete si sedettero da una parte, mentre Elise, Charlotte, Moritz e la magra Therese si divisero la panca di fronte. Grete non era per niente grassa, ma Charlotte le aveva assegnato il posto più comodo a causa della sua anca storta. Fidibus, che li aveva seguiti, ebbe il permesso di sistemarsi tra i loro piedi senza maggiorazione. Il cocchiere schioccò la frusta con arroganza e si dette da fare per dirigere il mezzo in direzione Wilhelmshöher Tor passando tra pedoni e altre carrozze di ogni genere.

In altre circostanze a Elise sarebbe piaciuto quel viaggio. Il sole faceva brillare i boschi e i prati da poco inverditi, accanto ai tanti carri passavano pedoni con vestiti colorati verso Wilhelmshöhe, giovanotti avevano infilato una foglia verde sul cappello, operaie e domestiche camminavano vestite a festa e rispondevano duramente alle battute dei ragazzini.

«Quanta gente» disse Grete. «E sono tutti felici.»

«Sì» disse Babette. «Si comportano come se lassù ci fosse qualcosa di gratuito.»

«In effetti c'è» affermò Charlotte. «Una bella esperienza che ci farà passare la giornata. Sarà il nostro regalo.»

La carrozza non avanzava in fretta, poiché la strada era intasata da carri e pedoni. Si sentiva il cocchiere imprecare e gridare maledizioni, ma ogni tanto spostava la vettura di lato, quando la carrozza di un funzionario di corte o di una signora aristocratica voleva superarli. Nel frattempo, Charlotte spiegò a Grete, che ascoltava con attenzione, che la fama dei giochi d'acqua a Wilhelmshöhe era riconosciuta anche molto lontano e che attiravano molti visitatori.

«È una meraviglia, Grete, che non ha eguali» disse con orgoglio. «Lassù, sulla montagna, da dove si vede già da una discreta lontananza la statua di Ercole dritta sul tempio, l'acqua viene raccolta in un bacino. Quando sbloccano lo sbarramento, le acque si riversano su una larga scala di pietra e scorrono attraverso svariati ostacoli con un effetto del tutto naturale, sebbene siano artificiali.»

«E dove va a finire l'acqua?» volle sapere Grete.

«Nel grosso stagno dietro il castello del langravio» spiegò la nonna. «Lì alimenta una fontana che spruzza un getto d'acqua variopinto fino in cielo. Al sole un arcobaleno colorato si mischia sempre con la schiuma, vedrai, è meraviglioso.»

Il carro si fermò poco lontano dal castello del conte e Grete e Babette dovettero percorrere un bel pezzo a piedi con gli altri, il che fu molto faticoso, poiché il sentiero era in salita.

«E dov'è ora l'acqua?» volle sapere Grete che, nonostante la sua anca storta, camminava rapida e superò presto Babette.

«Sta arrivando» spiegò Elise. «Se saremo al grande acquedotto al momento giusto, allora vedremo le acque sgorgare sulla pietra e precipitare verso il fondo.»

Salirono lentamente per sentieri coperti di boschi, passarono accanto a bacini di pietra, cascate e massi che aspettavano ancora tutti di essere inondati dalle acque spumeggianti. Elise si tenne al fianco di Moritz, ma era impossibile porgli una domanda, poiché c'erano dappertutto curiosi e persone a passeggio e anche Charlotte avrebbe potuto sentirli. Tuttavia, piano piano arrivò all'angosciosa convinzione che il piano di suo padre non fosse riuscito.

«Là!» gridò Charlotte indicando una costruzione che troneggiava sopra di loro come un alto ponte con archi di pietra. «Quello è l'acquedotto. Da lì…»

Si interruppe, poiché in quel momento i visitatori che erano lì ad aspettare urlarono, alcuni batterono perfino le mani per l'entusiasmo. Sulla pietra liscia sgorgò una lingua d'acqua luccicante e poi sprofondò giù per la montagna come un biancastro flusso spumeggiante. Più in basso la cascata d'acqua entrò in un bacino per poi continuare a scorrere verso valle ribollendo e turbinando.

«Che meraviglia!» gridò Grete. «Saliamo ancora per vedere come l'acqua si fa strada.»

«Ma non lassù fino all'Ercole» si lamentò Babette. «Al massimo fino al ponte del diavolo.»

«Che hai, Babette?» disse la nonna. «Te lo deve far vedere questa vecchia come si sale una montagna?»

«Vengo, vengo… Dovevo solo riprendere fiato un attimo.»

A quel punto Elise non riuscì più a trattenersi. Afferrò Moritz, che aveva già preso lo slancio per partire, per un lembo della giacca e lo tenne fermo con decisione.

«Arriviamo subito, mamma» gridò a Charlotte. «Guardiamo ancora un po' la cascata e poi vi raggiungiamo.»

«Allora non rimanete laggiù troppo a lungo» ribatté Grete. «Non siamo mica lumache.»

Elise tirò Moritz un po' fuori dal percorso tra gli alberi, poi lasciò andare il lembo della sua giacca e si puntò le mani sui fianchi.

«Racconta!»

Lui contrasse il volto e buttò fuori l'aria seccato.

«Va bene. Tanto prima o poi lo scopri.»

Adesso era chiaro: la faccenda era andata male.

«Allora, è andata così» cominciò lui raspando con il piede per terra. «Ci siamo incontrati molto presto, quando era ancora buio, giù al fiume. Lì abbiamo dato un'occhiata al carro dei rami secchi con una lanterna e, siccome il carretto era piuttosto grosso, tuo padre è arrivato alla gloriosa idea di farmici salire per nascondermi sotto i rami. Io l'ho anche fatto, ma non era proprio comodo, perché tra i rami secchi camminava ogni sorta di animale...»

«Vieni al punto!»

«Ora!» brontolò lui e si grattò la schiena. «Gli altri tre si sono nascosti nella casa che appartiene agli Schönhoff. Il signor von Schönhoff aveva una chiave...»

«Lo so. Poi cos'è successo?»

«Be', che altro? Abbiamo aspettato. Quelle maledette pulci mi hanno punto in una maniera terribile, per non parlare dei ragni...»

«Poi mia madre ha nascosto il portamonete, no?»

«Sì. Lo ha messo così in fondo che temevo mi scoprisse. Ma lei era fin troppo di fretta e se n'è andata subito. Poi sono rimasto lì buono, non osavo neanche grattarmi...»

Fece una pausa e calciò una piccola pietra sul muschio.

«Continua! Devo tirarti fuori le parole a una a una?»

«Non è successo niente. Per ore. Sono rimasto accovacciato sotto quei maledetti rami secchi e ho aspettato un'eternità. Va a finire che non verrà a prendere il portamonete prima di sera, ho pensato. Oppure domattina presto? Devo stare qui a fare la muffa? E, quando ero già sul punto di scendere dal carretto, sento qualcuno arrivare. Mi è venuto freddo per l'agitazione.

Poi mi accorgo che qualcosa si muove tra i rami secchi sopra di me e penso, *ora prende il portamonete.* Salto fuori come un pupazzo a molla, afferro il tipo per la collottola e lo tengo stretto. Lui si è dimenato e ha lanciato strane urla, si è voltato e rigirato…»

«Allora» disse Elise sollevata. «Allora l'avete beccato. E? Chi è? Forse addirittura lo conosciamo?»

«Certo che lo conosciamo» disse Moritz con espressione stizzita. «Guardando meglio, mi rendo conto che quello che stavo quasi per strangolare è il vecchio Kasimir.»

«Il… vecchio Kasimir?» balbettò lei esterrefatta. «Quello che sta sempre al mercato a vendere statuette di legno?»

«Proprio lui» sospirò Moritz.

«Non può certo essere il ricattatore, Moritz. Capisco: il furfante ha mandato il vecchio a prendere il portamonete.»

Moritz annuì, furibondo.

«Poi ce ne siamo accorti anche noi. Gli altri sono arrivati correndo, sembravano cadere dalle nuvole. Tuo padre voleva tirar fuori al vecchio chi lo aveva incaricato, ma ovviamente non ha funzionato.»

Il vecchio Kasimir era muto dalla nascita. Poteva solo farfugliare strani suoni e farsi capire a gesti. Per quanto anche la sua intelligenza non arrivasse molto lontano.

«Ha preteso da lui che lo portasse dove aveva ricevuto l'incarico. Allora lui ci ha portati sul ponte a Unterneustadt ed è scomparso nell'ospizio per trovatelli. Perché è lì che alloggia. Se n'era andato.»

Fantastico. Quegli astuti signori si erano fatti menare per il naso prima dal ricattatore e poi dal vecchio Kasimir.

«E il portamonete con i cinquanta talleri?» volle sapere. «Dov'è finito?»

«Quello il vecchio non l'ha acciuffato. Tuo padre se l'è rimesso in tasca.»

Il ricattatore non aveva ricevuto i soldi. Cosa avrebbe fatto ora? Avrebbe fatto stampare il testo su sua madre e lo avrebbe fatto circolare in città? Per chiarire alle altre vittime che con lui non si scherzava? Se fosse successo, sarebbe stata la fine dell'Atelier Rosen.

«Dobbiamo dirlo a mia madre, Moritz» disse lei angosciata. «Qualunque cosa succeda ora, non deve coglierla del tutto impreparata.»

«Tuo padre ha detto che non dobbiamo prendere iniziative» disse lui cercando di farla riflettere.

«Lui parla bene» disse arrabbiata. «Ora è successo proprio quello che aveva previsto mia madre. E non è lui, ma lei a subirne i danni. E con lei tutti noi.»

«Andiamo» disse angosciato. «Si staranno chiedendo dove siamo finiti.»

Charlotte e le altre donne erano già sulla via del ritorno quando li incontrarono, dissero loro che si erano persi la parte più bella. Grete era estasiata dal ponte del diavolo, sotto il quale ribolliva l'acqua, e Charlotte disse contenta che era stata una gita bella e istruttiva per tutti. Anche Fidibus aveva ottenuto qualcosa, aveva individuato una cagnolina marrone slanciata e le si era messo alle calcagna. Quel che i due avevano fatto insieme nel bosco non si sapeva, si poteva solo supporre che qualche settimana dopo ne sarebbe uscito qualcosa di vivo.

«Ci manca solo di dover pagare gli alimenti a sei cuccioli marroni» disse Charlotte a Elise con aria di rimprovero quando furono di nuovo tutti seduti sulla carrozza.

Elise rimase in silenzio con aria abbattuta. Le marachelle di Fidibus in quel momento erano l'ultimo dei suoi problemi. Si era promessa di andare la sera in camera di sua madre e di confessarle la dura verità. Ma la serata andò per le lunghe. Charlotte, la nonna e le sarte dopo la bella gita erano di ottimo umore, chiacchierarono e risero molto, fecero anche l'amato gioco dell'oca. Moritz, il vigliacco, salì presto in camera perché, a detta sua, era stanco, e quindi Elise si sedette con le altre, infelice e disperata, e si sentì una subdola traditrice, poiché poche ore dopo avrebbe dovuto distruggere tutta quella felicità.

Il campanaro della chiesa di San Martino aveva già suonato le undici e Therese stava rimettendo a posto il gioco dell'oca, quando Fidibus uscì ringhiando da sotto al tavolo e abbaiò. Per prima cosa dovettero calmare il cane, poi sentirono che qualcuno bussava alla porta dell'atelier. A quell'ora della sera era più che insolito.

«Vado io!» disse Charlotte trattenendo Elise, che già voleva avviarsi. «E tieni fermo il cane.»

Con coraggio Charlotte Rosen aprì la porta dell'atelier, mentre le altre stavano in piedi davanti alla porta della cucina e osservavano impaurite.

Fuori c'era un uomo sconosciuto, vestito come un contadino. Il volto era irriconoscibile, poiché si era tirato il berretto fin sulla fronte.

«Perdoni il disturbo a quest'ora, Madame» disse. «Un pellegrino smarrito chiede asilo.»

23

Charlotte lanciò un urletto e richiuse la porta.

«Un fantasma!» disse con un fil di voce e dovette appoggiarsi al muro. «Uno spettro notturno.»

Elise andò lì in fretta e riaprì la porta.

«Vuoi che lo veda la guardia notturna?» sussurrò a sua madre. «È già dietro la scuderia e sta per girare l'angolo.»

Charlotte era pallida e sconvolta, con la schiena appoggiata al muro, ma non impedì a Elise di far entrare de LaTour in atelier.

«Non vado in giro a notte fonda conciato così per soddisfazione, Charlotte» spiegò lui con tono delicato. «Purtroppo si sono verificate delle circostanze che rendono necessaria la mia presenza.»

Il respiro di Charlotte andava così veloce che Elise quasi temeva stesse per svenire.

«Esci subito dalla mia casa» bisbigliò Charlotte. «Non ho niente da spartire con te.»

De LaTour si tolse il berretto, sotto il quale aveva legato i capelli bianchi per nasconderli.

«Sono desolato di doverti disturbare in questo modo, *ma chère Charlotte*» disse. «Ma ti prego di ascoltarmi, insisto.»

Charlotte, nel frattempo, si era calmata, drizzò la schiena e gli occhi le luccicavano dalla rabbia.

«Ti intrufoli in casa mia nel bel mezzo della notte come un vagabondo» sbuffò. «Tieni le tue storie per te, io non voglio sentirle!»

«Ti prego, mamma» la implorò Elise. «È importante.»

«Non ti intromettere, Elise!»

In quel momento arrivò la nonna e prese Charlotte per un braccio.

«Calmati una volta per tutte» sussurrò. «Ci devono sentire i vicini? Di là in cucina!»

E con uno sguardo furioso verso il travestito de LaTour aggiunse: «Anche tu, già che sei qui!».

In cucina le sarte, completamente sconvolte dalla visita notturna, stavano aspettando.

«Siediti» ordinò nonna Anna indicando una sedia a de LaTour. «Anche voi.»

Era come se il tempo avesse fatto un salto indietro di venticinque anni. Anna Rosen mandava avanti la casa e tutti si piegavano al suo volere. Anche Charlotte si sedette al suo posto, ma lo fece come una sonnambula che non si sentiva a suo agio nella realtà. De LaTour si accomodò con l'espressione di un uomo che porta sulle spalle un carico pesante. Guardò Elise afflitto, poi chiese: «Posso parlare apertamente qui?».

«Sì, papà» disse Elise. «Tutte coloro che sono sedute a questo tavolo sono toccate dalla faccenda e meritano di sapere come stanno le cose.»

«*Bon.* Allora renderò la mia confessione» cominciò piano alzando lo sguardo verso Charlotte, che era seduta davanti a lui in posizione rigida e lo fissava con gli occhi sbarrati.

Fu un racconto lungo e dettagliato, che tutte, anche Charlotte, ascoltarono in silenzio e sempre più inorridite. Elise dovette ammettere che suo padre aveva dettagliato i particolari con coraggio e franchezza, senza risparmiarsi, aveva saputo spiegare le proprie scelte con perizia e grande eloquenza. Quando ebbe finito, in cucina calò il silenzio. Si sentì il campanaro della chiesa di San Martino che annunciava la mezzanotte.

«Non mi capacito» intervenne Charlotte. «Hai messo in atto contro il mio volere dichiarato questo piano da incompetente che, come immaginavo, è fallito. E ora cosa pensi di fare?»

«Sono deciso a rimanere al tuo fianco per proteggerti dalle conseguenze di questo mio errore sventurato.»

Charlotte scoppiò in una risata isterica. «Vuoi proteggermi? Ogni volta che entri nella mia vita mi mandi in disgrazia. Fu così un tempo ed è così anche oggi...»

«Ti prego di ricordarti che un tempo almeno ti ho regalato una figlia meravigliosa...» obiettò lui con prudenza.

L'obiezione mancò il suo effetto, poiché la rabbia di Charlotte in quel momento toccava l'apice.

«Questo lo consideri un tuo merito?» esclamò lei indignata.

«Be'... Ammetto che il mio contributo non sia stato esagerato, comunque decisivo...»

«Ho cresciuto Elise da sola» disse Charlotte battendo il pugno sul tavolo. «Mi sono fatta insultare, mi hanno puntato il dito contro perché sono rimasta incinta senza marito. Ho dovuto nutrire la mia bambina con la fatica delle mie mani, sono andata di casa in casa finché alla fine, con tanta fatica e tanto sudore, sono riuscita a mettere su questo atelier. E ora, dopo più di vent'anni, vieni qui a distruggere di nuovo la mia vita. E a mandare tutti noi in miseria. Oh, vorrei davvero non averti mai incontrato.»

De LaTour aveva ascoltato lo sfogo a testa bassa, senza replicare niente. Le sarte erano ferme sulle sedie, come impietrite, anche Elise non sapeva cosa fare. Sua madre aveva ragione a infuriarsi.

Solo la nonna osò interrompere la figlia. «Ora non esagerare, Charlotte» disse calma. «Non sei stata del tutto sola e abbandonata all'epoca. C'ero anche io.»

«Il fatto che anche tu abbia dovuto soffrirne, mamma, non rende la sua colpa minore» insisté Charlotte.

«Vi prego» si fece allora sentire Elise. «Lasciate perdere le vecchie storie, non ci si può più fare niente. Piuttosto riflettiamo insieme su cosa possiamo fare in questa brutta situazione.»

«Possiamo fare le valigie» tuonò Charlotte. «Tutto ciò che ci resta è mettere insieme le nostre cose e andarcene prima che ci caccino a calci dalla città.»

«Stupidaggini!» disse nonna Anna. «Nel peggiore dei casi verrà fuori uno scandalo che danneggerà molto l'atelier, ma resisteremo. Alla fine, non sarebbe la prima volta che diamo adito a pettegolezzi...»

«Soprattutto perché non siamo soli» aggiunse Elise. «Anche Johann Georg von Haynau è coinvolto e con tutta probabilità anche altre persone a Kassel.»

Suo padre annuì in segno d'incoraggiamento. Sembrava essere dell'idea che il peggio – la sua confessione e la conseguente reazione furiosa di Charlotte – fosse ormai andato. Si poteva guardare oltre.

«Proprio per questo motivo sono venuto a Kassel in incognito, *chère Charlotte*. Il ricattatore si trova *sans doute* in città, ci conosce tutti e ordisce in segreto i suoi piani oscuri. Il tuo atelier, dove tanto si parla e si racconta, è il posto migliore per me per sorvegliare gli eventi senza suscitare sospetti e stanare l'infame. Per questo conto anche sul tuo aiuto attivo, *ma chère Charlotte*.»

«Io?» disse lei in segno di rifiuto. «Cosa potrei farci?»

«Vivi in questa città e conosci numerose persone. Anche

quelle che hanno vissuto al tempo del re Jérôme. Suppongo sensatamente che il ricattatore sia da cercarsi in quella cerchia.»

Ma Charlotte era ancora lontana dall'essere pronta a esaudire i desideri di quell'ospite sgradito.

«Dovrei forse sospettare delle mie clienti? Alcune potrebbero anche essere diventate vittime di questo ricatto.»

«Questo, per esempio, sarebbe importante da scoprire» affermò de LaTour. «Più siamo, più sarà facile trovarlo. A un certo punto gli sfuggirà un errore e lo prenderemo.»

«Fino a quel momento causerà indicibili disgrazie!» esclamò Charlotte. «E io sono la prima che verrà colpita. Se non ti viene in mente niente di meglio, François, allora rinuncio al tuo supporto. Vai per la tua strada prima che tu porti nella mia vita altre sventure!»

«*Je t'en prie*» disse lui allargando le braccia. «Sono venuto qui per aiutarti a uscire da questa brutta situazione...»

«Non farmi ridere» replicò lei beffarda. «Sei qui solo perché vuoi riavere il tuo maledetto manoscritto.»

«In parte è vero, Charlotte. Ma devi ammettere che sarebbe un gran vantaggio per tutti noi se le mie memorie fossero di nuovo in mio possesso.»

«Illuso!» obiettò lei. «Anche se tu riavessi indietro i tuoi scarabocchi viziosi, ciò non gioverebbe a nessuna delle vittime. Perché senza dubbio il ricattatore si sarà ricopiato le parti che le riguardano.»

«Proprio per questo è necessario rendere innocuo il bastardo in un modo o nell'altro!» insisté de LaTour. «E per arrivare a questo chiedo il tuo supporto.»

«Così non arriviamo a niente» disse la nonna. «Si è fatto tardi, dormiamoci su e domani ci consulteremo di nuovo.»

«Hai ragione» ribatté Charlotte alzandosi. «Ora vai, François, così posso chiudere la porta dopo che sarai uscito. E stai attento a non gettarti tra le braccia delle guardie notturne.»

De LaTour non dette seguito all'invito, rimase seduto al tavolo. «Ti chiedo asilo, Charlotte» disse.

La madre di Elise raggelò. Guardò inorridita la figlia, poi i suoi occhi si spostarono sulla nonna, che fece un sospiro profondo.

«Di sopra, nel sottotetto, c'è una piccola stanza» disse a de LaTour. «Non proprio confortevole, si può stare in piedi solo nel mezzo.»

«Date le circostanze mi va bene tutto.»

Nel frattempo, Charlotte aveva capito le pretese di de LaTour in tutta la loro portata e le mancò l'aria.

«Vuoi… vuoi seriamente rifugiarti qui in casa mia?» balbettò. «Non se ne parla neanche! Pretendo all'istante che…»

«Basta adesso!» disse la nonna arrabbiata. «Questa è ancora casa mia. Vuoi sbatterlo fuori a quest'ora? Può passare la notte di sopra in soffitta, domani vedremo. Buonanotte a tutti!»

Le sarte si alzarono con esitazione, presero una candela e salirono le scale. Si sentì Babette borbottare adirata: «Il Chevalier du Croix Blanc ha creato proprio un bello scompiglio!».

Therese singhiozzava dentro di sé perché il suo povero ragazzo era stato coinvolto nella faccenda nonostante fosse completamente innocente. Da Grete non si sentì una parola.

«Vieni con me, padre» disse Elise. «Ti faccio vedere la soffitta.»

«Non è necessario, *ma fille*» ribatté lui. «Sono passati quasi venticinque anni, ma me la ricordo ancora bene la casa.»

Charlotte non aveva obiettato più nulla all'energica decisione di sua madre e aveva seguito in silenzio i movimenti degli altri. Alla fine, salì per ultima, ma prima di andare a letto bussò alla porta della stanza di Elise.

«Prendi questo e portalo su» disse guardando la figlia con occhi severi. «Non voglio che sia colpa mia se si prende un raffreddore lassù, sul pavimento spoglio.»

Lanciò un vecchio piumino sul letto di Elise, poi chiuse la porta con un movimento brusco. Elise, che aveva già portato al padre una coperta e un cuscino morbido, rimase seduta sul letto, meravigliata. Charlotte si preoccupava davvero della salute di de LaTour? Dai suoi accessi di rabbia sembrava piuttosto che gli augurasse il peggio. Scuotendo la testa prese il piumino, vecchissimo e abbastanza pesante, e lo portò su per la scala stretta nella stanza all'ultimo piano, in soffitta.

La luna illuminava il minuscolo spazio da un lucernario aperto. Suo padre si era seduto sul pavimento di legno, con la schiena imbottita di cuscini e la coperta arrotolata intorno alle gambe.

«Sono io, padre. Ti ho portato un piumino.»

Sembrava esserne molto contento, poiché faceva fresco e le sue ossa doloranti sopportavano male il pavimento duro.

«Mia madre mi ha incaricato di portartelo» spiegò mentre stendeva il piumino sul pavimento. «Non vuole sentirsi responsabile se ti prendessi un raffreddore.»

In quella penombra non riusciva a vedere bene il suo volto, ma sembrava sorridesse.

«*Quelle femme!*» disse accomodandosi sulla morbida imbottitura. «Com'è bella e attraente quando è arrabbiata. Rimpiango davvero di non essere tornato a Kassel in tutti questi anni.»

Elise trovò quelle riflessioni molto inadeguate alla situazione, per cui rimase in silenzio e scosse la coperta di lana.

«Purtroppo è troppo tardi» continuò lui imperterrito sistemandosi sul giaciglio. «Il mio tempo migliore se n'è andato per sempre. Mi commuove comunque che abbia la carità di procurare un piumino al vecchio che le è entrato in casa in modo così importuno.»

Non si poteva non cogliere l'ironia, poiché, nonostante fosse avanti con l'età, non poteva ancora definirsi un vecchio.

«Dov'è Christian Daniel van Leuwen?» disse Elise per cambiare argomento.

«È tornato a Francoforte. Per i doveri che gli impone il suo matrimonio, ma anche per indagare sul furto. Siccome abbiamo sospettato dall'inizio della persona sbagliata, abbiamo tralasciato di controllare in maniera più approfondita. C'è la possibilità che una nuova traccia porti direttamente al colpevole.»

Se ne sono accorti tardi, pensò Elise arrabbiata. Ho dei dubbi che questa traccia si possa ancora seguire.

«Hai pensato che anche la signorina von Eschen potrebbe essere stata ricattata?» volle sapere.

«*Bien sûr*» disse lui sbadigliando. «Ho pregato mio figlio Johann Georg di parlarle a tu per tu di questo argomento. Personalmente mi farò vedere il meno possibile, poiché non farebbero fatica a riconoscermi, persino con questo travestimento.»

Elise cercò di immaginarsi come padre e figlio si fossero comportati l'uno con l'altro. Johann Georg continuava a essere arrabbiato con il suo padre naturale e in circostanze normali si sarebbe di certo tenuto a distanza da de LaTour. Adesso era costretto a collaborare con lui, ma di sicuro i toni tra loro erano stati molto formali e poco affettuosi.

«Sono andata a far visita alla signorina von Eschen e ho fatto qualche allusione» ammise lei. «Purtroppo, non se n'è accorta.»

«Possibile» disse lui. «Ma per come credo di conoscere quella gentildonna, sarà più propensa a parlare di fronte a un giovane ufficiale, per giunta grazioso.»

Su questo tuttavia poteva avere ragione. Elise gli augurò la buonanotte e scese in punta di piedi nella sua stanza, dove Fidibus saltò in fretta giù dal letto.

«Se ti ribecco solo un'altra volta…» tuonò al cane. Tuttavia, non finì la frase, si infilò sotto le coperte e chiuse gli occhi sfinita.

Che razza di disgrazia minaccia di abbattersi su di noi?, pensò ancora disperata, poi il sonno la portò via tra le sue braccia con una potenza irresistibile.

A colazione anche Moritz seppe dei sorprendenti avvenimenti che si era perso a piè pari mentre dormiva la notte precedente.

«Che mi venga un colpo» disse esterrefatto. «Allora vado subito di sopra ad augurare il buongiorno al mio futuro suocero.»

«Sarà meglio che tu lasci perdere» ordinò Charlotte con tono severo. «Nessuno salirà lassù. Il lucernario sul tetto è piccolo, ma i vicini delle case di fronte hanno una vista acuta.»

«La colazione dovremo portargliela comunque» insinuò la nonna. «O vuoi lasciarlo lassù a morire di fame?»

«Dovrà stringere la cintura» disse Charlotte. «Non siamo una pensione. Elise gli porterà qualcosina di sopra durante la notte.»

«Giusto, mamma» disse Elise con gentilezza.

Aveva poco senso ribellarsi a quella decisione, avrebbe solo fatto arrabbiare sua madre. Avrebbe semplicemente fatto quello che riteneva giusto senza farsi accorgere. Inoltre, a quell'ora della mattina non si poteva comunque contare su suo padre, poiché era solito dormire fino alle dieci.

Dopo che Charlotte ebbe strappato a Moritz e alle sarte la promessa di mantenere il più severo silenzio, ripresero come al solito il lavoro in atelier. La giornata era piovosa e fredda, si presentarono poche clienti per far decorare i cappelli in stile primaverile e anche l'entusiasmo per i guanti di pizzo con gale all'uncinetto era molto diminuito.

«Tanto meglio» disse Charlotte. «In ogni caso non vale più la pena di venderli. Therese, porta un po' qui la stoffa di seta. Elise vi mostrerà come ci si cuciono rose graziose.»

«Rose?» si meravigliò Babette. «Ma abbiamo una cassa piena di fiori di carta e anche alcuni di stoffa. Con quelli possiamo decorare almeno venti cappelli primaverili...»

«Rose in tre colori, da cucire su dei vestiti» confermò Charlotte imperterrita appoggiando la stoffa di seta sul tavolo da lavoro. «Mettetevi subito all'opera. Più tardi andrò a prendere la seta verde al negozio di tessuti in Königsplatz. Per le foglioline.»

Elise immaginava cos'avesse in mente sua madre. Forse voleva pubblicare un nuovo annuncio per chiarire al ricattatore che lei continuava a essere disposta a pagare. Con questo sperava di difendersi dalla pubblicazione compromettente con cui l'aveva minacciata?

Verso l'ora di pranzo finalmente smise di piovere e uscì il sole. I suoi raggi abbaglianti si specchiavano nelle pozzanghere del selciato e dai tetti l'umidità saliva verso il cielo come una nebbia fine. Poco prima di chiudere l'atelier per la pausa pranzo apparve la signora von Ochs, seguita dalla domestica che doveva portare il pesante cesto con gli acquisti. Come al solito la signora sovrappeso era affannata ed Elise si affrettò a portarle una sedia.

«Ah, la primavera, la primavera» sbuffò la signora von Ochs, mentre si accomodava usando l'ombrello come appoggio. «Ci colpisce tutti alle articolazioni, non è vero, cara signora Rosen? È tutto un crescere e fiorire nella nostra città, è una gioia per gli occhi!»

«Quanto ha ragione, cara signora von Ochs» fu d'accordo

Charlotte. «Stavo giusto dicendo a mia figlia che la natura che fiorisce è una fonte d'ispirazione. I nostri nuovi cappelli primaverili quest'anno sono tutti ispirati alla natura. Fiori e foglioline, rametti e veli come leggera nebbia mattutina...»

La signora von Ochs tirò il cordino della borsa foderata di pizzo ed estrasse un fazzoletto con cui si asciugò la fronte sudata. Dalla borsa cadde un foglio piegato che Elise raccolse in fretta e porse alla signora.

«Ah, come sono maldestra» sospirò la signora von Ochs. «Questo grazioso opuscolo me l'ha portato stamattina presto una cara amica, la signora von Hof, che a sua volta l'ha ricevuto dalla signora von Meisenburg. Lo sto portando alla signora Engelbrecht, ma ovviamente non ho niente in contrario se anche lei, cara signorina Rosen, vuole dare un'occhiata. Si sa quanto lei ami la bella letteratura...»

Elise ringraziò e spiegò il foglio piena di brutti presentimenti. Il testo era stampato, ma riconobbe a prima vista lo stile di suo padre.

La città di Kassel, che raggiungemmo nel maggio dell'anno 1809, si mostrò ai nostri occhi in un debordante splendore primaverile. Dappertutto nei giardini spuntava l'erba cipollina, accanto al prezzemolo, il sedano salutava i radicchi. Nelle piazze erano state piantate raffinate bordure fiorite, i cui colori facevano a gara a chi riluceva di più con i vestiti delle giovani donne. Ho visto davvero di rado una concentrazione così amena di teneri boccioli e fiori rigonfi che davano adito alle migliori speranze. Il fatto che il loro profumo seducente contenesse un veleno mortale, purtroppo mi fu chiaro solo in seguito, ma su questo per il momento voglio tacere. Vorrei piuttosto raccontare dei sublimi edifici della città di Kassel ed elogiare la splendida corte del giovane re, che ho avuto l'ono-

re di conoscere come un ragazzo magnanimo, anche se un po' ingenuo. Già al nostro arrivo l'oste mi raccontò di un episodio piccante che si era svolto poco prima al castello del langravio. Pareva che, in un incendio divampato all'improvviso, il giovane re si fosse salvato la vita a fatica saltando fuori dal letto completamente svestito, mettendosi al sicuro dalle fiamme. Se avesse dormito sul talamo reale da solo o in compagnia di una gentildonna non mi fu raccontato e tantomeno se la gentildonna fosse dovuta fuggire vestita o completamente sguarnita di qualsiasi tessuto. Il castello del langravio, da quando vi ha imperversato il fuoco, è in uno stato pietoso, tanto che la corte del re ora risiede nel palazzo della città e nel castello Wilhelmshöhe…
Charles François de LaTour, autore

Quando ebbe finito di leggere, Elise fece un sospiro, senza farsi sentire. Niente su sua madre. Era l'inizio del capitolo sul suo periodo a Kassel.

«Non è commovente come descrive la nostra bella Kassel?» si esaltò la signora von Ochs. «I fiori e l'erba cipollina nei giardini e i colori lucenti dei vestiti. La nostra amata città appare proprio così anche oggi, non è vero?»

L'ironia e il doppio senso nascosti tra le righe le erano completamente sfuggiti.

«Certo, signora von Ochs» disse Elise. «Che bell'opuscolo. Da chi l'ha avuto la signora von Meisenburg?»

«Oh, lei è membro del circolo dei lettori, dev'essere stato distribuito lì. Vorrebbe leggerlo anche lei, cara signora Rosen?»

Charlotte aveva guardato la figlia con occhi pieni di preoccupazione mentre leggeva il foglio, ora lo riceveva lei e la mano le tremava un po' mentre scorreva il testo.

«Hanno raccontato che l'autore in persona qualche settimana fa è stato a Kassel» spettegolò la signora von Ochs. «Sembra che abbia soggiornato al Re di Prussia, accompagnato da un signore aristocratico con un nome olandese. Che peccato che non sia stato invitato per una lettura!»

«Sì, è proprio un peccato» osservò Elise facendo fatica a dominare l'espressione del volto.

«Ma la signora von Hof mi ha detto in tutta confidenza che hanno annunciato che seguiranno altri scritti dalla penna dell'autore.»

«Davvero?» chiese Charlotte con voce più roca per l'agitazione. «E chi ha fatto questo annuncio?»

«Con tutta la buona volontà questo non posso dirglielo, cara signora Rosen» disse la signora von Ochs allungando la mano. «Se fosse così gentile da ridarmi il foglio... Grazie di cuore. Perché appoggi i cesti, Dörte? Riprendili subito, ora andiamo. Mia cara signora Rosen, vengo di nuovo a dare un'occhiata da lei nei prossimi giorni per un cappello e qualche altra cosetta...»

La signora si alzò a fatica dalla sedia, si sistemò lo scialle e si avviò alla porta, che Elise le aprì prontamente. Sulla strada, per la rabbia della signora von Ochs, dovettero aprire l'ombrello, poiché aveva ricominciato a piovere.

«Ce la siamo cavata di nuovo» disse Charlotte a voce bassa. «Oggi stesso pubblico un altro annuncio. Di' a tuo padre che ho bisogno del portamonete con i soldi. E se si mette di nuovo in mezzo con una delle sue iniziative sconsiderate, allora vedrà con chi ha a che fare.»

24

Dopo pranzo Elise portò un pasto a suo padre in soffitta con una caraffa d'acqua. Trovò de LaTour seduto sul suo giaciglio con un bicchiere di vino rosso; Moritz si era preoccupato ancora meno di lei del divieto di Charlotte e aveva offerto una bottiglia del suo rosso migliore all'ospite segreto.

«Ah, zuppa di piselli con salsiccia affumicata» disse suo padre rallegrandosi, quando lei mise il piatto su una cassa di legno accanto al suo giaciglio. «Un piatto sostanzioso, ma squisito. *Grand merci, ma fille.* Fino a poco fa temevo già di dovermi nutrire di liquidi.»

La bottiglia era stata svuotata per metà, il vino, però, non sembrava aver avuto alcun effetto inebriante su suo padre. Perlomeno non si vedeva.

«Un estratto del mio manoscritto» disse aggrottando la fronte quando lei gli raccontò dei nuovi accadimenti.

«Sì, senza dubbio. Ma è del tutto innocente, tranne il re Jérôme non viene menzionato nessuno.»

Mangiò la zuppa con grande appetito e bevve altro vino rosso.

«Stampato, dici? Come si legge?» chiese lui tra una cucchiaiata e l'altra.

Non aveva altre preoccupazioni?

«A leggerlo è piacevole e scorrevole. Condito con ironia ed erotismo.»

La risposta gli piacque in maniera straordinaria. Bevve un sorso di vino con un sorriso compiaciuto. Incredibile. Che pavone vanitoso che era!

«È tutto quello che ti viene in mente?» chiese lei con aria di rimprovero.

«Assolutamente no» disse lui. «È una minaccia vera e propria. La tigre sta affilando gli artigli. Anche se preferirei definirlo piuttosto un gattaccio rognoso. Purtroppo anche queste creature hanno a disposizione cinque pugnali affilati per ognuna delle zampe anteriori.»

«Se si parla di paragoni con il mondo animale, papà, allora a me sembra essere piuttosto una volpe» osservò Elise.

«Prima o poi gli sfuggirà un errore» ribatté lui rilassato. «Sul foglio c'era scritto quale stamperia l'ha realizzato?»

«Non ho visto niente del genere.»

«Eventualmente si potrebbe scoprire dalle signore del circolo dei lettori. Suppongo che la tua amica Sybilla ne sia membro. Dovresti andare a trovarla, *ma fille*.»

Oh cielo! Ovviamente quell'opuscolo era finito anche tra le mani di Sybilla e di sicuro l'aveva fatta agitare.

«Lo farò volentieri» gli assicurò. «Se possibile, oggi pomeriggio stesso.»

«*Parfait*» disse lui soddisfatto porgendole il piatto vuoto. «Ci sono altre novità importanti per la nostra faccenda?»

«Oh, sì. Mia madre ti chiede il portamonete con i cinquanta talleri.»

Sbuffò arrabbiato, poi allungò la mano di fianco, dove c'era la sua giacca, tirò fuori il portamonete e lo porse a Elise.

«Cos'ha intenzione di fare? Vuole pubblicare un annuncio?»

«Sì. Fini rose di seta per signora.»

Imprecò piano in francese.

«Purtroppo, non posso impedirglielo. Farà festa, quel bastardo rognoso. E se non mi sbaglio su Charlotte, questa volta terrà nascosti l'ora e il luogo della consegna.»

«Su questo non ci piove, papà.»

«Peccato per i soldi» brontolò lui.

«Credi davvero che a questa persona importi solo dei soldi?» chiese lei con prudenza.

«Si tratta del mio manoscritto, Elise!»

Finì di bere il bicchiere, lo mise da una parte e si riappoggiò sul giaciglio. Ah, ecco, aveva intenzione di fare un pisolino.

«Dormi bene, papà» disse lei sorridendo e fece per andare alla porta della stanza con il piatto vuoto.

«Ancora una cosa, *ma fille*» disse. «Avverti tua nonna che tra non molto scenderò per cercarmi un posticino appartato. Anch'io sono un uomo e ho bisogni umani.»

«Lo riferisco, papà.»

Ripose di nuovo il portamonete nello scomparto segreto della scrivania, scambiò qualche parola con la nonna e poi, facendo finta di niente, si recò in atelier, dove si stavano cucendo con zelo parecchie rose di seta colorata. Alla sua breve osservazione: «Nella scrivania» Charlotte annuì con un cenno. Con ciò l'argomento era chiuso.

Il pomeriggio fu oberato di lavoro. Diverse clienti si fecero decorare i cappelli, Elise inventò graziose composizioni di piume, fiori, merletti e nastri, vendettero molte sciarpe e tre cuffiette da notte piene di gale secondo la nuova moda. Apparve Moritz, dichiarò di doversi cambiare le scarpe e salì le scale. Sotto la giacca – Elise se ne accorse chiaramente – aveva nascosto una bottiglia di vino. Anche Charlotte l'aveva notato, lanciò a Moritz uno sguardo furioso quando tornò indietro facendo finta di niente.

«L'incoscienza e le amicizie sbagliate hanno già rovinato alcuni giovani» osservò.

Moritz dette poco peso all'avvertimento, ma non fece in tempo ad attraversare per andare al suo negozio che Therese si alzò e dichiarò che aveva freddo e che doveva andare a prendere uno scialle caldo in camera sua.

«Allora stai attenta a non salire per sbaglio una rampa di troppo!» osservò Charlotte arrabbiata.

«Questo alla nostra Therese è difficile che succeda» disse Babette. «Non ha mai mirato troppo in alto.»

Il lavoro si accumulava: gli ordini, i cappelli, due colletti secondo i desideri delle clienti, e in più dovevano realizzare più rose possibili. Elise non chiese neanche se poteva fare una visita a Sybilla. L'avrebbe dovuta rimandare alla sera. Intanto Therese tornò al suo posto con le guance arrossate e gli occhi luminosi e per un po' dette l'impressione di fluttuare in altre sfere. Lo scialle caldo non l'aveva portato.

«Che hai?» chiese Charlotte arrabbiata. «Hai sorseggiato un po' di vino?»

«Ma no, signora Rosen. Che cosa pensa di me?» ribatté Therese sinceramente indignata. «È solo...»

«La primavera, eh?» la interruppe Babette. «Ce l'ha portata la signora von Ochs, da quel momento volteggia per l'atelier.»

Elise fece le proprie riflessioni. Se la preoccupata Therese era salita da suo padre per pregarlo di non dare incarichi pericolosi al suo amatissimo figlio, allora de LaTour aveva saputo distruggere efficacemente le sue paure. Un sorriso e un paio di complimenti dovevano essere bastati.

Dopo aver soddisfatto due clienti esigenti, Charlotte si mise un cappello, prese lo scialle e dichiarò di voler andare al negozio di tessuti in Königsplatz per comprare seta verde, filo e perle colorate. Ovviamente avrebbe deviato per la libreria di Appel per pubblicare un annuncio. Certo, non lo disse, ma fu chiaro a tutte le interessate in atelier. Grete scosse la testa in silenzio, Babette si accanì su una rosa di seta blu che stava cucendo, solo Therese non era ancora del tutto tornata tra loro, sorrideva beata tra sé e sé.

Siccome non c'erano clienti in atelier, Elise colse l'occasione per portare due dei suoi libri a suo padre perché non si annoiasse. Lo trovò in ginocchio davanti alla cassa intento a scrivere una lettera.

«*Le fiabe del focolare* dei fratelli Grimm» disse dando un'occhiata. «Meraviglioso. E in più il *Lichtenstein* di Hauff. *Parfait, ma chérie.* Mi sono permesso di prendere in prestito il tuo occorrente per scrivere e qualche foglio di carta, poiché vorrei scrivere un messaggio per Francoforte.»

Quindi era sceso nella sua stanza per procurarsi quegli oggetti. Meno male che Charlotte non si era accorta di niente, di sicuro non le sarebbe piaciuto.

«Leggi!» disse tra una riga e l'altra indicando una lettera da Francoforte appoggiata sul suo giaciglio e indirizzata a Moritz Liebermann, ma destinata a de LaTour.

«Me l'ha portata il tuo fratello acquisito. Sostiene di conoscerlo...»

Elise scorse la lettera in tutta fretta, poiché temeva che nel frattempo di sotto in negozio potesse arrivare la clientela. Christian Daniel van Leuwen all'inizio raccontava del viaggio verso Francoforte, poi descriveva la gioia di rivedere la sua Annette, che l'aveva subito assalito con tutte le domande possibili.

... mentre parlavamo la mia cara Annette mi ha ricordato che in effetti c'era stato un piccolo evento che finora era sfuggito alla nostra attenzione. Dopo che te ne sei andato per riaccompagnare il giovane Thiedemann a Göttingen (quando vi siete permessi anche un breve soggiorno a Kassel), ho fatto fare diversi lavori in giardino, necessari per l'imminente primavera. Come al solito si sono presentati i quattro giardinieri che assumo regolarmente per lavori di questo tipo e nei quali ripongo piena fiducia. Il giorno seguente mi è stato annunciato che c'era un artigiano con carro e cavallo davanti al portone che chiedeva i rami tagliati per usarli come legna da ardere. A me andava bene liberarmi di quella roba, per cui detti il permesso di far caricare i rami. Io ero impegnato con i cani e non mi sono più occupato di quella persona. Siccome Annette non era in casa e i giardinieri lavoravano nella parte dietro del parco, dev'essere rimasto per un po' da solo nelle vicinanze della casa. Mi ricordo che non mi piacque dall'inizio, poiché aveva la bocca storta e gli mancava il lobo dell'orecchio destro, come se avesse preso un forte colpo in passato. Ma la mia cara Annette disse che non si dovrebbe giudicare troppo presto una persona dal suo aspetto...
Ora, con una certa abilità gli sarebbe stato possibile introdursi in biblioteca da una delle finestre aperte e aprire lo scrittoio con un trucco, come sanno fare i furfanti. In questo caso, tuttavia, deve aver saputo con precisione di cosa voleva impadronirsi e dove doveva cercarlo...

Be', allora. Perché non ci avevano pensato prima invece di sospettare in maniera precipitosa e insensata di un innocente?

«E Moritz sostiene di conoscere il presunto artigiano?» si informò lei.

«Così ha detto» disse de LaTour apponendo con entusiasmo la firma sotto la lettera. «Ha intenzione di informarsi con grande prudenza.»

Ovviamente Moritz si impegnava con zelo a farsi bello agli occhi di de LaTour. Restava solo da sperare che agisse con cognizione di causa e che non andasse a spifferare in giro chi si nascondeva nella soffitta dell'Atelier Rosen.

«Cosa combina la mia bella Charlotte?» si informò suo padre.

«Presumo che pubblichi l'annuncio.»

«Sei stata dalla tua amica Sybilla?»

«Non riesco prima di stasera. C'è molto da fare in atelier, devo riscendere subito.»

«*Attends!* Porta con te questa lettera, sigillala e dalla a Moritz, deve portarla alla posta.»

«Sì, padre...»

Nel corridoio di sotto incontrò la nonna, accompagnata da Fidibus, che portava un piatto con una fetta di pane imburrato e diverse fette di salsiccia.

«Pensavo che forse tuo padre potesse essere affamato. Sai se gli piace il latte caldo con un po' di miele?»

«Non ne ho idea, nonna. È meglio se chiedi direttamente a lui!» ribatté Elise scendendo in atelier.

Faceva quasi ridere. Aveva creato lassù il suo quartier generale, si faceva coccolare, spediva lei e Moritz con ogni genere di incarico nei dintorni e nel frattempo era anche riuscito a conquistarsi Therese e la nonna. Se avesse continuato così, presto sarebbero stati tutti ai suoi piedi in quella casa. Tutti, tranne Charlotte.

Quest'ultima tornò presto dalle sue compere con aria soddisfatta, mise la merce acquistata al suo posto ed elogiò il lavoro delle sarte che avevano già realizzato un cestino pieno di rose di seta.

Verso sera, quando chiusero l'atelier e la nonna già chiamava per mangiare, Elise si preparò per andare a trovare Sybilla.

«Però non trattenerti troppo, così non devi girare per la città al buio» la avvertì Charlotte.

«Sì, mamma...»

Nonostante la spiacevole pioggerella, molti cittadini di Kassel durante il riposo serale passeggiavano in Friedrichsplatz, incontravano conoscenti, facevano due chiacchiere o portavano fuori i cani. Nella chiesa cattolica di Santa Elisabetta era finita la messa della sera e i fedeli lasciavano l'edificio, senza trattenersi troppo in piazza. Da quando a Kassel governava il principe ereditario, l'atmosfera nei confronti della minoranza cattolica era completamente cambiata, non si perdeva occasione di metterli in difficoltà. Anche la signorina von Eschen era tra i fedeli, passò accanto a Elise e le fece un cenno sbrigativo.

A casa von Schönhoff Johann Georg le venne incontro già nel corridoio per salutarla in fretta e poi recarsi con lei in salotto.

«Ho sperato che venissi per una visita, Elise» disse. «Qui siamo indisturbati, i miei suoceri sono di sopra e Sybilla è seduta in biblioteca con un libro.»

«Hai avuto occasione di parlare con la signorina von Eschen?»

Le aveva fatto una visita in mattinata, però non aveva ottenuto granché.

«Non so cosa pensare di lei, Elise» disse insoddisfatto. «Ovviamente sono stato prudente, ho solo detto che a Kassel imperversa un ricattatore, ma non ho menzionato alcun dettaglio. Si è limitata a dire che non si dovrebbe mai cedere a un ricattatore.»

«Nient'altro?»

Scosse la testa.

«Ammetto che forse avrei ottenuto di più, se avessi parlato più apertamente, ma ti dico con onestà: non mi fido molto di quella donna. Certo, ama teneramente Sybilla ed è amica della famiglia von Schönhoff da anni. Tuttavia, stamattina ho avuto l'impressione che sapesse più di quello che voleva dirmi.»

«Forse è stata ricattata anche lei, ha pagato la somma e spera che così la faccenda sia liquidata» rifletté Elise.

«Perché allora mi consiglia di non cedere al ricatto?» replicò Johann Georg. «No, sospetto tutt'altro. Non sarebbe possibile che fosse lei stessa la ricattatrice?»

«La signorina von Eschen? Non riesco a immaginarlo» disse Elise in segno di rifiuto.

«Non hai detto che quella notte avevi visto una donna in Marktgasse?» insisté lui.

«Non crederai che la signorina von Eschen vada in giro di notte per la strada travestita da domestica con un secchio d'acqua!» rise lei.

«Può anche aver mandato qualcuno...»

Elise non volle dare adito a quella supposizione.

«Perché la signorina von Eschen dovrebbe essersi impossessata del manoscritto di mio padre e con quello averci ricattati?»

«Per vendetta. Non hai detto che un tempo aveva interesse per tuo padre?»

«Se iniziamo così, allora a Kassel ci sono di sicuro anche altre gentildonne che una volta erano innamorate di nostro padre» sospirò lei. «Dimmi piuttosto cosa farai ora.»

Sbuffò arrabbiato e contrasse il volto.

«Ho concordato con Sybilla che darò il segnale richiesto.»

Il segnale per dire di essere disposto a cedere al ricatto era un gagliardetto del principe elettore che doveva essere affisso alla finestra della biblioteca. In ogni casa c'erano quel genere di gagliardetti o bandiere perché servivano per adornare gli edifici nei giorni di festa. Un piccolo gagliardetto in un giorno qualunque era certo insolito, ma non avrebbe suscitato ulteriori attenzioni.

«Significa che passerà da Carlstrasse per guardare il gagliardetto» constatò Elise.

«Senza dubbio. Probabilmente è già passato più volte davanti a casa nostra» ribatté Johann Georg furibondo. «Purtroppo non è l'unico che passeggia qui davanti.»

Il furfante al momento aveva trovato almeno due vittime disposte a pagare. Cosa si sarebbe inventato questa volta per entrare in possesso dei soldi? Elise temeva che su quel punto Johann Georg avrebbe taciuto come Charlotte.

Dopo la conversazione salì da Sybilla, alla quale Baptiste aveva già annunciato il suo arrivo, poiché sul tavolo, tra i libri, c'era un vassoio con il tè per due persone.

«Allora?» domandò Elise rallegrandosi, dopo che si furono abbracciate. «Cosa combina il futuro erede? Fa le capriole?»

Sybilla si appoggiò la mano sulla pancia sorridendo.

«Temo di sì. Ogni mattina verso le cinque mi sveglia perché si gira da una parte all'altra e facendo così scalcia. Mio padre conta su un bambino vivace che diventi un buon ufficiale.»

«Allora speriamo che non sia una bambina vivace» scherzò Elise.

«In realtà, a me piacerebbe molto» disse Sybilla con aria pensosa. «Ho sempre desiderato di potermi porre in modo più coraggioso e deciso. Ma non mi è permesso. Mia figlia, però, la incoraggerei e la supporterei meglio che posso.»

«Non farti sentire da tua madre» disse Elise ridendo.

Si sedette accanto all'amica, che quel giorno non si era alzata dalla poltrona e ora versava il tè.

«Hai ricevuto anche tu quell'opuscolo firmato con il nome di mio padre?» si informò Elise.

«Oh, sì. È lì dentro al libro, lo uso come segnapagina. Il testo è scritto in modo davvero profondo, proviene davvero dal manoscritto di tuo padre?»

Elise tirò fuori il foglio piegato dal libro spesso e lo osservò da tutti i lati. No, non si era sbagliata: non era segnato da nessuna parte quale stamperia l'aveva realizzato.

«È l'inizio del capitolo su Kassel» spiegò. «Chi te l'ha portato?»

«Me l'ha dato mia madre stamattina presto. L'ha ricevuto da Emilie von Rosenfeld, è la signora da cui una volta al mese si ritrova il circolo dei lettori.»

«E la signora von Rosenfeld com'è arrivata a questi fogli? Glieli ha portati qualcuno?»

Sybilla prese un sorso di tè e appoggiò la delicata tazza di porcellana sul tavolo facendo attenzione.

«Ha raccontato che l'autore, Charles François de LaTour, glieli avrebbe mandati per posta da Francoforte. In una lettera che vi era allegata avrebbe annunciato che farà seguire altri estratti sul suo soggiorno nella nostra bella città di Kassel.»

«E lei è disposta a diffondere tali opuscoli?» domandò Elise indignata.

«Spero che non seguiranno altri scritti» disse Sybilla. «Ho pregato Johann Georg di cedere finalmente alla pretesa, così potremo tornare a dormire sonni tranquilli.»

Elise annuì e disse che così aveva agito bene. Che senso aveva agitare Sybilla? Non avrebbe aiutato nessuno, avrebbe soltanto danneggiato lei e il bambino. In effetti, Sybilla non sembrava preoccuparsi per quella faccenda. Dichiarò che Elise poteva benissimo portarsi via quello stupido opuscolo, non voleva tenerlo in casa.

«Devo farti ancora una confessione, amica cara» disse riempiendo la tazza di Elise.

«Una confessione? Cos'hai combinato?»

Il sorriso di Sybilla era imbarazzato e allo stesso tempo astuto.

«Temo che ora ti arrabbierai con me, Elise. Ma non potevo fare altrimenti, perché vedevo quanto ti tormentava la faccenda.»

Tirò il cassetto del tavolo ed estrasse una lettera. Elise lesse la parola «Göttingen» sul francobollo e provò un forte spavento. Sybilla non aveva mica…

«Ho scritto solo qualche parola innocente» le assicurò Sybilla. «Ma come vedi ho sfondato una porta che era ben aperta da tempo.»

Nella lettera piegata c'era un secondo foglio scritto in una calligrafia molto fitta che cominciava con le parole:

Stimatissima signorina Rosen, se oggi oso descriverle la mia disperazione per la nostra inutile rottura, di cui solo io ho colpa…

«Desidero davvero vederti felice» disse Sybilla con tenerezza dandole in mano entrambe le lettere.

25

Con grande soddisfazione di sua madre, Elise stavolta tornò in atelier ben prima che facesse buio. Aveva nascosto le due lettere senza guardarle oltre; voleva leggerle più tardi, sola e indisturbata. Nemmeno Sybilla doveva vedere il turbamento e l'indignazione che inevitabilmente l'avrebbero colta leggendo quelle righe.

Cosa diamine è venuto in mente a Sybilla, pensò mentre era con gli altri in cucina a giocare al gioco dell'oca. *Vuole con tutte le sue forze rendermi una moglie e una madre felice. È tenero da parte sua, ma anche dispotico. Non le ho sempre ripetuto che non mi sposerò mai?*

«Quella che stai spostando non è la tua oca, ma quella di Therese» disse Babette arrabbiata, piombando nei suoi pensieri. «Mi sembra che tu sia già mezza nel mondo dei sogni, Elise.»

«Oh, scusa...»

Charlotte guardò la figlia con attenzione e poi disse: «Sono tempi duri, ragazza. Vai di sopra e fatti una bella dormita».

«Sì, mamma. Sono terribilmente stanca...»

Disse «buonanotte» a tutti e salì le scale seguita da Fidibus. Davanti alla porta della sua stanza si fermò e all'improvviso esitò a entrare nella camera dove, sotto al cuscino, la aspettavano le due lettere. No, prima sarebbe andata un momento a trovare suo padre per portargli le novità più recenti. Fidibus la seguì con prontezza, la strada per andare in soffitta non sembrava essergli sconosciuta.

Era già buio e non poteva accendere nessuna luce.

«Papà?» sussurrò. «Dormi?»

«Ci sono due domande che non potrebbero essere più insensate» brontolò lui rispondendo. «Una è: *dormi?*, e l'altra: *sei ancora vivo?* Nel mio caso alla prima devo rispondere di no. Alla seconda per fortuna posso rispondere di sì.»

Dal lucernario si vedeva il cielo stellato. Quando i suoi occhi si furono abituati all'oscurità, si accorse che suo padre era seduto sulla cassa che aveva imbottito con la coperta di lana. La schiena appoggiata al muro, i piedi sorretti da una pila di libri, dava l'impressione di una persona che si sente palesemente a disagio. Era ovvio, la stretta soffitta per le sue ossa doloranti era tutt'altro che sopportabile. Ancora peggio era che non poteva accendere nessuna luce, perciò non poteva né leggere né scrivere, il che a quell'ora tarda era la sua abituale occupazione.

«Devo portarti un altro cuscino, papà?»

«*Non, merci*» disse. «Con cuscini, coperte e piumini sono più che a posto. Tua nonna, che è una donna intelligente, mi ha portato anche altre cose che possono allietare la mia povera presenza quassù. Raccontami piuttosto cosa c'è di nuovo.»

Raccontò della conversazione di Johann Georg con la signorina von Eschen e delle sue supposizioni che potesse essere perfino lei la ricattatrice. Suo padre ascoltò tutto, tranquillo.

«Qui mio figlio Johann Georg è sulla strada sbagliata» disse. «*Bien sûr*, crederei Sophie Wilhelmine capace di qualunque cosa. Ma non di una cosa così folle. Almeno ai miei tempi tendeva ad agire in modo ponderato e presumo che si comporti così anche oggi. Mi secca di non essere andato a trovarla. Ci avevo pensato, ma poi ho lasciato perdere per diversi motivi.»

Elise poteva ben immaginarsi i motivi. C'era da supporre che fosse ancora arrabbiato con la donna, perché lei per anni aveva tessuto intrighi alla corte del re che gli avevano reso necessario lasciare Kassel il più in fretta possibile. Cos'era davvero successo all'epoca Elise, probabilmente, non l'avrebbe mai scoperto con esattezza, ma poteva essere che anche la signorina von Eschen avesse un conto in sospeso con suo padre. Forse non era andato a trovarla anche perché era preoccupato che ciò potesse far arrabbiare Charlotte? Un pensiero piacevole. In effetti, fino a quel momento aveva parlato solo bene di sua madre. Tutto al contrario di lei che non si faceva sfuggire nessuna occasione di insultare de LaTour.

«Io avrei spedito i fogli per posta da Francoforte a questa signora von Rosenfeld?» si arrabbiò. «Magari anche con l'indirizzo di Christian Daniel come mittente. *Quelle malice!* Dammi un po' questo foglio stampato. Che rabbia non poterlo leggere con questa penosa illuminazione!»

«Ancora solo un paio d'ore, poi albeggia» lo consolò lei. «Ora andrò a dormire. Buonanotte, papà.»

Andò verso di lui per abbracciarlo, era evidente che ciò lo rallegrasse, poiché la strinse forte a sé. Si sentiva solo? Lanciò persino a Fidibus, a cui altrimenti aveva prestato poca attenzione, un pezzetto di pane secco, che il cane prese al volo e addentò con agilità, nonostante il buio.

Ora, quindi, si sarebbe dedicata alle lettere di Hans Christian. Con il cuore che batteva tirò fuori le due lettere da sotto al cuscino e decise di leggere prima la più corta, indirizzata a Sybilla.

Stimatissima signora,
con la sua garbata lettera ha liberato un uomo infelice da una profonda depressione. Non posso ringraziarla abbastanza per le

sue parole gentili che hanno suscitato tali belle speranze nel mio animo triste. Se dovesse essere vero che la signorina Elise pensa ancora a me e che forse sarebbe perfino – che pensiero meraviglioso e ardito – in condizione di perdonarmi: sarei la persona più felice sulla Terra.

Accetto con gioia la sua generosa offerta di fare da postillon d'amour *in questa faccenda e allego alla presente una lettera per la signorina Rosen in cui apro tutta la mia anima.*

Con profonda riconoscenza,

Hans Christian Thiedemann

Con che esuberanza scriveva! Elise non riuscì a trattenersi dal sorridere, poiché le si presentò davanti l'immagine di lui che camminava accanto a lei con gli occhi lucidi e i capelli biondi ondeggianti, gesticolando con le braccia tutto entusiasmato per una cosa qualunque. Era un sognatore, un uomo che, con curiosità e spirito profondo, girava il mondo e puntava a obiettivi ambiziosi. E nel raggiungimento di questi obiettivi non si faceva indietro davanti a piccoli raggiri...

Con esitazione prese in mano l'altra lettera. Sì, doveva ammettere che dentro di sé aveva sperato che lui le scrivesse. Ovviamente non aveva nessuna intenzione di intraprendere con lui una relazione più stretta, come probabilmente sperava Sybilla. Ma era un giovane amabile e sarebbe stato un peccato se quell'amicizia fosse finita in modo così brusco. Ora, siccome lei conosceva i suoi difetti, era avvertita e sarebbe rimasta in guardia.

... di cui solo io ho colpa, così per questo passo c'è da ringraziare solo la gentile mediazione della sua amica, la signora von Haynau, la quale mi ha dato il coraggio di aprirle il mio cuore.

Voglio essere onesto e non scaricare la colpa del mio fallimento né sulle circostanze sventurate né su mio padre o sul professor Kreuzer. Io solo ne ho la responsabilità. Una cosa, tuttavia, devo chiarire per amor della verità: l'intenzione del professor Kreuzer di far pubblicare il manoscritto a suo nome mi era del tutto sconosciuta, di questo non sapevo niente. Ero a conoscenza solo del fatto che suo padre possedeva i diritti per quelle carte e che era possibile che non acconsentisse alla pubblicazione, per questo mi ostinavo a tacere con lei.
Quanto rimpiango adesso di non essermi opposto dall'inizio con più decisione alle intenzioni dei due signori per impedire che ingannassero suo padre! Ma non l'ho fatto, ho sperato egoisticamente nella realizzazione dei miei sogni e mi sono abbandonato alla falsa credenza che potessi raggiungere entrambe le cose a mezzo di un intelligente silenzio: fondare una casa editrice e al tempo stesso conquistare il suo cuore. Il fallimento di entrambe devo attribuirlo a me stesso, ma confesso che la casa editrice al momento mi è del tutto indifferente, la perdita del suo affetto, invece, mi appare come la disgrazia più grande che mi sia capitata nella vita.
Ora che la lettera della sua stimatissima amica mi ha strappato al mio avvilimento, mi presento a lei in ginocchio, gentile signorina Rosen. Se nel suo cuore c'è ancora una piccola scintilla di amicizia per me, la prego di riconsiderare con benevolenza il suo giudizio su di me. Sono una persona imperfetta che spesso agisce troppo in fretta e incorre in errori, ma sono in condizione di riconoscere i miei sbagli e di rimpiangerli in maniera profonda e seria per poi agire con più intelligenza. Soprattutto quando è il cuore a condurmi.
Nel caso in cui possa sperare nel suo perdono, la prego di darmi un segno.
Suo devoto,
Hans Christian Thiedemann

Elise fece cadere il foglio e, pur non volendo, dovette ammettere che la lettera l'aveva impressionata.

Non è giusto che si assuma tutte le colpe, pensò. *Anch'io ho la mia parte, poiché l'ho sospettato ingiustamente di essere un ladro meschino. Certo, non è stato onesto con me, ma è una persona che agisce in buona fede e voglio credergli quando dice che le macchinazioni del professor Kreuzer gli erano sconosciute. Forse Sybilla ha ragione, nessuno è perfetto, tantomeno un uomo. E a parte i suoi piccoli difetti è un tipo adorabile, mi piacerebbe coltivare un'amicizia con lui.*

Decise di scrivergli subito un paio di righe cordiali, cosicché lui non si affliggesse oltre e anche lei potesse dormire tranquilla.

Ma se gli fosse venuta l'idea di venire a Kassel? C'era assolutamente da aspettarselo da lui, il giovane studente impetuoso. E nell'attuale situazione non doveva incoraggiarlo per nessun motivo a farlo. Santo cielo! Un ricattatore malvagio, che in ogni momento poteva rendere pubblici fatti estremamente imbarazzanti su sua madre, si aggirava per Kassel. In più suo padre si nascondeva lì in casa e non doveva essere scoperto. Un momento meno propizio per rivedersi era difficile trovarlo.

Tirò fuori un foglio di carta dal cassetto della scrivania, aprì il calamaio e intinse la penna. Rifletté un momento su quale fosse il miglior modo per rivolgersi a lui, poi scrisse decisa:

Stimato signor Thiedemann,
la sua lettera, che la mia amica Sybilla von Haynau mi ha consegnato oggi, mi ha aperto gli occhi e ha spazzato via false supposizioni. Mi fa piacere ammettere che anch'io…

Si interruppe perché Fidibus grattava alla porta. Gli altri, nel frattempo, erano andati a letto da un po', c'era qualcuno giù alla porta dell'atelier? Forse proprio il ricattatore? Spense in fretta la luce e spostò le tende della finestra di lato. Marktgasse era abbandonata al chiarore diffuso dei lampioni. Questo non significava niente, dal momento che i lampioni proiettavano solo un debole cerchio luminoso; chi si muoveva stretto lungo le case si vedeva appena.

Fidibus ringhiava piano, in più ora si sentiva un sussurrare agitato provenire dal piano di sotto. Elise decise di andare a vedere cosa stesse succedendo. Ma non fece in tempo a entrare nel corridoio che si pentì della sua curiosità, poiché la discussione sussurrata che giunse alle sue orecchie avrebbe preferito non sentirla proprio.

«Sei diventato matto, François? Cosa ci fai in giardino?»

«*Pardon, ma chère*, avevo bisogno di un po' di movimento per le mie ossa marce...»

«E allora cammini in su e in giù per il mio giardino? Dove tutti i vicini possono vederti? Hai perso la ragione?»

«A quest'ora della notte i vicini dormono profondamente, *mon amour*.»

«Smettila con questi nomignoli francesi, non ci casco più nel tuo charme primitivo!»

«Ti prego, Charlotte. Alla mia età questi pensieri sono superati da tempo. In compenso, si inseriscono qua e là acciacchi fisici che possono essere davvero dolorosi...»

«Non te l'ho chiesto io di trasferirti qui. Se lassù per te è troppo scomodo, puoi benissimo trovarti un altro posto dove stare!»

«Purtroppo, al momento non è possibile, severissima Charlotte. Ma ti prometto che la mia visita non si prolungherà più del necessario e che lascerò questa casa accogliente *le plus tôt possible*.»

«Prima è meglio è, François!»

«Ti ringrazio per la pazienza, Charlotte!»

Elise afferrò Fidibus per il collare e con lui si ritirò in fretta nella sua stanza, poiché si sentivano già i passi di suo padre sulle scale. Accidenti! Come gli era venuto in mente di andare a passeggiare in giardino? Tra i loro vicini c'erano persone anziane che soffrivano di insonnia, avrebbero potuto notarlo nonostante il buio della notte. Allora la voce che una delle donne aveva ricevuto la visita di un amante all'Atelier Rosen presto sarebbe corsa per tutta Kassel.

Riaccese la candela sospirando e si sedette alla scrivania per finire la lettera per Hans Christian. Concluse con le parole:

... stia quindi sicuro che non serberò oltre rancore nei suoi confronti per la questione e niente impedisce un rapporto di corrispondenza.
Con i migliori saluti,
Elise Rosen

Avrebbe spedito quella lettera direttamente a lui e non attraverso Sybilla. Di un *postillon d'amour* non aveva davvero bisogno.

La notte fu di nuovo troppo corta. Se Fidibus non avesse grattato alla porta in modo energico perché fiutava che di sotto era già stata preparata la colazione, di sicuro avrebbe dormito fino a tardi. Si dette quindi una sciacquata in fretta, si vestì e scese giù insieme al cane: tutte le donne erano già sedute al tavolo della cucina. Mancava solo Moritz, che probabilmente aveva lasciato perdere la speranza di avere clientela di prima mattina nel suo negozio di vini e si concedeva una bella dormita.

«Cos'era stanotte quel sussurrare sulle scale?» si informò Babette. «C'erano forse visitatori notturni?»

«Non che io sappia» disse Charlotte concisa.

«Grazie a Dio, allora» continuò Babette imperterrita. «Temevo già che qualcuno fosse entrato nel giardino per rubare l'erba cipollina e il prezzemolo.»

«Un ladro?» disse Therese spaventata. «E se quel furfante si fosse introdotto in casa per ucciderci tutti?»

«Non preoccuparti, Therese» affermò Babette. «Vederti in camicia da notte sarebbe bastato perché si desse alla fuga.»

«Un estraneo non era di certo» disse Grete. «Altrimenti il cane avrebbe abbaiato. Forse il nostro ospite è sceso dalla soffitta perché aveva notato qualcosa in giardino?»

Come sempre l'astuta Grete aveva colto nel segno.

«Qualunque cosa fosse, non dovete occuparvene» disse Charlotte con fare sbrigativo. «Pensate piuttosto ai lavori che ci sono da fare oggi. Babette, tu devi cucire le cuffiette. Therese si occupa delle gale che la signora Engelbrecht desidera sulla sua cuffietta, Elise decora i cappelli ordinati e Grete cuce rose di seta. E smettetela di dare da mangiare a questo cane ingordo sotto al tavolo!»

«A me è solo caduta una briciola di pane» si scusò Grete.

«Ma dov'è Moritz? Vuole aprire il negozio solo nel pomeriggio?» continuò Charlotte aggrottando la fronte.

«Forse è di nuovo in giro in missione segreta» disse Babette, che non sapeva tenere la bocca chiusa.

«Per l'amor di Dio!» piagnucolò Therese. «Ma il signore di sopra mi ha promesso categoricamente che...»

Si interruppe perché uno sguardo adirato di Charlotte le chiarì che ora aveva parlato troppo.

«Penso di aver espresso in modo sufficientemente chiaro che nessuno deve andare di sopra in soffitta!» disse severa. «Chi non si attiene a questo non fa un piacere né a se stesso né al signore di sopra!»

Nessuna delle sarte dette una risposta, anche la nonna rimase in silenzio. Bevvero il caffè della mattina, mangiarono pane imburrato con marmellata di prugne e fecero osservazioni sul tempo che negli ultimi giorni era stato eccessivamente ventoso e purtroppo offriva poche occasioni alle signore di mettersi i nuovi cappelli primaverili. Grete azzardò l'idea che forse si potevano attaccare anche pizzi all'uncinetto agli ombrellini parasole bianchi e Therese osservò che le rose di seta in realtà si addicevano piuttosto a un vestito da ballo e perciò non sarebbero state richieste dalla clientela prima dell'autunno.

«Andiamo di là» ordinò Charlotte. «È tempo di aprire l'atelier.»

In quel momento Moritz si presentò in cucina, si sedette a tavola senza dare il buongiorno e allungò la mano verso il bricco del caffè. Therese gridò spaventata quando lo vide. Anche le altre donne lo fissarono.

«Che guardate?» brontolò Moritz tastandosi con due dita l'occhio circondato di blu scuro facendo attenzione. «Al buio sono andato contro l'armadio.»

«Contro l'armadio?» esclamò Therese incredula. «Hai fatto a botte, Moritz. Lì, l'orecchio sinistro ha sanguinato. E perché tieni la spalla storta? Non ti sarai mica rotto qualcosa, ragazzo? Tirati un po' giù la camicia...»

«Lasciami in pace!» borbottò lui respingendo i tentativi di Therese di visitargli la spalla. «Ha solo preso una botta, domani starà di nuovo bene.»

«Non metterai mai la testa a posto, povero ragazzo mio» sospirò Therese infelice. «Chi ama il pericolo vi cadrà, c'è scritto anche nella Bibbia.»

«Non c'è scritto nella Bibbia, mamma. È solo un modo di dire.»

«Sì che c'è» affermò Therese. «Ma è lo stesso, ovunque sia scritto, è vero.»

Alla fine, lo lasciarono solo in cucina con la nonna e Therese, piena di preoccupazioni, si sedette al suo posto per confezionare le gale per la cuffietta della signora Engelbrecht. Anche Elise si fece la sua idea su Moritz. Aveva forse cercato di scoprire il presunto artigiano che a Francoforte aveva caricato i rami tagliati e che era possibile in quell'occasione avesse rubato il manoscritto di suo padre? Moritz anni prima aveva avuto a che fare con i contrabbandieri, cosa che non gli aveva giovato, poiché la banda di contrabbandieri era fuggita e Moritz aveva dovuto lasciare Kassel in tutta fretta. Quella notte aveva forse cercato vecchie conoscenze e posto "domande stupide" che gli erano valse un po' di botte? Purtroppo, per il momento non aveva nessuna possibilità di parlare con lui, poiché presto attraversò l'atelier in silenzio per recarsi al negozio di vini.

Dopo pranzo Charlotte, senza dire niente, posò sul tavolo davanti a Elise un barattolo di latta. Dentro c'era del balsamo per cavalli, utile per tutti gli infortuni, ma che, soprattutto, poteva dare giovamento per il dolore alle ossa.

«Devo portarlo a Moritz?» domandò Elise.

«Lui è già stato servito dalla nonna.»

«Allora per chi è?»

«Facci quello che ti pare» disse Charlotte concisa e andò di là in atelier.

«Ha comunque un cuore tenero» disse la nonna sorridendo. «Aspetta, ragazza, puoi prendere subito il pranzo per tuo padre.»

Poco dopo Elise portò su per le scale un vassoio pieno di pietanze fumanti, un medicinale curativo e una caraffa di birra e trovò che suo padre non poteva lamentarsi per la mancanza di attenzioni a casa Rosen. Era seduto sul suo giaciglio con le gambe rannicchiate e leggeva un libro. A giudicare dal suo aspetto, era di umore cupo, anche i gentili omaggi contribuirono poco a rasserenarlo.

«Balsamo per cavalli?» disse con disgusto togliendosi gli occhiali da lettura. «Lo conosco. Christian Daniel ci fa affidamento e me lo vuole affibbiare in ogni occasione. Te lo ha dato la nonna?»

«No, mia madre.»

Tacque. Osservò il barattolo da tutti i lati, scosse la testa e lo appoggiò accanto a sé sul pavimento.

«Dov'è finito il tuo fratello acquisito?» chiese lui di cattivo umore. «Voleva occuparsi della mia posta.»

Indicò una lettera per Christian Daniel van Leuwen che si trovava sulla cassa di legno già indirizzata e sigillata. Quando Elise gli raccontò che apparentemente Moritz nella notte aveva avuto un incontro spiacevole, fece una faccia dubbiosa.

«Date le circostanze, potrebbe significare che è sulla traccia giusta» disse.

«Credi che l'uomo con la bocca storta e il lobo rotto potrebbe essere il ricattatore?»

Scosse la testa e infilò il foglio piegato nel libro come segnapagina prima di chiuderlo.

«No, Elise. Queste figure in genere non sono altro che mercenari. Elementi criminali che sono disposti a tutto per soldi. Il ricattatore non si espone in cose del genere. Sta a Kassel e tesse i suoi intrighi.»

«Hai un sospetto preciso?» si informò lei.

«No. Solo un paio di supposizioni» disse lui. «Che, tuttavia, per ora tengo per me, poiché posso sbagliarmi.»

Detto ciò, si dedicò al pasto, che consisteva in patate, salsa allo speck e insalata di crauti. Sembrò piacergli in modo esagerato, poiché incaricò Elise di porgere alla nonna i complimenti per le sue doti culinarie.

«E saluta *ma chère Charlotte*» aggiunse. «Stanotte era un po' indignata, ma ora sembra essersi pentita, dal momento che procura al vecchio reumatico un balsamo curativo.»

Il suo sorriso a Elise sembrò eloquente. Ironico, ma anche imbarazzato e un po' triste.

«Non dovresti davvero andare in giro per il giardino, papà» disse Elise con aria di rimprovero. «Neanche di notte. Se i vicini ti vedono, metteranno in giro voci.»

Smise di sorridere, le lanciò uno sguardo sgarbato e si infilò in bocca un cucchiaio di insalata di crauti. Mentre masticava, la osservò pensoso, poi disse: «In futuro lo terrò a mente. Per il resto, non ero solo».

«Come?» sussurrò lei esterrefatta. «Chi c'era oltre a te in giardino?»

«Non ne ho idea» disse. «Se non era un ammiratore innamorato di mia figlia che se n'è andato in fretta quando sono apparso io, allora è possibile che fosse un gattaccio rognoso.»

«Non ho nessun ammiratore innamorato, papà» disse lei arrabbiata. «Almeno nessuno che si insinua di notte nel nostro giardino. Avrai sentito un gatto.»

«*C'est ça!*» ribatté lui serio. «Sii così gentile, bambina mia, da mandarmi su Moritz.»

«Vedrò cosa posso fare, papà.»

Dopo pranzo Moritz non era andato in negozio come al solito, era salito in camera sua. Non c'era da meravigliarsi, doveva avere terribili mal di testa, il poveretto.

«Moritz?» sussurrò lei bussando piano alla porta.

Sentì un leggero cigolio, poi la rete del letto scricchiolò perché probabilmente si era messo a sedere.

«Lisetta?» rispose lui sussurrando.

«Sì. Posso entrare?»

«Entra pure. Pensavo che fosse di nuovo mia madre con impacchi freddi e consigli caldi...»

«Sei ingrato» disse lei con aria di rimprovero entrando in camera. «Therese ti ama sopra ogni cosa e si preoccupa per te.»

«Lo so» brontolò lui. «Se solo facendolo non sollevasse tutto questo gran polverone.»

La camera era stata spazzata, la giacca era appesa all'attaccapanni e le scarpe erano davanti al letto pulite. Su un panchetto accanto al suo giaciglio c'era una ciotola con acqua fredda in cui galleggiava un fazzoletto: l'impacco freddo contro il mal di testa. Moritz era seduto sul letto e aveva un'aria distrutta.

«Accidenti» disse Elise con compassione. «Un bell'occhio nero. Fai un po' vedere... Bello gonfio. E cos'è successo alla spalla? La riesci a muovere?»

Il ferito si affidò volentieri alle tenere mani di Elise. Poté sentirgli la fronte e anche visitargli la spalla, che si muoveva, ma era di colore blu scuro e molto gonfia.

«Ti fa parecchio male, eh?»

«Se la accarezzi con questa delicatezza, migliora subito» sostenne lui con una debole smorfia. «Puoi rimanere ancora un po' qui seduta ad accarezzarmi, Lisetta.»

«Ti piacerebbe» si difese lei ridendo. «Raccontami piuttosto com'è successo.»

«Non c'è molto da raccontare. C'era uno che già da tempo mi si mette di traverso. Una parola tira l'altra e poi giù botte. Anch'io gli ho dato una bella ripassata.»

«Andiamo, Moritz» insisté lei. «Hai indagato sul tipo con la bocca storta, arrenditi.»

Tergiversò un po', ma poiché sapeva che lei non avrebbe mollato, alla fine spiattellò la verità.

«Sì, sono andato alla bettola al fiume per incontrare un vecchio compare che sta sempre lì seduto con una birra. Facendo finta di niente, gli ho chiesto di Josef. Infatti, si chiama così il tipo. Ma il mio compare sosteneva di non aver visto Josef da tanto. Era tutto.»

«Era tutto? E come sei arrivato all'occhio nero?»

«È successo al ritorno. Giù al fiume. All'improvviso mi sono apparsi davanti tre uomini, come spuntati dal niente. Tre contro uno, una carognata gigantesca.»

«Li hai riconosciuti?»

«No» disse lui. «Era buio e ho preso subito un pugno in faccia. Mi stavano quasi per gettare nel fiume, ma in quel momento la guardia notturna in Marktplatz ha cominciato a cantare a squarciagola la sua canzone e se la sono data a gambe.»

A Elise questa cosa non piacque per niente. Il suo compare aveva mandato i tre uomini per impedirgli di continuare a indagare?

«Rimettiti giù» gli consigliò pescando il fazzoletto dall'acqua per strizzarlo e appoggiarglielo sulla fronte. «Mio padre vuole che tu vada per lui alla posta, ma oggi è meglio che me ne occupi io.»

«Carino da parte tua, Lisetta» sospirò lui lasciandosi cadere sul cuscino. «Un po' più a sinistra l'impacco, per favore. Così è piacevole. Più tardi mi porti un bicchierino di vino mischiato con l'acqua e una fetta di pane imburrato?»

Ecco, fantastico, pensò Elise mentre scendeva le scale per andare in cucina. Due uomini in casa, che devono essere entrambi accuditi, nutriti e serviti. Se questo dev'essere un assaggio delle gioie della vita matrimoniale, posso rinunciarci.

26

Per due giorni la situazione rimase calma all'Atelier Rosen. Le donne si dedicarono al loro lavoro, Moritz si rimise in piedi e l'ospite segreto in soffitta si comportò, per quanto gli era possibile, in modo rispettoso e senza farsi notare. Il terzo giorno, un mercoledì, all'ora di pranzo Moritz portò in cucina un esemplare del *Messaggero di Kassel* appena uscito.

Tutti si allungarono per cercare di afferrare il giornale, anche la nonna, che stava distribuendo la zuppa, cercò di agguantarlo, ma Charlotte fu più veloce.

«Da' qua!» disse aprendo in fretta il foglio per scorrere le poche pagine. Per un po' lesse corrugando la fronte, poi appoggiò il giornale piegato accanto al piatto.

«A posto» disse soddisfatta. «Non facciamoci disturbare durante il pasto.»

Allora l'annuncio era stato pubblicato. Quindi presto le clienti si sarebbero presentate in negozio a chiedere delle rose di seta. E a un certo punto il ricattatore si sarebbe fatto vivo con le sue condizioni. Aveva buon gioco, suo padre non avrebbe rischiato un secondo tentativo di beccarlo durante la consegna dei soldi.

Dopo mangiato Elise prese il giornale per portarlo a suo padre. Charlotte se ne accorse, ma non impedì alla figlia di farlo, anzi, le dette un avvertimento mentre se ne andava.

«Niente piani segreti! Digli che altrimenti lo butto fuori senza pietà.»

«Glielo dirò, mamma.»

Mentre saliva in soffitta Moritz la raggiunse e le sussurrò: «Abbiamo avuto fortuna anche questa volta. Ha letto solo il suo annuncio e poi ha messo via il giornale».

«In che senso?»

«Guarda. C'è ben di più dentro.»

Si ritirò nella sua stanza con il giornale e scorse gli articoli. Il principe ereditario aveva nominato un funzionario controllore di una fabbrica. A un consigliere era stata concessa la meritata pensione. La voce che a Kassel girasse il colera sarebbe stata inventata e priva di qualsiasi fondamento...

Eccolo lì l'annuncio di Charlotte, in mezzo a tutta quella roba noiosa a proposito di un discorso del principe ereditario per l'anniversario della sua reggenza.

L'Atelier Rosen in Marktgasse si permette di offrire alle stimatissime clienti:
Raffinate rose di seta per signora
Una grande varietà di diversi colori
Da cucire su cappelli, cuffiette e vestiti.

L'annuncio dava bene nell'occhio, per nessun motivo poteva passare inosservato al ricattatore. Elise continuò a leggere e rimase attonita.

Persi un paio di guanti neri di pelle pregiata.
All'onesto ritrovatore verrà elargita una ricompensa.
Da consegnare presso: von Eschen, Frankfurter Strasse 29.

Che strano. La signorina von Eschen non aveva detto di possedere casse piene di guanti neri? Come mai erano tanto importanti per lei da pubblicare un annuncio per questo motivo? Oppure con questo inserto perseguiva tutt'altra intenzione? Era stata ricattata anche lei e dava un segno al ricattatore in quel modo?

Moritz aveva capito il senso di questo annuncio? Perché Charlotte avrebbe dovuto agitarsi? No, doveva esserci qualcos'altro nel giornale che sua madre era meglio non leggesse. Elise girò il foglio dall'altro lato e vi scorse un trafiletto al primo sguardo.

È arrivato all'orecchio del cittadino di Francoforte Charles François de LaTour che un imbroglione sconsiderato si serve del suo nome per diffondere degli scritti a Kassel che in apparenza provengono dalla sua penna. Il signor de LaTour assicura di non essere l'autore di quegli opuscoli e si riserva di intraprendere azioni legali nei confronti dell'imbroglione.

Oh, miseria, questo di sicuro non sarebbe piaciuto a Charlotte. Ora il ricattatore si sarebbe infuriato e avrebbe scaricato la sua rabbia sulle vittime. Sua madre non voleva nient'altro che soddisfare la condizione e pagare per essere lasciata in pace.

Sospirando piegò il giornale e lo portò a suo padre.

«*Ah bon!*» disse lui rallegrandosi. «È uscito. Fammi vedere se l'hanno stampato come si deve.»

Aspettò finché non ebbe letto con calma ed ebbe sfogliato il giornale. Ovviamente l'articolo della signorina von Eschen dette nell'occhio anche a lui; lo vide corrugare la fronte e sistemarsi gli occhiali.

«*Parbleu*» mormorò. «Allora è vero. *Pauvrette...*»

«Sei soddisfatto del tuo testo?» domandò infine Elise.

«Assolutamente» ribatté lui scrutandola con attenzione da sopra la montatura degli occhiali, poiché si era accorto del tono beffardo.

«Ti è chiaro che mia madre potrebbe finire nei guai per questo?» disse lei con aria di rimprovero.

«Non credo. Dovrà ripensare alla sua minaccia, visto che l'ho reso inattendibile.»

«Lo hai sfidato, papà. Ammettilo. Questo trafiletto è una specie di dichiarazione di guerra.»

«Ben trovata, bambina mia» ammise.

«E lui reagirà in qualche modo.»

«Lo spero tanto!»

«E tu credi che mia madre ne rimarrebbe indenne?» disse lei arrabbiata. «Il testo del giornale ha incuriosito la gente più che mai. Che sia attendibile o no è lo stesso; nel caso in cui venisse pubblicato qualcosa su mia madre, se lo strapperanno dalle mani a vicenda e ne parleranno in tutta Kassel.»

«Non credo che metterà in circolazione un altro opuscolo» disse rilassato. «Almeno non attraverso il circolo dei lettori, ora si guarderanno bene dal pubblicarlo di nuovo. Si inventerà qualcos'altro. E siccome è arrabbiato, prima o poi metterà un piede in fallo. Dobbiamo soltanto avere un po' di pazienza.»

«Giochi col fuoco, papà» disse lei insoddisfatta. «Tuttavia, il conto non lo pagherai tu, ma mia madre.»

Si appoggiò all'indietro e incrociò le braccia sulla nuca. «Ne sei così sicura, Elise?» chiese alzando le sopracciglia.

«Ci sono altre possibilità?» affermò lei e andò di sotto in atelier.

Nel frattempo, si erano presentate diverse clienti desiderose di farsi mostrare le rose pubblicizzate.

«Molto graziose ma troppo impegnative per tutti i giorni» osservò la signora Günste passando una rosa di colore rosato alla signora von Ochs.

«Davvero incantevole» osservò la signora von Ochs girando la rosa tra le dita. «Purtroppo, per una cuffietta è fin troppo grande. Conviene di più a un vestito da ballo, non è vero?»

«Le abbiamo disponibili in diverse grandezze» spiegò Charlotte. «Le piccole vanno benissimo per una cuffietta. In mezzo alle gale un paio di roselline piccole avranno un aspetto incantevole.»

«Le piccole costano meno delle grandi?» si informò la signora Wiederhold.

«Il prezzo è lo stesso» disse Charlotte con gentilezza. «Le roselline piccole sono perfino più difficili da cucire, bisogna avere le dita sottili per farlo.»

«Bene, bene...» disse la signora Wiederhold rimettendo le piccole rose nella scatola.

Babette aveva ragione, le rose di seta non sembravano essere un successo, era possibile che rimanessero lì fino all'autunno. Le clienti, però, non avevano ancora intenzione di lasciare la bottega, si facevano mostrare una cosa poi l'altra, provavano sciarpe e colletti di pizzo e fu presto chiaro cosa in realtà avesse portato lì le signore.

«L'ha letto anche lei, cara signora von Ochs?» disse la signora Günste, mentre si faceva proporre da Elise diversi colletti di pizzo all'uncinetto.

«Sì, mia cara» ribatté la signora von Ochs. «La domestica ha portato il giornale già a colazione. Deve sapere che ci siamo abbonati al *Messaggero di Kassel*. Bontà divina, mi è quasi andato di traverso l'uovo della colazione. Sono saltata in piedi, ho lasciato tutto com'era per passare subito il giornale alla mia cara amica, la signora von Rosenfeld...»

«Oh Signore!» sospirò la signora Wiederhold. «La povera signora von Rosenfeld, che manda avanti il nostro circolo dei lettori con tale zelo. Cos'ha detto in proposito?»

Charlotte guardò l'una, poi l'altra e si meravigliò. Elise trattenne il respiro. Le signore stavano per arrivare al punto, allora sua madre si sarebbe accorta che si era persa qualcosa nel giornale del giorno.

«L'aveva già letto ed era a terra» raccontò la signora von Ochs mentre sparpagliava i portamonete ricamati. «Ha detto che voleva sprofondare per essersi fatta ingannare da un tale imbroglione e mi ha pregata di bruciare subito l'opuscolo che avevo ricevuto da lei. Cosa che ovviamente ho promesso di fare.»

«E?» si informò la signora Günste. «L'ha bruciato?»

«Probabilmente l'avrei fatto se fosse stato ancora in mio possesso. Ma l'ho dato alla signora Engelbrecht che a sua volta voleva consegnarlo alla signora von Hof.»

La signora Günste alzò le spalle e disse che la signora von Rosenfeld non avrebbe dovuto agitarsi in quel modo.

«Il vero imbroglione verrà presto allo scoperto!» sostenne. «Chi ci dice che chi ha scritto quel trafiletto non sia il bugiardo e che quell'opuscolo non sia davvero del signor de LaTour di Francoforte?»

«Mio Dio, signora Günste!» inorridì la signora von Ochs. «Che fine osservatrice che è. Una cosa così non mi sarebbe mai venuta in mente. Ora non so proprio cosa pensare della faccenda.»

Elise vide che, nel frattempo, sua madre aveva capito che si trattava del testo che il ricattatore aveva messo in circolazione. Non sembrava aver ancora capito del tutto cosa ci fosse dietro, ma lanciò uno sguardo perplesso a Elise, cui quest'ultima rispose con un sorriso innocente.

«Ho trovato questo opuscolo del signor de LaTour davvero molto carino» disse la signora Wiederhold. «È stato interessante leggere che la nostra Kassel sapeva impressionare anche in passato i visitatori con begli edifici e giardini pubblici.»

La signora von Ochs annuì in segno d'approvazione. «Davvero, è stato molto piacevole» confermò. «Soprattutto la storia del giovane re Jérôme, che è saltato fuori dal letto completamente svestito...»

«Ma la pungente malignità nei confronti delle donne di Kassel non era necessaria» la contraddisse la signora Günste. «Questa cosa non è piaciuta per niente ad alcune delle mie amiche.»

«Le donne?» si meravigliò la signora von Ochs. «Ma parlava di fiori e fioriture nei giardini pubblici.»

«Letto superficialmente sì, cara signora von Ochs. Ma chi voleva leggere tra le righe ci trovava osservazioni molto sconvenienti e perfino oscene.»

«Ah, davvero?» disse la signora von Ochs agitata. «Allora devo leggerlo un'altra volta con calma. Oscene ha detto? È vergognoso. La signora von Hof ha dato da leggere l'opuscolo alle sue figlie minorenni.»

«Così rovinerà la gioventù» sospirò la signora Wiederhold. «Meno male che ci ha aperto gli occhi, cara signora Günste. Tirerò subito fuori il foglio quando sarò a casa. Il testo tra le righe sarebbe osceno, diceva? Com'è subdolo questo signor de LaTour.»

«Ma lui non l'ha scritto affatto» affermò la signora von Ochs. «È stato un altro signore con lo stesso nome.»

«No, è stato un imbroglione che sembra essersi servito del suo nome» disse la signora Günste. «Anche se neanche questo è certo.»

«Sì, quindi *di fatto* chi l'ha scritto?» chiese la signora Wiederhold irritata.

«Questa è una bella domanda» disse la signora Günste con aria di superiorità.

«Allora, adesso non ci capisco più niente, cara signora Günste» gridò la signora von Ochs arrabbiata. «Per l'amor di Dio lasciatemi in pace con questa faccenda.»

Lanciò sul bancone il portamonete ricamato che aveva girato e rigirato tra le dita e si alzò dalla sedia affannata.

«Mi sono trattenuta fin troppo» affermò. «La signora von Meisenburg mi aspetta per il tè. Stia bene, cara signora Rosen. I miei saluti al signor Gemahl, signora Wiederhold. Saluti con grande affetto da parte mia la sua cara madre, signora Günste.»

Anche le altre due signore si congedarono senza aver comprato niente. Non fecero in tempo a uscire dall'atelier che Charlotte chiese il giornale.

«È di sopra...» disse Elise con esitazione. «Se vuoi, vado a prendertelo, mamma.»

Charlotte scomparve in cucina senza dare risposta. Si sentì la voce della nonna chiedere indignata: «Che succede ancora?».

Una porta fu sbattuta e qualcuno salì le scale con passo frettoloso.

«Oh oh» disse piano Babette. «Ora succede un finimondo in soffitta.»

«Non butterà mica fuori il signor de LaTour?» rifletté Therese inorridita. «Un signore così distinto. Non può farlo.»

«Non sarebbe stupido» mormorò Grete guardando Elise.

«Perché dici questo?» si meravigliò Elise.

«Mi faccio le mie idee.»

«Allora tienitele per te, Grete» tuonò Therese. «Io, da parte mia, lo ritengo un onore che il signor de LaTour, che proviene da un'antica famiglia aristocratica francese, si trattenga qui a casa nostra.»

Ora non si sentiva più niente. Charlotte doveva essere arrivata di sopra in soffitta. Che faceva lì? Era pur sempre pieno giorno, non poteva né urlare né infuriarsi né lanciare oggetti. Tuttavia, Elise aveva un brutto presentimento e fu molto contenta quando, pochi minuti dopo, si sentirono di nuovo i passi di Charlotte.

«Santissimo» si sentì gemere la nonna in cucina. «Non sarà mica stato François...»

«Chi altro sennò?» sbuffò Charlotte.

Subito dopo entrò in atelier con espressione attonita, chiuse la porta della cucina dietro di sé con una spinta decisa e si guardò intorno con disapprovazione.

«Che fate lì impalate?» sgridò le donne. «Non avete niente a cui lavorare?»

Ricominciarono tutte in fretta a lavorare all'uncinetto e a cucire. Quando, subito dopo, due clienti entrarono in negozio per provare i loro cappelli, Charlotte si dimostrò gentile e pronta allo scherzo, come sempre quando serviva la clientela.

Non fecero in tempo a chiudere l'atelier che Elise, preoccupata, si affrettò a salire da suo padre. Si calmò quando lo vide rilassato, seduto sul suo giaciglio con il *Lichtenstein* sulle ginocchia, sembrava del tutto immerso nella lettura. Accanto a lui c'era Fidibus, che negli ultimi tempi lassù sembrava sentirsi proprio a suo agio.

«Che ha detto?» volle sapere Elise.

Si spostò lentamente gli occhiali da sopra al naso e afferrò una pallina di pane dalla tasca dei pantaloni per tirarla al cane.

«*Rien du tout.* È entrata di prepotenza, mi ha strappato il giornale dalle mani e se n'è andata.»

«Nemmeno una parola?»

«Solo uno sguardo spietato. Fossi stato meno insensibile, avrebbe potuto uccidermi.»

«Posso capirla.»

«Anch'io, Elise» disse lui abbassando lo sguardo sul libro. «Purtroppo doveva andare così.»

«Di sotto in atelier le signore ne chiacchieravano già.»

«Tanto meglio» si rallegrò lui. «C'è altro di nuovo?»

«No» disse lei sgarbata. «Ma potrebbe essere che la nonna oggi non ti porti la cena.»

Lui fece un sospiro teatrale e la guardò implorante.

«Allora per questo sono completamente nelle tue mani, *ma fille*. Non lascerai mica morire di fame il tuo vecchio padre.»

«Tanto affamato non devi essere se dai da mangiare il pane a Fidibus. Come mai è quassù da te?»

«Perché no? Mi riscalda le articolazioni reumatiche.»

Quindi il litigio tra i genitori aveva raggiunto un nuovo apice. Demoralizzata, scese al piano di sotto per andare in cucina a cenare con gli altri. L'atmosfera era deprimente, neanche la nonna ebbe una parola gentile, Charlotte rimase in silenzio e le sarte si scambiarono osservazioni sussurrando. Anche Moritz non era molto eloquente, si gettò affamato sul cibo e poi dichiarò di voler andare subito di sopra. Charlotte non mostrò molta voglia di trascorrere la serata con gli altri a giocare a Halma o al gioco dell'oca.

«Rimanete qui sedute a rilassarvi» disse alle sarte. «Io oggi ho bisogno di dormire.»

Si alzò e andò verso le scale, poi si voltò.

«Elise?»

«Sì, mamma…»

«Vieni su con me, volevo mostrarti una cosa.»

Accompagnata da sguardi compassionevoli, Elise si alzò per

seguire sua madre di sopra in camera sua dove si scatenò su di lei l'attesa sfuriata.

«Lo sapevi?»

«No, mamma. Ero del tutto sorpresa.»

Charlotte camminava agitata su e giù per la camera e sbraitava agitando le mani per aria.

«Mi ha promesso solennemente di non prendere iniziative. Niente piani segreti. Niente agguati. E cosa fa? Scrive quel trafiletto e lo fa mettere sul giornale.»

«Di certo l'ha fatto con le migliori intenzioni, mamma» disse Elise cercando di calmarla. «Nel caso in cui il ricattatore pubblicasse davvero qualcos'altro, così nessuno gli crederà...»

«Non farmi ridere!» gridò Charlotte furiosa. «Avrai sentito come arrotano già ora la lingua. Il re che salta fuori dal letto nudo. È piccante, piace alla signora von Ochs. Chi l'ha scritto e se sia affidabile a queste donne ipocrite non interessa per niente...»

Cosa diamine aveva scritto de LaTour nelle sue memorie sull'incontro con sua madre? Elise non lo aveva letto e in realtà non voleva neanche saperlo.

«Ha detto che non devi preoccuparti, mamma.»

Charlotte fece cadere le braccia e si sedette sul letto esausta.

«Non preoccuparmi?» disse incupita. «Come può essere così superficiale? Sono sicurissima che ben presto succederà qualcosa di brutto.»

«Vedi tutto troppo nero, mamma» la contraddisse Elise senza reale convinzione, poiché anche lei era tormentata da cupi timori.

«Ripenserai alle mie parole, Elise.»

Nella notte dormì male, la tormentarono incubi ai quali fu strappata più volte dall'abbaiare del cane. Anche Fidibus non trovava pace, saltava di continuo alla finestra, ringhiava furioso e sembrava avere una voglia niente male di saltare giù per la strada. Ma quando Elise guardò verso il basso tra le tende, Marktgasse giaceva silenziosa e deserta al chiarore dei lampioni.

Già la mattina seguente si avverarono i presentimenti di Charlotte. Avevano appena venduto un cappello primaverile decorato alla signora von Meisenburg e Therese stava confezionando il bell'oggetto in una cappelliera rotonda, quando un uomo si fermò davanti all'atelier e scese da cavallo.

«È proprio il tenente von Haynau» disse Babette meravigliata.

Johann Georg chiamò uno dei ragazzini per strada per tenergli il cavallo, poi spalancò la porta dell'atelier ed entrò. Era molto pallido e sembrava insolitamente agitato, però si trattenne quando vide la signora von Meisenburg e la salutò con la dovuta cortesia.

«Perdonate il disturbo, mie signore» disse guardando Elise con sguardo irrequieto. «Devo parlare di una cosa con la signorina Rosen.»

Elise annuì in silenzio e salì con lui nella sua stanza. Le ginocchia le tremavano per l'agitazione: cos'era successo? Sybilla non si sentiva bene? C'era forse una minaccia di aborto?

«Ha rovinato tutto» sussurrò Johann Georg, mentre chiudeva la porta dietro di loro. «La mia famiglia. La mia carriera. Tutta la mia vita!»

«Di chi parli?»

Il suo respiro era affannoso e ansimante, fissò Elise in una feroce disperazione.

«Di chi parlo? Di tuo padre. Delle sue maledette memorie che avrebbe fatto meglio a bruciare invece di farsele rubare.»

Sprofondò su una sedia e si coprì il volto con le mani.

«Cos'è successo?» chiese lei piena di cattivi presagi.

«La mia promozione a capitano di cavalleria è sfumata» disse incupito. «Mi hanno saltato. Oggi alla celebrazione della *Garde du Corps* altri sono stati insigniti di onori e nominati a ranghi più alti, a me hanno lasciato da parte con freddezza. E sai perché?»

Alzò la testa e la guardò. Una rabbia accesa gli infiammava gli occhi.

«Non ne ho idea...» balbettò lei.

«Dopo la celebrazione il colonnello von Müldner mi ha convocato e mi ha rivelato che al principe ereditario era arrivata una lettera in cui venivo descritto come discendente illegittimo di un avventuriero francese giramondo. Ha detto che, finché la faccenda non sarà chiarita, la mia promozione non potrà essere appoggiata.»

Ora dovette sedersi anche Elise. Eccola, la vendetta del ricattatore. Aveva risposto in modo rapido e scellerato all'affronto. Una lettera al principe ereditario!

«E la lettera non sarà mica firmata con il nome di nostro padre?»

«Ovviamente!» disse lui amareggiato stropicciandosi le mani. «Non ci credo. Avevo segnalato di essere disposto a pagare. Lui, invece di prenderne atto, ha concretizzato la sua minaccia. Forse non ha visto il gagliardetto alla finestra? O era arrabbiato perché ci ho messo troppo tempo?»

Elise tacque. Probabilmente Johann Georg non aveva ancora letto il trafiletto sul *Messaggero di Kassel*, altrimenti il comportamento rabbioso del ricattatore non lo avrebbe meravigliato. Sybilla e i suoi genitori glielo avrebbero presto comunicato, anche loro erano abbonati al *Messaggero di Kassel*. Allora la sua rabbia nei confronti di de LaTour sarebbe raddoppiata.

Andò verso di lui e gli gettò le braccia al collo.

«Si chiarirà» disse lei con dolcezza. «Ernst Theodor von Haynau ti ha adottato e cresciuto come un figlio. Queste cose succedono spesso, perché dovrebbero servirsene per danneggiarti?»

Ma lui scosse la testa e la allontanò da sé. «Allora non capisci?» gridò agitato. «Si tratta dell'onore di mia madre, che si è lasciata sedurre da de LaTour. Si tratta del fatto che Ernst Theodor von Haynau si è comprato la paternità e che era consapevole di inserirne una falsa nel registro della chiesa. Queste cose succedono, è vero. Ma, se vengono rese pubbliche, hanno brutte conseguenze. Non posso proprio pensare a cosa succederebbe se lo scoprissero a Wetzlar.»

Elise si spaventò di nuovo. Ovviamente il principe ereditario si sarebbe informato a Wetzlar parlando con Karl Theodor von Haynau. Il padre adottivo di Johann Georg aveva sempre tenuto il segreto con cura; cosa sarebbe successo ora, se avesse dovuto giustificarsi con il principe ereditario?

«Vuoi salire?» chiese lei angosciata.

Lui capì bene la domanda. Di sopra, in soffitta, c'era l'uomo che secondo lui era il responsabile della sua disgrazia.

«Oh no!» rispose alzandosi. «Non voglio avere niente a che fare con quella persona. Riferiscigli che lo odio profondamente. Il Signore Dio si preoccuperà che le disgrazie che ha arrecato gli si ritorcano contro.»

Con questo la lasciò. Poco dopo sentì il rumore degli zoccoli del suo cavallo giù sulla strada.

27

Del resto, è fatto così, pensò Elise afflitta mentre riscendeva in atelier. *Frettoloso e irascibile. Solo qualche giorno fa era tutto infervorato dal progetto di nostro padre di sorprendere il ricattatore e aveva offerto il suo aiuto. Ora il ricattatore ha colpito e lo ha danneggiato pesantemente, così rivolge il suo odio a de LaTour. È ingiusto, ma come si fa a discutere con un disperato? Trasferirà la sua preoccupazione sulla povera Sybilla e lei si agiterà terribilmente.*

In atelier c'erano delle clienti, per cui non fu possibile riferire a Charlotte i nuovissimi sviluppi. A pranzo, in cucina, le sarte evitarono di chiedere il motivo della visita a sorpresa del signor von Haynau. Chiacchierarono a proposito della clientela, Therese si rallegrò perché erano state vendute ben tre rose di seta e Babette si prese gioco della moglie del mastro falegname, la quale credeva che nessuno si accorgesse che i boccoli ben arricciati che le spuntavano dalla cuffietta erano finti. Solo Moritz osservò brevemente che aveva visto il signor von Haynau a cavallo davanti all'atelier, ma nessuno approfondì.

«Sto ingranando» continuò a chiacchierare contento. «Stamattina ho avuto quattro clienti buoni, niente ubriaconi o perdigiorno come all'inizio. C'è stato il signor Döring, che scrive sempre per il teatro. Il ciabattino Kelch con l'apprendista fornaio Hans Koppen è già la seconda volta che vengono da me. In più, il vecchio Juschov dell'orchestra, che questa volta ha addirittura comprato una bottiglia di vino rosso.»

Therese fu subito d'accordo ed elogiò a dovere la diligenza e la perseveranza di suo figlio, così il silenzio di Charlotte ed Elise non dette nell'occhio.

Dopo mangiato Moritz andò in fretta alla bottega nella speranza di accogliere altra clientela. Charlotte mandò le sarte in atelier, in modo da rimanere sola in cucina con Elise e la nonna.

«Lo sapevo» si lamentò, dopo che Elise le ebbe raccontato della conversazione con Johann Georg. «Ora il ricattatore mi rivolgerà contro la sua freccia. Se riempie le mie clienti di lettere anonime che contengono fatti compromettenti su di me, per l'atelier sarà la fine.»

Anche la nonna era seriamente preoccupata, ma consigliò loro di rimanere fiduciose. «Ora ha rivolto la sua rabbia nei confronti del povero Johann Georg von Haynau. È malvagio e ripugnante, ho la più profonda compassione per lui e la sua famiglia. Ma forse quel mostro è soddisfatto così e lascerà le altre vittime illese.»

«Questa è la nostra unica speranza» disse Charlotte. «E non è molto grande, dal momento che ci ha tutti in pugno.»

«Comportiamoci in modo tranquillo» consigliò la nonna. «Chissà. Forse la faccenda si risolverà in un nulla di fatto.»

«Dio ascolti le tue parole» disse Charlotte, poco convinta.

«Tuo padre lo sa già?» volle sapere la nonna da Elise.

«Volevo giusto andare di sopra per comunicarglielo.»

«No!» gridò Charlotte agitata. «Non glielo dire per nessuna ragione. Altrimenti si inventa una nuova sfida e tutti noi dovremo pagare per questo. Oh, vorrei davvero che lui e il suo fatale manoscritto andassero al diavolo!»

Elise non fece nessun tentativo di difendere suo padre. Certo, aveva provocato il ricattatore e la situazione ne era una conseguenza ma non per questo alla fine si poteva dare la colpa di tutto soltanto a lui. Cosa avrebbe dovuto fare? Stare a guardare a braccia conserte un criminale che diffondeva ricatti e calunnie a suo nome?

«Se ora la faccenda è già arrivata fino al principe ereditario, è possibile che presto la polizia si immischierà» disse la nonna. «Forse non sarebbe neanche la cosa peggiore.»

L'affermazione non riuscì a dissipare le paure di Charlotte. Al contrario, nel caso in cui la polizia fosse riuscita ad acciuffare il ricattatore, allora avrebbero trovato anche il manoscritto e senza dubbio l'avrebbero letto in modo accurato. Anche il principe ereditario l'avrebbe visto. E chi altro oltre a loro avrebbe avuto sotto gli occhi quello scritto fatale non era possibile prevederlo.

«Andiamo a lavorare» decise Charlotte alzandosi. «Non ci resta altro da fare. Anche se il destino dell'atelier è appeso a un filo di seta.»

Elise ubbidì per prima, sebbene fosse dell'idea che non dovessero tacere quella cattiva notizia a suo padre. Per un po' lavorò con diligenza al cappello primaverile per la moglie del mastro falegname, cucì nastri e fiori di carta e ci infilò in mezzo anche una rosa di seta, poi si presentò la signora Ruhl per consultare Charlotte a proposito di una sciarpa adatta all'imminente battesimo di sua cognata ed Elise colse l'occasione per alzarsi dal suo posto e andare in fretta da suo padre passando per la cucina.

Stavolta non era seduto sul suo giaciglio, stava camminando su e giù per la soffitta; quando entrò lei, si mise a sedere esausto su una cassa. Il pranzo, che la nonna gli aveva portato nonostante tutto, era sul pavimento, accanto c'era Fidibus che si leccava ancora il muso.

«Non avevi appetito?»

«Ero distratto» disse lui scusandosi. «Che novità porti?»

«Niente di buono.»

Incupito, guardò il cane, che lo fissava speranzoso.

«Ho sentito un cavaliere» disse. «Era Johann Georg?»

«Sì. Hanno mandato una lettera al principe ereditario con la tua firma.»

De LaTour lanciò un'imprecazione. «E la sua promozione è saltata, eh? *Mon Dieu!* Non volevo arrivare a tanto.»

Per la prima volta vide suo padre disperato. Scosse la testa, si passò le mani tra i capelli e poi, perplesso, le lasciò cadere sul grembo.

«Lasciami solo, Elise» la pregò. «Devo riflettere.»

Ora è tutto finito, pensò Elise infelice mentre riscendeva le scale per rimettersi a sedere al suo posto con un'espressione il più possibile spontanea. *Se non sa già più come procedere, chi altro dovrebbe saperlo?*

Al primo piano le venne incontro Grete, che voleva andare in camera sua per un qualche motivo. Quando vide Elise, si appoggiò un dito sulle labbra.

«Vorrei scambiare due parole con lei, signorina Rosen» sussurrò.

«Ora? Non posso. Mia madre noterà la nostra assenza in atelier.»

«Sua madre è ancora impegnata con la signora Ruhl» la tranquillizzò Grete. «Abbiamo un paio di minuti di tempo.»

«Allora vieni in camera mia.»

Grete entrò con soggezione nella stanza ben arredata che Elise occupava da qualche anno. L'ambiente inusuale sembrava intimidirla, poiché la sua decisione iniziale era sparita, appariva insicura.

«Mi faccio le mie idee su questa faccenda» cominciò con un po' di convenevoli.

«Allora siamo già in due» disse Elise beffarda.

Dopo quell'osservazione Grete sembrò ancora più intimidita, guardava il pavimento e taceva.

«Scusa, Grete» disse Elise riprendendo la parola. «Non ne posso più. Ti prego, dimmi cosa volevi comunicarmi.»

Grete le fece l'occhiolino con i suoi occhi svegli e intelligenti.

«Ho trovato il giornale in cucina e l'ho letto» confessò. «Cos'è venuto a fare qui il giovane signor von Haynau io non lo so, ma immagino che sia successo qualcosa di brutto e deve avere a che fare con il ricattatore. Ho ragione?»

«Sì. Hanno scritto una lettera al principe ereditario che impedisce la sua promozione.»

Grete annuì, aveva supposto bene. «Una cosa mi sembra certa» continuò. «Per il ricattatore non è una questione di soldi. Ha qualcos'altro in mente.»

«L'ho supposto anch'io. A quanto pare, vuole diffondere paura e spavento e sfruttare il proprio potere» disse Elise.

«No» la contraddisse Grete. «Credo che per lui si tratti solo di suo padre.»

«Di mio padre?»

Grete strizzò gli occhi facendoli sottili mentre continuava a parlare. Non sembrava essere facile per lei esprimere quei pensieri.

«Sì, di suo padre. Non ha notato che tutto quello che il ricattatore fa ha l'obiettivo di screditare il signor de LaTour? Scrive lettere ricattatorie a suo nome, perché? Per incitarlo a opporre un'inutile resistenza. E ogni volta che suo padre intraprende un'azione contro di lui, lui risponde al colpo con ancora più forza.»

«Non so bene…» disse Elise esitando. «Certo, al momento sembra così, ma…»

«Ha mai visto un gatto giocare con un topo?» la interruppe Grete. «È un gioco tremendo, poiché ogni disperato tentativo del topolino di salvarsi la vita provoca al gatto un grande piacere. E come finisce quel genere di gioco lo sappiamo tutti.»

«Cosa intendi con ciò?»

«Credo, signorina Elise, che questa persona porti dentro di sé un profondo odio per suo padre. E penso che sappia dove si trova.»

A questo aveva già pensato anche Elise. Quel nascondiglio nella soffitta dell'Atelier Rosen era davvero così perfetto?

«Speriamo di no, Grete.»

«No, non lo speriamo, signorina Elise. Tuttavia, è un bene che abbiamo il cane.»

Elise tacque. Le venne in mente che Fidibus nell'ultimo periodo aveva spesso abbaiato a certi gatti in giardino. Erano davvero stati soltanto gatti? E perché papà ultimamente rinchiudeva così spesso il cane su in soffitta? Credeva di aver bisogno di una guardia?

«Cosa possiamo fare in questa situazione?» volle sapere. «Ti sei fatta le tue idee anche su questo?»

«C'è solo un modo di salvarsi» disse Grete in tono tranquillo. «Dobbiamo trovarlo.»

Elise accennò una risata soffocata.

«È l'unica cosa che vogliamo, Grete. Ma non è così facile. Finora non ha fatto errori.»

«Neanche li farà, è troppo scaltro. Se suo padre si mette da solo contro di lui, non otterrà niente. Si può beccare solo se si agisce insieme.»

«Questo però non sarà possibile» sospirò Elise. «Mia madre, Johann Georg e papà hanno irrimediabilmente litigato l'uno con l'altro e non si parlano più. Anche la signorina von Eschen non ci sarà d'aiuto, sebbene sia da supporre che anche lei sia stata ricattata.»

«Proprio questa è la sua arma più potente, signorina Rosen.»

Come aveva ragione Grete: il litigio nella sua famiglia conveniva in modo eccellente al ricattatore nei suoi perfidi piani. Di sopra suo padre rimuginava da solo sulla sua prossima impresa e non voleva svelare le sue carte. Se si fossero riuniti tutti insieme per mettersi contro quell'imbroglione, avrebbero avuto molte più possibilità.

«Ti ringrazio, Grete» disse. «Hai riflettuto in modo intelligente e credo tu abbia ragione.»

Grete si rallegrò molto per quell'elogio e mormorò imbarazzata: «Non se ne abbia a male, signorina Rosen. Non potevo più tenermelo dentro. E ora è meglio che scenda lei per prima, io la seguo».

Quella tattica intelligente purtroppo mancò il suo effetto. Sia Elise che Grete, che apparve dopo in atelier, furono accolte da Charlotte in modo sgarbato.

«Dove ve ne andate voi due? Dobbiamo sbrigare il lavoro da sole? La signora von Meisenburg è stata qui per farsi modificare un cappello e ha chiesto di te, Elise.»

«Mi dispiace, mamma.»

Ovviamente Charlotte credeva che fosse stata tutto il tempo di sopra da suo padre, la cosa che più di tutto la metteva contro sua figlia. Grete se la cavò con meno, dichiarò di avere mal di pancia e ottenne il permesso di andarsi a prendere una tazza di camomilla calda in cucina.

«Se peggiora, Grete» disse Charlotte con compassione «vai

a stenderti in camera tua con una borsa dell'acqua calda sulla pancia. Migliorerà.»

«Grazie tante, signora Rosen. Sta già passando...»

Elise non riusciva a smettere di pensare a quello che le aveva detto Grete. In qualche modo doveva riuscirle di far riappacificare i suoi genitori, almeno affinché parlassero tra loro in modo ragionevole e riflettessero insieme. Non sarebbe stato facile. Suo padre probabilmente era disposto a farlo, ma Charlotte proprio per niente. Dopo la cena avrebbe parlato con lei e ce l'avrebbe messa tutta per convincerla. Forse poteva ricordare a Charlotte il discorso della montagna, in cui si parla del comandamento dell'amore cristiano per il prossimo? Sua madre era devota, andava tutte le domeniche in chiesa, non poteva chiudere gli occhi di fronte a quelle argomentazioni. Prima o poi avrebbe pur dovuto perdonare a suo padre di averla lasciata e di non essere più tornato!

Aspettò con impazienza che venisse sera e che chiudessero l'atelier. Ma no, si presentò un'altra volta la moglie del mastro falegname perché aveva da ridire sui guanti che aveva acquistato, dal momento che c'era un filo strappato. Anche la signora von Meisenburg si fece di nuovo vedere per provare il nuovo cappello e concordare con la signorina Rosen alcune modifiche. E alla fine Elise dovette esporre sul bancone tutti i portapillole per la signora von Hof, cosicché la gentildonna potesse sceglierne uno.

Cosa ci faccio qui?, pensò. *Il destino di tutti noi è appeso a un filo sottile e io sto dietro al bancone a vendere portapillole ricamati.*

Fece un bel respiro quando Charlotte finalmente incaricò Therese di chiudere le imposte e chiuse a chiave la porta dell'atelier. Moritz, che aveva già chiuso il suo negozio di vini, era salito in camera sua per porvi i guadagni della giornata, ma poiché nascondeva sotto la giacca una bottiglia di vino rosso, fu chiaro a tutti che sarebbe andato in soffitta a fare due chiacchiere. A cena stranamente rimase seduto al suo posto a rimuginare in silenzio, alle domande di Therese su come fosse andata la giornata al negozio di vini diede solo risposte veloci guardando di continuo in direzione di Elise. Dopo mangiato andò in giardino con Fidibus e la nonna ne fu molto sollevata, poiché non si poteva mandare il cane fuori da solo; scavava nelle aiuole alla ricerca di topi. Mentre Therese stava già prendendo il gioco dell'oca dal cassetto e litigava con Grete, che avrebbe giocato più volentieri una partita a filetto, Elise andò con espressione innocente in giardino perché voleva prendere ancora un po' d'aria fresca, almeno così pareva.

Fidibus quel giorno non aveva alcun interesse per le aiuole delle erbette ben sistemate della nonna, era nella parte posteriore del giardino, vicino al muro, e annusava tra i cespugli di ribes. Moritz gli era andato dietro, guardava con attenzione cosa faceva il cane.

«Che fate qui?» domandò Elise. «I ribes non sono ancora maturi.»

«Volevo raccontarti una cosa» replicò piano Moritz. «È vero, ho promesso di tenere la bocca chiusa, ma più ci penso, più trovo che dovresti saperlo.»

Di nuovo una brutta notizia? Per quel giorno era già più che a posto.

«Ha a che fare con mio padre? Prima sei stato di sopra da lui, no?»

«Sì» disse sospirando. «Oggi era proprio strano. Ha voluto sapere cosa ne fosse del vecchio mulino a Wesertor. Se dentro ci vivesse sempre un mugnaio o se fosse vuoto.»

«Ha anche detto perché vuole saperlo?»

«No.»

Moritz, abbattuto, rimase in silenzio e guardò Fidibus annusare tra le erbacce e poi alzare la zampa contro il muro. Elise non sapeva cosa pensare della novità di Moritz. Suo padre credeva che il ricattatore si trovasse lì? In un mulino dismesso che era già fermo da anni?

«Tra l'altro ci sono impronte tra i cespugli» osservò Moritz. «Forse i figli dei vicini hanno scavalcato di nuovo il muro per guardare i nostri ribes.»

«Impronte? Dove?» volle sapere Elise.

«Be', lì. Ci sono passato sopra, non si vede più granché.»

«Imbranato» tuonò lei. «Per il resto mio padre ha detto qualcos'altro?»

«Non molto. Ma credo di sapere cos'ha in mente. Siccome ha già messo insieme le sue cianfrusaglie, penso voglia cambiare sistemazione.»

Elise raggelò dallo spavento. Suo padre voleva lasciare la soffitta e nascondersi in un mulino dismesso a Wesertor? In una zona abbandonata, dove nessuno avrebbe potuto aiutarlo se qualcuno avesse voluto fargli del male?

«Dobbiamo impedirlo a tutti i costi, Moritz» sussurrò agitata. «Credi che voglia andarsene stanotte stessa?»

«Può essere» disse Moritz. «Dovresti salire e dissuaderlo.»

«Grazie di avermelo detto, Moritz!»

«Di niente. Del resto, mi preoccupo per il mio futuro suocero.»

Elise lo lasciò perdere e si affrettò a rientrare in casa, dove la nonna era seduta in cucina con le sarte a giocare al gioco dell'oca.

«Charlotte è già andata a letto» annunciò la nonna. «Dov'è Fidibus? Che non mi metta in disordine l'aneto appena piantato.»

«C'è Moritz con lui, nonna» disse in fretta Elise. «Anch'io vado a dormire presto. Buonanotte a tutti.»

«E guarda che il cane non abbai di nuovo tutta la notte» le gridò dietro Therese. «Non si riesce quasi a chiudere occhio.»

Elise non rispose e salì le scale. *Come dovrei trattenerlo?*, pensò infelice. *Vuole lasciare la casa perché teme di mettere in pericolo tutti noi con la sua presenza. Se penso a quello che mi ha detto Grete, la preoccupazione è assolutamente motivata. Ma nascondersi solo soletto in un mulino isolato, questa è follia.*

Si fermò davanti alla porta della sua stanza e rifletté su cosa dirgli. *Da solo non puoi farcela, papà*, avrebbe argomentato. *Funziona solo se lavoriamo tutti insieme...*

Senza esitare bussò alla porta della camera di sua madre.

«Devo parlare con te...»

«E io con te, Elise» fu la risposta. «Entra.»

La mamma era seduta sul letto vestita e la guardava con un'espressione che diceva chiaramente che aveva preso una ferma decisione.

«Ho di nuovo riflettuto su tutto, Elise» disse. «Finché tuo padre si trattiene qui a Kassel, non avremo pace. Pretendo che domani mattina presto ritorni a Francoforte. Riferisciglielo.»

Elise era troppo sorpresa per rispondere subito. Charlotte interpretò la sua esitazione come resistenza e si spazientì.

«Se non lo fai, salgo io stessa a dirglielo.»

«Non è necessario, mamma. Tanto vuole lasciare casa nostra stanotte stessa.»

Ora era il turno di Charlotte di essere esterrefatta. «Sei sicura? Be', tanto meglio. Per me può rimanere fino alla mattina presto e prendere la prima diligenza.»

«Non andrà a Francoforte, mamma» disse Elise guardando Charlotte implorante. «Vuole nascondersi nel vecchio mulino a Wesertor.»

Charlotte la fissò incredula. «Nel vecchio mulino? In quel

buco dimenticato dal mondo dietro Unterneustadt? È diventato completamente pazzo?»

«Sembra deciso a farlo» sospirò Elise. «Per favore, mamma, vai di sopra e pregalo di rimanere.»

«Perché dovrei farlo?» gridò Charlotte. «Sono contenta se sparisce!»

«Se vuoi essere al sicuro dal ricattatore, allora devi collaborare con lui, pensare a chi potrebbe esserci dietro» cercò di spiegare Elise. «Avremo pace solo quando il colpevole sarà acciuffato e reso innocuo.»

Charlotte si coprì il volto con le mani e scosse la testa.

«Che sciocchezze stai dicendo, Elise. Non ho idea di chi possa esserci dietro e non voglio neanche pensarci. Per me è importante soltanto che tuo padre lasci finalmente questa casa.»

«Quindi ti è del tutto indifferente che si metta in pericolo?»

«Sono responsabile per lui?» la contraddisse testarda. «Tuo padre è un uomo adulto e sa quello che fa.»

«Non riesci a perdonarlo, mamma? Il nostro signore Gesù Cristo non dice che a colui che ti colpisce la guancia destra bisogna porgere la sinistra?»

«Deve azzardarsi» gridò sua madre adirata. «Se tuo padre si limitasse anche solo ad alzare la mano, avrebbe già la mia sulla sua faccia!»

«Non intendevo questo, mamma. Si tratta di perdono e di...»

«Non devi farmi prediche, Elise» la interruppe sua madre arrabbiata. «Vedo già che non vuoi riferire il mio messaggio, allora prenderò io in mano la situazione.»

Era successo. Sarebbe salita e avrebbe fatto scoppiare una nuova lite. E allora più che mai suo padre avrebbe messo in atto il suo folle piano.

«Ti prego, mamma» la implorò. «Pensaci: solo se rimaniamo uniti possiamo risolvere qualcosa...»

La porta della camera sbatté, Charlotte salì le scale per la soffitta.

«E non farti venire in mente di spiarci!» gridò a sua figlia che l'aveva seguita nel corridoio. «È una faccenda tra me e tuo padre!»

Ubbidiente, Elise si fermò nel corridoio, si strinse le mani e levò al cielo una giaculatoria perché non avvenisse quel che temeva. Ah, la mamma per il resto era una persona così ragionevole, ma per tutto quello che riguardava il già Chevalier du Croix Blanc la rabbia a lungo repressa l'accecava.

No, non sarebbe andata a origliare alla porta, la mamma l'avrebbe presto scoperto. Ma se avesse drizzato le orecchie, avrebbe potuto sentire qualcosa anche lì, dal corridoio del primo piano. Di sopra la mamma aveva bussato alla porta della soffitta? Era difficile capirlo perché proprio in quel momento le arrivò un agitato brusio di voci dalla cucina; forse Moritz aveva di nuovo cercato di barare al gioco dell'oca. Ora sentiva la voce di sua madre. Non riusciva a capire quello che diceva, ma suonava freddo e pretenzioso. Suo padre di sicuro era sorpreso dall'apparizione improvvisa di Charlotte, non si sentiva.

Elise andò un po' più vicino alla scala e tese l'orecchio, con la mano a coppa. Sua madre parlava ancora. Sembrava agitata e in vena di rimproveri. Ora riusciva a sentire anche de LaTour, parlava in modo tranquillo e del tutto privo dell'abituale tono ironico. Per cui la risposta di Charlotte risultò più calma, ma non meno scontrosa.

Non posso farci niente, pensò Elise infelice. *Devono risolverla tra loro.*

Stava lì angosciata e origliava. Botta e risposta volavano da una parte all'altra, a volte sua madre sembrava più dolce, poi si infuriava di nuovo. De LaTour parlava poco, sembrava piuttosto porre domande invece di argomentare, a volte la sua voce era così bassa che quasi non si sentiva.

Da quanto continuavano così? Non lo sapeva. Alla fine, sentì il cigolio della porta della soffitta e sparì in fretta nella sua stanza, perché la madre non la incontrasse in corridoio. Charlotte scese le scale a passo deciso e andò nella sua camera da letto.

Non voleva proprio riferirle com'era andata la conversazione? Elise aspettò con il cuore che le batteva forte, ma sua madre sembrava prepararsi il letto per andare a dormire, la sentì scuotere i cuscini. Senza esitazione andò di fronte e bussò.

«Che c'è ancora?» chiese la madre spazientita, mettendo a posto il cuscino.

«Cos'ha detto?»

Charlotte tirò via la coperta e si sedette per togliersi le scarpe.

«Era molto ragionevole» disse imbronciata. «Forse dovrà rimanere ancora un paio di giorni là sopra, poi vuole ripartire per Francoforte.»

«Non si trasferirà nel vecchio mulino?» si informò Elise preoccupata.

«L'ho dissuaso dal farlo. Del resto, non è più giovanissimo, l'umidità e il freddo in quel vecchio rudere gli farebbero male.»

L'espressione furibonda sul volto di sua madre impedì a Elise di gettarle le braccia al collo per la gratitudine. Ma era infinitamente sollevata che la conversazione non fosse finita in litigio. Per sicurezza aspettò che tutti fossero andati a letto per tendere un filo di traverso sulle scale che andavano in cucina alla cui estremità appese una campanella. Nel caso in cui quella notte suo padre avesse voluto lasciare la casa in segreto, l'avrebbe sentito.

28

Nessun latrato del cane la disturbò nella notte, tuttavia dormì agitata, si svegliava di continuo credendo di aver sentito la campanella. Più volte si alzò in fretta dal letto, accese la lampada e uscì nel corridoio solo per constatare che si era sbagliata. Solo verso la mattina cadde in un sonno pesante, dal quale si svegliò con la voce seccata della nonna.

«Cos'è questa diavoleria? Mi sono spaventata a morte!»

Accidenti! La nonna, che si alzava sempre per prima, aveva pestato il filo con la campanella. Elise andò in corridoio in camicia da notte per spiegare la faccenda del filo, ma la nonna era di sotto in cucina già da un po' e stava accendendo il fuoco nel focolare. Elise trovò la campanella in un angolo del corridoio, arrotolò il filo e poi salì scalza in soffitta. Quando cercò di aprire la porta il più piano possibile per guardare dentro, causò un gran fracasso. Suo padre aveva messo la cassa con ogni genere di ciarpame della soffitta davanti alla porta. Allora era ancora lì. Ed era vigile.

«Sono io» disse lei con un tono basso. «Continua a dormire tranquillo, papà.»

«*Quel bon conseil*» brontolò lui beffardo. «*Merci bien, ma fille.*»

Sollevata, andò nella sua stanza per vestirsi. Le cose non procedevano poi così male, Charlotte sembrava essersi calmata;

ora bisognava convincere anche Johann Georg che si doveva restare uniti, invece di litigare. Per questo era meglio parlare con Sybilla, che aveva una grande influenza su di lui. Tuttavia, le avrebbe dovuto svelare la presenza di suo padre, cosa che fino a quel momento Johann Georg aveva tenuto nascosta a sua moglie per non farla agitare.

Per sapere se potevano coinvolgere nel fronte contro il ricattatore anche i genitori di Sybilla, doveva prima parlare con lei. Sarebbe stato sicuramente d'aiuto, poiché avevano vissuto il periodo francese a Kassel e forse avrebbero potuto dare un buon suggerimento.

Piena di piani, si presentò in cucina per colazione, dove la nonna stava rimproverando Moritz per averle teso una trappola.

«Un filo con una campanella. Non crescerai mai eh, moccioso? Dallo spavento sono quasi ruzzolata per le scale.»

«Sono stata io, nonna» confessò Elise. «Io… io non volevo che Fidibus girasse per casa di notte e abbaiasse.»

Percepì lo sguardo di rimprovero di sua madre, tutti gli altri guardavano meravigliati.

Moritz cominciò a ridere. «Come ai vecchi tempi, quando facevamo ancora gli scherzi insieme» si rallegrò. «Allora? Chi di noi due è il moccioso ora? Io no.»

«Lo sapevo» si fece sentire Therese sollevata. «Il mio Moritz è un uomo d'affari, gestisce la sua bottega in modo esempla…»

Si interruppe spaventata perché Fidibus uscì da sotto al tavolo abbaiando furioso e inciampò nella gonna ampia di Babette. Babette strillò e dovette aggrapparsi al tavolo per non essere portata via dalla sedia. Un bicchiere con il caffè si ruppe, Moritz riuscì a salvare la caffettiera con prontezza.

«Questo cane mi ucciderà!» tuonò Babette.

«Cos'ha ancora?» si agitò Therese.

«Credo che ci sia qualcuno alla porta dell'atelier» suppose Grete.

«Di domenica?» si meravigliò la nonna. «Allora non saranno clienti.»

«Vado io!» disse Charlotte trattenendo Elise, che si era già alzata per andare a vedere. «Tieni fermo il cane.»

Si misero tutti alla porta della cucina a guardare Charlotte aprire l'atelier e poi levare il catenaccio dalle imposte di legno che proteggevano la porta. Fuori c'era un messaggero, nel quale Elise riconobbe subito il cameriere del Re di Prussia. Sembrò impaurito per il cane e con mano leggermente tremolante le allungò una cartolina.

«Perdoni il disturbo di domenica… Un biglietto per la signorina Rosen.»

«Grazie tante!»

Charlotte andò alla cassa del negozio per dargli una piccola mancia, ma quando si voltò se n'era già andato.

Alzando le spalle, rimise a posto le monete e porse la cartolina a Elise. Vi si leggeva un breve messaggio in una calligrafia piccola e ordinata.

Gentilissima signorina Rosen,
in viaggio per Francoforte, dove vorrei andare a trovare ancora una volta il suo stimato padre per via della mia tesi per l'esame finale, ho fatto sosta a Kassel. Se possibile, vorrei farle visita stamattina dopo la messa.
Con i migliori saluti,
Hans Christian Thiedemann

Fissò quelle righe incredula. Non era possibile! Non gli aveva scritto chiaramente che sarebbero dovuti rimanere in contatto per corrispondenza? Una qualsiasi persona beneducata non avrebbe dovuto concludere che, in quel momento, non teneva per niente a un incontro di persona? Era così difficile da capire oppure semplicemente non l'aveva letto? Ah, bontà divina, certo che era contenta di rivederlo. Ma non proprio in quel momento!

«Chi è che ti manda questi bigliettini la domenica mattina?» volle sapere subito Moritz ingelosito. «Non sarà mica quel damerino presuntuoso di Göttingen, che prima ti ha fatto la corte e poi se l'è presa per un nonnulla?»

Elise si schiarì la voce. Non c'era nulla da fare, avrebbero dovuto riceverlo.

«Hans Christian Thiedemann è di passaggio a Kassel e vorrebbe venirci a trovare dopo la messa» annunciò.

Charlotte aggrottò la fronte. «Quel giovane biondino di Göttingen che andava in giro con tuo padre? Non vorrà mica venire a trovare lui?»

«Ma no» disse in fretta Elise. «Non ha idea che mio padre si trovi qui. E non dovrebbe neanche scoprirlo.»

«Allora va bene, del resto era un giovane proprio beneducato» disse Charlotte. «Potremmo andare con lui al mercato in Königsplatz. Può venire da noi a bere un caffè. Poi però basta.»

Giusto, era la prima delle quattro domeniche dell'anno in cui a Kassel era previsto il mercato e ovviamente ci sarebbero stati anche saltimbanchi e artisti di strada per la festa di primavera. Il privilegio commerciale domenicale che il langravio Enrico II aveva concesso alla città nel quattordicesimo secolo si chiamava "Kasseler Freyheit".

Prima che andassero tutti insieme in chiesa, Elise prese Fidibus per il collare e lo portò di sopra in soffitta. Suo padre sarebbe stato da solo in casa per un bel po', per cui era meglio se il cane fosse rimasto con lui. Fidibus non aveva niente in contrario, poiché di sopra lo aspettava sempre uno spuntino gustoso.

Nel frattempo, de LaTour aveva tolto le barricate dietro la porta, usava di nuovo la cassa come sgabello e stava mangiando la colazione che gli aveva portato la nonna. Aveva un aspetto pallido e stanco, osservò Elise. Non c'era da meravigliarsi, si trovava da giorni in quella stanza stretta, come in prigione.

«*Dimanche*» disse brontolando. «Il giorno in cui il cristiano devoto va in chiesa per farsi perdonare i peccati. Cosa che non ha mai impedito a nessuno di tornare a peccare di *lundi*.»

Alla notizia che Hans Christian Thiedemann era a Kassel reagì con una smorfia ironica.

«Sì, la forza del magnetismo» disse facendole l'occhiolino. «Dev'essere stato un magnete forte ad attrarre qui il giovane. Domani lascialo pure continuare per Francoforte, il mio amico Christian Daniel saprà spiegare la mia assenza. Inoltre, lui potrà aiutarlo bene quanto me.»

Fidibus afferrava le palline di pane che de LaTour gli lanciava e si accomodò accanto a lui sul giaciglio. Elise era soddisfatta, era una buona protezione.

«Se si presenta l'occasione, Elise» disse de LaTour quando lei si girò per andarsene «riferisci a mio figlio Johann Georg che mi dispiace molto. Se lo desidera, mi rivolgerò personalmente al principe ereditario per smentire la lettera.»

«Rinnegheresti la paternità?»

«Se necessario, sì.»

«Ma… non è la verità.»

La guardò con un'espressione che diceva che lei non sapeva ancora molto di come andava il mondo.

«Cos'è la verità?» chiese lui abbassando la testa. «Anche il prefetto romano Ponzio Pilato una volta si pose la domanda e non arrivò a nessun risultato. Ora, da brava, vai in chiesa, bambina mia. E stai ben attenta a cosa dice il pastore, a volte può essere davvero utile.»

Puah, quel giorno la sua ironia era particolarmente pungente. Elise si preparò per andare in chiesa e scese in atelier dove la mamma, la nonna e le sarte la stavano già aspettando.

I venditori ambulanti e gli artisti di strada si erano sistemati di prima mattina tra i banchi dei commercianti di Kassel, c'erano chioschi e tende da Königsplatz fin giù alla chiesa di San Martino. Moritz aveva messo un banco del vino, da cui si aspettava buoni affari ma vigeva ancora il riposo domenicale, il mercato non avrebbe aperto prima della fine della messa.

Come annunciato, Hans Christian Thiedemann era presente alla messa alla chiesa di San Martino; aveva preso posto in una delle panche più in fondo per non doversi contendere con nessun fedele di Kassel il posto di famiglia. Quando le donne dell'Atelier Rosen gli passarono accanto, le salutò sorridendo con un cortese cenno del capo. Nel suo sguardo Elise riconobbe sia la felicità di rivederla, sia una certa preoccupazione. Ma guarda, forse era consapevole di essere andato un po' oltre quello che lei gli aveva concesso.

«Avete visto con che occhi raggianti ha guardato la nostra Elise?» bisbigliò Babette mentre prendevano posto sulla loro panca.

«L'ha proprio divorata con gli occhi» ribatté con invidia Therese sussurrando.

«Silenzio!» bisbigliò Charlotte arrabbiata. «Non siamo sole qui.»

Fece un cenno alla moglie del mastro falegname che si stava girando verso di loro e con affetto le augurò una «piacevole domenica».

Moritz si sedette accanto a Elise con espressione cupa e le disse piano: «Dopo portalo al mio banco del vino, Lisetta. Gli darò un buon vinello da assaggiare».

«Allungato con il fiele, eh?» ribatté lei sussurrando. «Me ne guarderò bene.»

«Ragazza intelligente!» brontolò lui.

Poi l'organo cominciò a suonare il preludio, riempì la chiesa di una solenne atmosfera domenicale e tutti i cattivi bisbigli dovettero tacere. A dispetto del consiglio ironico di suo padre, i pensieri di Elise si distrassero dalla lunga predica del pastore per rivolgersi ad altro. Cosa faceva il ricattatore in quel momento? Era davvero seduto in chiesa con loro, candido e devoto? Oppure si aggirava per la città con i suoi piani oscuri? Forse proprio in Marktgasse? Ogni tanto percepiva gli sguardi del giovane Thiedemann dietro di sé e rifletteva su cosa avrebbe dovuto fare con lui. No, non gli avrebbe fatto rimostranze, conosceva i suoi modi esagerati e in fondo non le dispiaceva rivederlo. Dopo la chiesa lo avrebbe portato al mercato a guardare insieme i banchi e le rappresentazioni degli artisti di strada, così avrebbero avuto tempo per parlare. La sera, tuttavia, avrebbe dovuto trascorrerla da solo alla pensione. Gli avrebbe detto chiaramente che erano impegnati e che la mattina dopo poteva continuare il viaggio per Francoforte. In seguito, gli avrebbe scritto una lettera di cortesia per scusarsi della mancanza di attenzione. Del resto, cosa poteva aspettarsi se si presentava così all'improvviso?

I conti sembravano tornare. Come al solito, dopo la fine della messa, rimasero ancora un po' in chiesa per salutare amici e conoscenti, ma quel giorno la folla dei fedeli si disperse più in fretta del solito, poiché fuori alcuni musicisti facevano già suonare i loro strumenti e il bel tempo di maggio prometteva un festoso divertimento primaverile alla fiera annuale. Hans Christian Thiedemann le aveva aspettate all'uscita della chiesa e salutò le signore dell'Atelier Rosen con grande cortesia, allo stesso tempo scusandosi per il suo arrivo inaspettato e spiegando loro la necessità di dover chiarire alcuni dettagli dell'esperimento a Francoforte prima della consegna della sua tesi per l'esame finale.

«Così ho colto l'occasione per vedere un'altra volta questa bella città e per fare una visita a lei, stimata signora Rosen...»

Charlotte non fu meno cordiale. Rispose che si sentiva molto onorata per la sua visita e invitò il giovane verso le quattro in atelier, per un caffè. Mentre si scambiavano frasi formali, i suoi sguardi si dirigevano di continuo verso Elise.

«Penso spesso alla bella e istruttiva visita guidata della città che mi ha concesso parecchie settimane fa» si rivolse infine a lei con un po' di timidezza.

«Mi fa piacere» ribatté lei. «Anche io ricordo volentieri i giorni a Göttingen, che purtroppo si sono conclusi con un malinteso.»

«Me ne rammarico infinitamente, signorina Rosen» disse lui afflitto. «Speravo tanto che potesse perdonarmi per quello che le ho rimproverato nel tumulto dei miei sentimenti.»

Ah, era davvero commovente. Certo, era un imbroglione, ma aveva charme. Imperfetto, ma amabile. Adesso era davvero contenta di rivederlo.

«Non ho niente da perdonarle, signor Thiedemann» disse lei con tono affettuoso. «Lasciamo perdere la faccenda e rallegriamoci per questa festa di primavera. Spero nella sua compagnia.»

«Non mancherò» gridò lui sollevato. «Sono a sua disposizione, pronto a qualunque follia.»

Fecero tutti insieme un giro intorno alla chiesa di San Martino, osservarono le merci esposte e si fermarono per un po' davanti a un artista di strada con un vestito colorato che giocolava con sei palline alla volta tenendo un bicchiere di vino in equilibrio sul naso.

«Un peccato per il vino, se gli si rovescia in faccia» disse Moritz tenendosi stretto a Elise.

«Chissà se è proprio vino poi» osservò Therese.

«Com'è abile con le palline» si sorprese Grete. «Si potrebbe provare una volta in atelier con i gomitoli di lana.»

«Guai a te!» la avvertì Charlotte ridendo.

In Königsplatz il gruppo si disperse. La nonna tornò in atelier per preparare il pranzo, Moritz si affrettò per andare al banco del vino e Therese, che doveva aiutarlo nella vendita, lo accompagnò. Anche Charlotte andò per la sua strada; si interessò alla merce dei bottegai stranieri e voleva compare nastri, filo da ricamo e merletti per l'atelier a un prezzo conveniente. Grete, che aveva visto che Elise volentieri sarebbe rimasta un po' da sola con lo studente di Göttingen, si unì a Charlotte. Così Elise si trovò presto tutta sola al fianco del suo accompagnatore e, mentre sostavano davanti all'uno o all'altro artista di strada per guardare la rappresentazione, chiacchieravano disinvolti.

«Non sa quanto sono felice di poter finalmente concludere questa tesi noiosa» disse. «Ancora solo un paio di giorni e poi mi scaricherò questo peso dalle spalle, così potrò dedicarmi a ciò a cui il mio cuore tiene davvero.»

«La sua casa editrice?» si informò lei.

«Purtroppo no. Questo sogno per il momento non potrò realizzarlo. Il professor Kreuzer non è più disposto a mettere soldi nel progetto. Ha litigato irrimediabilmente con mio padre.»

«Non è una grande perdita» disse lei. «Penso che se crede fermamente nel suo sogno, presto si presenterà una nuova opportunità.»

Guardarono un acrobata in equilibrio su una corda tesa tra due pali ad altezza d'uomo con un'asta rigonfia alle due estremità in mano. Arrivò fino alla metà della corda, lì oscillò l'asta avanti e indietro in una maniera che pareva pericolosa, spostò abilmente il peso del corpo a seconda dei movimenti e poi ritornò indietro. Si inchinò e gli astanti applaudirono. Un bambino con un cappello in mano fece il giro per raccogliere monete.

«Non sa quanto valga per me sentire questo incoraggiamento dalle sue labbra, signorina Rosen» disse Hans Christian. «In effetti, ho ancora la mente fissa alla casa editrice e anche mio padre, con il quale adesso mi sono riconciliato, spera che il progetto presto possa diventare realtà. Da quando è in pensione, ha redatto diversi scritti che pubblicherebbe volentieri. Purtroppo, però, finora non si è trovata nessuna casa editrice disposta a stampare gli articoli.»

Non avrà scritto niente di nuovo, pensò Elise con invidia. *Perché avrebbero dovuto pubblicare vecchie quisquilie, note ormai da tempo?*

«Tra l'altro, mio padre la saluta con molto affetto» continuò Hans Christian per sua sorpresa. «Nel frattempo, ha maturato l'idea che il professor Kreuzer sia stato un cattivo consulente e la prega di scusare i piccoli inconvenienti avvenuti in casa nostra.»

Elise prima di tutto dovette digerire la rapida inversione di marcia. "Piccoli inconvenienti" li definiva il professor Thiedemann; il subdolo inganno a suo padre e al defunto Radowitz. Be', il vecchio sembrava dimenticare in fretta e minimizzare i propri errori.

«A questo proposito, mi ha incaricato di pregarla di un favore, signorina Rosen» continuò Hans Christian dopo un po' d'esitazione. «Ma vorrei sottolineare che qui riferisco solo la richiesta di mio padre, personalmente non avrei mai osato avanzarle tale pretesa...»

Ecco, la vecchia volpe prima faceva le sviolinate e poi con grande disinvoltura se ne usciva con le sue richieste. Voleva forse proprio il manoscritto di suo padre? In quel caso gli sarebbe andata male.

«Parli liberamente, signor Thiedemann. La ascolto.»

«Si tratta della sua accompagnatrice, la signorina Grete. A mio padre piacerebbe assumerla in casa sua. Vede, ha bisogno di qualcuno che lo ascolti con attenzione e comprensione, soprattutto quando pianifica di scrivere un articolo e deve mettere in ordine i pensieri. Finora ho sempre dovuto adempiere io a questo compito, ma adesso lascerò la casa di mio padre e lui cerca un sostituto. Detto tra noi: andava pazzo per la sua accompagnatrice perché lei lo ascoltava con tanta buona volontà e sapeva porre domande intelligenti...»

Accidenti! Voleva portare Grete a Göttingen, che idea! Elise stava per ridere, poi la attraversò il pensiero che quella posizione per l'intelligente Grete fosse un'occasione unica e meravigliosa di soddisfare la sua sete di sapere e forse anche di mettere alla prova le sue capacità. D'altro canto avrebbe dato via Grete malvolentieri. Anche sua madre e Babette sarebbero state profondamente deluse se l'abile ragazza fosse davvero andata a Göttingen.

«Per questo non posso dirle molto» disse infine. «Farò sapere a Grete di questa offerta, dovrà decidere da sola.»

«Si capisce» si affrettò lui. «Mi limito a essere contento di non aver suscitato la sua rabbia con questo messaggio di mio padre, signorina Rosen. Mi avrebbe molto rammaricato.»

«Non sono permalosa» affermò lei con freddezza.

Passarono davanti a due banchi dove si offrivano paste al forno e tortini di patate freschi, ma la coda di quelli che aspettavano era troppo lunga perché venisse loro voglia di mettersi in fila.

Quindi Hans Christian cominciò a lodare il manoscritto di suo padre e chiese se nel frattempo fosse riapparso.

«Purtroppo no.»

«Che perdita! A Francoforte lessi qualche pagina e fui profondamente commosso dal destino dei suoi genitori che, a Parigi, durante il Terrore giacobino, furono rinchiusi in prigione e infine portati alla ghigliottina. In occasione della mia visita a Kassel alla libreria, il signor Appel mi ha gentilmente consigliato alcune opere per migliorare le mie conoscenze sulla storia della Francia...»

Elise si fermò perché d'un tratto la attraversò un pensiero.

«Ha parlato nella libreria di Appel del manoscritto di mio padre?»

Rimase attonito perché lei poneva quella domanda in tono agitato.

«Certo. Ne ero ancora pervaso e pensavo di procurarmi alcune opere per considerare le circostanze dell'epoca anche attraverso la descrizione di altri autor...»

«Era solo con il signor Appel in libreria quando ne parlavate?» volle sapere Elise.

Lui corrugò la fronte e alla fine disse che c'erano molti altri clienti nella bottega che non erano interessati più di tanto alla conversazione, poiché erano impegnati con i libri esposti.

«Potrebbe descriverli?»

Alzò le spalle afflitto. Pareva ci fossero alcuni signori, uno un po' più giovane, gli altri già piuttosto attempati.

«Spero di non aver fatto un errore menzionando il manoscritto» si informò lui preoccupato.

«No, no» disse lei in fretta. «Andiamo laggiù? Raccontano storie dell'orrore, è sempre divertente.»

Presero posto in mezzo ai tanti ascoltatori che si erano radunati davanti al cantastorie per divertirsi con quei terribili racconti. Il cantastorie dalla voce possente con il frac logoro e i pantaloni a quadretti un po' sformati rendeva il tutto davvero di grande effetto. Durante il racconto indicava con una bacchetta un telo stampato su cui era rappresentato il fatto sanguinoso in tutti i suoi particolari. Mentre Hans Christian seguiva le terribili descrizioni aggrottando la fronte, Elise era altrove persa nei suoi pensieri.

Era quella la soluzione del mistero? Hans Christian Thiedemann aveva raccontato delle memorie di suo padre nella libreria di Appel; era lì che il manoscritto, della cui esistenza quasi nessuno poteva essere a conoscenza a Kassel, aveva attirato l'attenzione del ricattatore? Allora avrebbe dovuto trovarsi nella libreria mentre Hans Christian ne parlava. Quindi era uno dei clienti? Ma no, la faccenda non era certo così semplice. Il signor Appel era un chiacchierone, poteva averne parlato anche dopo.

«È terribile» sentì la voce di Hans Christian accanto a sé. «Vuole ascoltare un'altra storia?»

Il racconto dell'orrore era finito, il cantastorie si era inchinato a dovere, ora si recava presso un tavolo dove si potevano acquistare diversi fogli su cui erano stampati i disegni delle storie. La ressa dei compratori non era molta, per cui si riusciva a vedere bene il tavolo con le diverse pile di fogli. Aveva messo una pietra su ognuna delle pile perché non venissero portati via dal vento.

«Credo sia meglio andare oltre» disse a Hans Christian. «Davanti all'ufficio postale c'è sempre la tenda dell'indovina...»

In quell'istante scorse il sordomuto Kasimir avvicinarsi con postura ricurva al tavolo del cantastorie e fargli strani segni. L'artista di strada annuì e il sordomuto tirò fuori da sotto alla giacca una pila di fogli che posizionò sul tavolo accanto alle altre.

Il sordomuto che il ricattatore già una volta aveva impiegato per i propri fini!

In fretta si fece strada tra i visitatori del mercato pronti a fare acquisti e prese uno dei fogli. Le bastò leggere la prima riga per sapere cosa aveva di fronte.

Il mio soggiorno a Kassel fu coronato da una dolce passione per un'incantevole modista...

Senza esitare afferrò tutta la pila e se ne impadronì.

«Ehilà, signorina!» gridò l'artista di strada. «Non così in fretta. Un foglio costa tre kreuzer...»

Non sentì altro, poiché si affrettò ad andarsene con il bottino stretto a sé. Dietro di lei si alzò un brusio, risate, grida indignate.

«Fermate la ladra!»

«È laggiù!»

«Prendetela! Mi ha derubato! Polizia!»

Si affrettò tra la folla, scontrandosi con una visitatrice corpulenta, rovesciò un tavolo sul quale era esposto un gioco colorato per bambini ma aveva quell'unico pensiero: *Portalo via! Nella stufa! Nel fiume! Strappare e distruggere, che questa vergogna venga risparmiata a mia madre.*

In Druselplatz riuscì a sparire in uno degli stretti passaggi tra le case. Si fermò affannata ad ascoltare. Si sentivano ancora grida indignate e divertite, inorridì sentendo la voce di Hans Christian mischiarsi a queste.

«Cosa volete da lei? Non è una ladra! Lasciatela in pace!»

Oddio! Sembrava difenderla dalla gente arrabbiata. Una figura apparve tra le case e fece per rincorrerla, lei continuò a correre in fretta, si arrampicò sul muro di un giardino e raggiunse uno stretto passaggio attraverso il quale arrivò nelle vicinanze di Marktgasse. Si guardò intorno impaurita: era una persona che si muoveva dietro di lei o soltanto un lenzuolo che svolazzava al filo? Era difficile da capire all'ombra delle pareti alte della casa, ma se era una persona, allora faceva fatica a procedere sul selciato irregolare. Per fortuna il suo fratello acquisito Moritz l'aveva introdotta per tempo al complicato intrico di vicoli nascosti tra le case della città vecchia. Passare ancora una volta tra due edifici, poi arrampicarsi sopra una staccionata e un paio di passi verso sinistra. Presto sarebbe arrivata al giardino dell'atelier, doveva solo scavalcare il muro, come facevano a volte i figli dei vicini quando le ciliegie erano mature.

Completamente esausta, lanciò di là dal muro la pila di fogli, che le era d'impaccio per arrampicarsi, e poi salì. Per gli uomini era facile scappare con i pantaloni lunghi. Una gonna era più che fastidiosa per arrampicarsi.

Finì bruscamente nel cespuglio di ribes e subito sentì la voce arrabbiata della nonna. «Elise? Sei andata fuori di testa? Mi rovini i ribes. Che razza di cartacce sono quelle che svolazzano per il giardino?»

«Raccoglile e infilale nella stufa» disse Elise respirando affannata mentre cercava di liberare la gonna dal cespuglio frantumato. «Veloce, nonna. Aiutami!»

«Signore mio, bontà divina!»

In due rimisero insieme i fogli sparpagliati ed Elise non si calmò finché non furono stati tutti inceneriti nel focolare della cucina.

«Però era scritto bene» disse la nonna, che aveva tirato fuori gli occhiali per leggere uno dei fogli prima della sua distruzione. Siccome Elise la guardava con aria di rimprovero, aggiunse: «Ma non è roba per una piccoletta come te!».

29

D'un tratto Fidibus apparve in cucina, salutò Elise e la nonna scodinzolando e grattò alla porta per andare in giardino.

«Ah, il poveretto!» disse Elise. «Di certo è da tutta la mattina che sta di sopra in soffitta, ha urgenza di alzare la zampa.»

«Lascialo andare tranquillo in giardino» sospirò la nonna. «Tanto ormai le mie aiuole sono rovinate.»

Fidibus non fece in tempo a uscire dalla porta della cucina che le due donne videro una figura sulle scale. Elise gridò spaventata, la nonna si coprì la bocca con le mani.

«Papà! Devi rimanere di sopra in soffitta! Se qualcuno ti vede!»

Si fermò sullo scalino più basso e si sporse.

«E chi dovrebbe vedermi qui?»

Fondamentalmente aveva ragione. Uno avrebbe dovuto stare vicinissimo alla finestra della cucina per poter vedere le scale che portavano al piano di sopra. Tuttavia, Elise non era a suo agio in quella situazione.

«Però, se mamma torna con le sarte, devi risalire in fretta» lo pregò.

Lui trascurò l'osservazione, si sedette sui gradini e allungò le gambe lamentandosi.

«Vi ho viste in giardino a raccogliere vari fogli» disse alzando le sopracciglia con aria interrogativa. «Era quello che credo?»

Quindi le aveva osservate. Attraverso il lucernario della soffitta non era possibile, da lì al massimo poteva vedere un pezzo di Marktgasse.

«Hai guardato in giardino?» domandò Elise angosciata.

«*En effet*. Nel corridoio dell'ultimo piano c'è una piccola finestra che per fortuna è pulita male...»

«Crede che con tutto quello che ho da fare avrei anche il tempo di pulire tutti i giorni la finestra del corridoio?» gridò la nonna arrabbiata e ferita nel suo orgoglio di donna di casa.

«Ma ho detto di essere molto felice del cattivo stato del vetro della finestra, cara signora Rosen» replicò de LaTour con un sorriso ammaliante. «Ovviamente sono stato comunque molto attento, perché era possibile vedere gran parte del giardino e anche scorgere i giardini dei vicini. Dove hai preso i fogli, Elise?»

Raccontò del sordomuto che appoggiava una pila di volantini sul banco del cantastorie.

«Li hai semplicemente presi e portati via? *Bravo! Fille du diable!* Allora non ne è stato venduto nessuno?»

«No.»

Fece un sorriso compiaciuto. «Allora questa mossa non gli è riuscita. Sono stati bruciati tutti i fogli o ne avete conservato un esemplare?»

«Sono finiti tutti nel focolare della cucina, papà.»

«*Dommage!*» sospirò lui ironico. «Avrei controllato volentieri la correttezza del testo. Del resto, è un capitolo molto ben riuscito della mia opera, del quale sono orgoglioso non senza motivo. L'hai letto, Elise?»

«Solo la prima frase. E di più non volevo neanche sapere» ribatté lei con decisione.

«Io l'ho letto» si fece avanti la nonna.

«E? Qual è il suo giudizio?» volle sapere lui.

La nonna si schiarì la voce e con prudenza lanciò un'occhiata a Elise.

«Be', era formulato bene. E molto... preciso.»

De LaTour sorrise non senza orgoglio.

«Un periodo in cui ero molto innamorato, cara signora Rosen. Qui in casa sua ho trascorso ore della più alta beatitudine.»

«Buon per te» ribatté la nonna in modo sgarbato. «Abbiamo avuto il piacere di raccogliere i resti della tua beatitudine dopo che l'affascinante Chevalier si è dissolto nell'aria.»

Lui tacque e la guardò. Aveva ancora il sorriso sul volto, a quanto pareva era assorto a pensare ai vecchi tempi. Elise si girò con decisione verso la porta della cucina e la aprì un po'.

«Fidibus!»

Nessuna reazione. Ma dove se ne va? Non starà mica di nuovo scavando nell'aiuola della verdura in cerca di topi? Aprì un altro po' la porta, si assicurò che dalle case dei vicini non si potesse vedere suo padre e uscì in giardino. Il cane era scomparso. Cercò tra i cespugli, all'ingresso della cantina, al muro: niente. Aveva fiutato una cagnolina in calore e se n'era andato? Che rabbia! Credeva che ormai avesse smesso con quelle gite.

Si sentirono dei rumori, le donne tornavano dal mercato. Appena fu aperta la porta dell'atelier, de LaTour batté in fretta in ritirata per tornare in soffitta. Charlotte era di buon umore, aveva comprato una bella scorta di graziosi passamani, merletti e nastri di velluto a un prezzo conveniente, oltre a un tulle delicato, filo di seta colorato e un rocchetto di filo di rame flessibile. Grete ricevette il compito di mettere in ordine tutti quegli oggetti di pregio nelle scatole prima di pranzo. Babette si lamentò di non sentire più i piedi e del sole che l'aveva tanto ustionata e le aveva fatto venire il mal di testa. Therese dichiarò di voler soltanto mangiare qualcosa in fretta per poi tornare al mercato perché voleva portare il pranzo al suo Moritz.

«Non ti consumare i piedi per il tuo fannullone» la prese in giro Babette. «Quello fa assaggiare il vino ai visitatori del mercato finché non sono tutti ubriachi. Ma finora non ha venduto quasi nulla.»

«Il mio Moritz sa quello che fa» sostenne Therese. «Perfino il consigliere Harnier e consorte hanno assaggiato il suo vino. E la moglie del maggiore von Schlemmer l'ha molto elogiato.»

Non raccontarono del trambusto e del furto al mercato, quindi la faccenda aveva creato molto meno scompiglio di quanto Elise avesse temuto. Il pranzo si svolse tra felici resoconti. Babette era stata sul punto di acquistare una spilla smaltata, poi per avarizia non l'aveva fatto. Grete aveva visto il mago e continuava a rimuginare su come diamine avesse potuto far scomparire un uovo di gallina davanti agli occhi degli spettatori per poi ritirarlo fuori dall'orecchio del comandante di polizia. Alla fine, Charlotte volle sapere se anche al signor Thiedemann fosse piaciuto il mercato.

«Penso di sì» disse Elise concisa.

Aveva deciso di non rovinare subito il buon umore alle donne, avrebbe raccontato la novità solo dopo mangiato. Ma Charlotte, che conosceva bene sua figlia, dalla risposta misera si accorse che qualcosa non andava.

«Non avrete mica litigato?» volle sapere aggrottando la fronte.

«Ma no.»

«Anch'io mi sono meravigliata che la signorina Rosen fosse già a casa prima di noi» disse Therese, già sulla porta con un piatto pieno per Moritz. «Non avrà mica offeso il signorino?»

«Certo che no…»

Elise aspettò che Therese se ne fosse andata con il suo piatto, poiché temeva che potesse raccontare l'eccitante novità al suo Moritz in mezzo al mercato. Poi cominciò il suo racconto.

«Per l'amor di Dio» gemette Charlotte dopo che Elise ebbe finito. «Ti sei portata via tutti i fogli? Se anche uno solo fosse finito nelle mani sbagliate...»

«Nemmeno uno, mamma.»

«E se ne ha fatta stampare anche un'altra pila?»

«Non credo. Erano tanti, almeno cinquanta esemplari. Di più non gli servono per rifornire tutta Kassel.»

«Questo, però, è vero» sospirò Charlotte. «Solo la signora von Ochs ne avrebbe messo a conoscenza mezza città. Oh, immaginavo già qualcosa del genere, poiché non aveva fatto sapere niente a proposito del mio annuncio. Che perfido! Che subdolo! Avessi quel tipo davanti, gli caverei gli occhi con gioia!»

«Di sicuro era al mercato e ha osservato tutto» suppose Grete. «Ora sarà furioso il doppio e si inventerà qualcosa di nuovo.»

A tavola calò il silenzio. Quale sarebbe stato il colpo successivo di quel pazzo? Un altro estratto del manoscritto da diffondere in altro modo?

«Hai forse detto qualcosa al signor Thiedemann sul motivo per cui dovevi portare via quei fogli?» proruppe Charlotte.

«No, mamma» replicò Elise sentendosi in colpa. «Non c'era tempo. Ma l'ho sentito trattenere le persone dall'inseguirmi.»

«E poi cos'è successo?»

«Non lo so. Sono entrata nel vicoletto tra le case in Druselgasse e non l'ho più visto.»

«Deve aver avuto proprio una strana impressione» osservò Babette. «Di certo pensa di avere a che fare con una ladra.»

«Comunque, è molto spiacevole» disse Charlotte. «Oggi pomeriggio voleva venire da noi per il caffè. Gli dovremo spiegare la faccenda.»

«Se viene» osservò la nonna dubbiosa. «E al posto suo non si presenta la polizia. Del resto, Elise ha commesso un furto in pubblico.»

Per poco a Elise non cadde il bicchiere dalle mani. Santo cielo, la nonna aveva ragione! Ovviamente molti visitatori del mercato l'avevano vista mentre arraffava le carte e di certo l'avevano riconosciuta. Era già un miracolo che i poliziotti non si fossero ancora presentati in atelier.

«Se succede, non ho più riguardi per nessuno» gridò Charlotte, del tutto fuori di sé. «Prima che accusino la mia bambina di essere una ladra, racconto io tutto alla polizia.»

«Ora calma» disse Grete. «Chi dovrebbe accusare la signorina Elise? Il sordomuto? No di certo. Il cantastorie? Se ne guarderà bene, perché di sicuro ha il permesso di vendere solo i propri scritti al mercato, ma non quelli altrui. E dove non ci sono accusatori, non ci sono neanche poliziotti.»

Le parole di Grete calmarono le donne. Charlotte dichiarò che Grete era una ragazza scaltra e Babette aggiunse orgogliosa che tutti avevano qualcosa da imparare dalla sua intelligente nipote. La nonna tacque preoccupata e anche Elise non disse una parola.

Quel giorno nessuno aveva voglia di un riposante pisolino pomeridiano. Si diedero da fare, Elise aiutò la nonna a fare il bucato, Charlotte inserì le spese nel suo libretto, le sarte si recarono in atelier, aprirono le imposte e si misero a lavorare. Quando in cucina non ci fu più niente da fare, Elise andò di nuovo in giardino per guardare se ci fosse Fidibus. Ma non era ancora tornato.

«Non può continuare così con questo cane» tuonò Charlotte. «La cagnolina dell'orafo Weigel qui accanto è in calore. Se Fidibus la monta, la moglie dell'orafo pretenderà dei soldi.»

«Allora avrà diritto a un cucciolo, signora Rosen» disse Babette, che non voleva abbandonare nemmeno in quel momento le sue frasi maliziose. «Così da uno diventeranno presto due cani. Da due quattro. Da quattro...»

«Se monta sempre solo una cagnolina che sforna cuccioli una volta all'anno, in dieci anni sono cinquecentododici cani. Se tuttavia monta più cagnoline, il periodo si accorcia, allora già in tre anni potrebbero essere più di mille cani...» calcolò Grete. «Se anche solo la metà di questi discendenti sforna sei cuccioli alla volta, siamo già a diversi milioni...»

«Risparmiami questa roba» tuonò Charlotte. «Per me quest'unico cane è già troppo.»

Elise tacque, ma cominciò a preoccuparsi per il suo Fidibus. *Se solo tornasse presto!* Soprattutto di notte le sarebbe mancato sentirlo ronfare in quel modo tranquillizzante sul suo scendiletto.

In Marktgasse c'era poco della calma domenicale. Coppie e famiglie tornavano dal mercato, altri vi si recavano, si salutavano tra loro, borghesi facoltosi avevano comprato giocattoli e dolci ai loro bambini, altri ragazzini, che non avevano ricevuto nulla, guardavano invidiosi i loro coetanei felici. Qua e là c'erano i rappresentanti della milizia civile in uniforme che, con aria seria, pattugliavano e si occupavano di mantenere l'ordine pubblico. Due poliziotti passarono davanti all'atelier, si fermarono e guardarono dentro.

«Così diligenti di domenica?» chiese uno sogghignando. «Le signore non vogliono visitare la festa di primavera?»

«Grazie dell'interessamento» disse Charlotte, fingendo disinvoltura. «Da noi si dice: prima il dovere, poi il piacere.»

Le donne trattenevano il respiro e in ogni istante si aspettavano che chiedessero di Elise Rosen perché era stata accusata del furto. Ma i poliziotti si limitarono a ridere divertiti e continuarono per la loro strada. Elise si liberò l'anima da un peso. Grete aveva avuto ragione: la polizia l'avrebbe lasciata stare.

«Be', allora» disse la nonna sollevata. «A questo punto mi metto in fretta a cucinare un paio di dolcetti e a fare il caffè. Alle quattro aspettiamo un ospite.»

Speriamo, pensò Elise. *Va a finire che è in prigione perché si è esposto per me al mercato. Poveretto. Non se l'è davvero meritato.*

«Cosa gli racconterai?» volle quindi sapere da lei Charlotte.

«Semplicissimo: dirò che avevo creduto che il manoscritto di mio padre si trovasse sul tavolo.»

«Non è neanche del tutto falso» osservò Charlotte. «E se vuole vederlo?»

«Allora gli spiegherò che mi sono presto resa conto che mi ero sbagliata e che ho buttato via i fogli.»

«Se crede a questo» disse Grete «allora o è un imbecille o è innamorato perso.»

«Che è la stessa cosa» constatò Babette.

Presto dalla cucina arrivò il profumo del caffè, che si mischiava con l'odore di biscottini al burro appena sfornati. Elise portò di sopra il servizio di pregio per apparecchiare il tavolo nel salotto buono. Quando ebbe finito, spostò le tende di lato per guardare la strada. C'era ancora molta gente in giro, ma Hans Christian Thiedemann non si vedeva da nessuna parte.

Quando dalla chiesa di San Martino suonarono quattro rintocchi, non si era ancora presentato. Niente neanche mezz'ora dopo. Verso le cinque del pomeriggio le ultime famiglie tornavano dal mercato, poiché i venditori mettevano via le merci e gli artisti di strada e i saltimbanchi finivano le loro esibizioni.

La conclusione del mercato si festeggiava nelle osterie e nelle locande, dove ci si divertiva fino a tarda notte.

«Se ora non viene, il caffè ce lo beviamo da sole» disse la nonna, dispiaciuta per le ciambelline allo zucchero che si stavano già un po' seccando.

Ma in quell'istante bussarono alla porta dell'atelier ed Elise si affrettò per andare ad aprire. Hans Christian Thiedemann si era tolto il cappello e lo teneva in modo che lei non potesse vedergli il volto.

«La prego di scusarmi per il ritardo» disse. «Si sono presentate delle circostanze che non potevo prevedere. Se permette, le spiego...»

«Prego, entri pure» disse Elise sollevata. «Mi dia il cappello, così posso appenderlo.»

Voleva prendergli il cappello di mano, ma lui lo tenne stretto con forza.

«La prego, non si spaventi, signorina Rosen» disse piano. «Ho esitato a lungo prima di mostrarmi a lei in questo stato, ma alla fine è l'amicizia che mi ha portato qui...»

Finalmente abbassò il cilindro ed Elise strillò spaventata. Il suo occhio sinistro era gonfio e scuro intorno, anche la guancia aveva assunto una colorazione bluastra nella parte più alta.

«Per l'amor di Dio» gridò Charlotte, attratta dagli strilli di Elise. «Ha proprio un brutto aspetto! L'ha raffreddato con un panno bagnato?»

«Alla pensione ho usato l'asciugamano per farlo... Però, ha aiutato poco. La prego, non si agiti signora. Sto benissimo.»

«Salga» disse Elise prendendogli la mano. «Beva un caffè e ci racconti cos'è successo.»

Volentieri si lasciò condurre da lei su per le scale, Elise gli assegnò il posto migliore al tavolino da caffè e si sedette accanto a lui. Anche Charlotte, Babette e Grete si accomodarono, la nonna seguì con il bricco del caffè.

«Prima di tutto vorrei subito dire» cominciò Elise, che gli teneva ancora la mano «che senza dubbio è colpa mia se lei è in questo stato.»

«Ma no!» esclamò lui e subito dopo si toccò la tempia tutto indolenzito. «O forse... In un certo qual modo... Però, non voglio rimproverarglielo, signorina Rosen. Qualunque cosa l'abbia portata a correre via con quei fogli, sono sicuro che aveva buone ragioni per farlo.»

«Certo che le aveva!» disse Charlotte distintamente.

«Si possono sapere?» si informò lui.

Elise vide gli sguardi delle donne rivolti su di sé e d'un tratto le sembrò vergognoso mentirgli. Del resto, l'aveva difesa con coraggio e per questo aveva dovuto prendersi duri colpi.

«Le spiegherò tutto» gli assicurò. «Ma la prego di raccontare lei per primo cos'è successo. Mentre correvo via ho fatto in tempo a sentire che mi difendeva.»

Sorrise rallegrato, ma con la guancia gonfia fece uno strano effetto.

«Certo che l'ho fatto, signorina Rosen. Ho cercato di trattenere molta gente dall'inseguirla. Purtroppo, due di quei tipi hanno subito alzato le mani e io ero in una posizione difficile, poiché mi hanno attaccato da entrambi i lati. Be', io non sono del tutto inesperto nel tirare di scherma e nel cavalcare, ho anche superato con successo qualche lotta facendo a pugni. I due giovanotti sono rimasti a terra con parecchie ferite, mentre io ho ricevuto solo uno sfortunato colpo sull'occhio...»

«Si è dovuto battere per me!» sospirò Elise. «O mio Dio, non me lo perdonerò mai.»

«Oh, è stata una piccola rissa di poco conto» si vantò lui. «È stato solo spiacevole che due poliziotti si siano immischiati e che abbia dovuto dare spiegazioni scomode alla guardia, finché alla fine non mi hanno lasciato andare. Ma ora è passato. Sono sempre più curioso di scoprire perché lei abbia arraffato così in fretta quei fogli.»

«Devo un attimo riprendermi...» cominciò Elise con prudenza.

Bussarono alla porta.

«Entrate» gridò Charlotte, poiché supponeva che Moritz e Therese fossero tornati dal mercato, invece si sentì una voce maschile che provocò non poco spavento in tutti i presenti.

«Non sarebbe ora di chiudere le tende?»

Raggelarono tutti, Hans Christian guardò Elise confuso, Charlotte aveva gli occhi fuori dalle orbite. De LaTour era sceso dalla soffitta e sembrava avere intenzione di prendere parte a quella riunione. Solo Elise era contenta di vederlo, poiché sperava fermamente che in presenza di Hans Christian non sarebbe scoppiato alcun litigio tra i suoi genitori. Forse era addirittura un primo passo per la loro collaborazione contro il nemico comune?

«Hai ragione, papà» disse. «Grete, accendi le due luci, io chiudo le tende. I vicini non devono guardarci mentre beviamo il caffè.»

De LaTour aspettò davanti alla porta che le procedure fossero completate, poi entrò. Lo accolse il silenzio. Hans Christian Thiedemann era ammutolito dalla sorpresa, Charlotte arrabbiata, Babette e Grete guardavano turbate, solo Elise gli sorrise contenta.

«Signor de LaTour!» gridò Hans Christian Thiedemann esterrefatto.

«*Silence!*» lo avvertì il padre di Elise appoggiandosi il dito sulle labbra.

«Vestito così quasi non la riconoscevo» continuò Hans Christian abbassando il tono della voce. «È qui a Kassel? In incognito?»

De LaTour si sedette con loro al tavolo e squadrò l'occhio ferito del giovane.

«Ha un brutto aspetto» disse dubbioso. «Se fosse rimasto a Göttingen, invece di passeggiare sul sentiero dell'amore fino a Kassel, se lo sarebbe risparmiato. Ma lasciamo perdere le battute. Siccome è diventato vittima inconsapevole di questa spiacevole faccenda, mi sento obbligato a dare una spiegazione. È successo…»

Hans Christian ascoltò con il fiato sospeso guardando di continuo Elise, che annuendo gli confermava che era andato tutto come descriveva suo padre.

«Abbiamo a che fare con una persona senza scrupoli che ha solo una cosa in testa» disse de LaTour per concludere le sue spiegazioni. «Vuole sfidarmi e danneggiarmi in tutti i modi possibili. E in questo non ha rispetto per le persone che amo e che mi sono care.»

Elise capì che Grete su un punto si era sbagliata. Suo padre ci vedeva chiarissimo nelle intenzioni del ricattatore.

«Ma è terribile!» mormorò Hans Christian Thiedemann. «Se lo avessi saputo. Ora capisco la sua azione coraggiosa, signorina Elise…»

De LaTour non lasciò a sua figlia tempo per rispondere.

«Siccome adesso è informato su questa gente pericolosa, giovane, le consiglio di lasciare questa città subito con la prossima diligenza. Si rechi a Francoforte, dove il mio amico van Leuwen…»

«Ma mai nella vita!» gridò Hans Christian Thiedemann agitato. «Non me ne andrò come un vigliacco lasciandola da solo in questa situazione disperata. Resterò e farò tutto ciò che è nelle mie possibilità per aiutarla e stanare il delinquente.»

Elise era sopraffatta! Con quell'offerta coraggiosa l'aveva conquistata. Quanto contava ormai il piccolo raggiro? Voleva starle accanto nel momento del bisogno. Si erano guadagnati un amico e un alleato contro il ricattatore.

De LaTour sorrise soddisfatto, non aspettava altro.

«È molto coraggioso da parte sua, *mon ami*» disse. «Accetto la sua scelta con gioia e rispetto. In cambio sono ben disposto a guardare la sua tesi per l'esame finale per inserivi – se necessario – qualche osservazione.»

«Sarebbe estremamente d'aiuto e mi risparmierebbe di andare fino a Francoforte» disse Hans Christian inchinandosi da seduto.

«*On verra...*» ribatté de LaTour sereno.

Guardò la cerchia delle ascoltatrici attente, appoggiò le braccia sul tavolo e si rivolse a Charlotte.

«Vedo che sei preoccupata, *ma chère Charlotte*» disse con dolcezza. «Purtroppo, hai anche tutte le ragioni di esserlo. Per questo ti prego di fare una scelta qui e ora. Sono disposto a lasciare questa casa all'istante per sapervi fuori pericolo. Ma nel caso dovessi desiderare che rimanga per affrontare insieme il nostro nemico, mi congratulerei con te per il tuo coraggio e la tua decisione. Che questa guerra disperata sarà coronata da una vittoria non posso garantirtelo ma, davanti alla cattiveria e alla pericolosità del nostro avversario, questa battaglia vale la pena di essere combattuta.»

Charlotte lo guardò strizzando gli occhi e riappoggiò la tazza di caffè sul piattino.

«Sei sempre stato un gran chiacchierone, François» disse sgarbata. «La faccenda è chiara e non ha bisogno di parole altisonanti: dobbiamo collaborare. È la nostra unica possibilità.»

30

Finalmente, pensò Elise. *La mamma è tornata in sé, ha messo da parte la vecchia rabbia.* Quanto fosse stato difficile per lei, Elise poteva immaginarlo. Anche in quel momento non era per niente gentile o compiacente nei confronti di de LaTour e non gli concedette neanche un sorriso. Lo guardò con aria severa mentre tirava fuori un foglio per leggere ad alta voce una serie di nomi e le sue risposte furono molto concise.

«Von Hammerstein? Era generale sotto il re francese. Non è più a Kassel.»

«Von Canstein?»

«Morto. Due figli sono caduti in Russia.»

«Jeannette de Morio?»

«De Morio era il grande scudiero, a quanto mi ricordo. È fuggito nel '13 con il re Jérôme.»

«Anche sua moglie?»

«Lei è rimasta qui e si è risposata. Jeannette Wiederhold, la moglie del presidente della Corte d'appello. Mia cliente.»

De LaTour le sorrise.

«La tua memoria è *formidable*, mia cara. Il conte von Wellingerode?»

«Era gran maresciallo di corte al castello. Anche lui francese. Aveva una bella moglie, che si mostrava volentieri in città con la regina. Se ne sono andati tutti e due con Jérôme quando dovette lasciare Kassel.»

«Il capo cantiere Günste? Con figlia e consorte?»

«Lui è ancora qui. Sua moglie è mia cliente. La seconda moglie; la prima è morta già da tanti anni.»

«Sophie Wilhelmine von Eschen?»

A quel nome la pazienza di Charlotte raggiunse il limite.

«Di questa donna in ogni caso tu sai più di me» disse reprimendo la rabbia a fatica.

«È passato tanto tempo, Charlotte. Come sta ora? Ho sentito che è diventata molto devota. E, inoltre, tua cliente.»

Charlotte respirò profondamente per attenuare la rabbia.

«Cattolica. Cliente difficile. Arrogante. Amica dei von Schönhoff. Ti basta per i tuoi scopi?»

«Assolutamente» disse de LaTour. «Ti ringrazio per la collaborazione. Rimangono quindi il capo cantiere Günste e la moglie del presidente della Corte d'appello Jeannette Wiederhold, di cui, però, sospetterei solo in seconda istanza. In più la signorina von Eschen. Poi alcune persone meno importanti che incontravo occasionalmente a corte...»

«Le tue amanti?» osservò Charlotte pungente. «Su questo purtroppo non posso darti nessuna informazione. Ma forse puoi guardare nel registro della chiesa quali bambini sono stati battezzati nove mesi dopo che hai lasciato Kassel.»

«*Je t'en prie, ma chère*» ribatté de LaTour imbarazzato. «Cosa deve pensare di me il nostro giovane amico?»

«Pensavo che gli avessi già fatto dare un'occhiata alle tue famose e malfamate memorie.»

Hans Christian Thiedemann aveva ascoltato con disagio crescente. Era palesemente imbarazzante per lui scoprire quelle questioni private sui genitori di Elise.

«Ho letto solo l'inizio, signora Rosen» si affrettò a spiegare Thiedemann. «Ho trovato eccezionalmente avvincenti il periodo della grande Rivoluzione in Francia e il Terrore giacobino...»

«Forse ora dovremmo continuare con le nostre riflessioni su come poter catturare il ricattatore» propose Grete con timidezza.

«Grazie, ragazza» disse de LaTour annuendole riconoscente. «Un buonissimo consiglio.»

Grete diventò rossa per l'orgoglio. Il signor de LaTour l'aveva ringraziata! Preso coraggio, continuò.

«Mi sembra che sia soprattutto importante parlare con la signorina von Eschen. Ha pubblicato quello strano annuncio, per cui è possibile che anche lei sia stata ricattata. Tuttavia, potrebbe anche essere uno stratagemma per allontanare da sé i sospetti.»

Grete era un brillante poliziotto mancato.

De LaTour le annuì riconoscente, anche lui aveva letto l'annuncio e si era fatto le sue idee.

«Quella gentildonna non è molto facile da capire» disse rivolgendo a Charlotte uno sguardo prudente. «In occasione della mia visita ufficiale a Kassel avevo motivi validi per evitare di andarla a trovare...»

«Giusto» proruppe Elise. «Era abbastanza risentita.»

«Davvero?» disse de LaTour sorridendo.

Quando percepì lo sguardo penetrante di Charlotte smise di sorridere e guardò distrattamente il piatto con le ciambelle allo zucchero rimaste. Elise piano piano capì che sua madre era gelosa della signorina von Eschen. Ovvio, all'epoca erano state rivali, ma de LaTour aveva scelto Charlotte. In realtà era la signorina von Eschen ad avere motivo di essere gelosa. Ah, non era bello dover pensare a quelle cose. Perché non aveva genitori normali, che erano sposati e vivevano in pace l'uno con l'altra come era nelle altre famiglie?

«Ho deciso di prendere il toro per le corna e scrivere una lettera a Sophie Wilhelmine von Eschen in cui la prego del suo appoggio» disse suo padre. «Vedremo cosa succede.»

«Vuoi rivelarle che ti trovi a Kassel?» chiese Charlotte aggrottando la fronte. «E se è lei la ricattatrice?»

«Mia cara, chiunque sia il nostro nemico, lo sa comunque.»

Un silenzio imbarazzato seguì all'osservazione. La nonna si alzò e dichiarò di voler andare a vedere se fosse tornato Fidibus.

«Cos'è successo con il cane?» chiese de LaTour. «Mi meravigliavo che non fosse qui.»

«È andato dietro a una cagnolina in calore» disse Charlotte. «Sarà seduto già da un po' giù in giardino davanti alla porta.»

«Cosa ne pensi, papà» domandò Elise «se domani mattina vado a fare due chiacchiere da Sybilla e prego Johann Georg di unirsi al nostro gruppo?»

«*Bonne idée*, Elise» ribatté lui rallegrato. «Ti darò una lettera che ho scritto stamattina presto da portargli.»

Si sentì un fracasso in atelier, poi la voce arrabbiata della nonna.

«Non potreste fare attenzione, voi due? In che condizioni siete? Avete alzato un po' troppo il gomito, eh?»

«Ma è solo una volta… una volta… all'anno il mercato… il mercato di primavera» gridò Therese interrotta da un leggero singhiozzo.

«Attenzione, mamma» disse Moritz. «Tieniti forte al corrimano, così non cadi.»

«Perché dovrei cadere, Moritz. Volo… volo su… su per le scale…»

Accidenti! I due dopo la chiusura del mercato erano stati in un'osteria e Therese aveva bevuto uno o due bicchieri di troppo.

Charlotte si alzò indignata per parlare a quattr'occhi con la sua sarta; anche Babette e Grete scossero la testa. De LaTour fece un sospiro rassegnato e si rivolse a Hans Christian Thiedemann.

«Prima di concludere questa riunione ho assolutamente bisogno di rivolgerle una richiesta, giovane amico» disse con tono pacato. «Stia un po' attento a mia figlia. Dopo quello che ha combinato oggi potrebbe essere che la rabbia del nostro avversario ricada su di lei.»

Hans Christian annuì zelante. «Ci ho pensato anch'io, signor de LaTour. Conti su di me, non perderò un attimo di vista la signorina Elise e, in caso di necessità, la proteggerò anche a costo della vita.»

Elise aveva sentito quella conversazione a bassa voce e trovò che le preoccupazioni di suo padre in realtà fossero immotivate. Ma non li contraddisse, le piaceva sapere che Hans Christian Thiedemann le sarebbe stato accanto per un po'.

Sulle scale, nel frattempo, la situazione si era animata. Charlotte rimproverava Moritz di aver portato sua madre in una birreria e di averla tentata con l'alcol; a ciò Moritz, neanche lui sobrio, ribatté che era una faccenda di famiglia e che non la riguardava. Therese allora si intromise e dichiarò di sentirsi di colpo terribilmente male, per sicurezza Moritz doveva portarle un secchio.

«Doveva andare a finire così» disse Babette salendo le scale per sorreggere la donna.

«Che casa irrequieta» sospirò de LaTour. «Che nostalgia di tornare nella biblioteca del mio amico Christian Daniel a Francoforte. Suppongo, *mon jeune ami*, che adesso voglia congedarsi per tornare alla pensione. Mia figlia la accompagnerà alla porta.»

Aspettarono qualche minuto che il trambusto sulle scale si fosse placato, poi il padre di Elise tornò in soffitta e lei scese insieme a Hans Christian Thiedemann.

«È destino, cara signorina Rosen» disse quando lei gli porse il cappello e aprì per lui la porta dell'atelier. «Ogni volta che cerco di avvicinarmi a lei succede una disgrazia.»

«Anch'io ci avevo pensato» disse lei sorridendo. «Ma forse la nostra amicizia proprio per questo sarà ancora più forte, visto che deve superare eventi avversi.»

Osò prenderle la mano e avvicinarla alle sue labbra. Non fu un baciamano superficiale e accennato, come altrimenti succedeva di solito, sentì il contatto delle sue labbra tiepide molto più a lungo di quanto permettesse il decoro. Nel mentre un leggero pizzicore le scese giù per la schiena.

«Si è fatto tardi» osservò lei piano. «Spero che le sue ferite domani saranno meno dolorose.»

«Non si preoccupi, signorina.»

«Allora le auguro la buonanotte!»

«Dorma bene anche lei, signorina Rosen!»

Si mise il cappello, si inchinò e uscì sulla strada, dove i lampioni erano già accesi. Fatti un paio di passi, si girò, la vide ancora sulla porta e la salutò con la mano.

«A domattina!» le gridò lui rallegrato.

Poi se ne andò a grandi passi.

«Non capisco» disse la nonna dietro di lei in cucina. «Eppure il cane non è mai rimasto fuori tutta la notte.»

Elise andò a letto con sentimenti contrastanti. Era forse sul punto di innamorarsi di quel bugiardo affascinante? Nella sua situazione attuale non sarebbe stato solo imprudente, ma anche decisamente sconveniente.

Sospirò e si girò nel letto. Fidibus, la sua guardia fidata, quella notte non era sullo scendiletto. Si preoccupava per il cane che si era legato a lei così tanto e che ormai per lei era diventato un caro accompagnatore. E se fosse finito sotto a un carro? O annegato nel fiume? Qualcuno lo aveva forse rubato o rapito? Si ripromise di chiedere il giorno dopo ai vicini se avessero visto Fidibus.

La mattina si vestì in fretta e scese per vedere se per caso il cane non aspettasse fuori, davanti alla porta della cucina. Ma la nonna, che già stava attizzando il fuoco nel focolare, disse con tristezza: «Non c'è. Ho chiesto alla moglie dell'orafo e alla sarta: nessuno l'ha visto».

Anche Charlotte, che arrivò in cucina subito dopo, era abbattuta. Ammetteva che anche a lei mancava il cane. Grete e Babette erano della stessa opinione.

«Non ho praticamente chiuso occhio tutta la notte» disse Babette. «Mi mancava sentirlo abbaiare.»

«Era una buona protezione per tutti» disse Grete dubbiosa. «Però è strano che sia scomparso così all'improvviso.»

Moritz si presentò solo quando la nonna stava già riempiendo le tazze e si sentiva il profumo delle fette di pane tostate. Poco dopo di lui apparve Therese, che si sedette a tavola verdastra in volto e con lo sguardo appannato.

«Bontà divina!» disse Charlotte squadrandola con occhio critico. «Per nessuna ragione ti farai vedere dalla clientela in queste condizioni. Torna subito di sopra in camera tua e scendi solo quando sei presentabile.»

«Ma no, sto bene» le assicurò Therese con voce debole.

«Non hai sentito cosa ha detto la signora Rosen?» la sgridò Babette. «Sei uno straccio! Si rischia di sentirsi male a guardarti!»

Subito dopo Therese si alzò e salì di nuovo su per le scale. Nel frattempo, Babette rimproverò Moritz, che si alzò dal posto consapevole di aver sbagliato e disse che non sapeva che sua madre non reggesse il vino.

«Bla bla bla! Avresti dovuto stare attento a lei. Un buon figlio l'avrebbe fatto.»

Lui tacque mortificato e si dedicò alla colazione.

«Per di più ieri ti sei perso un sacco di cose» disse Elise.

«In che senso?»

Sgranò gli occhi quando gli raccontò del suo rapido furto al mercato e della zuffa. Allora quel presuntuoso di Göttingen aveva davvero difeso la sua Lisetta. Questo faceva terribilmente arrabbiare Moritz.

«Che si erano picchiati, l'avevo saputo anch'io» disse. «Si diceva che i poliziotti avessero portato via tre tipi. Uno dev'essere stato Josef. Ma solo per sentito dire, non posso esserne sicuro.»

«Il tipo con la bocca storta che è possibile abbia rubato il manoscritto di mio padre a Francoforte? Non avevi detto che era sparito?»

Moritz alzò le spalle, era evidente che non aveva voglia di ripensare al fallimento delle sue ricerche.

«In ogni caso hai avuto molta fortuna, Lisetta. Non fare più niente del genere!»

Prima di andare di fronte alla bottega, passò rapidamente dalla soffitta e tornò con due lettere che gli aveva affidato de LaTour. Una di queste la dette a Elise, era indirizzata a Johann Georg von Haynau. L'altra la mise via per portarla, come da incarico, alla signorina von Eschen.

«Vediamo se la volpe esce dalla tana» disse sogghignando e se ne andò.

Al nono rintocco delle campane si presentò in atelier Hans Christian Thiedemann con una cartellina in pelle che conteneva la sua tesi per l'esame finale sotto al braccio. Gli impacchi freddi che si era messo di notte avevano sortito il loro effetto: il gonfiore dell'occhio era rientrato, anche la guancia aveva assunto una colorazione più chiara. Siccome in atelier c'erano due clienti, salutò le donne con cortesia per andare subito in cucina, dove la nonna provvide alla sua colazione.

«Quello non era il giovane studente a cui la signorina Elise qualche settimana fa ha mostrato la città?» si informò la signora Günste, venuta per un cappello a fiori che doveva essere ridecorato.

«Proprio così» affermò Charlotte. «È il fratellastro di una delle mie nipoti di secondo grado. È venuto per far visita a mia madre.»

«Un parente... mmm» si fece sentire la moglie del mastro falegname. «Perciò conosce così bene casa sua.»

«Cosa pensa di queste graziose rose di seta, signora Günste?» cambiò discorso Elise. «Al momento sono molto alla moda e stanno benissimo con le margherite bianche...»

Ora sarebbero circolate altre dicerie. Se l'avesse saputo anche solo la signora von Ochs, si poteva star sicuri che si sarebbe presentata in atelier con qualche scusa per vedere il giovane di Göttingen. In seguito, avrebbe diffuso tra le sue conoscenze la notizia che la signorina Rosen aveva un ammiratore che entrava e usciva da casa sua quando gli pareva. Era già molto pesante essere sempre giudicati da tutti quegli sguardi curiosi.

Un po' più tardi Elise si preparò per la visita che aveva promesso di fare a Sybilla e per portare al suo fratellastro Johann Georg la lettera di suo padre. Sperava tanto che nel frattempo Sybilla avesse avuto un effetto tranquillizzante su suo marito e che la lettera facesse il resto perché Johann Georg fosse disposto a una riconciliazione.

Hans Christian non si fece dissuadere dall'accompagnarla in quella commissione.

«Ho preso in carico questo compito e sono deciso a portarlo a termine meglio che posso, signorina Elise» disse con il cappello già in mano. «Ovunque vada, la seguirò come un'ombra, per proteggerla.»

Elise era convinta di non avere bisogno di nessun genere di protezione per le strade di Kassel in pieno giorno, ma non lo contraddisse, anzi, accettò la sua offerta. Che la gente parlasse pure, se non aveva niente di meglio da fare! Scesero per Marktgasse fianco a fianco fino a Marställer Platz, passarono davanti al castello del langravio, per arrivare a Friedrichsplatz. Siccome sembrava dovesse piovere, Hans Christian portò un grande ombrello che dovette effettivamente aprire quando attraversarono la piazza. Per potersi riparare meglio offrì il braccio a Elise e lei si accostò a lui.

«Che tempo orribile» sospirò. «Eppure ieri era ancora così piacevole.»

«A me piace la pioggia primaverile» disse lui sorridendo. «Mi dà la possibilità di averla stretta a me. Vorrei che piovesse per sempre, cara Elise.»

«Oh, non mi piacerebbe!» rise lei. «Rovina i graziosi cappelli a fiori che realizziamo in atelier.»

«Tanto meglio se si rovinano» disse lui imperterrito. «Così le signore devono farsi fare nuovi cappelli.»

In Carlstrasse dovettero evitare una carrozza e appiccicarsi alla parete di una casa. Hans Christian tenne l'ombrello davanti per proteggere entrambi dagli schizzi di pioggia.

«Che tempo orribile» disse.

«In effetti, signorina Rosen» ribatté lui rialzando l'ombrello per far passare un signore anziano. Elise lo riconobbe: era un musicista dell'orchestra del principe elettore, un cliente zelante del negozio di vini di Moritz, che si trovava lì soprattutto quando si poteva assaggiare il vino gratuitamente.

Arrivati davanti a casa della famiglia von Schönhoff, Hans Christian tirò la campanella della porta.

«Signorina Rosen, benvenuta» disse il maggiordomo Baptiste. «E il signor Thiedemann da Göttingen? È un grandissimo piacere per noi. Prego, mi dia l'ombrello. Vi annuncio subito alla mia padroncina.»

Sybilla era seduta sul divano in salotto con uno scialle di lana addosso e, come al solito, stava leggendo un libro. A Elise sembrò esausta e preoccupata, ma la sua espressione si illuminò quando salutò gli ospiti.

«Mia cara Elise! E il signor Thiedemann da Göttingen. Come sono contenta che sia riuscito a venire nella nostra bella Kassel. Ma si accomodi.»

Sybilla era estremamente contenta che la sua mediazione avesse funzionato così bene. Fece un sorriso incoraggiante a Elise e si intrattenne abbondantemente con Hans Christian Thiedemann, parlò con lui del più e del meno, gli chiese del suo futuro professionale e sembrò rallegrarsi molto del fatto che anche lui fosse dedito alla bella letteratura.

«Vuole dare vita a una casa editrice? Be', è un progetto che si addice molto ai miei gusti, signor Thiedemann.»

Elise la lasciò parlare, lo zelo di Sybilla la divertì e si fece le sue idee. A quanto pareva, Sybilla stava mettendo il giovane alla prova per vedere se andasse bene come marito per la sua migliore amica. Solo dopo un po', quando Sybilla fu soddisfatta dell'esame, Elise domandò se Johann Georg fosse in casa.

«Purtroppo no» rispose Sybilla. «Ha dovuto prendere ferie, poiché suo padre lo voleva a Wetzlar. Sua madre si è ammalata e questo preoccupa molto entrambi.»

«Mi dispiace tanto» disse Elise turbata. «Temo che abbia a che fare con la lettera al principe ereditario, ho ragione?»

«Sì» ribatté Sybilla angosciata. «Ha richiesto ai genitori di Johann Georg di esprimersi a proposito del sospetto. È anche stata una richiesta discreta, libera da qualunque accusa o minaccia ma, a quanto pare, sua madre l'ha presa molto a cuore.»

«Allora ti prego di dargli questa lettera quando torna» disse Elise tirando fuori lo scritto di suo padre. «E salutalo da parte mia con affetto.»

Quindi Johann Georg per il momento non sarebbe stato disponibile, era un peccato. E, inoltre, era possibile che il suo rancore nei confronti di de LaTour aumentasse, visto che ora sua madre si era ammalata. Senza dubbio temeva lo scandalo pubblico che avrebbe suscitato la rivelazione delle origini di Johann Georg.

A Sybilla dispiacque molto quando, nonostante la forte pioggia, se ne andarono per tornare in atelier.

«Qui è sempre il benvenuto, caro signor Thiedemann» disse salutandolo. «Quanto pensa di rimanere a Kassel?»

Lui guardò Elise con aria interrogativa.

«Finché la signorina Rosen avrà bisogno di me, signora.»

Quando attraversarono Friedrichsplatz l'uno accanto all'altra sotto l'ombrello, un forte tuono scosse la città e sul fiume balenarono fulmini nel cielo nero di pioggia. Si affrettarono per i vicoli stretti della città vecchia per arrivare all'Atelier Rosen senza bagnarsi completamente le scarpe. Nel frattempo, il canale di scolo in mezzo alla strada era straripato e l'acqua sporca si espandeva quasi fino agli ingressi delle case.

«Finalmente siete tornati» disse sua madre. «La signorina von Eschen ha mandato la sua domestica, Elise. Devi andare da lei nel pomeriggio, le servono dei guanti neri.»

31

Hans Christian Thiedemann salì subito in soffitta per annunciare a de LaTour che la signorina von Eschen aveva reagito alla lettera con prontezza e aveva chiesto che Elise andasse da lei. Quando tornò, la nonna gli aveva messo uno sgabello al tavolo della cucina perché potesse pranzare con loro.

«Senza dubbio è abituato a consumare i pasti in una sala da pranzo ben arredata e a mangiare in piatti di porcellana con raffinate posate d'argento» gli disse quando apparve in cucina con aria dubbiosa. «Purtroppo abbiamo solo stoviglie di terracotta e non è tutto coordinato…»

«Per l'amor del cielo, signora» esclamò lui. «Apprezzo molto che mi accolga nella sua famiglia e sono molto contento di poter mangiare qui in cucina con voi.»

«Allora va bene» disse nonna Anna. «Eppure prima ha fatto una faccia da funerale.»

Si accomodò sullo sgabello che la nonna aveva posizionato tra Grete e Charlotte.

«Si tratta della mia tesi» confessò lui imbarazzato. «Per mio grande sgomento, il signor de LaTour ha molto da ridire.»

«Non ci dia così tanto peso» osservò Elise. «Papà è una persona molto critica che trova dappertutto il pelo nell'uovo. Escluse le sue opere, è ovvio.»

«Mi preoccupa lo stesso, poiché finora credevo di aver scritto una tesi eccellente» rispose lui incupito.

Moritz, che era seduto all'altro estremo del tavolo, sembrò non essere molto contento dell'allargamento della famiglia per il pranzo. Girava la zuppa imbronciato e disse con cattiveria: «Ho sempre pensato che uno studioso scrivesse le proprie tesi da solo. Ma nella vita non si finisce mai di imparare...».

Nessuno reagì alla sua osservazione, in compenso tutti ascoltarono Therese, che aveva fatto una bella dormita e si era rimessa abbastanza per poter buttare giù un paio di cucchiai di zuppa. Era decisamente loquace, chiacchierò del bel mercato, dei tanti stranieri venuti da ogni parte e del suo Moritz, che aveva fatto buoni affari.

«C'erano tutti i suoi clienti fidati e hanno assaggiato il vino. Il signor Döring, che scrive sempre bei pezzi di teatro, e il signor Baumann, primo violino nell'orchestra, e anche l'oboista, il signor...»

«Non c'è bisogno di tirare palline di pane sotto al tavolo, Therese» la interruppe Babette. «Il nostro Fidibus non c'è, è sparito da ieri.»

«Ah» disse Therese turbata guardando sotto al tavolo, dove, in effetti, non c'era nessun cane affamato ad aspettare gentili offerte. «Allora ieri non mi sono sbagliata.»

«In che senso?» domandò Elise agitata. «Hai forse visto Fidibus?»

«Be', sì» disse Therese esitando. «Nel tardo pomeriggio, quando gli artisti di strada mettevano via le loro cose, uno di loro si stava tirando dietro un cane con una corda. Credo fosse il cantastorie. Ma devi averlo visto anche tu, Moritz! Ho anche detto: sembra proprio il nostro Fidibus.»

Moritz alzò le spalle, non si ricordava niente.

«Succede solo perché non mi stai mai a sentire, ragazzo» lo rimproverò sua madre. «Posso parlare e parlare...»

Elise si scambiò con Charlotte uno sguardo preoccupato. Se quello che aveva visto Therese era vero, allora non avrebbero rivisto tanto presto il povero Fidibus.

Dopo pranzo Elise salì in soffitta per parlare ancora una volta con suo padre della visita imminente.

«Che sia così veloce mi sembra un buon segno» disse mettendo da parte la penna. Accanto a lui c'erano le pagine della tesi, era impegnato a prendere appunti su espressioni brutte e poco chiare.

«Devo parlare alla signorina von Eschen della tua lettera?» volle sapere Elise.

«Non sarebbe intelligente» disse lui pensieroso facendole l'occhiolino. «Mi stupirebbe, se fosse aperta con te. Ma fai attenzione a cosa dice e riportami ogni parola.»

«Ci proverò. Augurami buona fortuna, papà!»

«La fortuna aiuta gli audaci, *ma fille*!»

Sul corridoio delle scale la aspettava Hans Christian Thiedemann che, in qualità di guardia del corpo, era deciso ad accompagnarla. Questa volta non le piacque per niente; quella missione difficile avrebbe preferito intraprenderla da sola.

«Devo insistere» disse lui ostinato. «Del resto, è possibile che questa donna sia la ricattatrice. Non mi perdonerei mai di averla esposta a un tale pericolo, signorina Elise.»

«Cosa potrebbe mai farmi in questo caso?» lo contraddisse Elise arrabbiata. «Prendermi in ostaggio? Sciocchezze! Se dovesse davvero esserci lei dietro a tutto questo, vorrà mettermi sulla strada sbagliata.»

«Tuttavia, avrà bisogno della mia protezione per arrivare fin lì, signorina Rosen. Suo padre mi ha incaricato di non perderla d'occhio!»

Che paladino fedele! Era impossibile dissuaderlo, così alla fine acconsentì controvoglia.

«Vorrà dire che aspetterà davanti alla porta, in ogni caso devo parlare con lei da sola. È già abbastanza strano che una modista si faccia accompagnare da un uomo per andare a trovare una cliente.»

«Come vuole, sarò soddisfatto solo quando l'avrò riportata in atelier sana e salva!» affermò lui.

La pioggia aveva smesso, ma il cielo era coperto. I proprietari delle botteghe misero con un po' d'esitazione i tavoli davanti ai loro negozi per esporre la merce e nel canale di scolo l'acqua gorgogliava e rifluiva giù verso il Fulda.

Hans Christian si era offerto di portare la valigia in cui trasportava una collezione di guanti scuri, ma Elise aveva rifiutato. La strada era la stessa che avevano percorso la mattina, poiché la signorina von Eschen non abitava molto lontano dalla casa della famiglia von Schönhoff, ma ora Elise era silenziosa e anche Hans Christian Thiedemann disse solo qualche parola ogni tanto. Alla fine, si era dichiarato d'accordo a fermarsi non appena la casa della signorina von Eschen fosse stata in vista, ma disse con determinazione che non avrebbe aspettato più di una mezz'ora.

«Poi troverò una scusa per entrare in quella casa, glielo giuro.»

«Se non può farne a meno, lo faccia!»

Mentre tirava la campanella della porta, si sorprese a pensare che sarebbe stato più facile farsi proteggere dal suo caro Fidibus.

«La mia padrona ha ricevuto la visita del chierico, deve aspettare qui a fianco» disse la domestica accompagnandola nella stanza degli ospiti.

Anche questa, ora. La signorina von Eschen voleva confessarsi? Be', allora i tempi d'attesa sarebbero stati parecchio lunghi. Elise si sedette nervosa sulla scomoda sedia degli ospiti, osservò le incisioni incorniciate alle pareti e si preoccupò che Hans Christian potesse mettere in atto il suo piano e presentarsi in maniera inopportuna.

Finalmente sentì le parole di congedo del chierico e i suoi passi che scendevano le scale; arrivato giù, la domestica gli aprì il portone di casa. Subito dopo la pregarono di entrare nel salotto.

L'espressione della signorina von Eschen non fece capire in nessun modo se la lettera di de LaTour avesse sortito qualche effetto. Guardò Elise con indifferenza e le indicò il divano.

«La valigia è pulita? Allora la appoggi lì, così posso vedere la merce.»

«Con piacere, signorina von Eschen. Per fortuna abbiamo ricevuto alcuni modelli nuovi in nero. Questi in merletto sono adatti soprattutto per l'estate o per andare a teatro...»

La signorina von Eschen si era alzata e adesso era in piedi china sulla valigia, ne tirò fuori qualche paio e se li provò. Aveva dita piccole e delicate su cui i guanti di merletto neri erano molto graziosi. Elise la osservò un po'; ma siccome la donna continuava imperterrita a tacere, si spazientì. La signorina non voleva davvero altro che comprare un paio di guanti?

«Ho visto il suo annuncio sul *Messaggero di Kassel*» disse infine Elise con tono innocente. «Ha avuto effetto? Ha ricevuto indietro i suoi guanti?»

«Se fosse così non avrei bisogno di nuovi guanti!» fu la risposta concisa e poco cordiale.

Elise si morse la lingua. Perché non aveva fatto quello che le aveva consigliato suo padre? Stare zitta e ascoltare. Solo che purtroppo la donna non proferiva parola, si provava una serie di guanti in silenzio, li rigettava nella valigia e ne sceglieva un altro paio che la soddisfaceva altrettanto poco.

«No» disse alla fine. «Non c'è niente che mi piaccia. Riporti via tutto.»

«Mi dispiace molto» disse Elise delusa. «Avevo sperato che i guanti di seta le piacessero.»

«Non ne ho bisogno» ribatté la donna concisa andando alla finestra. «Che tempo orribile. Spero tanto che il concerto di stasera in Friedrichsplatz non venga annullato.»

Giusto, quella sera, in occasione dell'anniversario di matrimonio del principe ereditario e consorte, avrebbe avuto luogo un concerto serale davanti al palazzo rosso. Avrebbero fatto ascoltare una selezione da opere di diversi compositori, soprattutto Mozart e Beethoven, che il principe ereditario amava in particolar modo.

«Sarebbe davvero un peccato» fu d'accordo Elise.

«In effetti» disse la signorina von Eschen voltandosi verso di lei «l'orchestra del teatro di Kassel è composta da musicisti straordinari. Vale sempre la pena di ascoltare questo concerto.»

«Sono completamente d'accordo con lei» disse Elise, mentre chiudeva la valigia. «Avevo programmato di andarci con mia madre.»

«È un buon proposito. Saluti sua madre da parte mia.»

«Grazie di cuore, signorina von Eschen. Mi dispiace molto che i guanti non fossero di suo gradimento...»

Ma la donna aveva già ripreso posto sulla sua poltrona preferita e non prestava più attenzione a Elise. Ciò significava che doveva andarsene.

Che strana conversazione. Niente guanti. Un concerto che non ci si doveva lasciar sfuggire. Non una parola sulla lettera che suo padre aveva mandato alla signorina.

Di sotto, nel corridoio, c'era Hans Christian che stava dando il suo biglietto da visita alla domestica.

«Un attimo, signore» disse la domestica inchinandosi. «Chiedo alla signorina von Eschen se vuole riceverla...»

«Aspetti» gridò lui in fretta, quando vide Elise scendere le scale. «Risolto. Mi ridia il biglietto.»

Abbandonarono la povera domestica al suo grande stupore e, sulla via del ritorno, Elise scherzò sul suo strano comportamento.

«Mi sono preoccupato moltissimo» disse angosciato. «E lei ride di me. Non è bello da parte sua, signorina Elise.»

«Sono abituata a badare a me stessa, signor Thiedemann.»

Tacque turbato e lei non trovò necessario aggiungere altro. Certo, era toccante che si preoccupasse per lei, ma di un poliziotto che controllava ogni suo passo non aveva bisogno. Quando attraversarono Friedrichsplatz vide che davanti al palazzo rosso avevano montato una pedana di legno; questo faceva concludere che quella sera il concerto non sarebbe stato annullato nonostante il brutto tempo. Con un po' di fortuna, la rappresentazione avrebbe potuto avere luogo perfino all'asciutto, poiché le nuvole cariche di pioggia si erano diradate.

Arrivati davanti all'atelier, Hans Christian si inchinò cortese e dichiarò di non volerle più dare fastidio. «Tornerò alla pensione e cenerò lì. Se permette, stasera vorrei venire a trovare suo padre per scoprire se questa visita dalla signorina von Eschen ha avuto successo.»

Ecco, adesso si era offeso. Allora probabilmente era stata un po' troppo brusca.

«Non ci dà fastidio, signor Thiedemann» dichiarò lei. «La prego di rimanere qui e mangiare insieme a noi.»

Non sapeva cosa fare, ma un battito di ciglia bastò per migliorare il suo umore. Entrarono insieme e si imbatterono subito nella signora von Ochs, che si provava il cappello nuovo, e Hans Christian dovette presentarsi e scambiare qualche parola con la signora.

«Da Göttingen? Ah sì, avevo già sentito dire che la signora Rosen aveva dei parenti lì. Anche la mia povera madre aveva una cugina di terzo grado, la cui madrina era sposata con un professore di Göttingen. O era di Marburgo? Comunque sia, era professore di filosofia e astronomia. Si tratterrà a lungo nella nostra bella città, signor Thiedemann?»

«Qualche giorno...»

«Allora non si deve perdere il concerto di stasera in Friedrichsplatz. Ha luogo in onore della coppia reale, che oggi festeggia il quinto anniversario di matrimonio. Purtroppo, con la principessa ereditaria è una *mésalliance*, la nostra amata principessa elettrice è molto infelice per questo...»

Elise colse l'occasione per andare un attimo da suo padre a riferirgli il risultato della visita.

«Musicisti straordinari ha detto?» disse lui alzando le sopracciglia. «Be', potrebbe essere un indizio. *Un musicien!* Perché no? Mi godrò il concerto.»

«Ci vuoi andare?» gridò lei spaventata. «Ma è pericoloso! Potrebbe anche essere una trappola.»

«Mia cara bambina» disse sorridendo. «Nella mia lunga vita sono già incorso in alcune trappole e in un modo o nell'altro me la sono sempre cavata. Inoltre, sarà buio e scommetto che nessuno mi riconoscerà vestito così.»

«Nessuno tranne il ricattatore!»

Fece un movimento della mano sprezzante e guardò il suo orologio da tasca. C'era ancora tempo, la musica non sarebbe iniziata prima che facesse buio, poiché volevano accendere fiaccole e luci.

«Nel caso in cui anche tu e Charlotte vogliate assistere all'evento, sarebbe bene che il signor Thiedemann vi accompagnasse» disse.

«Lo farà lo stesso» disse Elise seccata. «Mi segue passo passo e mi controlla come un soldato.»

«Ha tutti i motivi per farlo, Elise» ribatté lui. «È possibile che tu non ti sia accorta che ieri qualcuno ti ha seguita quando sei tornata dal mercato con i fogli.»

Si spaventò. Sì, aveva visto un'ombra dietro di sé, ma non aveva messo seriamente in conto che potesse essere un inseguitore.

«Come fai a saperlo, papà?»

«Ero di sopra alla finestra del corridoio, *comme tu sais*. Una persona con un cappotto scuro e un berretto da lavoratore ti ha seguita fino al muro e lì si è fermata; probabilmente perché ha sentito la voce di tua nonna.»

In seguito a ciò Elise si sentì mancare. Ora anche lei capiva il motivo per cui Hans Christian la seguiva con tale ostinazione; suo padre doveva averglielo raccontato.

«Avresti dovuto dirmelo subito, papà!» disse lei con aria di rimprovero.

«*Pardon*. Ma non volevo far agitare troppo né te né tua madre.»

De LaTour ricominciò a occuparsi dei suoi appunti, che ormai riempivano già diversi fogli. Hans Christian non sarebbe stato contento di tutte quelle correzioni.

Dopo cena si prepararono per andare a sentire la serenata in onore della coppia reale. Moritz aveva ricevuto da Charlotte l'incarico di tenersi sempre nelle vicinanze del travestito de LaTour per spalleggiarlo, se ne avesse avuto bisogno, nel caso in cui qualcuno avesse voluto aggredirlo. Non gli piacque per nulla.

«Perché non si occupa di lui il signor studioso?» volle sapere. «Ho intenzione di accompagnare Lisetta.»

«Proteggere la signorina Elise è il mio compito» dichiarò Hans Christian.

«Davvero? E chi lo decide?» chiese Moritz geloso.

«Il signor de LaTour mi ha dato questo incarico.»

«Mio suocero? Vabbè, lui sa quello che fa» disse Moritz con arroganza.

Hans Christian fece una faccia turbata.

«Suo suocero? Come dovrei intenderla?»

«Non sapeva che io sono fidanzato con Lisetta, volevo dire, con la signorina Rosen?»

«No... Non ne sapevo niente...» disse Hans Christian Thiedemann imbarazzato.

«Ora lo sa!» disse Moritz con presunzione.

La nonna dichiarò che preferiva rimanere in cucina al caldo e anche Grete, nonostante la pressione di Babette, non volle andare in Friedrichsplatz. Elise si sentiva in colpa nei suoi confronti, poiché non le aveva ancora riferito il messaggio del professor Thiedemann. Be', per il momento avevano cose più importanti da fare, la proposta non scappava. Così le quattro donne, accompagnate da Hans Christian Thiedemann, andarono per i vicoli della città vecchia, illuminati alla bell'e meglio dai lampioni. De LaTour volle uscire più tardi da solo, Moritz doveva seguirlo a una certa distanza. Così era il piano che aveva annunciato.

Le due sarte chiacchierarono senza rendersi conto di nulla, si godettero l'uscita serale, che prometteva un'esperienza particolare, poiché una musica così bella di solito si sentiva solo a teatro, dove un posto a sedere era terribilmente caro. Soprattutto Therese fu eccitatissima quando Hans Christian guidò con galanteria tutte le sue accompagnatrici sui passaggi pedonali per superare il canale di scolo in mezzo alla strada.

«Grazie mille, signor von Thiedemann… Lei sa cosa sono le buone maniere… Grazie infinite…»

«Torna in te, Therese» mormorò Babette. «Non sei ancora una granduchessa.»

I cittadini di Kassel affluivano da ogni parte per onorare la coppia reale. Molti avevano acceso fiaccole, altri portavano lanterne per orientarsi meglio nei vicoli stretti. Si salutavano a vicenda, si scambiavano auguri o battute, chiedevano della nonna malata o si informavano sui bambini. Qua e là si faceva vedere qualche cittadino in uniforme, un membro della milizia civile che si occupava dell'ordine in città, a dimostrare che non si era affidati solo al principe ereditario e ai suoi soldati.

In questo mucchio di vicini e conoscenti la faccenda non mi sembra per niente pericolosa, pensò Elise.

In Friedrichsplatz era arrivato un reggimento della *Garde du Corps*, dappertutto luccicavano fiaccole e lanterne, c'erano bandiere dei colori dello Stato con lo stemma del principe elettore appese agli edifici. La pedana dei musicisti era stata foderata di stoffa gialla, perché non si vedesse il legno grezzo, e intorno, sul bordo, avevano messo vasi di fiori, illuminati da piccole luci in modo davvero pittoresco. Diverse file di sedie erano coperte da un baldacchino, erano i posti per il sindaco Schomburg e i notabili della città con le loro consorti e i componenti della famiglia. Il resto degli spettatori – la maggior parte – doveva assistere all'evento in piedi e senza protezione dalla pioggia.

«Che bello spettacolo» disse Hans Christian a Charlotte. «Gli abitanti di Kassel sembrano stimare molto i principi.»

«Dipende piuttosto dal fatto che la gente vorrebbe ottenere il loro benvolere» ribatté Charlotte. «Il principe ereditario non ha molto riguardo per l'orgoglio e per la rappresentanza cittadina; preferirebbe tornare a governare in modo assoluto come hanno fatto i suoi predecessori nei secoli passati.»

Elise si guardò intorno furtiva per capire se riusciva a vedere suo padre da qualche parte in mezzo agli spettatori, ma le persone erano così tante, che si potevano riconoscere soltanto quelle vicine. Lì in piazza di sicuro non era in pericolo, ma quando le persone si sarebbero disperse in seguito al concerto e lui avrebbe ripercorso i vicoli della città vecchia per tornare in atelier, qualcuno avrebbe potuto benissimo aspettarlo al varco. Aveva paura per lui. Il misterioso inseguitore che l'aveva pedinata il giorno precedente poteva diventare pericoloso anche per suo padre.

In quel momento il direttore, il famoso Louis Spohr, salì sulla pedana, dove i musicisti avevano già preso posto. Alzò la bacchetta e diede alle trombe il segnale di annunciare il concerto. A quel suono, le persone smisero di chiacchierare e guardarono verso le finestre illuminate del palazzo rosso, dove la coppia di principi ascoltava il concerto serale.

Un movimento dal concerto per flauto di Mozart segnò l'inizio, poi seguì un pezzo che aveva composto il signor Spohr; alla fine, il primo movimento della famosa *Eroica* di Ludwig van Beethoven. A Elise dispiaceva molto di essere troppo lontana per poter osservare più nel dettaglio i musicisti. Comunque, ne conosceva la maggior parte, poiché d'inverno era spesso invitata a teatro dalla sua amica Sybilla nel palchetto della famiglia von Schönhoff, privilegio che si era sempre goduta molto. Quel giorno, però, era troppo agitata per rallegrarsi della bella musica. Anche Charlotte, nervosa, si guardava intorno di continuo, solo Hans Christian seguì lo spettacolo con grande entusiasmo, cosa che, però, non gli impedì di tenere sempre sott'occhio le donne che gli erano state affidate.

Da qualche parte in quella piazza c'era anche il ricattatore; era quella persona con il cappotto scuro e un berretto da lavoratore sulla testa? O usava un altro travestimento? Andava in giro come un normalissimo cittadino di Kassel? O si trovava tra i musicisti? Più Elise ci pensava, più le sembrava stupida l'idea che la casuale menzione del concerto da parte della signorina von Eschen potesse essere un indizio sul ricattatore. Era molto più verosimile che li avesse messi sulla pista sbagliata oppure – e ne era assolutamente capace – che avesse teso una trappola a de LaTour.

Dopo la fine del concerto serale il principe ereditario uscì sul balcone del palazzo vestito a festa per ringraziare in nome della sua consorte i suoi amati sudditi per il bel regalo. Poi il sindaco Schomburg si alzò dal suo posto per tenere un discorso con cui augurava alla coppia reale ogni bene per il loro anniversario di matrimonio, sottolineava la devozione dei cittadini di Kassel per il loro magnanimo principe ereditario e menzionò la milizia civile e la rappresentanza cittadina. Poi la musica ricominciò, suonarono di nuovo una composizione del direttore Louis Spohr e in Königsstrasse si formò una processione di fiaccole che avrebbe marciato passando davanti al palazzo rosso per accompagnare la carrozza della coppia reale fino a Wilhelmshöher Tor. Ma in quel momento Therese dichiarò di essere completamente congelata e Babette si lamentò dei suoi piedi freddi, così non sentirono la musica del signor Spohr fino alla fine, e si avviarono verso Marktgasse.

Con enorme sollievo di Elise e Charlotte, la nonna riferì che il signor de LaTour era già di sopra in soffitta. Anche Moritz tornò subito dopo in atelier.

«Una cosa così non la faccio mai più» tuonò lui. «Si è spinto in mezzo alla gente come un'anguilla, lui spariva e io dovevo cercarlo. Era là in cima dove la gente normale non può stare. Solo Dio sa come ha fatto; quegli infami della milizia civile mi hanno rimandato subito indietro...»

«L'importante è che ora sia di nuovo qui indenne!» disse Charlotte sollevata. «Andare a questo concerto mi è sembrato proprio inutile.»

«Credo che tu abbia ragione, mamma» confermò Elise.

De LaTour era seduto di sopra in soffitta al buio, poiché a causa dei vicini non poteva accendere la luce. Quando Elise bussò piano alla porta, sentì un brontolio sgarbato invece di una risposta.

«Già tornata? Spero che vi sia piaciuto il grande evento musicale. *Mon Dieu*, cosa intende Sophie Wilhelmine con musicisti straordinari? Il flauto all'inizio è stato una catastrofe unica. Di rado ho sentito il meraviglioso concerto per flauto di Mozart in Re maggiore in un'esecuzione così penosa.»

Bontà divina, com'era esigente! Forse era solo arrabbiato perché la serata non aveva portato nuove informazioni.

«Io non l'ho trovato così male, papà» lo contraddisse lei. «Del resto, però, non era il signor Juschov a suonare, ma un altro.»

«Juschov? Chi è? Il flautista?»

Lei entrò nella stanza e rimase in piedi sulla porta. Ora che i suoi occhi si erano abituati all'oscurità, riusciva a scorgere che era seduto sul suo giaciglio con le gambe rannicchiate.

«Sì. È spesso di là da Moritz perché gli piace il vino rosso. Può darsi che ieri al mercato abbia alzato troppo il gomito, tanto da non poter suonare il flauto...»

De LaTour la guardò con attenzione. «Al negozio di vini di Moritz? Che aspetto ha? È un giovanotto?»

«Ma no, ha già un'età. Ha le tempie ingrigite. Credo che venga dalla Polonia o dalla Russia. È davvero un bravissimo musicista, è un peccato che oggi non ci fosse.»

«Juschov? Strano cognome. Sembra davvero russo. Sai il suo nome?»

«Sì. Si chiama Andreas.»

«Andreas...» ripeté lui pensieroso. «Andreas Juschov. Andre Juschov. Andr...»

Si bloccò, poi Elise lo sentì pronunciare diverse frasi in francese; le mormorò tanto rapidamente tra sé e sé, che lei capì solo poche parole.

«*Nous le tenons!*» le disse. «Ora vai a dormire, Elise. E mandami su Moritz. Il signor Thiedemann è ancora qui? Ho bisogno anche di lui. Domani lo snidiamo.»

32

Allora sì! Elise quasi non se ne capacitava. Il flautista Juschov, uno dei clienti più fedeli di Moritz dall'inizio che, dopo la chiusura del negozio di vini, si era ripresentato subito. Era forse lui il ricattatore? Si faceva fatica a crederci. Una persona gentile che appariva sempre un po' timida e maldestra, amico del drammaturgo Döring. Si diceva anche che fosse un compositore dotato, ma i suoi pezzi non erano mai stati eseguiti. Forse perché il famoso direttore d'orchestra Louis Spohr preferiva far ascoltare le proprie opere.

Era stato lui a seguirla il giorno prima tra i vicoli stretti della città vecchia? Be', del signor Juschov non aveva paura, non poteva far male a una mosca.

Moritz e Hans Christian tornarono dalla soffitta con la luce negli occhi, un'espressione riservata e le labbra cucite. Poi Hans Christian Thiedemann si congedò ed Elise lo accompagnò alla porta.

«Devo scusarmi con lei» disse salutandolo. «Mio padre mi ha raccontato solo adesso dell'inseguitore che ha visto ieri in giardino.»

Lui sorrise sollevato e ammise di essere stato turbato dal suo rifiuto.

«Sono consapevole di poter essere sembrato arrogante e insistente» disse. «Ma ero molto spaventato per quello che mi aveva confidato suo padre e mi preoccupavo per la sua vita, signorina Elise.»

«Be', penso che quell'uomo non sia troppo pericoloso!» rise lei.

«Non ne sarei così sicuro» disse lui con aria dubbiosa. «Alcune persone hanno due facce.»

Forse aveva ragione. La prudenza non era mai troppa.

«Se le cose stanno come crede mio padre, allora domani dovremmo essere liberi da tutte le preoccupazioni» disse.

«Speriamo...»

«Allora le auguro la buonanotte. Stia attento a non finire tra le mani di nessun pifferaio magico mentre va verso Königsplatz.»

Rise della battuta ma invece di avviarsi verso la pensione rimase lì con lei sulla porta.

«Se permette, signorina Elise, vorrei chiederle una cosa» disse piano.

«Chieda pure...»

«Forse c'è stato un malinteso» cominciò esitando. «Però da come si è espresso il signor Liebermann credo di aver capito che lei è la sua fidanzata.»

Moritz, quel gelosone! Cos'aveva combinato di nuovo?

«Ciò corrisponde ai suoi desideri e non alla verità» disse lei. «In realtà non sono né fidanzata né promessa né sposata. Del resto, è la mia professione che lo richiede.»

La guardò con insistenza, poi sorrise come sollevato e si mise il cappello.

«La ringrazio per la sua franchezza, signorina Elise. Dorma bene, domani potrebbe essere un grande giorno. Buonanotte!»

Si dissolse nell'oscurità e solo alla fine di Marktgasse, dove c'era un lampione, lei poté vedere per un breve istante la sua figura passare al chiarore della luce.

Si arrabbiò scoprendo che la bottegaia Weiss, in cuffietta da notte alla finestra della casa di fronte, e anche il farmacista Wild della Sonnenapotheke avevano scostato le tende per vedere la strada dalla finestra.

Che diamine! Ma i vicini non dormivano mai?

Del resto anche lei quel giorno faceva fatica ad assopirsi. L'agitazione era troppo grande: ora avevano trovato il ricattatore, o almeno lo speravano, e avrebbero potuto renderlo innocuo. A quanto pareva, suo padre si era reso conto della modifica di un nome. Non Andreas Juschov, ma Andrjuschov. Rimuginò su dove potesse averlo già sentito. Certo! Era menzionato nelle memorie di suo padre. Non era il russo che aveva infastidito van Leuwen e suo padre a Parigi con il suo attaccamento? L'aveva anche fatta sorridere perché era evidente che il musicista non fosse interessato alle donne, propendeva piuttosto per il suo stesso sesso. Era davvero lui il ricattatore? Sperava che suo padre non si fosse sbagliato. Inquieta, si girò nel letto da una parte all'altra, sentì il campanaro della chiesa di San Martino suonare la dodicesima ora, poi la prima del nuovo giorno. Se fosse riuscita a addormentarsi! Verso le sei la nonna avrebbe riacceso il focolare in cucina, il che valeva a dire: giù dalle brande!

Aveva appena trovato la posizione giusta sul suo giaciglio e il sonno sembrava finalmente calare su di lei, quando si alzò sul letto spaventata a morte.

Sentì un lungo ululato. Sembrava che in giardino fosse stato intrappolato uno spirito maligno che ora, disperato, chiedeva di essere liberato.

A fianco, nella camera della nonna, c'era un gran fracasso: stava cercando le scarpe. Anche la mamma si era alzata dal letto, si sentirono la porta della sua camera sbattere e le scale scricchiolare.

«Bontà divina!» gridò nonna Anna. «Perché questa miserabile lampada non vuole accendersi? Elise!»

Anche Elise lottò con il fungo dell'esca e l'acciarino e, quando la lampada fu finalmente accesa, si affrettò insieme alla nonna a scendere in cucina. Charlotte era accovacciata per terra in camicia da notte con qualcosa di marrone e peloso stretto tra le braccia.

«È tutto bagnato. E di sicuro mezzo morto di fame» disse Charlotte. «Ah, è rimasto fedele, qualunque cosa abbia combinato.»

Fidibus era di nuovo lì! Si fece coccolare volentieri da Charlotte, poi però andò subito da Elise per salutarla e strofinare il muso umido sulla sua camicia da notte. Charlotte arrivò con uno straccio per asciugargli il pelo bagnato. La nonna aveva già aperto la dispensa e tirato fuori un pezzo di lardo, più un avanzo di zuppa e un pezzo di salsiccia affumicata. Un pasto per cani principesco che Fidibus mandò giù all'istante nel suo stomaco affamato. A quel punto la cucina si riempì di altri ospiti curiosi. Moritz era sceso e anche le sarte osarono andare in cucina vestite da notte. Tutti circondarono il cane che era tornato, lo accarezzarono, elogiarono la sua fedeltà e inveirono contro l'artista di strada ladro che rapiva i cani degli altri e se li portava via.

«C'è ancora la corda attaccata al collare» osservò Moritz. «L'ha rosicchiata. Bravo cane!»

Alla fine, sazio e soddisfatto, Fidibus seguì la padrona in camera sua, fece un bel rutto e si accomodò sullo scendiletto. In casa tornò la calma, le luci si spensero, cercarono di ritrovare qualche ora di sonno prima che si facesse giorno. Adesso anche Elise si assopì in fretta, tranquillizzata dal respiro regolare del cane accanto al suo letto.

Ma la notte non era ancora finita. Quanto aveva dormito non lo sapeva, all'improvviso l'abbaiare arrabbiato del suo cane la strappò al sopore. Fidibus era del tutto fuori di sé, ringhiava minaccioso come se volesse sbranare qualcuno e saltò alla porta. Elise era tanto spaventata che rimase seduta sul letto immobile con un unico pensiero: qualcuno stava cercando di entrare in casa.

La porta della sua stanza si aprì e il cane si precipitò fuori.

«Moritz!» sentì la voce di suo padre. «Giù con te! Le donne rimangono dove sono!»

Fracasso in corridoio e sulle scale. La voce svogliata di Moritz: «Quindi stanotte non si può proprio dormire?».

Le donne rimangono dove sono? In questo a suo padre era andata male: in quella casa nessuna donna si faceva dare ordini. Di certo non Charlotte, che era già in corridoio. Nemmeno la nonna, che la seguiva passo passo. E tantomeno Elise.

Di sotto, in cucina, era buio, solo nel focolare ardeva ancora un po' di brace che gettava una luce rossastra nel camino. Suo padre aveva aperto la porta che andava in giardino, si sentiva il cane abbaiare cui altri cani della città vecchia rispondevano agitati.

Poi si sentì una voce maschile gridare: «Schifoso pezzo di merda!».

«C'è gente nel nostro giardino» sussurrò Charlotte inorridita.

In quel momento, intorno, nelle case confinanti, accesero le lampade, delle ombre si affrettavano verso il muro del giardino, un mugolio lamentoso faceva pensare che Fidibus avesse cercato di aggredire un intruso e si fosse preso un calcio o qualcosa di peggio.

«Fidibus!» gridò Elise spaventata e fece per correre in giardino per proteggere il suo cane. Ma una forte presa la trattenne dal farlo.

«*Tu es folle?*» la sgridò suo padre.

«Ma il mio cane…»

De LaTour la spostò dalla porta della cucina e uscì lui stesso in giardino. Subito dopo si sentì un colpo di pistola. La nonna cadde sulla panca accanto alla stufa. Moritz si riparò dietro una sedia. Charlotte accese una luce alla brace della stufa con le mani che tremavano, mentre Elise si affrettò a uscire in giardino.

«Se ne sono andati» disse de LaTour avvolto nel fumo del colpo di pistola sparato. «Vai dentro, ragazza. Dov'è finito Moritz?»

Fidibus abbaiava ancora arrabbiato e saltava sul muro in mezzo ai cespugli di ribes. Intorno si accendevano le luci delle finestre delle case confinanti.

«Aiuto!» gridò una vicina. «Sparano. Sono tornati i francesi! Dov'è la milizia civile?»

«Qui!» gridò l'orafo. «Chi ha sparato? Dov'è la mia sciabola? I miei pantaloni!»

«Intrusi!» strillò la signora Weigel. «Hanno scavalcato il muro. Erano in due.»

«No, tre!» gridò la bottegaia, anche lei incollata alla finestra. «Ho visto tutto nei dettagli. Erano cinque o sei. Avevano un cane con loro. Ci sono stati spari, lampi ed esplosioni!»

De LaTour spinse Elise in cucina e chiuse la porta.

«Che vicinato zelante» disse divertito. «Quando muore il gallo, sono tutti svegli.»

«Hai una pistola?» chiese Charlotte inorridita.

«*Bien sûr, ma colombe.* Credi che me ne vada in giro di notte per i vicoli bui di Kassel disarmato?»

«Avresti potuto uccidere qualcuno!» si agitò Charlotte.

«Purtroppo l'ho mancato, *mon amour*. In altri tempi prendevo l'occhio di una mosca a cento passi di distanza.»

«Avresti potuto prendere una vicina alla finestra!» disse la nonna con aria di rimprovero.

«Avresti potuto sparare a Fidibus per sbaglio» gridò Elise agitata.

«*Parbleu!*» brontolò de LaTour arrabbiato. «Se alle signore non piace che possieda una pistola per proteggerle, allora la prossima volta vado contro al nemico armato di bastone!»

Di là, in atelier, qualcuno batteva con forza alle imposte della porta.

«Signora modista!» gridavano da fuori. «Sta bene? Volevano fare irruzione in casa sua.»

I vicini attivi nella milizia civile si erano messi le uniformi, avevano afferrato le sciabole ed erano pronti a occuparsi dell'ordine. Agitato, Fidibus aveva annusato tutto il giardino, ora correva dentro casa per abbaiare ai nuovi intrusi. De LaTour tornò su per le scale, anche le sarte fuggirono nelle loro camere, vergognandosi poiché erano in camicia da notte. Elise afferrò Fidibus per il collare e lo chiuse in cucina mentre Charlotte attraversò l'atelier, si affrettò a mettersi addosso uno scialle, per poi aprire la porta agli uomini della milizia civile.

«Grazie a Dio è arrivato, signor Wild» disse. «Siamo impauritissime. C'era gente in giardino...»

Il farmacista Wild era accompagnato dall'orafo Weigel e dal sarto Holzapfel. Tutti e tre portavano le giacche dell'uniforme e avevano impugnato la sciabola, in mano avevano lanterne. Dietro di loro ora apparvero altri abitanti di Marktgasse svegliati dal rumore che volevano sapere cosa fosse successo.

«Se è d'accordo, signora Rosen... Diamo un'occhiata per vedere se è tutto a posto e per assicurarci che quei tipi se ne siano andati.»

«Sarebbe un gran sollievo, signor Wild!»

«Per favore, tenga fermo il cane...»

Charlotte fece entrare i tre uomini della milizia civile, poi si affrettò a chiudere la porta per tenere fuori gli spettatori curiosi. La milizia civile passò dall'atelier per andare in cucina, dove i signori salutarono Elise e la nonna, poi si mossero in fretta davanti a Fidibus, ancora arrabbiato, e uscirono in giardino. Lì le loro azioni furono commentate dalle mogli che stavano alla finestra.

«Lì no… Più a sinistra… Sì, sei ancora capace? Là, dietro la compostiera…»

Elise aveva abbastanza da fare per calmare il cane, ma la nonna era alla finestra della cucina con Charlotte per osservare l'indagine in giardino. Nel frattempo, l'oscurità si dissolse un po', si vedevano cespugli frantumati e aiuole calpestate, l'orafo era salito sul muro per illuminare il proprio giardino, il farmacista frugava intorno alla compostiera, il sarto Holzapfel alzò con la punta della sua sciabola un piccolo contenitore simile a un annaffiatoio di latta, che si trovava tra i cespugli di ribes.

«Questa è una stagnina con olio da lampada» gridò. «Incendiari all'opera!»

«Che il cielo ci assista!» gridò la moglie dell'orafo dalla finestra, mettendosi la mano sul petto e sentendosi mancare per l'orrore.

Anche alle donne nella cucina dell'atelier lo spavento entrò nelle ossa. Gli intrusi avevano voluto appiccare il fuoco! Era la risposta al furto dei volantini del giorno prima al mercato? Se sì, allora il responsabile in nessun caso poteva essere il povero signor Juschov, poiché erano in molti e agili.

Dopo che ebbero calpestato per bene tutte le aiuole, rovesciato la compostiera e frantumato i cespugli di ribes, gli uomini della milizia civile tornarono in cucina con aria dubbiosa. Il mastro sarto Holzapfel teneva tra le mani il corpo del reato e lo appoggiò sul tavolo della cucina. Era davvero una stagnina di latta, di quelle che usavano i lampionai per rabboccare l'olio nei lampioni.

«È una faccenda che deve essere segnalata alla polizia» disse l'orafo. «Altrimenti finiamo tutti nei guai, signora Rosen. Un fuoco nella città vecchia in un battibaleno divampa in tutto il quartiere.»

«Domattina presto vado dalle guardie, signor Weigel!» promise Charlotte. «Ora mi limito a essere felice che se ne siano andati e spero che non tornino tanto presto. Grazie di cuore.»

«Non c'è niente di cui ringraziare, signora Rosen» disse l'orafo tirando l'uniforme per stenderla. «È nostro dovere in quanto cittadini di Kassel. Allora le auguro la buonanotte. Certo, è già mattina presto, ma un'oretta di sonno possiamo ancora concedercela.»

«Ve lo auguro lo stesso» disse Charlotte stringendosi di più lo scialle sulla camicia da notte, poiché il mastro sarto la stava riempiendo di lunghi sguardi. «Mi perdoni per il riposo notturno perso.»

Fuori sulla strada gli uomini furono invasi dalle mille domande dei vicini che si erano raccolti ma, siccome si mostrarono di poche parole, presto la gente si disperse.

Nel frattempo, de LaTour era riapparso sulle scale e rimase lì, dal momento che in cucina avrebbero potuto vederlo dalla finestra. L'ispezione della milizia civile gli era piaciuta poco, ora, aggrottando la fronte, fece scivolare lo sguardo su Charlotte e disse: «Non ce l'hai una vestaglia?».

«Cosa, scusa?»

«Non mi piace che tu vada in giro in camicia da notte davanti a quegli uomini.»

Charlotte inspirò profondamente e puntò le mani sui fianchi facendosi scivolare lo scialle da dosso.

«Da più di ventiquattro anni non mi faccio imporre qualcosa da un uomo» rispose indignata. «E così deve continuare a essere, François!»

Lui si girò in silenzio e chiamò Moritz, che era sparito di sopra, in camera sua. Non ottenendo nessuna risposta, imprecò in francese e salì le scale.

«Vestirsi!» si sentì ordinare. «Vada al Re di Prussia, ho bisogno del giovane Thiedemann. Fermo, prima mi dica dove abita il flautista Juschov...»

Moritz rispose con qualche parola incomprensibile che suonava poco entusiasta, ma a quanto pareva era disposto a eseguire l'incarico.

«È notte» si lamentò quando, vestito, fu sceso in cucina a bere il caffè che la nonna aveva preparato in tutta fretta. «Dove abita Juschov? Lo so solo all'incirca. Da qualche parte a Packhof, penso. Non ha molta strada da fare dal mio negozio di vini fino a casa, e va bene così perché spesso ha bevuto un paio di bicchierini di troppo...»

Packhofgasse era molto vicina. Se il flautista Juschov fosse stato davvero il ricattatore, allora sarebbe stato semplice per lui osservare l'Atelier Rosen. Doveva solo girare tre volte l'angolo e guardare dalla finestra del negozio di vini di Moritz. Tuttavia, Elise non riusciva a concepire che quella persona gentile avesse potuto pianificare ed eseguire quei torbidi attentati.

«Come fai a sapere con precisione che è lui?» volle sapere da suo padre.

Ma lui era già tornato su in soffitta a caricare la pistola.

«Raccomando a tutte le signore di questa casa di non lasciare l'atelier» le disse voltandosi mentre infilava la polvere nella canna della pistola. «Tre uomini adulti dovrebbero bastare per prendere quell'impostore. Non sa che è stato tradito, per cui la faccenda si sistemerà in modo facile e veloce.»

Elise non era convinta. Già una volta suo padre era stato sicuro di avere un piano eccezionale, ma il ricattatore era stato più scaltro.

«E se ti tende una trappola? Chi ti dice che la signorina von Eschen voleva aiutarti con il suo indizio sui musicisti dell'orchestra del teatro? Sarà mica in combutta con lui?»

«*Tant pis!*» fu la sua breve risposta.

Era coraggio, decisone o la testardaggine di un vecchio? Di sicuro c'era solo che per nessuna ragione si sarebbe fatto dissuadere dalle sue intenzioni. Ma anche lei sapeva essere testarda. Era decisa a seguire i tre coraggiosi battaglieri a una certa distanza per poter prestare aiuto in caso di necessità.

Moritz fu di ritorno più in fretta del previsto, poiché Hans Christian era seduto nella sala da pranzo della pensione già pronto e vestito.

«Immaginavo che saremmo partiti presto» disse agitato. «In realtà, mi sono tenuto pronto nella notte.»

De LaTour annuì soddisfatto. «Dovremo chiedere del suo appartamento» disse. «A un garzone del panettiere forse, sono già in giro a quest'ora.»

«In quella zona nessuno ordina il pane» ribatté Moritz. «Ma io la conosco bene, lo troviamo.»

Packhofgasse non era una bella zona, il penitenziario era dietro l'angolo e anche il quartiere ebraico non era tanto lontano.

Si accertarono che, dopo l'agitazione per ciò che era successo, i vicini di Marktgasse fossero tornati a letto, poi Moritz uscì dall'atelier, Hans Christian e de LaTour lo seguirono a una certa distanza. I lampioni si erano consumati da un po'. Una pallida luce mattutina illuminava il selciato della strada, nei vicoli tortuosi le case strette si ergevano scure sotto i tetti sporgenti e negli ingressi si nascondeva ancora l'oscurità della notte. Elise aspettò che Charlotte e la nonna fossero andate in cucina, dove Fidibus ora, completamente esausto, dormiva sotto al tavolo. Poi si mise in fretta uno scialle addosso e lasciò l'atelier.

Passeranno per Fischgasse, pensò. *Se prendo Franziskusgasse e percorro tutta Judenbrunnengasse, li incontro.* Certo, il percorso tra i vicoli stretti era inquietante, ma era cresciuta lì e già da piccola aveva girato la città vecchia in lungo e in largo con Moritz. Le operaie della fabbrica di tabacco Thorbecker abitavano lì, molte erano impiegate anche nella fabbrica di tappeti Arnold. Ma c'erano anche quelle che non avevano lavoro ed erano immischiate in loschi affari.

Aveva previsto bene. All'angolo con Fischgasse scorse Moritz che percorreva la strada, si fermava un momento alla fontana perché i suoi due compagni non lo perdessero di vista e poi svoltava a destra in Packhofgasse. Aspettò che apparissero anche de LaTour e Hans Christian e li lasciò andare avanti per poi seguirli senza farsene accorgere. Packhofgasse non era lunga, solo poche case strette delimitavano i due lati della strada. Tuttavia, non sarebbe stato facile trovare l'appartamento del flautista, dal momento che in quei piani stretti c'erano molti affittuari, i cui nomi non erano scritti da nessuna parte.

Si avvicinò con prudenza ai tre uomini, che nel frattempo si erano riuniti e sembravano essere indecisi su come procedere. Quando, all'improvviso, de LaTour alzò il braccio e indicò il tetto di un edificio. Lì c'erano diversi piccoli comignoli da cui usciva il fumo delle stufe degli appartamenti. In quella stagione, però, quasi nessuno accendeva la stufa e per il focolare della cucina era ancora troppo presto. Tuttavia, da uno dei comignoli uscivano dense nuvole di fumo scure che si facevano strada nel cielo grigio pallido del mattino.

Perché mai il fumo era un indizio per l'appartamento del flautista? Elise non sapeva spiegarsi cosa rendesse suo padre tanto sicuro di aver trovato la casa, ma i tre uomini infilarono la porta e sparirono nell'edificio. Elise camminò lungo le case e si fermò un attimo davanti alla porta.

«Vive qui Juschov?» sentì chiedere Moritz.

«Cosa volete da lui così presto?» gracchiò la voce di una vecchia.

«Siamo amici e vogliamo andarlo a trovare.»

«È malato. Non ha bisogno di nessuna visita.»

«Sono un medico» disse de LaTour. «È l'appartamento di sopra nella mansarda?»

«Sì, all'ultimo piano. State attenti a non prendervi niente, ha la febbre.»

«Grazie di cuore per l'informazione, gentile signora!»

Salirono le scale ed Elise non esitò a entrare nella porta d'ingresso. Di sotto, la porta di un appartamento era aperta, davanti c'era una persona accucciata con una cuffietta scura che si era messa addosso uno scialle di lana. Portava in mano una lampada a olio che puzzava in maniera terribile. In casa c'era soprattutto odore di marcio, di legno bagnato, di zuppa di cavolo vecchia e di fogna.

«Che ci fai qui?» la interpellò la signora. «Sei la modista di Marktgasse, no?»

«Al suo servizio» disse Elise con gentilezza superandola per salire la stretta scala consumata.

Doveva sbrigarsi, poiché da sopra si sentivano forti colpi contro la porta di legno. A quanto pareva, suo padre stava entrando di forza nell'appartamento del flautista.

«Apri la porta, Dimitri!» sentì gridare suo padre. «Fine dei giochi!»

Dimitri? Il flautista non si chiamava Andreas?

Si affrettò a salire, sugli stretti pianerottoli cercò a tentoni la rampa successiva, si prese una scheggia nella mano sul vecchio mancorrente e raggiunse la mansarda affannata. Un forte scricchiolio annunciava che nel frattempo avevano buttato giù la porta.

«Maledizione, la mia spalla» sentì piagnucolare Moritz.

Un tenue bagliore rossastro usciva dal vano aperto della porta, l'interno non riusciva a vederlo dal momento che de LaTour e i suoi due accompagnatori vi stavano davanti. Ma molto probabilmente c'era una stufa accesa, poiché c'era fumo nel corridoio.

«Spara pure» disse una voce sottile. «Tanto non mi resta molto da vivere. Spara! Una pallottola nel cuore sarebbe la benvenuta.» De LaTour non sparò, anzi, Elise lo sentì gridare inorridito: «Il mio manoscritto! *Diable!* Tu, perfido demone...».

«È tutto bruciato, vecchio amico. Questa è l'ultima pagina...»

Suo padre era sulla pista giusta! Oddio, era terribile per lui! Il manoscritto era perduto per sempre.

D'un tratto si produsse un movimento brusco sulla porta aperta. Vide Hans Christian precipitarsi nella stanza, allo stesso tempo Moritz strillò: «Attenzione! Ha una pistola!».

De LaTour si piegò per un momento, poi si precipitò anche lui nella stanza dove era scoppiata una rissa. Moritz, prudente, si tenne indietro e rimase protetto sotto lo stipite della porta.

Elise gli passò in fretta davanti e fissò perplessa i tre uomini che lottavano l'uno con l'altro in un angolo della stanza. Sul pavimento c'era una pistola che non apparteneva a suo padre e, in fretta, la prese.

L'esito della battaglia fu presto chiaro. Hans Christian aveva buttato a terra il flautista, gli aveva messo un ginocchio sul petto e premeva le braccia aperte dell'uomo sul pavimento di legno. Suo padre era andato alla piccola stufa di ferro con lo sportellino aperto. Lì dentro ardevano ancora le fiamme che adesso distruggevano anche gli ultimi fogli del manoscritto.

«In cenere» disse de LaTour senza voce dando allo sportello della stufa un calcio che la chiuse. Poi si girò verso l'uomo steso a terra.

«Dimitri Andrjuschov» disse incupito. «Perché? Cosa ti ho fatto?»

33

L'uomo a terra aveva chiuso gli occhi, il viso era bianco come un cencio, sembrava che dopo quello sforzo fisico tutta la vita lo avesse abbandonato. Alla domanda di de LaTour non dette alcuna risposta.

«Credo che abbia perso conoscenza» disse Hans Christian.

«Attenzione» disse de LaTour. «Potrebbe essere una finta.»

Elise osservò il volto pallido dell'uomo, le sue guance scavate, i capelli scuri arruffati tra cui si mischiavano filamenti grigi.

«Ha una benda legata alla gamba» disse lei. «Credo sia davvero malato.»

De LaTour si rese conto solo in quel momento della sua presenza e la guardò arrabbiato.

«Che ci fai qui?» la rimproverò. «Non ho detto che dovevi rimanere in atelier?»

«Mi sono presa la libertà di oppormi alla tua volontà, papà» ribatté lei tranquilla.

«È stato irresponsabile, signorina Elise» si fece sentire Hans Christian. «Aveva preparato una pistola carica. Sono riuscito a strappargliela di mano appena prima che succedesse una disgrazia.»

Nel frattempo, anche Moritz si era avvicinato e osservava il flautista steso a terra.

«Questo è proprio andato» disse con aria esperta. «Penso che non avrebbe comunque premuto il grilletto perché era troppo debole per farlo.»

«Mettetelo di là sul letto» consigliò Elise.

De LaTour annuì in segno di accordo. Quindi Hans Christian e Moritz afferrarono il corpo immobile ed Elise si affrettò a spostare le tende del baldacchino, in modo che potessero sdraiarlo. Il flautista non mostrò alcuna reazione, non aprì neanche gli occhi, ma il suo petto si alzava e si abbassava a un ritmo molto veloce. Elise vide una caraffa sul comodino, trovò un bicchiere e ci versò dentro un po' d'acqua.

«Gli dia questa» disse a Hans Christian.

Lui guardò in direzione di de LaTour con aria interrogativa; quest'ultimo alzò le spalle, per cui Hans Christian si decise a esaudire la richiesta di Elise. Il flautista, però, non bevve neanche una goccia, le sue labbra rimasero appiccicate con forza l'una all'altra.

«Ha la febbre» disse Hans Christian. «Brucia come una stufa.»

«Cos'ha alla gamba?» volle sapere Moritz. «Una ferita?»

De LaTour sbuffò adirato; la sua compassione per il distruttore del suo manoscritto era minima. «Cos'avrà mai lì? Deve averlo morso il cane quando l'ha adescato e rapito. È andata così, Dimitri?»

L'interpellato tacque, ma la sua palpebra sinistra tremava leggermente. Era cosciente e aveva capito la domanda.

«È andata così?» ripeté de LaTour adirato sedendosi sul bordo del letto. «Hai seguito mia figlia quando ha preso i tuoi ripugnanti volantini dal tavolo del cantastorie ed è corsa via. Ti sei fermato dietro il muro del giardino perché hai sentito la voce di sua nonna e non volevi essere scoperto. Ma subito dopo, quando hanno lasciato il cane in giardino, tu hai preso l'animale superando il muro e te lo sei portato via. E Fidibus ti ha morso alla gamba. È andata così? Successivamente, hai portato il nostro bravo Fidibus dal cantastorie in modo che lo facesse sparire. Così volevi portarci via la nostra guardia che aveva intralciato i tuoi perfidi piani. Non fare finta di non sentirmi!»

L'interpellato aprì gli occhi a fessura. Erano celesti, in contrasto con la sua peluria scura apparivano stranamente chiari. A quanto pareva non si era rasato da qualche giorno, poiché sulle sue guance cresceva un'ispida barba grigia.

«Ho letto le tue memorie, Charles François» disse con una voce quasi impercettibile.

Dovette tossire ed evidentemente gli creò forti dolori.

«Come sei arrivato al mio manoscritto?» chiese de LaTour con voce dura.

Il malato allungò il braccio e pregò Moritz: «Dammi qualcosa da bere, Liebermann. Laggiù, nell'armadio».

Moritz si girò e aprì l'armadio vecchio e pesante che era pieno di spartiti. In uno scomparto si trovavano tre bottiglie di vino rosso accanto a una coppa di vetro lavorata in modo raffinato.

«Buona qualità» disse Moritz in segno di approvazione. «Tutti dal mio negozio.»

Trovò un apribottiglie e cavò il tappo con abilità, poi versò un po' di vino nella coppa.

«*In vino veritas*» disse de LaTour furibondo porgendo il vino al malato.

Il flautista, che si era dato il nome di Andreas Juschov, ma che in realtà si chiamava Dimitri Andrjuschov, si tirò su a fatica, prese il bicchiere e bevve tutto il vino in un sorso. Poi ricadde sul cuscino e la coppa gli scivolò dalla mano, rotolò giù dal letto sul pavimento, dove si frantumò.

«Voi due all'epoca avevate molta fretta di sbarazzarvi di me» disse guardando de LaTour con occhi palpitanti. «Tu e il tuo amico Christian Daniel van Leuwen avete lasciato Kassel in modo del tutto inaspettato senza dirmi niente.»

«Non avevamo tempo» replicò de LaTour arrabbiato. «La polizia segreta del re non esitava a lungo; in quella situazione ognuno pensava per sé.»

«Credo di averti visto, Charles François» disse Andrjuschov. «Voi due quella notte mi siete passati davanti a cavallo uscendo da Wesertor. Ho chiamato, ma non mi avete sentito, né tu né Christian Daniel.»

De LaTour non sembrava ancora incline a credere a quei racconti.

«Che scoperta» tuonò lui. «Perché non ti sei procurato un cavallo come abbiamo fatto noi? Volevi forse scappare a piedi? Così facendo comunque avresti avuto poche possibilità di sfuggire agli inseguitori.»

Andrjuschov chiuse gli occhi per un momento, fu percorso da un brivido di febbre, Elise poteva vedere il suo corpo scosso da un tremolio convulso. Il morso del cane doveva essersi infiammato.

«Ha bisogno di un medico, papà!» disse. «Con una ferita in cancrena può andare a finire male.»

De LaTour vide che aveva ragione. Lanciò a Moritz uno sguardo incoraggiante e lui, sospirando, si alzò dalla sedia su cui si era messo a cavalcioni.

«Sempre io» brontolò. «E proprio ora che si faceva interessante. Ma va bene, cosa non si fa per il suocero.»

Spinse la porta che era stata sfondata ed era rimasta storta appesa ai cardini, sgattaiolò fuori dall'apertura e andò sulle scale.

«Cosa ci fate qui a guardare?» si sentì gridare. «Il signor Juschov ha visite, ve ne viene qualcosa?»

Si sentì scalpicciare e sussurrare sulle scale, le porte degli appartamenti furono chiuse. Ecco, gli abitanti avevano sentito il baccano e alcuni avevano osato uscire sulle scale con prudenza per vedere cosa fosse successo. Al rimprovero sgarbato di Moritz sembravano essersi ritirati; probabilmente in quella casa spesso si veniva alle mani nelle discussioni e avevano capito che era meglio tenersene fuori.

«Avanti!» brontolò de LaTour. «Dici di essere stato a Wesertor e di averci chiamati. Mi chiedo come avresti fatto a riconoscerci nel buio pesto della notte.»

«Ti ho riconosciuto dalla voce» sussurrò Andrjuschov facendo l'occhiolino a de LaTour. «Dicesti a van Leuwen: "Solo fino al vecchio mulino".»

«Ho detto questo? Non mi ricordo» disse de LaTour. «Tuttavia, è vero. Siamo rimasti lì fino all'alba e poi abbiamo continuato. E tu avresti riconosciuto la mia voce?»

«La riconosco tra mille, Charles François. Vi ho accompagnato a Kassel solo per te.»

«Le tue smancerie te le puoi risparmiare...»

«Volevo che tu lo sapessi» replicò il malato esausto. Tacque per un po', la sua testa cadde da un lato, la pelle delle sue guance era come pergamena.

«Continua!» lo incitò de LaTour scuotendogli il braccio. «Non ti addormentare, Dimitri!»

«Alla corte di Kassel tutti e due avete avuto diverse relazioni amorose e intessuto intrighi» sussurrò Andrjuschov. «Io vi ero solo d'impaccio, ne ero ben consapevole.»

«Se mi ricordo bene, anche tu hai avuto le tue storie, Dimitri. Non mi venire a raccontare che sei stato un santarellino, anche tu ti sei divertito.»

Il malato fu colto da un nuovo brivido di febbre e per un

po' non riuscì a smettere di tremare. Lo si sentiva digrignare i denti.

«È... successo solo... per... disperazione...» balbettò. «La tentazione a corte... era forte. Molti... mi facevano... offerte allettanti. Per cui ho... ceduto.»

«Infatti» constatò de LaTour soddisfatto. «E cosa c'entravi tu con la faccenda del veleno? Non sarai mica stato tu a dare da bere vino avvelenato al camerlengo del re?»

Giusto. La faccenda del veleno. All'epoca, a uno dei tanti balli in maschera, uno sconosciuto aveva cercato di uccidere il giovane re Jérôme con un bicchiere di vino rosso avvelenato. Il re, però, si era scambiato il costume con uno dei suoi camerlenghi, così era morta la persona sbagliata. L'attentato omicida aveva portato con sé numerose indagini e sanzioni: ecco il motivo della frettolosa fuga da Kassel di de LaTour e van Leuwen.

«Io?» bisbigliò Andrjuschov ridendo con voce roca. «Io non ho niente a che fare con quella faccenda. Poco quanto tutti gli altri. Quel presunto avvelenamento non fu altro che un caso sfortunato. Il camerlengo era già malato da tempo, aveva il cuore debole, lo sapevano tutti. Il fatto che poi sia finita così presto per lui non dipese certo dal vino rosso, ma dal litigio che aveva avuto al ballo con un concorrente. Ma questo non voleva ammetterlo nessuno. Una volta scappata la parola "veleno", i signoroni diventano isterici e cominciano a giustiziare...»

Dovette fare una pausa, parlare a lungo lo sfiniva. De LaTour aspettò un momento, poi si spazientì.

«Fammi indovinare, Andrjuschov: ti hanno beccato e arrestato. È andata così?»

L'interpellato annuì. Aveva la lingua pesante, si doveva ascoltare con attenzione per capirlo. Elise si domandò dove fosse finito Moritz. Nel frattempo, di sotto la strada si era rianimata, donne e bambini andavano alla fontana con le brocche, le operaie si dirigevano con passo pesante verso Kölnisches Tor, dove si trovavano le fabbriche.

«È andata così» sussurrò Andrjuschov. «Già nella notte mi hanno rinchiuso in prigione con altri disgraziati. Mi hanno tormentato con imbarazzanti interrogatori. Volevano tirarmi fuori quello che sapevo dei miei amici. Ma io sono stato zitto. Ho tenuto la bocca chiusa e non vi ho traditi. Per settimane sono rimasto insieme ad altri prigionieri in un sudicio buco con acqua putrida e pane ammuffito. Perché ti ho protetto e non ho detto niente di te, Charles François. Solo per te ho patito quei tormenti infernali.»

«Sono profondamente commosso» disse de LaTour con chiara ironia.

Siccome Andrjuschov non rispondeva, nella stanza ci fu un momento di silenzio. De LaTour fissò il malato e sembrò non riuscire a credere ai suoi racconti.

«Quando ti hanno fatto uscire di prigione sei rimasto qui a Kassel e alla fine hai ottenuto un buon impiego nell'orchestra del teatro» suppose. «Be', così avevi il tuo guadagno e hai ricevuto riconoscimenti come musicista. Di cosa ti lamenti?»

«Riconoscimenti?» gridò Andrjuschov con una strana voce gracchiante. «Ero un bravo suonatore di flauto, nient'altro. La mia vera vocazione da compositore è stata disprezzata e repressa. Guarda in quell'armadio, ho composto tutta quella roba. Opere, sinfonie, madrigali, canzoni… Niente di tutto ciò è mai stato eseguito. Per anni ho sperato e implorato, ma niente. Sono stati preferiti altri, a me hanno rifilato rifiuti su rifiuti. Mi manca il talento per mettermi in mostra, la capacità di ingraziarmi i superiori, essere in confidenza con i signoroni. Come invece era concesso a te, Charles François…»

«Mi spiace» disse de LaTour con tono freddo. «E per questo volevi vendicarti di me rubandomi le memorie?»

«Volevo sapere cosa avevi scritto di me. Quando alla libreria di Appel sentii per caso il tuo nome, fu come se mi infilassero una freccia infuocata nel petto. Per anni ho creduto di non rincontrarti più in questa vita. E poi il tuo nome. Sono rimasto come stordito...»

«Nella libreria di Appel...»

De LaTour girò lo sguardo verso Hans Christian, che era diventato bianco come un cencio.

«Oddio!» sussurrò inorridito. «Sono stato io. Confesso, lì, pieno di entusiasmo, ho parlato delle sue memorie. Ho detto che era un eccellente documento storico che comprendeva anche un importante periodo della storia della città di Kassel...»

«*Formidable!*» gli brontolò contro de LaTour. «La sua loquacità mi ha causato la perdita del lavoro di anni. *Merci beaucoup, Monsieur Thiedemann!*»

«Mi guardi, sono a terra, Monsieur de LaTour...»

La sua disperazione lasciò de LaTour indifferente, si girò di nuovo verso Andrjuschov. Il malato aveva gli occhi spalancati e fissava il soffitto annerito dal fumo della stufa.

«Come ti sei procurato l'opera? Non sarai certo venuto di persona a Francoforte?»

«Ho pagato una persona.»

«Capisco» disse de LaTour ironico. «Caro?»

«Molto. Mi ha portato via una grossa parte di risparmi. Ma quell'uomo ha fatto un buon lavoro.»

«Anche stanotte? Volevi concludere la tua vendetta uccidendoci con un attentato che avrebbe dato alle fiamme mezza città vecchia?»

Andrjuschov tacque. Continuò a fissare il vuoto e i suoi tratti assunsero un'espressione che spaventò Elise. Eccola la sua seconda natura, che fino a quel momento aveva nascosto così bene. Un odio feroce si impresse sul suo viso deforme.

«Ho letto per una notte intera» sussurrò. «Tutto quello che hai scritto su di me l'ho letto e riletto. Il tuo disprezzo, la tua maledetta, pungente e mortale ironia. Come ti sei preso gioco di me. Il piccolo Andrjuschov che va dietro ai bambini. Il Dimitri inopportuno, che scrive una delle sue stupide serenate al primo che passa. La fastidiosa compagnia di cui ci si deve liberare il prima possibile...»

Si accovacciò per un attacco di tosse e si buttò di lato.

De LaTour fissò il malato e per la prima volta nel suo sguardo si intravide qualcosa che assomigliava al senso di colpa. Quello che gli era stato rimproverato sembrava corrispondere a verità.

«Lo ammetto, la mia rappresentazione era esagerata» disse esitando. «È una questione di stile... Faccio satira, mi piace far apparire le cose sotto una certa luce...»

Tacque e lanciò uno sguardo insicuro a Elise, che lo guardò con aria di rimprovero. Hans Christian, che ancora non aveva saputo niente dell'incendio, fissò pieno di orrore e disgusto l'uomo accovacciato sul giaciglio scosso dalle convulsioni.

«In quale pericolo si è trovata!» disse a Elise. «E nel mentre io ero al sicuro alla pensione e non avevo idea di niente!»

«Volevi annientarmi, Dimitri» esclamò de LaTour. «E con me una serie di persone innocenti. Che razza di diavolo sei!»

«Tutto era diretto solo a te» esclamò Andrjuschov. «Sapevo che eri qui a Kassel. Credevi di poterti nascondere lassù in soffitta? Ti ho visto alla finestra quando spiavi giù nel giardino. Dimmi chi mi ha tradito. È stato il sordomuto? È lui che ti ha portato da me? L'avevo pagato bene, ma pretendeva sempre di più...»

«È stata Sophie Wilhelmine von Eschen» disse de LaTour. «Come faceva a sapere che eri tu il ricattatore? Era in combutta con te?»

Andrjuschov si contorse per un nuovo attacco di convulsioni, il suo respiro si fece affannato e sibilante.

«La signorina von Eschen» sussurrò ridendo. «Perché l'ho dimenticata? Mi conosceva. Per tutti questi anni ha saputo chi era il flautista che si faceva chiamare Andreas Juschov. È una persona intelligente e l'ha indovinato...»

Si accovacciò e tremò per un forte brivido di febbre che non lo mollò per diversi minuti.

«Maledizione, perché non ti sei fatto curare questa ferita, Dimitri?» chiese de LaTour. «Un morso di cane non è innocuo, può portare a un'infezione.»

Il malato non reagì, non sembrò neanche averlo sentito. I suoi occhi adesso erano spalancati, il viso pallido, lo sguardo glaciale. Elise corse disperata alla finestra per vedere dove fosse Moritz.

Nel frattempo, si era fatto giorno, sulla strada c'era traffico. I bambini strillavano, una donna sbraitava, un'altra rispondeva. Poi, finalmente, sentì il rumore di una carrozza che si fermò davanti alla casa. Scesero due uomini, uno era Moritz, l'altro un vecchio con i capelli bianchi. Il medico.

«Arrivano.»

«Dio sia lodato» sospirò Hans Christian.

De LaTour non disse niente. Guardò il malato, voleva fare qualche altra osservazione ma, invece, lasciò perdere e si alzò per far posto al medico.

«Sono dovuto andare fino a Unterneustadt» si scusò Moritz, entrando nella stanza per primo. «Il docteur Prignot non era subito disponibile...»

Il dottore ora diede un breve sguardo al malato, poi appoggiò la sua borsa di pelle e si avvicinò al letto senza fretta.

«Un morso di cane?» disse a Moritz. «E questo cos'è?»

Si chinò sul pavimento e osservò i cocci della coppa per terra.

«Vino rosso?» chiese guardando Moritz.

«In effetti. Dal mio negozio di vini di Marktgasse...»

Il medico tirò su una delle schegge più grandi in cui era rimasto ancora un po' del liquido rosso e la annusò.

«Non crederà mica che il vino gli abbia fatto male?» si agitò Moritz. «È una qualità eccellente, Beaujolais. Importato dalla Francia. Con questo non viene neanche il mal di testa...»

«Se non si adultera con l'arsenico» disse il medico appoggiando con attenzione la scheggia per terra.

«Con... Con l'arsenico?» balbettò Moritz. «Il mio vino non contiene arsenico, *Monsieur le Docteur*. Su questo ha la mia parola! Ho aperto la bottiglia io stesso...»

«Allora forse il veleno era nella coppa?» rifletté il medico. «Una polvere bianca, signor Liebermann! Pochi grammi bastano per uccidere una persona.»

«Polvere bianca?» mormorò Moritz. «Non ho visto niente. Cioè, era polveroso quel vecchio arnese. Avevo pensato di soffiarci un po' dentro... Arsenico, dice... Oh santo cielo...»

«Ha preso un morso da un cane sulla gamba che si è infiammato, *Monsieur le Docteur*» disse de LaTour arrabbiato. «Se avesse la gentilezza di guardare la ferita prima di pensare a un avvelenamento!»

Il medico lo guardò in modo sgarbato, poi cominciò a sciogliere la benda, che non era altro che un asciugamano. Un odore di marcio riempì la stanza; si vedeva il punto i cui i denti del cane erano entrati nel polpaccio, le ferite aperte erano coperte di pus, intorno alle ferite la pelle era di un colore rosso acceso. Moritz si voltò rapidamente, afferrò in fretta la bottiglia di vino e ne bevve un bel sorso.

«Perché non l'ha detto subito?» tuonò il dottore, sentendo il polso al malato e tastandogli la fronte. «Deve andare all'ospedale. Prendete il lenzuolo ai quattro angoli; lo portiamo giù.»

Dette a Elise la valigia, che non aveva neanche aperto, poi volle sapere da de LaTour chi avrebbe preso in carico le spese.

«Chi altro? Il malato ovviamente.»

Il medico lo guardò sorridendo.

«Faremo il possibile, Monsieur. Tuttavia, il buon esito della nostra arte è nelle mani di Dio.»

«Mi assumo io tutte le spese» disse Hans Christian Thiedemann, terribilmente tormentato dal senso di colpa.

«Allora annoti nome e indirizzo su questo foglio, giovane.»

«Certo!»

Soddisfatto, il medico si girò verso il letto, dove Moritz e Hans Christian avevano già preso ognuno un angolo del lenzuolo.

«Subito!» ordinò. «Vada lei per prima, signorina, e guardi che qualche curioso non ci sia d'intralcio.»

Così il musicista Dimitri Andrjuschov lasciò il posto in cui aveva vissuto e sofferto per più di vent'anni, dove aveva costruito i suoi sogni e maturato la sua vendetta, per non tornarci mai più.

34

«No, non mi dispiace» disse Charlotte a pranzo. «Dopo tutto quello che ci ha fatto è una giusta punizione divina.»

Si sedettero stretti l'uno accanto all'altro nella piccola cucina, dato che, oltre a Hans Christian Thiedemann, anche il padre di Elise aveva preso posto a tavola. Prima di quel momento durante la pausa pranzo non era stato possibile raccontare degli eventi agitati e toccanti che si erano svolti nell'appartamento del flautista, poiché per tutta la mattina clienti e vicini non avevano fatto altro che entrare in atelier. Ovviamente la notizia che in Marktgasse era stato commesso un attentato incendiario si era già sparsa in tutta la città vecchia.

«Comunque sia, ci siamo tolti un grande peso» disse la nonna. «Questa continua paura era diventata quasi insopportabile.»

Tutti la pensavano così. Dopo quella notte si sentivano come liberati. Moritz fu accusato di aver avuto per tutto il tempo il ricattatore sotto al naso, senza che gli venisse il minimo sospetto.

«Perché avrei dovuto sospettare di lui? Era un buon cliente, veniva tutti i giorni e assaggiava il mio vino. Comprava da me ed era sempre gentile...»

«E non si è accorto che stava sempre alla finestra a fissare l'atelier dall'altra parte della strada?» volle sapere Grete.

Moritz alzò le spalle. «Molti ci guardano. Per via di Lisetta...»

A queste parole de LaTour lanciò un'occhiata di rimprovero a Charlotte e dichiarò che un atelier di modiste non era posto per una giovane ragazza.

«E tu dovresti saperlo meglio di chiunque altro!» ribatté lei pungente.

La nonna si affrettò a impedire il litigio imminente intavolando una discussione su un altro argomento.

«Spero tanto che ti porterai tutte quelle carte a Francoforte, Charles François» disse. «Qui non c'è davvero posto.»

«Gli spartiti? Per me potete bruciarli tutti!» rispose arrabbiato.

Mentre de LaTour accompagnava il malato all'ospedale di Kassel in Leipziger Strasse, Elise era tornata insieme a Hans Christian e Moritz nell'appartamento. Non arrivarono affatto in anticipo, poiché parecchi vicini erano già entrati nelle stanze dalla porta rimasta aperta ed erano intenti a perquisire gli oggetti di proprietà del flautista. Quando entrarono nell'appartamento i saccheggiatori fuggirono in fretta giù per le scale, non senza essersi prima riempiti le tasche di qualunque cosa avessero trovato nei cassetti. Moritz rimise subito a posto la porta danneggiata, cosa che però gli riuscì solo per metà. In ogni caso non si poteva più chiudere, poiché la serratura era rotta.

«Torneranno» disse Elise. «Guardiamo i fogli, non si sa mai che abbia prodotto qualche copia del manoscritto.»

Perquisirono tutto l'appartamento, che constava in due piccole stanze e un ripostiglio, ma all'infuori degli spartiti non trovarono altri scritti. Doveva aver bruciato anche le sue copie.

«Salviamo almeno le composizioni, prima che trovino la loro fine come esca per accendere il fuoco» disse infine Hans Christian.

Così si caricarono di grosse pile di spartiti e lasciarono lì gli strumenti, i vestiti, le belle stoviglie di porcellana e molti altri oggetti. Solo la pistola fu presa da Moritz che se la mise nella cintura, poiché era dell'idea che un'arma del genere dovesse essere tenuta in un luogo sicuro.

«Peccato per il bel vino rosso» disse guardando le due bottiglie nell'armadio. «Ma venduto è venduto.»

Attirarono sguardi meravigliati e curiosi passando per i vicoli con quel carico; soprattutto all'Atelier Rosen, dove si era riunita un sacco di gente, suscitarono grande scalpore. Charlotte non seppe cos'altro inventarsi che spiegare ai clienti che il suo parente, lo studente di Göttingen, era lì per scrivere una tesi importante e per questo motivo aveva preso in prestito parecchi scritti dalla biblioteca del principe elettore. Ovviamente non le credette nessuno.

«Al primo sguardo, in tutta onestà, temevo potesse essere il fatale manoscritto, che avevate ritrovato» si fece sentire Charlotte a pranzo. «Tuttavia, era buono per fare il fuoco, dove per fortuna è finito.»

De LaTour abbassò lo sguardo. Dalla sua piccola bocca serrata si poteva vedere quanto le parole di Charlotte avessero colpito nel segno. A Elise dispiacque un po', ma alla fine dovette dare ragione a sua madre.

«Dopo tutto quello che ha prodotto» disse «mi sembra davvero meglio che sia stato bruciato. Non te la prendere con me, papà, ma se scrivi certe cose non ti devi meravigliare che le persone si sentano colpite e ferite a causa tua.»

«Mi perdoni, signorina Elise» si intromise Hans Christian. «Sono di un'altra opinione. Lo stile e l'eloquenza che emanavano da quelle pagine mi hanno colpito nel profondo. Inoltre, vi si trovavano scene molto istruttive che si sono svolte alla corte di re e principi e che facevano luce sulla vita del tempo e sulle decisioni politiche dei potenti. Da questo punto di vista, la perdita di quella grande opera non potrà mai essere rimpianta abbastanza.»

«Va bene» ammise Elise. «Può essere, ma comunque si sarebbero dovuti cancellare parecchi passaggi con riferimento a persone viventi e ai loro discendenti per poterla pubblicare un giorno.»

De LaTour alzò la testa e ribatté che il suo manoscritto non era destinato in alcun modo alla pubblicazione, anche per questo motivo si sarebbe rifiutato con forza di darlo al signor Thiedemann e alla sua casa editrice.

«Perché l'hai scritto allora?» volle sapere Charlotte. «Chi scriverebbe qualcosa che non vuole che legga nessuno?»

«L'ho scritto per me stesso» confessò de LaTour. «Alcune persone a me vicine che hanno dimostrato interesse hanno dato un'occhiata all'opera. Ma in ogni caso non l'avevo concepito per il grande pubblico.»

«Non lo direi» si intromise la nonna. «Quel che ho letto in quel volantino, che Elise per nostra grande fortuna ha rubato al mercato, era espresso in maniera molto chiara e avrebbe fatto diventare rosse molte lettrici!»

Charlotte impietrì, le sarte guardarono a terra imbarazzate, solo sul volto di Grete si disegnò una serenità trattenuta.

«La memoria talvolta si dimostra insidiosa e lacunosa» ammise de LaTour dopo un breve silenzio. «Ci sono fasi della vita che passano con un lieve mormorio senza lasciare tracce profonde nel nostro animo. E poi succede che solo poche ore restano impresse nelle nostre anime come incise con una punta d'acciaio. È stato così con il breve tempo che ci è stato concesso, Charlotte. Vuoi davvero prendertela così tanto con me perché mi ricordavo di te con amore?»

La guardò sorridendo, e Charlotte, che in altri casi sapeva controllarsi benissimo, arrossì teneramente.

«Puoi pensare quello che vuoi, Charles François» disse severa. «Ma queste cose non si mettono per iscritto.»

«Ma cara, gentile signora Rosen» si fece sentire Hans Christian, zelante difensore di de LaTour. «Le opere più belle della nostra letteratura sono scaturite dall'amore e dalla passione.»

«Per questo quei libri sono deleteri per le giovani ragazze» continuò Charlotte imperterrita. «Nient'altro che scostumatezza ed enfasi romantica. La vita ha note ben più dolenti!»

«Giusto, le note» disse Elise cambiando in fretta discorso, poiché notò che i genitori su quel punto non si sarebbero mai trovati d'accordo. «Mostrerò un paio di questi fogli alla mia amica Sybilla. Suona il pianoforte e si intende di musica. Non varrà forse davvero la pena di eseguire queste composizioni?»

«Per quanto mi ricordo, no» disse de LaTour. «Dimitri componeva senza sosta, in ogni occasione, e al mio orecchio suonava tutto uguale.»

«In seguito sarà forse maturato artisticamente?» rifletté Hans Christian.

Il padre di Elise fece un gesto con la mano in segno di dissenso. «Perché pensate alle sue composizioni? Non è roba nostra, ma sua. Del resto, non è ancora morto. Anche se bisogna ammettere che non si mette bene per lui.»

Tutti tacquero. Cosa sarebbe successo se Dimitri Andrjuschov fosse tornato dalla clinica guarito? Avrebbe continuato a cercare di terrorizzarli?

«Allora dovremmo forse comunicare alla polizia chi c'è dietro all'attentato incendiario?» disse la nonna.

Ma de LaTour era di un'altra opinione.

«Possiamo esprimere solo un sospetto» disse dubbioso. «E se lo facciamo chiederanno il motivo e verrebbero fuori vecchie storie su cui è meglio tacere.»

«Se dovesse davvero cavarsela, forse ne uscirebbe cambiato» disse Therese speranzosa.

«Succedono più cose in cielo e in terra di quante ne sogni la nostra filosofia» disse de LaTour con scherno, citando una nota massima. «Secondo me starebbe bene in un manicomio.»

«Potresti avere ragione» disse Charlotte. «Da parte mia sarei molto contenta di saperlo dietro le sbarre.»

Intinse un pezzo di pane nella zuppa e lo infilò sotto al tavolo, dove fu subito azzannato e masticato con gusto.

«Il nostro Fidibus l'ha distrutto» disse Moritz orgoglioso. «Si è difeso dal suo rapitore e l'ha morso. È stata un'idea eccezionale portare il cane con noi a Kassel.»

«È stata una *mia* idea!» rettificò Elise.

«Nostra» aggiunse Moritz dando anche lui di nascosto un bel pezzo di pane a Fidibus.

«Ora però basta» tuonò la nonna. «Questa buona zuppa di carne non l'ho preparata per il cane!»

Il pomeriggio portò nuova agitazione all'Atelier Rosen. Si presentarono due poliziotti per chiarire le circostanze dell'attentato incendiario di cui l'orafo Weigel li aveva messi a conoscenza. Disinvolti, marciarono davanti alla signora von Ochs e alla signora Wiederhold che si stavano provando i cappelli con le nuove decorazioni e ovviamente parecchi vicini si ritrovarono di nuovo davanti all'atelier per scoprire le novità più recenti. Ispezionarono il giardino e osservarono le impronte sulle aiuole in modo approfondito. Fidibus, che non sopportava i poliziotti, dovette essere chiuso nella stanza di Elise.

«Sembra essere stata un'intera orda» suppose il sergente con zelo guardando le aiuole delle erbe calpestate.

«Forse una delle tante bande di mascalzoni che mirava alle sue provviste, signora modista.»

Anche la stagnina dell'olio fu osservata da tutti i lati e il contenuto controllato, versandolo.

«Olio da lampada. Non della migliore qualità. È di sua proprietà?»

La nonna dichiarò di comprare solo olio molto caro, soprattutto perché in atelier si riceveva la clientela e non si dovevano avere cattivi odori.

«E dov'è bruciato?» vollero sapere.

«Per fortuna non sono riusciti ad appiccare il fuoco» spiegò Charlotte. «Il nostro cane li ha cacciati.»

Il sergente annotò con cura le dichiarazioni in un taccuino, annuì al suo accompagnatore e notò che, siccome non era bruciato proprio niente, poteva non essere stato neanche un incendio.

«Forse il figlio di un vicino ha gettato questa stagnina d'olio nel suo giardino» suppose. «Non è stato rubato niente? No? Allora, signora modista, per una stupidaggine del genere non ci sarebbe bisogno di creare subito tutto questo scompiglio...»

«Tutti i vicini hanno visto che delle persone si sono introdotte nel giardino!»

«Al buio pesto della notte? Come avrebbero fatto a vedere qualcuno?»

«Stava facendo giorno, almeno le ombre si riuscivano a vedere.»

Il poliziotto tirò un energico frego sotto i suoi appunti e infilò il taccuino nella giacca dell'uniforme. «Probabilmente erano due ubriaconi dell'ultima ora che si sono confusi tra i vicoli e sono finiti per sbaglio nel suo giardino. In futuro si guardi dal diffondere voci su un presunto incendio, signora modista! Crea agitazione tra la cittadinanza.»

Elise temeva già che sua madre potesse arrabbiarsi, ma Charlotte non aveva alcuna voglia di mettersi a discutere con i poliziotti. Si limitò a ringraziarli per la loro premura con freddezza e cordialità.

«Facciamo il nostro dovere, signora Rosen!»

Successivamente, fuori dall'atelier, i due annunciarono ai vicini agitati che non c'era stato nessun incendio.

«Disperdetevi! Ognuno torni alle proprie attività!»

«È incredibile» si lamentò la signora von Ochs che aveva già diffuso la novità tra le sue amiche. «Se avessero trovato una stagnina d'olio su a Wilhelmshöhe davanti al castello, allora mezza città sarebbe già stata arrestata. La cittadinanza non vale proprio più niente allora?»

«Ha perfettamente ragione, signora von Ochs» disse la signora Wiederhold. «I signori si interessano a noialtri solo quando la casa è già in fiamme!»

«La calma è il primo dovere civico, disse Schulenburg-Kehnert!» sospirò la signora von Ochs sistemandosi il cappello. «Penso che la rosa di seta lilla sia esagerata, signorina Rosen. Non sarebbe meglio prendere un po' di tulle?»

Nonostante la grande quantità di persone che quel giorno si trovavano in atelier, non era stato venduto molto, il che ovviamente dipendeva dal fatto che la maggior parte era venuta solo per curiosità.

Andò meglio a Moritz al negozio di vini di fronte, dove nel pomeriggio ci fu molto movimento e parecchi clienti lasciarono la bottega con bottiglie di vino sotto al braccio. Elise ne fu felice: Moritz aveva dovuto tener chiuso il negozio tutta la mattina e ora almeno compensava un po'.

Il padre di Elise, nel frattempo, si era cambiato d'abito. Portava di nuovo calzoni sottili e un'elegante finanziera, aveva detto addio al travestimento da vagabondo. Per la rabbia di Charlotte ora pretendeva che Grete salisse da lui, aveva qualcosa di cui parlare con lei.

«Adesso, in orario di lavoro? Sono io che ho bisogno della mia sarta!»

«Solo un piccolo quarto d'ora, *ma chère Charlotte...*»

Il piccolo quarto d'ora diventò un'ora intera e alla fine Charlotte mandò Elise di sopra a vedere di quali cose così importanti stessero parlando lassù. Elise non trovò suo padre in soffitta; si era sistemato nella sua stanza. Era seduto alla scrivania, dove aveva steso diversi fogli scritti. Dietro di lui c'era Hans Christian che guardava da sopra la sua spalla con aria angosciata e Grete aveva preso posto su una delle graziose poltrone francesi.

«Grete, mia madre ti aspetta» disse Elise con aria di rimprovero.

«Subito, subito... Vede, signor de LaTour: lì c'è ancora un errore di calcolo.»

«*Parbleu!*» disse de LaTour. «Charlotte non ha mentito. Conti più veloce di una pascalina.»

«Che sta succedendo qui?» si informò Elise stupita.

Hans Christian sospirò. «Temo, signorina Elise» disse afflitto «di dover correggere di nuovo la mia tesi. Suo padre critica la mia espressione e la signorina Grete mi ha indicato due piccoli errori di calcolo, che non compromettono il risultato del tentativo, ma che di sicuro sarebbero saltati all'occhio del mio relatore.»

Elise gli fece un sorriso incoraggiante.

«Con due aiutanti così zelanti riuscirà di certo!»

«Sarà difficile» sospirò. «Devo consegnare la mia tesi dopodomani al più tardi, è quasi tutto da rifare.»

«Stupidaggini» si intromise de LaTour. «Stanotte ti basterà. Domani andrai a Göttingen e il giorno dopo la consegnerai in tempo.»

«Se lo dice lei, signor de LaTour...» mormorò Hans Christian, che sembrava aver poca voglia di una lunga notte alla scrivania. «Le sono infinitamente grato per lo sforzo che ha fatto con questa revisione.»

«Del resto, ti devo la vita, giovane amico. Mi avrebbe sparato a sangue freddo se non gli avessi tolto la pistola di mano!»

«Questo, tuttavia, è vero» disse Hans Christian sollevato, stirandosi.

Elise lasciò i tre al loro lavoro e spiegò a sua madre che stavano consultando Grete in qualità di calcolatrice nella revisione della tesi per l'esame finale.

«Molto intelligente da parte sua prendere in considerazione il mio consiglio a questo proposito!» disse Charlotte soddisfatta. «Vado anch'io un momento di sopra, poiché devo parlare con tuo padre di una cosa.»

Non voleva mica ricominciare a litigare? C'erano ancora parecchie differenze di opinione tra i due, ma da un po' non erano più scoppiati litigi manifesti. *Ah, se finalmente si riappacificassero!* Piena di dubbi, si rimise al lavoro, decorò il cappello della signora von Ochs con tulle bianco e fiorellini lilla e si rallegrò quando, dopo un po', Grete tornò giù con aria estremamente soddisfatta per rimettersi a lavorare con l'uncinetto a un guanto. Almeno la questione della tesi sembrava essersi risolta nel modo giusto. In quel momento si ricordò dell'offerta che le aveva comunicato Hans Christian e decise che non doveva nasconderlo a Grete.

«Ho ancora un messaggio da riferirti, Grete» disse. «Proviene dal professor Thiedemann di Göttingen e mi è stato riportato da suo figlio Hans Christian.»

«Dal professore? A me? Bontà divina!» disse Grete imbarazzata.

Anche Therese e Babette strabuzzarono gli occhi.

«Che cosa hai combinato, Grete?» chiese Babette preoccupata. «Non sarà mica che ti sei comportata male e ci sono lamentele?»

«Ma no!» disse Elise. «Tutto il contrario. Il professor Thiedemann vorrebbe assumerti come domestica. Ma in realtà cerca un'ascoltatrice intelligente e interessata per le sue lunghe presentazioni.»

Grete perse completamente il controllo. Dovette mettere da parte il lavoro di cucito e si passò la mano sulla fronte come se non sapesse bene come prendere quello che aveva sentito.

«Ha davvero chiesto di riferire questo, signorina Elise? È davvero molto strano, non crede? Certo, una volta ho avuto con lui una bella conversazione, ancora oggi non riesco a dimenticarla perché si trattava di questioni così insolite e avvincenti...»

«Chissà cos'ha intenzione di fare con te questa persona» la fece riflettere Babette, a cui quell'offerta non piaceva per niente. «Sarà qualcosa di poco ortodosso. Non sarebbe il primo. No, Grete. Rimani con i piedi per terra e guadagnati da vivere onestamente.»

Al contrario, Therese trovava che Grete non dovesse farsi sfuggire tale opportunità. «Da un professore a Göttingen! È un impiego che a una come te non si offre tutti i giorni, Grete. Significa che devi cogliere l'occasione prima che qualcuno ti soffi quel posto sotto il naso!»

Ovviamente Therese mirava ancora a buttar fuori dall'atelier l'intelligente Grete, poiché temeva di perdere il posto a causa sua un giorno. Elise non espresse la sua opinione. Le sarebbe dispiaciuto infinitamente perdere Grete, ma quell'offerta per la ragazza era un'occasione rara di procurarsi il sapere che tanto agognava.

«Pensaci bene, Grete. Quando hai deciso mandiamo una lettera al professore.»

Subito dopo si sentì la voce di Charlotte sulle scale. «Penso che dovresti affittare una stanza al Re di Prussia, François.»

Oh cielo! Lo stava buttando fuori!

«È proprio quello che pensavo di fare, mia cara» ribatté de La-Tour. «Dammi solo il tempo di mettere insieme alcune cose, poi andrò alla pensione in Königsplatz con il nostro giovane amico.»

«Perfetto!» disse Charlotte. «Sai bene con quale velocità una modista finisce sulla bocca di tutti.»

Con ciò tornò in atelier e accarezzò sotto il mento Fidibus, che le era corso incontro.

«Per la tua buona reputazione sono disposto a tutto, *mon amour!*» gridò il padre di Elise da sopra.

Suo padre aveva inteso l'ultima frase in modo beffardo o era serio? Anche le sarte sembrarono non sapere bene come giudicare la situazione, poiché si scambiarono sguardi insicuri.

«Che peccato» disse Therese a Grete. «Però era molto bello sapere di avere in casa un ospite così illustre. Certo, si vedeva appena, ma si sapeva che c'era.»

«Al Re di Prussia starà sicuramente più comodo che di sopra nella nostra piccola soffitta» osservò Grete.

«E potrà dormire più tranquillo, senza nessuno che russa a disturbarlo» aggiunse Babette.

«Che russa?» domandò Therese. «Il mio Moritz non russa, Babette!»

«Ma tu sì, Therese» ribatté Babette. «Russi ogni notte come un contrabbasso. Ti si sopporta a malapena...»

«Io? Stai mentendo, Babette!»

«Da più di vent'anni vivo nella camera accanto alla tua» affermò Babette. «Ne so qualcosa.»

In quel momento in atelier apparve Hans Christian Thiedemann per congedarsi da Charlotte ringraziandola per l'ospitalità. Si recò anche in cucina dalla nonna e infine disse qualche parola gentile alle sarte. Poi pregò Elise di accompagnarlo all'uscita, poiché voleva aspettare de LaTour fuori sulla strada.

«Suo padre si è preso la libertà di darmi un po' di carta della sua per scrivere, signorina Elise» dichiarò quando furono sulla porta. «Naturalmente gliela restituirò. Ma c'è poco tempo, poiché devo riscrivere la tesi in bella copia stanotte stessa.»

«Per uno scopo così importante le concedo volentieri la carta» disse lei sorridendo. «Quindi, ha una lunga notte piena di lavoro davanti a sé. Le auguro di riuscire.»

La ringraziò, ma non ne sembrò molto contento. «Con questo mi sono tolto il peso di un dovere che mio padre mi aveva imposto. Quando avrò portato a termine questa faccenda con successo, potrò finalmente dedicarmi alle cose che sono davvero importanti per me.»

«La sua casa editrice?»

«Anche» le assicurò lui zelante. «Ma soprattutto voglio impegnarmi a trovare un impiego nell'amministrazione del regno di Hannover. Mi sono finalmente deciso a rendermi indipendente.»

«Mi sembra proprio un proposito ragionevole» disse lei. «Ma per nessuna ragione dovrebbe dimenticare la fondazione della sua casa editrice a causa dell'impiego statale.»

In Marktgasse il lampionaio stava facendo il suo giro per rabboccare i lampioni con nuovo olio e accendere la fiamma. In giro c'erano ancora poche persone, alle finestre si vedevano luci deboli, una madre preoccupata chiamava suo figlio ancora fuori con altri bambini. Hans Christian si avvicinò un po' di più a Elise e le prese la mano.

«Non la dimenticherò per nessuna ragione, signorina Elise» disse portandosi la sua mano alle labbra. «Ma prima di tutto ritengo importante avere uno stipendio per non rimanere del tutto dipendente da mio padre.»

Sentì le sue labbra sulla mano e fu percorsa da un brivido piacevole. Sì, le piaceva. E inaspettatamente i suoi piani non sembravano più vaghi e idilliaci, ma molto realistici.

Hans Christian aspettò che il lampionaio avesse finito con il suo lavoro, poi si accostò a lei. «Per adesso non sono certo in condizione di provvedere a una famiglia» sussurrò. «Ma spero di esserlo presto. Sarebbe disposta a custodire la sua amicizia per me fino a quel momento, signorina Rosen?»

Oh cielo! Come si era permesso? Non voleva certo diventare la moglie di un funzionario, per giunta del regno di Hannover! D'altro canto, sarebbe stato un peccato rifilargli subito un rifiuto.

«Conserverò sicuramente la mia amicizia per lei, caro signor Thiedemann. Sia che diventi un funzionario, un editore o un soldato.»

Lui interpretò la risposta a modo suo e si profuse in un'esagerata dimostrazione di gratitudine, ma de LaTour, che si era appena avvicinato alla porta, interruppe il discorso. «A quanto vedo, approfitti della mia assenza per far perdere la testa a mia figlia, *mon ami*. Credo che stanotte tu abbia cose più importanti da fare che buttarti a capofitto in avventure amorose!»

Hans Christian non si fece impressionare, affrontò de LaTour e dichiarò a testa alta: «Mi perdoni, Monsieur de LaTour, ma qui non si tratta di un'infatuazione passeggera come lei forse suppone. Le mie intenzioni sono sincere e oneste».

«Andiamo» ribatté de LaTour con freddezza. «Può essere che al Re di Prussia ci siano amici ad attendermi.»

Con ciò si mise il cappello e se ne andò.

35

Quella sera tutti gli abitanti dell'Atelier Rosen andarono a letto presto. Il sonno disturbato della notte precedente si faceva notare, già nel pomeriggio tutte avevano fatto fatica a servire la clientela senza stropicciarsi di continuo gli occhi per la stanchezza.

«Dormite bene, mie care» disse Charlotte. «Se Dio vuole, da ora in poi ritornerà la normalità.»

«Dio ascolti le tue parole» osservò Babette. «Ma finché il ricattatore è ancora in vita, alla tranquillità non ci credo.»

«Buonanotte!»

Elise era ancora troppo presa da quello che era successo davanti alla porta dell'atelier per riuscire ad addormentarsi subito. Continuava a vedersi davanti la faccia felice di Hans Christian e pensava a quanto fosse evidente che lui non riusciva a togliersi dalla testa le sue serie intenzioni di sposarla. Ah, avrebbe dovuto dissuaderlo, lei non era adatta a fare la brava moglie di un funzionario. D'altro canto, le sarebbe dispiaciuto non rivederlo più. Come avrebbe fatto, però, a conservare la sua amicizia se gli avesse tirato subito un bidone?

Ah, tutto si sistemerà, pensò infine. *Per prima cosa, chissà se otterrà un impiego!* Con ciò si girò su un fianco, ascoltò il respiro regolare di Fidibus e finalmente si addormentò.

La mattina, subito dopo la colazione, consumata con la vecchia compagnia di sempre, Elise prese Fidibus al guinzaglio e si preparò per andare a trovare la sua amica Sybilla. Il tempo mostrava il suo lato migliore, il sole di maggio posava sui tetti la sua luce tenue, proiettava macchie luminose sul selciato di Marktgasse e ovunque nel vicinato si aprivano le finestre per far entrare nelle stanze il calore primaverile. Due gatti tigrati si stavano pulendo i baffi in tutta tranquillità davanti all'ingresso di una casa quando Elise passò lì davanti con il cane, ma Fidibus sembrò essere poco incline a interessarsi a loro. Con un rapido salto, però, richiamò all'ordine il bassotto del bottegaio Hartwig, che non voleva smettere di abbaiargli contro.

«Smettila» tuonò Elise non del tutto seria. «Hai rischiato di buttarmi per terra!»

Attraversarono Friedrichsplatz con il buon umore, qui parecchie signore portavano già i nuovi cappelli primaverili e Fidibus alzò la zampa su uno dei vasi di fiori che avevano messo davanti al museo Fridericianum. Elise portava nella borsa alcune composizioni del flautista che voleva sottoporre alla sua amica per un giudizio, ma soprattutto voleva annunciarle la felice notizia che il responsabile di tutte quelle cattiverie adesso era finalmente venuto allo scoperto e non c'era più niente da temere.

Quando tirò la campanella della casa in Carlstrasse, il vecchio Baptiste si presentò sulla porta con un'agitazione del tutto inabituale, le guance arrossate e i capelli, che di solito portava pettinati con così tanta cura, a ciocche dietro le orecchie.

«Ah è lei, signorina Rosen» disse deluso. «Mi perdoni. Aspettiamo il signor von Haynau. Abbiamo mandato un messaggero espresso a Wetzlar...»

«Cos'è successo, per l'amor del cielo?»

Il vecchio maggiordomo si passò la mano sulla fronte, facendo ciò si accorse che i suoi capelli erano in uno stato pietoso e se li appiattì lisciandoli.

«La signora stanotte ha partorito...» disse. «Entri, signorina Rosen. Ora dorme. L'ostetrica è ancora con lei. Eravamo tutti molto preoccupati perché in realtà il bambino non sarebbe dovuto venire al mondo prima di quattro settimane...»

Afferrò il guinzaglio e portò Fidibus in cucina, dove fu preso in consegna con piacere. Poi il vecchio maggiordomo accompagnò Elise su per le scale e guardò nel salone dove, però, non c'era nessuno.

«I signori sono di sopra... vado a chiedere se possono riceverla...»

Elise rimase in corridoio con sentimenti contrastanti. Sybilla aveva partorito il bambino. Quattro settimane in anticipo: poteva vivere? Un bambino o una bambina? E soprattutto: come stava la sua amica? Dormiva, avevano detto. Era un buono o un cattivo segno?

«Prego, se vuole seguirmi, signorina Rosen» disse Baptiste interrompendo le sue riflessioni preoccupate. «La signora von Schönhoff la aspetta di sopra nel salone delle dame.»

Era una piccola stanza accanto allo spogliatoio in cui la madre di Sybilla si tratteneva spesso quando doveva sbrigare questioni domestiche con la servitù. Questa volta c'era anche il colonnello nella stanza, si riposava su una poltrona con una coperta calda sulle ginocchia e la schiena sorretta da un cuscino di piume.

«Eccola!» gridò quando entrò Elise. «La prima e senza dubbio la più graziosa a venire a congratularsi! Stanotte mia figlia ci ha partorito il nipotino che desideravamo. Che dice adesso, signorina Rosen? Lo ammetta, dentro di sé mi ha augurato una nipotina!»

Elise non poté trattenersi dal ridere; per quanto fosse malato, quel giorno appariva felice e aveva di nuovo voglia di scherzare.

«Ho sempre augurato solo il meglio a lei e a sua moglie, colonnello von Schönhoff» disse con diplomazia. «Tuttavia, ero dell'idea che una figlia non potesse essere una disgrazia.»

«Tutto a suo tempo» affermò la signora von Schönhoff, ancora in vestaglia; dall'aspetto pallido si vedeva che non aveva dormito. «Ringraziamo Dio per un bambino sano, anche se è ancora piccolo e debole, ma crescendo lo diventerà presto.»

«E come sta Sybilla?» volle sapere Elise. «Posso andare da lei?»

«Si è appena addormentata» disse la signora von Schönhoff con esitazione e chiamò Baptiste con un campanello.

«L'ostetrica è ancora lì?» chiese.

Il vecchio maggiordomo scosse la testa e disse: «Se n'è appena andata, signora. C'erano due donne in cucina, sono venute a seguito della sua richiesta di una balia».

«Molto bene, Baptiste. Per favore, aiuta il colonnello a tornare nelle sue stanze, poi portami su le due donne, una dopo l'altra.»

«Perché io non posso vedere le balie?» scherzò il colonnello alzandosi a fatica dalla poltrona e prendendo il bastone che gli porgeva Baptiste. «Alla fine per me è importante che mio nipote venga nutrito bene e su questo potrei dare un parere competente per dire se queste donne possiedono i prerequisiti necessari...»

La signora von Schönhoff, abituata ai discorsi di suo marito, si recò in corridoio senza più fare attenzione a lui e aprì la porta della camera da letto di Sybilla.

«Sybilla? La tua amica è qui...»

«Elise?» si sentì dire una voce debole. «Prego, può entrare.»

La stanza era piena di un profumo alla violetta con cui si erano voluti coprire altri odori. Una domestica si infilò nella stanza passando accanto a Elise per portare una brocca d'acqua fresca della fontana e portare via la bacinella piena. Sybilla appariva molto esile nel grande letto, le cui tende di colore rosato erano tirate su tre lati.

«Che dici adesso?» chiese sorridendo felice a Elise. «Un bambino! Proprio come speravamo tutti.»

Accanto al letto avevano sistemato una culla di legno che probabilmente era un cimelio di famiglia, poiché era decorata con intarsi belli, ma fuori moda. Elise gettò solo un rapido sguardo all'essere minuscolo che vi giaceva dentro, la testolina coperta di una peluria scura, le piccole manine chiuse a pugno. Un bambino, quindi.

Il volto di Sybilla non era pallido come al solito, ma rosato; solo le grandi ombreggiature intorno agli occhi suggerivano la fatica del parto notturno. Elise si sedette sul bordo del letto e si chinò su di lei per darle un bacio sulla guancia.

«Tanti auguri di cuore, carissima Sybilla. Sono così felice che tu ce l'abbia fatta. Come stai? Sei tanto stanca?»

«Un po'» confessò Sybilla. «È arrivato così all'improvviso che non ho avuto proprio il tempo di agitarmi. Pensa solo che, come al solito, avevo scritto una lettera a Johann Georg a Wetzlar e poi ero andata a letto. Mia madre mi aveva portato quel disgustoso bicchiere di latte e miele che mi dà tutte le sere e l'avevo bevuto per farle piacere. Poi mi sono addormentata...»

Verso mattina era stata svegliata da forti dolori addominali e aveva chiamato la domestica con il campanello.

«Quello che è successo dopo riesco a malapena a descriverlo, cara Elise. Una forza potentissima stringeva il mio corpo, niente poteva fermarla, ho pensato solo: lascia correre, deve essere così, la natura è saggia e farà andare tutto bene. E così è andata.»

Il parto era durato solo mezz'ora; quando arrivò l'ostetrica, allarmata in maniera tempestiva, il bambino era già venuto al mondo e lei si era occupata di ciò che c'era da fare dopo. Aveva spiegato a Sybilla che aveva avuto fortuna perché il bambino era nato presto e non era troppo grande.

«Se avessi portato la gravidanza a termine, il parto sarebbe stato più difficile» disse Sybilla guardando con tenerezza verso la culla.

«Si chiamerà *Bernhard Ernst*» annunciò. «Come i suoi due nonni. Io e Johann Georg ne avevamo già parlato mesi fa. Ah, con che impazienza lo sto aspettando! Abbiamo mandato un messaggero espresso a Wetzlar; se arriva lì oggi stesso, domani Johann Georg potrebbe essere già qui con me.»

«La notizia sarà certo una grande gioia anche per i suoi genitori» suppose Elise. «Concorrerà alla guarigione di sua madre.»

«Soprattutto sarà la lettera di risposta del principe ereditario a liberarla dalle preoccupazioni» disse Sybilla. «Ieri hanno riferito a mio padre che la faccenda non avrà seguito e non dovrebbe incidere sulla carriera militare di Johann Georg.»

«Grazie a Dio!» si fece scappare Elise. «Allora fammi raccontare cos'è successo nel frattempo...»

Limitò la lunghezza del racconto, poiché si accorse che Sybilla ora sembrava davvero esausta e stanca, lasciò da parte tutti i dettagli eccitanti e tranquillizzanti e si limitò a spiegare che il ricattatore non avrebbe più arrecato alcun danno. Degli spartiti che aveva portato non disse niente: Sybilla in quel momento non aveva certo il tempo di occuparsi delle composizioni dello sventurato flautista.

«Allora tutti i problemi sono svaniti nel nulla» disse Sybilla sorridendo. «Ho pregato tanto per questo dentro di me e Dio mi ha ascoltata. Potresti avvicinare un po' la culla al mio letto,

Elise? Vorrei vedere come sta sdraiato e dorme il mio angioletto. Che fatica venire al mondo! Ha dovuto combattere tanto e ora si riposa...»

Elise le fece quel favore ed entrambe guardarono un po' il bambino che respirava tranquillo e aveva gli occhi chiusi. Solo ogni tanto le sue guance si muovevano, gli occhi si aprivano di una sottile fessura e la piccola bocca si contraeva. Ma non strillava, continuava a dormire tranquillo.

Bernhard Ernst, pensò Elise. *Povero piccolo che deve portare un nome così.* Voleva raccontare a Sybilla in due parole anche della partenza di Hans Christian, ma l'amica si era assopita, così Elise si alzò e lasciò la stanza. Nel corridoio incontrò la signora von Schönhoff seguita da una giovane donna, palesemente la figlia di un contadino che si era proposta come balia. Si inchinò davanti a Elise, che doveva aver preso per un membro della famiglia, poi le due donne si recarono nella stanza da letto di Sybilla. La balia da quel momento in poi avrebbe dovuto occuparsi del bambino e allattarlo.

Che tristezza, pensò Elise. *Ha di sicuro un bambino suo che lascia a casa con la famiglia per andare in città ad accudire il bambino di un'estranea per racimolare qualche soldo.* Ma nell'ambiente aristocratico e anche nella borghesia ormai era frequente che la mamma non allattasse in prima persona, ma che venisse assunta una balia, perché si presumeva che l'allattamento fosse deleterio per la forma fisica e perché un marito non trova attraente una madre che allatta. Solo le mogli degli operai e le contadine allattavano i propri figli.

In atelier c'erano tre clienti che si facevano mostrare guanti e colletti di pizzo. Inoltre, si era presentata la domestica della signora von Ochs, incaricata di ritirare il cappello con le nuove decorazioni della sua padrona. Elise arrivò proprio al momento giusto per dare una mano a sua madre, vendettero tre paia di guanti e un colletto, un portamonete ricamato e un portapillole. Elise poté annunciare la grande novità solo quando le clienti ebbero finito di spettegolare ed ebbero lasciato l'atelier con i loro acquisti.

«Un figlio?» disse Charlotte alzando le spalle. «Be', allora ha fatto il suo dovere e Johann Georg sarà soddisfatto di lei.»

«Soprattutto la faccenda della lettera al principe elettore è risolta» aggiunse Elise.

«Eccellente. Per il resto, abbiamo visite: tuo padre e i coniugi van Leuwen sono di sopra nella tua stanza. Per me puoi andare su; del resto, è quasi mezzogiorno, non verrà più nessuno. Oh signore, quella donna è una megera, ha il povero Christian Daniel van Leuwen completamente ai suoi piedi.»

Quindi Annette van Leuwen non si era fatta dissuadere dall'accompagnare suo marito a Kassel. La sua voce si sentiva già dalle scale, sembrava raccontare qualcosa con molta eccitazione.

I tre visitatori avevano preso posto nel salotto buono sulle sedie francesi e van Leuwen si alzò con fare cortese per salutare Elise, mentre suo padre si limitò a farle un cenno gentile con la mano, ma come al solito rimase seduto. Annette van Leuwen saltò in piedi e abbracciò Elise con affetto, la rimproverò per non essere andata a Francoforte per così tanto tempo e rise quando Elise si scusò dicendo di essere purtroppo indispensabile alla madre in atelier.

«Ma cara Elise» esclamò Annette van Leuwen. «Un viaggetto per far visita a persone care che ti vogliono bene e a cui manchi; tua madre dovrà pur permetterlo. Ah, ma che brutte cose sono successe a Kassel nel frattempo. Lo sai già? Il flautista è morto stanotte all'ospedale. Sembra che abbia preso del veleno. Non voglio parlare male dei morti, ma onestamente devo dire di essere sollevata...»

Dimitri Andrjuschov doveva essersi preparato all'eventualità che lo avessero scoperto e si era procurato l'arsenico. Probabilmente non sarebbe comunque sopravvissuto a un'infiammazione tanto brutta. Nonostante tutto, Elise provò compassione per quel disgraziato, che aveva dovuto morire in quelle condizioni, soffrendo.

«Be'...» si fece sentire anche van Leuwen. «Comunque, è una faccenda molto triste; cosa gli era saltato in mente? E perché gli è venuta l'idea di rapire il cane?»

Accarezzò Fidibus che aveva seguito Elise, aveva annusato in fretta gli ospiti e poi si era allungato accanto alla sedia di van Leuwen. Era evidente che fosse disposto ad accettare i visitatori come membri della famiglia e ciò di sicuro dipendeva anche dal fatto che van Leuwen aveva una maniera molto tranquilla di interagire con i cani.

«Perché?» disse de LaTour scuotendo la testa per la domanda. «Perché già in quel momento pianificava l'attentato notturno alla casa e il cane gli era d'impaccio. *Parbleu!* Non c'è alcun motivo di avere compassione per quell'uomo, voleva distruggermi e non gli interessava chi fosse passato a miglior vita insieme a me.»

Van Leuwen confermò e dichiarò di essere molto dispiaciuto di non essere venuto prima a Kassel per dare manforte a de LaTour e ai suoi familiari. Lo toccava soprattutto nel profondo la perdita delle memorie del suo amico, poiché per anni ne aveva seguito la creazione.

«Se fossi arrivato qui in tempo, forse avremmo potuto evitare questa disgrazia» rifletté angosciato.

«È colpa mia» confessò Annette van Leuwen con franchezza. «Non volevo far partire Christian Daniel da solo e lui si rifiutava risoluto di farsi accompagnare da me. Ma alla fine siamo riusciti a metterci d'accordo.»

Elise si morse le labbra per evitare un sorriso compiaciuto. Ovviamente Christian Daniel van Leuwen non aveva portato volentieri a Kassel la sua amatissima moglie, così curiosa del suo passato. Van Leuwen e Charles François de LaTour avevano condiviso una serie di avventure esaltanti, su cui stavano molto attenti a mantenere il silenzio con la giovane moglie di van Leuwen. Il fatto che Annette non avesse mai letto di nascosto le memorie di de LaTour per Elise restava un mistero. Probabilmente la sua curiosità era un gioco con cui le piaceva mettere alla prova suo marito, per vederlo in difficoltà.

«La nostra cara Annette stamattina è andata a fare una visita» disse de LaTour reprimendo lui la propria ilarità, mentre l'amico van Leuwen abbassava la testa incupito.

«Giusto, meno male che me lo hai ricordato, Charles François» esclamò lei guardando suo marito trionfante. «Sono andata a trovare la signorina von Eschen e le ho portato un mazzolino di fiori. Sono dell'idea che se lo sia meritato.»

Oh cielo, pensò Elise. *Annette van Leuwen e la signorina von Eschen sono come il diavolo e l'acquasanta. Dev'essere stata una visita molto breve.*

«Una persona molto simpatica» disse Annette van Leuwen sorprendendo Elise. «Abbiamo avuto un'eccellente conversazione e abbiamo chiacchierato ampiamente di ogni sorta di ricordo. Inoltre, saluta tutti i presenti e anche la signora Rosen.»

Elise ringraziò e pensò a quali ricordi potessero mai essere stati menzionati. Anche van Leuwen sembrava essere tormentato dal pensiero, solo de LaTour guardava di fronte a sé in tutta serenità. Conosceva Sophie Wilhelmine von Eschen meglio di chiunque altro; probabilmente non aveva spifferato niente che non fosse meglio lasciare all'oblio.

«Be', siccome tutto è andato per il meglio» continuò Annette rallegrandosi «pensavo di utilizzare la giornata per fare una gita a Wilhelmshöhe. Sarebbe un piacere per noi se tu volessi accompagnarci, cara Elise.»

«Lo farei volentieri» disse Elise mettendo le mani avanti. «Ma temo che mia madre abbia bisogno del mio supporto in atelier.»

Annette van Leuwen fece un respiro profondo e si scambiò uno sguardo di rimprovero con de LaTour. Si era affezionata a Elise e all'epoca aveva sperato che sarebbe rimasta da loro a Francoforte, ma non se n'era fatto niente. Adesso era dell'idea che Charles François dovesse legare sua figlia a sé con maggiore forza, poiché Elise le sembrava destinata a molto di più della professione di modista.

«È proprio un peccato» sospirò. «Siccome anche il giovane Thiedemann ci ha abbandonati con la prima diligenza, dovremo sostenere le spese di questa gita solo in tre.»

Hans Christian era già partito! Era stato in atelier per congedarsi e non l'aveva trovata perché era uscita per andare da Sybilla? Ah, che peccato! Lo avrebbe rivisto così volentieri un'altra volta per dirgli che non doveva prendersela per il comportamento scorbutico di suo padre.

«Allora dovremmo prima parlare a Elise della nostra intenzione, che riguarda anche il signor Thiedemann» disse van Leuwen guardandola con un sorriso compiaciuto. «Lui stesso non ne sa ancora niente perché stamattina a colazione era così assonnato che a malapena ci si poteva fare un discorso sensato.»

«Riguarda forse la sua intenzione di fondare una casa editrice?» domandò Elise agitata.

«Proprio così, mia cara» esclamò Annette van Leuwen. «Christian Daniel e io nei giorni scorsi abbiamo avuto tempo a sufficienza per occuparci degli scritti del signor von Radowitz e abbiamo concluso entrambi che non meritano di essere destinati all'oblio.»

Elise scoprì che, certo, le piante pressate e la loro descrizione erano in pessimo stato, ma i due erano fiduciosi di poter decifrare la scrittura sbiadita per poterla ricopiare.

«Le descrizioni di viaggio, anche queste presenti tra gli allegati, si sono mantenute bene e sono piene di dettagli interessanti sul paese e sulle persone, la flora e la fauna» spiegò Christian Daniel. «Inoltre, ha descritto diverse esperienze in maniera molto concreta, per cui credo che anche un pubblico ampio troverà giovamento nella lettura.»

I coniugi si erano decisi a prendere in considerazione la fondazione di una casa editrice insieme a Hans Christian Thiedemann per pubblicare l'opera del viaggiatore dimenticato Carl Ludwig von Radowitz.

«A suo nome, si capisce» aggiunse Annette. «Incredibile quel professor Kreuzer! Una persona acculturata con tali disponibilità e che tuttavia vuole fregiarsi della penna di un estraneo! Mi piacerebbe andarlo a trovare una volta per dirgli la mia!»

«Non dovremmo dare altro risalto a queste persone, *ma chère Annette*» si fece sentire de LaTour. «Riteniamoci fortunati per essere riusciti a intralciare il suo piano e a salvare gli scritti del mio amico.»

«Sì, forse hai ragione, Charles» disse Annette con un sorriso maligno. «In ogni caso si arrabbierà terribilmente quando vedrà la nostra pubblicazione in una delle librerie di Göttingen.»

Elise era entusiasta. Si rallegrava soprattutto perché Hans Christian ora poteva realizzare il suo grande sogno. Come sarebbe stato felice quando l'avrebbe scoperto! Forse era anche possibile che si guadagnasse da vivere con la casa editrice e che non avesse bisogno di entrare nel governo, visto che non gli piaceva più di tanto l'idea. Alla fine, poteva fondare una casa editrice anche a Kassel. Non appena avessero costruito il tratto della ferrovia dalla Turingia alla Vestfalia passando per Kassel e fino a Francoforte, per cui volevano fondare una società per azioni, allora Kassel sarebbe stata il posto migliore per un'impresa del genere.

Gli ospiti uscirono per andare a Wilhelmshöhe ed Elise andò in cucina, dove avevano già finito di pranzare. Ovviamente la nonna aveva messo da parte un piatto con patate e latte acido per lei. Charlotte era molto soddisfatta del fatto che la figlia avesse deciso di rimanere tutto il pomeriggio in atelier e invece di andare a Wilhelmshöhe.

«Non mi piace l'influenza che queste persone esercitano su di te» disse corrugando la fronte. «Soprattutto quella donna che in casa mia si comporta come se fosse la padrona.»

«Non lo fa con questa intenzione, mamma» disse Elise per cercare di calmarla. «È solo il suo modo di fare.»

Almeno non aveva esplicitamente inveito contro de LaTour, aveva scaricato il malumore su Annette van Leuwen. Ciò faceva sperare che Charlotte avesse lasciato perdere il suo atteggiamento ostile nei confronti del "Chevalier du Croix Blanc".

Il buon umore di Elise si diffuse all'istante in tutto l'atelier. Convinse senza difficoltà la signora Wiederhold ad acquistare tre rose di seta colorate, vendette alla moglie del mastro falegname un portamonete ricamato con perline di vetro e mandò la signora von Meisenburg di fronte al negozio di vini di Moritz, dove avrebbe potuto acquistare un eccellente borgogna. Neanche l'arrivo all'Atelier Rosen di due signori dell'orchestra del teatro le fece perdere il controllo.

«Mi permetta: il mio nome è Kauzenberg» disse il più anziano dei due, un uomo alto con la pancia che suonava il contrabbasso. «Abbiamo appena saputo della scomparsa del nostro stimato collega, il signor Andreas Juschov. Siamo infinitamente dispiaciuti per la sua morte, era un flautista eccellente e mancherà all'orchestra. Inoltre, è sempre stato un collega gentile e pronto ad aiutare, cosa che non fa che aumentare il nostro dolore per questa morte improvvisa.»

«Mi dispiace» disse Charlotte mantenendo una certa distanza. «Tuttavia, non so cosa posso fare per i signori.»

A quel punto prese la parola il musicista più giovane, era lo stesso che aveva suonato il flauto al concerto serale in onore della coppia di principi. Il suo dolore per la perdita del collega non era così pronunciato, poiché adesso era lui a passare alla posizione di primo flauto.

«Il signor Juschov – da quanto ci hanno detto – ha portato con sé un testamento in cui lasciava il suo intero patrimonio in eredità all'orchestra del teatro. Veniamo dal suo appartamento...»

«Quel poveraccio possedeva poco più che un tavolo e un letto» lo interruppe il violoncellista inorridito. «Non c'erano nemmeno la biancheria e i vestiti e il letto non aveva né materasso né cuscino.»

Gli sguardi di rimprovero dei musicisti lasciarono Charlotte attonita. A Elise era chiaro dove fossero finiti quegli oggetti, ma tacque.

«I vicini ci hanno raccontato che lo stimato defunto ha lasciato diverse composizioni che la signorina Elise Rosen ha portato via dall'appartamento insieme al signor Moritz Liebermann e a un altro signore sconosciuto.»

Ecco, ovviamente li avevano riconosciuti e avevano spettegolato.

«È giusto, signor Kauzenberg. Siamo andati a trovare il malato e, siccome il suo stato ci è sembrato in pericolo, abbiamo avvertito un medico, che ha fatto portare il signor Andr... volevo dire, il signor Juschov all'ospedale in Leipziger Strasse.»

«E gli spartiti?»

«Oh, sono qui» disse Charlotte rallegrandosi. «Prego, potete prenderli tutti.»

I due musicisti sembrarono sollevati che all'atelier volessero consegnare loro i fogli così facilmente e senza difficoltà.

«Il signor Spohr ha annunciato di voler eseguire un concerto in memoria del signor Juschov con le sue composizioni» spiegò il violoncellista. «Penso che il nostro caro Andreas meriti questo riconoscimento postumo.»

«Senza dubbio» disse Charlotte in tono secco. «I fogli sono di sopra, vi accompagnerà mia figlia.»

Così le opere del flautista trovarono finalmente la via della pubblicazione, anche se solo in un concerto in sua memoria che il signor Spohr avrebbe infarcito di sue composizioni.

«È un bene che quella roba esca di casa» disse Charlotte contenta, quando i due musicisti se ne andarono carichi di un bel peso. «Tutto ciò che aveva a che fare con quel soggetto mi ripugna.»

Subito dopo salutò la signora von Ochs con un sorriso accogliente ed elogiò il suo nuovo cappello primaverile che si supponeva le stesse particolarmente bene.

«Quindi il grazioso studente di Göttingen è partito stamattina molto presto» disse la signora von Ochs con tono innocente. «Allora gli scritti presi in prestito probabilmente se ne ritornano alla biblioteca, non è vero signorina Rosen?»

«Giustissimo, signora von Ochs. Ha già visto le nostre nuove cuffiette da notte? Decorate con gale di merletto e rose di seta colorate. I colori tenui danno al volto una luce naturale...»

Come faceva di nuovo quella donna a sapere che Hans Christian aveva preso la prima diligenza per Göttingen? Non aveva importanza, lo sapeva, in quella città non si poteva tenere segreto niente.

La sera, quando l'atelier fu chiuso e si trovarono tutti a tavola in cucina per la cena, Therese dichiarò di essere curiosa della musica del perfido flautista e che forse sarebbe andata al concerto.

«Anche avesse composto meglio di Mozart e Beethoven messi insieme, non voglio sentire niente di suo» affermò Moritz.

«Aveva due anime nel petto» disse Therese sospirando. «Lì dentro vivevano un angelo e un diavolo stretti l'uno all'altro.»

«Un diavolo incendiario ci viveva» disse Grete. «Che stava per mettersi a ballare per l'atelier.»

«Di quella persona da oggi in poi non si parlerà più» gridò Charlotte colpendo il tavolo con un pugno. «E chi va a quel concerto equivoco non deve più farsi vedere in questo atelier!»

Fidibus uscì da sotto al tavolo abbaiando, poiché l'accesso di rabbia di Charlotte lo aveva spaventato. Ma siccome non voleva calmarsi, alla fine a Elise venne in mente che qualcuno poteva aver bussato alla porta dell'atelier.

Fuori c'era suo padre con un mazzolino di fiori e un pacchetto incartato in una raffinata carta seta e decorato con un fiocco.

«Non è il mio compleanno, papà» disse sorridendo.

«Lo so, bambina mia. Questi regali non sono neanche destinati a te. Vengo a dire addio, domattina torneremo a Francoforte. Rivedersi è stato davvero bello, anche se turbolento, e vorrei che a tua madre non rimanga un ricordo troppo brutto di me.»

Accidenti, pensò Elise guardando i regali. *Speriamo che funzioni, mamma non si lascia corrompere.*

Charlotte non si mostrò sorpresa per la visita serale. Forse se lo era perfino aspettato? Lo precedette salendo le scale ed entrambi scomparvero nella stanza di Elise.

Elise rimase in cucina con gli altri. Therese aveva messo sul tavolo il filetto e il gioco dell'oca, ma nessuno vi prestò attenzione.

«Lo mangerà vivo» sussurrò Therese. «Una volta l'ha detto ed è anche capace di farlo.»

«Sa difendersi» suppose Moritz. «Del resto, di donne se ne intende.»

«La signora Rosen è di un'altra specie» disse Babette. «Con lei si farà del male.»

«Oddio, un signore così raffinato» sospirò Therese. «Sarebbe un peccato per lui.»

La visita non durò troppo a lungo. Già dopo poco tempo Charlotte e de LaTour riscesero le scale e il padre di Elise abbracciò la figlia in segno di addio.

«Ti aspetto a Francoforte, *ma petite*» disse sorridendo. «È vero, tua madre ha dei dubbi a concederti questo viaggio, ma sono riuscito a dissiparli. Non è vero, *ma colombe*?»

L'espressione di Charlotte rimase inalterata, ma annuì. Probabilmente non era stato facile per lei dare quel permesso.

«Ora lascio questo luogo ospitale con il dolce sentimento di essere stato accolto e accudito con affetto» continuò inchinandosi in direzione di Charlotte. «È stato un onore e un grande piacere per me rivedere questo posto della mia gioventù.»

Con ciò uscì sulla strada, si mise il cappello e andò verso la pensione in Königsplatz senza voltarsi.

«È sempre il solito vecchio *charmeur*» disse Charlotte con un po' di insicurezza. «Vabbè, gli anni lo hanno fatto maturare.»

«Certo» disse la nonna con serenità. «Di sicuro non si presenterà più in camera tua in qualità di impetuoso "Chevalier du Croix Blanc".»

«Non voglio sentirne più parlare!» ribatté Charlotte. «Facciamo ancora una partita tutti insieme, così questa giornata può concludersi in maniera pacifica.»

Elise era ancora sulla strada a guardare suo padre. Fece per chiudere la porta, ma Grete la trattenne.

«Volevo dirle ancora una cosa, signorina Elise» disse piano, mentre gli altri già si recavano in cucina.

«Si tratta dell'impiego a Göttingen, Grete? Hai preso una decisione?»

«Sì, l'ho fatto» ribatté Grete con serietà. «Lo rifiuterò. In primo luogo, perché il carattere del professore non mi piace e poi anche...» Fece un sorriso timido a Elise e si sistemò il vestito. «... Poi anche perché qui da voi sono molto soddisfatta e non vorrei essere da nessun'altra parte» confessò.

«Ma è una grande opportunità, inconsueta per te» obiettò Elise con poca convinzione.

«Forse» disse Grete. «Ma qui all'Atelier Rosen penso di essere al posto giusto.»

«Sì che lo sei, cara Grete!» gridò Elise contenta, stringendola tra le braccia. «E ora vieni, altrimenti giocano al gioco dell'oca senza di noi.»

«Non sarebbe poi così male, perdo sempre» sospirò Grete.

Della stessa autrice

Brossura con bandelle - pp. 504 - euro 15,90

Anne Jacobs

La ragazza dell'Atelier Rosen

Kassel, 1830. In un'Europa scossa dai primi moti insurrezionalisti, l'atelier delle Rosen è una piccola oasi di pace. Qui Elise, vent'anni, lavora insieme alla madre e alla nonna: il suo incredibile talento attira donne di ogni estrazione sociale e da ogni angolo della città, che spesso esigono di essere servite esclusivamente da lei. Il negozio di cappelli artigianali si è conquistato infatti nel tempo una folta e benestante clientela, rivelandosi oltretutto un prezioso lasciapassare per i più alti circoli della società. Tra creazioni e pettegolezzi, le tre donne sono spettatrici privilegiate della vita che brulica oltre la vetrina. Ma quando Elise riceve l'incarico di rinnovare lo spento guardaroba della giovane aristocratica Sybilla von Schönhoff, tutto cambia: nonostante la differenza di classe, le due ragazze, complice la passione per i libri, stringono un'affiatata amicizia, o almeno fino a quando la modista scopre che Johann Georg von Haynau, il tenente dagli occhi azzurri che la corteggia e di cui lei subisce innegabilmente il fascino, altri non è che il fidanzato di Sybilla. Elise si ritroverà allora a vivere un tormentato conflitto interiore: come può abbandonarsi alla forza dei sentimenti quando minacciano di travolgere ogni cosa?

Passione, amicizia e un amore proibito: dopo l'enorme successo della *Villa delle Stoffe*, Anne Jacobs torna con un'emozionante storia sul destino di tre generazioni di donne.

MISTO
Carta da fonti gestite
in maniera responsabile
FSC® C115118
FSC
www.fsc.org

Stampato presso Elcograf S.p.A.
Stabilimento di Cles